ANNA SAVAS
Keeping Dreams

Anna Savas

KEEPING DREAMS

Roman

LYX in der Bastei Lübbe AG
Dieser Titel ist auch als E-Book und als Hörbuch erschienen.

Originalausgabe:
Copyright © 2021 by Bastei Lübbe AG, Köln
Dieses Werk wurde vermittelt durch die Literarische Agentur
Thomas Schlück GmbH, 30 161 Hannover.
Textredaktion: Stephanie Janek
Umschlaggestaltung: © ZERO Werbeagentur, München
unter Verwendung von Motiven von © Aethereal Eucalyptus –
Alphabet Gold by Veris Studio / creativmarket.com
Satz: Greiner & Reichel, Köln
Gesetzt aus der Adobe Caslon
Druck und Verarbeitung: GGP Media GmbH, Pößneck
Printed in Germany
ISBN 978-3-7363-1535-8

3 5 7 6 4

Sie finden uns im Internet unter lyx-verlag.de
Bitte beachten Sie auch: luebbe.de und lesejury.de

Für Vivien

*Ich weiß nicht, wie ich jemals wieder ein Buch ohne dich
schreiben soll. Zum Glück muss ich das auch nicht.
Danke für alles.*

Julian gehört jetzt ganz offiziell dir.

Keeping Dreams
Playlist

I Can't Fall in Love Without You – Zara Larsson
Into the Unknown – Panic! At the Disco
D.R.E.A.M. – Jonny Craig
Ghost – Jacob Lee
Giants – Dermot Kennedy
Something Just Like This – The Chainsmokers, Coldplay
The Greatest Show – Panic! At the Disco
Without Fear – Dermot Kennedy
Let You Down – NF
Use Somebody – Kings of Leon
ily (i love you baby) – Surf Mesa, Emilee
Before You Go – Lewis Capaldi
Lose Somebody – Kygo, OneRepublic
Some Say – Nea
Hurricane – Tommee Profitt, Fleurie
Wildest Dreams – Taylor Swift
Where Does the Good Go – Tegan and Sara
Up – Olly Murs, Demi Lovato
You Don't Know Me – Suzan & Freek
Moondust – Jaymes Young

1. KAPITEL

Lily

Das war's also.

Mein Herz zog sich schmerzhaft zusammen, als ich in der Tür meines Zimmers stand und den Raum betrachtete, mit dem ich die letzten zehn Jahre meines Lebens immer das Gefühl von Geborgenheit und Sicherheit verbunden hatte. Es war nur noch ein Hauch des Mädchens zu spüren, das ich mal gewesen war.

Das Zimmer war jetzt so ... unpersönlich. Mit weißen Wänden, weißen Möbeln und dunkelblauer Bettwäsche. Sämtliche Bilder waren schon vor Monaten verschwunden, ich hatte sie in einem Anfall von Wut und Trauer von den Wänden gerissen und aus dem Fenster geworfen. Das klirrende Geräusch von zerspringendem Glas war seltsam befriedigend gewesen.

Ich hatte diesen Augenblick nie bereut. Es hatte sich gut angefühlt und war ein erster Schritt gewesen. Ein erster Schritt fort von meinem alten Ich, meinen Träumen und fort von diesem Zimmer.

Trotzdem tat es irgendwo in einem kleinen Winkel meines Herzens weh. Immerhin hatte ich meine gesamte Jugend in diesen vier Wänden verbracht, hatte mit meinen Schwestern und meinen Freundinnen auf dem Bett gesessen und kichernd über Jungs und das Tanzen gequatscht, über unsere Hoffnungen und Träume. Diese Zeiten waren wohl endgültig vorbei.

Ich spürte den Kloß in meinem Hals ganz deutlich, spürte, wie er mir für einen Moment den Atem nahm und mir Tränen in die Augen trieb. Bitterkeit erfüllte mich bei dem Gedanken an Keira und Amy, nur kurz, aber sie war da, und sie würde wohl auch nie wieder verschwinden.

Dann war der Moment vorbei. Tief durchatmend straffte ich die Schultern und zog die Tür hinter mir energisch zu.

Mein altes Leben war vorbei. Ich war aus diesem Zimmer herausgewachsen, war aus allem herausgewachsen, was mich mein Leben lang geprägt hatte.

Und ich hasste es wie die Pest. Denn ich hatte diese Entscheidung nicht freiwillig getroffen, ich *wollte* mich nicht verändern. Allerdings hatte ich keine andere Wahl. Ich musste gehen, sonst würde ich am Ende doch noch zerbrechen. Ich konnte nicht hierbleiben, ohne wahnsinnig zu werden. Ohne am Ende die Menschen, die ich liebte, und mich selbst zu hassen.

Gott, war das melodramatisch. Aber – so ungerne ich das zugab – es war die Wahrheit. Und das passte mir noch weniger als die Melodramatik an sich.

»Lily, bist du so weit?« Dads tiefe Stimme riss mich aus meinen Gedanken. Ich schnappte mir meine Tasche, die im Flur auf dem Boden lag, und lief die Treppe hinunter.

»Bin so weit«, antwortete ich so entschieden wie möglich, obwohl eine nachdrückliche Stimme in meinem Inneren schrie, dass ich ganz und gar nicht so weit war.

Dad warf mir einen zweifelnden Blick zu, den ich nur mit Mühe ignorieren konnte. Er war fast zweieinhalb Köpfe größer als ich und mit den breiten Schultern und dem Vollbart das Paradebeispiel eines Footballspielers. Inzwischen spielte er zwar nicht mehr selbst, arbeitete dafür aber als Coach für das Footballteam der Columbia, die Columbia Lions. Anfangs war er schwer enttäuscht gewesen, dass ich mich nicht für seine Uni entschieden hatte, doch mittlerweile hatte er sich damit abgefunden.

»Bist du sicher?«, wollte er wissen und zog die dichten dunklen Augenbrauen hoch. Fast wäre ich eingeknickt. Weil er mich so gut kannte. Er wusste genau, dass ich eigentlich nicht so weit war. Vor Jahren hatte er an demselben Punkt gestanden wie ich jetzt. Auf eine andere Weise, aber er wusste, wie schwer es mir fiel, weiterzumachen. Ein anderes Leben zu leben als das, das ich geplant hatte.

»Ja, bin ich. Ich weiß, was ich tue, Dad.« Meine Stimme klang schärfer als beabsichtigt, doch wir hatten dieses Gespräch schon viel zu oft geführt, und ich durfte jetzt keinen Rückzieher mehr machen. Entschlossen schob ich mich an ihm vorbei und ging ins Wohnzimmer.

Noch fünf Minuten. Dann war ich weg.

Endlich.

Vier Köpfe drehten sich zu mir um, zwei waren dunkelhaarig wie Dad, zwei genauso blond wie ich. So blond, wie ich vor ein paar Monaten noch gewesen war. Inzwischen waren meine Haare roségold, ein armseliger Versuch, mich selbst neu zu erfinden.

Unwillkürlich drückte ich den Rücken durch, als ich dem wütenden Blick meiner Schwester Rose begegnete. Wir waren Zwillinge und sahen uns so ähnlich, dass wir nicht selten verwechselt wurden, obwohl sie ein Stück größer war als ich. Ihr Lächeln glich mehr dem von Dad als dem von Mom, und ihre Augen waren grün, nicht blau, aber das war es auch schon. Sonst sahen wir vollkommen gleich aus. Bis vor einigen Monaten war sie meine beste Freundin gewesen. Bevor meine Träume zerbrochen waren. Seitdem gelang es mir kaum noch, sie anzusehen. Sie war ich, und ich war sie, und das war unerträglich.

Ich wusste, dass sie mir diesen Schritt jetzt nie verzeihen würde, und ich konnte sie verstehen. Aber es gab für mich keine andere Möglichkeit.

»Willst du wirklich gehen?« Ivy, mit fünfzehn Jahren die jüngste von uns Matson-Schwestern, verzog unglücklich das Gesicht und wickelte sich eine Strähne ihrer braunen Locken um den Zeigefinger. Sie war die Einzige, die immer noch versuchte, mich zum Bleiben zu überreden.

»Jetzt lass es einfach, Ivy. Wenn sie unbedingt wegwill, soll sie doch abhauen!«, fauchte Rose, sprang auf und stolzierte an mir vorbei.

Die Anmut, mit der sie sich bewegte, fühlte sich an wie ein Schlag in die Magengrube. Als sie sich an mir vorbeischob, stieß sie mit ihrer Schulter hart gegen meine. Ich zuckte zusammen, doch sie würdigte mich keines Blickes und schwebte beinah lautlos die Treppe hoch. Einen Augenblick später fiel eine Tür mit einem Knall ins Schloss.

Kurz war ich versucht, ihr hinterherzulaufen, blieb dann aber doch stehen. Es würde nichts nützen. Ich konnte ihr nicht sagen, was sie hören wollte. Ich wusste seit Monaten nicht mehr, was ich ihr sagen sollte. Und ich wusste, dass es ihr mit mir genauso ging.

Seufzend erhob Mom sich vom Sofa und trat auf mich zu. Sie strich mir eine Haarsträhne hinters Ohr und lächelte, doch es wirkte gezwungen. In ihren blauen Augen lag tiefe Sorge. »Du meldest dich, wenn du angekommen bist, ja?«

»Mach ich.« Da war er wieder, der Kloß in meinem Hals. Ich musste hier raus. Ganz dringend.

»Bist du sicher, dass wir dich nicht begleiten sollen? Ich hätte dir so gerne alles gezeigt.«

Ich musste mich bemühen, nicht das Gesicht zu verziehen. Dass ich an Moms altes College gehen würde, hätte ich mir noch vor einem Jahr nicht mal im Traum vorstellen können. Und jetzt ... tja, jetzt sah die Realität anders aus als vor einem Jahr. Mir war klar, dass es nicht fair war, sie auszuschließen, und dass ich sie damit verletzte. Mom hätte vermutlich alles dafür gegeben, mich nach Faerfax zu begleiten. Aber ich konnte und wollte sie nicht dabeihaben. Die letzten Monate waren an uns allen nicht spurlos vorbeigegangen.

»Ich weiß, aber ich muss das allein machen, Mom«, gab ich zurück, schaffte es jedoch nicht, sie anzusehen.

Eilig verabschiedete ich mich von ihr und trat dann zu Magnolia und Ivy. Magnolia war sechzehn, und wie so oft stand sie auch in diesem Moment zwischen Ivy und Rose. Einerseits war sie sauer auf mich, weil ich sie alle verlassen würde, andererseits hatte sie mich schon mehrfach zum Bleiben zu überreden versucht.

Manchmal fragte ich mich, warum alle so ein Drama aus der Sache machten, mich eingeschlossen. Wenn alles nach Plan gelaufen wäre, wäre ich im letzten September schon weg gewesen. Gut, ich wäre in der Stadt geblieben. Ausgezogen wäre ich aber so oder so.

»Passt auf euch auf!«, sagte ich leise, um zu verbergen, wie erstickt meine Stimme auf einmal klang.

»Du auch.« In Ivys großen braunen Augen glitzerten Tränen.

Ich wuschelte ihr durch die Haare und zwang mich zu einem Lächeln. »Mach ich.«

Maggies Umarmung war so fest, dass meine Rippen ein protestierendes Knacken von sich gaben. »Rose wird mich dafür hassen, aber sie wird es bereuen, wenn ich es dir nicht auftrage, also: Schick uns ganz viele Bilder von den heißen Collegetypen, die sich um dich reißen werden«, trug sie mir auf, als sie mich wieder losließ.

»Magnolia!« Mom bemühte sich um einen tadelnden Ton, doch ihre Mundwinkel zuckten, und wir kannten sie alle gut genug, um zu wissen, dass sie sich ihr Lachen kaum verkneifen konnte.

Maggie zuckte mit den Schultern, einen unschuldigen Ausdruck auf dem Gesicht, den ihr absolut niemand abkaufte. »Was denn? Irgendwas Gutes muss es doch haben, dass Lily so weit wegzieht. Künstler sind heiß. Und Dad nimmt uns ja nie mit, damit wir uns seine Spieler angucken können.«

»Vielleicht weil du dich auf Jungen in deinem Alter konzentrieren solltest«, schaltete Dad sich aus dem Flur ein und trat hinter mich. Er klang amüsiert, aber ich wusste ganz genau, dass er seit Monaten ein besonderes Auge auf Magnolia hatte. Sie steckte tiefer in der Pubertät als jede andere von uns. Manchmal tat er mir echt leid. Vier Töchter großzuziehen musste wirklich anstrengend sein. Noch dazu, wenn die vier vom Alter so dicht beieinander waren wie wir.

»Ja, ja, aber die sind wahnsinnig uninteressant, Dad. Ich bin siebzehn, in nicht einmal zwei Jahren gehe ich auch aufs College. Und dann …« Sie ließ den Satz offen, ein diebisches Grinsen breitete sich auf ihrem Gesicht aus, und Dad verzog gequält das Gesicht.

»Darüber werde ich erst nachdenken, wenn es so weit ist.«

Maggie kicherte. »Also, du denkst an die Fotos, Lily?«

»Ich schau mal, was sich da machen lässt«, gab ich zurück, und ein strahlendes Lächeln breitete sich auf Magnolias hübschem Gesicht aus. Ich wusste genau, dass es ihr nicht um die Fotos ging, sondern darum, dass ich jemanden kennenlernte. Jemanden, der gut zu mir war. Sie hatte keine Ahnung, dass ich den Teufel tun und irgendein männliches Wesen an dieser Uni näher an mich heranlassen würde als nötig.

Für den Bruchteil einer Sekunde wanderten meine Gedanken zu Luis, doch bevor die Wut in meinem Inneren, gegen die ich seit Monaten ankämpfte, erneut hochkochen konnte, legte Dad mir seine große, warme Hand auf die Schulter.

»Wir müssen jetzt echt mal los, sonst verpasst du deinen Flug.«

Ich nickte, warf meiner Familie ein letztes Lächeln zu und folgte ihm nach draußen. Der Himmel war von grauen Wolken verhangen, und mein Atem verpuffte in kleinen weißen Wölkchen vor meinem Mund. Der Januar in Brooklyn Heights war so eisig kalt wie immer. Gedankenverloren lief ich die Treppe unseres typischen schokoladenbraunen Reihenhauses herunter und stieß einen erschrockenen Schrei aus, als ich auf der letzten Stufe ausrutschte und umknickte. Ein kurzer stechender Schmerz fuhr mir durch den Knöchel, und ich spürte, wie mir das Blut aus dem Gesicht wich, als ich versuchte, mein Gleichgewicht wiederzufinden.

Gott, bitte nicht.

»Lily, alles okay?« Besorgt griff Dad nach meinem Arm, und ich musste mich zwingen, seine Hand nicht abzuschütteln. Wann würden sie endlich alle aufhören, mich ständig mit Samthandschuhen anzufassen? Probehalber machte ich einen Schritt nach vorn und seufzte erleichtert. Ich war nicht schon wieder kaputtgegangen.

»Alles gut. Nichts passiert.«

»Sicher?«

»Ganz sicher. Mir geht's gut.«

Dad zögerte kurz, dann nickte er und ließ mich endlich los. Tief durchatmend stieg ich ins Auto, ohne noch einen Blick zurückzuwerfen.

Ich war frei. Endlich.

Jetzt konnte ich wieder versuchen zu leben.

Faerfax war klein. Schön, aber wirklich klein. Zumindest kam es mir im Vergleich zu New York so vor. Allerdings ließ sich keine Stadt so richtig mit New York vergleichen, da konnten sich so viele niedliche Geschäfte, Cafés und Restaurants aneinanderreihen, wie sie wollten.

Ich hatte auf dem Weg zur Faerfax University nur ein paar kurze Blicke auf die Stadt erhaschen können, weil ich zu sehr darauf konzentriert war, mich nicht zu verfahren – mein Orientierungssinn war miserabel, und ich war ohne Navi vollkommen aufgeschmissen. Trotzdem hatte ich genug gesehen, um mich darüber zu wundern, wie eine Stadt, die laut Google immerhin mehr als hunderttausend Einwohner haben sollte, so idyllisch wirken konnte. So niedlich und klein, obwohl sie offensichtlich nicht so winzig war, wie sie auf den ersten Blick erscheinen mochte.

Ein nervöses Ziehen breitete sich in mir aus, als ich mit dem Schlüssel zu meinem neuen Leben von der Univerwaltung über den Campus Richtung Wohnheime lief. Mein Koffer lag noch im Mietwagen, der Rest meiner Sachen würde in den nächsten Tagen ankommen.

Am liebsten wäre ich ja in eine kleine Wohnung außerhalb des Campus gezogen, aber da hatten meine Eltern nicht mitgespielt. Nach allem, was während der vergangenen Monate passiert war, wollte Mom auf keinen Fall, dass ich allein wohnte, und egal, wie oft ich ihr erklärt hatte, dass sie sich umsonst Sorgen machte, ließ sie sich in dieser Hinsicht nicht erweichen. Sie war mehr als bereit, mich nach Faerfax ziehen zu lassen, doch für eine eigene Wohnung würden sie und Dad nicht zahlen. Also blieb mir nur das Wohnheim. Ich wusste ganz genau, was Mom damit bezweckte. Sie wollte, dass ich mich wieder unters Volk mischte, wie sie es nannte – mich nicht länger einigelte. Sie hoffte wohl, ich würde mich mit meiner Mitbewohnerin anfreunden, nachdem ich das letzte halbe Jahr meine angeblichen Freundinnen aus meinem Leben gestrichen hatte. Allerdings hatte ich nicht vor, diese Hoffnung zu erfüllen.

Seufzend ließ ich den Traum von einer eigenen Wohnung los und sah mich um. Unzählige Studenten schlenderten über den Hauptplatz des Campus. Die Erstsemester waren ziemlich deutlich an großen Koffern, aufgeregten Gesichtern und wehmütig dreinblickenden Eltern zu erkennen.

Ein Stich fuhr mir durchs Herz, und plötzlich wünschte ich mir, dass meine Eltern mich doch begleitet hätten. Energisch schüttelte ich den Gedanken ab. Ich war neunzehn und durchaus in der Lage, meinen ersten Tag an der Uni allein durchzustehen.

Vier Stockwerke später war ich mir da nicht mehr so sicher. Zögernd blieb ich vor der Nummer 417 stehen.

Mein Gott, das war lächerlich. Es gab keinen Grund, nervös zu sein. Ich würde gleich meine Mitbewohnerin kennenlernen, die hoffentlich so unsympathisch war, dass ich gar nicht erst in Versuchung geriet, mich mit ihr anzufreunden. Und dann würde ich mich ins Studium stürzen und die nächsten vier Jahre hinter mich bringen.

Ich warf einen Blick auf den Zettel in meiner Hand, auf dem neben meiner Zimmernummer auch der Name meiner Mitbewohnerin notiert war. *Julia Lowe.* Klang irgendwie ... nett.

Tja, das hatte auf Keira und Amy auch zugetroffen, und wie sich herausgestellt hatte, waren die beiden alles andere als nett gewesen. Außerdem ... Was sagte ein Name schon über eine Person aus? Und warum zerbrach ich mir über so etwas den Kopf, anstatt einfach reinzugehen und mir ein Bild von dieser Julia zu machen?

Mit einem Schnauben steckte ich den Schlüssel ins Schloss und öffnete die Tür zu meinem neuen Zuhause. Nach drei Schritten blieb ich verblüfft stehen.

Okaaaay. Ich hatte gewusst, dass es an der Faerfax University keine einfachen Studentenzimmer, sondern Wohnungen gab, aber so groß hatte ich sie mir nicht vorgestellt.

Es gab ein geräumiges Wohnzimmer mit angrenzender Wohnküche, von der drei Türen abgingen. Zwei standen offen und gaben den Blick auf das Badezimmer sowie ein leeres Schlafzimmer frei. Im ersten Moment war nur ein Bett zu erkennen, auf dem nicht einmal eine Decke oder ein Kissen lagen. Großartig, also musste ich heute noch shoppen gehen. Die dritte Tür war geschlossen, aber wenn man halbwegs in der Lage war, eins und eins zusammenzuzählen, sollte man erahnen können, wer das dahinterliegende Zimmer bewohnte. Ich ging mal schwer davon aus, dass es Julia Lowe war.

Ein großes schwarzes Sofa vor einem überdimensionalen Flachbildfernseher besetzte das Zentrum des Wohnzimmers. Das Bücherregal an der Wand neben dem Fenster war beinahe leer, und ich glaubte schon, dass Julia wohl auch gerade erst eingezogen war, als ich mich umdrehte und die Fotos entdeckte. Sie hingen mit kleinen hölzernen Wäscheklammern an langen Schnüren, die quer über die Wand neben der Eingangstür gespannt waren.

Ich hatte zwar keine Ahnung von Fotografie, aber selbst mir fiel auf, dass diese Bilder gut waren. Richtig gut. Neugierig trat ich einen Schritt darauf zu, doch bevor ich sie genauer betrachten konnte, hörte ich ein helles Lachen, das schnell näher kam.

Ertappt wich ich ein paar Schritte zurück, gerade rechtzeitig, denn einen Augenblick später stolperte ein kicherndes dunkelhaariges Mädchen in die Wohnung, dicht gefolgt von einem breit grinsenden Typen, der vor Selbstbewusstsein nur so zu strotzen schien.

Die beiden hielten abrupt inne, als sie mich bemerkten, und das Gesicht des Mädchens verdüsterte sich. Sie war hübsch mit ihren schulterlangen braunen Haaren, den braunen Augen und der schlanken Figur. Doch der ungehaltene Ausdruck in ihren Augen und die schmollend vorgeschobene Unterlippe standen ihr nicht.

Gut, Julia wollte ihre neue Mitbewohnerin offensichtlich ebenso wenig zur Freundin haben wie ich.

Mein Blick huschte zu dem Typen, dessen Grinsen einem charmanten Lächeln gewichen war. Er sah gut aus, verdammt gut sogar. Das braune Haar fiel ihm wirr in die Stirn, das leuchtende Grün seiner Augen war sogar aus einigen Metern Entfernung deutlich zu erkennen.

Wer hatte bitte so grüne Augen?

Mein Gesicht begann zu glühen, als ich merkte, dass mein Blick an seinen Augen klebte, und ich sah hastig weg. Allerdings kam ich nicht weit. Mein Gott, war der Typ raumeinnehmend. Er war groß, und obwohl er einen grauen Mantel trug, war ich mir sicher, dass er darunter ein Sixpack und beeindruckende Armmuskeln verbarg.

Wer auch immer dieser Typ war, er schien genau die Art Kerl zu sein, der wahnsinnig viel Wert auf sein Äußeres legte und ein Mädchen nach dem anderen abschleppte. Unwillkürlich verzog ich das Gesicht.

Solche Männer kannte ich zur Genüge.

»Jules, wer ist das?«, fragte Julia und warf dem Typen einen vorwurfsvollen Blick zu.

Jules? Moment mal …

»Ich schätze, du bist Lily, oder? Ich bin Julian, dein Mitbewohner.« Der Schönling schob sich an dem Mädchen, das offensichtlich *nicht* Julia war, vorbei und streckte mir eine Hand entgegen.

Einen Moment lang konnte ich seine Hand nur ungläubig anstarren. Dann erinnerte ich mich daran, dass Mom mich zu einer höflichen jungen Frau erzogen hatte, und ergriff sie. Sie fühlte sich weich und angenehm warm an.

»Du wohnst hier?«, fragte ich krächzend und ließ ihn schnell wieder los. Meine Gedanken rasten. Das konnte nicht sein. Ich sollte eine Mitbewohner*in* bekommen. Ich *wollte* eine Mitbewohnerin und keinen ... *Julian*.

»Ja, ich wohne hier. Hast du etwa jemand anderen erwartet?« Ein amüsierter Unterton schwang in seiner Stimme mit.

»Ehrlich gesagt, ja«, gab ich verdrossen zurück und verschränkte reflexartig die Arme vor der Brust.

So viel dann zu meinem Plan, mich so weit wie möglich von allen männlichen Wesen an dieser Uni fernzuhalten.

2. KAPITEL

Julian

Ich musterte Lily und verfluchte Cole einmal mehr dafür, dass er so kurzfristig ausgezogen war. Es waren doch nur noch eineinhalb Jahre. Hätte er die drei Semester nicht noch hier bei mir wohnen können?

»Wen hast du denn erwartet?«, fragte ich neugierig. Sie war ein ganzes Stück kleiner als ich, und dem Ausdruck auf ihrem Gesicht nach zu urteilen, passte es ihr gar nicht, dass sie zu mir aufsehen musste. Es fiel mir schwer, mein amüsiertes Grinsen zurückzuhalten, aber ich hatte die starke Befürchtung, dass sie das nicht genauso lustig fand wie ich. Ich wusste nicht, warum, doch irgendwie wurde ich den Eindruck nicht los, als würde sie nicht besonders oft lachen.

»Ein Mädchen«, gab sie trocken zurück und hielt mir ein Blatt Papier hin. Ich nahm es entgegen, und als mein Blick auf den Namen fiel, der unter der Zimmernummer stand, musste ich doch grinsen. Julia Lowe.

Tja, ich war kein Mädchen.

»Tut mir leid, dich enttäuschen zu müssen.«

Lily seufzte und zuckte ergeben mit den Schultern. »Ich werd's überleben.«

Die meisten anderen hätten aus der Sache einen Witz gemacht, Lily dagegen klang einfach nur resigniert. Meine Augenbrauen hoben sich ganz von selbst. Sie schien tatsächlich nicht besonders glücklich darüber zu sein, mich als neuen Mitbewohner bekommen zu haben. In ihren blauen Augen lag ein kühler, distanzierter Ausdruck, den ich nicht recht deuten konnte.

»Alles andere wäre auch zu schade.« Ich schenkte Lily mein charmantestes Lächeln. Normalerweise reichte das, um ein Mädchen von mir zu überzeugen – nicht, dass ich es in ihrem Fall darauf anlegte, aber es schadete schließlich nicht, die Grenzen auszutesten. Lily wirkte jedoch nicht im Mindesten beeindruckt, sondern zog nur eine Augenbraue hoch.

Hm. Das war … ungewöhnlich.

Irgendwas an Lily irritierte mich, ich bekam jedoch nicht zu fassen, was es war. Es war nicht ihre offensichtlich schlechte Laune, auch wenn ich sie nicht nachvollziehen konnte. Auch nicht die rosafarbenen Haare. Bunte Haare hatte ich an der Uni schon oft gesehen, auch wenn sie zu ihr nicht ganz zu passen schienen. Aber nein, ihre Frisur war es nicht. Ich ließ meinen Blick an ihrem Körper hinabgleiten, doch obwohl ihr Mantel offen war, ließ sich ihre Figur dank des weit geschnittenen Pullis nicht einmal erahnen.

Schade.

»Suchst du was?« Der Spott in Lilys Stimme war nicht zu überhören.

Langsam hob ich den Kopf, bis ich schließlich wieder bei ihrem Gesicht landete. Es war pure Provokation. Ich wusste das und sie vermutlich auch.

Ich sollte mich nicht so verhalten, erst recht nicht bei meiner neuen Mitbewohnerin, aber ich konnte nicht anders. Provokation lag mir, und so wie Lily mich ansah, war sie durchaus bereit, sich provozieren zu lassen. Ihrem wütenden Blick nach zu urteilen, allerdings nicht auf die Weise, die mir vorschweben würde, wäre sie nicht gerade dabei, in meine Wohnung einzuziehen.

Sie war hübsch, wäre mit ihrem herzförmigen Gesicht, den großen hellblauen Kulleraugen und den vollen Lippen sogar ziemlich niedlich gewesen, würde sie nicht so grimmig gucken.

Verdammt, Cole, du schuldest mir was!

Jeden anderen hätte ich für einen absoluten Vollidioten gehalten, wenn er nur drei Semester vor dem Abschluss aus einer der heiß begehrten Wohnheimwohnungen ausgezogen wäre. Aber meinen besten Freund, der vor knapp einer Woche mit seiner Freundin Tessa zusammengezogen war, konnte ich verstehen. Die beiden waren so glücklich miteinander, und nach allem, was sie durchgemacht hatten, verdienten sie es mehr als jeder andere, den ich kannte.

Sie wussten, dass ich mich für sie freute, und verdammt, das tat ich. Trotzdem hätte ich Cole gerne als Mitbewohner behalten. Erst recht, wenn dieser kleine Sonnenschein vor mir tatsächlich seine Nachfolgerin war. Dass daran nicht der geringste Zweifel bestand, bewies der Zettel in meiner Hand ziemlich eindeutig.

Ich setzte gerade zu einer wenig unschuldigen Antwort an, als Ava mich daran erinnerte, dass ich gerade ein ganz anderes Problem hatte.

»Juuuuuuuules!«, nörgelte sie, und ich zuckte zusammen. Sie stand direkt neben mir, und ich hatte sie für ein paar Minuten trotzdem vollkommen vergessen.

Ups.

»Sorry. Lily, das ist Ava. Ava, Lily«, stellte ich die beiden einander vor, obwohl ich ganz genau wusste, dass es nicht das war, was Ava wollte.

Ava schenkte Lily ein schmallippiges Lächeln, winkte ihr halbherzig zu und verschränkte dann die Arme vor der Brust, ohne etwas zu erwidern. Sie schmollte, und das ging mir jetzt schon tierisch auf die Nerven.

Es war gerade mal unser zweites Treffen, und die Eifersucht, die Ava gerade ins Gesicht geschrieben stand, war für mich Grund genug, dass es kein drittes geben würde. Mit zusammengekniffenen Augen musterte sie Lily und tippte ungeduldig mit dem Fuß auf und ab.

Ich setzte zu einer Entschuldigung an, als das Klingeln eines Handys die Stille, die zunehmend unangenehmer wurde, durchbrach. Gott sei Dank. Ich hatte nämlich keine Ahnung, bei welcher von beiden ich mich entschuldigen wollte. Eigentlich sollten sie sich entschuldigen. Alle beide. Schließlich waren sie diejenigen mit der schlechten Laune, nicht ich.

»Sorry, das ist meins«, sagte Lily, klang dabei aber ganz und gar nicht so, als würde es ihr leidtun. Sie zog ihr Smartphone aus der Tasche und verschwand so schnell in ihrem Zimmer, dass ich ihr nur verdutzt hinterherstarren konnte. Mit einem leisen Klicken fiel die Tür hinter ihr ins Schloss.

»Also ... Wo waren wir stehen geblieben?« Avas Finger wanderten meinen Oberkörper hinauf, mit einem verführerischen Blinzeln sah sie mich an. Doch die Berührung löste absolut gar nichts in mir aus.

»Ich glaube –«

Dieses Mal war es mein Handy, das klingelte. Kurz war ich versucht, den Anruf einfach zu ignorieren, aber vielleicht waren es Sarah, Jenny oder Dad. Und die drei waren die Einzigen, die ich niemals ignorierte.

»Tut mir leid, ich muss da drangehen.« Ich warf Ava einen kurzen, entschuldigenden Blick zu, mit den Gedanken war ich jedoch schon bei dem Drama, das unweigerlich auf mich zusteuerte.

Fünfzehnjährige Zwillingsschwestern zu haben war verflucht anstrengend, ganz gleich, wie sehr ich die beiden liebte.

Doch als ich einen Blick auf mein Smartphone warf, blinkte mir Dads Name entgegen.

Mist.

Ich zögerte. Mit Dad zu reden war das Letzte, was ich jetzt wollte. Nicht, nachdem die letzten Telefonate so schwierig gewesen waren. Aber ich wusste auch, dass ich ihn nicht wegdrücken konnte. Konnte ich nie. Egal, wie sehr ich es wollte.

»Ist das echt so wichtig?« Ava klang zunehmend genervt.

»Ja, ist es«, antwortete ich seufzend und nahm das Gespräch entgegen. »Hi, Dad.« Mit einem unguten Gefühl im Bauch trat ich ans Fenster, während Ava sich mit einem aufgebrachten Schnauben aufs Sofa fallen ließ.

»Hast du kurz Zeit?« Dad begrüßte mich nicht mal, aber das überraschte mich nicht. Sätze wie *Hallo, Julian* und *Wie geht's dir?* gehörten nicht unbedingt zu seinem Repertoire.

Nein, eigentlich hatte ich keine Zeit. Eigentlich hatte ich gerade ganz andere Dinge geplant. Sehr viel spaßigere Dinge. Aber wem wollte ich hier was vormachen? Das mit Ava hatte sich ohnehin erledigt.

Ich seufzte ergeben. »Klar, was gibt's?«

»Ich würde gerne etwas mit dir besprechen.«

Ich verkniff mir den Kommentar, dass er sonst wohl nicht angerufen hätte. Bissige Bemerkungen brachten mich jetzt auch nicht weiter.

»Okay. Was ist denn los?«

»Ich habe überlegt, mit den Mädchen zurück nach Faerfax zu ziehen. Damit wir alle wieder mehr Zeit miteinander verbringen können. Als Familie.«

Ich erstarrte.

Nein.

Einfach Nein.

NEIN! NEIN! NEIN!

»Was?«, brachte ich krächzend hervor. Auf einmal war mir kotzübel. Das konnte er unmöglich ernst meinen. Aber ich musste nicht mal fragen, um zu wissen, dass Dad es todernst meinte.

»Ich weiß, dass dich das vermutlich überraschen wird, aber ich habe lange darüber nachgedacht, und ich glaube, es ist das Beste für uns alle.«

Bullshit. Es war vielleicht das Beste für ihn. Für Sarah, Jenny und mich nicht. Ganz besonders nicht für mich. Wahrscheinlich nicht mal für ihn. Ich wollte nicht wissen, was eine Rückkehr nach Faerfax mit seiner emotionalen Verfassung anstellte. Wir waren schließlich nicht umsonst weggezogen, nachdem Mom uns verlassen hatte. Es war zwölf Jahre her, aber Dad war immer noch nicht darüber hinweg. Ich zweifelte schon lange daran, dass er diesen Punkt je erreichen würde. Erst recht nicht, wenn er hierher zurückkehrte.

»Was sagen Jen und Sarah dazu?« Meine Stimme klang kalt, tonlos. Aber etwas anderes brachte ich gerade einfach nicht fertig.

Ich fuhr erschrocken zusammen, als die Wohnungstür mit einem lauten Knall ins Schloss fiel. Ohne mich umzudrehen, wusste ich, dass ich mir zumindest um Ava keine Gedanken mehr machen musste.

»Die beiden freuen sich schon, wieder in deiner Nähe zu sein«, antwortete Dad und lenkte meine Gedanken von Ava zurück zu den wirklich wichtigen Dingen. Dad klang viel zu fröhlich. Aufgesetzt und völlig falsch. »Wir haben gerade erst darüber gesprochen.«

Das erklärte zumindest, warum bisher keine der beiden versucht hatte, mich zu erreichen. Ich konnte mir nicht vorstellen, dass sie von der Idee besonders begeistert waren. Sie hatten in Faerfax die ersten drei Jahre ihres Lebens verbracht, doch sie kannten die Stadt nicht, und ich wusste, wie wohl sie sich in Chicago fühlten.

»Aber ...« Vergeblich suchte ich nach den richtigen Worten. Wie sollte ich ihm klarmachen, dass ich sie nicht hierhaben wollte? Keinen von ihnen. Ich hatte so lange um meinen Freiraum gekämpft, ich konnte ihn unmöglich wieder aufgeben. Ganz abgesehen davon, dass ich selbst nicht ewig hierbleiben würde. Ich würde die Welt zwar niemals so erkunden, wie ich es mir wünschte – das konnte ich meinen Schwestern einfach nicht antun –, aber ausgerechnet jetzt extra hierherzuziehen, damit wir mehr Zeit miteinander hatten, war trotzdem blödsinnig. Bis zu meinem Abschluss waren es keine zwei Jahre mehr. Und danach ... Wer wusste schon, was danach passieren würde. »Wann?«

»Ich hatte an Juli gedacht. Die Zwillinge sollen das Schuljahr noch in Chicago beenden.«

Mein Herz machte einen erleichterten Satz. Okay, so blieb mir ein halbes Jahr Zeit, ihn irgendwie und möglichst unauffällig davon zu überzeugen, dass das eine totale Schnapsidee war.

Immerhin etwas. Aber es war nicht genug. Ganz und gar nicht. Es fühlte sich an, als hätte er mir mit seinen Worten ein tonnenschweres Gewicht auf die Schultern gelegt.

»Dad, ich weiß nicht, was ich sagen soll.« Ich rieb mir die Schläfe, als es hinter meiner Stirn zu pochen begann.

»Du musst erst mal gar nichts sagen, Jules. Aber wir freuen uns, alle sehr bald wieder bei dir zu sein. Ich hoffe, du freust dich auch.«

Gequält verzog ich das Gesicht. Dad setzte mich immer unter Druck. Er machte das nicht mit Absicht, er konnte nur einfach nicht anders. Er war daran gewöhnt. Und ich war daran gewöhnt, nachzugeben. Dennoch konnte ich nicht sagen, dass ich mich darüber freute. Ich log viel, und ich war gut darin, aber dieses Mal brachte ich die Lüge nicht über die Lippen.

»Hör mal, Dad, ich muss los. Wir sprechen wann anders darüber, ja?«

Ich musste hier raus. Raus aus dieser Wohnung. Ich brauchte frische Luft, musste mich abreagieren. Ich bebte am ganzen Körper, brüllende Wut loderte in mir auf, aber ich konnte sie nicht rauslassen. Konnte es einfach nicht, egal, wie sehr ich es hasste, nachzugeben. Weil es um meine Familie ging. Und ich hatte mir geschworen, meine Familie niemals zu enttäuschen.

Fuck!

Fuckfuckfuck!

»Alles klar, dann hab noch einen schönen Tag, Julian.« Ich legte auf, ohne mich zu verabschieden. Sonst hätte ich womöglich noch etwas gesagt, das ich bitter bereut hätte.

3. KAPITEL

Lily

Mit halbem Ohr bekam ich mit, wie Julian die Wohnung verließ. Er knallte die Tür so heftig hinter sich zu, dass ich glaubte, das Beben bis in mein Zimmer zu spüren. Was eigentlich völliger Quatsch war, trotzdem fühlte es sich für den Bruchteil einer Sekunde an, als würde der Boden vibrieren.

Wow. Da hatte aber jemand gute Laune. Ob die liebreizende Ava ihm wohl doch noch eine Abfuhr erteilt hatte? Bei dem Gedanken daran, wie böse sie mich angeschaut hatte, als uns allen klar geworden war, dass ich Julians neue Mitbewohnerin war, musste ich grinsen. Meinetwegen brauchte sie sich allerdings keine Sorgen zu machen. Julian war nicht mein Typ. Definitiv nicht.

Egal wie heiß er aussah mit diesen grünen Augen und dem schiefen Grinsen und …

»Lily, ist wirklich alles in Ordnung?« Moms Stimme holte mich unsanft zurück ins Hier und Jetzt. Mein Gesicht begann zu glühen, und ich war unendlich froh, dass sie nicht auf einem ihrer dämlichen Videotelefonate bestanden hatte. Das hätte mir gerade noch gefehlt.

Ich sollte nicht über Julian nachdenken, aber ich kam nicht dagegen an. Ich kannte Typen wie ihn, Aufreißer, die jede Nacht ein anderes Mädchen mit nach Hause nahmen und keine Ahnung davon hatten, wie feste Beziehungen funktionierten. Luis war genauso ein Typ gewesen. Ich hatte mich trotzdem in ihn verliebt und war naiv genug gewesen, zu glauben, dass er das Gleiche für mich empfand und sich für mich änderte.

Spoileralarm! Hatte er nicht.

Ich hatte so absolut keinen Bedarf an jemandem wie ihn in meinem Leben. Ich hatte keinen Bedarf an *egal welchen* Typen in meinem Leben. Oder Menschen im Allgemeinen.

»Lily?«

»Ja, Mom. Es ist alles in Ordnung. Ehrlich, ich komme klar. Ich muss jetzt nur noch mal los, einen Target suchen, sonst darf ich heute Nacht ohne Kissen und Bettdecke schlafen.«

Vorher würde ich allerdings noch mal bei der Verwaltung vorbeischauen – die in der ersten Woche glücklicherweise bis sechs Uhr geöffnet hatte, um alle Erstsemester zu versorgen – und nachfragen, wie zum Teufel es sein konnte, dass ich mit einem Kerl in eine Wohnung gesteckt worden war. Ich hatte gar nicht gewusst, dass das überhaupt möglich war. Mom erst recht nicht. Der Gedanke, dass ich meine Wohnung nicht mit einem netten Mädchen, sondern einem Typen teilte, der sich wahrscheinlich gut als Unterwäschemodel machen würde, brächte sie vermutlich um den Verstand. Sie würde augenblicklich Dad davon erzählen. Und welche Folgen das hätte, wollte ich mir gar nicht erst ausmalen. Ich würde die Angelegenheit mit der Verwaltung klären, dann ein neues Zimmer zugeteilt bekommen, und meine überfürsorglichen Eltern mussten nie davon erfahren.

»Okay, dann will ich dich nicht länger aufhalten. Aber wenn irgendetwas sein sollte …«

»Melde ich mich«, beendete ich ihren Satz und unterdrückte ein Stöhnen. »Mir geht's gut, Mom. Ernsthaft. Du musst dir keine Sorgen um mich machen, versprochen! Ich ruf dich morgen an. Hab dich lieb.«

»Ich dich auch, Lil.«

Mit einem tiefen Seufzen legte ich auf. Ich hätte mich jetzt am liebsten auf mein Bett geworfen, mich unter meiner Decke verkrochen und den Rest des Tages verschlafen.

Nur war das leider nicht drin.

Darum griff ich nach meiner Handtasche, versicherte mich, dass ich den Wohnungsschlüssel wieder eingesteckt hatte, und verließ das Wohnheim. Als ich nach draußen trat, dämmerte es bereits, obwohl es noch gar nicht so spät war, erst kurz nach halb fünf.

Vereinzelt spendeten Laternen Licht, doch viel nützte das nicht. Noch ein paar Minuten und es würde wahrscheinlich so dunkel sein, dass man kaum noch die Hand vor Augen sehen konnte. Okay, das war vermutlich ein kleines bisschen über-trieben, trotzdem war Faerfax kein Vergleich zu New York. *Die Stadt, die niemals schläft.* Die niemals dunkel war. Die auf gar keinen Fall jemals so dunkel sein *konnte*, wie diese Stadt mitten im Nirgendwo von Illinois.

Sehnsucht durchfuhr mich, und ich fragte mich nicht zum ersten Mal, ob ich wohl die richtige Entscheidung getroffen hatte. Ich hätte an die NYU gehen können, vielleicht sogar an die Columbia, wenn Dad ein gutes Wort für mich einge-legt hätte. Stattdessen hatte ich mich in einem Anfall von was auch immer dazu hinreißen lassen, der Faerfax University zu-zusagen.

Ein Lächeln stahl sich auf mein Gesicht, als ich daran dach-te, wie ungläubig Mom mich angeschaut hatte, als ich meiner Familie meine Entscheidung mitgeteilt hatte, ausgerechnet an Moms altes College gehen zu wollen.

Dann erinnerte ich mich jedoch daran, dass ich mich vor al-lem für Faerfax entschieden hatte, weil es knapp neunhundert Meilen von New York entfernt war, und mein Lächeln erlosch.

New York war wunderschön, das stimmte. Laut, schmutzig, hell und dennoch wunderschön. Doch ich war dort auch zerbrochen. Und ich war hergekommen, damit ich endlich heilen konnte, weit weg von meiner Familie. Weit weg von Rosie.

Hier würde ich nicht nur daran denken, was ich verloren hatte. Hier konnte ich nach vorne sehen.

Hoffentlich.

Als ich anderthalb Stunden später mit schmerzenden Armen in die Wohnung zurückkehrte, herrschte dort Totenstille. Ich hielt kurz inne, lauschte, ob Julian vielleicht in seinem Zimmer war, doch er schien nicht da zu sein.

Aufstöhnend ließ ich meinen Koffer auf den Boden fallen. Eine Sekunde später folgten die beiden überdimensionalen Baumwolltaschen, in die ich nicht nur ein Kissen und eine Decke, sondern auch allerlei Deko gestopft hatte. Ich hatte noch nicht einmal die halbe Strecke vom Parkplatz zum Wohnheim zurückgelegt, als ich gemerkt hatte, wie schwer mein Gepäck war, auch wenn mein Koffer Rollen besaß, sodass ich ihn hinter mir herziehen konnte. Trotzdem war das Teil verdammt schwer. Aber umzukehren, einen Teil davon wieder im Mietwagen zu verstauen und mich dann ein zweites Mal auf den Weg zu machen, kam gar nicht infrage.

Meine schmerzenden Schultern waren jetzt der Preis für meine Faulheit.

Mom hatte mich zu dem Mietwagen überredet. Ich hatte eigentlich mit einem Taxi vom Flughafen hierherfahren wollen, aber sie hatte auf den Mietwagen bestanden, als hätte sie geahnt, dass ich ihn noch brauchen würde. Vielleicht war es so eine Art mütterlicher Instinkt gewesen oder so. Glücklicherweise konnte ich den Wagen auch problemlos bei einer Filiale in Faerfax abgeben. Mom hatte mal wieder an alles gedacht. Wie immer.

Ich hatte es gerade geschafft, meinen Koffer mit Mühe und Not in mein Zimmer zu bugsieren – ehrlich, das Teil war mit jedem Meter schwerer geworden –, als es an der Tür klopfte.

Mit schnellen Schritten lief ich durchs Wohnzimmer und sah mich einen Moment später einem zierlichen Mädchen mit schwarzen, kinnlangen Haaren gegenüber. Sie war etwa so groß wie ich, also ziemlich klein.

»Oh«, machte sie und blickte mich aus großen braunen Augen überrascht an. »Du bist nicht Julian.«

»Nein. Bin ich nicht«, bestätigte ich und musterte sie neugierig. Sie war sogar noch hübscher als Ava, was vor allem an dem fröhlichen Leuchten in ihren Augen und dem sanften Lächeln lag, das sich jetzt auf ihrem Gesicht ausbreitete. Trotzdem war nicht zu leugnen, dass Julian offensichtlich auf einen ganz bestimmten Typ Frau stand.

Wow. Ich hatte bisher keine fünf Sätze mit ihm gewechselt, aber das wusste ich schon.

Das Mädchen streckte mir eine Hand entgegen, ihr Lächeln wurde breiter. »Du musst Julians neue Mitbewohnerin sein, oder? Ich bin Cassidy.«

»Lily«, stellte ich mich perplex vor und schüttelte kurz ihre Hand. Ja, sie war ganz anders als Ava. Und auch wenn ich mir geschworen hatte, mich nicht nur von Männern fernzuhalten, sondern mir hier auch keine Freunde zu suchen, konnte ich sie unmöglich in ihr Verderben rennen lassen. Andererseits würde uns das auch noch lange nicht zu Freundinnen machen.

»Hör mal, keine Ahnung, ob du weißt, was für ein Typ Julian ist, aber es ist noch keine zwei Stunden her, da war er mit einem anderen Mädchen hier.« Ich warf ihr einen vielsagenden Blick zu, und Cassidy verzog irritiert das Gesicht. Dann weiteten sich ihre Augen, als sie begriff, worauf ich hinauswollte. Ich machte mich auf Wut und Tränen gefasst, stattdessen begann sie schallend zu lachen.

»Du denkst, ich hätte was mit Julian?« Sie schnappte nach Luft. »Oh Gott, nein! Wir sind nur Freunde, ganz ehrlich!« Kichernd wischte sie sich Lachtränen aus den Augen, während mir das Blut in die Wangen schoss.

Klasse. Tag eins, und ich hatte mich schon ein zweites Mal total zum Affen gemacht.

»Oh. Tut mir leid, ich dachte …« Verlegen brach ich ab und wünschte, ich hätte nichts gesagt. Dann hätte ich mir diese peinliche Szene erspart.

Doch anstatt darauf herumzureiten, wie sehr ich mich geirrt hatte, deutete Cassidy hinter mich, nachdem sie sich wieder beruhigt hatte, und wechselte das Thema. »Brauchst du Hilfe?«

Ich folgte ihrem Blick und stellte fest, dass Kissen, Decke und Deko sich verselbstständigt und auf dem Wohnzimmerboden ausgebreitet hatten. Die Tüten waren ihnen wohl zu eng gewesen.

Ich seufzte lautlos. Der Tag wurde von Minute zu Minute immer besser.

»Also? Brauchst du Hilfe?« Cassidy sah mich mit hochgezogenen Brauen fragend an, ihre Augen blitzten gutmütig, und eine Sekunde lang war ich versucht, ihr Angebot anzunehmen. Dann erinnerte ich mich wieder daran, dass ich bisher keine guten Erfahrungen mit anderen Mädchen gemacht hatte, und schüttelte den Kopf.

»Nein, danke, ich komme schon klar.«

»Okay«, gab sie unbekümmert zurück und zuckte mit den Schultern. »Aber wenn du was brauchst, sag einfach Bescheid. Wir sehen uns in Zukunft bestimmt öfter.«

Da hatte sie vermutlich sogar recht, denn das Gespräch mit

der Dame in der Univerwaltung war leider ziemlich unergiebig gewesen. Ich würde kein neues Zimmer bekommen. Ich knirschte mit den Zähnen, als ich daran zurückdachte, wie sie gelacht hatte, als ich ihr mein Problem geschildert hatte. Ihr *»Miss Matson, bei uns läuft alles ein bisschen anders als an anderen Universitäten. Wir gehen nämlich schwer davon aus, dass sie alt genug und in der Lage sind, mit einem männlichen Mitbewohner zurechtzukommen«* klang mir immer noch in den Ohren. Und alles nur, weil ich mich erst in letzter Sekunde für die Faerfax University und ein Zimmer im Wohnheim entschieden hatte. Ausgerechnet in Julians Wohnung war das letzte freie Zimmer gewesen. Sein Mitbewohner war wohl erst vor Kurzem ausgezogen. Sie hatte lächelnd gemeint, ich hätte großes Glück gehabt, da die Wohnheimzimmer eigentlich immer alle sofort weg waren, sobald eines frei wurde. Ich bezweifelte stark, dass das tatsächlich was mit Glück zu tun hatte. Eher mit miesem Karma oder so.

»Bestimmt«, antwortete ich krächzend und war mir nicht sicher, ob mir die Vorstellung, Cassidy öfter zu begegnen, besonders gut gefiel, ganz egal, wie nett sie auf Anhieb wirkte.

Cassidy nickte, als wüsste sie, was in meinem Kopf vor sich ging, wandte sich ab, hielt dann aber noch einmal inne und schenkte mir ein warmes Lächeln. »Willkommen in Faerfax.«

Ich kam nicht dazu, etwas zu antworten. Sie wirbelte herum und verschwand. Völlig verblüfft blieb ich in der offenen Tür stehen. Wo war ich denn hier gelandet?

Kopfschüttelnd schloss ich die Tür, schnappte mir auf dem Weg in mein Zimmer Kissen und Decke und warf sie auf mein Bett. Die Kerzen und Lichterketten, an denen ich nicht hatte vorbeigehen können, landeten einen Moment später wieder in der Tüte. Dekorieren würde ich erst, wenn mein restliches Zeug angekommen war.

Jetzt würde ich nur schnell mein Bett beziehen, dann heiß duschen und mich anschließend unter meiner Decke verkriechen, um endlich die achte Staffel *Suits* weiterzugucken. Auch wenn ich gar nicht viel gemacht hatte, war der Tag unerwartet anstrengend gewesen.

Voller Vorfreude öffnete ich meinen Koffer und erstarrte, als ich sah, was ganz obenauf lag.

Mein Herz setzte einen Schlag aus, während das Blut in meinen Ohren zu rauschen begann. Meine Hände zitterten, als ich sie nach den Spitzenschuhen ausstreckte.

Sie waren noch neu, gerade erst eingetanzt. Ich hatte sie erst drei Tage getragen, bevor ich den Unfall gehabt hatte.

Bilder blitzten vor meinem inneren Auge auf. Luis, dessen Hände fest um meine Taille lagen. Der Bühnenboden unter mir, das Gefühl zu fliegen, das mich bei einer Hebefigur jedes Mal durchströmte. Ich spürte wieder die Spannung in jedem einzelnen Muskel, spürte die Freude in jeder Faser meines Körpers, weil ich das tat, was ich liebte. Dann ein Stolpern und ein entsetzlicher Schmerz, der durch meinen Fuß fuhr, als ich unsanft auf dem Boden aufkam. Ein Geräusch, ähnlich einem Peitschenhieb, war über die Bühne gehallt, dicht gefolgt von meinem spitzen Schrei.

Ich merkte erst, dass ich angefangen hatte zu weinen, als ich erstickt aufschluchzte.

Ein Moment. Nur ein Moment und alles war kaputtgegangen.

Mein Herz tat weh. Mein Körper tat weh. Einfach alles tat weh. Für einen kurzen Augenblick glaubte ich, wieder diesen grauenhaften Schmerz in meinem Bein zu spüren, als die Achillessehne gerissen war. Aber dieser Schmerz war schon vor Wochen verschwunden. Der Schmerz über einen zerplatzten Traum hingegen war geblieben.

Meine Finger krallten sich so fest um die Spitzenschuhe, dass es schmerzte. Ich wusste genau, wer sie in meinen Koffer gelegt hatte. *Rose.*

Wut stieg in mir auf. Wut auf meine Schwester, die mir mein Versagen unter die Nase reiben musste. Die noch eine Chance hatte, diesen Traum selbst zu leben, obwohl es nie nur ihr Traum gewesen war, sondern *unserer*. Wir hatten uns gemeinsam für das Ballett entschieden. Wir hatten gemeinsam geträumt. Jetzt wusste ich nicht mal mehr, wie es sich anfühlte zu träumen. Und Rose ... Sie hatte alles und ich gar nichts mehr.

»Hey, alles okay?«

Erschrocken fuhr ich herum, die verfluchten Schuhe immer noch in der Hand, als könnte ich sie nie wieder loslassen.

Julian stand in der Tür, betrachtete mich mit gerunzelter Stirn und Sorge in den Augen.

»Raus hier!«, fauchte ich.

»Was?« Die Sorge verschwand, stattdessen trat Ungläubigkeit in seinen Blick.

»Raus hier!« Meine Stimme war zwei Oktaven in die Höhe geschossen. Ich sprang auf und baute mich wütend vor ihm auf. Es war mir egal, dass er mir nichts getan hatte. Dass er nur höflich war. Es war mir auch egal, dass ich mich unmöglich benahm. Ich wollte einfach nur, dass er verschwand.

Beschwichtigend hob Julian beide Hände. »Ich wollte nur –«

»Jetzt hau endlich ab!«, schrie ich ihn an und warf die Spitzenschuhe mit voller Wucht in die Ecke neben der Zimmertür. Mit einem dumpfen Knall fielen sie zu Boden. Julian zuckte zusammen, dann wirbelte er ohne ein weiteres Wort herum und ließ mich allein.

Kraftlos sackte ich auf dem Boden zusammen. Mein Neuanfang war jetzt schon eine absolute Katastrophe.

Ich war eine absolute Katastrophe.

4. KAPITEL

Julian

Irre. Lily war komplett irre.

Man hatte mir eine Irre als neue Mitbewohnerin zugeteilt. Da wollte ich einmal nett sein, und was hatte ich davon? Dass ich mit Schuhen beworfen wurde!

Die letzten Stunden hatte ich mich ins Fitnessstudio der Uni zurückgezogen und versucht, meine Wut an den Geräten und dem Boxsack auszulassen. Doch das hatte nur halb geklappt, und ich fühlte mich immer noch rastlos. Und jetzt *das*.

Hätte ich doch einfach nur meinen Mund gehalten. Aber sie hatte geweint, und ich hasste es, jemanden weinen zu sehen. Ich wusste, dass meine Schwestern daran schuld waren. Nur ihretwegen konnte ich nicht mit ansehen, wie jemand weinte, ohne etwas dagegen unternehmen zu wollen.

Wie aufs Stichwort klingelte mein Handy. Ich kniff kurz die Augen zusammen und betete, dass es weder Jen noch Sarah war. Für heute hatte ich genug. Zum Glück war es Coles Name, der mir vom Display entgegenleuchtete.

»Hallo, Verräter«, begrüßte ich ihn.

Cole schnaubte belustigt. »Sag nicht, du bist immer noch sauer, weil ich ausgezogen bin.«

»War ich überhaupt nicht. Bis ich einen wahren Sonnenschein als neue Mitbewohnerin bekommen habe«, gab ich ärgerlich zurück.

»Moment … Hast du gerade Mitbewohner*in* gesagt? Die haben dir echt ein Mädchen zugeteilt?« Cole stieß ein ungläubiges Lachen aus. Ich wusste ganz genau, was jetzt kommen würde. »Anscheinend hat sich dein Ruf als Herzensbrecher noch nicht bis in die Verwaltung rumgesprochen. Du weißt, dass du nichts mit deiner Mitbewohnerin anfangen solltest, oder? Das wird sonst in einer absoluten Katastrophe enden.« Er lachte leise, und ich knirschte unwillkürlich mit den Zähnen.

»Du bist so ein Arschloch«, knurrte ich.

»Nein, ich bin nur ehrlich. Also, komm. Wie schwierig wird es für dich, die Finger von ihr zu lassen?«

»Kein bisschen, okay? Die Kleine ist komplett durchgeknallt! Sie saß gerade heulend in ihrem Zimmer und hat mich mit ihren Schuhen beworfen, nur weil ich sie gefragt habe, ob alles okay ist!« Schnaubend griff ich nach meinen Schlüsseln, die ich vor ein paar Minuten erst in die kleine Schale neben der Tür geworfen hatte, und zog meine Schuhe wieder an.

»Okay, wow. Das klingt … interessant.«

Dieser Scheißkerl grinste immer noch, ich konnte es hören.

»Super interessant. Dafür schuldest du mir was. Mindestens zwei Bier.«

»Das trifft sich gut, ich wollte dich ohnehin fragen, ob du mit in den Pub kommst.«

»Bin schon unterwegs«, erwiderte ich, zog die Wohnungstür geräuschvoll hinter mir zu und legte auf.

Kichernde Erstsemester huschten über den Flur, und ich schob mich an einer Gruppe Jungen vorbei, die sich vor der Treppe versammelt hatte und bemüht unauffällig zu ein paar Mädchen hinüberschielte. Normalerweise liebte ich die ersten Tage eines neuen Semesters. Es erinnerte mich jedes Mal an mein erstes Semester an der Uni, als alles neu und aufregend gewesen war. Dieses Mal nicht.

Der ganze Tag zerrte an meinen Nerven.

Bis zum Pub war es nicht weit, trotzdem reichten die paar Minuten aus, damit meine Gedanken zurück zu Lily wanderten. Sie hatte völlig fertig ausgesehen, als ich ihr Zimmer betreten hatte. Was konnte am ersten Tag am College schon so schiefgehen, dass man dermaßen die Fassung verlor? Vielleicht hatte sie einfach Heimweh gehabt. Klar. Das erklärte auf jeden Fall, warum sie so ausgeflippt war, dass sie die Schuhe nach mir geworfen hatte.

Obwohl ich zugeben musste, dass sie vielleicht gar nicht beabsichtigt hatte, mich zu treffen. So schlecht konnte nicht mal das untalentierteste Mädchen zielen. Und ich war selbst absolut miserabel im Werfen.

Ich kam nicht dazu, weiter über Lilys seltsames Verhalten nachzugrübeln – was vermutlich ohnehin besser war –, denn gerade als ich den Campus verlassen wollte, hörte ich eine vertraute Stimme meinen Namen rufen. Als ich mich umdrehte, entdeckte ich einige Meter hinter mir Cassidy, die schnaufend vor mir stehen blieb und die Hände in die Seiten stemmte.

»Was rennst du denn so?«, beschwerte sie sich und schnappte merklich nach Luft.

»Ich renne überhaupt nicht. Meine Beine sind einfach nur länger als deine.« Amüsiert deutete ich auf ihre hochhackigen Stiefel. »Dass du in den Dingern überhaupt laufen kannst, ist schon fast ein Wunder. Schnelligkeit darfst du da wirklich nicht erwarten.«

Sie streckte mir die Zunge raus, grinste mich dann aber fröhlich an und hakte sich bei mir unter. »Das ist reine Übung«, winkte sie ab, als wir uns deutlich langsamer wieder in Bewegung setzten. »Ich hab heute übrigens deine neue Mitbewohnerin kennengelernt. Sie scheint nett zu sein. Ein bisschen reserviert vielleicht, aber ganz nett.«

Ungläubig starrte ich sie an. »Hast du gerade *nett* gesagt?«

»Ja. Sogar ganz süß«, erwiderte Cassidy schulterzuckend und erzählte mir dann von ihrer ersten Begegnung mit Lily. Auch, dass der kleine Sonnenschein sie vor mir gewarnt hatte. Mit jedem Wort verkrampfte ich mich ein bisschen mehr. Ich hatte nicht nur eine Irre als Mitbewohnerin abgekriegt, nein, sie hatte offensichtlich auch noch vor, mir die Tour zu vermasseln. Wut durchströmte mich. Gott, warum war Cole nur ausgezogen?

»Das klingt wirklich richtig nett und süß«, stellte ich bissig fest, als Cassidy ihre Geschichte mit einem ausgelassenen Lachen beendete. »Ich weiß schon, warum ich keine Mitbewohnerin wollte.«

Eigentlich war es mir bis vor ein paar Stunden noch vollkommen egal gewesen, wer in Coles altes Zimmer ziehen würde. Jetzt allerdings wünschte ich inständig, ich hätte einen Kerl zugeteilt bekommen.

Wenn ich Lily jetzt mindestens ein Semester lang an der Backe hatte, würde ich durchdrehen.

»Wie kannst du denn jetzt schon was gegen sie haben? Sie wohnt doch erst seit ein paar Stunden bei dir.«

»Das geht manchmal schneller, als man denkt«, murmelte ich unwillig.

»Willst du drüber reden?«

Ich schüttelte energisch den Kopf. »Nein, bitte nicht.«

»Na schön.« Behutsam tätschelte Cassidy meinen Arm, bohrte glücklicherweise jedoch nicht weiter nach. Trotzdem hatte ich das Gefühl, dass sich das Thema noch nicht erledigt hatte.

Cole hatte garantiert Tessa von meiner neuen Mitbewohnerin erzählt, die hatte es Ella und die sicher Jamie erzählt. Cassidy kannte Lily schon, und somit wussten all meine Freunde Bescheid. Und die Mädchen waren viel zu neugierig, um mich nicht auszuquetschen. Nicht, dass es da was auszuquetschen gäbe.

Der Pub war gut besucht, aber nicht überfüllt. Dank Ellas Schwester Tara, die mit dem Barkeeper zusammen war, bekamen wir immer denselben Tisch. Cole und Tessa saßen bereits auf der Bank, völlig in den Augen des anderen versunken. Ella und Jamie entdeckte ich an der Bar. Als sie uns sahen, machte Jamie mit einer Handbewegung deutlich, dass sie uns etwas zu trinken mitbringen würden, und ich schob mich erleichtert zwischen den Tischen hindurch zu unserem Platz.

Ich brauchte wirklich dringend ein Bier. Glücklicherweise nahm es der Irish Pub, genauso wie jede andere Bar im Univiertel, mit der Altersbeschränkung nicht allzu genau. Solange man nicht total dicht war oder wie sechzehn aussah, kriegte eigentlich jeder was zu trinken.

Tessa und Cole lösten sich voneinander, als Cassidy und ich zu ihnen traten und sie begrüßten. Nach einer kurzen Umarmung strahlte Tessa mich gespannt an. Ich ignorierte ihre Neugierde und setzte mich stumm auf den Stuhl gegenüber von ihr. Mit den langen, dunklen Haaren und den sanften braunen Augen entsprach sie eigentlich haargenau dem Typ Frau, auf den ich stand. Doch für sie hatte es von Anfang an nur Cole gegeben, ganz gleich, wie sehr die beiden sich gegen ihre Gefühle gewehrt hatten. Sie sah glücklich aus. Die letzten Monate hatten ihr gutgetan. Faerfax tat ihr gut. Wahrscheinlich wir alle, besonders Cole.

Es war erst ein gutes halbes Jahr her, da war sie für mich nur eins dieser Hollywoodsternchen gewesen, eine Schauspielerin, die in Faerfax einen Film drehte. Inzwischen gehörte sie zu meinen besten Freunden, und die meisten Leute in Faerfax hatten sich an ihre Anwesenheit gewöhnt. Zwar kamen hin und wieder trotzdem mal Leute an unseren Tisch und fragten

Tessa nach einem Selfie, aber im Vergleich zum letzten Herbst hatte sich die Aufregung um sie deutlich gelegt. Gott sei Dank trieben sich auch nur noch ganz selten Paparazzi hier herum, um Fotos von ihr zu ergattern. Eine Schauspielerin, die sich in eine Universitätsstadt zurückzog, bot anscheinend nicht genug Stoff für spannende Storys.

»Jetzt komm schon, Jules! Muss ich dich echt erst fragen?«, platzte es aus ihr heraus, da ich nicht den Anschein machte, irgendwas zu sagen.

»Ich dachte, Cole hätte dir schon alles erzählt«, entgegnete ich und warf meinem besten Freund einen argwöhnischen Blick zu.

»Stimmt, aber du hast ihm doch kaum was verraten!«

»Seit wann bist du denn so neugierig?«

Tessa legte den Kopf zur Seite, ihr langes Haar fiel in weichen Wellen über ihre Schultern, und ein verschmitztes Lächeln umspielte ihre vollen Lippen. »Ich bin nur neugierig, wenn es um meine Freunde geht.«

Cole lachte leise und legte einen Arm um sie. Er setzte zu einer Erwiderung an, doch in dem Moment kamen Ella und Jamie zurück an den Tisch. Umständlich stellten sie vier Gläser Bier und zwei Gläser Wein darauf ab.

»Was hab ich verpasst?« Erwartungsvoll blickte Ella uns der Reihe nach an und nippte dann an ihrem Wein.

»Ihr seid schlimmer als meine Schwestern«, brummte ich, setzte mein eigenes Glas an und trank einen großen Schluck.

»Damit komme ich klar.« Ella zuckte mit den Schultern, und ihre roten Locken hüpften fröhlich auf und ab.

Ich war versucht, mich zu weigern, aber die drei konnten verdammt hartnäckig sein, vor allem Cassidy, die auf dem Weg zwar nicht weiter nachgefragt hatte, sich jetzt aber vorbeugte und mich aus zusammengekniffenen Augen musterte.

Aufstöhnend lehnte ich mich zurück. Ich hatte es geahnt! Vielleicht hätte ich doch lieber im Wohnheim bleiben sollen.

Cassidy strich sich eine dunkle Strähne hinters Ohr und schenkte mir ein liebenswürdiges Lächeln. »Jetzt bring es einfach hinter dich, danach lassen wir dich auch in Ruhe.«

Ich glaubte ihr kein Wort, mir war aber genauso klar, dass sie nicht lockerlassen würde, bis sie erfahren hatte, was sie wissen wollte. Also erzählte ich noch einmal, wie seltsam Lily sich verhalten hatte.

»Reicht das dann?«, wollte ich wissen, als ich geendet hatte und nahm einen weiteren Schluck von meinem Bier.

Meine Freundinnen tauschten einen kurzen Blick und zuckten dann synchron mit den Schultern.

»Fürs Erste.« Ella schenkte mir ein zufriedenes Lächeln, und ich verdrehte die Augen.

»Wie großzügig von euch.«

»So sind wir.« Sie knuffte mich in die Seite, wandte sich an Cassidy und wechselte Gott sei Dank das Thema. »Wann genau kommt Steve jetzt zurück?«

»Samstagnachmittag gegen drei. Endlich! Ehrlich, dieses Auslandsjahr hat viel zu lange gedauert! Ich bin so froh …«

Den Rest bekam ich nur noch am Rande mit, mein Kopf dröhnte, und ob ich wollte oder nicht, meine Gedanken schweiften ab zu Dads Idee, wieder nach Faerfax zu ziehen. Was für ein Scheißtag.

»Jules?«

Ich verkrampfte mich, als ich Coles Stimme hinter mir hörte. Seufzend drehte ich mich um. Ich hatte mich nach draußen verzogen, weil ich dringend frische Luft brauchte. Drinnen war es zu laut gewesen, meine Freunde zu fröhlich, während ich dauernd nur an das Gespräch mit Dad denken konnte. Ich

hatte gehofft, ein Abend mit meinen Freunden würde mich ablenken. Offensichtlich war das nicht der Fall.

»Hm?«, machte ich unverbindlich.

Stirnrunzelnd musterte Cole mich. Nach zweieinhalb Jahren kannte er mich besser als jeder andere meiner Freunde. Ihm
was vorzumachen war nicht leicht.

»Was ist los?«, fragte er und zog fröstelnd die Schultern
hoch.

»Gar nichts.«

Cole reichte mir ein neues Glas Bier und schüttelte den
Kopf. »Alter, komm schon. Wir haben zwei Jahre zusammengewohnt. Ich merke es, wenn mit dir was nicht stimmt.«

Ich setzte zu einer gereizten Antwort an, entschied mich
dann aber doch dagegen. Es hatte keinen Zweck. Cole wusste
ganz genau, wann ich log. Außerdem … manchmal half es zu
reden. Hatte ich zumindest gehört.

»Mein Dad will mit meinen Schwestern hierherziehen.«

Cole zog irritiert die Augenbrauen hoch. »Was? Hierher?«

Ich gab ein ungehaltenes Brummen von mir, das Cole richtig als Zustimmung deutete.

»Was will deine Familie denn hier in Faerfax?«

Unbehaglich wand ich mich. »Wir haben hier früher gewohnt«, murmelte ich.

Cole öffnete den Mund und schloss ihn wieder. Beinahe
hätte ich gegrinst. Ich hatte Cole bisher selten sprachlos erlebt.

»Moment … was?«, brachte er schließlich hervor. »Ihr habt
hier gewohnt?«

Ich seufzte schwer und nickte. »Wir sind vor knapp zwölf
Jahren weggezogen.«

Cole schwieg einen Augenblick, und auch wenn er versuchte, einen neutralen Gesichtsausdruck aufzusetzen, war ihm an-

zusehen, dass er verletzt war. »Wieso hast du das noch nie erzählt?«

»Hab ich halt nicht.« Ich zuckte mit den Schultern, brachte die Erklärung, die Cole wahrscheinlich von mir erwartete, jedoch nicht über die Lippen.

»Okay«, meinte Cole gedehnt. »Warum?«

Unruhig trat ich von einem Fuß auf den anderen. Genau wegen solcher Gespräche hatte ich nichts gesagt. »Weil es keine Rolle spielt, Cole.« Und vor allem, weil ich keine Lust hatte, darüber nachzudenken.

»Ich finde schon, dass es eine Rolle spielt. So was verschweigt man doch nicht einfach so. Wir sind deine Freunde. Abgesehen von Cassidy sind wir alle hier geboren und aufgewachsen.«

»Also, hätte es irgendwas an unserer Freundschaft geändert, wenn ich euch früher davon erzählt hätte?« Ich schnaubte. »Würdet ihr mich dann lieber mögen?«

»So hab ich das nicht gemeint.«

Ich trank einen Schluck Bier. »Ich weiß.«

Cole zögerte einen Moment, schien zu überlegen, ob er mich fragen sollte, was ihm durch den Kopf ging, und obwohl ich ihn stumm anflehte, es zu lassen, entschied er sich letztendlich doch dafür. »Warum seid ihr weggezogen?«

Ich wollte seine Frage nicht beantworten, aber ich tat es trotzdem. Besser, ich brachte es schnell hinter mich, sonst würde Cole mich sicher noch mal darauf ansprechen, und das konnte ich echt nicht gebrauchen. »Mom ist abgehauen, und Dad hat es deswegen in der Stadt nicht mehr ausgehalten. Deshalb sind wir nach Chicago gezogen. Keine große Sache.«

Keine große Sache. Ja, klar. Wen wollte ich hier eigentlich verarschen? Ich verzog das Gesicht. Seit Jahren zwang ich mich, nicht an Mom zu denken – aus gutem Grund. Ich *wollte* nicht an diese Verräterin denken. Und jetzt drehten sich meine Gedanken seit Stunden nur noch um meine Familie. Und ob ich wollte oder nicht, Mom gehörte immer noch irgendwie dazu, auch wenn sie uns verlassen hatte. Weil Dad es einfach nicht schaffte, darüber hinwegzukommen.

Jeder andere hätte Dads Wunsch nach einer Rückkehr vielleicht als Fortschritt angesehen. Dass er nach zwölf Jahren endlich bereit war, loszulassen. Aber ich wusste es besser. Das war kein Schritt nach vorn, sondern fünf Schritte zurück.

»Willst du drüber reden?«

»Sehe ich so aus?« Mit hochgezogenen Augenbrauen musterte ich Cole.

Seine Mundwinkel zuckten. »Nein, eher nicht.«

Ohne zu antworten, leerte ich mein Glas. Ich wollte wirklich nicht darüber reden.

5. KAPITEL

Lily

»Wie in jedem Sommersemester wird es auch dieses Mal verschiedene Projekte geben. Sie müssen sich zwingend für eines dieser Projekte anmelden, um dieses Semester zu bestehen«, informierte Mrs Hunting uns und riss mich aus meinen Gedanken.

Ich saß im Einführungskurs für Theaterwissenschaften und fragte mich seit geschlagenen vierzig Minuten, was ich hier eigentlich machte. Meine Wahl war auf Theaterwissenschaften als Hauptfach gefallen, weil es das Naheliegendste gewesen war. Anstatt selbst auf der Bühne zu stehen, würde ich mich mit den Stücken befassen, die dort oben aufgeführt wurden.

Vor zwei Stunden hatte ich das noch für einen guten Plan gehalten. Doch je länger die Dozentin sprach, desto stärker wurde das Gefühl, einen Fehler gemacht zu haben. Ich gehörte hier nicht hin. Ich gehörte auf die Bühne. Ich ... *Nein*.

Meine Finger verkrampften sich schmerzhaft um den Stift in meiner Hand.

Dieser Teil meines Lebens war vorbei.

Energisch schüttelte ich den Kopf und zwang mich, meine Aufmerksamkeit wieder auf Mrs Hunting zu richten. Ich musste endlich im Hier und Jetzt ankommen.

»Ein solches Projekt mag für Erstsemester ungewöhnlich sein, doch Sie sollen von Anfang an eingebunden werden. Alle

Studenten der Faerfax University werden an einem dieser Projekte teilnehmen, es gibt keine Ausnahmen. Manche Projektthemen mögen zwar den Anschein erwecken, eher auf einen bestimmten Studiengang zugeschnitten zu sein, doch jedes Projekt benötigt Studenten verschiedener Studiengänge. Sie können also, auch wenn Sie Theaterwissenschaften studieren, ein Projekt, das sich vorrangig mit Fotografie zu befassen scheint, wählen. Wie die einzelnen Projekte geplant sind, darüber informieren Sie sich bitte bei Moodle. Tragen Sie sich in die entsprechenden Listen ein, wenn Sie sich entschieden haben. Diese finden Sie bei den betreuenden Dozenten. Sie haben bis Ende nächster Woche Zeit, sich anzumelden.«

Aufgeregtes Flüstern breitete sich im Hörsaal aus. Die Ersten griffen bereits nach ihren Handys, um sich die Projekte anzuschauen.

»Informieren Sie sich bitte *nach* der Sitzung über die Projekte.« Mrs Hunting übertönte meine Kommilitonen mühelos. Ein belustigtes Lächeln erschien auf ihrem Gesicht, dann fuhr sie fort, uns zu erläutern, wie viele Credit-Points wir sammeln und welche Module wir während der nächsten Jahre belegen mussten, dass wir unsere Schwerpunkte aber selbst bestimmen konnten.

Jahre. Ich würde *Jahre* hierbleiben. Und mindestens ein Semester davon mit Julian zusammenwohnen. Während der letzten Stunden hatte ich mich geweigert, an ihn zu denken. Weil ich dann unweigerlich auch daran denken würde, dass ich gestern meine verdammten Spitzenschuhe nach ihm geworfen hatte.

Okay, nicht direkt nach ihm, aber *oh Mann*, was hatte ich mir nur dabei gedacht?

Die Wahrheit war: Ich hatte gar nicht nachgedacht. Ich war ausgeflippt und hatte es an Julian ausgelassen, obwohl er mit der ganzen Sache absolut gar nichts zu tun hatte. Rose war die Einzige, die damit was zu tun hatte.

Ich hatte keine Ahnung, wie meine Schwester es geschafft hatte, neben meinen Spitzenschuhen auch meine Ballettschläppchen, zwei Bodys und ein paar Strumpfhosen in meinen Koffer zu schmuggeln. Vor allem, weil ich meine Ballettsachen vor Monaten zusammen mit meinen Fotos aus dem Fenster geworfen hatte.

Gestern Abend war ich drauf und dran gewesen, sie anzurufen und deswegen zur Rede zu stellen, hatte es dann aber doch gelassen. Sie wäre ohnehin nicht drangegangen.

Im Gegensatz zu meiner Zwillingsschwester hatten Ivy und Magnolia mir gestern Abend noch geschrieben, ich hatte bisher jedoch keiner von beiden geantwortet. Wenn Maggie wüsste, dass ich bei einem Typen wie Julian in der Wohnung gelandet war, wäre sie wahrscheinlich schon auf dem Weg hierher.

Ungehalten rutschte ich auf meinem Platz herum und stöhnte genervt auf. Klasse, anstatt über meine verräterische Schwester nachzudenken, schwirrte mir jetzt schon wieder Julian im Kopf herum. Das war ja so viel besser.

Mir war klar, dass ich mich ihm gegenüber unmöglich benommen hatte. Er musste mich für komplett durchgeknallt halten. Vielleicht war das gar nicht so schlecht, dann würde er mich in Ruhe lassen, und das war schließlich genau das, was ich wollte. Keine Freunde, kein Vertrauen, kein Schmerz. So einfach war das. Oder sollte es zumindest sein.

»So, das war's für heute«, beendete Mrs Hunting die Stunde und holte mich zum zweiten Mal an diesem Tag ins Hier und Jetzt zurück. »Viel Spaß bei Ihren Kursen und herzlich willkommen an der Faerfax University!«

Während der nächsten Stunden musste ich feststellen, dass ich im Einführungsseminar doch etwas besser hätte aufpassen sollen. So wie es aussah, gab es abgesehen von dem Einführungskurs und einigen Zusatzkursen nämlich keine Seminare und Vorlesungen, die ausschließlich für Erstsemester vorgesehen waren. Nein, stattdessen besuchten wir alle Kurse gemeinsam mit Studenten fortgeschrittener Semester – je nachdem, für welche Seminare man sich entschieden hatte. Das hatte Mrs Hunting also gemeint, als sie gesagt hatte, wir könnten unsere Schwerpunkte selbständig wählen.

Zum Glück war es überhaupt nicht einschüchternd, wenn man mit Leuten zusammen in einem Kurs saß, die gefühlt jede Frage beantworten konnten, während man selbst nur stumm beobachtete und sich verzweifelt fragte, um welche Epoche es gerade eigentlich ging. Irgendwie hatte ich mir das Ganze deutlich leichter und unkomplizierter vorgestellt, und zum ersten Mal kam mir der Gedanke, dass ich mit meinem Perfektionismus vielleicht nicht im richtigen Studiengang gelandet war.

Ich saß in meinem ersten Kurs über die griechischen Tragödien, und obwohl ich mich zu Beginn noch recht sicher gefühlt hatte, als Mr Ross erläuterte, was er für das Seminar geplant hatte, hatte ich inzwischen das Gefühl, in einer komplett anderen Welt gelandet zu sein.

Fachbegriffe flogen durch die Gegend, ohne dass irgendwas erklärt wurde, seit zehn Minuten stritt sich ein Typ mit einem Mädchen über Gott weiß was, und Mr Ross beobachtete das Geschehen lächelnd und ohne sich einzumischen. Er sah aus, als würde er die Diskussion der beiden genießen.

Glücklicherweise waren die anderen Erstsemester, die mit mir in diesem Kurs saßen, an ihren absolut fassungslosen Gesichtern zu erkennen. Es war beruhigend zu sehen, dass ich nicht die Einzige war, die sich hier fehl am Platz fühlte.

Vier Stunden später rauchte mein Schädel, und ich war vollkommen überfordert.

Aufgebracht ließ ich meinen Ordner auf die Arbeitsplatte in unserer kleinen Küche fallen und setzte Wasser auf. Ich brauchte dringend einen Tee. Und dann würde ich all meine Notizen durchgehen, mir die Projekte anschauen und vielleicht ein bisschen heulen, weil absolut gar nichts in meinem Leben so lief, wie ich es mir vorgestellt hatte.

Klasse. So weit war es schon gekommen.

»Da hat jemand ja wieder richtig gute Laune«, bemerkte eine tiefe, raue Stimme hinter mir, und ich fuhr herum.

Julian stand vor seiner geöffneten Zimmertür, leicht an den Türrahmen gelehnt und hatte die Arme vor der Brust verschränkt. Sein Gesicht war vollkommen ausdruckslos. Von seinem charmanten Lächeln war nichts zu erkennen. Trotzdem – und ich hasste mich für diese Erkenntnis – sah er verdammt gut aus mit seinen strubbeligen Haaren, der dunklen Jeans und dem grauen Sweatshirt. Als wäre er gerade erst aus dem Bett gefallen. Um halb vier am Nachmittag.

»Ich hatte einen echten Scheißtag«, gab ich kurz angebunden zurück und wandte mich wieder ab, um nach einer Tasse für meinen Tee zu suchen. Ich wollte nicht darüber reden, dass mich schon der erste richtige Tag an der Uni komplett überforderte.

Dummerweise hingen die Schränke ziemlich hoch, und natürlich standen die Tassen im obersten Fach und damit außerhalb meiner Reichweite. Doch bevor ich mir die Blöße geben und Julian um Hilfe bitten würde, wäre ich lieber tot umgefallen.

Ich erstarrte, als ich plötzlich seinen großen, warmen Körper dicht hinter mir spürte. Viel zu dicht.

»So bist du also drauf, wenn du einen Scheißtag hast?« Sein Atem strich über meinen Nacken, als er nach einer Tasse griff, und ich war drauf und dran, einfach unter seinem ausgestreckten Arm hindurchzuschlüpfen und wegzulaufen, aber ich konnte mich nicht rühren. Keinen Millimeter.

»Es gibt weniger beschissene Scheißtage, und es gibt so richtig beschissene Scheißtage«, erwiderte ich gepresst. Mein Gott, konnte er nicht wenigstens ein bisschen Abstand halten?

»Du bist nicht gut darin, um Hilfe zu bitten. Oder darin, nett gemeinte Fragen zu beantworten.« Mit einem verärgerten Schnauben drückte er mir die Tasse in die Hand. Dann trat er einen Schritt zurück, und ich merkte erst, als meine Schultern nach unten sanken, dass ich mich total verkrampft hatte.

»Nein, bin ich nicht«, antwortete ich gedehnt und drehte mich zu ihm um. Er stand jetzt ein Stück von mir entfernt, hatte die Arme wieder vor der Brust verschränkt und musterte mich prüfend.

Es war die perfekte Gelegenheit, mich für mein gestriges Verhalten zu entschuldigen. Ich hatte seine Andeutungen durchaus verstanden, und ich wusste, dass eine Entschuldigung das einzig Richtige war. Ich wollte es auch, wirklich, aber was sollte ich ihm sagen, ohne ihm gleich meine kleine traurige Geschichte auf die Nase zu binden? Ein simples *Es tut mir leid* oder ein *Gestern war ein richtig beschissener Scheißtag* als Erklärung würden ihm nicht reichen, da war ich mir ziemlich sicher. Nicht, wenn er mich so ansah, wie er es gerade tat. Als würde er mich mit seinem Blick durchbohren wollen.

Krampfhaft suchte ich nach den richtigen Worten und fand keine.

Julian seufzte genervt. »Okay, da von dir ja offensichtlich keine Entschuldigung kommt, stelle ich jetzt mal ein paar Dinge klar. Erstens: Schmeißt du noch einmal Schuhe oder sonst welche Gegenstände nach mir, schmeiße ich dich raus. Und mir ist scheißegal, dass wir im Wohnheim wohnen, klar?« Er schenkte mir ein grimmiges Lächeln.

»Ich wollte doch gerade –«

»Ob das klar ist, habe ich gefragt«, unterbrach er mich scharf. Unwillkürlich versteifte ich mich. »Ich glaube nicht, dass du das kannst.«

»Willst du es wirklich darauf ankommen lassen?« Sein Gesicht verdüsterte sich. Er gab mir keine Möglichkeit zu antworten – wahrscheinlich war das unter den gegebenen Umständen auch besser so –, sondern fuhr gleich fort. »Zweitens: Versuchst du noch mal, mir die Tour zu vermasseln, mach ich dir das Leben hier zur Hölle.«

Es war absolut unpassend in diesem Moment, trotzdem konnte ich mir ein Grinsen nicht verkneifen. Es hätte mir peinlich sein sollen, dass ich Cassidy vor ihm »gewarnt« hatte. Aber das war es nicht. Nicht, wenn er sich wie ein Vollidiot benahm.

»Und drittens?« Herausfordernd verschränkte ich nun meinerseits die Arme vor der Brust, was mit der Tasse in der Hand allerdings gar nicht so einfach war.

Julian stutzte kurz, dann fauchte er: »Drittens: Lass mich einfach in Ruhe.«

»Das bekomme ich auf jeden Fall hin«, versprach ich und schenkte ihm ein liebreizendes Lächeln, einfach nur, um ihn zu ärgern.

Julian öffnete den Mund, als wollte er noch etwas sagen, dann wirbelte er herum und verschwand in seinem Zimmer. Als die Tür hinter ihm ins Schloss fiel, schüttelte ich leise seufzend den Kopf. Das war ja wieder richtig gut gelaufen.

Einen kurzen Augenblick war ich versucht, ihm zu folgen und die Sache zwischen uns zu klären. Aber dann erinnerte ich mich daran, dass ich eigentlich nicht nach Freunden suchte und Julian gerade sehr deutlich gemacht hatte, dass er in Ruhe gelassen werden wollte.

Also goss ich meinen Tee auf und verkroch mich in meinem Zimmer, um zuerst die Nachrichten meiner Schwestern zu beantworten und mich dann mit den Projekten zu beschäftigen.

Ich verschwieg Maggie Julian, was angesichts unseres Streits vermutlich das Beste war, versicherte Ivy, dass es mir gut ging, und landete dann völlig unbewusst im Chat mit Rose.

Die letzten Nachrichten waren vom Tag des Unfalls. Wir hatten darüber diskutiert, welchen Disney-Film wir als Nächstes schauen würden, und unsere Wahl war auf *Die Schöne und das Biest* gefallen.

Mein Herz krampfte sich zusammen, und mir stockte kurz der Atem, als mich ein vertrauter Schmerz durchfuhr.

Wir hatten den Film nie gesehen.

Sehnsucht breitete sich in mir aus, als ich auf Rosies Foto tippte und das vertraute, strahlende Lächeln meiner Schwester mir entgegenblickte. Es war viel zu lange her, dass ich es gesehen hatte. Dass sie *mich* so angelächelt hatte.

Tränen brannten in meinen Augen. Wie hatte alles nur so furchtbar schieflaufen können? Wie hatten aus Schwestern, die die besten Freundinnen gewesen waren, Fremde werden können?

Zuerst begann die Hand zu zittern, in der ich das Smartphone hielt, einen Moment später bebte mein ganzer Körper, und das Bild von Rose verschwamm vor meinen Augen.

Ich war schuld. Es war ganz allein meine Schuld, dass wir kaum noch ein Wort miteinander sprachen. Meine Wut und diese verfluchte Eifersucht waren der Grund dafür, dass ich Rose nicht mehr anschauen konnte, ohne vor Augen geführt zu bekommen, was ich verloren hatte.

Ein ersticktes Schluchzen entwich mir. Ich ließ das Handy

fallen und vergrub das Gesicht in meinem Kissen. Und dann weinte ich. Dieses Mal – das erste Mal –, weil ich Rose auch verloren hatte. Genau wie mich selbst.

Es dauerte eine ganze Weile, bis ich mich wieder beruhigt hatte. Schniefend setzte ich mich auf, wischte mir die Tränen aus dem Gesicht und schob jeden Gedanken an Rose und mein altes Leben entschieden in den hintersten Winkel meines Kopfes.

Ich musste nach vorne sehen. Dann fuhr ich meinen Laptop hoch, loggte mich ein paar Minuten später bei Moodle ein – die Seite war eine seltsame Mischung aus Kursmanagementsystem und Lernplattform – und scrollte durch die Projektliste. Ich hielt inne, als mir eines der Projekte ins Auge stach, als würde es blinken und *Hier bin ich, wähle mich* rufen. Ironischerweise klang die leise Stimme wie meine Schwester.

Es gab ein Musicalprojekt.

Mein Herz machte einen aufgeregten Satz, und ein nervöses Kribbeln breitete sich in mir aus. Ich musste mir die anderen Projekte nicht einmal ansehen, um zu wissen, dass ich mich dafür entscheiden würde.

Vielleicht war es ein Fehler. Vielleicht würde es mich zerreißen, andere auf einer Bühne tanzen zu sehen und zu wissen, dass ich diese Chance verpasst hatte.

Aber mein Herz wusste, was es wollte. Und zum ersten Mal seit Monaten beschloss ich, darauf zu hören.

Julian

Lily hatte also einen Scheißtag. Fuck, den hatte ich auch. Meiner hatte schon lange vor dem ersten Kurs begonnen, als ich schweißgebadet aus dem Schlaf geschreckt war.

Ich hatte seit einer Ewigkeit nicht mehr von Mom geträumt. Von der Zeit, als sie noch da und wir alle glücklich gewesen waren. Na ja, alle außer ihr. Ich fragte mich seit Jahren, ob Mom mit uns jemals glücklich gewesen war. Bestimmt irgendwann mal, oder? Wenigstens ein bisschen. Sie konnte nicht alles an unserem Leben gehasst haben.

Andererseits hätte sie uns dann wohl kaum verlassen.

Ich schnaubte ungehalten, Bitterkeit stieg in mir auf. Seit dem Telefonat mit Dad bekam ich sie einfach nicht aus dem Kopf, obwohl ich nichts mehr wollte als das. Ich hatte keinen Bock, über sie nachzudenken, über das, was sie Dad, Jenny, Sarah und mir mit ihrem Verschwinden angetan hatte. Ich wollte es einfach nicht, weil es zu nichts führte. Weil es noch nie zu was geführt hatte. Trotzdem konnte ich nicht anders.

Seit Stunden kochte ich deshalb vor Wut. Und ich wurde diesen brennenden Zorn nicht los, ganz egal, wie sehr ich es versuchte. Ich war heute Morgen Laufen und nach meinen Kursen im Fitnessstudio gewesen. Normalerweise reichte das, um runterzukommen. Und wenn Sport nicht half, dann lenkte ich mich mit Fotografie ab.

Heute brachte weder das eine noch das andere etwas.

Meine Auseinandersetzung mit Lily eben hatte auch nicht unbedingt dazu beigetragen, mich besser zu fühlen. Ich brauchte …

Das Klingeln meines Smartphones riss mich jäh aus meinen Gedanken. Ich rechnete mit Jen oder Sarah, aber es waren nicht meine Schwestern, die mit mir sprechen wollten, sondern Nina.

Ich fuhr mir durchs Haar und merkte, wie tiefe Erleichterung mich durchflutete. Nina würde helfen.

»Hey«, begrüßte ich sie.

»Was machst du?« Ich hörte das Lächeln in ihrer Stimme und spürte, wie ich ruhiger wurde. Ich konnte sie praktisch vor mir sehen, wie sie auf ihrem Bett lag, die Beine gegen die Wand gestemmt, die langen dunklen Haare hingen über die Bettkante zu Boden. Sie wickelte vermutlich gerade eine lange Strähne um ihren Finger, biss sich auf die Unterlippe und … wartete auf eine Antwort.

Ich räusperte mich. »Nicht viel, und du?«

»Soll ich vorbeikommen? Du fehlst mir. Wir haben uns vor den Ferien das letzte Mal gesehen.«

Mein schlechtes Gewissen meldete sich mit Nachdruck, und ich zögerte. Wir hatten uns nicht ohne Grund vor Weihnachten das letzte Mal gesehen. Nina und ich hatten viel Spaß miteinander gehabt. Eine ganze Weile. Dann hatte sie angefangen, von Beziehung und Gefühlen zu reden, und ich hatte die Reißleine gezogen. Ich mochte Nina. Aber das war nicht drin. Das war niemals drin.

»Nina …«, setzte ich an, doch sie kam mir zuvor, bevor ich ihr Angebot ausschlagen konnte.

»Komm schon, Jules. Ich weiß, dass du keine feste Freundin willst, und ich werde nicht mehr versuchen, dich zu überreden, okay?« Wir wussten beide, dass sie log.

Ich sollte Nein sagen. Ich sollte ein guter Kerl sein und Nein sagen.

Ein tiefes Seufzen entwich mir. »Bis gleich.«

Offensichtlich war ich kein guter Kerl.

6. KAPITEL

Lily

Ein lautes Lachen riss mich aus dem Schlaf. Erschrocken fuhr ich hoch und wusste im ersten Moment nicht, wo ich war. Dann erkannte ich die Umrisse meines Zimmers im Wohnheim von Faerfax und stöhnte auf.

Das Lachen, hoch, melodisch und eindeutig weiblich, ertönte erneut, dicht gefolgt von einem nicht mal ansatzweise geflüsterten »Pssst«.

Genervt verdrehte ich die Augen. Es war nicht das erste Mal, dass ich von Julian und seinen Bekanntschaften geweckt wurde. Zu meinem Leidwesen war das während der vergangenen Tage viel zu oft vorgekommen, und ich hatte langsam den Verdacht, dass er mich damit für unsere Diskussion Anfang der Woche bestrafen wollte. Okay, das war wahrscheinlich Quatsch, aber ich war müde und mein Gehirn nicht in der Lage, vernünftig zu denken.

Ich wollte mir gerade die Decke über den Kopf ziehen, um dieses nervige Lachen etwas zu dämpfen, als meine Tür aufflog und gegen die Wand knallte.

Das Licht ging an, und ich kniff geblendet die Augen zusammen. Als ich sie wieder öffnete, stand ein dunkelhaariges Mädchen vor mir, das mich aus großen Augen überrascht anblinzelte.

»Raus hier«, fauchte ich überrumpelt, während Julian aus

dem Wohnzimmer gleichzeitig »Steph, warte! In dem Zimmer wohnt wieder jemand« rief.

Das Mädchen verzog verlegen das Gesicht. »Oh, sorry! Ich wollte dich nicht wecken, schlaf weiter.« Eilig trat sie zurück ins Wohnzimmer und zog die Tür hinter sich zu, vergaß aber, das Licht auszumachen.

Mit einem genervten Stöhnen schwang ich die Beine aus dem Bett und tapste Richtung Lichtschalter. Einen Moment später war mein Zimmer wieder in gnädige Dunkelheit getaucht.

Trotzdem war ich jetzt wach. Toll. Richtig toll. Ich griff nach meinem Handy, wischte übers Display und starrte ungläubig auf die Uhrzeit.

Halb fünf. Das durfte doch nicht wahr sein! Für einen Sonntagmorgen war das definitiv viel zu früh. Seufzend kuschelte ich mich unter die Decke und versuchte wieder einzuschlafen, doch es dauerte nur ein paar Minuten, bis mir klar wurde, dass an Schlaf diese Nacht wohl nicht mehr zu denken war.

Denn während es für mich noch viel zu früh war, war es für die beiden im Zimmer nebenan eindeutig nicht spät genug.

Mit einer gehörigen Portion Wut im Bauch schaltete ich meine Nachttischlampe an, stand auf und nahm meine Kopfhörer und meinen Laptop vom Schreibtisch. Ich hatte echt keinen Bedarf, Julian bei seinen Bettgeschichten auch noch zuzuhören.

Weil ich die achte Staffel *Suits* während der letzten Tage bereits beendet hatte, beschloss ich, noch mal von vorne anzufangen. Besonders aufnahmefähig würde ich gerade ohnehin nicht sein, da lohnte es sich nicht, eine neue Serie anzufangen.

Ich bekam tatsächlich nicht viel von der ersten Folge mit. Das lag allerdings weniger an meiner Müdigkeit als vielmehr an den dämlichen Gedanken, die durch meinen Kopf kreisten.

Ich wohnte noch nicht einmal eine ganze Woche mit Julian zusammen, und das war jetzt das vierte Mädchen, das er mit hergebracht hatte. Ich hatte sie aus dem Augenwinkel beobachtet, wenn sie morgens aus seinem Zimmer geschlichen kamen, während ich Kaffee gekocht hatte. Keine von ihnen hatte mich auch nur eines Blickes gewürdigt, geschweige denn *Hallo* gesagt.

Meine Vermutung über Julians Typ hatte sich dafür schnell bestätigt. Jedes dieser Mädchen war groß, brünett und ziemlich hübsch gewesen.

Ich sollte nicht darüber nachdenken, wollte es nicht einmal, aber ich konnte nicht aufhören, mich zu fragen, wie zum Teufel Julian es geschafft hatte, innerhalb von nicht einmal einer Woche vier verschiedene Mädchen aufzureißen. Wussten sie alle nicht, mit wie vielen Mädchen er es trieb, oder war es ihnen schlicht und ergreifend egal? Ich hoffte, dass es sie einfach nicht kümmerte.

Aufstöhnend drückte ich mir ein Kissen vors Gesicht, als würde das die Gedanken ersticken. Tat es natürlich nicht. Genervt schob ich mir das Kissen wieder unter den Kopf und zwang mich, mich auf die inzwischen dritte Folge zu konzentrieren.

Nach einer Weile verschwanden meine Überlegungen zu Julian schließlich von selbst. Die vertrauten Stimmen von Harvey und Mike lullten mich ein, und es dämmerte bereits, als mir doch noch die Augen zufielen.

Ich konnte mich nicht daran erinnern, wann ich das letzte Mal so unendlich müde gewesen war. Ob das überhaupt schon jemals der Fall gewesen war. Ich fühlte mich wie erschlagen. Die Welt um mich herum wirkte seltsam gedämpft, Geräusche kamen nur dumpf bei mir an.

Es war halb zehn, für gewöhnlich eine ziemlich gute Zeit, um in der Küche zu stehen und Kaffee zu kochen. Allerdings nicht, wenn man am frühen Morgen fast zwei Stunden wach gewesen war.

Ich warf einen wütenden Blick in die Richtung von Julians Zimmer und hoffte inständig, die beiden würden die Schwingungen meiner Wut spüren und davon aufwachen. Doch aus Julians Zimmer war nicht das leiseste Geräusch zu hören, und eigentlich war ich dafür auch gerade sehr dankbar.

Gähnend wandte ich mich wieder der Kaffeemaschine zu und flehte sie stumm an, sich zu beeilen. Ich brauchte dringend Koffein.

»Gibst du mir ein bisschen Kaffee ab?«, fragte eine leise Stimme hinter mir.

Ich zuckte so heftig zusammen, dass ich fast die Tasse fallen ließ, die ich gerade aus dem Schrank angelte. Ich hatte sie zwei Fächer weiter unten platziert, damit Julian bloß nicht auf die Idee kam, mir noch einmal zu helfen.

Obwohl das doch recht unwahrscheinlich war. Nach unserem Streit waren wir uns die letzten Tage so gut wie möglich aus dem Weg gegangen.

Mit roten Wangen drehte ich mich um und begegnete dem freundlichen Lächeln des Mädchens, das mir meinen Schlaf geraubt hatte. Steph.

»Klar. Moment«, gab ich zurück, drehte mich wieder um und stellte erleichtert fest, dass der Kaffee endlich fertig war.

Ich holte eine zweite Tasse aus dem Schrank und füllte erst ihre, dann meine, bevor ich eine Packung Hafermilch aus dem Kühlschrank nahm. Ein leises Seufzen entwich mir, als mir der kräftige Geruch nach gerösteten Bohnen in die Nase stieg.

»Brauchst du auch Milch?«, wollte ich wissen, doch Steph schüttelte gähnend den Kopf.

»Nein. Wenn die Nächte kurz sind, muss der Kaffee stark sein.«

»Was du nicht sagst.« Ich merkte erst, dass ich den Satz laut ausgesprochen hatte, als sie leise lachte.

»Tut mir leid, dass ich gestern so bei dir reingeplatzt bin. Julian hat nicht erwähnt, dass er eine neue Mitbewohnerin hat, und als Cole ausgezogen ist, haben wir zwischendurch sein Zimmer benutzt und … Das willst du wahrscheinlich gar nicht wissen.« Jetzt war sie diejenige, die vor Verlegenheit rot anlief.

Ich verschluckte mich beinahe an meinem Kaffee. »Nein, will ich wirklich nicht.«

»Entschuldige. Jedenfalls … Tut mir leid, dass wir dich geweckt haben.«

»Geweckt, wach gehalten, was macht das schon für einen Unterschied?«, krächzte ich und hustete, um die Enge im Hals wieder loszuwerden. Ich benahm mich unmöglich. Mal wieder. Aber ich war müde und sauer und nicht in der Stimmung, nett zu sein.

Das Mädchen erwiderte nichts, sah mich nur durchdringend an, während ich die Milch zurück in den Kühlschrank stellte. Ich wollte gerade wieder in mein Zimmer gehen, als sie fragte: »Du hältst nicht besonders viel von mir, oder?«

Ich musste gar nicht fragen, was sie meinte, ich wusste es auch so. »Darum geht's gar nicht. Es geht auch nicht darum, was du tust. Das ist deine Sache. Du kannst machen, was du willst. Ganz ehrlich.«

»Okay.« Stirnrunzelnd erwiderte Steph meinen Blick, ihre Verlegenheit war verschwunden. »Und wieso klingst du dann so … vorwurfsvoll?«

»Ich klinge nicht vorwurfsvoll«, protestierte ich.

Sie grinste und fasste ihre Haare zu einem dicken Zopf zusammen. Dafür, dass sie nur wenige Stunden geschlafen hatte, sah sie viel zu gut aus. Und viel zu wach. »Tust du doch. Du verstehst nicht, warum ich mit einem Kerl ins Bett gehe, der dafür bekannt ist, fast jede Nacht eine andere abzuschleppen, oder?« Sie gab mir keine Gelegenheit zu antworten, sondern sprach sofort weiter. »Ganz ehrlich? Es macht einfach Spaß. Ich sehe Julian alle paar Wochen, und ich weiß, dass er mit anderen ins Bett geht, aber das ist okay für mich.«

»Wenn du mit Julian ins Bett gehen willst, bitte. Tu dir keinen Zwang an. Es ist nur …« Ich brach ab und fragte mich, warum ich überhaupt mit ihr darüber redete.

»Aaah, es geht nicht um mich. Es geht um Julian.«

Ich machte eine unbestimmte Kopfbewegung. Ich hatte keine Ahnung, worum es mir eigentlich ging. Und warum zum Teufel ich nicht endlich in mein Zimmer ging, sondern mit einer Fremden über etwas sprach, was ich allerhöchstens mit meiner besten Freundin beredet hätte.

»Du hältst ihn für ein Arschloch, oder?«

»Also, ich …«, druckste ich herum, und sie grinste breit.

»Du tust es, und wahrscheinlich wirst du deine Gründe dafür haben.«

Die hatte ich. Sie waren zwar irrational und vermutlich nicht gerechtfertigt, aber Julian erinnerte mich mit all den wechselnden Mädchen in seinem Bett viel zu sehr an meinen Ex, und damit kam ich nicht klar.

»Aber die Sache ist die«, fuhr sie fort. »Julian ist kein Arsch. Er ist einer von den Guten. Er will nur keine Beziehung, das ist alles. Man darf einfach nicht mit falschen Erwartungen an die ganze Sache rangehen. Wenn man mehr von einem Kerl will, sollte man auf gar keinen Fall mit ihm ins Bett gehen, in der Hoffnung, dass er sich ändert. Das geht selten gut. Aber wenn man nur Spaß haben will, gibt es kaum eine bessere Art, sich abzureagieren. Und Julian ist sehr ehrlich. Er macht niemandem Hoffnungen, wo es keine gibt. Wenn du nicht seine Mitbewohnerin wärst, würde ich sagen, probier's einfach mal aus. Julian ist …« Sie verstummte und seufzte so genüsslich, dass ein Anflug von Neid in mir aufstieg. *Oh Gott.* »Tut mir echt leid für dich, dass du diese Erfahrung nicht machen wirst. Aber von seinen Mitbewohnern sollte man die Finger lassen. Das endet in der Regel übel.«

Fassungslos starrte ich sie an. »Ich will diese Erfahrung überhaupt nicht machen.«

»Welche?« Sie lachte leise. »Unverbindlichen Sex oder unverbindlichen Sex mit Julian?«

»Beides!«, gab ich entschieden zurück und versuchte zu ignorieren, dass mein Kopf und mein Körper da in letzter Zeit oftmals ziemlich unterschiedlicher Meinung gewesen waren.

Wieso hörte ich nicht endlich auf, mit ihr darüber zu reden? Das Ganze war so absurd, dass ich mich für einen Moment fragte, ob ich vielleicht wieder eingeschlafen war und die ganze Unterhaltung nur träumte.

Ein Funkeln trat in ihre Augen. »Du verpasst was.«

Also, das wagte ich doch ganz stark zu bezweifeln.

»Wer verpasst was?« Julians dunkle Stimme ließ uns beide ertappt zusammenfahren. Gähnend kam er aus seinem Zimmer, mit nichts als einer Jogginghose bekleidet.

Mein Mund war auf einmal staubtrocken. Ich hatte recht gehabt. Julian hatte bei unserer ersten Begegnung unter seinem Mantel sehr beeindruckende Muskeln versteckt.

»Du hast den besten Kaffee verpasst. Mehr nicht.« Stephs leises Lachen riss mich aus meiner Erstarrung, und ich wandte hastig den Blick von Julian ab. Sie zwinkerte mir verschwörerisch zu, stellte ihre Tasse auf der Arbeitsfläche ab und griff nach ihrer Jacke, die über der Sofalehne hing.

»Ich muss los. Wir sehen uns, Jules.« Sie hauchte ihm einen Kuss auf die Wange und drehte sich noch mal zu mir um. »War nett, dich kennenzulernen …«

»Lily.«

»Also, war nett, dich kennenzulernen, Lily. Ich bin übrigens Stephanie.«

Ich nickte stumm und verkniff mir gerade so eben eine spitze Bemerkung darüber, dass ich ihren Namen letzte Nacht mehr als einmal gehört hatte.

Sie winkte uns beiden zum Abschied zu, und dann war ich mit Julian allein. Mit Julian, der nur eine Jogginghose, aber kein T-Shirt trug, und mich misstrauisch beäugte. Ich schluckte schwer. Warum musste er so gut aussehen? Was hatte ich der Karmafee getan, dass ich so einen heißen Mitbewohner abbekommen hatte?

»Was war das denn?«, fragte er.

Betont gelassen zuckte ich mit den Schultern, auch wenn mein Puls sich beschleunigte und mein Gesicht sich schon wieder verdächtig warm anfühlte. Gott, hoffentlich hatte er nichts von unserem Gespräch mitbekommen. »Wir haben nur ein bisschen gequatscht, mehr nicht.«

»Mehr nicht?« Argwöhnisch zog er die Augenbrauen zusammen und verschränkte die Arme vor der Brust.

»Nein, keine Sorge. Da du sie schon im Bett hattest, brauchte ich mir ja keine große Mühe geben, sie vor dir zu warnen.« Die Worte waren raus, ehe ich mich aufhalten konnte. Ich spielte mit dem Feuer, das war mir klar.

Versuchst du noch mal, mir die Tour zu vermasseln, mach ich dir das Leben hier zur Hölle.

Aber gerade hatte ich keinen Nerv, mich zusammenzureißen. Das Gespräch mit Stephanie hatte mich auf eine seltsame Art aufgewühlt, ich stand unter Strom und fühlte mich gleichzeitig furchtbar erschöpft. Und dass Julian so verdammt gut aussah, machte die Sache tendenziell eher schlimmer als besser.

»Das ist jetzt nicht dein Ernst«, presste Julian zwischen zusammengebissenen Zähnen hervor.

Ich schenkte ihm ein süßes Lächeln. »Nein, natürlich nicht. Ich will doch nicht, dass du mir das Leben zur Hölle machst. Andererseits … Euch beim Sex zuzuhören, kommt dem schon ziemlich nahe.«

Beinahe hätte ich gelacht, als Julian die Gesichtszüge entgleisten. Stattdessen erlaubte ich mir nur ein kleines, triumphierendes Grinsen, als ich mich an ihm vorbeischob und in mein Zimmer verschwand.

Er war hier nicht der Einzige, der provozieren konnte.

7. KAPITEL

Julian

»Julian! Du *musst* nach Hause kommen!«

»Jen? Was ist los?«, fragte ich alarmiert und presste das Telefon fester an mein Ohr. Als hätte das irgendeine Wirkung.

Es war Mittwoch, die zweite Woche des Semesters war beinahe gelaufen, und das Einzige, was mir zu meinem Glück noch fehlte, war das Drama meiner Schwestern.

»Komm einfach nach Hause! Sarah dreht gerade komplett durch!« Jen klang eher genervt als besorgt, doch ich kannte sie gut genug, um zu wissen, dass sie nur versuchte, ihre Gefühle zu überspielen.

»Ich kann nicht nach Hause kommen, Jen. Ich hab Uni.«

»Aber sie will weder mit mir noch mit Dad reden. Seit vier Tagen!«

Fuck. Mir schwante Übles. »Reicht es, wenn ich morgen komme?«

Jenny schwieg, dann sagte sie leise: »Bitte, Jules.«

Ich seufzte. »Schön, ich fahr gleich los.«

»Danke! Du bist der Beste.«

»Ja, ja, sag mir das noch mal, wenn ich da bin.« Damit legte ich auf, griff nach meinem Rucksack und warf achtlos ein paar Klamotten hinein. Meine Kamera packte ich deutlich vorsichtiger ein, dann griff ich nach meinem Schlüssel und verließ mein Zimmer. Ich würde vermutlich keine Gelegenheit haben,

Fotos zu machen, aber ich konnte sie nicht hierlassen. Meine Kamera nicht dabeizuhaben fühlte sich jedes Mal so an, als würde mir ein Körperteil fehlen.

Im Wohnzimmer war es vollkommen still. Aus Lilys Zimmer drang nicht das leiseste Geräusch. Ich hatte sie seit letztem Sonntag nicht mehr gesehen, und so still, wie es während der vergangenen Tage gewesen war, fragte ich mich manchmal, ob sie überhaupt noch hier war. Doch ihre Sachen im Badezimmer waren ein ziemlich sicheres Indiz dafür, dass sie nicht die Flucht ergriffen hatte. Genauso wie die Tatsache, dass sie jeden zweiten Tag die Tassen, die ich aus Gewohnheit immer noch ins oberste Schrankfach stellte, wieder nach unten räumte. Ich machte das nicht mit Absicht, aber … okay, irgendwie doch. Ich wollte sie ärgern, obwohl ich sie eigentlich ignorieren sollte. Mir war klar, dass es kindisch war, aber das kümmerte mich nicht. Trotzdem hätte ich nicht gedacht, dass man sich so konsequent aus dem Weg gehen konnte, wenn man zusammenwohnte. Aber offensichtlich war alles möglich.

Drei Stunden später lief ich von der Bushaltestelle – in Ermangelung eines Autos fuhr ich immer mit dem Zug von Faerfax nach Chicago und anschließend mit dem Bus nach Hause – durch die vertrauten Straßen bis zu unserem Haus. Ich hatte gerade erst unsere Auffahrt erreicht, da flog die Haustür schon auf, und Jenny kam mir entgegengestürmt. Ihre kastanienroten Haare wehten wie eine Fahne hinter ihr her.

»Na endlich! Das hat ja ewig gedauert!«, rief sie, griff nach meiner Hand und zog mich zum Haus.

»Tut mir leid, dass ich nicht fliegen kann«, gab ich ironisch zurück.

»Vielleicht lernst du das ja irgendwann noch.« Ein schelmisches Grinsen breitete sich auf ihrem Gesicht aus.

Ich seufzte. »Klar doch. Sagst du mir jetzt endlich, was los ist?«

»Wenn ich das wüsste.« Ungehalten warf sie die Hände in die Luft.

»Ihr redet doch sonst über alles. Warum jetzt nicht?« Ich warf Jen einen fragenden Seitenblick zu. Wenn sie keine Ahnung hatte, was mit Sarah los war, steckte mehr hinter der ganzen Sache. Jenny zuckte mit den Schultern, wich meinem Blick aber aus. Sanft legte ich einen Arm um sie, und wir betraten das Haus. »Jen, komm schon. Ich kann nichts tun, wenn du mir nicht sagst, was los ist.«

»Ich würde es dir ja sagen, aber ich weiß wirklich nicht, was ihr Problem ist.«

»Okay. Aber wenn sie nicht mit dir redet, glaubst du ernsthaft, sie redet dann mit mir?« Irgendwie bezweifelte ich das doch sehr stark. Die beiden hatten eine Verbindung zueinander, die ich auch in tausend Jahren nicht verstehen würde.

»Einen Versuch ist es wert, oder?«

»Jen«, setzte ich zögerlich an, »ihr wisst, dass ich euch lieb habe, aber ich kann nicht wegen jeder Kleinigkeit herkommen. Ich habe Kurse.«

»Das ist keine Kleinigkeit, ehrlich!« Jenny blieb auf der untersten Treppenstufe stehen und sah mich ungewöhnlich ernst an. »Ganz ehrlich!«

Ich nickte ergeben. Für Sarah war es wahrscheinlich tatsächlich keine Kleinigkeit. Egal, was ich davon halten mochte, ich war nun mal kein fünfzehnjähriges Mädchen.

Mein Blick huschte durchs Erdgeschoss. Es war einigermaßen aufgeräumt. Immerhin. Es fühlte sich wie eine Ewigkeit an, dass ich ausgezogen war.

»Wo ist Dad?«

»Keine Ahnung. In der Werkstatt, glaub ich.« Ungeduldig

trat Jenny von einem Fuß auf den anderen. »Kannst du jetzt mit Sarah reden?« Sie wartete meine Antwort nicht ab, sondern wirbelte herum und huschte die Treppe hoch. Nach einer Sekunde folgte ich ihr und blieb vor Sarahs Zimmer stehen. Ein Schild hing an ihrer Tür, das dort beim letzten Mal, als ich hier gewesen war, definitiv noch nicht gehangen hatte. *Keep out!*

»Sarah? Ich bin's. Lass mich bitte rein!«, rief ich und klopfte energisch gegen die Tür. Einen Augenblick lang blieb alles still, in der nächsten Sekunde wurde die Tür aufgerissen. Sarah sah gerade noch, wie Jen in ihrem eigenen Zimmer verschwand.

»Du hast Julian angerufen?!«, schrie sie ihr hinterher. »Ernsthaft?!«

Ich schloss die Augen und wünschte mich augenblicklich zurück nach Faerfax. Momente wie diese erinnerten mich jedes Mal daran, warum ich weggezogen war. Ich liebte meine Schwestern mehr als alle anderen Menschen auf der Welt, aber manchmal machten sie es mir echt nicht leicht.

Jen streckte den Kopf durch die Tür, wirkte jedoch nicht im Mindesten schuldbewusst. »Du hättest das Gleiche getan!« Dann war sie weg und überließ mir Sarahs Drama.

»Lässt du mich rein?«, bat ich lächelnd, und Sarah trat zögerlich einen Schritt zur Seite. Sie hatte die gleichen kastanienroten Haare und grünen Augen wie ihre Zwillingsschwester. Und wie Mom. Während ich nach unserem Dad kam, sahen die beiden aus wie jüngere Ausgaben unserer Mutter. Vielleicht ließ Dad die beiden deshalb so oft allein. Weil sie ihn zu sehr an Mom erinnerten.

Ohne ein Wort warf Sarah sich auf ihr Bett und vergrub das Gesicht in ihrem Kissen. Ich schob meine Gedanken über Dad, der garantiert niemals den Titel *Vater des Jahres* gewinnen würde, beiseite, setzte mich neben sie und zog sanft an einer Strähne ihrer langen Haare. »Was ist los?«

Sie machte ein unbestimmtes Geräusch, antwortete aber nicht.

»Sarah, ich kann dir nicht helfen, wenn du nicht mit mir redest.«

»Du kannst mir sowieso nicht helfen«, murmelte sie in ihr Kissen.

»Sei dir da mal nicht so sicher.« Ich zwang mich zu einem Lächeln, auch wenn sie es nicht sehen konnte. »Ich hab euch bisher immer geholfen.«

Sie warf sich herum und blickte mich aus rot geweinten Augen an. Tränen liefen über ihr Gesicht. »Dann bring Dad dazu, dass wir nicht umziehen.«

Okay. Damit hatte ich nicht gerechnet.

»Du willst also nicht umziehen?«

Das erklärte zumindest, warum sich deswegen bisher keine von beiden bei mir gemeldet hatte. Weil sie sich nicht einig waren. Wahrscheinlich das erste Mal in ihrem Leben.

»Nein! Nur Dad und Jenny!«, stieß sie schluchzend hervor und warf sich in meine Arme.

Als ich eine Stunde später Sarahs Zimmer verließ, war sie eingeschlafen und ich keinen Schritt weitergekommen. Immer wieder hatte sie gesagt, dass sie nicht umziehen wollte. Mehr nicht.

»Und? Was sagt sie?« Jenny richtete sich auf, als ich zu ihr ins Wohnzimmer trat.

Aufstöhnend ließ ich mich neben sie aufs Sofa fallen. »Sie will nicht umziehen.«

»Und was sonst?« Mit weit aufgerissenen Augen sah sie mich an.

»Nichts.« Erschöpft rieb ich mir übers Gesicht. Ehrlich, zwei Fünfzehnjährige konnten einem jegliche Energie entziehen. »Mich überrascht allerdings, dass du anscheinend umziehen willst.«

Jenny verkrampfte sich, unzählige Emotionen huschten über ihr Gesicht, zu viele, als dass ich sie so schnell hätte entschlüsseln können, bevor sie sie hinter einer ausdruckslosen Maske verbarg. »Und?«

»Warum? Eure Freunde sind doch alle hier.«

Eine Weile schwieg Jenny, starrte auf den Fernseher, auf dem irgendeine Teenie-Serie flimmerte, dann legte sie ihren Kopf auf meine Schulter und schmiegte sich an mich. »Weil es dann nicht immer drei Stunden dauert, bis du bei uns bist«, erwiderte sie schließlich leise. »Und wir können auch mal zu dir kommen.«

Ein stechender Schmerz fuhr mir durchs Herz. Ich wusste nicht, was ich dazu sagen sollte. Ich hatte gedacht, Dad würde nur wieder nach Faerfax wollen, damit ich mich mehr um die Zwillinge kümmerte. Dass Jenny auch meinetwegen umziehen wollte, änderte alles. Und es tat weh.

Sie sollte mich nicht brauchen. Nicht so. Ich war ihr großer Bruder, nicht ihr Vater.

»Wie geht's Dad?« Meine Stimme klang viel zu rau, ich schluckte schwer.

»Er arbeitet viel«, wich Jenny mir aus.

Warum überraschte mich das nicht? Seit Mom ihn verlassen hatte, verbrachte Dad die meiste Zeit in der Werkstatt und im Atelier. Unsere Familie besaß seit zwei Generationen eine Möbelmanufaktur, und Dad war wahnsinnig gut in seinem Job, das bewiesen sämtliche Möbelstücke in unserem Haus. Wenn er seinen Kindern jemals nur halb so viel Aufmerksamkeit geschenkt hätte wie seiner Arbeit, würde es uns allen besser gehen.

»Kommt ihr klar?«

Jenny zuckte mit den Schultern. »So wie immer.«

Das Gewicht auf meinen eigenen Schultern wurde noch ein bisschen schwerer. Meine Hände wollten sich zu Fäusten ballen, doch ich zwang mich, sie ruhig zu halten. Wut nützte nichts. Aber wenn der Zorn verschwand, blieb nur Leere. Und Leere konnte ich nicht ertragen.

Es war schon spät, als Dad nach Hause kam. Jenny hatte sich irgendwann in ihr Zimmer verzogen, während ich im Wohnzimmer geblieben war und zum gefühlt zwölften Mal *Haus des Geldes* guckte.

Ich hörte, wie die Tür aufging, drehte mich aber nicht um. Seit Stunden saß ich auf dem Sofa und kochte vor Wut. Wir waren es alle gewöhnt, dass Dad spät nach Hause kam, dass er es nicht mal zum Abendessen schaffte, war allerdings ein neuer Tiefpunkt.

»Julian?« Dads ungläubige Stimme brachte mich jetzt doch dazu, mich Richtung Tür umzudrehen. Ich erschrak jedes Mal, wenn ich ihn länger nicht gesehen hatte. Er sah aus, als wäre er seit meinem letzten Besuch um Jahre gealtert, obwohl er noch nicht einmal vierzig Jahre alt war. Mom und er waren sechzehn gewesen, als ich auf die Welt gekommen war. Es hatte beiden nicht gutgetan, so früh Eltern zu werden. Da fühlte man sich als Kind, das alle Pläne durchkreuzt hatte, doch richtig gut.

»Hi, Dad.« Ich zwang mich zu einem Lächeln.

»Was machst du hier?«, wollte er wissen und verschränkte die Arme vor der Brust. Er trug ein kariertes Flanellhemd und Jeans, ich hatte ihn noch nie in einem anderen Aufzug gesehen. Von uns dreien sah ich Dad mit den dunklen Haaren und den grünen Augen am ähnlichsten. Auch unsere Gesichtszüge glichen sich. Es war unverkennbar, dass wir Vater und Sohn waren. Andere hätten sich vielleicht über so eine Ähnlichkeit gefreut, ich dagegen hasste es. Jedes Mal, wenn ich ihn ansah, hatte ich das Gefühl, ich würde in meine Zukunft blicken. In eine beschissen hoffnungslose Zukunft.

»Jenny hat mich angerufen. Wegen Sarah.«

Seufzend ließ Dad sich in den Sessel fallen und fuhr sich mit beiden Händen durchs Haar. Er wirkte müde. Aber das war keine Überraschung. Ich kannte ihn nicht anders. Er wirkte müde, seit dem Tag, an dem Mom abgehauen war.

»Sarah kriegt sich schon wieder ein«, winkte er ab, und ich stieß ein tonloses Lachen aus. Kein *Schön, dass du hier* bist oder *Du hättest deswegen nicht extra herkommen müssen*. Natürlich nicht.

Ich hatte mich schon oft gefragt, was wohl passieren würde, wenn ich das eines Tages nicht mehr machen würde. Wenn ich nicht nach Hause käme. Aber allein der Gedanke, Sarah und Jenny auch den letzten Halt zu rauben, tat so weh, dass mir klar war, ich würde es nie übers Herz bringen.

»Weißt du, warum sie sich seit Tagen in ihrem Zimmer verkriecht?« Meine Stimme klang schärfer als beabsichtigt, doch ich hatte keinen Bock, nett zu ihm zu sein. Ich hatte die Schnauze allmählich voll, und es war nur noch eine Frage der Zeit, bis mir der Kragen platzte.

»Sie will anscheinend nicht umziehen.« Dad wich meinem Blick aus und starrte stattdessen auf seine Hände.

»Und warum?« Ich knirschte mit den Zähnen. Musste ich ihm echt jedes Wort einzeln aus der Nase ziehen?

Er zuckte mit den Schultern und schüttelte den Kopf. »Sie will nicht mit mir reden.«

»Wann hast du es denn das letzte Mal versucht?«

»Keine Ahnung. Vor ein paar Tagen.«

Seine Worte verschlugen mir für einen Moment die Sprache. Fassungslos starrte ich ihn an. Er war ihr Dad, wieso zum Teufel konnte er sich nicht auch so benehmen?

Tief durchatmen. Ihm deswegen Vorwürfe zu machen würde nichts nützen. Er würde nur abblocken, und damit war niemandem geholfen.

Hätte Jenny mir nicht erst vor ein paar Stunden offenbart, dass sie meinetwegen nach Faerfax wollte, hätte ich vielleicht einfach gesagt, dass ich sie nicht dort haben wollte. Egal, zu was für einer Art Bruder oder Sohn mich das machen würde.

»Hältst du es wirklich für eine gute Idee, zurück nach Faerfax zu ziehen?«, fragte ich stattdessen. Eigentlich überflüssig, denn ich kannte die Antwort bereits.

»Es ist das Beste für uns«, erwiderte er und straffte sich.

»Bist du sicher? Glaubst du ernsthaft, dass du damit klarkommst?«

»Julian, es ist zwölf Jahre her, seit eure Mutter uns verlassen hat. Ich denke, ich bin darüber hinweg.« Er warf mir einen Blick zu, der wohl deutlich machen sollte, dass sich das Thema damit für ihn erledigt hatte. Aber ich sah den Schmerz in seinen Augen. Ich kannte ihn gar nicht mehr ohne, und ich bezweifelte, dass er jemals verschwinden würde. Er machte sich selbst was vor, er würde nie über Mom hinwegkommen.

»Wenn du meinst.« Ich seufzte und schloss die Augen. Das konnte nicht gut gehen. Doch es spielte keine Rolle, was ich darüber dachte. Wenn Dad sich einmal entschieden hatte, würde er sich nicht von seiner Meinung abbringen lassen.

Dad räusperte sich und wechselte das Thema. »Wie lange bleibst du?«

»Keine Ahnung.« Am liebsten wäre ich sofort wieder abgehauen, aber dieses beschissene Pflichtgefühl hielt mich wie immer davon ab, und ich konnte förmlich dabei zusehen, wie meine Träume sich in Luft auflösten.

Lily

Ich hätte es ihm gegenüber zwar nie im Leben zugegeben, doch allmählich machte ich mir Sorgen um Julian. Ich hatte mitbekommen, wie er Mittwochnachmittag die Wohnung verlassen hatte. Danach war er nicht mehr zurückgekehrt. Donnerstag und Freitag hatte ich noch gedacht, er wäre über Nacht bei einer seiner »Freundinnen« gewesen, aber dass er sich bis heute nicht hatte blicken lassen, war doch ziemlich ungewöhnlich. Sonst kam er jeden Tag zurück in die Wohnung, und sei es nur, um zu duschen und seine Klamotten zu wechseln.

Genervt von mir selbst schüttelte ich den Kopf. Warum machte ich mir darüber überhaupt Gedanken? *Schon wieder.* Es ging mich absolut nichts an, wo Julian war und mit wem er Zeit verbrachte.

Es ging mich nichts an, und eigentlich interessierte es mich auch nicht.

Es war nur so, dass ich bereits meinen zweiten Sonntagnachmittag in Faerfax allein in meinem Zimmer verbrachte, mir sterbenslangweilig war und ich absolut nichts Besseres zu tun hatte, als über Julian nachzugrübeln. Ich konnte mich weder auf Serien noch auf Bücher konzentrieren. Für die Uni hatte ich bereits alles nach- und vorbereitet, damit konnte ich mich also auch nicht beschäftigen, und ich würde bestimmt nicht meine Familie anrufen, um mich bei ihnen auszuheulen. Bevor ich hierhergekommen war, war ich fest davon überzeugt gewesen, dass ich allein klarkommen würde. Dass ich niemanden brauchte.

Aber ich hatte nicht bedacht, dass ich zu Hause immer meine Schwestern um mich hatte, sodass ich seit letztem Sommer nie länger als ein paar Stunden allein gewesen war, es sei denn, ich hatte mich ganz bewusst dafür entschieden und in meinem Zimmer verkrochen.

Ich hatte auch nicht bedacht, dass es etwas anderes war, zusammen mit Maggie Serien zu schauen und mit allen gemeinsam zu essen, anstatt alles allein zu machen. Ich konnte kochen, aber bisher hatte ich die Motivation, nur für mich zu kochen, nicht gefunden.

Vollkommen allein zu sein war ich einfach nicht gewohnt, erst recht nicht zwei Wochen lang. Mir war klar, dass ich mich mal wieder in etwas hineinsteigerte und in Selbstmitleid versank. Zwei Wochen waren gar nichts. Trotzdem fiel mir zunehmend die Decke auf den Kopf. Ich musste dringend aus dieser Wohnung raus.

Aufstöhnend rollte ich mich aus meinem Bett und stand auf. Mein Rücken gab ein unschönes Knacken von sich, als ich mich streckte, aber ich fühlte mich sofort besser. Vielleicht sollte ich mal wieder ein paar Dehnübungen machen oder … Nein.

Ich stoppte die Gedanken, bevor sie ihren Weg in mein Herz fanden. Ich hatte mich für das Musical eingetragen, aber ich würde nicht wieder tanzen. Das hatte ich hinter mir gelassen.

Ich tauschte meine Leggins gegen eine gemütliche Jeans, schlüpfte in einen warmen Pullover und ließ Kopf und Ohren unter einer kuscheligen Wollmütze verschwinden. Es war immer noch saukalt draußen, und so schnell würde sich das wohl auch nicht ändern. Deshalb – und weil ich keine Ahnung hatte, wohin es mich am Ende verschlagen würde – zog ich nicht meinen Mantel, sondern einen dicken Parka und Stiefel an, schnappte mir meine Tasche und machte mich auf den Weg.

Den Campus hatte ich während der letzten Tage schon ganz gut kennengelernt, auch wenn all meine Kurse im Shakespeare-Gebäude stattfanden. Mom hatte mir schon bei meiner

Entscheidung für Faerfax alles über die Uni erzählt, was ich ihrer Meinung nach wissen musste. Beispielsweise, dass Theodore Faerfax, der Nachfahre irgendeines anderen Faerfax, der Gründungsvater dieser Stadt gewesen war, die Uni errichtet und jedes Gebäude nach einem großen Mann der Kunst, Literatur oder Musik benannt hatte.

Eine Frau war natürlich nicht darunter. Wirklich traurig. Dabei hätte wenigstens das Gebäude für Sprache und Literatur nach Jane Austen oder den Brontë-Schwestern benannt werden können. Aber nein, der gute Mr Faerfax hatte sich für *Hemingway* entschieden. Typisch. Aber gut, laut Geschichte der Universität waren Faerfax und Hemingway anscheinend befreundet gewesen. Wenn man die eigene Uni schon nach sich selbst benannte, war es wohl nicht weiter verwunderlich, dass er auch ein Gebäude einem Freund gewidmet hatte. Und Hemingway war nicht der Einzige. Auch das Gebäude für die Künstler war nach einem Freund benannt – Picasso. Die drei hatten sich in den Zwanzigern, nur wenige Jahre bevor die Uni gegründet worden war, wohl in Paris kennengelernt.

Damit hatte Mr Faerfax zwei der vier großen Männer persönlich gekannt. Nur Chopin und Shakespeare waren schon tot gewesen, bevor Theodore Faerfax geboren worden war.

Ich mochte die Geschichte der Uni. Ich mochte es, dass Mr Faerfax sich gewünscht hatte, mehr Künstlern eine Chance zu geben. Deswegen gab es hier keine Kurse für Wirtschaft oder Jura, keine Naturwissenschaften oder Medizin. Man konnte verschiedene Sprachen studieren, Literatur, Theaterwissenschaften, Tanz und Schauspiel, Journalismus und Musik, Fotografie und Kunst.

Genau aus diesem Grund hatte ich mich für Faerfax entschieden. Weil hier alles anders war.

Auch wenn Mr Faerfax offensichtlich nicht genug große

Männer eingefallen waren, um auch den Wohnheimen Namen zu geben. Stattdessen hatte man sie durchnummeriert.

Ich hatte gar nicht bemerkt, dass ich mitten auf dem Campus stehen geblieben war, um mich umzusehen. Und ich bemerkte auch kaum, wie ein Lächeln über mein Gesicht huschte. Es war wirklich schön hier.

Langsam setzte ich mich wieder in Bewegung und atmete tief die kalte Luft ein, die hier viel klarer war als in New York. Als ich den Campus verließ, trat ich auf eine breite, aber sehr ruhige Straße. Es war das erste Mal, dass ich mich vom Campus wegbewegte, um mir die Stadt anzusehen, und nicht nur, um wieder zu Target zu fahren und noch mehr Deko für mein Zimmer zu kaufen.

In der Ferne erkannte ich Hochhäuser. Gläserne Gebäude, in denen sich die Wintersonne spiegelte und die in mir eine seltsame Sehnsucht weckten. Sie erinnerten mich an New York. Wie ferngesteuert lief ich auf sie zu, musste aber schon bald feststellen, dass ich sie zu Fuß wahrscheinlich nicht so schnell erreichen würde.

Ein paar Minuten später fand ich mich in einer urig gepflasterten Straße wieder, die in einigen Metern Abstand von kahlen Bäumen gesäumt war. Im Frühling war es hier bestimmt wunderschön. Neugierig spazierte ich weiter, entdeckte kleine Cafés und Restaurants, Coffeeshops und niedliche Boutiquen. Ich kam mir vor, als wäre ich in einer kitschigen Kleinstadt gelandet, obwohl Faerfax so klein gar nicht war. Von den Hochhäusern war jetzt nicht mehr viel zu sehen, nur noch ihre Spitzen ragten in der Ferne in den Himmel empor.

Als ich an einem der Cafés vorbeiging, blieb ich stehen und schaute neugierig durch das große Fenster. *Café Happiness* stand in verschlungenen Buchstaben auf einem hölzernen Schild, das über der Tür hing. Von außen war nicht viel zu erkennen, ich sah vor allem mein eigenes Spiegelbild, aber das Café schien gut besucht zu sein und strahlte eine Gemütlichkeit aus, die mich auf magische Weise anzog.

Entschlossen drückte ich die Tür nach innen, trat in wohlige Wärme und hielt überrascht inne. Ich verlor augenblicklich mein Herz an diesen Ort.

Noch nie, nicht einmal in New York, war ich jemals in so einem Café gewesen. Vielleicht gab es eins, doch selbst wenn, würde es wahrscheinlich trotzdem nicht mit diesem hier mithalten können. Ein Café wie das *Happiness* gehörte nach Faerfax. Woher auch immer dieser Gedanke kam.

Es gab neun Tische in unterschiedlichen Größen, das Café an sich war nicht geräumig, aber irgendwie genau richtig. Es war etwas absolut Besonderes. Anstatt Stühle gab es nämlich hölzerne Schaukeln, die an dicken Seilen von der Decke hingen. An manchen Seilen schlängelte sich Efeu empor, und ich fragte mich, ob es wohl echt oder künstlich war.

»Du bist neu hier, oder?«

Ich wandte den Kopf und begegnete dem strahlenden Lächeln eines rothaarigen Mädchens. Sie musste in meinem Alter sein, war ein Stück größer als ich, und ihre grünen Augen funkelten vergnügt.

»Ähm … ja«, stammelte ich und lief rot an, obwohl es absolut keinen Grund gab, verlegen zu sein.

»Sieht man. Jeder, der das erste Mal hier ist, hat genau den gleichen Gesichtsausdruck.« Ihr Lächeln wurde breiter, und ich konnte nicht anders, als es zu erwidern. Deutlich verhaltener zwar, aber es war ein Lächeln. Mom wäre so stolz auf mich.

»Das überrascht mich gar nicht«, antwortete ich.

»Bist du allein?« Als ich nickte, deutete das Mädchen auf einen kleinen Tisch mit zwei Schaukeln. »Dann setz dich schon mal. Willst du einen Kaffee? Oder Tee?«

»Ein Latte Macchiato wäre toll.« Ein bisschen perplex folgte ich ihrer Aufforderung, zog meine Jacke aus und setzte mich vorsichtig auf eine der Schaukeln. Sie hatte sogar eine hohe Lehne, und zu meiner grenzenlosen Überraschung bewegte sie sich kaum.

Neugierig sah ich mich um. Die meisten Gäste waren vermutlich Studenten, zumindest waren sie alle ungefähr in meinem Alter. Ausgelassenes Lachen hallte durch das kleine Café, und auf einmal fühlte ich mich sehr einsam. Krampfhaft kämpfte ich gegen die plötzliche Enge in meiner Brust an und blinzelte die Tränen weg, die mir unvermittelt in die Augen stiegen.

Doch bevor ich vollkommen die Kontrolle verlor, zog eine helle Mädchenstimme meine Aufmerksamkeit auf sich.

»Ist hier noch frei?« Ich erkannte die Stimme, noch bevor ich aufblickte und Cassidy entdeckte, die mit einem fragenden Lächeln auf die leere Schaukel mir gegenüber deutete.

Verwirrt sah ich mich um. Es gab noch einen freien Tisch, Cassidy war also nicht gezwungen, sich zu mir zu setzen. Warum fragte sie dann?

Oh Gott. Bestimmt hatte Julian ihr erzählt, dass ich die Spitzenschuhe nach ihm geworfen hatte. Und jetzt wollte sie – was? Mich deswegen fertigmachen? Wundern würde es mich nicht, immerhin waren die beiden befreundet.

Allerdings war ihr Lächeln dafür viel zu nett. Oder sie war eine verdammt gute Schauspielerin. Letzten Endes hatte ich jedoch nur eine Möglichkeit herauszufinden, was sie wirklich von mir wollte.

Also nickte ich zögerlich.

8. KAPITEL

Lily

»Und? Wie ist es so, mit Julian zusammenzuwohnen?«, fragte Cassidy und nahm den dicken Schal ab, bevor sie sich auf die Schaukel gegenüber von mir setzte.

»Wir sehen uns nicht besonders oft«, erwiderte ich vage. Vielleicht hatte Julian ihr ja gar nichts von meinem Wutausbruch erzählt.

»Gehst du ihm aus dem Weg oder er dir?« Ihre linke Augenbraue zuckte nach oben, doch das Lächeln, das um ihre Lippen spielte, nahm ihren Worten die Schärfe. Trotzdem breitete sich ein ungutes Gefühl in mir aus.

»Er ist ein paar Tage nicht in die Wohnung gekommen, also würde ich sagen …« Ich verstummte, als das rothaarige Mädchen an unseren Tisch trat, einen Latte Macchiato vor mir und einen grünen Tee vor Cassidy abstellte.

»Hey, Cass«, sagte sie fröhlich. »Ich dachte, du verbringst den Tag im Bett.«

»Dachte ich auch. Aber Steve ist vorhin zu seinen Eltern gefahren. Er ist seit einer Woche zurück, und ob du es glaubst oder nicht, sie wollen ihren Sohn nach einem Jahr dann doch auch mal wiedersehen.«

»Und du bist nicht mitgefahren?« Stirnrunzelnd schaute das Mädchen Cassidy an.

»Nein, ich bin noch nicht bereit für den ganzen Zirkus. So

wie ich Steves Mom kenne, hat sie die ganze Familie eingeladen. Ich liebe sie alle, aber du weißt, wie einnehmend sie sein können. Ich hätte also eh nichts von ihm. Außerdem habe ich ohnehin noch ein paar Sachen für meine Kurse vorzubereiten, und Karen hat gefragt, ob ich morgen in die Galerie kommen kann.« Cassidy seufzte, während ich neugierig von einer zur anderen sah. Die beiden schienen sich mehr als nur flüchtig zu kennen. Cassidy bemerkte meinen Blick und deutete von mir zu dem rothaarigen Mädchen.

»Oh, tut mir leid, das ist superunhöflich! Lily, das ist Ella, meine beste Freundin. Ella, das ist Lily, Julians neue Mitbewohnerin«, stellte Cassidy uns einander vor, und der süffisante Unterton, der sich unerwartet in ihre Stimme geschlichen hatte, war nicht zu überhören.

Oh-oh.

»Du bist das Mädchen, das mit Schuhen um sich wirft?« Mit weit aufgerissenen Augen starrte Ella mich an, und ich wollte augenblicklich vor Scham im Erdboden versinken. Er hatte es seinen Freunden also erzählt. So ein verdammter Mist!

Mein Gesicht brannte vor Verlegenheit, und ich schlug mir stöhnend die Hände vors Gesicht. »Er hat es euch gesagt?« Es klang wie eine Frage, so als würde ich die Antwort nicht kennen. Ich konnte mich nicht daran erinnern, dass mir jemals im Leben etwas so peinlich gewesen war.

»Ja, er hat es uns gesagt. Julian kann selten was für sich behalten.« In Cassidys Stimme schwang ein amüsierter Unterton mit.

Okay, ganz ehrlich … Hatte ich wirklich etwas anderes erwartet? Wenn die neue Mitbewohnerin am ersten Abend völlig die Fassung verlor und mit ihren Spitzenschuhen um sich warf, erzählte man seinen Freunden davon. Das hätte jeder getan.

»Oh Gott.« Erneut stöhnte ich auf. *Erde, tu dich auf und verschlinge mich!*

Leider tat mir die Erde den Gefallen nicht. Stattdessen spürte ich, wie mich jemand sanft an der Schulter anstupste.

»Hey, das muss dir nicht peinlich sein«, sagte Ella freundlich.

Langsam ließ ich die Hände sinken, brachte es aber nicht fertig, eine von beiden anzusehen. »Es ist mir aber todpeinlich! Ich sollte gehen und mich irgendwo vergraben.« Vorzugsweise da, wo mich niemals jemand finden würde. Ich hätte in meinem Zimmer bleiben sollen. Dann hätte ich mir diese Demütigung erspart.

Ella lachte hell auf. »Nein, ehrlich nicht. Bleib sitzen und trink deinen Kaffee.«

»Wie zum Teufel könnte mir das nicht peinlich sein?« Endlich gelang es mir, den Blick zu heben und die beiden anzuschauen. Da war kein Vorwurf in ihren Augen, kein böses, hinterhältiges Glitzern. Stattdessen erkannte ich kaum verhohlene Neugierde und ein belustigtes Funkeln.

»Ignorier's einfach. Es ist passiert, da kannst du jetzt auch nichts mehr dran ändern.« Cassidy zuckte mit den Schultern. »Und wir sind echt die Letzten, vor denen dir irgendwas peinlich sein muss.«

Irritiert runzelte ich die Stirn, und Cassidys Mundwinkel wanderten nach oben. »Wir sind die Königinnen der Peinlichkeit. Merkst du doch gerade selbst. Ella hätte einfach die Klappe halten und die Sache mit den Schuhen für sich behalten sollen. Stattdessen finden wir die Situation jetzt alle drei superunangenehm, dabei ist das komplett unnötig. Wir wollen dich nicht fertigmachen oder so. Wir sind einfach nur …« Cassidy strich sich eine Strähne ihrer dunklen Haare hinters Ohr und suchte nach dem richtigen Wort.

»Seltsam. Und unsensibel. Und viel zu neugierig«, beendete Ella ihren Satz und grinste Cassidy breit an.

Ein ersticktes Geräusch kam mir über die Lippen, das entfernt nach einem Lachen klang. Einem ziemlich verunglückten Lachen, aber immerhin.

»Richtig. Und wir mischen uns viel zu oft in die Angelegenheiten anderer Leute ein.« Entschuldigend sah Cassidy mich an. »Tut uns leid. Wirklich.«

»Wir sollten echt damit aufhören.« Ella rieb sich verlegen die Nasenspitze.

»Ich hab die Schuhe nicht nach ihm geworfen«, platzte es aus mir heraus.

Ella winkte ab. »Ist schon gut, du brauchst nichts zu erklären. Das geht uns echt nichts an.«

Wahrscheinlich nicht.

»Ihr seid seine Freunde. Er hat euch offensichtlich erzählt, was passiert ist. Dass ihr überhaupt mit mir redet ist …« Ich brach ab, weil ich auf einmal nicht mehr wusste, was ich eigentlich sagen wollte. »Julian ist in einem sehr ungünstigen Moment in mein Zimmer gekommen«, versuchte ich dann mein Verhalten zu erklären und spürte, wie ich wieder rot wurde. Was war das nur mit dieser Stadt? In New York war ich nie verlegen gewesen. Zumindest nicht so offensichtlich.

»Julian ist ein Meister darin, unpassende Dinge in unpassenden Momenten zu tun. Oder zu sagen. Das kann er gut.« Ein verschwörerisches Funkeln war in Cassidys Augen getreten.

»Ella, kannst du mal bitte kommen?« Wir drehten uns alle gleichzeitig zu einer jungen Frau um, die hinter der Theke stand, die Hände in die Seiten gestemmt, und Ella auffordernd anblickte. Die beiden sahen sich verdächtig ähnlich, nicht nur wegen der roten Locken.

»Sorry, ich muss los. Wir sehen uns.« Ella schenkte mir ein kleines Lächeln, dann lief sie zur Theke.

»Das ist ihre Schwester Tara«, meinte Cassidy. »Ihr gehört das Café. Ella arbeitet hier.«

Ich nickte gedankenverloren. Warum waren die beiden so nett zu mir?

»Alles okay? Tut mir echt leid, wir wollten dir nicht zu nahetreten. Wir sind einfach nur unverschämt neugierig. Frag das bei Gelegenheit mal Tessa, sie kann ein Lied davon singen.«

»Warum redet ihr überhaupt mit mir?«

»Warum sollten wir nicht?« Irritiert verzog Cassidy das Gesicht und trank einen Schluck Tee. Erst jetzt merkte ich, dass ich meinen Kaffee noch gar nicht angerührt hatte.

Ich griff nach dem Glas und bewegte den Löffel, bis sich der Kaffee mit dem Milchschaum mischte, und sah Cassidy direkt in die Augen. »Weil ihr dachtet, ich hätte meine Schuhe nach Julian geworfen.«

Ich hätte nicht sagen können, mit welcher Reaktion ich gerechnet hätte, Cassidy zuckte jedoch nur mit den Schultern und lächelte schelmisch. »Und? Wenn wir uns immer nur auf den ersten Eindruck verlassen würden, würden wir vielleicht die besten Freundschaften verpassen.«

Unwillkürlich verkrampfte ich mich. Nicht nur der erste Eindruck konnte täuschen. Manche Freunde zeigten erst nach Jahren, was für falsche Schlangen sie eigentlich waren. »Das ist bescheuert.«

»Ist es nicht. Außerdem war es Julians Eindruck, nicht meiner. Vertrau mir einfach.«

Mir entwich ein ungläubiges Lachen. »Warum sollte ich?«

»Weil ich meistens recht habe. Frag Julian, wenn du ihn das nächste Mal siehst.« Ungerührt trank Cassidy einen weiteren Schluck von dem Tee.

»Dafür müsste er sich erst mal wieder blicken lassen.« Die Worte rutschten mir einfach so heraus, und ich hätte sie am liebsten zurückgenommen. Wo Julian war und was er machte, ging mich absolut nichts an.

»Mach dir keinen Kopf deswegen, er kommt wieder. Wenn er ein paar Tage verschwindet, ist er meistens bei seiner Familie.«

»Ich mach mir keinen Kopf!«

»Gut. Ich hab Julian lieb, aber lass bloß die Finger von ihm.«

Dieses Mal war mein Lachen echt. »Keine Sorge. Mit Typen wie ihm bin ich fertig.«

So was von fertig.

Cassidy stimmte fröhlich in mein Lachen ein. »Ist wahrscheinlich auch besser so.«

Als ich nach Hause kam, war die Wohnung immer noch still. Vielleicht würde ich noch mal versuchen, mich bei Julian für mein Verhalten am ersten Abend zu entschuldigen, wenn er wieder da war.

Wir konnten uns schließlich nicht ein ganzes Semester lang vollkommen aus dem Weg gehen, obwohl das während der letzten Woche erstaunlich gut geklappt hatte. Uns jedes Mal anzugiften, wann immer wir uns begegneten, war allerdings auch keine Option. Was wir brauchten, war eine Art Waffenstillstand.

Seufzend ließ ich mich aufs Sofa fallen und loggte mich in meinen Netflix-Account ein. Die letzten Tage hatte ich meine Serien in meinem Zimmer geguckt, aber ich hatte keine Lust, mich schon wieder dort zu verkriechen.

Ich entschied mich schnell für einen superkitschigen Weihnachtsfilm, den wir in den Ferien nicht mehr geschafft hatten, weil Dad uns nach dem dritten Teil von *A Christmas Prince* angefleht hatte, ihm eine Pause zu gönnen.

Zwanzig Minuten schaffte ich es, mich auf *Let it Snow* zu konzentrieren, dann wurde ich unruhig. Und bevor ich mich davon abhalten konnte, griff ich nach meinem Handy, installierte nach sechs Monaten Abstinenz Instagram und öffnete die App.

Das war ungefähr die beschissenste Idee, die ich seit Ewigkeiten gehabt hatte, aber ich konnte nicht anders.

Die letzten zwei Stunden, die ich mit Cassidy im Café gesessen und gequatscht hatte, hatten Erinnerungen geweckt. An meine alten Freundinnen.

Ich mochte Cassidy, egal wie oft ich mir während unseres Gesprächs gesagt hatte, dass ich nicht hier war, um Freunde zu finden. Aber spätestens als wir auf die anstehenden Uni-Projekte zu sprechen gekommen waren und festgestellt hatten, dass wir uns beide für das Musical eingetragen hatten, hatte sie ein kleines Stück meines Herzens für sich erobert. Sie war anders als Keira und Amy. Sie war fröhlich und nett und so optimistisch, dass es beinahe nervig gewesen wäre, wäre es nicht gleichzeitig so furchtbar liebenswert. Sie erinnerte mich ein bisschen an Rose.

Ein schmerzhafter Stich durchfuhr mich. Amy, Keira, Rose und ich waren eine Gemeinschaft gewesen. Sie hatten jedes meiner Geheimnisse gekannt, so wie ich ihre gekannt hatte. Aber bei uns hatte es immer auch diesen nicht zu leugnenden Konkurrenzkampf gegeben. Den Druck, besser zu sein, den Platz an der Juilliard zu bekommen und dann Karriere zu machen.

Rose und ich waren die Besten gewesen. Wir hatten die Plätze an der Juilliard ergattert, die alle Mädchen in meiner Klasse wollten. Weil wir gut gewesen waren. Verdammt gut. Wir hatten uns gegenseitig gepusht und zu Höchstleistungen getrieben. Wir waren die unschlagbaren Zwillinge gewesen, ein Team. Keine von uns hatte je daran gezweifelt, dass wir es beide schaffen würden. Die eine ging dahin, wo die andere hinging. So war das bei uns. Uns gab es nur im Doppelpack. Für ein paar Wochen war mein Leben perfekt gewesen. Luis war auch an der Juilliard genommen worden, also habe ich nach der Zusage quasi auf Wolken geschwebt. Aber ich war zu blind gewesen, um zu sehen, dass meine sogenannten Freundinnen mir diesen Erfolg nicht gönnten.

Nie im Leben hätte ich erwartet, dass eine von ihnen mit meinem Freund schlafen würde, um es mir heimzuzahlen. Noch weniger hätte ich erwartet, dass sie es mir mitten ins Gesicht sagen würde. Doch genau das hatte Keira getan. Am Tag des Unfalls hatte sie mir eröffnet, dass sie mit meinem Freund im Bett gewesen war. Nur ein paar Minuten später war alles den Bach runtergegangen.

Bei der Erinnerung schnürte sich mir die Kehle zu. Ich quälte gerade niemand anderen als mich selbst, trotzdem schaffte ich es nicht, mich davon abzuhalten, nach Amys und Keiras Instagram-Accounts zu suchen, durch ihre Feeds zu scrollen und mir anzuschauen, wie sie das letzte halbe Jahr verbracht hatten, während meine Träume sich in Luft aufgelöst hatten.

Ich spürte, wie mir Tränen in die Augen traten, während ich mir Keiras Feed ansah. Sie sah so glücklich aus. So voller Leben. Wie konnte sie so glücklich sein?

Neid wallte in mir auf. Glühender Neid, der mich von innen zu verbrennen drohte. Auf einmal fiel mir das Atmen schwer. Jedes Foto, das ich mir ansah, machte es schlimmer, und ich wusste, ich sollte damit aufhören, das Handy weglegen und nicht mehr an sie denken. Stattdessen scrollte ich wieder nach oben. Fotoreihe um Fotoreihe verschwamm vor meinen Augen, aber ich brachte es nicht über mich, auf das kleine Haus zu drücken, das mich von Keiras Profil befreit hätte. Und dann – als wäre das alles nicht schon schlimm genug – tauchte um ihr Profilbild ein kleiner roter Kreis auf. Sie hatte eine neue Story hochgeladen. Wie fremdgesteuert tippte ich auf das runde Bild. Ein Foto von Keira erschien auf meinem Bildschirm. Sie war nicht allein, sondern küsste einen Typen, der mir auf den ersten Blick viel zu vertraut erschien. Dann erkannte ich, dass ich mich irrte. Es war nicht Luis.

Gott sei Dank.

Mein Herz machte einen erleichterten Satz und zog sich gleich darauf schmerzhaft zusammen. Sie war nicht mit ihm zusammen. Nein, sie hatte nur mit ihm geschlafen, um mir eins auszuwischen.

Eine Story nach der anderen zog an mir vorbei, ohne dass sich mein Blick wirklich auf die Bilder und Videos fokussierte. Stattdessen versuchte ich, mein stolperndes Herz zu beruhigen und gegen die Übelkeit anzukämpfen, die in mir aufstieg.

Mühsam schluckte ich die Tränen hinunter. Oder versuchte es zumindest, bis ich in Amys Story landete. Es war ein Video von ihr und Keira. Die beiden waren immer noch befreundet. Das sollte mich nicht überraschen. Nicht, nachdem Amy sich auf Keiras Seite gestellt hatte. Sie hatte zu Keira gestanden, als die mit meinem Freund gevögelt hatte, um mir eins reinzuwürgen. Weil ich an der Juilliard angenommen worden war und sie nicht. Ich hatte mich mehr als einmal gefragt, warum sie nur mich deswegen fertiggemacht hatten. Rose hatte es auch geschafft. Andererseits hatten sie gewusst, dass sie Rose beinahe genauso verletzen würden wie mich, wenn sie mir wehtaten. Meine Schwester würde immer zu mir halten.

Ich nur nicht zu ihr. Weil ich nicht wirklich besser war als die beiden. Ich war genauso neidisch, zerfressen von Eifersucht auf meine Schwester, und es nützte nichts, dass sie Keira und Amy rigoros aus ihrem Leben gestrichen hatte.

Nach jenem Tag waren wir keine Gemeinschaft mehr gewesen, nicht mal mehr ein Team. Es gab nur noch die beiden, und Rose und mich. Ein Duo, eine Siegerin und eine Verliererin.

Eine Sekunde, ein Fehltritt, und ich hatte alles verloren.

Mein Magen rebellierte, meine Unterlippe begann zu beben, und ich war drauf und dran, schon wieder so richtig loszuheulen. Tränen brannten in meinen Augen, ein tiefes Schluchzen stieg in mir auf und blieb mir im Hals stecken. Ich kämpfte dagegen an, kämpfte gegen die Emotionen, die dieses beschissene Video auslöste. Den Zorn, den Schmerz und die Verletztheit über ihren Verrat.

Wütend auf mich selbst, weil ich so schwach gewesen war, diese dämliche App überhaupt zu öffnen, warf ich mein Handy aufs Sofa, genau in dem Augenblick, in dem die Tür aufging und Julian reinkam.

Natürlich. Hätte er sich keinen anderen Moment aussuchen können?

»Schon wieder ein schlechter Tag?«, fragte er ohne Begrüßung und mit einem so ironischen Unterton in der Stimme, dass ich ihm über die Schulter hinweg einen vernichtenden Blick zuwarf. Julian schloss die Tür und sah mich mit hochgezogener Augenbraue spöttisch an.

»Ich dachte, ich soll dich in Ruhe lassen, dann lass du mich gefälligst auch in Ruhe!«, fauchte ich, bevor ich mich aufhalten konnte, sprang auf und schnappte mir mein Handy, nachdem ich den Fernseher ausgeschaltet hatte.

So viel zu meinem geplanten Waffenstillstand. Immerhin waren die Tränen versiegt.

Ich wollte gerade in meinem Zimmer verschwinden, als Julian mich aufhielt. »Das hätte ich nicht sagen sollen.«

Ich blieb so abrupt stehen, dass ich eine Sekunde lang schwankte, bevor ich mich wieder fangen konnte. Langsam drehte ich mich zu ihm um und musterte ihn argwöhnisch. »Wie war das?«

»Ich werde das nicht wiederholen!« Sein Tonfall war nicht zu deuten. Nicht entschuldigend, nicht sanft, er klang … *kalt*, wurde mir dann klar. Aus zusammengekniffenen Augen warf er mir einen undurchdringlichen Blick zu, dann ließ er sich aufs Sofa fallen.

Misstrauisch beobachtete ich jede seiner Bewegungen. Was sollte das werden? Irgendwas stimmte hier nicht. Ich bekam nicht zu fassen, was, aber die Stimmung im Raum fühlte sich auf einmal sehr seltsam an. Drückend und wie elektrisch aufgeladen.

Ich zögerte kurz, beschloss mein ungutes Gefühl zu ignorieren und gab mir einen Ruck. »Ich hätte meine Schuhe nicht werfen sollen, tut mir leid. Auch wenn ich sie gar nicht nach dir geworfen habe. Nur um das mal klarzustellen.«

Ein spöttisches Lächeln spielte um Julians Lippen. »Ich weiß. So mies wirft niemand.«

»Danke«, gab ich trocken zurück und machte erneut Anstalten, in mein Zimmer zu gehen, bevor das Ganze hier noch in ein richtiges Gespräch ausartete, doch wieder hielt Julian mich auf.

»Warum kannst du mich eigentlich nicht leiden?«

Für einen kurzen Moment ließ ich den Kopf in den Nacken sinken. Das hatte er doch jetzt nicht wirklich gefragt, oder?

»Wer sagt, dass ich dich nicht leiden kann?«

Julian lachte auf. Es war ein hartes Lachen, ohne jede Freude, und auf einmal lag da etwas Dunkles in seinen grünen Augen. »Oh, bitte! Gib's einfach zu.«

»Okay, ich geb's zu. Ist das ein Problem? Muss dich jeder

mögen?« Die Worte platzten ungefiltert aus mir heraus, ohne dass ich überhaupt darüber nachdachte, was ich sagte. Klasse, eine etwas diplomatischere Antwort war wohl nicht drin gewesen.

»Nein, aber mich würde interessieren, warum *du* mich nicht magst. Du hast dein Urteil über mich doch schon in der Sekunde gefällt, in der wir uns das erste Mal begegnet sind, oder?«

»Und?« Unbehaglich trat ich von einem Fuß auf den anderen. Ich wollte dieses Gespräch nicht führen. Nicht heute. Niemals. Ich hatte einen Waffenstillstand geplant, nicht die Eröffnung eines Krieges. Julian schien das allerdings anders zu sehen. Er machte vielmehr den Eindruck, als würde er es auf einen Streit anlegen.

»Du kennst mich doch gar nicht. Also, wieso findest du mich so ätzend?«, fragte er und verschränkte die Arme vor der Brust. Alles an ihm, von der Haltung bis hin zu seinem durchdringenden Blick, war pure Provokation.

»Ich finde dich nicht ätzend. Ich hab nur kein Bedürfnis danach, mich dir an den Hals zu werfen.« Das war nicht ganz die Wahrheit. Gerade fand ich ihn ziemlich ätzend.

Ich sollte ihn einfach abwürgen und verschwinden. Aber irgendwas hielt mich davon ab. Ich war müde, der Tag war auf eine merkwürdige Art anstrengend gewesen. Außerdem war ich nicht gut darin, mich mit Fremden zu unterhalten, selbst wenn es so ein nettes Mädchen wie Cassidy war, und es war ein riesengroßer Fehler gewesen, mir die Instagram-Accounts von meinen ehemaligen Freundinnen anzusehen. Allein bei dem Gedanken an die beiden durchströmte mich altbekannte Wut.

Und dann wurde mir klar, dass ich mich nicht zurückzog, weil Julian nicht der Einzige war, der auf Streit aus war.

Mit schief gelegtem Kopf musterte er mich. »Das verlangt ja auch keiner.«

Meine Schultern verkrampften sich, ich war drauf und dran, die Geduld zu verlieren. Worauf zum Teufel wollte er hinaus? »Aber du willst, dass ich dich mag, oder? Ist das für dich nicht fast dasselbe? Selbst wenn du mich nicht magst, willst du, dass ich es tue. Weil du daran gewöhnt bist.«

»Also das ist das Problem? Dass – «

»Mein Problem ist, dass ich Typen wie dich kenne«, unterbrach ich ihn scharf. »Und ja, ich weiß, dass ich Vorurteile habe und verallgemeinere, aber wir wohnen erst seit zwei Wochen zusammen, und du hast schon vier verschiedene Mädchen hergebracht. Du siehst gut aus, und du weißt das. Und du weißt, wie du das nutzen kannst. Aber jedes dieser Mädchen glaubt, dein Herz erobern zu können. Jede von denen glaubt das, egal, wie oft sie dir sagen, dass sie keine Beziehung wollen, dass es ihnen auch nur um den Sex geht. Und mir ist klar, dass du jeder von ihnen sagst, dass sie nicht die Eine für dich sein wird. Aber das macht es nicht besser. Denn irgendwann wird es ein Mädchen geben, mit dem du es versuchen wirst, und sie wird dir glauben. Weil sie dir glauben will, und am Ende wirst du ihr todsicher das Herz brechen. Und das ist nicht okay!« Kochend vor Wut und schwer atmend verstummte ich. Auf einmal fühlte ich mich merkwürdig befreit. Irgendwo tief in meinem Inneren war mir klar, dass ich überhaupt nicht von den Mädchen sprach, mit denen Julian ins Bett ging. Ich wusste auch, dass mein Zorn nicht ihm galt. Nicht wirklich. Vielleicht ein kleiner Teil, doch der Rest meiner nicht unbeträchtlichen Wut richtete sich gegen andere. Aber ich ignorierte die Tatsache, weil es sich zu gut anfühlte, alles rauszulassen. Viel zu gut.

Einen Moment lang starrte Julian mich sprachlos an. »Welcher Typ hat dich denn kaputt gemacht?«

»Mich hat niemand kaputt gemacht!«, fauchte ich, obwohl das schmerzhafte Ziehen in meinem Inneren mir nachdrücklich das Gegenteil beweisen wollte. Ohne dass ich es verhindern konnte, wanderten meine Gedanken zu Luis. Zu seinen Händen, die über meinen Körper fuhren, seinen Lippen, die sich auf meine drückten, die Art und Weise, wie er meinen Namen flüsterte. Und die Wut, die eben nur gekocht hatte, verwandelte sich in ein flammendes Inferno, das mich zu verzehren drohte.

»Na klar doch. Typen wie mich findet man nur scheiße, wenn man selbst was mit einem hatte.«

Das war so unlogisch, dass es mir für ein paar Sekunden die Sprache verschlug. »Ich kann dich auch einfach aus Prinzip scheiße finden!«

Mir kamen Cassidys Worte über den ersten Eindruck in den Sinn. Auf Julian trafen sie definitiv nicht zu. Der erste Eindruck, den ich von ihm gehabt hatte, erwies sich als vollkommen richtig. Tatsächlich fand ich ihn jetzt noch ätzender. Bei unserer ersten Begegnung war er wenigstens noch charmant gewesen und kein totales Arschloch.

»Das glaube ich dir aber nicht.« Julian stand auf und trat auf mich zu. Ein aufmüpfiges Funkeln lag in seinen grünen Augen.

Er wirkte vollkommen entspannt, während sich jeder Muskel meines Körpers in den letzten Minuten verkrampft hatte. Doch je länger ich ihn ansah, desto durchscheinender wurde seine Maskerade. Julian war nicht nur auf einen kleinen Streit aus. Er war sauer. Richtig sauer.

Schön. Mit Wut kannte ich mich bestens aus. Davon hatte ich selbst mehr als genug.

»Mich hat niemand kaputt gemacht, klar?« Ich spuckte ihm die Lüge vor die Füße. »Aber wie ist es mit dir? Wenn wir uns schon verurteilen, obwohl wir uns gar nicht kennen, dann sollten wir es richtig machen. Also, Julian, was ist mit dir?«

Er versteifte sich, und ich wusste, dass ich einen Nerv getroffen hatte. Ich sollte aufhören. Ich war nicht gemein, so war ich nicht. Ich verletzte niemanden mit voller Absicht. Aber gerade wollte ich Julian wehtun.

Ich hasste mich dafür. Und ihn auch.

»Was soll mit mir sein?« Sein Blick war so kalt, dass ich unter anderen Umständen gefröstelt hätte. Jetzt nicht.

»So ein Aufreißer wird man doch auch nur, wenn man von einer Frau schon mal so richtig verletzt wurde. Also, wer war es? Deine erste Freundin oder deine Mutter?«

Schon in der Sekunde, in der ich es aussprach, wusste ich, dass ich einen Fehler gemacht hatte, und mir drehte sich der Magen um.

Julians Gesicht war schlagartig vollkommen leer. Und Leere hatte mir schon immer mehr Angst gemacht als Wut.

»Es tut mir leid«, sagte ich eilig. Ich spürte, wie mir das Blut aus dem Gesicht wich, und trat einen vorsichtigen Schritt auf ihn zu. Meine Hand zitterte, als ich sie nach ihm ausstreckte, um was auch immer zu tun. »Das war gemein und falsch, und es tut mir echt leid! Ich –«

»Fahr zur Hölle«, knurrte er, schlug meine Hand zur Seite und stürmte aus der Wohnung.

9. KAPITEL

Julian

Das schrille Klingeln meines Weckers riss mich aus dem Schlaf. Brummend schlug ich die Augen auf. Zumindest versuchte ich es. Doch als ein heller Lichtstrahl auf meine Augen fiel, kniff ich sie hastig wieder zusammen. Mörderische Kopfschmerzen pochten hinter meiner Stirn, und mir war so schlecht, dass ich wusste, sobald ich mich bewegte, würde ich kotzen. Und das nicht im übertragenen Sinn.

»Julian.« Die leise Stimme kam von rechts. Sie war vertraut, aber ich brauchte einen Moment, ehe ich sie zuordnen konnte.

Tessa.

Richtig. Ich war bei Tessa und Cole.

»Julian, du musst aufstehen.«

»Muss ich nicht«, grummelte ich und zog mir die Decke über den Kopf.

»Doch, du hast gleich Uni. Und ich hab Frühstück gemacht. Für dich gibt's auch Bacon. Salzig und fettig. Dürfte gegen den Kater helfen.« Ich hörte das Lächeln in ihrer Stimme.

Warum war sie am frühen Morgen so ekelhaft gut drauf? Wahrscheinlich, weil sie sich im Gegensatz zu mir gestern Abend nicht hatte volllaufen lassen.

Stöhnend drehte ich mich auf die Seite und spürte, wie mein Magen einen empörten Satz machte und sich die Schmerzen in meinem Kopf in ein stetiges Hämmern verwandelten. Ich konnte mich nicht erinnern, wann ich mich das letzte Mal so beschissen gefühlt hatte.

»Bitte kotz mir nicht die Bettwäsche voll. Die Laken sind neu«, bemerkte Tessa trocken, dann hörte ich, wie die Tür leise wieder ins Schloss fiel, und sie war verschwunden.

Millimeter für Millimeter richtete ich mich auf, und als das funktionierte, ohne dass ich meinen Mageninhalt von mir gab, schob ich die Beine über die Kante des Bettes und stand auf.

Ich wankte, und dann ging alles ganz schnell. Ich erreichte das Bad gerade rechtzeitig, bevor ich mir die Seele aus dem Leib kotzte. Ein grandioser Start in einen garantiert grandiosen Tag.

Es dauerte, bis es vorbei war, doch als ich mir schließlich den Mund ausspülte, ging es mir etwas besser. Mein Magen hatte sich einigermaßen beruhigt, nur mein Kopf wollte wieder ins Land der Träume verschwinden.

Ein Klopfen an der Tür ließ mich ein weiteres Mal gequält aufstöhnen. Warum nur waren sie alle so laut heute Morgen?

»Alter, kommst du klar?« Cole streckte seinen Kopf ins Bad und grinste mich breit an.

»Nein.« Mit einem erneuten Stöhnen ließ ich mich auf den Rand der Badewanne sinken.

»Das überrascht mich gar nicht, so viel wie du gestern in dich reingeschüttet hast. Kannst du dich überhaupt noch an was erinnern?«

Ich löste meine Hände vom Rand der Wanne, um mir die wirren Haare aus der Stirn zu streichen, und verlor dabei fast das Gleichgewicht. »An mehr als genug.«

Das, was ich vergessen wollte, spukte immer noch durch meinen Kopf. Ich sah sie wieder vor mir, mit den dämlichen rosafarbenen Haaren und den blitzenden blauen Augen. Ich sah wieder ihre Wut und wie sie die Hände zu kleinen Fäusten ballte. *Also, wer war es? Deine erste Freundin oder deine Mutter?*

Mein Zorn von gestern kehrte mit einer unerwarteten Heftigkeit zurück. Was wusste sie schon? *Gar nichts.* Gar nichts, wusste sie.

»Jules, beweg dich. Frühstück wird helfen.«

Cole warf mir einen eindringlichen Blick zu, dann zog er den Kopf zurück und verschwand. Ich brauchte noch ein paar Sekunden, bis es mir gelang, aufzustehen und ihm zu folgen.

Meine Nase lotste mich geradewegs nach unten in die Küche, wo es so gut nach Bacon und Waffeln roch, dass mein Magen dieses Mal vor Hunger anfing zu grummeln. Mit einem erleichterten Seufzen ließ ich mich auf den Stuhl gegenüber von Cole fallen. Er saß neben Tessa, die mit einem verhaltenen Grinsen auf ihren Teller starrte. Sie hatte nicht nur Waffeln gebacken und Bacon gebraten, sondern auch frische Croissants geholt und Rührei zubereitet.

»Wann hast du das alles gemacht?« Ich warf einen entgeisterten Blick auf die Uhr. Erst acht. Es war abartig früh.

Tessa zuckte mit den Schultern und strich sich eine dunkle Locke hinters Ohr. Ihr Lächeln wurde breiter. »Ich hab im Moment nicht viel zu tun. Also lerne ich kochen.« Sie deutete auf die vollen Schüsseln und Teller. »Na ja, und Frühstück machen.«

»Aber doch nicht so früh.« Ich schaufelte Rührei und Bacon auf meinen Teller. »Warum, um Himmels willen, stehst du jetzt schon auf, wenn du ausschlafen könntest? Genieß die freie Zeit doch einfach.« Als ich die erste Gabel in den Mund schob, musste ich ein Seufzen unterdrücken. Das war *so* gut.

»Tue ich doch.« Sie machte eine umfassende Handbewegung, die nicht nur das Frühstück, sondern das ganze Haus und Cole einschloss, der mit einem glückseligen Lächeln eine Waffel in sich hineinstopfte.

Ich nickte stumm. Das tat sie wirklich. Sie beide. Ich merkte, wie meine Gedanken abschweiften. Während mein Leben sich in ein totales Chaos verwandelte, waren meine Freunde überglücklich und wurden erwachsen.

Erwachsen werden. Was sollte das überhaupt bedeuten?

Für Tessa und Cole bedeutete es offensichtlich, zusammenzuziehen. In ein Haus am Stadtrand von Faerfax, das Tessa gekauft hatte. Das Grundstück grenzte an den Wald. Es war wunderschön hier. Ruhig und idyllisch und nicht weit von der Uni entfernt. Für die beiden war es absolut perfekt.

Ich dagegen stritt mich wegen nichts und wieder nichts mit meiner Mitbewohnerin. Weil ich wütend gewesen war und meine Wut rausgemusst hatte. Erwachsen fühlte sich das nicht unbedingt an.

»Was ist gestern passiert?«, fragte Cole und holte mich zurück ins Hier und Jetzt. Er musterte mich besorgt. Tessa warf ihm einen warnenden Blick zu, doch Cole ignorierte sie.

»Gar nichts«, gab ich kurz angebunden zurück, in der Hoffnung, dass sie es einfach gut sein ließen. Wenn ich ihnen gestern nichts erzählt hatte, als ich total dicht gewesen war, würde ich es heute ganz sicher auch nicht tun.

»Klar. Du schießt dich wegen nichts dermaßen ab.« Cole schnaubte spöttisch. »Jules, seit wir beide uns kennen, warst du noch nie so voll wie gestern Abend.«

»Irgendwann ist immer das erste Mal.« Ich wich seinem Blick aus, konzentrierte mich voll und ganz auf mein Rührei und den Bacon und darauf, beides im Magen zu behalten. Fürs Erste schien das ganz gut zu funktionieren.

»Alter, erzähl keinen Scheiß!« Cole ließ seine Gabel fallen, die klirrend auf seinen Teller fiel.

»Was Cole eigentlich sagen möchte«, warf Tessa sanft ein und legte eine Hand auf seinen Arm, »ist, dass wir uns Sorgen um dich machen.«

»Braucht ihr nicht.«

»Tun wir aber. Können wir dir irgendwie mit Sarah und Jenny helfen?« Cole sah mich über den Rand seiner Tasse hinweg fragend an.

»Nein, alles okay. Ich schaffe das schon«, log ich und wünschte, ich hätte nie erwähnt, dass ich wegen meiner Schwestern nach Chicago gefahren war. Ich sprach selten mit meinen Freunden über meine Familie, weil ich dann noch mehr über sie nachdachte als ohnehin schon, und gerade jetzt hatte ich so was von keinen Nerv darauf.

Das Wochenende in Chicago hatte gar nichts gebracht. Sarah war nach wie vor nur zum Essen aus ihrem Zimmer gekommen und hatte nicht mehr Worte von sich gegeben als nötig. Jenny hatte mir so oft gesagt, wie sehr sie sich auf Faerfax freute, dass ich irgendwann fast geplatzt wäre. Und Dad hatte sich auch nur zum gemeinsamen Abendessen blicken lassen und war sonst in der Werkstatt geblieben. Als müsste er sich nicht um seine Töchter kümmern, weil ich da war. Das Gewicht auf meinen Schultern war mit jeder Stunde, die ich dortgeblieben war, schwerer geworden. Und die Wut war immer, immer höher gekocht. Bis ich sie schließlich an Lily ausgelassen hatte.

Ich hätte damit rechnen müssen, dass sie sich wehren würde.

»Also gibt es keinen Grund für –«

»Ich hab mich mit Lily gestritten, okay?«, unterbrach ich ihn genervt.

Tessa schnappte hörbar nach Luft, während Cole mich mit großen Augen sprachlos anstarrte. »Du hast *was*?«

»Ich hab mich mit Lily gestritten. Zufrieden?«

»Und deswegen schießt du dich dermaßen ab?« Er lachte ungläubig auf.

»Ich will echt nicht darüber reden«, murmelte ich und schob mir ein weiteres Stück Bacon in den Mund. Wenn ich aß, konnte ich nicht sprechen. Also würde ich essen und essen, bis Tessa und Cole keine Lust mehr hatten, mich zu nerven. Könnte sein, dass ich platzte, bevor das geschah, aber dann musste ich immerhin nicht über diesen dämlichen Streit sprechen.

»Ach, komm schon! Du kannst so was doch nicht sagen und dann nicht erzählen, was hinter der ganzen Sache steckt!«

»Doch, kann ich«, gab ich ungerührt zurück und nahm den nächsten Bissen. Mein Magen machte einen unangenehmen Satz. Okay, ich konnte nicht ewig weiteressen.

Ich sah, wie Tessa fest die Lippen aufeinanderpresste, um nicht loszulachen. Ihre Augen funkelten belustigt, während Cole mich prüfend anschaute. »Jules, sag nicht, du bist jetzt schon mit ihr im Bett gelandet!«

Ich verschluckte mich an meinem Rührei. »Nein!«, krächzte ich und hustete. »Bin ich nicht!«

Einen Moment lang musterte Cole mich, als würde er mir nicht glauben, dann seufzte er. »Was ist denn dann passiert? Ich dachte, ihr zwei geht euch aus dem Weg.«

»Cole, weißt du, wenn du noch ein bisschen mehr nachbohrst, bist du genau wie Cassidy.«

Er schnappte nach Luft und verzog in gespielter Empörung das Gesicht. »Das hast du jetzt nicht wirklich gesagt!«

Ich grinste breit und spürte, wie die Wut langsam verschwand. »Hast du doch gehört.«

Cole setzte zu einer Antwort an, doch Tessa kam ihm zuvor. »Ihr zwei seid richtig süß. Wie ein altes Ehepaar«, sagte sie mit einem süffisanten Grinsen und drückte Cole einen Kuss auf die Wange.

»Das kommt davon, dass wir zu lange zusammengewohnt haben«, erwiderte ich. »Gib euch ein bisschen Zeit, dann seid ihr auch so.«

Cole räusperte sich, seine Mundwinkel zuckten amüsiert. »Bestimmt. Also, du willst echt nicht drüber reden?«

Ich schüttelte energisch den Kopf. »Nope, will ich nicht.«

»Okay, dann wechseln wir eben das Thema. Also, für welches Projekt hast du dich entschieden?«, erkundigte er sich und griff nach seiner Tasse.

Es fühlte sich an, als hätte jemand aus dem Nichts einen Eimer Eiswasser über meinem Kopf ausgeleert. Ich erstarrte.

Scheiße.

Das Semesterprojekt hatte ich völlig vergessen. Ich war noch nie überpünktlich gewesen, sondern hatte mich die letzten beiden Male auch erst in der zweiten Woche für ein Projekt entschieden. Aber ich hatte noch nie die Frist verpasst. Bis jetzt. Weil ich letzten Mittwoch wegen meiner Schwestern nach Hause gefahren war. *Verdammte Scheiße!* Aufgebracht knallte ich mein Besteck auf den Tisch. Das konnte echt nicht wahr sein.

»Jules? Alles okay?«

Mein Magen rebellierte gegen die Unmengen an Bacon und Rührei, die ich in mich reingestopft hatte. Ich würgte. »Ich bin so was von am Arsch!«

»Tut mir leid, Julian. Aber ich kann keine Ausnahme für Sie machen. Wenn ich Sie noch in das Projekt reinlasse, muss ich das auch für andere Studenten tun, und das geht nicht. Wir sind voll.« Mr Geiger zuckte entschuldigend mit den Schultern.

Ich verkniff mir ein frustriertes Stöhnen und fuhr mir mit beiden Händen durchs Haar, bevor ich aufstand. »Okay, danke trotzdem.«

Mr Geiger erhob sich ebenfalls und lächelte mich aufmunternd an. »Es wird mit Sicherheit noch andere Projekte geben, bei denen ein Fotograf gesucht wird.«

Ich nickte und verließ das Büro. Natürlich gab es noch andere Projekte, aber keins war wie dieses. Kein anderes Uni-Projekt beschäftigte sich so mit Fotografie wie das, was Mr Geiger betreute. Es ging darum, einen Kalender zum Thema Träume zu erstellen. Ich hatte von Anfang an gewusst, dass ich in dieses Projekt reinwollte. Warum zum Teufel hatte ich mich also nicht sofort angemeldet?

Weil ich ein fauler Idiot war, der davon überzeugt gewesen war, dass eine Anmeldung auf den letzten Drücker es auch tun würde. Es hätte auch gereicht, wenn ich Donnerstag und Freitag in der Uni gewesen wäre.

Seufzend zog ich mein Handy aus der Tasche und loggte mich bei Moodle ein. Es war kurz nach neun. Ich hatte noch knapp eine Stunde, bis die ersten Projektsitzungen beginnen würden. Im Sommersemester gab es von zehn bis zwölf Uhr keine Kurse, weil die Zeit wie jedes Jahr für die Projekte geblockt war.

Also blieben mir noch genau fünfzig Minuten, um mich für ein Projekt einzutragen. Das würde mit Sicherheit supereinfach werden.

Ich fand schnell die Projekte, die für mich gar nicht infrage kamen: das Musical und das Schreibprojekt. Mit Musicals konnte ich absolut nichts anfangen, und es gab nichts, wofür ich weniger Talent hatte als für das Schreiben von Kurzgeschichten und Poetry-Slams. Blieben noch drei andere Projekte, die hoffentlich noch nicht voll waren.

Das Planen und Konzipieren einer Ausstellung zum Thema Sexismus, ein Filmprojekt, dessen Thema noch nicht veröffentlich worden war, sowie ein weiteres Schreibprojekt, bei dem ein

Magazin zum Thema Umweltschutz entwickelt werden muss-te. Im Großen und Ganzen waren die Themen ziemlich nichts-sagend. Aber so war das jedes Mal. Schließlich ging es bei den Projekten auch darum, dass wir uns in den Gruppen gemeinsam dafür entschieden, was wir aus den Themen machen wollten.

Ich entschied mich kurzerhand für das Magazin und mach-te mich auf den Weg zum Büro der Unizeitung. Hätte sich das Fotografie-Projekt dieses Semester nicht mit dem Thema Träume beschäftigt, hätte ich mich wahrscheinlich von An-fang an für dieses Projekt entschieden. Nicht nur weil Coles Schwester April das Projekt dieses Jahr zusammen mit einem Journalismus-Dozenten betreuen würde oder weil Cole sich ebenfalls für das Projekt entschieden hatte, sondern auch, weil ich schon immer ein Faible für die Natur gehabt hatte. Das Einzige, was ich gerne von Dad geerbt hatte.

Seit ich in Faerfax wohnte, war ich in den Ferien oft mit Cole unterwegs gewesen, um in den Bergen zu wandern und zu cam-pen. Die Natur in all ihren Facetten festzuhalten, war das, was ich tun wollte. Ich hatte eine Schwäche für Tiere und Pflanzen. Ich wollte die Welt durch die Linse meiner Kamera entdecken, so war es immer schon gewesen. Schon mein ganzes Leben lang war ich fasziniert davon, was unsere Erde zustande brachte, und ich wollte das festhalten. Jeden noch so kleinen, vielleicht un-bedeutend wirkenden Moment. Denn selbst das Öffnen einer Blüte konnte auf dem richtigen Bild pure Magie sein.

Und dieses Magazin würde garantiert einen Fotografen brauchen.

»Tut mir echt leid, Julian.« April strich sich eine blonde Strähne hinters Ohr.

»Das kann doch echt nicht wahr sein!« Stöhnend ließ ich mich auf den Stuhl vor ihrem Schreibtisch fallen. »Du kannst da echt nichts machen?«

Sie schüttelte den Kopf. »Leider nicht. Du weißt, ich würde, wenn ich könnte. Aber es geht leider nicht. Wir sind voll. Wir haben fast alle Fotografiestudenten, die sich nicht für das Traum-Projekt oder den Film eingetragen haben. Eigentlich sind wir eh schon zu viele.«

»Dann kommt es auf einen mehr oder weniger doch auch nicht an, oder?« Flehentlich sah ich sie an. Es war mir egal, ob ich betteln musste. Ich wollte in dieses Projekt!

»Doch, kommt es. Es tut mir wirklich leid, aber ich kann da nichts tun.«

»Und was mache ich jetzt?« Verzweifelt vergrub ich das Gesicht in den Händen.

»Weitersuchen würde ich sagen. Aber ich weiß, dass das Filmprojekt auch schon voll ist, und ich bin mir nicht sicher, ob eine Ausstellung zum Thema Sexismus das Richtige für dich ist.« April grinste mich frech an.

Ich verdrehte genervt die Augen. Ja, ja, ich war das Arschloch, das alle Mädchen ausnutzte. Dass es andersrum genauso ablaufen konnte, ignorierten die meisten. Ich war vielleicht kein Heiliger, aber ich war auch kein kompletter Mistkerl.

»Na gut, dann mache ich mich mal auf den Weg.« Nicht besonders motiviert verließ ich Aprils Büro.

Zwanzig Minuten später hatte ich genau zwei Optionen: das Schreibprojekt und das Musical. War ja klar. Die Entscheidung fiel mir leicht. Nie im Leben würde ich mich fürs Schreiben eintragen, da musste man sich mit seinen Gefühlen und dem ganzen dazugehörigen Scheiß auseinandersetzen. Blieb also nur das Musical.

Ich war ganz kurz davor, schon wieder zu kotzen. Das konnte echt nicht wahr sein. War ich echt der Einzige, der die Frist verpasst hatte?

Offensichtlich nicht. Denn als ich das *Shakespeare* betrat, standen drei Typen vor der Aula, die ungefähr so begeistert aussahen wie ich. Wir nickten einander zu.

»Auch zu spät dran gewesen?«, fragte einer von ihnen und blickte mich gequält an.

Ich nickte mit einem schweren Seufzen.

»Willkommen im Klub«, murmelte ein anderer, dann straffte er sich und drückte die Tür auf. Er war wohl der Mutigste von uns.

Langsam folgte ich ihm, doch das Unvermeidliche ließ sich nicht hinauszögern. Ich hatte keine Wahl. Ich steckte jetzt in diesem Projekt fest, und ich würde erst wieder da rauskommen, wenn das Semester gelaufen war.

Das Erste, was ich sah, waren die unzähligen Studenten, die sich in der Aula verteilt hatten. Anscheinend würde das ein wahnsinnig großes Projekt werden.

»Jules? Was machst du denn hier?« Ein begeistertes Quietschen von rechts lenkte meine Aufmerksamkeit auf Cassidy. Sie strahlte mich an.

Gott sei Dank! Wenn Cass hier war, würde das alles vielleicht nur halb so schlimm werden. Dann fiel mein Blick auf einen vertrauten rosafarbenen Haarschopf neben Cassidy, und ich stöhnte auf.

Ernsthaft? ERNSTHAFT?!

10. KAPITEL

Julian

Fassungslos starrte ich Lily an. Sie stand mit dem Rücken zu mir und hatte mich noch nicht bemerkt, was angesichts unserer letzten Begegnungen wahrscheinlich auch besser war. Sonst würden wir uns früher oder später an die Gurgel gehen. Vermutlich eher früher als später.

Was machte sie hier? Ausgerechnet in diesem beschissenen Projekt? Hätte sie sich nicht für irgendwas anderes entscheiden können? Reichte es nicht, dass wir zusammenwohnten? Mussten wir auch noch gemeinsam in diesem Projekt feststecken? Das konnte nicht gut gehen. Nicht nach diesem Streit gestern Abend.

Am liebsten hätte ich mich einfach umgedreht und wäre gegangen. Aber ich hatte keine andere Wahl als zu bleiben, wenn ich nicht durchfallen wollte. Und ich würde bestimmt nicht zulassen, dass Lilys Anwesenheit mich dermaßen aus der Fassung brachte, dass ich dafür ein ganzes Semester aufs Spiel setzte. Für ein paar Sekunden war ich fast geneigt, doch zum Schreibprojekt zu wechseln, verwarf diese Überlegung aber sofort wieder. Die Wahrscheinlichkeit, dass bei dem Schreibprojekt auch nur ein Foto gebraucht wurde, war verschwindend gering.

»Julian?« Cassidy schnippte mit den Fingern vor meinem Gesicht herum und riss mich aus meinen Gedanken. »Was machst du hier?«, fragte sie noch einmal und grinste mich breit an. Im Gegensatz zu mir schien sie sich darüber zu freuen, dass ich hier war.

»Ich hab die Anmeldefrist verpasst. Die anderen Projekte waren schon voll.«

Cassidy prustete los. »Warum überrascht mich das eigentlich nicht?«

Ich seufzte. »Weil du mich kennst.«

»Das stimmt.« Sie strahlte mich an, für meinen Geschmack viel zu glücklich über die Verkettung dieser wirklich unglücklichen Umstände. »Und ich kenne sonst niemanden, der mit so wenig Aufwand durchs Studium kommt wie du. Wie machst du das?«

Ich zwang mich zu einem unbeschwerten Grinsen, obwohl sich mein Magen verkrampfte. Cassidy glaubte, ich würde mein Studium auf die leichte Schulter nehmen, aber das stimmte nicht. Ich liebte das, was ich tat. Ich wusste nur, dass es zu nichts führen würde. Meine Träume waren in den letzten Tagen in noch unerreichbarere Ferne gerückt als vorher. Also brauchte ich mich auch nicht anzustrengen. »Das bleibt mein kleines Geheimnis.«

»Das habe ich befürchtet.« Cassidy schüttelte betrübt den Kopf, und ich stupste sie an.

Dieses Mal war mein Lächeln echt. »Ach komm, du hast so was doch gar nicht nötig. Du bist gut in dem, was du tust, Cass.«

»Stimmt. Aber das bist du auch. Und ich freue mich echt, dass du hier bist. Das wird bestimmt lustig.« Sie hakte sich bei mir unter und zog mich hinter sich her. Bevor ich protestieren und mich von ihr losmachen konnte, hatten wir Lily schon erreicht. »Schau mal, wer noch hier ist«, flötete sie, und ich war mir nicht sicher, ob sie mit mir oder mit Lily sprach. Im Endeffekt spielte es keine Rolle.

Als Lily sich zu uns umdrehte, sah sie in etwa so begeistert aus, wie ich mich fühlte. Einen Wimpernschlag lang starrte sie mich stumm an. »Du willst mir jetzt also wirklich das Leben zur Hölle machen, was?«, fragte sie dann, doch ihre Stimme klang nicht mal ansatzweise so kühl wie sonst.

Ich setzte schon zu einer schlagfertigen Antwort an, als ich bemerkte, wie ihre Augen flackerten. Erst jetzt fiel mir auf, dass sie noch blasser war als sonst. Stirnrunzelnd musterte ich sie.

Das Feuer, das normalerweise in ihren Augen loderte, war heute nur eine kleine Flamme, kaum sichtbar. Sie wirkte nicht wie sie selbst. Nicht, dass ich der Richtige war, um das beurteilen zu können, schließlich kannte ich sie so gut wie gar nicht. Trotzdem wurde ich das Gefühl nicht los, dass irgendwas mit ihr nicht stimmte. Ich war an bissige Antworten und Funken sprühende Blicke gewöhnt, nicht an solch eine Leere in ihren Augen.

»Nein«, antwortete ich gedehnt. »Ich bin nicht wirklich freiwillig hier.«

Ich rechnete mit Spott, doch der kam nicht. Stattdessen nickte sie knapp, wich meinem Blick aus und verschränkte die Arme vor der Brust. Bisher hatte diese Geste immer etwas Trotziges oder Herausforderndes an sich gehabt, heute dagegen wirkte Lily seltsam verloren.

Okay. Das war merkwürdig. Ich warf Cassidy einen fragenden Blick zu, aber sie hob nur die Schultern und sah Lily mit einer Mischung aus Sorge und Neugierde an. Dann hatte immerhin nicht nur ich das Gefühl, dass Lily sich heute seltsam verhielt. Und ob ich wollte oder nicht – und ich wollte definitiv nicht! –, ich begann mir Sorgen um sie zu machen.

Als ihr Blick sich für den Bruchteil einer Sekunde auf mich richtete und ich echten Schmerz darin entdeckte, krampfte sich etwas in mir zusammen.

Scheiße!

Ich brauchte gar nicht fragen, es war definitiv meine Schuld, dass sie so fertig war. Ich war so ein Arschloch.

Die Wut, an die ich mich den ganzen Morgen geklammert hatte, verrauchte. Es hatte nicht an ihr gelegen, dass das Ganze gestern so eskaliert war, sondern an mir. Ich hatte mich streiten wollen. Sie konnte nichts dafür, dass sie die Erste gewesen war, die mir nach meiner Rückkehr nach Faerfax über den Weg gelaufen war.

Mein schlechtes Gewissen drängte mich zu einer Entschuldigung, aber ich brachte kein Wort heraus, und eine unangenehme Stille breitete sich zwischen uns aus. Lily starrte gedankenverloren Richtung Bühne und schien mich und Cassidy vollkommen vergessen zu haben.

»Also …«, begann Cassidy zögerlich und sah von mir zu Lily. »Habt ihr ein Problem?«

Ein lautes Klatschen bewahrte mich vor einer Antwort. Drei Dozenten betraten die Bühne. Ich hatte keinen von ihnen jemals gesehen. Bisher hatte ich mich allerdings auch nicht für Musicals interessiert.

»Herzlich willkommen beim diesjährigen Musicalprojekt«, begrüßte uns eine Frau mittleren Alters. Sie hatte die blonden Haare zu einem strengen Zopf zurückgebunden, trug eine enge schwarze Hose und einen schwarzen Rollkragenpullover. Sie sprach nicht besonders laut, trotzdem verstummten augenblicklich alle Gespräche um uns herum.

»Bevor wir die Einzelheiten klären, möchte ich Ihnen kurz mitteilen, für welches Thema wir uns in diesem Semester entschieden haben.« Sie machte eine kurze Pause, dann lächelte sie breit. »Wir werden eine Neuinszenierung des Films *The Greatest Showman* auf die Beine stellen.«

Ein begeistertes Quietschen rechts von mir ließ mich zusammenzucken. Ich konnte spüren, wie Euphorie durch die Aula schwappte wie eine Welle.

»Oh Gott, erschießt mich bitte jemand?«, fragte irgendwer neben mir, und als ich mich zur Seite drehte, stellte ich fest, dass die leise Stimme zu einem der Typen gehörte, die ebenfalls die Frist verpasst hatten.

Ich verzog gequält das Gesicht. »Da wäre ich dabei.«

The Greatest Showman. Ich kannte den Film. Meine Schwestern hatten mich dazu gebracht, ihn anzugucken, und danach hatte ich mir geschworen, einmal und nie wieder.

Und jetzt musste ich mich ein ganzes Semester mit diesem kitschigen Scheiß befassen.

Das würde *meine* ganz persönliche Hölle werden.

Lily

Ich starrte ins Leere. Mir war kalt. Nicht, weil die Aula nicht beheizt wurde. Es war mehr eine innere Kälte.

Ich hatte mich überschätzt. Vollkommen überschätzt. Ich hatte gedacht, ich würde damit klarkommen. Dass ich so weit war und damit fertigwerden würde. Doch das Chaos in meinem Herzen belehrte mich eines Besseren. Ich war ganz und gar nicht so weit.

Obwohl ich mich dagegen wehrte, huschte mein Blick zur Bühne. Es war nicht die gleiche – natürlich nicht –, aber sie war ähnlich genug, um mir das Atmen schwer zu machen. Es klang laut in der Stille, die mich umgab.

Ich war allein in der Aula. Alle anderen waren gefühlt vor Stunden verschwunden. Waren es Stunden gewesen? Oder saß ich erst ein paar Minuten in einem der weich gepolsterten Stühle und versuchte, wieder zu mir zu kommen?

Die Bühne, die aufgeregten Stimmen, die längst verstummt waren, und die unterschwellige Spannung, die von einem zum anderen gesprungen war, sogar der Geruch – das alles hatte mich so sehr an mein altes Leben erinnert, dass irgendwas in mir zerbrochen war. Ich hätte nicht gedacht, dass das überhaupt noch möglich war.

Und jetzt saß ich hier, seit Minuten oder Stunden, und bemühte mich, meinen Körper wieder unter Kontrolle zu bringen, während die Splitter meines zerbrochenen Traumes sich in mein Innerstes bohrten.

Ich zwang mich, nicht zu denken, sondern mein altes Leben völlig auszublenden. Es war dämlich, dass ich es ausgerechnet hier versuchte, aber ich konnte nicht gehen. Wohin auch? Ich hatte Kurse, aber ich war jetzt so gar nicht in der Lage, mich mit amerikanischer Literatur, dem Konzept der Oper oder Hamlet zu befassen.

In der Wohnung konnte ich mich auch nicht mit meinen Gefühlen auseinandersetzen. Nicht, wenn Julian früher oder später in seinem Zimmer sitzen und vermutlich nach Wegen suchen würde, wie er mich am besten loswerden konnte.

Also blieb ich sitzen und starrte ins Leere. Starrte und starrte und starrte, bis die Aula vor meinen Augen verschwamm.

Du gehörst hier nicht hin. Du solltest nicht hier sein. Geh. GEH! Die Stimme in meinem Kopf wurde mit jedem Wort lauter. Mein Herz klopfte so heftig, dass es wehtat. Ich gehörte wirklich nicht hierher.

Meine Beine zitterten, als ich aufstand. Anstatt die Aula zu verlassen, lief ich allerdings wie in Trance zur Bühne. Bevor ich mich davon abhalten konnte, stemmte ich mich hoch und kletterte hinauf. Das Holz gab ein vertrautes Knarzen von sich, ich schnappte nach Luft, versuchte, meine Lungen mit Sauerstoff zu füllen, und auch wenn ich mir alle Mühe gab, konnte ich nicht verhindern, dass ich mich von einer Sekunde auf die andere in eine völlig andere Zeit zurückversetzt fühlte. Als alles noch gut gewesen war.

Ich sah mich selbst, wie ich über die Bühne schwebte. Ich fühlte wieder die Freude, die mich jedes Mal durchströmt hatte, wenn ich der Musik gefolgt war und mit meinem Tanz eine Geschichte erzählt hatte.

Und plötzlich war er wieder da. Der Schmerz. Ich spürte Knochen brechen, Bänder reißen, wie mein Herz in tausend Teile zersprang.

Ein leises Wimmern entrang sich mir. Ich schlug mir die Hände vors Gesicht, als könnte ich meine Gefühle so einsperren.

Aber sie ließen sich nicht einsperren. Ein verzweifeltes Schluchzen brach aus mir heraus, ich wollte es unterdrücken und ließ es dann doch zu. Ich hatte keine Kraft mehr, dagegen anzukämpfen. Weil es wehtat, hier zu sein und nicht zu tanzen. Weil das Leben unfair war. Weil mein Körper mich im Stich gelassen hatte. Genau wie meine Freunde. Weil ich mich selbst im Stich gelassen hatte.

Meine Beine knickten unter mir weg, und ich sackte auf dem Boden zusammen. Doch anstatt wieder aufzustehen, legte ich mich auf den Rücken und zwang mich zu atmen.

Ich starrte an die Decke und versuchte, den Schmerz wegzuatmen.

Irgendwann fielen mir die Augen zu, und eine tiefe Erschöpfung breitete sich in mir aus. Ich hatte diesen Schmerz so satt. Ich hatte es satt, immer und immer wieder nur daran zu denken, was ich verloren hatte. Ich sollte mich auf meine Zukunft konzentrieren. Pläne schmieden. Freunde finden und das Leben genießen.

Aber ich wusste nicht, wie.

Mein Kopf dröhnte, als ich schließlich den Flur zur Wohnung entlangschlurfte, und ich war so müde, dass ich mich einfach nur noch in meinem Bett verkriechen wollte.

Hoffentlich war Julian nicht da. Ich hatte keine Nerven, mich schon wieder mit ihm auseinanderzusetzen, und ich zweifelte kein Stück daran, dass es zu einem weiteren Streit kommen würde, wenn er zu Hause wäre. Es war ein kleines Wunder gewesen, dass wir uns heute in der Aula nicht direkt wieder an die Gurgel gegangen waren, so angepisst wie er gewirkt hatte. Zwei Wunder an einem Tag erschienen mir ziemlich unwahrscheinlich.

Was war das nur mit uns beiden, dass wir immer sofort anfingen zu streiten?

Gut, ich mochte ihn nicht, und er mich anscheinend genauso wenig. Warum also waren wir nicht in der Lage, die Klappe zu halten und uns aus dem Weg zu gehen?

Seufzend schloss ich die Tür auf und erstarrte, als ich Julian auf dem Sofa sitzen sah. Er drehte sich zu mir um und betrachtete mich mit schief gelegtem Kopf.

»Warum habe ich das Gefühl, dass du ganz schön viele Scheißtage hast?«, fragte er.

Für einen kurzen Moment schloss ich die Augen und atmete tief durch, bevor ich ihn wieder anblickte. »Lass einfach gut sein, ja? Ich will mich nicht mit dir streiten, Julian.«

»Sicher? Scheint dir sonst nämlich immer Spaß zu machen.« Er zog die Augenbrauen hoch. Doch dieses Mal war es keine stumme Herausforderung. Sondern etwas anderes. Etwas, das ich nicht deuten konnte. Und eigentlich wollte ich auch nicht.

»Heute nicht«, murmelte ich und ließ meine Tasche fallen. Ich ging zum Kühlschrank, um mir eine Flasche Wasser zu holen, und spürte, dass er mich die ganze Zeit beobachtete.

»Ist alles in Ordnung?«, erkundigte er sich und klang dabei so sanft, dass ich mich unwillkürlich verkrampfte.

Ich schloss die Kühlschranktür energischer als nötig und drehte mich zu ihm um. »Nein. Aber das weißt du ja schon. Ich bin doch kaputt.«

Julian fuhr zusammen, das schlechte Gewissen stand ihm deutlich ins Gesicht geschrieben. Aber es war mir egal, wenn er sich mies fühlte. Er hatte es verdient. Die ganze Nacht hatte ich mich von einer Seite auf die andere gewälzt und mir selbst versichert, dass der Streit nicht meine Schuld war. Julian hatte angefangen, nicht ich. *Er* hatte mich gefragt, wer mich kaputt gemacht hatte.

Kaputt. Als wäre ich ein Gegenstand.

Trotzdem war da die ganze Zeit diese leise Stimme in meinem Kopf gewesen, die ganz eindeutig zu meinem eigenen schlechten Gewissen gehörte, und das passte mir gar nicht. Stundenlang hatte ich versucht, sie zu ignorieren, aber ich war nicht dagegen angekommen. Wenn ich nicht so auf ihn reagiert hätte, wäre der Streit nicht dermaßen eskaliert.

Wir waren beide schuld. So einfach war das.

»Ich hätte das nicht sagen dürfen. Dass du kaputt bist«, gab Julian leise zu.

Perplex starrte ich ihn an. Hatte er das gerade echt gesagt? Und sah er wirklich so aus, als würde er das ernst meinen? Nein, das konnte nicht sein. Misstrauisch runzelte ich die Stirn. Genauso hatte unser Streit gestern auch angefangen.

»Nein, hättest du nicht.«

»Es tut mir leid.« Er schien beinahe an diesen vier kleinen Worten zu ersticken.

Müde rieb ich mir die Schläfe. »Tut es das?«

»Ja, und ich kann verstehen, dass du mir nicht glaubst.« Ein vorsichtiger Ausdruck war auf sein Gesicht getreten.

Ich kniff die Augen zusammen und verschränkte die Arme vor der Brust. »Aber?«

»Du solltest es tun.« Seine Mundwinkel zuckten. Fast so, als wollte er lächeln. Warum zum Teufel sollte er ausgerechnet jetzt lächeln?

»Warum?«

»Weil ich es wirklich so meine.« Julian stand auf und trat auf mich zu. Ich musste mich zwingen, nicht vor ihm zurückzuweichen. Nicht weil ich Angst vor ihm hatte, sondern weil mich die plötzliche Nähe irritierte.

Ich zögerte kurz, dann gab ich nach. Vielleicht würde ich es bereuen, und ich wusste auch nicht, warum, aber gerade wollte ich seine Entschuldigung annehmen. Vielleicht weil der Tag anstrengend genug gewesen war. Und weil ich keine Kraft mehr hatte, schon wieder zu kämpfen. »Okay.«

Überrascht zog Julian die Augenbrauen hoch. »Okay? Einfach so?«

»Einfach so.« Mein Mund verzog sich ganz von selbst zu einem kleinen Lächeln.

Julians Augen weiteten sich kaum merklich. Er räusperte sich. »Gut, dann …« Er verstummte und schien auf einmal nicht mehr zu wissen, was er sagen sollte.

Interessant. Sprachlos hatte ich Julian auch noch nicht erlebt. Ich wäre nicht mal auf den Gedanken gekommen, dass das überhaupt möglich war.

Eine peinliche Stille breitete sich zwischen uns aus. Julian wollte sich abwenden, doch dieses Mal war ich diejenige, die ihn aufhielt.

»Mir tut's auch leid.«

Ein zaghaftes Lächeln erschien auf seinem Gesicht, und mein Herz geriet ins Stolpern. Seit unserer ersten Begegnung hatte Julian mich nicht mehr angelächelt. Und so ungerne ich es zugab, er hatte ein richtig schönes Lächeln. Ein verfluchtes Herzensbrecherlächeln.

»Vielleicht sollten wir versuchen, uns nicht mehr so zu streiten«, schlug er vor.

»Wäre für unser Zusammenleben vermutlich besser.«

Ein herausforderndes Funkeln trat in seine Augen. »Es sei denn, wir würden uns auf Versöhnungssex einigen. Dann können wir uns von mir aus weiterstreiten.«

Ich zögerte nur den Bruchteil einer Sekunde und hatte plötzlich das Gefühl, als würde die Art und Weise, wie wir zukünftig miteinander umgehen würden, einzig und allein von meiner Antwort abhängen.

Ich könnte jetzt nachtragend sein, seinen Scherz ignorieren, mich in mein Zimmer zurückziehen und ihn weiter dafür verabscheuen, dass er mich an Luis erinnerte. Aber dann würde sich gar nichts ändern. Wir würden früher oder später wieder anfangen zu streiten, und dafür hatte ich weder die Kraft noch die Nerven. Und wenn ich ehrlich zu mir selbst war, dann musste ich zugeben, dass Julian wohl auch ganz anders war als Luis.

Ach, was soll's. Ganz oder gar nicht. »Oh, bitte. Du wärst völlig überfordert«, schoss ich zurück.

Julian blinzelte verblüfft, dann begann er zu lachen. Und er lachte immer noch, als er kopfschüttelnd in seinem Zimmer verschwand.

11. KAPITEL

Lily

»Hey.« Cassidy ließ sich mit einem fröhlichen Grinsen neben mich in einen der Sessel fallen.

»Hey.« Ich erwiderte ihr Lächeln, und es fühlte sich erstaunlich gut an, kein bisschen gezwungen. Na gut, vielleicht ein kleines bisschen. Aber jeder Schritt zählte. Jeder noch so kleine Schritt.

Es war kurz vor zwölf, die zweite Projektsitzung war beinahe gelaufen, und ich hatte noch keinen halben Nervenzusammenbruch erlitten. Nicht mal dann, als heute Morgen die Tänzer aufgetaucht waren.

Sie waren leicht zu erkennen gewesen. Nicht nur, weil sie die Einzigen waren, die Sportkleidung trugen, sondern vor allem an ihrer Haltung. Alles an ihnen wirkte schmerzhaft vertraut. Der gerade Rücken, die schmalen Schultern, die langen schlanken Muskeln und die streng zurückgebundenen langen Haare der Mädchen.

Mein Magen machte einen Satz, und ich konnte nicht anders, als sie anzustarren. Jede Faser meines Körpers schien mich in ihre Richtung ziehen zu wollen, und ich musste mich zwingen, an Ort und Stelle stehen zu bleiben und mich nicht zu rühren.

Ich spürte, wie mich Neid durchströmte und Sehnsucht an mir zerrte. Doch ich gehörte nicht zu ihnen. Nicht mehr. Mein

Herz schien das allerdings anders zu sehen. Ich kämpfte dagegen an, doch erst als die Tänzer kurz darauf die Aula verließen, konnte ich wieder befreit atmen.

Das war zwar nur eine kleine Verbesserung, aber im Vergleich zu meinem Zusammenbruch gestern war das definitiv ein Fortschritt.

»Wir haben uns heute noch gar nicht richtig gesehen. Wie gefällt dir das Projekt?« Cassidys Stimme riss mich unvermittelt aus meinen Gedanken. Sie streckte die Arme und legte dann die Füße auf der Lehne des Sessels in der Reihe vor ihr ab.

Nachdenklich bewegte ich den Kopf von einer zur anderen Seite. »Ganz gut, denke ich. Noch ist ja nicht so viel passiert.«

»Das kommt alles noch. Glaub mir, in ein paar Wochen kannst du dich vor Arbeit nicht mehr retten. Die Erstsemester sind bei den Projekten immer so eine Art Mädchen für alles.«

»Ja, das habe ich auch schon gemerkt«, erwiderte ich und fasste meine Haare zu einem Zopf zusammen.

»Stört dich das?« Neugierig sah Cassidy mich an.

»Nein, gar nicht. Ich finde es eigentlich ziemlich cool, dass wir alles mitbekommen. Ich meine, ich studiere zwar Theaterwissenschaften, aber eigentlich habe ich von der ganzen Sache noch so gar keine Ahnung.«

»Wer hat die schon.« Cassidy winkte lachend ab und stellte die Füße wieder auf den Boden. »Es geht bei den Projekten am Ende ja auch nicht darum, am meisten zu wissen. Theorie ist hier nicht so von Bedeutung. Wir sollen Dinge ausprobieren und herausfinden, was uns Spaß macht. Na ja, und wir sollen natürlich lernen, im Team zu arbeiten. Auch wenn wir ein ziemlich großes Team sind, ist es wichtig, dass wir alle zusammenarbeiten. Blablabla. Das werden wir hier während der nächsten Monate noch ganz oft zu hören kriegen.« Sie grinste vergnügt. »Aber letzten Endes geht es vor allem darum, dass wir alle unsere Talente einbringen können, auch wenn sie vielleicht gar nichts mit dem Studienfach zu tun haben. Immerhin studiere ich Kunstgeschichte und werde hier trotzdem als Maskenbildnerin helfen. Weil mir das einfach Spaß macht und ich gut darin bin.«

»Du hilfst echt als Maskenbildnerin?«, fragte ich erstaunt, und ein stolzes Funkeln trat in Cassidys Augen. Ich hatte eine Schwäche für Bühnen-Make-up, und so gut, wie Cassidy sich selbst im Alltag schminkte, war ich gespannt, wie sie am Ende die Tänzer und Schauspieler verwandeln würde.

»Ja. Ich muss dir mal die Fotos vom letzten Halloween zeigen.« Sie überlegte kurz. »Eigentlich könnte ich das heute Abend machen. Wir wollten einen Kochabend bei Tessa machen. Hast du Lust?«

»Ich weiß nicht, ob das so eine gute Idee ist«, antwortete ich zögernd. »Wer wäre denn noch dabei?«

Bitte nicht Julian. Bitte nicht Julian. Bitte nicht Julian.

Ein wissendes Grinsen breitete sich auf Cassidys Gesicht aus. »Nur Ella, Tessa, du und ich. Tessa kennst du noch nicht, aber du wirst sie lieben, das weiß ich. Sie ist toll und … Ach, das wirst du dann sehen. Also, bist du dabei?«

Einen Moment lang kämpfte ich mit mir, dann nickte ich. »Okay.«

Cassidy strahlte mich an und klatschte begeistert in die Hände. »Super, dann treffen wir uns um sieben bei Tessa. Ich schicke dir ihre Adresse.«

»Soll ich noch was mitbringen?«

»Nein, wir haben alles«, erwiderte sie und musterte mich eindringlich. »Wenn Julian jetzt auch dabei gewesen wäre, wärst du dann nicht gekommen?«

Ich merkte, wie ich rot wurde. Klasse. Ich war wirklich viel zu leicht zu durchschauen. »Ja. Nein. Keine Ahnung.« Ich seufzte und verzog das Gesicht. »Ich weiß nicht, ob Julian besonders begeistert wäre, wenn er mir jetzt auch noch ständig bei seinen Freunden begegnen würde. Wir wohnen zusammen und arbeiten am gleichen Projekt für die Uni, und ich glaube nicht, dass er mich noch öfter sehen will.«

Dass es mir genauso ging, behielt ich erst mal für mich. Wir hatten gestern Abend auf eine seltsame Art Frieden geschlossen, aber ich war mir nicht sicher, was er davon halten würde, wenn ich mich in seine Clique reindrängte. Während des Projekts mit Cassidy zu quatschen und mit ihr Kaffee zu trinken, war eine Sache. Einen Abend mit all seinen Freunden zu verbringen, war etwas völlig anderes. Ganz egal, ob Cassidy mich einlud oder nicht.

Bevor ich mich davon abhalten konnte, schaute ich mich suchend nach Julian um. Doch ich entdeckte ihn nirgendwo und fragte mich plötzlich, wofür er bei diesem Projekt wohl zuständig war. Nicht, dass das wirklich wichtig gewesen wäre. Nur weil wir uns irgendwie vertragen hatten, bedeutete das noch lange nicht, dass ich auf einmal anfangen musste, mich für ihn zu interessieren. Schließlich war er immer noch Julian.

»Mach dir deswegen keinen Kopf. Julian ist einer von den Guten, und was auch immer zwischen euch vorgefallen ist, ich bin mir sicher, es wird sich wieder einrenken. Er ist normalerweise nicht besonders nachtragend, und er weiß, wenn er Mist gebaut hat. Außerdem mag ich dich, und wenn Julian ein Problem damit hat, ist das sein Pech, nicht deins, okay?«

Ich nickte, auch wenn ich nicht hundertprozentig überzeugt war. Andererseits machte sie nicht den Eindruck, als würde sie einen Widerspruch dulden, und ehrlich gesagt wollte ich nicht noch einen Abend mutterseelenallein verbringen.

»Geht doch.« Sichtlich zufrieden sprang Cassidy auf, ergriff meine Hand und zog mich hoch. »Und jetzt komm, ich sterbe vor Hunger! Wenn wir uns beeilen, sind wir die Ersten in der Mensa.«

Kopfschüttelnd, aber mit einem Lächeln auf den Lippen, ließ ich mich von ihr durch die Aula schleifen. Bei meinem Plan, mir hier keine Freunde zu suchen und mein Studium allein durchzuziehen, hatte ich definitiv nicht an jemanden wie Cassidy gedacht. Gegen sie käme ich nicht einmal dann an, wenn ich es wirklich darauf anlegen würde.

Irgendwas kam mir seltsam vor, als ich die Straße entlanglief, die zu der Adresse führte, die Cassidy mir vor einer halben Stunde geschickt hatte. Google Maps zeigte mir an, dass ich nur noch fünf Minuten dorthin brauchte. Ich hatte den Campus erst vor einer Viertelstunde hinter mir gelassen, und es überraschte mich gar nicht, dass Tessa so nah an der Uni wohnte. Kurze Wege waren immer von Vorteil, vor allem als Studentin.

Die Gegend, in die das Navi mich führte, sah allerdings nicht unbedingt nach der Preisklasse aus, die Studenten sich für gewöhnlich leisten konnten. Einfamilienhäuser säumten die Straße, manche größer, manche kleiner, jedes einzelne war gut gepflegt und schien förmlich nach Wohlstand zu schreien.

Und als ich schließlich die richtige Hausnummer erreichte, blieb ich mitten auf der Straße perplex stehen. Das Haus lag hinter einem hohen Tor, und das Grundstück war von einer Ziegelmauer umgeben.

War ich hier richtig? Sicherheitshalber überprüfte ich die Adresse noch einmal, schien mein Ziel aber tatsächlich erreicht zu haben.

Ich drückte auf den Klingelknopf am Tor, und einen Moment später knackte die Gegensprechanlage.

»Hallo?«

»Ähm, ich bin Lily. Ich weiß gerade ehrlich gesagt nicht, ob ich hier richtig bin, Cassidy hat –«

»Du bist hier genau richtig«, unterbrach mich eine freundliche Stimme, die vermutlich Tessa gehörte. »Komm rein.«

Das Tor schwang auf und gab den Blick auf ein niedliches Haus frei, das mich an ein britisches Cottage erinnerte. Ich sah, wie die Haustür geöffnet wurde, und ging den gepflasterten Weg entlang. Ein Mädchen mit langen, dunklen Haaren trat nach draußen und lächelte mich an. Meine Schritte verlangsamten sich augenblicklich, ich kannte dieses Mädchen irgendwoher. Und als ich schließlich vor ihr stand, wusste ich sofort, wer sie war: Tessa Thorn.

Was zum Teufel hatte die Hollywoodschauspielerin Tessa Thorn hier zu suchen?

Ich öffnete den Mund, aber ich brachte kein Wort heraus. Mit großen Augen starrte ich sie an.

»Hey«, begrüßte sie mich und streckte mir eine Hand entgegen. »Ich bin –«

»Tessa Thorn«, hauchte ich ungläubig. Meine Schwestern würden ausflippen, wenn ich ihnen erzählte, dass ich Tessa Thorn getroffen hatte.

Sie zog die Nase kraus und strich sich dann lächelnd eine Haarsträhne aus der Stirn. »Genau.«

Ein Ruck ging durch meinen Körper, und ich spürte, wie mein Gesicht vor Verlegenheit zu glühen begann. »Ich … Tut mir leid. Das war superunhöflich. Ich bin Lily.« Beschämt gab ich ihr die Hand.

»Ach Quatsch, mach dir keinen Kopf. Komm rein, es ist viel zu kalt hier draußen.« Sie trat einen Schritt zur Seite, und ich betrat ungläubig das Zuhause einer der bekanntesten Schauspielerinnen der Welt.

Hätte mir das jemand vor einer halben Stunde gesagt, ich hätte nur lachend den Kopf geschüttelt. Nie im Leben hätte ich damit gerechnet, dass ich einen Mädelsabend mit Tessa Thorn verbringen würde.

Staunend folgte ich Tessa durchs Haus, bis wir eine geräumige Küche erreichten, wo Ella und Cassidy bereits eifrig Gemüse schnippelten. Die beiden sahen auf, als wir eintraten, und noch bevor sie mich begrüßten, warf Ella Cassidy einen vorwurfsvollen Blick zu.

»Du hast ihr nichts von Tessa erzählt?«

Ich erstarrte. War mir so deutlich anzusehen, wie überfordert ich gerade mit der Situation war?

»Nein, hab ich nicht.« Cassidy kicherte.

»Du bist so fies, Cass!«, schimpfte Ella kopfschüttelnd, legte das Messer weg, trat auf mich zu und umarmte mich kurz. Überrumpelt ließ ich es zu. Dieser Abend wurde immer seltsamer. »Tut mir echt leid, manchmal denkt sie einfach nicht nach«, wisperte sie leise und guckte mich entschuldigend an.

»Ach, warum denn?« Jetzt legte auch Cassidy ihr Messer weg, wischte sich kurz die Hände ab und umarmte mich ebenfalls, bevor sie sich wieder Ella zuwandte. »Du hast mir damals auch nicht gesagt, dass ich Tessa Thorn begegnen würde, als wir alle bei dir verabredet waren. Erinnerst du dich?«

»Das war doch was völlig anderes! Immerhin war das nicht geplant.« Ella stemmte die Hände in die Seite. Sie wirkte aufgebracht, während Cassidy die Ruhe selbst war.

Als ich eine Hand an meinem Arm spürte, zuckte ich erschrocken zusammen. Ich war wirklich völlig überfordert.

»Willst du was trinken? Ich habe Eistee gemacht«, bot Tessa lächelnd an. Sie war in natura sogar noch schöner als auf Fotos.

Ich schluckte schwer und nickte. Tessa schob sich an Ella

und Cassidy vorbei, die immer noch darüber stritten, warum Cassidy mir nicht erzählt hatte, mit welcher Tessa wir den Abend verbringen würden. Einen Moment später drückte sie mir ein Glas Eistee in die Hand.

»Danke«, sagte ich und schaffte es endlich, mich zu einem Lächeln durchzuringen.

»Gerne. Man gewöhnt sich übrigens daran. Also daran, dass die beiden ständig streiten. Na ja, sie streiten nicht wirklich, aber … ist auch egal. Du gewöhnst dich auf jeden Fall daran.« Sie stieß mit ihrem eigenen Glas gegen meins und trank einen Schluck. Dann wandte sie sich an ihre Freundinnen. »Mädels, ist doch völlig egal, wer wem was erzählt hat. Hört auf, zu diskutieren, trinkt euren Eistee und lasst uns kochen.«

Kurz sah es aus, als wollten Ella und Cassidy protestieren und ihre Diskussion fortsetzen, doch dann grinsten sie sich an und machten sich wieder an die Arbeit.

Reiß dich zusammen, Lily. Du bist nur im Haus eines Superstars, keine große Sache.

Ich gab mir einen Ruck. »Kann ich euch irgendwie helfen?«, fragte ich, als Tessa sich auf einen der Hocker setzte, die vor der Mücheninsel standen, und auf den zweiten deutete.

»Setz dich einfach. Ella lässt sich nicht gerne helfen.«

»Das ist doch gar nicht wahr«, protestierte diese.

»Lügnerin.« Tessa lächelte breit, und Ella rümpfte gespielt beleidigt die Nase.

»Okay, schön, es stimmt. Lasst mich euch einfach bekochen und genießt es.«

»Tun wir immer, El.« Cassidy stellte eine Schüssel mit Gemüse neben den Herd und setzte sich auf den dritten Hocker. Während wir Ella beim Kochen zuschauten und Cassidy anfing, von dem Musicalprojekt zu erzählen, entspannte ich mich allmählich.

Bis zu dem Moment nach dem Essen, als ich Tessa beim Aufräumen der Küche half. Da Ella und Cassidy die meiste Arbeit beim Kochen übernommen hatten, hatten wir die beiden aus der Küche gescheucht, um als Ausgleich allein aufzuräumen.

»Kann ich dich was fragen?«, platzte Tessa unvermittelt heraus und hielt mitten in der Bewegung inne. Sie war gerade dabei, die Spülmaschine einzuräumen.

»Klar.« Ich strich mir eine Haarsträhne hinters Ohr, auf einmal war ich seltsam nervös.

Tessa straffte sich, ihre Lippen verzogen sich zu einem entschuldigenden Lächeln. Was auch immer sie von mir wissen wollte, es schien ihr unangenehm zu sein. »Ich will dir nicht zu nahetreten, und eigentlich mische ich mich auch nicht gerne in anderer Leute Angelegenheiten ein«, setzte sie zögerlich an. Sie schien mit sich zu ringen, ob sie ihre Frage tatsächlich aussprechen sollte, doch dann trat ein entschlossener Ausdruck auf ihr Gesicht, und mein Magen verkrampfte sich. »Du scheinst nett zu sein, und wie gesagt, ich mische mich für gewöhnlich nicht gerne ein, aber was läuft da zwischen dir und Julian? Er hat gesagt, ihr hättet euch gestritten und … er war danach hier und … in keinem besonders guten Zustand. Wahrscheinlich bringt er mich um, wenn er erfährt, dass ich dir das erzählt habe und dass ich überhaupt mit dir darüber rede, aber ich kann das auch nicht einfach ignorieren und so tun, als würde ich mir darüber keine Gedanken machen.«

Tessas Worte hatten dieselbe Wirkung, als hätte jemand einen Eimer Eiswasser über meinem Kopf geleert. »Was hat er denn gesagt?«, brachte ich krächzend hervor.

Tessa verzog das Gesicht. »Eigentlich gar nichts. Nur, dass ihr euch gestritten habt. Aber … Gott, er wird mich umbringen! Er war danach hier und hat sich total abgeschossen.«

»Meinetwegen?« Entsetzt starrte ich sie an.

»Das ist die große Frage. Julian ist eigentlich nicht der Typ, der wegen eines Mädchens die Kontrolle verliert. Andererseits hat er sich aber auch geweigert, uns zu erzählen, was vorgefallen ist. Normalerweise würde ich das auch respektieren und mich nicht einmischen, aber Cassidy mag dich wirklich sehr. Und wenn sie und Ella jemanden in ihrer Clique haben wollen, kommt man kaum dagegen an. Glaub mir, ich weiß, wovon ich rede.« Ein Lächeln huschte über ihr Gesicht, verblasste jedoch gleich wieder. »Wahrscheinlich habe ich auch kein Recht dazu, mit dir darüber zu sprechen. Ich kenne Julian auch erst seit ein paar Monaten, aber so habe ich ihn noch nie erlebt und –«

»Er ist dein Freund«, unterbrach ich sie leise. »Ich versteh das. An deiner Stelle würde ich mich genauso verhalten. Du willst sichergehen, dass ich kein totales Miststück bin.«

»So hätte ich das jetzt nicht unbedingt ausgedrückt, aber ja, das trifft es ziemlich gut.« Wieder sah Tessa mich entschuldigend an.

Ich kämpfte mit mir. Julian hatte wahrscheinlich einen guten Grund, seinen Freunden nichts von unserem Streit zu erzählen, und wenn ich Tessa verschwieg, was vorgefallen war, würde mein ursprünglicher Plan, mir hier keine Freunde zu suchen, wahrscheinlich wieder aktuell werden. Denn ich zweifelte keine Sekunde daran, dass Tessa sich nicht unbedingt bei ihren Freunden für mich einsetzen würde, und früher oder später würde Cassidy mich dann fallen lassen.

Und das wollte ich nicht.

Ich mochte Cassidy. Ich mochte Ella. Ich mochte sogar Tessa, auch wenn sie mich gerade in eine unangenehme Situation brachte. Aber sie sorgte sich um ihren Freund, und das machte sie noch sympathischer, als sie ohnehin schon war.

Zum ersten Mal gestand ich mir ein, dass mein Plan eine absolute Schnapsidee gewesen war. Niemand wurde allein glücklich, ich auf keinen Fall. Ich brauchte Freunde, und jetzt hatte ich die Chance auf welche, die sich wirklich umeinander kümmerten.

Also traf ich eine Entscheidung und erzählte ihr, warum Julian und ich uns gestritten hatten.

»Das klingt übel«, meinte Tessa bestürzt, nachdem ich geendet hatte.

»War es auch.« Geknickt erwiderte ich ihren Blick. »Ich will Julian jetzt auch gar nicht die Schuld an allem geben, aber er wirkte schon sehr wütend, als er nach Hause gekommen ist, und ich war auch ziemlich schlecht drauf. Nicht, dass das irgendwas entschuldigen würde. Das Ganze ist einfach total eskaliert.«

Seufzend fuhr sie sich durchs Haar. »Ja, sieht ganz so aus. Habt ihr danach noch mal geredet?«

»Wir haben uns gestern wieder vertragen.«

»Einfach so?« Perplex sah sie mich an.

»Ich war auch ziemlich überrascht, aber ja.« Dass Julian angefangen hatte, von Versöhnungssex zu sprechen, behielt ich lieber für mich.

»Okay, dann …« Sie lachte nervös. »Keine Ahnung, wie ich aus der Nummer jetzt wieder rauskomme. Ich kann ja schlecht sagen, wenn Julian dir verziehen hat, kann ich das auch, weil ich ja mit der ganzen Sache überhaupt nichts zu tun hatte, aber …«

»Ist schon gut«, sagte ich und schenkte ihr ein zaghaftes Lächeln. »Ich weiß, was du meinst.«

Tessa wirkte ehrlich erleichtert. »Dann vergessen wir das einfach?«

»Ist schon vergessen.«

Tessa lächelte und schien noch etwas sagen zu wollen, als Cassidy in der Küchentür erschien. »Was macht ihr zwei denn hier so lange?«, fragte sie.

Tessa und ich wechselten einen kurzen Blick, dann antworteten wir gleichzeitig: »Gar nichts.«

Stirnrunzelnd musterte Cassidy uns, dann zuckte sie mit den Schultern. »Okay, wenn ihr gar nichts macht, könnt ihr genauso gut rüberkommen und euch mit uns unterhalten.«

»Yes, Ma'am.« Kichernd salutierte Tessa und schob mich dann sanft aus der Küche in Richtung Wohnzimmer.

12. KAPITEL

Julian

Mit einem frustrierten Stöhnen schlug ich mir die Hände vors Gesicht und versuchte, das Gelaber um mich herum auszublenden.

Ich hasste dieses Projekt wirklich. Zwei Wochen saßen wir jetzt schon ständig zusammen, um das Programmheft zu planen, und wir hatten noch absolut gar nichts geschafft, obwohl wir zu neunt waren. Neben mir gab es noch ein Mädchen, das Fotografie studierte, aber ich war der Einzige, der sich mit Grafikdesign auskannte und mehr als nur Grundlagen beherrschte. Dass ich der einzige Typ in der Gruppe war, machte es nicht besser.

Ich hatte kein Problem damit, mit Mädchen zusammenzuarbeiten, solange die Mädels untereinander klarkamen. Taten sie aber nicht. Zwei von ihnen konnten offensichtlich gar nicht miteinander. Ich war mir sicher, dass ich irgendwann am Anfang mal mitbekommen hatte, woran das lag, aber inzwischen waren ihre Streitereien nur noch ein nervtötendes Rauschen im Hintergrund.

»Könnt ihr jetzt endlich mal die Klappe halten?«, platzte es aus mir heraus. Ungehalten sprang ich auf. Die beiden verstummten für einen Augenblick, dann sahen sie erst einander und anschließend mich an. Ich merkte sofort, dass ich in Schwierigkeiten steckte. Ich kannte diesen Blick von meinen

Schwestern. Jetzt würden sie sich nicht mehr miteinander streiten, sondern mit mir. Und darauf konnte ich echt gut verzichten.

Also griff ich nach meiner Kamera und packte mein Zeug zusammen. »Wenn ihr euch nicht zusammenreißt, werden wir alle durchfallen. Also kriegt euren Scheiß auf die Reihe, damit wir nächste Woche endlich richtig anfangen können.«

Fassungslos starrten sie mich an. Eine der beiden öffnete den Mund, doch ich verließ den Kursraum, bevor sie mir eine wahrscheinlich nicht besonders kreative Beleidigung an den Kopf werfen konnte.

Ich warf einen Blick auf mein Smartphone und stellte erleichtert fest, dass ich noch knapp eineinhalb Stunden bis zum Mittagessen mit den anderen hatte. Wenn Mr Moon mitbekam, dass ich vor Ende der Projektstunde abgehauen war, würde ich vermutlich richtig Ärger kriegen, das war mir gerade jedoch scheißegal.

Ich brauchte Ruhe. Und es gab nur einen Ort hier in der Stadt, an dem ich mich voll und ganz entspannen konnte. Ein paar Minuten später lief ich über den Campus Richtung Wald. Im Winter trieb sich kaum jemand hier herum. Die meisten Studenten verkrochen sich lieber in ihren Wohnungen und machten einen Serienmarathon nach dem anderen, anstatt vor die Tür zu gehen.

Mich dagegen hatte es schon immer nach draußen gezogen. Deswegen hatten Cole und ich uns auch von Anfang an gut verstanden. Er war da nicht viel anders als ich. Doch während er vor allem zum Nachdenken herkam, war bei mir genau das Gegenteil der Fall. In der Natur hörte ich auf zu denken. Dann gab es nur noch mich und meine Kamera, und alle Scheißprobleme dieser Welt traten in den Hintergrund.

Heute schien das allerdings nicht zu funktionieren. Mein

Kopf gab einfach keine Ruhe. Ich versuchte, mich auf meine Umgebung zu konzentrieren, auf die Stille, die zwischen den Bäumen hing, und meinen Atem, der als kleine Wolke vor meinem Mund schwebte. Aber es wollte mir nicht gelingen, egal wie sehr ich mich bemühte.

Genervt griff ich nach meinem Rucksack und packte die Kamera wieder weg, obwohl ich sie gerade erst rausgeholt hatte. Ich hatte eh nicht die passenden Objektive dabei, weil ich eigentlich nicht geplant hatte, heute Fotos zu machen. Stattdessen lief ich einfach los, zum ersten Mal seit einer Ewigkeit nicht auf der Suche nach dem perfekten Motiv.

Ich kannte fast jeden Winkel des Waldes und hatte gefühlt schon alles fotografiert, was es hier zu fotografieren gab. Trotzdem fand ich jedes Mal etwas Neues. Weil ich nie zur gleichen Tageszeit kam und in der Natur kein Tag wie der andere war. Nicht einmal eine Stunde war wie die andere. Das Wetter war anders, das Licht, die Luftfeuchtigkeit. Manchmal reichte auch meine Stimmung, um einen Tag von einem anderen zu unterscheiden. Heute spielte nichts davon eine Rolle.

Dieses dämliche Projekt wollte mir einfach nicht aus dem Kopf gehen. Wir mussten endlich richtig loslegen. Aber ich hatte keine Ahnung, wie. Ganz abgesehen davon, dass mich absolut nichts an diesem Programmheft reizte. Das ganze Projekt interessierte mich kein Stück. Das würden früher oder später auch unsere Dozenten merken, und dann würde ich wahrscheinlich so richtig in der Tinte sitzen.

Und dann war da immer noch die Sache mit Dad und meinen Schwestern. Ich hatte in den letzten Tagen immer mal wieder mit den Zwillingen geschrieben oder telefoniert, doch Sarah wollte nach wie vor nicht darüber reden, was sie so beschäftigte, und Jenny war zunehmend genervt. Ganz verdenken konnte ich es ihr nicht. Dass Dad inzwischen auf der Suche nach einer Werkstatt hier in Faerfax war, machte die ganze Sache auch nicht besser.

Plötzlich begriff ich, warum ich nicht wollte, dass Dad und die Zwillinge hierherzogen. Nicht nur, weil ich dann ohne Zweifel einen Teil meiner Freiheit verlieren würde, sondern auch, weil ich es dann niemals schaffen würde, fortzugehen. Wenn sie hier wohnten und ich am Ende meines Studiums die Stadt verließ, wäre ich wie Mom. Ich würde sie verlassen, um meinen Traum zu leben.

Alles in mir sträubte sich gegen den Gedanken.

Seitdem ich das letzte Mal in Chicago gewesen war, dachte ich viel zu oft an sie. Während der letzten Tage hatte ich mich immer wieder gefragt, was für ein Leben sie jetzt wohl führte. Ohne uns. Ob es ihr genauso beschissen ging wie Dad?

Vielleicht machte mich das zu einem schlechten Menschen, aber ich hoffte es.

»Scheiße!«, fluchte ich und trat so fest gegen einen Stein, dass ein stechender Schmerz durch meinen Fuß jagte. Ich wollte sie nicht in meinem Kopf haben.

Sie sollte daraus verschwinden, so wie sie aus unserem Leben verschwunden war.

Endgültig.

Seit Anfang des Jahres trafen wir uns jeden Freitag im Café von Ellas Schwester zum Mittagessen. Zuvor hatten wir donnerstagabends meistens zusammen gekocht – na ja, eigentlich hatte Ella gekocht –, doch jetzt musste sie zu dieser Zeit immer arbeiten, also hatten wir unser Essen auf Freitag verschoben. Diese gemeinsamen Stunden waren zu einer Art Ritual geworden, seit wir im ersten Semester mal damit angefangen hatten.

Ich war der Letzte, als ich das Café betrat und zu unserem

üblichen Tisch ging. Wir bekamen immer den größten Tisch, weil es der Einzige war, an dem wir alle sitzen konnten.

»Sorry, ich bin spät dran«, sagte ich und ließ mich auf die freie Schaukel neben Jamie fallen.

»Quatsch, du kommst genau richtig.« Cassidy strahlte mich an, und ihr Freund Steve schüttelte mit einem verhaltenen Lächeln den Kopf. Ein mulmiges Gefühl breitete sich in mir aus. Das war genau der Gesichtsausdruck, den er immer dann aufsetzte, wenn Cassidy einen grandiosen Plan ausbrütete, der am Ende meistens schieflief.

»Wieso? Was hab ich verpasst?« Ich schenkte Nikki, die freitags hier kellnerte, ein kurzes, dankbares Lächeln, als sie ein Glas Cola vor mir auf den Tisch stellte.

Jamie verzog gequält das Gesicht. »Das willst du nicht wissen, glaub mir.«

Cassidy winkte ab, während ich nach meinem Glas griff. »Blödsinn, natürlich will er das wissen. Ich versuche gerade, Jamie zu überreden, Lily um ein Date zu bitten.«

Ich verschluckte mich so heftig an meiner Cola, dass ich husten musste.

»Genauso ging es uns auch gerade, als sie davon angefangen hat«, bemerkte Cole trocken. Tessa neben ihm lachte leise.

»Ich weiß gar nicht, was ihr alle habt. Lily ist nett, ganz ehrlich! Und Jamie braucht dringend mal wieder eine Freundin.« Cassidy nickte entschieden, während ich mich noch darum bemühte, mein Husten unter Kontrolle zu bekommen.

»Brauche ich gar nicht«, protestierte Jamie. Er warf Ella einen Hilfe suchenden Blick zu, doch sie hob nur die Schultern, grinste ihn an und stellte sich auf Cassidys Seite.

»Ich finde die Idee eigentlich gar nicht schlecht. Ich mag Lily. Und Cass und Tessa auch. Wie wahrscheinlich ist es, dass du ein Mädchen kennenlernst, das Single ist und wir alle mögen? Bei Lily müssten wir uns da gar keine Gedanken machen.«

»Warum muss es denn ausgerechnet Lily sein?«, fragte ich, als ich mich wieder so gefangen hatte, dass ich sprechen konnte. »Wenn du Jamie unbedingt eine Freundin suchen willst, gibt es doch echt noch mehr als genug andere Mädchen als meine Mitbewohnerin.«

»Vor allem gibt es genug Mädchen, die nicht mit Schuhen um sich werfen«, mischte Cole sich feixend ein und fing sich dafür einen Ellbogenstoß von Tessa ein.

»Hör auf, das ist gemein. Lily ist echt nett.«

»Bestimmt.« Coles Grinsen wurde breiter. »Nach allem, was Julian erzählt hat, scheint sie so richtig nett zu sein.«

Um ein Haar hätte ich laut losgelacht. Als nett würde ich Lily definitiv nicht bezeichnen. Eher als unverschämt frech, zickig und ... unerwartet heiß. *Du wärst völlig überfordert.* Ihr süffisantes Lächeln, mit dem sie das gesagt hatte, hatte Dinge mit mir angestellt, über die ich lieber nicht zu genau nachdenken wollte. Und das passte mir gar nicht.

Ich hatte nicht vor, mit ihr ins Bett zu gehen, und ich war mir auch nicht ganz sicher, aus welchen Untiefen ich den dämlichen Spruch mit dem Versöhnungssex gekramt hatte – immerhin hätte es mehr als genug andere Möglichkeiten gegeben, Lily zu testen. Aber es hatte bewiesen, dass mehr in ihr steckte, als auf den ersten Blick – oder den zweiten und dritten – ersichtlich war.

Ich würde es niemals zugeben, sollte mich jemals jemand fragen, doch inzwischen machte es fast Spaß, sich mit ihr zu streiten. Wir hatten uns zwar vertragen, waren aber während der letzten Tage immer mal wieder aneinandergeraten. Nicht ganz unbeabsichtigt und auf eine eher spielerische als ernste

Art. Ich hatte Gefallen daran gefunden, wie ihre Augen zu blitzen begannen, wenn ich sie provozierte.

»Ach, ignorier doch, was Julian sagt.« Cassidy machte eine wedelnde Handbewegung und riss mich aus meinen Gedanken.

»Hey!«, protestierte ich.

»Ach, komm schon, Jules. So schlimm findest du sie doch gar nicht, oder?«

Ella bewahrte mich vor einer Antwort. »Außerdem hat sie die Schuhe nicht nach Julian geworfen.« Sie warf Cole einen missbilligenden Blick zu.

»Richtig. Also –«

»Hört mir eigentlich niemand zu? Ich brauche keine Freundin, und ich will auch keine!«, unterbrach Jamie Cassidy. Er rang die Hände, ein verzweifelter Ausdruck war in seine Augen getreten.

»Aber Lily ist wirklich toll, du würdest sie ganz bestimmt mögen!«

Jamie vergrub das Gesicht in den Händen und gab auf. Wenn Cassidy so drauf war, kam man nur schwer gegen sie an, das wussten wir alle.

»Wenn du die zwei unbedingt verkuppeln willst, wieso hast du sie dann nicht einfach mitgebracht?«, erkundigte Steve sich. Es war das erste Mal, dass er sich in diese Diskussion einschaltete, und ich hätte ihn am liebsten an Ort und Stelle zum Schweigen gebracht. Er musste Cassidy nicht auch noch auf dumme Gedanken bringen. Aber so wie es aussah, war das gar nicht nötig.

»Weil ich genau weiß, wie ihr seid.« Sie warf mir und Cole einen eindringlichen Blick zu. »Wenn ich sie einfach mitgebracht hätte, hättet ihr einen blöden Spruch nach dem anderen von euch gegeben. Ich möchte doch nur, dass ihr Lily eine

Chance gebt und nett seid. Ihr könnt ihr doch jetzt nicht bis in alle Ewigkeit die Sache mit den Schuhen vorwerfen.«

»Warum ist dir Lily überhaupt so wichtig?« Schon während ich es aussprach, wusste ich, dass ich besser die Klappe gehalten hätte.

»Keine Ahnung, irgendwie mochte ich sie vom ersten Moment an.« Cassidys Mund verzog sich zu einem verschlagenen Lächeln. »Vielleicht weil sie mich bei unserer ersten Begegnung schon davor warnen wollte, mir von dir das Herz brechen zu lassen. Sie passt zu uns, und ich finde, sie wäre perfekt für Jamie.«

Tessa und Ella nickten bekräftigend, während Cole mir einen fragenden Blick zuwarf.

»Klingt eher so, als hättest du dich selbst längst in sie verknallt, Cass.«

Sie verdrehte die Augen. »Du bist so ein Blödmann, Julian.«

Ich zuckte als Antwort nur mit den Schultern. Was sollte ich auch sagen? Dass Cassidy recht hatte? Nicht nur damit, dass ich manchmal wohl echt ein Blödmann war, sondern auch damit, dass Lily mit ihrer schlagfertigen Art irgendwie wirklich zu uns zu passen schien. Nicht, dass ich das jemals zugeben würde.

»Von mir aus kannst du sie das nächste Mal mitbringen, unter einer Bedingung: Du schlägst dir aus dem Kopf, uns zu verkuppeln.« Jamie lehnte sich zurück, verschränkte die Arme vor der Brust und durchbohrte Cassidy förmlich mit seinem Blick.

Sie neigte den Kopf. »Okay. Ich glaube ohnehin nicht, dass das nötig ist. Ihr zwei passt so gut zusammen, das wird auch ohne mich klappen.«

Jamie stöhnte auf.

Ich wusste nicht, woher der Gedanke auf einmal kam, und

ich wusste auch nicht, warum ich mir da so sicher war, aber Cassidy hatte unrecht. Lily und Jamie passten nicht zusammen. So gar nicht.

Lily

Summend beobachtete ich, wie die Badewanne sich mit heißem Wasser füllte und sich die rosa Badekugel in duftenden Schaum verwandelte.

Julian war nicht da, und ich hatte beschlossen, mir diesen Freitagnachmittag einfach mal Zeit für mich zu nehmen und mir ein Entspannungsbad zu gönnen. Das Studentenleben war doch anstrengender als gedacht, und wenn wir schon eine Badewanne hatten, dann musste ich das auch ausnutzen. Vor allem, wenn Julian nicht da war und wie ein Irrer an die Tür klopfte, weil ich mal mehr als zehn Minuten im Bad verbrachte.

Nachdem er allerdings die Tassen, die ich für meinen dringend benötigten Koffeinkonsum brauchte, schon wieder in das höchste Regalfach geräumt hatte, hatte ich mir drei Tage hintereinander mit voller Absicht mehr Zeit im Bad gelassen. Er wusste schließlich, dass ich nicht an das Fach drankam, und wollte mich einfach nur ärgern.

Schnaubend drehte ich mich zur Tür, um hinter mir abzuschließen, musste aber feststellen, dass der Schlüssel verschwunden war. Das war doch wohl nicht sein Scheißernst!

Ich suchte das ganze Badezimmer nach dem Schlüssel ab, sah sogar unter der Matte nach, die immer auf dem Boden lag, damit wir auf den Fliesen nicht ausrutschten, aber vergeblich. Der Schlüssel war wie vom Erdboden verschluckt.

Dieser verdammte Mistkerl!

Ich konnte doch nicht splitterfasernackt in die Wanne steigen, ohne hinter mir abzuschließen. Andererseits würde ich mir meinen wohlverdienten Wellnessnachmittag nicht von Julian kaputt machen lassen. Vor allem dann nicht, wenn er nicht einmal da war und es absolut keine Rolle spielte, ob ich hinter mir abschloss oder nicht. Eilig lief ich rüber in mein Zimmer, griff nach Zettel und Stift und schrieb *Besetzt* auf das Papier. Nur für alle Fälle.

Mit einem zufriedenen Grinsen klebte ich den Zettel an die Badezimmertür und ließ mich einen Moment später in das heiße Wasser gleiten. Ein seliges Seufzen entwich mir, als mich der Himbeerduft des Badeschaums umhüllte, und ich lehnte mich zurück. Genau das hatte ich gebraucht. Es war Wochen her, dass ich das letzte Mal gebadet hatte, und ich hatte fast vergessen, wie gut es tat, in der Badewanne zu liegen und zu entspannen. Einfach nur vor sich hin zu träumen, die Finger durch den Schaum gleiten zu lassen und vollkommen loszulassen. Langsam lösten sich meine verspannten Muskeln, und ich schloss die Augen, als ich mich tiefer in das heiße Wasser gleiten ließ.

»Oh. *Oh*. Verdammt, ich …«

Ich riss die Augen auf und fuhr so erschrocken hoch, dass Wasser über den Rand der Wanne schwappte. Das Herz schlug mir bis zum Hals, doch es war kein Einbrecher, der was auch immer in unserem Badezimmer suchte, sondern Julian.

Er stand in der Tür, sein Blick zuckte hin und her, als wüsste er nicht, wohin er gucken sollte, bevor er mich direkt ansah. Oder vielmehr anstarrte. Mit großen Augen starrte er mich so fasziniert an, als hätte er noch nie ein Mädchen in einer Badewanne gesehen. Und das wagte ich doch stark zu bezweifeln.

»Kannst du nicht lesen?«, fragte ich entgeistert und versuchte krampfhaft, mich mit dem Badeschaum zu bedecken.

»Was soll ich lesen können?«

»Das Schild, das an der Tür hing!«

»Da hing kein Schild! Kannst du nicht abschließen?«

»Nicht, wenn du den Schlüssel versteckst!«

»Wovon redest du? Ich hab den Schlüssel nicht versteckt!« Abwehrend hob er die Arme, doch seine Mundwinkel zuckten, und ich wusste, dass er log. Mistkerl!

»Klar.« Ich schnaubte ungehalten. »Der Schlüssel hat sich einfach in Luft aufgelöst.«

»Unwahrscheinlich. Aber ich hab ihn wirklich nicht, ganz ehrlich! Und außerdem –«

»Verschwindest du jetzt bitte endlich!«, unterbrach ich ihn. Ich hätte ihn längst rausschmeißen sollen. Das Erste, was ich hätte sagen sollen, wäre »Raus hier!« gewesen und nicht »Kannst du nicht lesen?«. Ich stöhnte auf. Das lief ja wieder ganz fantastisch.

»Was? Du willst nicht, dass ich mit reinkomme? Das enttäuscht mich jetzt schon ein bisschen.« Julian lachte leise, seine Augen blitzten fröhlich.

»Raus hier!« Meine Stimme war in die Höhe geschossen, und ich spürte, wie mein Herz in meiner Brust herumsprang. Mit meiner Entspannung war es jetzt endgültig vorbei.

»Dein Schaum verrutscht übrigens!«, bemerkte Julian mit einem süffisanten Grinsen, bevor er endlich das Badezimmer verließ. Ich sah an mir herunter und stellte fest, dass er recht hatte.

Oh Gott.

Ein energisches Klopfen ließ mich hochfahren und lenkte meine Aufmerksamkeit von dem Film ab, für den ich mich vor ein paar Minuten erst entschieden hatte. »Ja?«, fragte ich misstrauisch. Ich rechnete mit Julian, der sich für die Aktion im Badezimmer entschuldigen wollte, doch es war Cassidy, die den Kopf zur Tür reinsteckte.

Sie kam näher und warf einen Blick auf den Bildschirm meines Laptops und grinste breit. »Thor. Heiß. Aber ich glaube, du wirst diesen Freitagabend in echter männlicher Gesellschaft verbringen. Auch wenn keiner von ihnen so scharf ist wie Chris Hemsworth.«

Ich musste lachen. »Ach, werde ich das?«

»Wirst du.« Sie ließ sich auf mein Bett fallen und breitete die Arme aus. »Wir gehen heute Abend alle zusammen in den Pub, und du«, sie pikte mir mit dem Zeigefinder gegen die Schulter, »wirst uns begleiten.«

»Nein. Ganz bestimmt nicht.« Entschieden schüttelte ich den Kopf. Ich würde Julian heute Abend garantiert nicht unter die Augen treten. Am besten nie wieder.

»Warum denn nicht?«

»Wegen Julian. Ich glaube einfach nicht, dass das eine gute Idee wäre.« Das war noch untertrieben. Wahrscheinlich würde er nie wieder aufhören, mich damit aufzuziehen, dass er mich praktisch nackt gesehen hatte.

»Ach, Quatsch. Er hat kein Problem damit, dass du mitkommst. Ich habe dir doch gesagt, es renkt sich alles wieder ein.«

Überrascht sah ich sie an. »Ehrlich? Ich glaube trotzdem – «

»Keine Widerrede«, unterbrach sie mich. »Du bist jetzt schon wie lange hier? Vier Wochen, kommt das hin? Und du bist noch kein einziges Mal ausgegangen, oder?«

Ich schüttelte den Kopf. »Ich bin nicht in Partystimmung.«

»Dann ist es ja gut, dass wir zu keiner Party gehen. Freitagabends ist im Pub immer Karaoke.«

»Karaoke?« Mir blieb für einen Augenblick fast das Herz stehen. »Ich werde garantiert nicht zum Karaoke gehen!«

»Du musst ja auch nicht singen. Nur mitkommen.« Cassidy griff nach meiner Hand und zog mich hoch. Dafür, dass sie nicht größer war als ich, war sie ganz schön stark. »Ehrlich, du musst mal vor die Tür. Leute kennenlernen.« Sie wackelte mit den Augenbrauen und brauchte gar nicht erst aussprechen, dass sie nicht wirklich von Leuten, sondern von Männern redete.

Unwillig verzog ich das Gesicht und ließ mich zurück auf die Matratze fallen. »Nein, ehrlich. Ich möchte niemanden kennenlernen. Vor allem keine Männer.«

Cassidy wischte meinen Einwand mit einer Handbewegung beiseite.

»Doch, möchtest du. Vertrau mir. Du wohnst nicht umsonst in einer Collegestadt. Es gibt hier mehr als genug Kerle, da wird auch einer für dich dabei sein. Außerdem –«

»Sind Künstler heiß«, beendete ich ihren Satz und seufzte. Maggie würde mich zum Teufel schicken, wenn sie wüsste, dass ich meinen Freitagabend lieber mit *Thor* verbringen wollte als beim Karaoke.

Cassidy strahlte mich an. »Ganz genau! Vor allem Musiker.«

Stirnrunzelnd sah ich sie an. »Was studiert dein Freund noch mal?«

»Englisch und Französisch. Er will Lehrer werden.«

»Also kein Musiker?«

»Nein, aber er hat's auch nicht nötig.« Sie zuckte lachend mit den Schultern, ließ mich los und machte sich an meinem Kleiderschrank zu schaffen.

»Cass, ich weiß dein Angebot sehr zu schätzen, aber ich will ehrlich keine Typen kennenlernen.« Mein Unterleib zog sich zusammen, als wollte er protestieren. Ich gab mir alle Mühe, das Ziehen zu ignorieren, leicht war es nicht.

Cassidy hielt inne und sah mich mitfühlend an. »Schlechte Erfahrungen gemacht?«

Ich atmete tief durch und nickte. »Ziemlich.« Ein schmerzhafter Stich fuhr mir durchs Herz. Es war nicht so, dass ich Luis immer noch liebte. Aber was er getan hatte, hatte mich verletzt und einen Teil von mir kaputt gemacht. Auch nach Monaten war ich noch nicht darüber hinweg, und ich fragte mich, ob ich das jemals sein würde.

Mir war die Ironie durchaus bewusst, dass ich mich selbst als kaputt bezeichnete, Julian dafür aber angegriffen hatte. Aber selbst so zu empfinden oder es von einem quasi Fremden zu hören, waren nun mal zwei völlig verschiedene Dinge.

»Das tut mir leid«, sagte Cassidy aufrichtig und setzte sich wieder neben mich aufs Bett.

»Muss es nicht.« Ich schluckte schwer. »Ich bin selbst schuld. Ich war naiv und blind. Ich dachte, er hätte sich für mich geändert. Aber wie sich herausgestellt hat, war ich nur eine von vielen. Also …« Ich brach ab, bevor ich noch anfing zu heulen.

»Willst du drüber reden?«

»Keine Ahnung. Ich habe so lange nicht darüber geredet, dass ich …« Ich stockte erneut. Etwas musste in meiner Stimme mitgeschwungen sein, denn Cassidy sah mich so ungläubig an, dass ich beinahe gelacht hätte.

»Moment. Ist es lange her, seitdem du das letzte Mal darüber geredet hast, oder hast du noch gar nicht darüber geredet?«

Ich kniff die Augen zusammen. »Noch gar nicht?« Es klang mehr wie eine Frage als eine Feststellung.

»Was?«, stieß Cassidy entsetzt hervor. »Wie lange ist das her?«

»Acht Monate. Ungefähr.«

»Acht Monate?! Und du hast noch mit niemandem darüber gesprochen?«

»Das war nicht so einfach«, verteidigte ich mich. »Ich hab mich mit meiner Schwester gestritten, wir reden seitdem nicht mehr miteinander. Und meine anderen beiden Schwestern ... waren einfach nicht die Richtigen dafür.«

»Und was ist mit deinen Freundinnen? Du wirst doch wohl eine beste Freundin haben, mit der du darüber hättest reden können«, entgegnete Cassidy erschüttert.

Jetzt lachte ich tatsächlich. Wenn auch ein sehr bitteres Lachen. »Klar. Dann hätte sie mir vielleicht auch sagen können, warum sie mit Luis ins Bett gegangen ist.«

Cassidys Mund klappte auf und wieder zu. Auf und wieder zu. »Deine beste Freundin hat mit deinem Freund gevögelt?«

»Nett, oder?« Ich verzog das Gesicht. »Aber man muss ihr immerhin zugestehen, dass sie sich wohl nicht gegen seinen ... Charme wehren konnte. Genauso wenig wie all die anderen Mädchen, mit denen er was hatte, obwohl er mit mir zusammen war.«

»Oh Gott.«

»Das kannst du laut sagen. Ich war einfach dumm. Und leichtgläubig. Ich dachte, er würde das mit uns ernst meinen. Hat er aber nicht. Stattdessen hat er mich angelogen, weil ich sonst nämlich nicht mehr mit ihm ins Bett gegangen wäre.«

Ein wütendes Funkeln trat in Cassidys Augen, gleichzeitig sah sie aber auch furchtbar traurig aus. »Das tut mir leid. Klingt echt nach einem Arsch.«

»Das ist er auch. Und weißt du, was am schlimmsten ist? Dass er wirklich gut im Bett ist.«

»Sind sie das nicht immer? Die Arschlöcher, meine ich.«

»Genug Übung hatte er auf jeden Fall.« Cassidy prustete los, und ich konnte nicht anders und stimmte in ihr Lachen ein. »Gott, ich wünschte, ich könnte nur schlecht über ihn reden.

Aber das wäre gelogen.« Seufzend ließ ich mich nach hinten fallen. »Mir fehlt der Sex«, murmelte ich, mehr zu mir selbst als zu Cassidy.

»Daaaaann solltest du unbedingt mitkommen und einen Typen kennenlernen.« Cassidy sprang auf, umfasste meine Handgelenke und zog mich erneut vom Bett. Sobald ich stand und keine Anstalten machte, gleich wieder auf die Matratze zu sinken, ließ sie mich los und ging wieder zu meinem Kleiderschrank. »Ich lasse dir einfach keine andere Wahl. Du kommst mit. Schließlich kann man nie wissen, wen man so trifft. Vielleicht lernst du heute Abend deinen Traummann kennen, das willst du doch nicht verpassen.«

»Doch, eigentlich schon. Ich will keine Männer kennenlernen, Cass. Ich hatte schon genug Drama, mehr brauche ich grad nicht.«

»Du sollst dir ja auch nicht gleich einen Freund suchen. Vielleicht findest du heute einfach jemanden zum Spaßhaben. Ich meine, wenn es der Sex ist, der dir fehlt … Dagegen kann man was tun.« Sie zwinkerte mir zu, griff zielsicher in den Schrank und warf mir eine schwarze Hose in Lederoptik, ein schwarzes Bustier und eine weiße Oversize-Bluse zu.

»Ist das dein Ernst?«, fragte ich und war mir nicht ganz sicher, ob ich damit die Klamotten meinte oder das, was Cassidy gesagt hatte.

»Ja, zu beidem. Wenn du willst, findest du garantiert jemanden, der dich für eine Nacht glücklich macht. Und was das Outfit angeht: Du hast die perfekte Figur für diese Hose, und das sage ich trotz allem Neid, den ich deshalb habe. Außerdem passen deine Haare super dazu. Also, mach dich fertig, ich hole dich in zwanzig Minuten ab.« Sie lief zur Tür, wandte sich aber noch einmal zu mir um und sah mich warnend an. »Und nicht vergessen: Gekniffen wird nicht! Du glaubst vielleicht jetzt, dass du deinen Prinzen heute Abend nicht finden willst, aber warte erst mal ab, bis er vor dir steht.«

Lachend schaute ich ihr hinterher. Cassidy war schon etwas ganz Besonderes. Und auch wenn ich garantiert nicht vorhatte, an diesem Abend jemanden kennenzulernen, war ich insgeheim doch gar nicht so unglücklich darüber, dass sie mich mit in den Pub nehmen wollte.

13. KAPITEL

Lily

Heiße Luft schlug uns entgegen, als Cassidy und ich den Pub betraten, und jetzt war ich froh, dass ich unter meinem Mantel nur das Bustier und die Bluse anhatte. Ich wünschte nur, Cassidy hätte mich nicht dazu überredet, meine Haare offen zu tragen. Ein unordentlicher Dutt oder hochgebundener Zopf wären jetzt deutlich angenehmer gewesen.

Der große Raum war so voll, dass man sich kaum bewegen konnte. Cassidy nahm meine Hand und zog mich energisch durch die Menge zu einem Tisch, an dem ich nicht nur Ella und Tessa, sondern auch drei Typen entdeckte. Julian war jedoch nicht dabei.

Einer von ihnen, groß, breitschultrig, mit Brille und braunroten Haaren, stand auf und drückte Cassidy an sich und küsste sie. Das musste dann wohl Steve sein. Cassidys Wangen glühten, als die beiden sich voneinander lösten, dann legte sie mir eine Hand in den Rücken und schob mich nach vorne.

»Jungs, das ist Lily«, stellte sie mich vor. »Lily, das ist Steve.« Sie schenkte ihrem Freund einen verliebten Blick und deutete dann auf die beiden anderen. »Und das sind Cole und Jamie.«

Cole, ein gut aussehender Blondschopf, der ebenfalls eine Brille trug, winkte mir über den Tisch hinweg zu. Er hatte einen Arm um Tessa gelegt und betrachtete mich nachdenklich. Ich war mir augenblicklich darüber im Klaren, dass er über alles, was ich Tessa erzählt hatte, ebenfalls Bescheid wusste. Doch dann lächelte er, und was auch immer das für ein Test gewesen sein mochte, ich schien ihn wohl bestanden zu haben.

Mein Blick fiel auf den Letzten in der Runde. Jamie. Er musterte mich mit einer Mischung aus Neugierde und Resignation. *Seltsam.*

Trotzdem kam ich nicht umhin, festzustellen, dass er ziemlich gut aussah, mit den dunklen blauen Augen und den verstrubbelten braunen Haaren, die hier gefühlt jeder zweite Typ hatte. Doch im Vergleich zu den anderen wirkte er ... nicht wirklich jünger, aber jungenhafter. Nicht ganz so erwachsen. Er war eher athletisch gebaut als muskulös, und als sich jetzt ein breites Grinsen auf seinem Gesicht ausbreitete, stellte ich ertappt fest, dass er mein Starren bemerkt hatte.

Bevor ich mal wieder vor Verlegenheit im Erdboden versinken konnte, stieß hinter mir jemand einen lang gezogenen Pfiff aus. Ich musste mich nicht mal umdrehen, um zu wissen, dass Julian hinter mir stand. Ich schloss die Augen und verkniff mir ein Aufstöhnen. Er war schon weg gewesen, als Cassidy mich abgeholt hatte, und ich hatte mich während des Weges der irrationalen Hoffnung hingegeben, dass er aus irgendwelchen Gründen heute Abend nicht dabei sein würde. Völlig egal, dass Cassidy gesagt hatte, er hätte kein Problem damit, wenn ich mitkommen würde. Dass er mich nackt in der Badewanne gesehen hatte, würde ich so schnell nicht vergessen.

»Na? Genug gebadet?«, zog er mich auf, als hätte er meine Gedanken gelesen, zwängte sich viel zu nah an mir vorbei und ließ sich auf einen freien Stuhl fallen. Ich sparte mir eine Antwort und setzte mich auf den einzigen noch freien Platz direkt neben ihn, nachdem Cassidy und Steve sich zu den anderen auf die Bank gequetscht hatten.

»Okay, Leute. Wer singt heute mit mir?« Cassidy strahlte in die Runde, und einer nach dem anderen zog den Kopf ein.

Ella stand auf und deutete Richtung Bar. »Dafür brauche ich erst noch ein paar Cocktails. Sonst noch jemand?«

»Ich komme mit.« Ich folgte Ella, hörte aber trotzdem noch, wie einer der Jungs sagte: »Sie ist echt heiß!« Es war nicht Julian, seine Stimme kannte ich inzwischen gut genug, um mir da sicher zu sein. Am besten wäre es wahrscheinlich, wenn ich so tat, als hätte ich nichts gehört, aber meine Neugierde war stärker. Über die Schulter warf ich einen Blick zurück zu unserem Tisch, die anderen hatten sich jedoch schon wieder so sehr in ihr Gespräch vertieft, dass ich nicht feststellen konnte, wer von ihnen das gesagt hatte.

Da Ella offenbar den Barkeeper kannte, bekamen wir unsere Getränke ziemlich schnell. Auf dem Weg zurück zu unserem Tisch erzählte sie mir gerade, wie ein Karaokeabend bei ihnen normalerweise aussah – Cassidy versuchte die ganze Zeit, jemanden zum Singen zu überreden, traute sich am Ende aber selbst nie, und irgendwann würden die Jungs sich auf die Bühne wagen und einen Disneysong singen –, als sie so abrupt stehen blieb, dass ich fast in sie hineingelaufen wäre und meinen Cocktail in ihren Haaren verteilt hätte.

»Mason?«, brachte sie ungläubig hervor, und erst jetzt bemerkte ich, dass jemand an unserem Tisch saß, der vor ein paar Minuten noch nicht da gewesen war. Mason war groß, sehr blond und hätte locker als Model einer Werbekampagne für Parfum durchgehen können. Er passte nicht hierher. Nicht weil er älter wirkte als der Rest von uns. Auch nicht, weil er der einzige Typ im ganzen Raum war, der eine schwarze Anzughose und ein weißes Hemd trug, beides mit einer Lässigkeit, als wäre er in dem Aufzug geboren worden. Ich konnte nicht mal sagen, was mich störte, oder warum, aber manchmal gab es

Menschen, die einem auf Anhieb absolut unsympathisch waren, und Mason war so einer.

»Überraschung!«, verkündete er mit einem breiten Zahnpastalächeln, stand auf und breitete die Arme aus. Ich nahm Ella gerade noch rechtzeitig ihr Glas ab, bevor sie ihm um den Hals fiel.

Vorsichtig schob ich mich an den beiden vorbei und ließ mich dieses Mal auf den freien Platz neben Jamie fallen, auf dem Ella vorhin gesessen hatte. Mason zog vom Nachbartisch einen freien Stuhl heran, und er und Ella setzten sich an die schmale Seite des Tisches.

»Danke«, raunte Jamie mir zu. In seinen blauen Augen lag ein gequälter Ausdruck.

»Wofür?«

»Dafür, dass du dich genau auf diesen Platz gesetzt hast. Du musst jetzt übrigens den ganzen Abend da sitzen bleiben. Sonst kommt früher oder später Mason rüber, und ich hab heute echt keinen Nerv darauf, mir wieder anzuhören, wie erfolgreich er ist.« Er verzog das Gesicht, und ich musste lachen.

»So schlimm?« Ich warf einen Blick auf Mason und Ella, die ihren Freund anstrahlte und so glücklich wirkte, dass ich augenblicklich ein schlechtes Gewissen bekam. Ich kannte Mason nicht und sollte mich nicht direkt auf meinen ersten Eindruck verlassen. Wenn Ella mit ihm zusammen war, war er bestimmt kein schlechter Kerl.

Jamie neigte den Kopf und folgte meinem Blick. »Kommt drauf an, wie man's sieht. Er kann mit dem, was wir tun, einfach nicht besonders viel anfangen. Er meint, Kreativität ist für Hobbys gut, aber nicht für einen Beruf.«

»Was studierst du denn?«

»Musik.« Jamie atmete tief durch, dann wandte er sich von Ella und Mason ab.

»Dann wirst du mal ein richtiger Rockstar?«, fragte ich neckend und grinste ihn an.

Lachend schüttelte er den Kopf. »Ganz falsche Richtung. Ich stehe mehr auf klassische Musik. Am liebsten würde ich Filmmusik komponieren.«

»Das ist ziemlich – «

»Lahm?« Jamie fuhr sich verlegen durch die Haare. »Die meisten stehen nicht so auf Klassik.«

»Ich schon«, erwiderte ich mit einem Lächeln, das breiter wurde, als ich sah, wie sehr meine Antwort Jamie zu überraschen schien.

»Studierst du auch Musik?«

»Nein. Ich hab absolut kein Talent für Instrumente. Ich studiere Theaterwissenschaften. Ich hab früher ... getanzt.« Mein Herz zog sich zusammen, doch ich schob den Schmerz, der sich in mir ausbreiten wollte, energisch zurück. Ich wollte heute nicht darüber nachdenken. Nicht jetzt. »Da kommt man um klassische Musik nicht herum.«

»Eine Tänzerin also. Wie kommt's, dass du dann Theaterwissenschaften studierst?« Neugierig lehnte er sich näher zu mir rüber, doch ich winkte ab.

»Lange Geschichte. Theaterwissenschaften war einfach das Naheliegendste.« Ich zuckte mit den Schultern, bemühte mich um einen gleichgültigen Ausdruck, als wäre das alles für mich vollkommen okay.

»Und was macht man da so?«

»Keine Ahnung. Ich bin ein absoluter Frischling, was das angeht. Aber wenn ich es herausfinde, kann ich dir gerne Bescheid sagen.«

Jamie prostete mir lachend zu. »Unbedingt.«

Wir unterhielten uns lange. Es war leicht, mit ihm zu reden. Er schwärmte von dem Semesterprojekt, an dem er arbeitete – er komponierte zusammen mit ein paar anderen Studenten den Soundtrack für den Kurzfilm –, und ich erzählte ihm von New York, sprach jedoch weder übers Tanzen noch über meine Familie. Und Jamie war sensibel genug, nicht nachzubohren, wenn er merkte, dass mir ein Thema unangenehm war.

»Ich hole mir noch ein Bier, möchtest du auch noch was?«, fragte er nach einer Weile und stand auf.

»Ein Wasser wäre super.« Ich merkte langsam, wie die Cocktails, die ich während der vergangenen Stunden getrunken hatten, ihre Wirkung zeigten. Noch war ich allerdings nicht betrunken, und ich hatte auch nicht vor, es heute so weit kommen zu lassen.

»Kommt sofort.« Mit einem letzten Lächeln verschwand er in der Menge und ließ mich allein am Tisch zurück. Die anderen waren irgendwann tanzen gegangen. Ich entdeckte Cassidy und Steve, Tessa und Cole und Mason und Ella, die eng umschlungen und knutschend vor der Bühne tanzten, absolut nicht im Takt der Musik, dafür völlig ineinander versunken.

Ein sehnsuchtsvolles Ziehen breitete sich in mir aus. Ich hatte Cassidy die Wahrheit gesagt, ich wollte keine Männer kennenlernen, aber der Sex fehlte mir wirklich. Ich vermisste es, von jemandem berührt zu werden.

Als hätte Julian gespürte, dass sich meine Gedanken plötzlich mit einem ganz und gar nicht unschuldigen Thema befassten, tauchte er mit einem dunkelhaarigen Mädchen im Arm in meinem Blickfeld auf. Ich erkannte sie sofort. Stephanie. Unwillkürlich musste ich an unser Gespräch neulich in der Küche zurückdenken, und zum ersten Mal gestand ich mir ein, dass sie möglicherweise recht hatte. Vielleicht verpasste ich tatsächlich was. Vielleicht brauchte ich einfach nur mal jemanden, mit dem ich eine Nacht lang Spaß haben konnte.

Stephanie deutete nach hinten Richtung Toiletten und verschwand. Bevor ich mich aus dem Staub machen und einem garantiert unangenehmen Gespräch aus dem Weg gehen konnte, kam Julian schon zu unserem Tisch und setzte sich neben mich.

»Warum sitzt du denn hier so allein?«, wollte er wissen.

Ich stutzte. Das war ja schon beinahe ... nett.

»Hat dein Kavalier dich verlassen?«

Okay, doch nicht nett. »Jamie holt uns gerade was zu trinken«, erklärte ich und biss mir unsicher auf die Unterlippe. Jetzt oder nie. Egal, was Cassidy sagte, ich musste es von ihm selbst hören, sonst würde ich es nie glauben. »Sag mal, stört es dich eigentlich, dass ich mit euch allen hier bin?« Ich warf ihm einen vorsichtigen Blick zu, woraufhin er beide Brauen hob und mich so herablassend musterte, dass ich beinahe wieder verstummt wäre. »Cassidy hat zwar gesagt, dass du damit kein Problem hast, aber – «

»Ach ja? Hat sie das?«, unterbrach Julian mich scharf, sein Gesicht war von einer Sekunde zur nächsten vollkommen ausdruckslos. Er schüttelte schnaubend den Kopf. »Cassidy sollte nicht für andere sprechen, wenn sie keine Ahnung hat, ob sie mit ihrer Vermutung richtigliegt.«

Getroffen zuckte ich zusammen. »Okay, ich ...« Stammelnd brach ich ab, und Julian begann zu lachen.

»Tut mir leid, du machst es mir manchmal echt zu leicht. Mach dir keinen Kopf. Für mich ist es okay, dass du hier bist. Obwohl ich dich natürlich lieber in der Badewanne sehe als im Pub. Aber das ist nur mein ganz persönlicher Geschmack.«

Sprachlos starrte ich ihn an. Und auch wenn ich wusste, dass ihn das in Zukunft nur noch mehr anstacheln würde, musste ich ebenfalls lachen. »Du bist so ein Arsch!«

Er stand auf, als Stephanie zu uns an den Tisch trat und

mich lächelnd begrüßte. »Stets zu Diensten«, gab er grinsend zurück und ließ sich von ihr auf die Tanzfläche ziehen. Kopfschüttelnd sah ich ihm nach, doch das Lächeln blieb. Er war wirklich ein Arsch, nur auf eine ganz andere Weise als ich anfangs angenommen hatte.

»Und, hab ich was verpasst?«

Jamie kam zurück und reichte mir ein Glas Wasser. Ich wollte mich gerade bedanken, als ich spürte, wie mich jemand anstarrte. Oder vielmehr uns. Ich sah mich um und entdeckte Cassidy, die uns mit einem breiten Lächeln und einem triumphierenden Ausdruck auf dem Gesicht beobachtete.

»Sag mal, warum sieht Cassidy uns so an?« Ich deutete mit dem Kopf in ihre Richtung, und Jamie stöhnte auf.

»Sie will uns verkuppeln.«

»Ernsthaft?« Ich stieß einen ungläubigen Laut aus. Diese kleine, gerissene … Deswegen hatte sie mich also so hartnäckig zu überreden versucht, heute Abend mit in den Pub zu kommen. Und deswegen hatte sie auch so von den Musikern hier geschwärmt. Wegen Jamie.

»Ja. Ich weiß auch nicht, was sie sich dabei denkt.« Er hob die Schultern und verzog entschuldigend das Gesicht.

»Ich schon«, erwiderte ich gedehnt. »Aber die Sache ist die … Ich will im Moment keinen Freund.«

»Und ich keine Freundin.«

»Vielleicht dachte sie deshalb, wir würden gut zusammenpassen.« Lachend schüttelte ich den Kopf und stellte fest, dass Cassidy mit mir und Jamie gar nicht so falschgelegen hatte. Ich mochte ihn. Trotzdem wollte ich keine neue Beziehung. Ich brauchte eine Pause von Gefühlen.

Ich atmete zittrig ein, als Jamies Hände unter meine Bluse fuhren und sanft, aber gleichzeitig fordernd über meine Haut strichen. Hitze jagte durch mich hindurch. Das war viel besser als Gefühle.

Jamies Augen weiteten sich, als er einen Knopf nach dem anderen öffnete und der Stoff schließlich von meinen Schultern glitt. Die Bewunderung auf seinem Gesicht ließ mich lächeln.

»Komm her.« Ich legte eine Hand in seinen Nacken und zog ihn an mich. Unsere Lippen trafen heiß und hungrig aufeinander. Verlangen jagte durch meinen Körper und sammelte sich in meinem Unterleib. Ich presste mich enger an Jamie und hörte ihn an meinem Mund aufstöhnen.

Oh ja, das fühlt sich gut an.

Sein T-Shirt landete neben meiner Bluse auf dem Boden, und ich fuhr mit beiden Händen ehrfürchtig über seinen Bauch weiter nach unten zum Bund seiner Hose. Ich spürte, wie er unter meinen Fingern erzitterte, und einen Moment später standen wir nackt voreinander und taumelten Richtung Bett. Ich gab uns gerade genug Zeit, ein Kondom aus meiner Nachttischschublade zu holen, bevor ich ihn zu mir auf die Matratze zog.

Jamies Hände fuhren über meinen Körper, seine Lippen glitten meine Haut entlang, und jeder meiner Muskeln spannte sich an. Ich bog mich ihm entgegen, und ein unerwartetes Glücksgefühl breitete sich in mir aus.

»Scheiße!« Fluchend richtete Jamie sich auf, und die Hitze in meinem Inneren verwandelte sich schlagartig in einen Klumpen Eis.

»Alles okay?« Meine Stimme zitterte.

Gequält sah Jamie mich an. »Nein. Ich … Es tut mir leid! Ich kann das nicht.«

Ich spürte, wie mir das Blut aus dem Gesicht wich, und zog mit fahrigen Bewegungen die Bettdecke über meinen nackten

Körper. Mit einem Schlag war mir so schlecht, dass ich glaubte, mich jeden Moment übergeben zu müssen. Es war lange her, seitdem ich mich das letzte Mal so gedemütigt gefühlt hatte.

»Okay«, krächzte ich und schloss die Augen, damit ich nicht mit ansehen musste, wie er ging. Ich hörte Stoff rascheln, aber Jamie hatte nicht vor zu gehen. Als die Matratze nachgab, hob ich den Blick und sah, dass er sich lediglich seine Boxershorts und das T-Shirt wieder übergestreift hatte.

»Es liegt nicht an dir, ganz ehrlich.« Er fuhr sich mit beiden Händen durch die Haare, und der verzweifelte Ausdruck in seinen Augen ließ das Eis ein kleines Stückchen schmelzen. »Es ist … Ich kann nicht mit dir schlafen, weil ich in Ella verliebt bin.«

»Was?« Entgeistert starrte ich ihn an und vergaß für einen Moment, dass ich mich gerade eigentlich ganz furchtbar fühlte. Denn ganz offensichtlich fühlte Jamie sich noch schlechter. »Du bist *was*?«

Entsetzen malte sich auf Jamies Gesicht ab. »Hab ich das gerade wirklich gesagt?«

»Hast du.«

»Lily, es tut mir echt leid! Ich hätte nie – «

»Vergiss es«, unterbrach ich ihn sanft.

»Ich bin so ein Arschloch!«

Seufzend schob ich meine Kissen nach oben an das Kopfteil des Bettes und lehnte mich dagegen. »Nein, bist du nicht. Du bist verliebt.« Fast hätte ich gelacht, weil das Ganze so absurd war. Da versuchte ich das erste Mal, einfach nur auf das zu hören, was mein Körper wollte, und dann landete ich mit einem Typen im Bett, der mir nicht geben konnte, was ich brauchte, weil er verliebt war. Ironie des Schicksals.

»Bitte sag's keinem. Du bist die Einzige, die das weiß.«

»Die Einzige? Du hast noch niemandem davon erzählt?«

»Eigentlich wäre es mir lieber gewesen, wenn ich dir auch nichts gesagt hätte, aber offenbar habe ich heute völlig den Verstand verloren.«

»Warum hast du es bisher niemandem erzählt?« Ich stand auf, ging zu meinem Schrank und schlüpfte in einen gemütlichen Schlafanzug. Anschließend kroch ich wieder ins Bett und breitete die Decke nicht nur über mir, sondern auch über Jamies noch immer nackte Beine aus.

»Weil es keine Rolle spielt. Ella ist mit Mason zusammen, und ich glaube auch nicht, dass sich das jemals ändert. Vor allem nicht, seit er sich wieder öfter hier blicken lässt. Letztes Jahr sah es zwischendurch so aus, als könnte ... Aber nein, Mason hat die Kurve gekriegt und ich ...« Seufzend brach er ab. Er sah so unglücklich aus, dass ich ihn am liebsten in den Arm genommen hätte.

»Warum bist du heute mit mir nach Hause gegangen?«

Jamie zögerte, bevor er antwortete. »Weil ich dachte ... Keine Ahnung, ich dachte, ich muss es einfach versuchen. Damit ich endlich über sie hinwegkomme. Aber ich hätte wissen müssen, dass das so nicht funktioniert. Das Beste wäre wohl, wenn ich ausziehen würde, aber das geht nicht.«

»Ihr *wohnt* zusammen?«, fragte ich fassungslos.

»Kleiner Tipp von mir: Verliebe dich nie in deinen Mitbewohner«, antwortete er mit einem schiefen Lächeln. »Obwohl es für mich davor schon zu spät war. Das ist erbärmlich, oder?« Stöhnend vergrub er das Gesicht in den Händen.

Ich stupste ihn sanft an. »Nein, ist es nicht.«

»Doch schon, und es ist noch erbärmlicher, dass ich dich jetzt volllabere, anstatt einfach zu verschwinden.«

»Manchmal muss man einfach über so etwas reden. Also, komm. Du kannst mir so viel erzählen, wie du willst, und ich werde es niemandem verraten, versprochen.«

Überraschung malte sich auf Jamies Gesicht ab, und ein hoffnungsvoller Funke trat in seine Augen. »Warum?«

»Weil ich dich mag. Außerdem hast du mich nackt gesehen. Viel näher können wir uns kaum noch kommen.«

Jamie lachte leise, und ich musste grinsen. »Ich mag dich auch«, sagte er und warf mir einen dankbaren Blick zu.

»Ich weiß. Und jetzt komm, lass alles raus.«

Kurz zögerte Jamie, dann ging ein Ruck durch seinen Körper, und er begann zu erzählen.

14. KAPITEL

Julian

Das Bett neben mir war leer, als ich gähnend die Augen aufschlug. Ich hörte Steph in der Küche herumhantieren, warf einen Blick auf mein Handy und ließ mich stöhnend zurück ins Kissen sinken. Es war viel zu früh. Aber ich lag nicht in meinem eigenen Bett, und ich hatte nicht vor, den Tag mit Stephanie zu verbringen, also stand ich auf und streifte mir Jeans und T-Shirt über.

»Guten Morgen«, flötete Steph, als ich aus ihrem Schlafzimmer trat und dem Geruch nach Kaffee in die Küche folgte.

»Morgen.« Dankbar nahm ich die Tasse entgegen, die sie mir hinhielt.

»Ich muss dich jetzt leider rausschmeißen, ich muss in«, sie schaute kurz auf die Uhr an ihrem Handgelenk, »sieben Minuten los.«

»Was zum Teufel hast du an einem Samstag so früh vor?« Ich trank einen Schluck und fühlte mich sofort etwas wacher.

»Training. Die zwei Stunden pro Tag reichen nicht. Wir müssen am Wochenende auch ran, sonst werden wir bis zur Aufführung nie fertig.«

»Moment. Bist du auch beim Musical?«, fragte ich stirnrunzelnd. Ich hatte sie während der letzten zwei Wochen kein einziges Mal gesehen.

»Nein, ich studiere *Musical Theatre* und trage mich dann für das Schreibprojekt ein.« Lachend verdrehte sie die Augen. »Natürlich bin ich im Musicalprojekt.«

Okay, das hätte ich mir denken können. Aber es war zu früh, und ich war noch nicht wach genug, um mich daran zu erinnern, was Steph genau studierte. Ich wusste, dass es was mit Tanzen zu tun hatte, aber es gab an der Faerfax zu viele Möglichkeiten, als dass ich an *Musical Theatre* gedacht hätte. Ehrlich gesagt hatte ich bis gerade eben nicht mal gewusst, dass es diesen Studiengang überhaupt gab.

»Oh, super. Dann kannst du mir vielleicht helfen. Ich muss mich mit ein paar anderen um das Programmheft kümmern, und wir haben gar keinen Plan, was wir machen wollen.« Bei dem Gedanken daran, dass ich mich übermorgen wieder mit diesem Mist befassen musste, verzog ich das Gesicht.

»So gut läuft's also?«

»Ja, richtig klasse.«

»Ich hab hier bestimmt noch ein paar Hefte von Musicals rumfliegen, die ich mir schon angesehen habe, vielleicht hilft euch das weiter. Ich suche mal zusammen, was ich habe, und dann können wir Montag einen Kaffee trinken gehen. Wir müssen Mittwoch ja präsentieren, wie weit wir sind, also wird's Zeit, dass ihr da was zusammenbastelt. Aber jetzt muss ich wirklich los.«

»Danke. Dann sag mir einfach Bescheid, wenn du Zeit hast.«

»Mach ich. Und jetzt husch, husch, sonst komme ich zu spät.« Lachend nahm sie mir die Tasse aus der Hand und gab mir gerade noch die Gelegenheit, in Jacke und Schuhe zu schlüpfen, bevor sie mich energisch aus der Wohnung schob.

Unten verabschiedeten wir uns voneinander, und während Steph sich auf den Weg zum *Shakespeare* machte, lief ich über den Campus nach Hause. Einerseits war ich froh, dass wir in unterschiedlichen Wohnheimen wohnten, andererseits wäre ein kurzer Heimweg doch deutlich angenehmer, vor allem Anfang Februar.

Es war immer noch eiskalt, und es würde mich nicht wundern, wenn es noch einmal schneien würde. Grau genug war der Himmel auf jeden Fall, und als ich das Wohnheim betrat, fielen tatsächlich die ersten Flocken, und somit musste ich mir gar keine Gedanken darüber machen, womit ich den heutigen Tag verbringen würde.

Eilig lief ich die Treppe hoch und beschloss, nur kurz unter die Dusche zu springen, bevor ich mir meine Kamera schnappen und wieder abzischen würde. Es war noch so früh, dass sich heute bestimmt das eine oder andere Motiv finden lassen würde.

Die Tür zu Lilys Zimmer war zu, als ich die Wohnung betrat. Auf dem Weg ins Bad kickte ich meine Schuhe von den Füßen und zog mir, noch während ich die Tür öffnete, das Shirt über den Kopf.

»Julian!« Der spitze Schrei ließ mich mitten in der Bewegung innehalten. Ich kniff die Augen zu, während ich die Arme sinken ließ. *Nicht schon wieder.*

Ich sollte nicht hinsehen, doch genau wie gestern konnte ich einfach nicht anders.

Lily lag in der Badewanne, die rosafarbenen Haare zu einem unordentlichen Knoten gebunden. Ihr Gesicht glühte. »Das ist doch wohl nicht dein Ernst! Raus hier!« Sie deutete mit ausgestrecktem Arm Richtung Tür.

Wortlos wirbelte ich herum und verließ das Badezimmer. So eine Scheiße!

Ich zog mir gerade wieder das Shirt über den Kopf, als sie in einen dicken Bademantel gehüllt ins Wohnzimmer stürmte und mich fuchsteufelswild anfunkelte.

»Was ist so schwer daran, anzuklopfen?«, fauchte sie.

»Gar nichts.« Sie sah so aufgebracht aus, dass ich mich nur mit Mühe davon abhalten konnte, laut loszulachen. »Tut mir echt leid, ich wollte duschen gehen und dachte, du schläfst noch. Außerdem: Wer badet schon zwei Tage hintereinander?«

»Ich! Ganz offensichtlich!«

»Und warum morgens? Macht man das nicht eher abends? So mit Kerzen und Duftöl und so?«

Etwas in Lilys Gesicht änderte sich, die Verlegenheit verschwand von einer Sekunde zur nächsten. »Julian, was glaubst du macht man in der Badewanne, wenn man kein Buch oder so mitnimmt? So wahnsinnig viele Möglichkeiten gibt es da nicht.« Sie biss sich auf die Unterlippe und blickte unter gesenkten Wimpern hinweg zu mir auf, ein verheißungsvolles Funkeln in den Augen.

Ich erstarrte. Hatte sie gerade gesagt, dass sie …? In der Badewanne? Mit Unmengen Schaum? Nein. Ich musste mich verhört haben. Mein Herz schlug plötzlich viel zu schnell, als Bilder durch meinen Kopf jagten, die ich dort nie im Leben erwartet hätte. Hitze breitete sich in mir aus, und mir war auf einmal viel zu bewusst, dass Lily vermutlich nicht mehr trug als ihren Bademantel.

Ich öffnete den Mund, schloss ihn wieder und brachte kein Wort heraus.

Erst als sie anfing zu lachen, erwachte ich aus meiner Erstarrung. »Gott, das war viel zu einfach.« Sie stieß ihren Zeigefinger gegen meine Brust. »Das war die Rache für gestern, als du mich hast glauben machen wollen, du hättest ein Problem damit, dass ich mitgekommen bin.«

»Also hast du nicht …?«

Halt die Klappe, Julian!

Ein Lächeln breitete sich auf Lilys Gesicht aus, das so sinnlich war, dass mir schon wieder ganz anders wurde. »Wer weiß.«

»Gott, du machst mich fertig!«, stöhnte ich und musste den Drang unterdrücken, meine Hose zurechtzurücken.

»Stets zu Diensten!« Sie lachte fröhlich und mein ganzer Körper begann zu kribbeln. Das Klopfen an der Tür rettete mich aus dieser brenzligen Situation.

»Warum zum Teufel sind denn alle so früh wach heute?«, grummelte ich, um zu überspielen, dass mich ihr Verhalten ziemlich aus der Bahn geworfen hatte.

»Du bist doch auch schon wach.« Lily sah aus, als wäre sie ziemlich zufrieden mit sich selbst, und ich konnte es ihr nicht mal verdenken. Sie hatte mich echt voll erwischt.

»Ja, aber nicht wirklich freiwillig.« Ich verzog das Gesicht, öffnete die Tür und stand Jamie gegenüber. »Was machst du denn hier?« Jamie war der größte Langschläfer, den ich kannte. Er war zwar nicht der Letzte, den ich jetzt gerade erwartet hätte, aber fast.

Er sah an mir vorbei zu Lily. »Ich hab meine Mütze hier vergessen«, antwortete er.

Verwirrt sah ich von einem zum anderen und hatte plötzlich das Gefühl, irgendwas verpasst zu haben.

»Guck nicht so, Julian. Jamie hat mich nach Hause gebracht und mir seine Mütze geliehen, weil ich gestern keine dabeihatte.« Lily erschien neben mir und reichte Jamie seine Mütze. »Willst du einen Kaffee?«, fragte sie ihn lächelnd, und erst jetzt fiel mir auf, dass wir immer noch an der Tür standen.

»Gerne.«

Meine Verwirrung wuchs, als Jamie mit Lily in den Küchenbereich ging und sie Kaffee aufsetzte. Die beiden schienen vollkommen vergessen zu haben, dass ich existierte.

Hallo?! Was ging denn hier ab?

Dafür, dass sie sich gestern das erste Mal begegnet waren, wirkten sie seltsam vertraut miteinander.

»Willst du auch einen Kaffee, Julian?« Fragend hielt Lily eine Tasse in die Höhe.

»Nein, danke. Ich wollte eigentlich schon längst wieder weg sein«, erwiderte ich gedehnt und versuchte, zu begreifen, was hier so seltsam war. Andererseits war der ganze Morgen ziemlich seltsam.

»Sicher? Wolltest du nicht duschen gehen?« Ihr Mund verzog sich zu einem süffisanten Lächeln, während sie mich unschuldig anblinzelte.

Richtig. Da war ja was.

»Stimmt, aber das Bad war besetzt. Du erinnerst dich?« Ich zog vielsagend die Augenbrauen hoch, aber Lily wurde nicht einmal ein bisschen rot. »Jedenfalls muss die Dusche jetzt erst mal warten. Der Schnee wartet nämlich nicht.« Ich nickte Richtung Fenster, und Lily wirbelte herum.

»Es schneit?« Begeistert lief sie zum Fenster.

»Jep.« Ich schnappte mir meine Kamera, die auf dem Regal unter meiner Fotowand lag, und wandte mich Richtung Tür. »Wir sehen uns.« Ich verließ die Wohnung, bevor einer der beiden noch etwas sagen konnte. Ich brauchte dringend eine Abkühlung. In der Wohnung war es viel zu heiß.

Als ich einige Stunden später zurück zum Wohnheim lief, war ich zwar völlig durchgefroren, fühlte mich aber so entspannt wie lange nicht.

Ich hatte es sogar fast geschafft, die Vorstellung von einer mit rosa Badeschaum überzogenen Lily aus meinem Kopf zu verbannen. Wenn sie allerdings gleich wieder splitterfasernackt in der Badewanne lag, wenn ich duschen gehen wollte, würde mich das ziemlich sicher an die Grenzen meiner Selbstbeherrschung bringen.

Ich schloss die Wohnungstür auf und blieb wie angewurzelt stehen, als ich nicht nur Lily, sondern auch Jenny auf dem Sofa sitzen sah. Schlagartig verschwand das Gefühl von Frieden.

Meine Schwester drehte sich mit einem strahlenden Lächeln zu mir und breitete die Arme aus. »Überraschung!«

Ja, das war es in der Tat. Eine ziemlich beschissene Überraschung, mit der ich so gar nicht gerechnet hatte.

»Was machst du hier?«, wollte ich wissen und schloss die Tür hinter mir. Mein Magen rumorte. Ich schaffte es nicht einmal, mich zu einem Lächeln zu zwingen.

»Ich dachte, ich besuche dich und schaue mir Faerfax an, bevor wir hierherziehen.« Sie legte die Arme auf der Sofalehne ab, während ich immer noch starr dastand und mich nicht rühren konnte. Dass Jenny hier war, fühlte sich … falsch an. Sie sollte nicht hier sein. Nicht jetzt, niemals.

»Weiß Dad, dass du hier bist?«, brachte ich schließlich krächzend hervor und räusperte mich.

»Ich hab ihm geschrieben, als ich gefahren bin, aber ich glaub nicht, dass er ein Problem damit hat.« Sie zuckte gleichgültig mit den Schultern.

»Und Sarah?«

Jennys Gesicht verdüsterte sich. »Die ist unterwegs.«

»Ohne dich?« Erstaunt zog ich die Augenbrauen hoch. Jenny und Sarah hatten dieselben Freunde, die beiden hatten ihr ganzes Leben noch nie etwas ohne die andere gemacht. Klar, gerade schien es zwischen ihnen nicht allzu gut zu laufen, aber dass Jenny ohne Sarah herkam, bedeutete, dass die ganze Sache noch komplizierter war, als ich vermutet hatte.

»Ja, ohne mich. Wir können auch jeder für sich was machen«, fauchte sie und funkelte mich böse an.

»Ich weiß. Ich bin bloß überrascht, das ist alles.« Dieses Mal gelang das Lächeln, wenn auch nicht besonders gut. Ich atmete tief durch. *Reiß dich zusammen!*

»Ja, ich auch. Egal, vergiss es. Dafür bin ich jetzt hier!« Die Wut in ihren Augen verschwand so schnell wieder, wie sie aufgeflammt war, und sie strahlte mich an, als wäre alles in bester Ordnung. Na klar doch. »Ich bleib auch nur bis morgen.«

»Wie gut, dass ich heute noch nichts vorhabe«, stellte ich trocken fest, während ich darum kämpfte, meine Gefühle in den Griff zu bekommen.

»Ja guck, dann passt das doch perfekt.«

Seufzend rieb ich mir das Gesicht. »Wirklich perfekt. Ich spring mal eben unter die Dusche. Du kommst klar, oder?«

»Natürlich. Ich hab doch Lily. Du hast übrigens vergessen zu erwähnen, dass du seit ein paar Wochen eine Mitbewohnerin hast.« Vorwurfsvoll runzelte meine Schwester die Stirn. Ich ignorierte sie, weil ich ganz genau wusste, worauf sie hinauswollte, und sah Lily an.

»Ist das okay? Wenn sie dich nervt, lass sie einfach sitzen.«

»Hey!«, protestierte Jenny, doch Lily schüttelte lächelnd den Kopf.

»Nein, ist schon okay. Ich hab selbst drei Schwestern. Ich glaube, ich schaffe das.«

»Du hast drei Schwestern?« Betroffen realisierte ich, dass ich eigentlich keine Ahnung hatte, mit wem ich da seit mehreren Wochen zusammenwohnte. Ich wusste absolut gar nichts über Lily.

»Hab ich. Aber du wolltest duschen gehen, schon vergessen?« Ein vielsagender Ausdruck trat in ihre Augen. In jeder anderen Situation hätte ich ihr die entsprechende Antwort gegeben, aber jetzt brachte ich lediglich ein stummes Nicken zustande. Ich wollte gerade gehen, als sie mich aufhielt. »Der

Schlüssel ist übrigens aufgetaucht. Er muss irgendwie in die Tasche von meinem Bademantel gefallen sein, also ...« Lily verstummte und verzog das Gesicht.

»Na sieh mal einer an. Anscheinend bin ich doch gar nicht so ein Arsch, wie du dachtest.« Mein Spott klang halbherzig, ich war nicht ganz bei der Sache. Ich hasste mich dafür, aber ich wünschte, Jenny wäre nicht hergekommen.

»Ach, halt die Klappe«, murmelte sie, während Jenny verwirrt zwischen uns hin- und hersah. Ich hatte jedoch nicht die Absicht, meiner kleinen Schwester zu erklären, worum es ging. Stattdessen verschwand ich ohne ein weiteres Wort im Bad, nachdem ich mir frische Klamotten aus meinem Zimmer geholt hatte.

Das Wasser prasselte auf meine Schultern, erst so heiß, dass es beinahe wehtat, schließlich lauwarm, bis es letzten Endes eiskalt war. Irgendwann fing ich an zu zittern, und ich drehte das Wasser ab, rubbelte mich trocken und streifte Hoodie und Jogginghose über. Ich ließ mir Zeit, versuchte, das Durcheinander in meinem Inneren unter Kontrolle zu bringen, und hatte doch von Minute zu Minute mehr das Gefühl, mir würde alles entgleiten.

Als ich zurück ins Wohnzimmer kam, lachten Lily und Jenny über irgendwas, und alles in mir schrie danach, die beiden einfach sich selbst zu überlassen und zu verschwinden. So wie es schien, kamen sie gut miteinander klar.

Lily stand auf, als sie mich bemerkte, und lächelte Jenny freundlich an. »War nett, dich kennenzulernen.« Dann warf sie mir einen Blick zu, in dem eine unausgesprochene Frage lag. Ich ignorierte sie. »Ich lass euch zwei dann mal allein.«

»Nein, wieso denn? Hast du vielleicht Lust, mit uns Pizza zu bestellen und einen Film anzugucken?«, schlug Jenny vor. »So wie's aussieht, hat Julian eh nicht vor, heute noch mal die Wohnung zu verlassen.« Sie deutete auf meine Jogginghose, und ich zog eine Grimasse.

»Hab ich tatsächlich nicht. Also, wenn du Lust hast, kannst du uns gerne Gesellschaft leisten.« Die Worte platzten aus mir heraus, bevor ich überhaupt darüber nachgedacht hatte.

»Sicher?« Irritiert runzelte Lily die Stirn. Ich konnte sie verstehen. Mich selbst allerdings nicht.

»Klar.« Beinahe hätte ich vor Erleichterung geseufzt, als sie sich wieder aufs Sofa fallen ließ. Was zum Teufel stimmte nicht mit mir? Ich schaffte es doch sonst auch, Zeit allein mit meinen Schwestern zu verbringen, ohne jemand anderen als Puffer zu benötigen.

Für gewöhnlich war ich jedoch bei ihnen in Chicago. Meine Schwestern hatten mich noch nie an der Uni besucht, nicht weil sie es bisher nicht gewollt hatten, sondern weil ich sie verdammt noch mal nicht hierhaben wollte.

»Haben deine Schwestern Stress miteinander?«, fragte Lily leise und linste zu meinem Zimmer, als wollte sie sich vergewissern, dass Jenny uns nicht hören konnte.

Aber die Tür war geschlossen, und Jenny schlief garantiert schon tief und fest. Sie war vor einer halben Stunde gähnend in mein Bett gekrochen, nachdem ich es für sie frisch bezogen hatte. Jetzt saßen nur noch Lily und ich auf dem Sofa. Sie machte allerdings keinerlei Anstalten, in ihr Zimmer zu gehen, sondern schaute mich neugierig an.

»Keine Ahnung«, erwiderte ich und seufzte schwer. »Dad will mit den beiden hierherziehen. Jenny findet die Idee super, Sarah nicht. Sie will in Chicago bleiben.« Warum erzählte ich ihr das überhaupt? Ich hatte mit niemandem richtig darüber gesprochen, noch nicht einmal mit Cole. Und ich hätte nie im Leben gedacht, dass ich ausgerechnet mit Lily darüber reden würde. Aber jetzt saßen wir hier im gedämpften Licht der Lichterketten, die Lily überall aufgehängt hatte, und das fühlte sich seltsam anonym an. So als könnte ich heute Abend darüber sprechen und morgen würde nichts davon mehr zählen.

»Das ist bestimmt schwer für sie. Sind die beiden im gleichen Alter?«

»Zwillinge.«

»Oh, dann muss das so richtig schwierig sein. Die beiden scheinen sich sonst gut zu verstehen, oder?«

»Sie sind beste Freundinnen.« Neugierig musterte ich sie. »Woher weißt du das?«

Ein Lächeln huschte über ihr Gesicht, doch es wirkte seltsam traurig. »Ich habe auch eine Zwillingsschwester. Rose und ich waren auch immer unzertrennlich.«

»Und jetzt?«

»Jetzt nicht mehr.« Sie wich meinem Blick aus, schüttelte den Kopf und sah mich dann wieder an. »Weißt du, was das Problem ist?«

Ich stöhnte auf. »Wenn ich das wüsste, wäre ich einen großen Schritt weiter.«

»Also, ich kenne die beiden ja nicht, aber wenn ich wetten müsste, würde ich sagen, dass es bei der ganzen Sache um einen Jungen geht.«

»Was?«

»Wie alt sind die beiden? Fünfzehn, sechzehn?« Ihr Mund verzog sich zu einem Grinsen.

»Fünfzehn.«

»Dann geht es ziemlich sicher um einen Jungen. Die beiden haben denselben Freundeskreis, oder?«

Ich nickte überrascht. »Du meinst echt, es geht um einen Jungen?« Darüber wollte ich eigentlich nicht mal nachdenken.

Ich war noch nicht so weit, dass meine kleinen Schwestern sich zum ersten Mal verliebten.

»Ich fürchte schon. Sarah ist todunglücklich wegen des Umzugs, richtig? Dann ist sie mit Sicherheit diejenige, die verliebt ist. Und Jenny fühlt sich ausgeschlossen und will deshalb weg.«

»Studierst du Psychologie oder so?« Ich stieß ein ungläubiges Lachen aus.

»Nein, aber wie gesagt …«

»Du hast drei Schwestern«, beendete ich ihren Satz.

»Richtig.« Ein trauriger Ausdruck legte sich auf ihr Gesicht. Wahrscheinlich wollte sie nicht darüber sprechen. Erst recht nicht mit mir, aber ich konnte trotzdem nicht anders, als sie zu fragen. Weil ich neugierig war. Und weil eine leise Stimme in meinem Kopf mir zuflüsterte, dass es eine Schande war, fast gar nichts über den Menschen zu wissen, mit dem man zusammenwohnte.

»Was ist mit dir und Rose?«

Lily zuckte zusammen, und ich war drauf und dran zurückzurudern, als sie sagte: »Wir reden nicht mehr miteinander. Schon seit letztem Sommer. Das mit Rose und mir ist … kompliziert.« Sie richtete sich auf, und eine tiefe Falte grub sich zwischen ihre Augenbrauen. »Obwohl das gar nicht stimmt. Es ist ziemlich einfach. Ich hab Mist gebaut, und ich weiß nicht, wie ich aus der Sache wieder rauskommen soll. Es ist meine Schuld, dass wir nicht mehr miteinander sprechen. Ich dachte, es würde leichter werden, wenn sie in New York ist und ich hier in Faerfax. Aber irgendwie …« Sie brach ab, ihr Blick ging ins Leere.

Und auf einmal änderte sich etwas zwischen uns, etwas Entscheidendes. Sie war nicht länger nur meine Mitbewohnerin. Ich wusste nicht, was sie jetzt war. Aber so miteinander zu reden, sie so zu sehen, so hilflos und traurig, änderte etwas.

»Ist es schwerer geworden?«

»Ja. Zu Hause war sie immer da. Ich hätte die ganze Sache in Ordnung bringen können, wenn ich gewollt hätte. Sie war schließlich nur im Zimmer nebenan. Jetzt geht das nicht. Ich könnte sie anrufen, aber ich weiß, dass sie nicht drangehen würde.«

»Woher willst du das wissen? Hast du es versucht?« Ich war mit Sicherheit der Letzte, der sich in so etwas einmischen sollte, doch irgendwie konnte ich nicht anders.

»Nein.« Sie lachte. Leise und traurig. »Ich hab Angst, dass sie es wirklich nicht tut.« Ich hörte, wie sie tief einatmete und hektisch blinzelte. Sie gab mir keine Gelegenheit, darauf zu antworten, sondern wechselte abrupt das Thema. »Was ist mit dir? Ich weiß, was deine Schwestern von dem Umzug halten, aber wie findest du das?«

Ihre Frage traf mich völlig unvorbereitet. So unvorbereitet, dass ich ihr die Wahrheit sagte. »Ich will sie nicht hierhaben.« Es auszusprechen, tat weh. Es ausgerechnet Lily zu sagen, war ... seltsam. Wenn ich darüber nachgedacht hätte, wäre sie die absolut Letzte gewesen, die mir für dieses Gespräch eingefallen wäre.

Mitfühlend sah sie mich an. »Warum nicht?«

»Weil ich ...« Krampfhaft suchte ich nach den richtigen Worten. »Weil ich das Gefühl habe, dass sich dann alles wiederholt. Ich bin hier aufgewachsen. Meine Eltern auch. Mom und Dad sind in der Schule ein Paar gewesen. Sie waren sechzehn, als ich geboren wurde. Ich weiß nicht, wie sie damit umgegangen sind. Dad hat nie darüber gesprochen. Meine Schwestern kamen sechs Jahre später. Als sie drei waren, ist Mom abgehauen, um ihren Traum zu leben.« Ich schnaubte, und der altbekannte Schmerz erfasste mich mit voller Wucht. »Mit uns zusammen konnte sie das nicht. Sie wollte ihr eigenes Leben.

Also ist sie gegangen, und Dad ist nie darüber hinweggekommen. Wir sind nach Chicago gezogen, weil er es hier nicht mehr ausgehalten hat. Doch jetzt glaubt er anscheinend, dass er damit klarkommt, zurückzukommen. Aber wenn sie alle wieder hier sind und ich nach dem Studium gehe ...« Ich brachte es nicht fertig, den Satz zu beenden.

»Du bist nicht deine Mutter, Julian«, meinte Lily sanft und griff nach meiner Hand. Sie drückte sie kurz und ließ mich dann schnell wieder los. Trotzdem hatte ich das Gefühl, ihre Haut immer noch auf meiner zu spüren.

»Ich weiß. Aber das macht es nicht leichter.« Ich sah sie an, versuchte, in ihren Augen zu lesen, ob sie mich für das verurteilte, was ich ihr erzählt hatte. Bisher hatte ich mit niemandem darüber gesprochen, nicht mit meinen Freunden und erst recht nicht mit meiner Familie. Aber alles, was in ihrem Blick lag, war Mitgefühl. Ehrliches Mitgefühl.

Meine Kehle fühlte sich plötzlich ganz eng an. Ich konnte das nicht. Ich war niemand, der über seine Gefühle sprach. Erst recht nicht mit einem Mädchen, das ich so wenig kannte.

Als würde sie spüren, dass ich dichtmachte, stand Lily auf und gähnte demonstrativ. »Ich muss jetzt dringend schlafen. Aber wenn ich dir noch mal mit deinen Schwestern helfen kann, sag Bescheid. Und wenn du herausfindest, was das Problem ist, will ich das bitte auch wissen. Ich bin neugierig, ob ich recht habe.«

»Mach ich.«

Sie schenkte mir ein warmes Lächeln. »Das wollte ich hören. Gute Nacht, Julian«, verabschiedete sie sich und verschwand in ihrem Zimmer. Nachdenklich sah ich ihr nach. Ich wurde nicht schlau aus diesem Mädchen.

15. KAPITEL

Lily

Am Mittwoch fielen sämtliche Kurse aus, weil in allen Projekten der aktuelle Stand vorgestellt werden sollte. Für manche hatte das einen relativ kurzen Tag zur Folge, wir dagegen würden wohl deutlich länger in der Aula im *Shakespeare* verbringen als gewöhnlich.

Das Musical war das größte Semesterprojekt, und wir würden Stunden brauchen, um alles durchzugehen, da heute bereits die ersten Songs vorgestellt werden sollten. Allerdings würden wir jedes Stück nicht nur einmal, sondern mindestens dreimal zu sehen beziehungsweise zu hören bekommen. Denn die Tänzer, Sänger und das Orchester hatten bisher nicht zusammen geprobt. Doch bis es so weit war, musste zunächst alles Organisatorische abgeklärt werden.

»Warum können wir nicht mit den coolen Sachen anfangen?«, flüsterte Cassidy neben mir und gähnte.

Ich trank einen Schluck von meinem Kaffee und grinste sie an. »Weil wir jetzt schon müde sind. Und heute Nachmittag würde dann vermutlich niemand mehr zuhören.«

Mrs Platt, eine der betreuenden Dozentinnen, warf einen missbilligenden Blick in unsere Richtung, und wir zogen hastig die Köpfe ein. Die Frau musste ein unfassbar gutes Gehör haben, wir saßen in der sechsten Reihe und hatten beide nicht besonders laut gesprochen.

»Für die letzten beiden Wochen dieses Semesters sind insgesamt vier Aufführungen geplant, jeweils Freitag- und Samstagabend«, eröffnete sie uns, nachdem sie ihre Aufmerksamkeit wieder auf alle Studenten im Raum gerichtet hatte.

»Warum so viele?«, fragte ein Mädchen zwei Reihen vor uns.

»Weil sich so nicht nur unsere Studenten und Dozenten, sondern auch die Bewohner der Stadt die Inszenierung anschauen können. Außerdem möchten wir all unseren Schauspielern und Tänzern die Möglichkeit geben, ihren Weg auf die Bühne zu finden, sodass die Besetzung wechseln wird.« Mrs Platt lächelte zufrieden, als ein Raunen durch die Aula ging. Offensichtlich war das für alle neu.

Ich hatte mich bei ihren Worten unbewusst aufgerichtet und ließ mich jetzt langsam wieder zurück gegen die Lehne sinken.

Es interessierte mich nicht, ob alle Tänzer eine Chance bekamen. Es war egal und spielte für mich absolut keine Rolle.

Ein tonloses Seufzen entwich mir. Ich war wirklich schon mal besser darin gewesen, mich selbst zu belügen.

»Aber jetzt«, Mrs Platt klatschte in die Hände, »sind Sie an der Reihe.«

Ein Mädchen mit kurzen, lockigen Haaren trat als Erste auf die Bühne und erzählte, was sie bisher für Kostüme und Make-up geplant hatten. Da die meisten Kostüme hier genäht wurden und zuerst Stoffe beschafft werden mussten, waren sie noch nicht besonders weit.

Ich merkte, wie meine Gedanken abschweiften. Ein Student nach dem anderen trat nach vorne, aber ich bekam nur am Rande mit, was sie erzählten, bis Julian den Platz in der Mitte der Bühne einnahm und nicht besonders begeistert von der Planung des Programmhefts erzählte.

»Und deshalb werden wir, während der Proben und Vorbereitungen, Fotos von euch machen, damit wir die für das

Programmheft nutzen können. Das nur zur Info, damit ihr euch seelisch darauf vorbereiten könnt«, beendete er seinen Kurzvortrag und verließ sichtlich erleichtert die Bühne. Ich beobachtete ihn, und ein Grinsen stahl sich wie von selbst auf mein Gesicht.

Sonntag hatte ich zwar die meiste Zeit in meinem Zimmer verbracht, hatte aber dennoch immer wieder zwischendurch mitbekommen, wie Julian mit Jenny umgegangen war. Sie hatte mich an Maggie erinnert – etwas weniger hormongesteuert vielleicht, trotzdem eben ein typisches fünfzehnjähriges Mädchen, das seinen Bruder fest im Griff hatte. Mein Bild von Julian hatte sich während der letzten zwei Wochen bereits ziemlich verändert, aber ihn mit seiner Schwester zu erleben, hatte mir noch einmal eine vollkommen neue Seite an ihm gezeigt. Neckend, und gleichzeitig auch sehr beschützend und fürsorglich.

Dass wir uns Samstagnacht das erste Mal richtig unterhalten hatten, hatte ebenfalls etwas geändert. Nicht daran, wie wir miteinander umgingen. Wenn wir uns sahen, war alles wie immer. Wir redeten normal miteinander, wir provozierten uns wie sonst auch, und Julian stellte nach wie vor die Tassen ins höchste Fach, wofür ich mich als Rache im Bad verbarrikadierte. Normal eben. Na ja, so normal wie sonst auch. Also ein bisschen seltsam. Aber dieses Gespräch hatte etwas geändert, und ich war mir nicht ganz sicher, was ich davon halten sollte.

Als er mir erzählt hatte, dass seine Mutter die Familie verlassen hatte, hatte es sich angefühlt, als würde mein schlechtes Gewissen mir mit voller Wucht in den Magen boxen.

So ein Aufreißer wird man doch auch nur, wenn man von einer Frau schon mal so richtig verletzt wurde. Also, wer war es? Deine erste Freundin oder deine Mutter?

Als wir uns gestritten hatten, waren meine Worte eine Provokation gewesen, der Wunsch, ihm wehzutun, weil er mich verletzt hatte. Jetzt fühlte ich mich unendlich schlecht, weil ich an diesem Abend genau ins Schwarze getroffen hatte. Ich konnte mir nicht einmal vorstellen, was das mit ihm angerichtet haben musste. Er war noch ein Kind gewesen und hatte seine Mutter verloren, weil sie sich dafür entschieden hatte zu gehen. Es war furchtbar, und so wie er über seinen Dad gesprochen hatte, mit dieser unüberhörbaren Bitterkeit in der Stimme, schienen die beiden auch nicht das beste Verhältnis zu haben. In Julian steckte mehr, als auf den ersten Blick ersichtlich war. Sehr viel mehr.

Ich wurde aus meinen Gedanken gerissen, als Julian sich jetzt mit einem Schnauben wieder auf seinen Platz zwei Reihen vor mir und Cassidy fallen ließ und etwas zu dem Mädchen sagte, das neben ihm saß. Lachend schüttelte sie den Kopf und stand auf. Ich erkannte sie erst, nachdem sie die Bühne betreten hatte, um uns auf den neuesten Stand zu bringen, wie weit die Tänzer inzwischen mit den Choreografien der einzelnen Stücke waren.

Stephanie.

Es war das erste Mal, dass ich sie bei dem Projekt sah, und mir fiel auf, wie anmutig sie sich bewegte. Beinahe fließend. Sie war durch und durch eine Tänzerin.

Warum hatte ich das nicht schon bemerkt, als ich sie in unserer Küche getroffen hatte? Oder im Pub? Und wieso hatte ich sie hier noch nie gesehen? Nicht mal an dem Morgen, als ich die Tänzer beobachtet hatte. Ich war mir ziemlich sicher, dass sie da nicht dabei gewesen war.

Ich zuckte zusammen, als sich um uns herum Studenten erhoben und auf die Bühne traten. Stephanie war verstummt, und ich hatte kein Wort von dem mitbekommen, was sie gesagt hatte. Ich hatte keine Chance, rechtzeitig wegzulaufen.

Die Tänzer stellten sich auf, und Musik hallte durch den Saal. Die Klänge waren so vertraut, dass sich mein Innerstes zusammenzog. Wie oft hatte ich den Film zusammen mit meinen Schwestern gesehen!

Ich kannte jedes Lied in- und auswendig.

»Ich liebe diesen Film.« Begeistert rutschte Cassidy auf ihrem Sitz nach vorne. Ich spürte die Bewegung mehr, als dass ich sie sah. Mein Blick war auf die Bühne geheftet, und egal, wie sehr ich eigentlich wegschauen wollte, ich schaffte es nicht.

Die Härchen auf meinen Armen stellten sich auf, und ich nahm nichts anderes wahr als die Tänzer, die mit ihren Bewegungen eine Geschichte erzählten, Emotionen teilten und meine Welt erzittern ließen.

Denn anstatt des Schmerzes, den ich während der letzten Monate so hartnäckig zu unterdrücken versucht hatte, war da nur noch Sehnsucht. Tiefe Sehnsucht, die mich Richtung Bühne zog. Alles in mir schrie danach, dass ich dort oben stehen müsste. Dass ich tanzen müsste. Genau jetzt.

Zittrig atmete ich ein und musste gegen den Drang ankämpfen, aufzuspringen und … was genau zu tun? Auf die Bühne rennen und mitmachen? Wohl eher nicht. Frustriert ließ ich mich tiefer in meinen Sitz sinken, während mein Herz im Takt der Musik schlug.

»Alles okay?« Cassidy warf mir von der Seite einen besorgten Blick zu.

»Ja, geht schon. Hab nur Kopfschmerzen«, log ich. Wenn ich ihr sagte, dass ich kurz davor war, in Tränen auszubrechen, würde sie nur Fragen stellen, die ich gerade nicht beantworten wollte. Nicht unbedingt, weil ich nicht darüber reden wollte, sondern weil die meisten mein Problem nicht verstanden.

Nicht einmal meine Familie tat das. Sie versuchten es zwar, und sie unterstützten mich, aber niemand konnte es wirklich verstehen. Außer Rose. Nur dass wir nicht mehr miteinander sprachen. Ein stechender Schmerz fuhr durch mich hindurch. Das Gespräch mit Julian hatte mich nicht nur seinetwegen aufgewühlt. Auch wegen Rose. Sie fehlte mir so sehr.

»Wenn's schlimmer wird, sagst du Bescheid, okay?«

Ich zwang mich zu einem Lächeln. »Mach ich.«

Sie nickte und sah wieder nach vorne. »Wenn ich könnte, würde ich genau das machen.« Sie deutete mit dem Kinn zur Bühne.

Ich verkniff mir mein »Ich auch«. Denn ich könnte. Wenn ich wollte. Und wenn ich bereit war, zu akzeptieren, dass ich zwar nie wieder so tanzen würde wie früher, aber trotzdem nicht alles verloren hatte.

»Ist Rose immer noch sauer auf mich?«, fragte ich und bemühte mich um einen unbeteiligten Tonfall, doch Maggie durchschaute mich sofort. Wir telefonierten seit zwanzig Minuten, und ich hatte mich erst jetzt getraut, ihr diese Frage zu stellen.

»Bist du denn immer noch sauer auf sie?« Ich konnte förmlich vor mir sehen, wie sie die Augenbrauen hochzog.

»Nein. Ich … Ich weiß es nicht.«

»Ihr zwei müsst echt mal miteinander reden!«

»Was du nicht sagst.« Ich rollte mit den Augen, auch wenn sie es nicht sehen konnte, griff nach der Auflaufform und schob sie in den kleinen Ofen, der eigentlich eine Mikrowelle war, zusätzlich aber auch eine Backfunktion hatte. Maggie hatte angerufen, als ich gerade dabei gewesen war, mich um mein Abendessen zu kümmern. Weil Julian nicht da war, hatte ich meine Boxen in die Küche geholt und telefonierte jetzt über

Lautsprecher mit ihr. So konnte ich im Anschluss wenigstens gleich anfangen hier aufzuräumen.

In der Küche herrschte eine Riesenunordnung. Julian war das Chaos in Person. Am Anfang war es mir gar nicht aufgefallen. Als ich hier eingezogen war, war die Wohnung ziemlich ordentlich gewesen. Doch je mehr Zeit vergangen war, desto mehr Krempel hatte sich von ihm im Wohnzimmer angesammelt. Ich hätte nicht gedacht, dass Julian so viel Zeug überhaupt besaß. Er hatte diesen ganzen Kram so unauffällig und systematisch nach und nach in der Wohnung verteilt, dass es beinahe nach einer Strategie aussah. Als ob er mich an seine Unordnung gewöhnen wollte.

»Ihr seid beide viel zu stur! Eine von euch muss langsam mal nachgeben, sonst werdet ihr euch nie wieder vertragen!« Maggies Stimme bebte kaum merklich, sie versuchte, es zu verbergen, aber ich wusste ganz genau, dass der Streit zwischen Rose und mir sie auch mitnahm. Genau wie Ivy.

»So einfach ist das nicht«, protestierte ich, obwohl es im Grunde doch so einfach war. Ich musste mit Rose reden, und ich wollte es ja auch. Warum konnte ich Maggie das nicht einfach sagen? Warum konnte ich ihr nicht genau das sagen, was ich Julian letztes Wochenende gesagt hatte? Dass ich Angst hatte. Davor, dass Rose gar nicht mehr mit mir sprechen wollte.

»Klar ist es das! Du musst nur mal über deinen dämlichen Schatten springen! Ich weiß, wie viel dir das Tanzen bedeutet, und dass du immer davon geträumt hast, zum Ballett zu gehen, aber Träume können sich ändern, Lily. Nur weil du vielleicht nicht mehr so gut bist wie früher – obwohl ich das doch stark bezweifle –, heißt das doch noch lange nicht, dass du ganz aufhören musst zu tanzen!«

Ich zählte bis drei, bevor ich antwortete. Ich war nicht bereit, jetzt über das Tanzen zu reden. »Mags? Können wir bitte das Thema wechseln?«

»Aber –«

»Maggie, bitte!«

»Okay, schön.« Sie seufzte, und ich wusste, dass sie genau jetzt die Augen verdrehte.

»Hab ich dir schon erzählt, dass ich Tessa Thorn kennengelernt habe?«, fragte ich ganz unschuldig und begann, die Arbeitsfläche abzuputzen.

»Wer ist Tessa … Oh mein Gott! Du meinst jetzt aber nicht die Schauspielerin Tessa Thorn, oder?« Ihre Stimme war mindestens zwei Oktaven in die Höhe geschossen.

»Doch, genau die.« Ich lachte in mich hinein.

»Erzähl mir alles!«

»Wirklich alles?«, erkundigte ich mich belustigt.

»Ja, alles! Los jetzt!«

»Okay, also …« Ich erzählte Maggie von dem Mädelsabend mit Tessa, Ella und Cassidy. Mein Küchengespräch mit Tessa verschwieg ich ihr allerdings. Denn dann müsste ich ihr auch von Julian erzählen, und das würde ich mit Sicherheit nicht tun. Außerdem gab es Dinge, über die man mit seiner kleinen Schwester nicht redete, egal wie eng man mit ihr war.

»Und Cassidy ist auch deine Mitbewohnerin, oder hab ich das falsch verstanden?«, fragte Maggie, als ich geendet hatte.

Ich pustete mir eine Haarsträhne aus dem Gesicht und wünschte, ich hätte sie einfach zusammengebunden. »Nein, ist sie nicht. Cassidy ist nur eine Freundin.« Nachdem wir während der letzten Tage nicht nur viel Zeit beim Projekt, sondern auch jede Mittagspause zusammen verbracht hatten, fühlte es sich mittlerweile zumindest so an, als wären wir Freundinnen. Genauso wie Ella und Tessa. Auch wenn ich die beiden nicht so oft sah wie Cassidy.

»Dann sind also doch nicht alle Mädchen ätzend. Das ist gut. Du brauchtest wirklich dringend neue Freundinnen.«

Ich erstarrte. »Was meinst du damit?«

»Ach komm, Lil, ich bin nicht blöd. Du hast zwar nie drüber gesprochen, aber ich weiß, was mit Amy und Keira gewesen ist.«

Mein Magen machte einen unangenehmen Satz. »Ach echt?«

»Ja, echt. Hast du etwa gedacht, wir hätten nicht mitbekommen, dass Keira mit Luis im Bett war? Dass Rose uns das nicht erzählt?«

Es dauerte einen Moment, bis ich meine Stimme wiederfand. »Vielleicht«, krächzte ich.

»Tja, Pech. Hat sie aber. Wir haben uns nur nicht getraut, dich darauf anzusprechen, weil du … Okay, ich sag's jetzt einfach: Du warst unausstehlich, Lil.«

Ich wand mich unbehaglich. »Wow. So nett heute?«

»Du weißt, dass ich recht habe.«

»Tue ich. Maggie?« Ich schloss kurz die Augen. »Tut mir leid, dass ich so ein Biest war.«

»Schon gut. Ich verstehe das ja. Es war schwierig, und alles war scheiße, und du konntest damit nicht umgehen.«

»Richtig.« Ich räusperte mich und versuchte, den Kloß in meinem Hals herunterzuschlucken, der mir plötzlich das Atmen erschwerte.

»Gut, dass wir endlich mal drüber geredet haben«, stellte Maggie trocken fest und fuhr fort, bevor ich etwas erwidern konnte. »Das Wichtigste ist jetzt, dass du endlich mal was mit Mädchen zu tun hast, die nicht komplett ätzend sind.«

»Die beiden waren nicht – «

»Wag es ja nicht, das jetzt schönzureden. Die beiden waren schon immer furchtbar, und das ist auch nie besser geworden.«

»Wieso klingt es eigentlich die ganze Zeit schon so, als wärst du von uns beiden die Ältere?«, seufzte ich.

»Weil ich unverhältnismäßig frühreif bin. Zumindest behauptet Dad das.« Sie kicherte. »Aber du hast schon wieder das Thema gewechselt. Warum willst du nicht über deine Mitbewohnerin reden? Ist sie so ätzend? Ein Ordnungsfreak? Obwohl … Dann müsstet ihr euch eher gut verstehen.«

»Ich will nicht darüber reden, weil ich keine Mitbewohnerin habe.« Ich kniff die Augen zusammen, als ich merkte, was mir da gerade rausgerutscht war. Mist. So viel dann zu meinem Plan, mit ihr nicht über Julian zu reden. Für ein paar Sekunden hatte ich zwar die Hoffnung, dass sie einfach glauben würde, ich würde allein wohnen, aber dafür hörte sie viel zu genau zu.

»Moment, aber … Oh.« Sie schnappte nach Luft. »Du wohnst mit einem Jungen zusammen?« Sie stieß einen begeisterten Schrei aus, und ich hielt mir reflexartig die Ohren zu.

»Ja, ich wohne mit einem Jungen zusammen«, murmelte ich, obwohl ich mir nicht sicher war, ob man Julian als »Jungen« beschreiben konnte.

»Oh Gott, bitte sag mir, dass er heiß ist!«

»Nein! Er ist – «

»Unfassbar heiß?«

Erschrocken fuhr ich zusammen, als hinter mir die tiefe, amüsierte und viel zu vertraute Stimme von Julian erklang. Das durfte doch jetzt echt nicht wahr sein!

Ich wirbelte herum, und da stand er und grinste mich so unverschämt an, dass ich ihn dafür am liebsten gehauen hätte. Und dafür, dass er wirklich verdammt heiß aussah in dem Hoodie und mit seinen blitzenden Augen, hätte ich ihn am liebsten auch gehauen.

»Ist er das?«, quietschte Maggie aufgeregt.

»Nein, ist er nicht! Maggie, ich muss jetzt Schluss machen, wir quatschen später weiter, ja?« Hastig griff ich nach meinem Handy und beendete das Gespräch, bevor meine Schwester die Chance hatte zu protestieren. »Musst du dich so anschleichen?«, fuhr ich Julian an, der vollkommen entspannt hinter mir stand, die Hände in den Hosentaschen vergraben.

»Hab ich gar nicht. Ich kann nichts dafür, wenn ihr zwei so laut redet, dass du nicht hörst, wie ich reinkomme. Mit wem hast du telefoniert?«

»Geht dich gar nichts an.«

»Ach komm schon, Lily. Wenn du schon über mich redest, werde ich doch wohl wissen dürfen, mit wem.« Er trat einen Schritt auf mich zu, und wieder fiel mir auf, dass er viel größer war als ich. Und dass er ziemlich muskulös war. Und gut roch. Nach …

Ich biss mir auf die Unterlippe, als mir klar wurde, dass in meinem Inneren gerade etwas ganz gewaltig schieflief. Das war allein Maggies Schuld. Ihretwegen spielte mein Körper jetzt völlig verrückt. Das tat er nicht schon seit dem Wochenende. Nein, nein, erst seit ein paar Sekunden.

»Ich hab mit meiner Schwester telefoniert, zufrieden?«, murrte ich, und Julian kam noch näher. Ich erstarrte. Was zum Teufel hatte er vor?

»Du redest also mit deiner Schwester darüber, wie heiß ich bin?«

»Genau genommen hast du mit meiner Schwester darüber geredet, wie heiß du bist.« Ich räusperte mich, zwängte mich an ihm vorbei und verzog mich aufs Sofa. Ich musste dringend Abstand zwischen uns bringen. Julian schien das allerdings anders zu sehen, denn er folgte mir und setzte sich neben mich.

»Also, stimmst du uns zu?« Ein lässiger und gleichzeitig herausfordernder Ausdruck trat in seine Augen, und seine Mundwinkel zuckten verdächtig.

Ich schnaubte. Darauf konnte er lange warten. »Braucht dein Ego Streicheleinheiten?«

»Ich nehme, was ich kriegen kann.« Und da war es wieder, dieses verdammte Herzensbrecherlächeln.

»Tut mir leid, aber dafür musst du dir dann wohl jemand anderen suchen.«

Als Antwort legte er den Kopf schief und sah mich so intensiv an, dass eine glühende Hitze in meinem Körper aufstieg, die da definitiv nichts zu suchen hatte. Nicht, wenn er sie auslöste. Sein Blick glitt zu meinen Lippen, und mir wurde plötzlich so warm, dass ich nach Luft schnappte.

Ein durchtriebenes Funkeln trat in seine Augen. »Mhm, ich glaube nicht. Übrigens«, er stand auf und steuerte auf sein Zimmer zu, »wenn du mal Streicheleinheiten brauchst ... sag einfach Bescheid.« Vielsagend sah er Richtung Badezimmer, und ich spürte, wie mir das Blut in die Wangen und mein Puls in die Höhe schoss. Dieser Mistkerl!

Ich hätte wissen müssen, dass er es nicht auf sich beruhen lassen würde. Okay, vielleicht hatte ich es gewusst. Vielleicht hatte ich sogar ein bisschen gehofft, er würde es nicht tun.

Nein, hatte ich nicht. Natürlich nicht.

Leise lachend ging Julian in sein Zimmer, noch bevor mir eine schlagfertige Antwort eingefallen war. Aber, um ehrlich zu sein, ich hätte wahrscheinlich sowieso kein Wort herausbekommen. Stattdessen sah ich ihm nach, mit dieser verdammten Hitze im Bauch, und wusste, dass ich ziemlich in der Scheiße steckte. Julian wusste genau, welche Knöpfe er bei mir zu drücken hatte.

Allerdings war er nicht der Einzige, der hier Spielchen spielen konnte.

16. KAPITEL

Julian

»Leute! Können wir jetzt bitte zurück zum Thema kommen?«
Erschöpft rieb ich mir über die Stirn, mir brummte der Schädel. Sarah und Jenny anzurufen, während ich auf dem Weg zum wöchentlichen Mittagessen mit meinen Freunden unterwegs war, war so was von gar keine gute Idee gewesen. Und mit beiden gleichzeitig zu telefonieren, war eine absolute Schnapsidee gewesen. Aber ich musste mit ihnen reden, mit beiden, und ich konnte nicht schon wieder nach Chicago fahren. Ich musste am Wochenende echt mal was für die Uni erledigen.

»Ich will nicht umziehen!«, sagte Sarah entschieden, und Jenny schnaubte.

Ich ignorierte sie. »Warum nicht?«

»Weil sie jetzt einen Freund hat«, gab Jenny an Sarahs Stelle zurück, und ihr bissiger Tonfall war sogar durchs Telefon mehr als deutlich zu hören.

Verdammt, Lily hatte recht gehabt. Und ich hatte keine Ahnung, wie ich damit jetzt umgehen sollte. Für einen Moment kniff ich die Augen zusammen und wünschte, Jenny hätte nichts gesagt.

»Ach halt die Klappe, du bist doch nur eifersüchtig!«, fauchte Sarah.

»Das ist doch gar nicht wahr!«

»Doch! Du bist eifersüchtig, weil ich jemanden habe, der mich liebt, und du nicht!«

Scheiße. Ich hätte doch nach Hause fahren sollen.

Ich hörte, wie Jenny nach Luft schnappte. Als sie antwortete, klang ihre Stimme erstickt. »Das ist nicht wahr!« Dann legte sie einfach auf.

»Ist sie wohl«, sagte Sarah, schien auf einmal jedoch nicht mehr ganz so überzeugt zu sein.

Ich seufzte. »Ist sie nicht. Sarah, versuch dich einmal in ihre Lage zu versetzen, ja? Es geht nicht darum, dass du einen Freund hast, sondern darum, dass Jen sich ausgeschlossen fühlt.« Es war ein Schuss ins Blaue, total geraten. Na ja, von mir war es total geraten. Lily schien sich letzte Woche sehr sicher gewesen zu sein, als sie es gesagt hatte, und ich fragte mich, ob sie und ihre Schwester auch wegen eines Kerls nicht mehr miteinander sprachen. Hoffentlich nicht.

Oh, fuck. Wo kam das denn jetzt bitte her?

»Aber ich schließe sie doch gar nicht aus.«

»Bist du sicher? Du hast Ewigkeiten nicht gesagt, warum du nicht umziehen willst. Dass du einen Freund hast, erfahre ich ausgerechnet heute – übrigens müssen wir darüber reden?«

»Nein, müssen wir nicht.« Sarah klang so entsetzt, dass ich beinahe gelacht hätte.

»Gott sei Dank! Hör mal, ich will doch nur, dass ihr beiden wieder miteinander redet und eine Lösung für das Problem findet, okay? Und ich würde euch gerne helfen, aber ich kann jetzt nicht nach Hause kommen, also müsst ihr euch zusammenreißen und das alleine schaffen. Bitte, Sarah. Ihr seid Schwestern. Freundinnen. Du willst doch nicht, dass sich das ändert, oder?«

»Nein, will ich nicht«, gab sie kleinlaut zu und seufzte. »Okay, ich rede mit ihr.«

»Gut. Danke, Sarah. Ruf mich dann an, ja?«

»Mach ich.« Sie machte eine kurze Pause. »Ich hab dich lieb, Jules.«

»Ich dich auch. Und jetzt los. Geh zu Jenny, redet, und dann habt euch bitte auch wieder lieb.«

Wir verabschiedeten uns genau in dem Moment voneinander, als ich das *Happiness* erreichte. Diese Woche war ich der Erste, abgesehen von Ella und Jamie, aber da die beiden über dem Café wohnten, war es auch kein Kunststück, noch vor mir da zu sein.

»Oh mein Gott, ein Wunder ist geschehen, Julian ist pünktlich«, stellte Ella mit gutmütigem Spott fest, als ich auf einer der Schaukeln Platz nahm.

»Ich bin sogar zu früh.«

»Na, solange du nur bei uns zu früh kommst …« Sie grinste frech, und ich setzte schon zu einem passenden Konter an, als Cassidy mir zuvorkam.

»Jamie!« Ihre energische Stimme ließ uns alle drei erschrocken zusammenzucken.

Ich lehnte mich zu Jamie rüber. »Alter, was hast du angestellt?«

»Gar nichts!« Panik blitzte in Jamies Augen auf, als nicht nur Cassidy, sondern auch Cole und Tessa sich nach einer kurzen Begrüßung zu uns setzten.

»Wo ist Steve?«, fragte ich, mehr um sie von Jamie abzulenken, als dass es mich gerade wirklich interessierte.

»Steve hat einen Termin wegen des Auslandjahrs, er kommt ein bisschen später«, erklärte sie und fixierte dann sofort wieder Jamie.

Entschuldigend sah ich ihn an. Ich hatte es versucht.

»Wir haben uns die ganze Woche nicht gesehen.«

»Ich weiß.« Verwirrt verzog Jamie das Gesicht. Ich konnte es ihm nicht verdenken, Cassidy sprach mal wieder in Rätseln.

Bei ihrer nächsten Frage wusste ich, worauf sie hinauswollte. »Wie war's letzten Freitag denn so mit Lily?«

Jamie stöhnte auf, während Cole am anderen Ende des Tisches losprustete. »Komm schon, Cass, lass Jamie in Ruhe«, bat er, obwohl wir alle wussten, dass Cassidy so schnell nicht aufgeben würde.

»Was meinst du?« Jamie blickte hektisch hin und her, nur nicht in Cassidys Gesicht.

»Ihr habt euch den ganzen Abend unterhalten, und wenn ich das richtig gesehen habe, habt ihr zusammen den Pub verlassen.«

»Und?«

Cassidy verdrehte die Augen, lachte dann aber. »Jetzt lass dir doch nicht alles aus der Nase ziehen! Läuft da was zwischen euch?«

»Warum fragst du Lily nicht selbst? Ihr hockt doch jeden Tag während des Projekts aufeinander«, warf ich ein.

»Das wäre doch ein bisschen sehr auffällig, meinst du nicht? Im Gegensatz zu Jamie weiß Lily ja nicht, dass ich die beiden gerne verkuppeln würde.«

»Sie weiß es.« Jamies Murmeln war kaum zu hören.

»Was?«

»Ich hab's ihr gesagt.« Schulterzuckend sah Jamie Cassidy an.

»Aber warum?«, stieß sie entgeistert hervor und riss die Augen auf.

»Darum. Ist doch egal. Lily will keinen Freund, und ich will keine Freundin. Fertig. Kannst du jetzt bitte aufhören, dich da einzumischen?«, fuhr Jamie sie so harsch an, dass Cassidy getroffen zusammenzuckte.

Ella warf Jamie einen verblüfften Blick zu, während Cole die Augenbrauen hochzog und Tessa peinlich berührt auf den Tisch starrte. Für gewöhnlich war Jamie der Gute, der Ruhige, derjenige, der nie stritt und für jeden ein gutmütiges Grinsen übrighatte. Heute offenbar nicht.

»Tut mir leid, Jamie. Ich wollte dir nicht zu nahetreten«, entschuldigte Cassidy sich kleinlaut. »Ich dachte –«

»Schon gut«, unterbrach Jamie sie seufzend. »Vergiss es einfach.«

Ein betretenes Schweigen breitete sich zwischen uns aus. Keiner wusste so recht, wie er jetzt am besten das Thema wechseln sollte.

Cole fing sich als Erster wieder. »Jules, wir müssen langsam mal anfangen, unseren Ferientrip zu planen.«

Richtig. Da war ja was. Tessa würde in ein paar Wochen nach L.A. fliegen, um was auch immer mit ihrer Agentin zu besprechen, und ihr Aufenthalt fiel ziemlich genau in die Zeit des Spring Break. Cole und ich wollten uns während Tessas Abwesenheit eine Woche lang durch Kaliforniens National-parks treiben lassen. Das hatten wir schon seit einer Ewig-keit vor, und diese Frühjahrsferien boten sich dafür an, zumal keiner von uns Lust hatte, feiern zu gehen, wofür viele andere Studenten diese Woche nutzten. Jamie würde mit Ella in der Stadt bleiben, und Cassidy und Steve würden für die Hoch-zeit irgendeiner Cousine nach Connecticut fahren, soweit ich wusste.

»Ist das für dich echt okay?«, fragte ich Tessa. Die meis-ten Freundinnen wären wahrscheinlich nicht allzu begeistert davon, wenn ihr Freund in den Ferien lieber Zeit mit seinem Kumpel als mit ihnen verbrachte. Schließlich würde sie nicht die ganze Zeit arbeiten oder unterwegs sein. Zumindest hoffte ich das für sie.

»Klar. Cole ist kein Fan von L.A. Er braucht seine Ferien doch nicht in einer Stadt zu verbringen, die er nicht mag. Stimmt's?« Sie lächelte ihn schelmisch an.

»Stimmt.« Cole zog sie an sich und gab ihr einen flüchtigen Kuss.

»Außerdem«, fuhr sie fort, als sie sich wieder voneinander lösten, »hab ich ihn jeden Tag. Sieh es als kleine Entschuldigung, dass ich dir deinen Mitbewohner geklaut habe.«

»Das ist aber sehr großzügig von dir«, gab ich schmunzelnd zurück.

»Ich weiß. Außerdem bin ich ehrlich gesagt ziemlich froh, dass ich nicht wandern gehen muss, wenn du es tust.«

»Du weißt gar nicht, was du verpasst.« Ich wandte mich an Cole. »Wenn du willst, kannst du morgen vorbeikommen. Ich hab den ganzen Tag Zeit.«

»Passt dir halb zehn?«

Ich stöhnte auf. »So früh?«

»Stell dich nicht so an. Tessas Tante kommt uns übers Wochenende besuchen. Wir müssen morgen Mittag zum Flughafen, sie abholen.«

»Na schön.« Ich seufzte ergeben. »Von mir aus. Dafür bringst du Frühstück mit.«

»Deal. Aber wehe du pennst noch, wenn ich komme. Ich hab dein Zimmer ein einziges Mal betreten, das mache ich nie wieder.« Übertrieben schaudernd verzog Cole das Gesicht.

Ungerührt erwiderte ich seinen Blick. »Anklopfen könnte helfen«, erwiderte ich und war mir nur zu bewusst, dass ich diesen Rat in letzter Zeit selbst nicht besonders gut befolgt hatte.

Bilder von Lily in rosa Badeschaum stiegen vor meinem inneren Auge auf, und ich spürte, wie mein Blut sich schlagartig aus meinem Kopf verabschiedete und sich in tieferen Regionen sammelte.

»Ich habe angeklopft, aber … Ach, weißt du was, ich bin manchmal gar nicht so traurig darüber, dass ich ausgezogen bin.«

Ich schnaubte, war mit den Gedanken allerdings immer noch zu sehr bei Lily, um Cole eine angemessene Antwort zu geben.

Dann hatte ich sie eben zwei Mal praktisch nackt gesehen. Das würde mit Sicherheit nicht noch einmal passieren. Ich würde mich zusammenreißen, und mein Körper … Scheiße, ich musste mir echt was einfallen lassen.

Ich wollte wirklich nicht dauernd daran denken, wie Lily nur mit Schaum bedeckt in der Badewanne gesessen hatte, aber mal ehrlich, ich war auch nur ein Mensch, und solche Bilder ließen sich nicht einfach aus dem Kopf vertreiben, wenn sie erst mal aufgetaucht waren. Allerdings war Lily meine Mitbewohnerin und damit absolut und auf jede erdenkliche Weise tabu. Ich würde es irgendwie schaffen, die Finger von ihr zu lassen. Ganz sicher. Außerdem hatte sie sehr deutlich gemacht, wie viel sie von meinem Liebesleben hielt. Denn auch, wenn wir Frieden geschlossen hatten, war ich mir ziemlich sicher, dass sie ihre Meinung über lockeren Sex ohne Verpflichtungen nicht geändert hatte. Das machte die Sache eindeutig leichter.

Doch meine Vorsätze lösten sich augenblicklich in Luft auf, als ich später nach Hause kam. Wie angewurzelt blieb ich in der offenen Tür stehen und starrte Lily an, die auf einer Sportmatte herumturnte. Auf dem Fernseher flimmerte zwar ein YouTube-Video, aber mein Hirn war zu abgelenkt, um sich damit zu befassen, was genau Lily da tat.

Ich konnte mich auf nichts anderes konzentrieren als auf die verflucht enge Hose, die ihre langen Beine betonte, und auf diesen dermaßen perfekten Hintern, den sie mir in einer

Pose präsentierte, dass mir für ein paar Sekunden die Luft wegblieb.

In einer fließenden Bewegung richtete sie sich auf und drehte sich zu mir um. Erst jetzt fiel mir auf, dass sie, abgesehen von der Hose, nur einen Sport-BH trug. Kein Shirt.

Scheißescheißescheiße.

Ich wusste genau, was für eine Wahnsinnsfigur Lily hatte, schließlich wohnten wir zusammen, und ich war nicht blind. Aber sie in diesem Outfit zu sehen, war etwas völlig anderes als ihre üblichen Jeans und diese dicken Pullover, die sie immer trug, weil ihr permanent kalt zu sein schien.

Ich schluckte schwer, und auf Lilys Gesicht breitete sich ein so strahlendes Lächeln aus, dass sich eine wohlbekannte, aber gerade definitiv nicht erwünschte Hitze in mir ausbreitete.

»Hey. Ich hab noch gar nicht mit dir gerechnet.« Sie streckte die Arme in die Luft und griff abwechselnd nach ihren Handgelenken, um sich zu dehnen. Ihre Brust hob und senkte sich, und ich konnte nicht anders als zu starren.

Fuck!

Wollte sie mich verarschen?

»Ist was?«, fragte sie und klang dabei eine Spur zu unschuldig.

Dieses kleine Miststück. Sie verarschte mich tatsächlich. Sie machte mit voller Absicht in diesem Aufzug Sport. Um mich zu provozieren. Und sie bekam das leider verdammt gut hin.

»Warum hast du denn nicht auf mich gewartet, dann hätte ich mitgemacht«, gab ich betont locker zurück und schloss die Tür endlich hinter mir.

Eine Sekunde lang entgleisten Lily die Gesichtszüge, und ich grinste. Na also. So cool, wie sie tat, war sie gar nicht.

Doch dann fing sie sich wieder und trat leichtfüßig auf mich zu. Unter langen Wimpern blickte sie zu mir hoch und biss sich auf die Unterlippe, als wüsste sie ganz genau, welche Wirkung das auf mich hatte.

Wahrscheinlich wusste sie das sogar wirklich. Ich war schließlich auch nur ein Kerl. Ein Kerl, der dringend eine kalte Dusche brauchte.

»Hm«, machte sie. »Ich hätte dich nicht für die Art Typ gehalten, der Yoga macht. Aber klar, ich will morgen früh einen Flow machen. Wenn du möchtest, bist du herzlich eingeladen.« Ihr Blick war eine einzige Herausforderung.

Und bevor ich wusste, was ich tat, trat ich ebenfalls einen Schritt auf sie zu, so dicht, dass wir uns fast berührt hätten. Ich hatte absolut keine Ahnung, was ich da machte, aber ich konnte unmöglich einen Rückzieher machen. Lily hatte mich in die Falle gelockt, und ich war blind hineingetappt. Ich hatte praktisch keine andere Wahl.

»Okay.«

Ich musste ihr zumindest zugestehen, dass sie weder schockiert noch besonders überrascht wirkte. Nur ihre Augen hatten sich ein bisschen geweitet, das einzige Anzeichen dafür, dass sie mit meiner Zustimmung im Leben nicht gerechnet hätte.

Sie wirbelte herum, schnappte sich die Fernbedienung und schaltete den Fernseher aus. Ich hatte nicht einmal bemerkt, dass das Ding noch lief. »Gut, dann morgen früh um neun? Passt dir das?«

An einem Samstag? Sicher nicht. »Klar, klingt gut.«

Sie drehte sich zu mir um und strahlte mich an, als könnte sie sich nichts Schöneres vorstellen, als an einem Samstagmorgen viel zu früh Yoga zu machen. Mit mir. »Perfekt. Dann sehen wir uns morgen.«

Damit verschwand sie im Bad. Ich hörte, wie die Dusche angestellt wurde, und plötzlich stellte ich mir vor, wie sie sich aus ihren Klamotten schälte und nackt unter das heiße Wasser trat und … Stopp.

Ich hatte einen Plan. Nicht an sie denken. Vor allem nicht in Kombination mit Wasser. Oder Schaum. Am besten überhaupt nicht. Und ihren Anblick beim Yoga sollte ich auch so schnell wie möglich wieder vergessen.

Das würde bestimmt wahnsinnig gut funktionieren, wenn ich morgen sogar mitmachte.

Ich steckte ja so was von in der Scheiße.

Lily

Verdammter Mist! Verdammter Julian!

Unruhig lief ich in meinem Zimmer auf und ab. Wäre ich eine Cartoonfigur, wäre bestimmt bald ein Loch im Boden. Dieser Blödmann hatte den Spieß einfach umgedreht. Dabei war ich eigentlich ziemlich stolz auf meinen – zugegeben offenbar doch nicht so durchdachten – Plan gewesen. Dass ich morgen früh mit ihm zusammen Yoga machen würde, war so nicht vorgesehen gewesen. Das hatte ich jetzt davon. Die ganze Aktion war total nach hinten losgegangen.

Inzwischen fragte ich mich, ob ich überhaupt darüber nachgedacht hatte oder ob es einfach eine Reaktion auf Julians Provokationen während der letzten Woche gewesen war. Vor allem auf die dämliche Andeutung, die er nach dem Telefonat mit meiner Schwester gemacht hatte. Über mich und diese verdammte Badewanne.

Ich verstand selbst nicht so genau, was mit mir los war. Es war, als hätte mein Körper nach dieser Nacht mit Jamie komplett die Kontrolle übernommen und spielte jetzt vollkommen verrückt.

Ich wusste, dass Julian nicht versuchte, mich ins Bett zu kriegen, egal wie oft er mir anzügliche Sprüche reindrückte oder mich auf eine Weise ansah, dass mir ganz anders wurde. Es machte ihm einfach Spaß, und irgendwie war dieses Geplänkel unsere Art geworden, miteinander umzugehen.

Und obwohl ich es niemals zugeben würde, machte mir dieses Hin und Her allmählich auch Spaß.

Wahrscheinlich würde ich darauf auch gar nicht so heftig reagieren, wenn ich endlich, endlich jemanden finden würde, mit dem ich mich abreagieren konnte. Cassidy hatte recht gehabt. Ich musste mir keinen Freund suchen. Nur irgendeinen Typen, mit dem ich Sex haben konnte. Nicht mehr und nicht weniger.

Seit Tagen stand ich unter Strom, und seitdem die Tänzer vorgestern ihre bisherigen Ergebnisse vorgestellt hatten, hatte mich ein unfassbarer Drang nach Bewegung gepackt. Zusammen mit meinem hormonellen Ungleichgewicht war das keine besonders gute Kombination.

Deswegen hatte ich mich nach Monaten mal wieder zum Yoga aufgerafft. Einerseits, weil mich die angestaute Energie in meinem Inneren sonst vermutlich wahnsinnig gemacht hätte, und andererseits, weil ich genau wusste, wie Julian reagieren würde, wenn er mich nur in Leggins und Sport-BH sehen würde. Das wusste ich schon seit unserer ersten Begegnung, als er mir den Mantel förmlich mit Blicken ausgezogen hatte. Dass ich vielleicht den Moment verpasste, wenn er nach Hause kam, war ein kalkuliertes Risiko gewesen. Freitags kam Julian immer am frühen Abend nach Hause, bevor er ein paar Stunden später wieder loszog. Wahrscheinlich um irgendein Mädchen abzuschleppen. Oder sich abschleppen zu lassen.

So oder so war das Mädchen ein verdammter Glückspilz.

Nein.

Das war gar nicht gut. Julian war keine Option. Jeder andere, aber nicht Julian.

Ich griff nach meinem Handy und sah erst jetzt, dass Cassidy mich am Mittag angerufen hatte. Gut, ich musste ohnehin mit ihr sprechen.

Während das Freizeichen in meinem Ohr piepte, begann ich wieder, auf und ab zu gehen. Es dauerte eine halbe Ewigkeit, bis Cassidy endlich abnahm.

»Hey, ich hab mir schon Sorgen gemacht, weil du die ganze Zeit nicht zurückgerufen hast«, begrüßte sie mich. »Alles okay?«

»Ja, alles gut. Cass? Was machst du heute Abend?«

»Noch nicht viel, warum?«

»Ich muss hier raus. Ich werde wahnsinnig. Letzte Woche wolltest du mir einen Typen suchen, erinnerst du dich? Ich wär dann jetzt so weit«, platzte es aus mir heraus.

Einen Moment lang blieb es am anderen Ende der Leitung verdächtig still. Dann fing Cassidy an zu lachen. »Wenn das so ist, sollten wir loslegen. Ist es okay, wenn ich Ella und Tessa noch frage, ob sie mitkommen wollen?«

»Klar, je mehr, desto besser.«

»Das wird großartig!«

»Jaaa, aber ... Cass? Bitte versuch nicht, mich mit Jamie zu verkuppeln.« Ich hatte noch nicht mit ihr darüber gesprochen, dass Jamie mir von ihrem Plan erzählt hatte, weil es eigentlich keine Rolle spielte, wenn Jamie Ella liebte. Aber es wäre für uns alle einfacher, wenn sie dieses Vorhaben so schnell wie möglich wieder vergaß.

Für einen Moment blieb es am Ende der anderen Leitung still, dann seufzte sie. »Keine Sorge. Mach ich nicht. Ich habe aus meinem Fehler gelernt. Ihr wollt beide keinen festen Partner, und das ist okay. Ich hätte mich nicht einmischen sollen.«

Bei dem reumütigen Klang ihrer Stimme musste ich lächeln. »Danke.«

»Dann suchen wir mal jemanden zum Spaßhaben!«, verkündete Cassidy so begeistert, dass ich beinahe wieder einen Rückzieher gemacht hätte.

Gott, was hatte ich mir nur dabei gedacht, Cassidy diesen Vorschlag zu machen? Das war ich nicht. Ich konnte so was nicht. Einfach losgehen, einen Typen suchen und mit ihm ins Bett gehen.

Ich wusste nicht mal, wie man das anstellte. Letzte Woche mit Jamie war das was anderes gewesen. *Er* war anders gewesen. Und offensichtlich nicht interessiert. Aber im Endeffekt spielte das keine Rolle. Das mit uns war einfach so passiert. Wenn ich heute mit der festen Absicht ausgehen würde, jemanden kennenzulernen, würde das niemals klappen.

»Lily? Du denkst schon wieder zu viel nach. Hör auf damit. Vielleicht lernst du heute jemanden kennen, vielleicht nicht. Vielleicht hast du heute Sex, vielleicht nicht. Vielleicht findest du ja sogar deinen Traummann. So oder so wird der Abend toll, und jetzt Schluss mit Grübeln! Ich sage eben Ella und Tessa Bescheid und melde mich dann wieder bei dir, okay?«

Ich gab mir einen Ruck. »Okay.«

17. KAPITEL

Lily

Ein nervtötendes Geräusch riss mich aus dem Schlaf. Ein schrilles Piepen irgendwo links von mir. Ich brauchte einen Moment, bis ich begriff, dass dieses Piepen mein Handy war, oder vielmehr der Wecker, den ich mir gestellt hatte.

Weil ich mit Julian zum Yoga verabredet war. Um neun Uhr morgens. An einem Samstag. Wie war ich denn bitte auf so eine hirnverbrannte Idee gekommen?

Gut, ich hatte gehofft, die Uhrzeit würde Julian davon abhalten, mitzumachen. Und ich hatte nicht geplant, dass ich einen Kater haben würde. Keinen besonders schlimmen. Mir war nicht übel, und mein Kopf pochte nur minimal. Eigentlich war ich vor allem müde. Am liebsten würde ich mich einfach umdrehen und weiterschlafen.

Aber dieses dämliche Piepen hörte einfach nicht auf. Und ich würde Julian niemals den Triumph gönnen, dass ich meine vorgeschlagene Zeit selbst nicht einhielt.

Stöhnend schlug ich die Augen auf, rollte mich zur Seite und griff nach meinem Handy. Eine Sekunde später gab der Wecker endlich Ruhe, und ich ließ mich zurück auf mein Kissen fallen.

Der letzte Abend war der totale Reinfall gewesen. Auf ganzer Linie. Denn nur weil mein Körper plötzlich beschlossen hatte, dass ihm der Sex fehlte, bedeutete das noch lange nicht, dass mein Kopf in der Lage war, sich darum zu kümmern, dass mein Körper bekam, was er brauchte.

Ich konnte schließlich nicht einfach zu irgendeinem Typen gehen und ihn fragen, ob er mit mir ins Bett gehen würde. Obwohl das wahrscheinlich funktioniert hätte.

Auch jetzt im Nachhinein verstand ich nicht, warum der gestrige Abend nicht wie geplant gelaufen war. Es war nicht so, dass es keine Auswahl gegeben hätte. Cassidy hatte uns in einen Club in der Nähe des Campus geschleppt, und, wie zu erwarten, waren am Freitagabend viele Studenten dort gewesen. Viele gut aussehende Kerle, denen fast schon anzusehen war, worauf sie es anlegten. Es hätte so einfach sein können. War es aber nicht gewesen.

Ella, Cassidy und Tessa waren auch nicht unbedingt hilfreich gewesen. Cassidy war der Meinung, ich wäre zu wählerisch. Tessa und Ella dagegen meinten, ich sollte mich nicht stressen.

Gestresst hatte ich mich auch nicht. Ich hatte nur niemanden … anziehend gefunden. Keine Ahnung, wie ich mir das Ganze vorgestellt hatte. Auf jeden Fall nicht so, wie es gelaufen war.

Als Wecker Nummer zwei anfing zu klingeln, schwang ich nicht besonders motiviert die Beine aus dem Bett und stand auf. Es war kurz vor halb neun, ich hatte noch ein bisschen Zeit, aber heute brauchte ich dringend einen Kaffee. Normalerweise war Tee meine bevorzugte Wahl, bevor ich Yoga machte, doch ich brauchte unbedingt Koffein, und schwarzen Tee konnte ich auf nüchternen Magen nicht trinken, ohne mich zu übergeben. Alles schon vorgekommen.

Ich schlüpfte in Yogahose und Sport-BH, zog mir ein kurzes Top über und schlurfte in die Küche. Ein paar Minuten später erfüllte der aromatische Duft von Kaffee unsere Wohnung, und ich atmete tief ein. Ich öffnete den Schrank, in dem unsere Tassen standen, und hielt inne, als ich nach einer greifen wollte und ins Leere fasste. Dieser Blödmann hatte die Tassen schon wieder ins höchste Fach gestellt, an das ich nicht drankam. Trotzdem musste ich grinsen. Geschirr umzuräumen war zu einem albernen kleinen Spiel zwischen uns geworden.

Ich warf einen Blick über die Schulter, doch aus Julians Zimmer war kein Laut zu hören. Gut, er musste mich bei meinem kleinen Kunststück nicht auch noch beobachten. Eilig kletterte ich auf die Arbeitsfläche und nahm mir eine Tasse aus dem Schrank. Ein triumphierendes Grinsen breitete sich auf meinem Gesicht aus, als ich mir endlich meinen ersten Kaffee eingoss. Julian musste sich langsam echt was Besseres einfallen lassen, wenn er mich ärgern wollte.

Zufrieden und schon etwas wacher setzte ich mich aufs Sofa und schaltete den Fernseher an, um ein geeignetes Video für uns rauszusuchen. Ich war zwar in der Lage, einige Flows auch ohne Anleitung durchzuführen, aber ich mochte die warme Stimme der Yogalehrerin und konnte mich bei diesen Videos besser konzentrieren. Außerdem war ich mir sicher, dass Julian auf jeden Fall jemanden brauchte, der ihn anleitete. Er machte viel Sport, das wusste ich, aber Yoga war eine ganz andere Sache als Joggen oder Gewichte stemmen.

Um kurz vor neun hörte ich zuerst ein ähnlich schrilles Piepen wie das, das mein Handywecker von sich gegeben hatte, und dann ein genervtes Stöhnen von Julian. Unwillkürlich musste ich lächeln. Und ich lächelte noch breiter, als Julian aus seinem Zimmer kam, mir einen vernichtenden Blick zuwarf und grummelnd im Badezimmer verschwand.

Da war jemand ja richtig gut drauf.

Während ich auf Julian wartete, rollte ich schon mal meine Yogamatte aus. Da ich nur eine besaß, würde er wohl oder übel ohne klarkommen müssen.

»Ich hasse dich«, brummte Julian, als er um Punkt neun aus dem Bad kam. Seine Haare standen wirr in alle Richtungen, er trug eine lange Jogginghose und ein T-Shirt.

»Das ist in Ordnung. Wenn ich dich schon so früh aus dem Bett scheuche, darfst du mich auch ein bisschen hassen«, gestand ich ihm grinsend zu und zog mir das Shirt über den Kopf. Dieses Mal nicht, weil ich Julian provozieren wollte, sondern weil es einfach nervig war, wenn mir beim Vorbeugen das Oberteil halb ins Gesicht rutschte.

»Okay, jetzt hasse ich dich etwas weniger.« Julians Stimme klang plötzlich ganz rau, und mir lief ein Schauer über den Rücken.

Das darf doch wohl nicht wahr sein!

»Wie beruhigend.« Ich bemühte mich um einen spöttischen Tonfall, konnte aber nicht verhindern, dass sich Hitze in meinem Unterleib sammelte.

So ein verdammter Mist!

Ich hatte mich gestern ernsthaft bemüht, jemanden zu finden. So erfolglos, dass es schon beinahe traurig war. Und jetzt kam Julian daher, sagte egal was mit seiner rauen, auf einmal viel zu verführerischen Stimme, und mein verräterischer Körper reagierte auf ihn. Das war echt nicht in Ordnung!

Julian antwortete nicht, musterte mich nur mit einem so eindringlichen Blick, dass mir ganz anders wurde. Das war so was von unfair! Allerdings schien ich hier nicht die Einzige zu sein, der gerade etwas ganz anderes als Yoga vorschwebte. Julians Augen waren dunkler geworden, ein träges Lächeln breitete sich auf seinem Gesicht aus.

Ich gab mir einen Ruck. »Okay, wir sollten anfangen. Ich hab gleich noch was vor«, behauptete ich, obwohl ich für heute nicht mehr geplant hatte, als ein bisschen zu lernen und einen neuen Serienmarathon zu starten. Aber ich musste aufhören, ihn anzustarren. Und mir zu wünschen, dass er es mir gleichtat, sein Shirt auszog und mir noch einmal zeigte, welche Muskeln er unter seinen Klamotten versteckte.

Was stimmte nur nicht mit mir?!

Ich wirbelte herum, bevor Julian merken konnte, dass mein Gesicht anfing zu glühen. Mein Puls raste, und in meinem Inneren baute sich ein brennender Druck auf, der sich leider nicht ignorieren ließ. Tief durchatmend setzte ich mich im Schneidersitz auf meine Yogamatte und bemühte mich, meine innere Mitte zu finden.

Okay, Lily. Alles in Ordnung. Deine Hormone drehen durch, mehr nicht.

Mehr nicht. Mehr nicht. Mehr nicht.

Ich wiederholte die Worte wie ein Mantra immer und immer wieder, bis Julian sich erstaunlich geschmeidig neben mich auf den Boden sinken ließ, ebenfalls in den Schneidersitz kam und mich aus meinen Gedanken riss.

»Bereit?«, fragte ich nach einem kurzen Räuspern und schenkte ihm das herausforderndste Lächeln, das ich gerade zustande brachte.

»Immer«, gab er mit einem schmutzigen Grinsen zurück.

Ich sparte mir eine Antwort, startete das Video und schloss die Augen. Nach fünf tiefen Atemzügen vergaß ich, dass Julian neben mir saß, die Hitze in meinem Körper verschwand, und ich kam endlich zur Ruhe.

Ich versuchte, mich voll und ganz auf die Stimme aus dem Fernseher zu konzentrieren, folgte den Bewegungen und spürte, wie mich ein flackerndes Glücksgefühl durchströmte und schließlich in mir festsetzte. So war es schon immer gewesen. Beim Tanzen, beim Yoga, sogar beim Turnen in der Schule. Mein Körper begann zu glühen. Dieses Mal jedoch nicht wegen des vollkommen unerwünschten Verlangens, sondern aus purer

Freude. Nachdem ich mich ein halbes Jahr lang nicht mehr als nötig bewegt und alles, was auch nur annähernd einer Choreografie ähnelte, wie die Pest gemieden hatte, fühlte es sich an, als wären er und ich aus einem tiefen Winterschlaf erwacht.

Ein glückliches Lächeln breitete sich auf meinem Gesicht aus, als ich von Krieger zwei in Krieger drei trat und meinen Bauch anspannte, damit ich das Gleichgewicht nicht verlor. Seit einer halben Ewigkeit hatte ich mich nicht mehr so gut gefühlt.

Meine rosarote Wolke aus Zufriedenheit verpuffte, als Julian sich aufrichtete und sich sein Shirt über den Kopf zog. Ganz von selbst glitt mein Blick über seinen Oberkörper, ich konnte nichts dagegen tun. Ich sah ihn zwar nicht zum ersten Mal ohne Shirt, aber irgendwie war er mir beim letzten Mal nicht ganz so eindrucksvoll erschienen.

»Was wird das?«, fragte ich perplex.

»Ich schaffe gleiche Bedingungen.« Er deutete auf meinen Oberkörper. »Du lenkst mich ab.«

»Und deswegen ziehst du dich aus?«

Das war nicht gut. Gar nicht gut.

»Ja.« Seine Mundwinkel verzogen sich zu einem diebischen Grinsen. »Ich finde das fair.«

»Und ich finde das albern«, protestierte ich und hoffte inständig, mir war nicht anzusehen, dass ich jeden Augenblick zu sabbern anfangen würde. Wer war hier unfair?

Das Yogavideo war vergessen, als Julian einen Schritt auf mich zutrat. Ich hasste mich dafür, aber ich konnte nicht anders, als zu starren. Auf seine definierten Brust- und Bauchmuskeln und – Himmel! – diese Arme. Ich hatte schon immer eine Schwäche für schöne Arme gehabt.

Mir stockte der Atem, weil er auf einmal so dicht vor mir stand, dass ich mich nur noch auf die Zehenspitzen zu stellen brauchte, um ihn zu küssen.

»Ich glaube nicht, dass du das albern findest«, sagte Julian mit erstickter Stimme. Seine Augen flackerten, eine Mischung aus Verwirrung und Neugierde lag in seinem Blick. Einerseits war das beruhigend, da er mit der Spannung zwischen uns anscheinend genauso überfordert war wie ich, andererseits machte mir diese Neugierde eine Scheißangst. Weil ich sie auch spürte. Mein Herz schlug auf einmal viel zu schnell, ich konnte meinen Puls in jeder Faser meines Körpers spüren, während sein Blick meinen gefangen hielt.

Ich sollte mich von ihm entfernen, einfach einen Schritt zurücktreten, aber ich konnte mich nicht bewegen. Keinen verfluchten Millimeter. Weil mein Körper gegen mich war. Ich sollte etwas sagen, dieses peinliche Schweigen zwischen uns durchbrechen, ihm einen blöden Spruch reindrücken. Ich sollte *irgendwas* sagen, um die Situation zu entschärfen. Ich ...

Wir zuckten erschrocken zusammen, als es an der Tür klopfte. Julian fluchte, wirbelte herum und stapfte zur Tür. Er öffnete sie, und ich entdeckte Cole hinter ihm, der mit einem fassungslosen Ausdruck auf dem Gesicht von Julian zu mir blickte.

»Was geht denn hier ab?«

»Wir machen Yoga«, erklärte Julian schulterzuckend und klang so locker, dass ich glaubte, mir die Spannung zwischen uns gerade nur eingebildet zu haben.

»Ja, das sehe ich.« Cole lachte. »Soll ich wieder gehen?«

»Nein, schon gut. Wir sind eh fertig.« Hastig rollte ich meine Matte zusammen, den Blick fieberhaft auf meine Hände gerichtet.

Was war hier nur gerade passiert?

»Bis später.« Ich zwang mich zu einem knappen Lächeln und ging in mein Zimmer, ohne auf eine Antwort der beiden zu warten.

»Alter, was – «

»Halt die Klappe, Cole«, knurrte Julian. Ich zögerte kurz, und obwohl es falsch war zu lauschen, wartete ich darauf, dass Cole Julians Warnung ignorierte. Doch im Wohnzimmer blieb es still. Seufzend schloss ich die Tür hinter mir.

Nichts, absolut gar nichts lief nach Plan, seit ich nach Faerfax gekommen war. Aber zum ersten Mal fühlte sich das nicht falsch an. Auch nicht richtig. Ich war einfach nur … neugierig.

»Willst du vielleicht reinkommen und zuschauen?«

Die belustigte Stimme ließ mich herumwirbeln. Stephanie stand lächelnd hinter mir und deutete auf den Probenraum, in dessen offener Tür sie stand.

Ich war die letzten zwanzig Minuten vor dem Raum auf- und abgelaufen wie ein hungriger Tiger und hatte mich trotzdem nicht dazu durchringen können, einfach reinzugehen. Genauso wenig wie Montag. Oder Dienstag. Oder Mittwoch. Ich hätte nur nicht gedacht, dass jemand mich bemerken würde. Obwohl ich wahrscheinlich damit hätte rechnen müssen, immerhin stand die Tür zum Probenraum die ganze Zeit weit auf, und die obere Hälfte der »Wand«, vor der ich herumlief, war aus Glas.

Andererseits hatte ich mit so vielem nicht gerechnet. Vor allem nicht mit der Unruhe, die von Tag zu Tag stärker wurde, seitdem ich am Samstag mit Julian Yoga gemacht hatte. Mein Körper sehnte sich nach Bewegung, nach Musik, danach zu tanzen. Und obwohl ich mich während der vergangenen Tage so sehr bemüht hatte, mich mit Yoga abzulenken, hatte es mich trotzdem jeden Morgen zu den Probenräumen gezogen.

Als würde die Musik mich rufen.

»Ich … Also, ich wollte …« Stammelnd brach ich ab.

»Komm schon. Wir beißen nicht.« Stephanie winkte mich

zu sich, doch meine Beine setzten sich nicht in Bewegung, ich schaffte es nicht, einen einzigen Schritt nach vorn zu treten.

Wie erstarrt blieb ich stehen, während in meinem Kopf ein Gedanke den nächsten jagte. Ich konnte nicht in diesen Probenraum gehen. Das würde mich umbringen, da war ich mir sicher. Ich hatte das Tanzen nicht umsonst rigoros aus meinem Leben verbannt.

Trotzdem stand ich jetzt hier, und das nicht zum ersten Mal. Warum konnte ich nicht einfach gehen?

»Lily?« Fragend sah Steph mich an. Ich atmete tief durch, konzentrierte mich nur auf meinen Puls, der ganz ruhig und gleichmäßig ging. Nicht ängstlich, nur ein bisschen aufgeregt. Ich gab mir einen Ruck und folgte ihr endlich in den Probenraum. Es ging hier schließlich nur darum, mir eine einzige Probe anzuschauen. Nicht darum, wieder anzufangen.

Im ersten Moment fühlte ich mich in die Vergangenheit zurückkatapultiert. Es roch genau wie in den Probenräumen in New York. Der Boden fühlte sich trotz meiner Stiefel vertraut an. Aber hier stand niemand stocksteif und mit durchgedrücktem Rücken an der Stange und wartete darauf, dass es weiterging. In kleinen Gruppen saßen etliche Studenten auf dem Boden und unterhielten sich entspannt.

»Leute!« Stephanies durchdringende Stimme ließ jedes Gespräch augenblicklich verstummen, und plötzlich waren unzählige Augenpaare auf mich gerichtet. »Das ist Lily. Sie macht jetzt bei uns mit.«

Die anderen winkten mir vom Boden aus lächelnd zu, und erst als ich das erste »Willkommen im Klub der Verrückten« hörte, begriff ich, was Stephanie da gerade gesagt hatte.

»Moment ... *Was*? Nein, ich ...« Ich verstummte, als Stephanie mir einen vielsagenden Blick zuwarf.

»Du rennst seit Montag, während der Proben, auf dem Flur rum, anstatt dich mit der Aufgabe zu beschäftigen, die du wahrscheinlich bekommen hast. Du willst hier sein«, stellte sie entschieden fest.

Mein erster Reflex war es, alles zu leugnen. Aber wem wollte ich hier was vormachen? Stephanie oder mir selbst? Ich konnte alles abstreiten, aber ich war mir sicher, dass sie mir kein Wort glauben würde. Und ich mir auch nicht. Nicht mehr.

»Ja, will ich«, gab ich zu, Aufregung durchströmte mich. »Aber ich habe ja schon eine andere Aufgabe. Ich kann doch nicht einfach –«

»Klar kannst du«, unterbrach sie mich schulterzuckend. »Du bist im ersten Semester. Ihr sollt ohnehin da helfen, wo ihr gebraucht werdet, und ich beschließe jetzt, dass ich dich hier brauche.«

»Und das geht so einfach?«, fragte ich zögerlich. »Ich will echt keinen Ärger kriegen.« Oder Gefahr laufen, durchzufallen, weil ich nicht das machte, was mir aufgetragen worden war. Allerdings war mein Herz schon fünf Schritte weiter als mein Kopf, ignorierte all meine Zweifel und hüpfte in meiner Brust herum wie ein kleiner Vogel.

»Wirst du nicht. Ich rede mit Mrs Platt. Mach dir keine Sorgen, wahrscheinlich musst du für den Rest der Woche noch in der Gruppe bleiben, der du bisher zugeteilt wurdest, aber Montag kannst du dann zu uns wechseln. Aber was du vorher noch wissen solltest: Wir haben montags und mittwochs ab vier noch mal eine Probe, weil wir sonst nicht alles schaffen. Manchmal auch am Wochenende. Und unser Training fängt morgens schon um halb neun anstatt um zehn an. Hast du da Kurse?«

Ich schüttelte den Kopf, und Stephanie nickte zufrieden.

»Super, also dann … bist du dabei?«

Ich zögerte kurz und horchte in mich hinein. Aber da war keine Angst, sondern nur aufgeregte Vorfreude. »Bin ich. Und was genau soll ich machen?«

Stephanie lächelte. »Tanzen natürlich.«

18. KAPITEL

Lily

Ich stöhnte auf, als ein Krampf nach dem anderen durch meinen Unterleib jagte. Der Schmerz kam in Wellen. Das tat er immer, und jedes Mal glaubte ich, es würde nicht so schlimm werden wie das Mal davor.

Ha, ha.

»Scheiße!« Fluchend rollte ich mich zu einer kleinen Kugel zusammen, als würde das helfen. Ich brauchte dringend eine Schmerztablette, aber ich wusste ganz genau, wo meine waren.

In meiner Nachttischschublade zu Hause in New York. Weil ich meine Tage das letzte Mal kurz vor meiner Abreise gehabt hatte. Das war fast sechs Wochen her. Ein Hoch auf meinen wahnsinnig regelmäßigen Zyklus.

Aber ich würde jetzt garantiert nicht die Wohnung verlassen und Tabletten kaufen gehen. Die Gefahr, dass mein Kreislauf sich dann verabschieden würde, war zu groß. Das hatte ich heute Morgen schon festgestellt, als ich mich zum Projekt hatte schleppen wollen, letzten Endes doch im Bett geblieben war und Cassidy gebeten hatte, mich zu entschuldigen. Außerdem war ich mir sicher, dass ich Stunden brauchen würde, um mich von diesem Sofa hochzustemmen. Ich war nur froh, dass ich erst ab Montag am Tanztraining teilnehmen würde und so nicht direkt bei der ersten Probe fehlte.

Als eine neue Schmerzwelle durch meinen Körper rollte, biss ich mir so fest auf die Unterlippe, dass ich Blut schmeckte. Was hatte Mutter Natur sich nur dabei gedacht, dass dieser Scheiß so dermaßen wehtun musste?

Ich hörte, wie die Wohnungstür aufgeschlossen wurde, und kniff die Augen zusammen. *Bitte nicht jetzt.* Nicht Julian.

Aber natürlich war es Julian, der ausgerechnet jetzt hier auftauchen musste. Dabei hatte ich eigentlich vorgehabt, mich in meinem Zimmer zu verkriechen und dort einen qualvollen, melodramatischen Tod zu sterben, bevor er nach Hause kam.

Ein Wimmern kam mir über die Lippen, obwohl ich krampfhaft versuchte, jedes Geräusch zu vermeiden und unsichtbar zu werden. Doch es tat einfach so weh!

»Lily?« Wenn mich nicht alles täuschte, dann klang er ehrlich besorgt. Konnte aber auch sein, dass ich dank der Schmerzen nicht mehr klar denken konnte. Sorge passte nicht zu dem Julian, den ich kannte. Anzügliche Sprüche, ja. Aber keine Sorge.

»Ja?«, würgte ich hervor. Vorsichtig setzte ich mich auf, und zu meinen Unterleibsschmerzen gesellten sich augenblicklich hämmernde Kopfschmerzen. Als würde es nicht reichen, dass mein Uterus mich in den Wahnsinn zu treiben versuchte.

Julian stand vor dem Kühlschrank. Er schien mitten in der Bewegung innegehalten zu haben, als er mich gehört hatte. Er hatte sogar noch die Hand nach der Kühlschranktür ausgestreckt. Langsam ließ er sie sinken. Trotz meines benebelten Zustands fiel mir auf, dass seine Haare wie immer wild in alle Richtungen abstanden, als wäre gerade erst jemand mit beiden Händen durch die Strähnen hindurchgefahren. Und ich hatte mich nicht geirrt, er sah wirklich besorgt aus.

»Alles okay?«

»Nein. Lass mich einfach in Ruhe.« Ich krümmte mich zusammen.

Mit einigen wenigen Schritten war er bei mir, und bevor ich ihn aufhalten konnte, hatte er eine Hand nach mir ausgestreckt und sie auf meine Stirn gelegt. Unwillig schob ich sie weg.

»Lass das. Ich bin nicht krank.«

»Bist du sicher? Du siehst echt beschissen aus.«

»Du weißt wirklich, wie man ein Mädchen für sich gewinnt«, gab ich gepresst zurück. »Ich hab meine Tage.«

Ich rechnete damit, dass er sich einfach aus dem Staub machen würde, weil das Thema Periode die meisten Kerle in die Flucht schlug, doch Julian musterte mich prüfend. »Ist das bei dir immer so schlimm?«, fragte er dann.

»Erst seit ich die Pille gegen die Kupferspirale getauscht habe.« Warum erzählte ich ihm das überhaupt? »Ehrlich, geh einfach.« Flehentlich sah ich ihn an. »*Bitte*.« Ich wollte bloß allein sein und ganz sicher nicht über das Verhütungsmittel meiner Wahl sprechen.

Julian zögerte kurz, dann wandte er sich wortlos ab, schnappte sich seinen Rucksack und verließ die Wohnung. Erleichtert seufzte ich auf und ließ mich in eine liegende Position gleiten. Ich schloss die Augen und wünschte, ich könnte schlafen, aber ich kannte meinen Körper gut genug, um zu wissen, dass das jetzt einfach nicht drin war.

Ich wusste nicht, wie viel Zeit vergangen war, während der ich meinen Körper verflucht hatte, als die Wohnungstür erneut aufging.

Ich stöhnte auf. »Ist das dein Ernst? Ich hab doch gesagt, du sollst mich in Ruhe lassen«, beschwerte ich mich, ohne mich zu Julian umzudrehen.

Er lachte leise, ein warmes, weiches Lachen, das mir einen Schauder über den Rücken jagte. »Entspann dich, Sonnenschein. Ich hab was für dich.«

Ich hörte, wie er zum Sofa kam, und eine Sekunde später erschien eine Packung Schmerztabletten vor meinem Gesicht.

»Oh Gott, ich liebe dich! Ich kann dich immer noch nicht leiden, aber jetzt gerade liebe ich dich wirklich!« Ich streckte meine Hand nach den Tabletten aus und begegnete Julians breitem Grinsen. »Halt bloß die Klappe«, murmelte ich und spürte, wie mir das Blut ins Gesicht schoss.

»Nur für den Moment. Weil es dir gerade echt scheiße geht. Aber sobald du dich besser fühlst, muss ich alles loswerden, was mir gerade durch den Kopf geht.«

»Tu dir keinen Zwang an.« Ich setzte mich auf und schüttete mir eine Tablette in die Handfläche. »Kannst du mir vielleicht auch ein Glas Wasser geben?«

»Klar.« Einen Moment später reichte Julian mir ein Glas, und ich schluckte die Tablette mit einem großen Schluck Wasser runter. Es würde etwas dauern, bis sie wirkte, aber allein, dass ich sie genommen hatte, half schon. Weil ich wusste, dass es bald aufhören würde.

»Ich hab dir sogar noch was mitgebracht«, verkündete er mit einem Lächeln und zog eine Tafel Schokolade aus dem Rucksack.

»Oh«, brachte ich hervor und spürte, wie meine Augen zu brennen begannen. Klasse, jetzt fing ich an zu heulen, nur weil Julian mir Schokolade mitgebracht hatte. Scheißhormone. Aber – auch wenn es mir schwerfiel, das zuzugeben – es war ziemlich süß, dass er das für mich getan hatte.

»Nein! Nicht heulen!« Streng sah Julian mich an und hielt die Schokolade so, dass ich nicht drankam. »Du bekommst die nur, wenn du jetzt nicht anfängst zu weinen.«

Mühsam schluckte ich die Tränen runter und lächelte ihn an. »Okay. Geht wieder.«

»Na also. Und jetzt rutsch rüber.« Er deutete auf das Sofa, und ich machte umständlich gerade so viel Platz, dass er sich zu mir setzen konnte. Er reichte mir die Schokolade, griff nach der Fernbedienung und schaltete den Fernseher ein.

»Was soll das werden?«, fragte ich und konnte nicht verhindern, dass eine Spur Misstrauen in meiner Stimme mitschwang. Ich hatte das untrügliche Gefühl, gerade irgendwas sehr Wichtiges nicht mitzubekommen.

Wir hatten uns diese Woche nicht oft gesehen, was vor allem daran lag, dass ich erst spät nach Hause gekommen und er dann meist schon wieder weg gewesen war. Ich war mir nicht sicher, ob wir uns aus dem Weg gingen oder zufällig verpassten, und ich wollte auch gar nicht darüber nachdenken. Denn jedes Mal, wenn ich Julian sah, weckte es die Erinnerung daran, wie er halb nackt vor mir gestanden und mich mit diesem ganz bestimmten Blick angeschaut hatte, und das löste Gefühle in mir aus, die ich definitiv nicht gebrauchen konnte.

»Was schon? Ich schaue mir jetzt einen Film an, und da du offenbar ans Sofa gefesselt bist, guckst du mit.«

»Hast du an einem Freitagabend nichts Besseres vor?« Grummelnd zog ich mir die Kuscheldecke, die ich aus meinem Zimmer geholt hatte, bis zum Kinn. Während ein Teil von mir ihn immer noch loswerden wollte, freundete ein anderer sich mit dem Gedanken an, einen gemütlichen Filmabend mit Julian zu verbringen.

»Hast du eine Ahnung, welcher Tag heute ist?«

Ich war drauf und dran zu verneinen, als es in meinem Kopf klick machte. »Du bleibst ernsthaft heute Abend zu Hause, weil Valentinstag ist?« Das war echt albern, und ich musste lachen. Mein Unterleib schickte als Rache dafür, dass ich für einen Moment vergessen hatte, mich ausschließlich mit ihm zu beschäftigen, eine erneute Schmerzwelle durch meinen Körper, aber dank der Tabletten war sie jetzt schon etwas weniger schlimm als vorhin.

»Ja«, bestätigte er todernst. »Man geht Valentinstag nicht mit jemandem aus, wenn man nur Sex will. Das ist nicht fair. Und ich mag vielleicht manchmal so rüberkommen, aber ich bin kein grundsätzlich schlechter Kerl.«

»Bist du sicher?« Grinsend stupste ich ihn mit dem Fuß an.

Gespielt getroffen legte Julian sich eine Hand auf die Brust und schüttelte den Kopf. »Du bist wirklich frech.«

»Ja, vielleicht. Also, du lässt ausgerechnet am Valentinstag alle Mädchen in Ruhe, weil das nicht fair wäre?« Neugierig betrachtete ich ihn.

Er nickte.

»Aber das ist doch bescheuert. Ich meine, das ist ein Tag wie jeder andere. Nur weil Valentinstag ist, können sie doch nicht automatisch andere Erwartungen haben als sonst. Oder?«

»Nein. Nicht alle. Manchen ist das auch egal. Im Endeffekt spielt es aber auch keine Rolle. Ich habe am Valentinstag keine Dates. Punkt. Dafür kommst du jetzt in den Genuss meiner Gesellschaft.«

»Um die ich nicht gebeten habe.«

Er wischte meinen Einwand mit einer Handbewegung beiseite. »Ja, aber ohne mich würdest du dich immer noch wie ein Häufchen Elend auf diesem Sofa krümmen. Ohne Schmerztabletten und Schokolade, ohne einen guten Film und vor allem ohne Pizza.«

Augenblicklich wurde ich hellhörig. »Du hast Pizza besorgt?«

»Noch nicht. Aber ich hab Hunger, und weil ich heute meinen großzügigen Tag habe und du mir leidtust, bekommst du vielleicht das ein oder andere Stück ab«, gab er grinsend zurück, und irgendwas in meinem Inneren begann sich zu regen. Dieses Mal tat es allerdings nicht weh. Ganz und gar nicht.

»Das ist das beste Nicht-Valentinstagdate, das ich je hatte.« Ich rollte übertrieben mit den Augen.

Julian lachte und deutete im Sitzen eine Verbeugung an. »Wie immer stets zu Diensten.«

Julian

»Warum willst du eigentlich keine Freundin?«

Bei Lilys Frage verschluckte ich mich an dem Stück Pizza, das ich gerade im Begriff war, runterzuschlucken. »Was?«, krächzte ich und hustete.

»Warum willst du keine Freundin?«, wiederholte sie und schob sich die Gabel in den Mund. Lily war wahrscheinlich der einzige Mensch auf der Welt, der Pizza mit Messer und Gabel aß. Aber gut, wieso hatte ich bei diesem kleinen Ordnungsfreak auch was anderes erwartet?

»Warum interessiert dich das?« Das Misstrauen in meiner Stimme war kaum zu überhören. Lily fragte das doch nicht einfach nur so. Erst recht nicht, wenn sie mich so unschuldig ansah. Dieser Blick war eigentlich ein sicheres Zeichen dafür, dass sie was ausheckte.

Oder ich hatte mich so an unser Herumgeplänkel gewöhnt, dass ich nicht in der Lage war, ein ganz normales Gespräch mit ihr zu führen. Wir hatten das schon einmal geschafft, wir würden das wieder hinbekommen. So schwer konnte das doch nicht sein. Vor allem – und ich konnte immer noch nicht glauben, dass das passiert war –, weil ich sie inzwischen tatsächlich mochte.

Sie verdrehte die Augen. »Warum nicht? Ich bin einfach neugierig. Herrgott, jetzt lass dir doch nicht alles aus der Nase ziehen.«

»Siehst du die Bilder?« Ich nickte zu meiner Fotowand, bevor ich auch nur einen Gedanken daran verschwenden konnte, ob ich wirklich mit ihr darüber sprechen wollte.

»Klar. Aber was hat das eine mit dem anderen zu tun?«

Etwas in meinem Inneren zog sich schmerzhaft zusammen, doch ich schob das aufkeimende Gefühl von Bitterkeit beiseite. »Ich studiere Fotografie, weil ich reisen möchte. Die Welt sehen und fotografieren. Es gibt so unfassbar viel zu entdecken, und eine Beziehung würde mich nur einschränken. Ich würde mich gebunden fühlen, eingesperrt und das … Damit kann ich nicht umgehen. Und ich glaube auch nicht, dass das irgendjemand mitmachen würde.«

Das war zwar nicht die ganze Wahrheit, aber zumindest ein Teil davon. Ich fühlte mich längst eingesperrt. Doch das war nicht der einzige Grund, warum eine Beziehung für mich nicht infrage kam. Zu sehen, was aus Dad geworden war, nachdem Mom ihn verlassen hatte, machte mir Angst. Wenn ich eins nicht wollte, dann mich jemals so zu fühlen. Rational betrachtet war das wahrscheinlich totaler Quatsch. Eine Beziehung hatte nicht jedes Mal völlige Selbstaufgabe zur Folge. Nicht jeder war nach einer Trennung nur noch ein Schatten seiner selbst, und nicht alle Beziehungen endeten im Schlechten. Meine Freunde hatten mir das schon oft genug bewiesen, aber ich wurde dieses Gefühl einfach nicht los. Und wenn ich ehrlich war, hatte ich auch keine Lust, es überhaupt zu versuchen.

»Und deswegen schließt du eine Beziehung von vornherein aus?« Lilys ungläubige Stimme ließ mich aufblicken. Mit großen Augen starrte sie mich an. Zum ersten Mal fiel mir auf, wie blau ihre Augen eigentlich waren. Verdammt blau. Wie der Himmel an einem absolut wolkenlosen Tag.

Der Vergleich schoss mir unvermittelt durch den Kopf und war zwar ziemlich passend, gleichzeitig aber so unerwünscht und kitschig, dass ich am liebsten gekotzt hätte. Ich machte mir keine Gedanken über die Augenfarbe eines Mädchens. Nicht gestern. Nicht heute. Niemals.

Ich schüttelte den Kopf und musste mir in Erinnerung rufen, was sie mich als Letztes gefragt hatte. Richtig. Dass ich Beziehungen von vornherein ausschloss. »Ja. Was ist so falsch daran?« Meine Worte klangen schärfer als beabsichtigt. Wahrscheinlich, weil ich immer noch nicht damit klarkam, dass ich über ihre verfluchten Augen nachgedacht hatte. Und es irgendwie immer noch tat. *Fuck!* Aber es war auch wirklich schwierig, nicht über sie nachzudenken, wenn sie mich so durchdringend ansah, wie sie es gerade tat.

»Gar nichts. Julian, daran ist gar nichts falsch. Ich versuche nur, mich mit dir zu unterhalten, okay? Ich meine das nicht böse«, sagte sie sanft und stupste mich mit dem Fuß an. Das hatte sie vorhin schon getan. Und wie vorhin musste ich mich zwingen, nicht nach ihrem Fuß zu greifen und sie festzuhalten. Damit würde ich eine Grenze überschreiten. Schon wieder.

Im Nachhinein war ich Cole ziemlich dankbar, dass er voriges Wochenende unabsichtlich dazwischengefunkt hatte. Ich wollte lieber nicht wissen, wohin unsere »Yogasession« uns sonst noch geführt hätte.

Automatisch wanderten meine Gedanken zurück zum letzten Samstag. Wie Lily sich das Shirt über den Kopf gezogen hatte und dann mit einem vollkommen entrückten Ausdruck auf dem Gesicht den Übungen gefolgt war. Es war schwerer gewesen, als es hätte sein sollen, sich nicht von ihr ablenken zu lassen. Sogar ein Heiliger hätte sich von ihr ablenken lassen. Und ich war kein Heiliger. Ganz sicher nicht.

Tief durchatmend lehnte ich mich zurück und versuchte krampfhaft, mir Lily nicht mehr in diesem verfluchten Sport-BH vorzustellen. Aber das hatte die ganze Woche schon nicht funktioniert, warum sollte es das also jetzt tun?

»Julian?«

Ich hob den Kopf und sah in Lilys unsicheres Gesicht. »Hm?«, machte ich und merkte erst jetzt, dass ich schon wieder völlig den Faden verloren hatte.

»Ich hab das echt nicht böse gemeint.«

»Ich weiß.« Ich schenkte ihr ein versöhnliches Lächeln und wechselte dann unvermittelt das Thema. »Was ist mit dir?«

Sichtlich verwirrt runzelte Lily die Stirn. »Was soll mit mir sein?«

»Du bist ein typisches Beziehungsmädchen, richtig?«

Ihr Stirnrunzeln vertiefte sich. »Ein typisches Beziehungs-mädchen?«

»Ja, du weißt schon, was ich meine.« Ich grinste. Allmählich entspannte ich mich wieder, und das Bild von Lilys nackter Haut verblasste. »Komm schon, du hast mich fertiggemacht, weil ich mit verschiedenen Frauen ins Bett gehe. Du bist ein Beziehungsmädchen.«

»Darum ging's eigentlich gar nicht. Du kannst machen, was du willst, und solange die Mädchen das wollen, ist es mir so egal, mit wie vielen du ins Bett gehst. Aber es war trotzdem nicht richtig, dass ich dich deswegen fertiggemacht habe.« Zerknirscht verzog sie das Gesicht.

»Stimmt. Und danke, dass ich machen kann, was ich will.« Ich wusste zwar nicht, warum, aber ich musste lachen. »Das ist wohl auch gar nicht der Punkt. Im Übrigen bist du nicht besser als ich. Du lässt dir auch alles aus der Nase ziehen.«

Sie verdrehte die Augen. »Schön. Also, wenn du es unbedingt so nennen willst, dann bin ich wahrscheinlich … Nein, bin ich nicht. Ich hab keine Ahnung, was ich bin.«

»Wie kann man das nicht wissen?« Fragend zog ich die Augenbrauen hoch.

»Weil das nicht so einfach ist, wie du vielleicht glaubst. Warum rede ich überhaupt mit dir darüber?« Sie seufzte und vergrub für ein paar Sekunden das Gesicht in ihren Händen, bevor sie mich wieder anschaute.

Dieses Mal stupste ich sie an. »Weil du damit angefangen hast. Also los. Erzähl.«

»Wir werden jetzt aber keine Freunde oder so, oder? Ich meine, du hast mir Tabletten besorgt und Schokolade. Und Pizza. Und jetzt reden wir auch noch miteinander. So richtig. Über uns. Das ist ein bisschen gruselig.«

Lachend schüttelte ich den Kopf. »Nein. Wir werden keine Freunde, ganz bestimmt nicht. Mach dir darüber mal keine Sorgen.«

Sie erwiderte mein Lächeln und seufzte dann erneut. Ich glaubte schon, dass sie mir nicht mehr antworten würde, als ein Ruck durch ihren Körper ging. »Okay, meine kleine, traurige Geschichte. Du hast es so gewollt. Aber du bekommst nur die Kurzfassung, sonst fange ich bestimmt an zu heulen, und ich weiß ja, dass du nicht mit Tränen umgehen kannst«, bemerkte sie, aber ihr Spott klang ziemlich halbherzig. »Ich hatte einen Freund. War ein ziemliches Arschloch. Er ist mit zu vielen Frauen ins Bett gegangen.«

In ihren Augen blitzte Schmerz auf, obwohl sie versuchte, ihn zu verbergen, und ich spürte, wie sich eine unbekannte Wut in mir ausbreitete. Auf diesen Wichser, der Lily wehgetan hatte. Und ich Idiot hatte sie kaputt genannt. Ich war auch nicht besser als er.

»Ich hab ihm vertraut«, fuhr Lily fort und strich sich eine Haarsträhne hinters Ohr. Sie wich meinem Blick aus. »Und verziehen. Immer wieder. Das war dämlich. So unglaublich dämlich. Und ich glaube, deswegen will ich gerade keine Beziehung mehr. Ich hab keine Lust auf den ganzen Gefühlsstress. Ich will mich nicht noch mal verlieben und mir das Herz brechen lassen. Nicht so schnell. Also bin ich gerade kein Beziehungsmädchen, wie du es so schön ausdrückst.« Sie hob den Kopf, und ihre Mundwinkel bogen sich minimal nach oben. Das war fast schon ein Lächeln.

Ich zählte stumm bis drei, weil ich sonst garantiert was über diesen Ex-Freund gesagt hätte, wozu ich kein Recht hatte. Stattdessen fragte ich: »Und was bist du dann?«

»Auf der Suche?« Es klang eher wie eine Frage und nicht wie eine Aussage, und ihr Lächeln wurde breiter.

»Und nach was?« Noch während ich die Frage stellte, wusste ich, dass ich die Antwort eigentlich gar nicht hören wollte. Keine Ahnung, woher, aber ich wusste, was sie sagen würde, und ich wusste auch, dass mich das in wahnsinnige Schwierigkeiten bringen würde.

Ein durchtriebenes Funkeln trat in ihre Augen. »Vielmehr nach wem?«

Hitze durchströmte mich. Sie konnte so was doch nicht einfach sagen. Zu mir. Ausgerechnet zu mir. Es war kein Kunststück, dass ich mich angesprochen fühlte.

Aber Lily war immer noch meine Mitbewohnerin, und auch wenn mein Körper mir gerade ziemlich deutlich machte, dass es ihn einen Scheiß interessierte, was mein Kopf von der ganzen Sache hielt, konnte ich nicht mit ihr ins Bett gehen.

Vielleicht fühlte ich mich zu ihr hingezogen. Ach verdammt, wem wollte ich hier eigentlich was vormachen? Ich *fühlte* mich zu ihr hingezogen. Mehr als ich sollte. Aber Lily war heiß. Und schlagfertig. Witzig. Süß. Sie war quasi die Provokation in Person.

Und als sich das Funkeln in Lilys Augen verstärkte, wurde mir klar, dass sie sich dessen vollkommen bewusst war. Das Gespräch entwickelte sich in eine völlig falsche Richtung. So richtig falsch. Trotzdem ging ich auf ihr Spielchen ein. Ich konnte nicht anders.

»Wechselst du etwa auf die dunkle Seite?«

»Die dunkle Seite?« Verwirrt runzelte sie die Stirn, und ich begriff, dass ich mit meiner – zugegeben – nicht gerade genialen *Star Wars*-Anspielung bei ihr nicht an der richtigen Adresse war. Wenn man drei Schwestern und keinen Bruder hatte, war das vielleicht auch nicht ganz überraschend. Traurig, aber nicht überraschend.

»Für die meisten ist eine feste Beziehung das Ziel. Heiraten, Kinder kriegen, das ganze Programm. Alle anderen sind für sie seltsam und beziehungsgestört und gehören sozusagen auf die andere Seite. Die dunkle Seite eben. Voller Lügen, Affären und … na ja … bedeutungslosem Sex«, erläuterte ich. Das passte jetzt zwar nicht mehr richtig zu meiner Anspielung, aber irgendwie musste ich ihr ja erklären, was ich meinte.

»Das ist eine echt miese Metapher.« Sie kicherte. »Und ja, vielleicht wechsle ich zur dunklen Seite. Mal schauen.«

Der herausfordernde Unterton in ihrer Stimme stellte seltsame Dinge mit meinem Innersten an. Ich musste das Thema wechseln, bevor ich noch etwas sagte, das ich ganz sicher bereuen würde. »Kann ich dich was fragen?«

Ihr Mund formte sich zu einem Lächeln. »Machst du das nicht die ganze Zeit schon?«

Auch wieder wahr. »Dass du nicht mehr mit deiner Schwester redest … hat das was mit deinem Ex zu tun? Du hattest nämlich recht damit, dass es bei dem Stress zwischen Jen und

Sarah um einen Jungen geht, und ich dachte … Keine Ahnung, dass du das vielleicht deshalb so genau wusstest, weil du die Erfahrung selbst gemacht hast.«

Ein Schatten huschte über Lilys Gesicht, und von einer Sekunde zur nächsten kippte die Stimmung. *Scheiße.* Das war nicht der Plan gewesen. Hätte ich doch einfach die Klappe gehalten.

»Nein. Rose ist nicht mit ihm ins Bett gegangen. Das war eine meiner besten Freundinnen.«

»Shit. Das tut mir leid.«

»Schon gut.« Sie machte eine wegwerfende Handbewegung, und ein zaghaftes Lächeln erschien auf ihrem Gesicht. »Also hatte ich recht mit deinen Schwestern?«

Ich nickte. »Hattest du. Ich hoffe, die beiden kriegen das wieder hin.«

»Bestimmt. So leicht lassen sich Zwillinge nicht auseinanderbringen«, erwiderte sie, klang aber nicht überzeugt. Wie auch, wenn zwischen ihr und ihrer Schwester seit Monaten Funkstille herrschte?

»Sie reden immerhin wieder miteinander und … Lily, warum redest du nicht mehr mit deiner Schwester?« Ich wusste, ich sollte aufhören, aber ich konnte nicht. Weil ich es aus Gründen, die ich selbst nicht verstand, wirklich wissen wollte.

Lily verzog das Gesicht, und ich wollte schon zurückrudern, als sie ein ergebenes Seufzen ausstieß, als würde es keine Rolle mehr spielen, ob sie mir das jetzt auch noch erzählte oder nicht. »Rose und ich haben immer alles zusammen gemacht. Unser ganzes Leben lang. Wir sind zusammen zur Schule gegangen und zum Ballett. Wir hatten dieselben Freunde, haben uns unsere Klamotten geteilt und jedes Geheimnis erzählt. Wir hatten die gleichen Träume, die gleichen Pläne. Wir wollten zusammen zur Juilliard gehen und uns eine gemeinsame

Wohnung suchen. Letztes Jahr haben wir beide die Aufnahmeprüfung bestanden. Es war alles so perfekt.« Sie schlang die Arme um sich selbst, und ihre Augen begannen verdächtig zu glitzern.

In mir verkrampfte sich etwas, und ich wünschte, ich hätte nicht gefragt. Aber jetzt war es zu spät.

Sie atmete zittrig ein. »Dann ist alles schiefgegangen. Ich konnte nicht mehr zur Juilliard, sie schon. Mein Traum ist geplatzt, ihrer nicht. Ich war ... eifersüchtig. Ich habe es gehasst, dass sie weitermachen kann und ich nicht. Es ist nicht ihre Schuld, dass wir nicht mehr miteinander reden, sondern meine. Sie hat mir die Spitzenschuhe in den Koffer gepackt, und als ich sie darin gefunden habe, hat es sich angefühlt, als hätte sie das getan, um mir unter die Nase zu reiben, was ich verloren habe. Deswegen habe ich sie durch den Raum geschmissen. Nicht deinetwegen. Du hast mich einfach nur in einem sehr ungünstigen Moment erwischt.«

»Vergiss es einfach. Ich hab's längst getan.« Ich schenkte ihr ein aufmunterndes Lächeln, das sie jedoch nicht erwiderte. Ihr Blick war nach innen gerichtet, und ein mulmiges Gefühl breitete sich in mir aus.

»*Ich* bin die grauenhafte Schwester, nicht sie. Rose hätte so was nie getan. Sie wollte wahrscheinlich ... Keine Ahnung. Dass ich nicht aufgebe. Mich selbst wiederfinde oder so. Sie kann überhaupt nichts dafür, dass wir nicht mehr miteinander reden. *Ich* konnte es nicht mehr. Es hat mich krank gemacht, sie nur anzusehen. Es hat sich angefühlt, als würde ich in einen Spiegel schauen, aber sie ist nicht ich, und ich bin nicht sie und ...« Sie brach ab und wischte sich schniefend die Tränen vom Gesicht.

»Tut mir leid. Ich wollte nicht ... Ich hätte nicht fragen sollen.« Mein schlechtes Gewissen traf mich mit voller Wucht, kämpfte gegen die Frage, was genau vorgefallen war, dass sie nicht mehr zur Juilliard gehen konnte. Ich schluckte sie runter. Sie hätte es gesagt, wenn sie gewollt hätte, dass ich es wusste.

»Schon okay. Jetzt weißt du wenigstens, dass du recht hattest. Als du gesagt hast, ich bin kaputt. Ich bin's.« Ihr entwich ein ersticktes Lachen. Ich verkrampfte mich. Was war ich doch für ein Arsch.

»Und wenn schon. Irgendwie sind wir doch alle kaputt, oder? Manche sind's eben nur ein bisschen offensichtlicher als andere. Ich bin auch kaputt. Scheiße, wir sind alle kaputt!«

Sie hob den Kopf und sah mir direkt in die Augen. Ihre waren so unfassbar blau. »Sind wir wirklich, oder?«, fragte sie leise.

»Ja. Und das ist okay.«

19. KAPITEL

Lily

Stephanie ließ mir von Anfang an überhaupt keine Zeit für Zweifel oder Angst. Sie hatte mich schon bei der ersten Probe mitten in die Gruppe gestellt und mir Anweisungen gegeben, was ich wann und wie zu tun hatte, damit ich mitkam.

Wie sich herausstellte, war es etwas vollkommen anderes, für ein Musical zu proben als für das Ballett. Weil es eben nicht nur ums Tanzen ging, sondern auch ums Singen und Schauspielern. Und so wie es aussah, musste jeder von uns bei allem mitmachen. Ohne Ausnahme. Was bedeutete, dass ich singen musste. Ich. Das Mädchen, das Singen hasste. Vor allem vor anderen Leuten.

Doch ich merkte schnell, dass es hier gar keine Rolle spielte, wie gut oder schlecht man sang, Hauptsache man machte mit.

Während der ersten Wochen war ich unsicher, mein Körper fühlte sich seltsam an. Nicht mehr vertraut. Vor einem Jahr hatte ich meinen Körper besser gekannt als meine Gefühle. Ich hatte gewusst, was ich konnte und wie ich mich bewegen musste, hatte jeden einzelnen Muskel unter Kontrolle gehabt. Es war noch keine acht Monate her, seit ich aufgehört hatte, und trotzdem fühlte es sich jetzt stellenweise so an, als würde ich vollkommen von vorne anfangen. Als müsste ich vieles wieder neu lernen, obwohl ich früher jede Bewegung im Schlaf hätte ausführen können. Aber ich musste meine Grenzen austesten, durfte nicht zu schnell zu viel auf einmal von meinem Körper fordern.

Es war frustrierend.

»Okay, Leute, das war's. Wir sehen uns nach den Ferien«, rief Stephanie am Ende der heutigen Probe und klatschte in die Hände.

Es war der erste Freitag im März und das Semester damit schon halb gelaufen. Ich konnte kaum fassen, wie schnell die Zeit vergangen war. Gefühlt hatte ich noch nichts geschafft. Wegen der Projekte gab es im Sommersemester keine Zwischenprüfungen, und so musste ich nicht viel mehr tun, als ein paar Referate vorzubereiten und am Ende des Semesters zwei Klausuren und zwei Hausarbeiten zu schreiben.

Ich ging zwar brav zu meinen Kursen, aber ich erkannte immer mehr, dass mich Textarbeit einfach nicht glücklich machte. Ich diskutierte nicht gerne über Monologe, Dialoge und Stilmittel, und es interessierte mich auch nicht, welche Motive in welcher Epoche besonders beliebt gewesen waren. Doch ich hoffte inständig, dass mich irgendwann die gleiche Leidenschaft packen würde, mit der meine Kommilitonen über Theaterstücke und Gott weiß was diskutierten. Denn wenn nicht, wusste ich nicht, was ich tun sollte.

»Lily, hast du noch kurz Zeit?«, hielt Steph mich auf, als ich gerade Anstalten machte, den Probenraum zu verlassen.

Ich drehte mich zu ihr um, aber obwohl sie ernst klang, lächelte sie mich freundlich an. »Klar, was gibt's?«

Sie setzte sich auf den Boden und klopfte auf die Stelle neben sich. »Warum bist du eigentlich nicht von Anfang an zu uns gekommen, als das Projekt angefangen hat? Versteh mich nicht falsch, jeder soll hier das machen, was er möchte, aber du bist eine Tänzerin. Du wolltest doch nicht wirklich bei den Requisiten helfen, oder?«

Ich hatte mich schon gefragt, ob sie mich irgendwann darauf ansprechen würde. Immerhin war sie neben Cassidy der direkteste Mensch, den ich je kennengelernt hatte, und sie hatte mich während der vergangenen Tage zu genau beobachtet, um nicht zu bemerken, dass ich mehr als nur ein bisschen Erfahrung im Tanzen hatte. Trotzdem traf mich ihre Frage unvorbereitet.

»Ich bin keine Tänzerin«, entgegnete ich ausweichend.

Stephanie machte eine wegwerfende Handbewegung. »Klar bist du das.«

»Nein, ehrlich nicht. Ich *war* eine Tänzerin. Aber das ist vorbei.« Ich sah auf meine Hände, als ein altbekannter Schmerz durch meinen Körper zuckte. Ich war während der letzten zwei Wochen ganz gut damit klargekommen, wieder zu tanzen. Besser, als ich je erwartet hätte. Aber das machte mich noch lange nicht wieder zu einer Tänzerin.

Ein mitfühlender Ausdruck trat auf Stephanies Gesicht. »Was ist passiert?«

Ich war drauf und dran, abzublocken, doch dann zögerte ich. Mit Julian über Rose zu sprechen hatte überraschend gutgetan. Es hatte geholfen, ein bisschen klarer zu sehen. Rose fehlte mir. Jeden Tag ein bisschen mehr. Ich musste endlich mit ihr reden. Allerdings hatten wir seit meiner Abreise kein Wort mehr miteinander gewechselt, und schon bei dem Gedanken, sie morgen wiederzusehen, breitete sich ein flaues Gefühl in mir aus, weil ich absolut keine Ahnung hatte, wie ich mit ihr umgehen sollte. Wie ich das zwischen uns wieder in Ordnung bringen sollte.

Unschlüssig erwiderte ich Stephanies ruhigen, abwartenden Blick. Vielleicht würde es auch helfen, über das Tanzen zu reden.

»Du musst es mir nicht erzählen, wenn du nicht willst«, sagte Stephanie sanft.

»Doch. Es ist nur … schwierig.« Ich atmete tief durch und platzte dann einfach damit heraus. »Ich hatte einen Unfall. Letztes Jahr im Sommer.«

Stephanie sog scharf die Luft ein. Sie wusste genau, dass ein Unfall einen Tänzer im schlimmsten Fall die Karriere kosten konnte. »Scheiße!«

»Jep. Es war absolut scheiße. Luis und ich … Wir waren als Partner eingeteilt, aber wir waren auch ein Paar. An dem Tag des Unfalls habe ich erfahren, dass er mit einer meiner besten Freundinnen ins Bett gegangen ist. Sie hat es mir direkt vor der Probe gesagt. Ich war so wütend, und wir haben uns gestritten, und dann ist … alles schiefgegangen. Wir haben eine Hebe- figur geprobt, und Luis ist gestolpert. Er konnte mich nicht mehr halten, und ich bin unglücklich aufgekommen. Ich hab mir den Fuß gebrochen, und meine Achillessehne ist gerissen. Wahrscheinlich wäre es gar nicht so schlimm gewesen, wenn ich alles vernünftig hätte abheilen lassen.« Ich schluckte schwer und kämpfte gegen die Tränen an, die mir in den Augen brann- ten. »Aber ich war dumm und viel zu ehrgeizig. Ich hatte einen Platz an der Juilliard, und ich wollte vorbereitet sein. Also habe ich viel zu früh wieder mit dem Training angefangen und da- mit alles nur noch verschlimmert. Das heißt, ich kann nicht mal so richtig ihm die Schuld geben, dass ich meinen Platz an der Juilliard letztendlich verloren habe. Weil ich einfach nur geduldiger hätte sein müssen.« Es war das erste Mal, dass ich den Gedanken zuließ, und es tat verdammt weh. Es schmerz- te so sehr, dass ich für einen Moment kaum atmen konnte. Ich schnappte nach Luft. »Ich war aber nicht geduldig. Es hat Wo- chen gedauert, bis ich den Fuß wieder belasten konnte, tanzen war erst mal gar nicht drin, und die Ärzte haben mir auch nicht besonders viel Hoffnung gemacht, dass ich jemals wieder so tanzen würde wie vorher. Also hab ich aufgehört.«

»Lily, das tut mir so leid!« Stephanie griff nach meiner Hand und drückte sie fest. Ich kniff die Augen zusammen, konnte die Tränen jetzt aber doch nicht länger zurückhalten.

»Mir ist klar, dass es dumm war, aufzuhören. Dass es feige war und total dämlich. Ich hab einfach aufgegeben. Aber ich war gut. Richtig gut. Und ich hätte an die Juilliard gehen können. Mein ganzes Leben lang wollte ich nur tanzen, ich habe davon geträumt, zum New York City Ballet zu gehen. Stattdessen mache ich einen einzigen dummen Fehler, und alles ist vorbei, weil ich meinem Körper zu viel abverlangt habe.« Wieder eine Wahrheit, die ich mir bisher nicht eingestanden hatte. Ich hatte nicht wegen Luis aufgehört oder wegen meiner Freundinnen. Nicht wegen Rose. Nur meinetwegen. Es war allein meine Verantwortung.

»Also hast du mit dem Tanzen aufgehört, um dich selbst zu bestrafen?«

Schniefend zuckte ich mit den Schultern. »Vielleicht ein bisschen.« Vor allem aber, weil ich den Glauben an mich selbst verloren hatte.

»Dass du den Platz an der Juilliard verloren hast, tut mir leid. Und ich weiß, ich habe eigentlich kein Recht dazu, dir das zu sagen, aber du kannst immer noch eine Tänzerin sein, wenn du willst. Vielleicht nicht mehr dieselbe wie früher. Trotzdem eine sehr gute.«

Ich schüttelte den Kopf und wischte mir die Tränen von den Wangen. »Ich glaube nicht, dass ich das kann.«

»Natürlich kannst du das. Genau genommen bist du das doch schon längst wieder.« Sie stand auf, ging zur Musikanlage, und im nächsten Moment schallte *Where Does the Good Go* durch den Probenraum. Ein Lächeln huschte über mein Gesicht. Ich liebte *Grey's Anatomy* und diese Szenen, in denen einfach alles rausgetanzt wurde.

Steph streckte mir eine Hand entgegen. »Komm schon. Wir tanzen es raus. Ohne Choreo, einfach nur, weil es Spaß macht. Du weißt, dass Tanzen alles besser macht. Es wird nicht alles ändern. Du wirst dich nicht ändern. Und deine Gefühle auch nicht. Nicht sofort jedenfalls. Doch es ist ein Anfang. Ein erster Schritt.« Stephanie griff nach meiner Hand und zog mich sanft, aber bestimmt auf die Füße.

»Lass los«, sagte sie mit einem warmen Lächeln, begann auf und ab zu hüpfen, meine Hände noch immer in ihren. Es sah albern aus, das Strahlen auf ihrem Gesicht jedoch war pures Glück.

Ich sehnte mich so sehr nach diesem Glück. Nach dieser Freude. Und deshalb ließ ich los. Nur für einen Moment. Nur für einen ersten Schritt.

Aber ich ließ los.

Julian

Ich war in der Hölle. In meiner ganz persönlichen Hölle. In die Lily mich, ohne es zu wissen, geschickt hatte. Andererseits hatte ich manchmal das Gefühl, dass sie ganz genau wusste, was sie mit mir anstellte, wenn sie im Wohnzimmer Yoga oder ihre Dehnübungen machte. Und dass sie es genoss. Wie ein kleiner Teufel eben.

Mein Teufel in meiner Hölle.

Ich war kurz davor, durchzudrehen und auch das letzte Fünkchen Selbstbeherrschung zu verlieren, das noch irgendwo tief in mir steckte. Ganz tief.

Seit zwei Wochen tanzte Lily durch meinen Kopf. Wortwörtlich. Vor drei Tagen war ich mit meiner Kamera bewaffnet zu den Ensembleproben gegangen, um die ersten Bilder für unser Programmheft zu machen. Ich hatte es allerdings nicht in den Raum geschafft. Und das war allein Lilys Schuld. Ich hatte absolut keine Ahnung vom Tanzen. So null. Und bisher hatte es mich auch kein Stück interessiert.

Aber dann hatte ich sie tanzen sehen, hatte gesehen, wie ihre rosafarbenen Haare hinter ihr hergeflogen waren, und seitdem bekam ich dieses Bild einfach nicht mehr aus dem Kopf. Es hatte sich zu dem Bild gesellt, das ebenfalls nicht mehr verschwinden wollte. Sie beim Yoga in diesen Leggins und dem Sport-BH mit einem frechen Grinsen auf den Lippen.

Mein Körper reagierte auf eine Weise auf sie, die ich mir nur damit erklären konnte, dass sie vermutlich das einzige Mädchen auf dem ganzen Campus war, mit dem ich nicht ins Bett gehen konnte. Sollte. Durfte.

Nachdem wir den Valentinstag miteinander verbracht hatten, waren wir zu unserem üblichen Geplänkel zurückgekehrt, als hätten wir nie über ihre Schwester und ihren Ex geredet. Das Gespräch hatte mich ziemlich durcheinandergebracht. Weil sich das Bild, das ich von Lily hatte, allmählich änderte. Als hätte es zuvor aus Puzzlestücken bestanden, die nicht richtig gepasst hatten und die nun nach und nach durch die richtigen ersetzt wurden.

Dass sie während der letzten zwei Wochen auch immer öfter dabei gewesen war, wenn ich mich mit meinen Freunden getroffen hatte, war auch nicht unbedingt hilfreich dabei gewesen, sie aus meinem Kopf zu kriegen. Sie war überall. Und ich konnte ihr einfach nicht entkommen.

Gott sei Dank würden wir uns ab morgen eine Woche lang nicht sehen.

»Julian, in welchem Traumland treibst du dich denn rum?« Steves amüsierte Stimme riss mich aus meinen Gedanken. Wir saßen bei mir in der Wohnung und warteten darauf, dass die

Mädels sich endlich meldeten, damit wir uns auf den Weg zur Spring-Break-Party machen konnten. Die Ferien wurden jedes Jahr mit einer Party auf dem Campus eingeleitet.

»Was?« Ich warf Cole einen fragenden Blick zu, aber mein bester Freund schüttelte nur grinsend den Kopf. Irgendwas schien ich verpasst zu haben.

»Julian fragt sich gerade, wie er es schaffen soll, weiter die Finger von Lily zu lassen«, sagte Jamie und trank einen Schluck von seinem Bier.

Ich verschluckte mich prompt an meinem eigenen und musste husten. »Tu ich gar nicht.«

Er schnaubte. »Klar. Merkst du eigentlich, wie du sie immer anstarrst?«

Ähm. Nein. Tat ich nicht. Tat ich wirklich nicht.

»Das sagt der Richtige.« Angeblich war Angriff doch die beste Verteidigung, oder? »Du bist doch derjenige, der permanent an ihr dranhängt. Hat Cassidy mit euch vielleicht doch gar nicht so falschgelegen?«

Jamie verdrehte die Augen und schüttelte den Kopf. »Du spinnst komplett. Ich mag Lily. Sie ist nett. Wir verstehen uns gut. Mehr nicht. Du guckst sie allerdings immer so an, als würdest du sie am liebsten an Ort und Stelle ausziehen.«

Da war möglicherweise was dran. »Ich frage mich trotzdem nicht, wie ich es schaffen soll, die Finger von ihr zu lassen.«

»Weil du es längst aufgegeben hast?« Cole prostete mir zu.

»Nein!«

»Aber bald ist es so weit, oder?«

Ich bemerkte, wie er Jamie einen verschwörerischen Blick zuwarf. Und plötzlich fiel es mir wie Schuppen von den Augen. »Ihr habt darauf gewettet!«

»Was? Nein, würden wir nie tun!« Cole riss die Augen auf, aber er hatte es noch nie besonders gut draufgehabt, einem etwas vorzumachen. Das sollte er mal lieber seiner Schauspieler-freundin überlassen.

»Hey, warum durfte ich nicht mitmachen?« In Steves Stimme schwang ehrliche Empörung mit. Verräter.

»Weil du noch nicht wieder da warst, als Lily bei Julian eingezogen ist«, gab Jamie zurück und verzog entschuldigend das Gesicht.

»Ihr seid richtige Scheißfreunde!« Wütend sah ich Cole und Jamie an. Die beiden hatten ernsthaft darauf gewettet. *Gegen* mich. »Wie lange?«, fragte ich.

»Wie lange was?« Cole versuchte ein zweites Mal, ganz unschuldig auszusehen, und scheiterte erneut.

»Wie viel Zeit habt ihr mir gegeben?«

»Acht Wochen«, sagte er.

»Drei Monate«, verkündete Jamie.

Offenbar hatten sie beide kein sonderlich großes Vertrauen in meine Selbstbeherrschung. Aber scheiße, das hatte ich langsam auch nicht mehr.

»Dann hast du«, ich deutete auf Cole und ein triumphierendes Grinsen breitete sich auf meinem Gesicht aus, »wohl schon verloren.«

»Nö.« Er sah so selbstzufrieden aus, dass ich ihm am liebsten eine reingehauen hätte.

»Aber die acht Wochen sind rum.«

»Sind sie nicht. Erst am Sonntag.«

»Wir sind am Sonntag schon längst in Kalifornien.«

»Ja, aber heute Abend sind wir noch hier.«

»Ich werde heute nicht mit Lily ins Bett gehen!« Ich hatte es bisher geschafft, ich würde auch noch eine Nacht länger durchhalten. Hauptsache, Cole gewann diese dämliche Wette nicht. Er war sich schon an dem Abend, an dem Lily bei mir eingezogen war, so sicher gewesen, dass ich nicht die Finger von ihr lassen konnte, dass ich es ihm auf keinen Fall gönnte, zu gewinnen.

»Das werden wir ja noch sehen«, erwiderte er und lachte.

Steves Handy klingelte und bewahrte mich davor, Cole antworten zu müssen. Er sprach kurz mit Cassidy und deutete dann Richtung Tür. »Wir können los, die Mädels sind fertig.«

»Na endlich.« Ich seufzte erleichtert und sprang auf.

Wir verließen die Wohnung und machten uns zum Club auf, in dem die Party stattfinden würde. Der Weg war nicht besonders lang, die Schlange vor dem Club dafür umso länger.

»Cassidy hat geschrieben, dass sie drinnen auf uns warten«, sagte Steve, als wir uns am hinteren Ende der Schlange anstellten.

»Wie haben sie das denn jetzt so schnell geschafft?« Jamie runzelte die Stirn. »Sie sind doch auch eben erst los.«

»So wie's aussieht, werden Frauen hier bevorzugt behandelt«, stellte Cole fest und deutete auf die Schlange vor uns, die tatsächlich fast nur aus Kerlen bestand.

Zum Glück dauerte es trotzdem nicht lange, bis wir an der Reihe waren. Jeder von uns bekam einen Stempel auf den Handrücken gedrückt, und dann konnten wir endlich reingehen. Wir gaben unsere Jacken an der Garderobe ab und machten uns auf die Suche nach den Mädels.

Laute Musik hallte durch den Club, der Bass dröhnte mir in den Ohren. Es war noch recht früh, trotzdem fanden die ersten sich bereits auf der Tanzfläche wieder. Die meisten Studenten sammelten sich allerdings erst mal vor der Bar.

Ich wollte es nicht, aber ich suchte den Raum automatisch nach Lily ab, konnte sie jedoch nirgendwo entdecken.

»Jamie? Ich verdopple meinen Einsatz.« Ein verschlagenes Grinsen breitete sich auf Coles Gesicht aus, was eine dunkle Ahnung in mir aufsteigen ließ.

Ich folgte seinem Blick und erstarrte. Lily, Tessa, Ella und Cassidy waren nur ein paar Meter von uns entfernt. Lily stand mit dem Rücken zu mir. Ihre Haare hatte sie zu einem dicken Zopf geflochten, der ihr über die rechte Schulter fiel. Sie trug eine enge schwarze Jeans, die sich so perfekt an die Kurven ihres Körpers schmiegte, als wäre sie nur für Lily gemacht worden. Dazu trug sie ein weißes Shirt, das einen breiten Streifen nackter Haut sehen ließ.

Als hätte sie meinen Blick gespürt, drehte sie sich zu mir um und sah mich an. So intensiv, dass ich spürte, wie Hitze in mir aufstieg. Ihre Lippen waren dunkelrot, und auf einmal konnte ich an nichts anderes denken als daran, meinen Mund auf ihren zu legen und sie so zu küssen, dass von ihrem Lippenstift nicht mehr viel übrig blieb.

Ich. War. Am. Arsch.

20. KAPITEL

Lily

Ich spürte, dass Julian mich anstarrte. Die ganze Zeit. Und ich genoss es. Es war bescheuert und dämlich und falsch, aber es fühlte sich einfach so gut an.

Sein Blick folgte mir, als Cassidy und Ella mich auf die Tanzfläche zogen. Er folgte meinen Bewegungen, als ich zu tanzen begann, und brannte sich in meine Haut. Durch meine Kleidung hindurch brannte sich sein Blick direkt in mich hinein und ließ glühendes Verlangen in mir aufsteigen.

Ich versuchte, es zu ignorieren. So wie ich seit Wochen zu ignorieren versuchte, dass ich mich zu ihm hingezogen fühlte. Ausgerechnet zu ihm. Das war aus so vielen Gründen völlig falsch. Meinem Körper war das nur ziemlich egal. Und je mehr Zeit verging, desto leiser wurden auch die Zweifel in meinem Kopf.

Vielleicht, weil Julians Blicke mich von der Angst ablenkten, die mich zu übermannen drohte, je näher die Stunde rückte, in der ich Rose wieder gegenüberstehen würde. Ich hatte keine Ahnung, was mich erwartete, ob sie überhaupt zuhören würde, und je länger ich darüber nachdachte, desto panischer wurde ich.

Also versuchte ich, mich abzulenken.

Ein Song folgte dem nächsten, und immer wieder spürte ich, dass Julian mich ansah. Und jedes Mal machte mein Herz einen erwartungsvollen Satz, und das Ziehen in meinem Unterleib wurde stärker.

Nicht gut. Nicht gut. *Nicht gut.*

Ich bekam kaum mit, wie die Zeit verging. Der Druck in meinem Inneren wurde von Minute zu Minute drängender. Meine Panik vor morgen vermischte sich mit der Hitze, die Julian in mir auslöste, zu einem wirbelnden Chaos. Ich brauchte dringend was zu trinken.

Die anderen schüttelten nur die Köpfe, als ich sie fragte, ob sie auch etwas wollten, also ging ich allein zur Bar und bestellte mir ein Wasser. Und dann einen Shot. Für gewöhnlich trank ich keinen harten Alkohol, aber ich musste meine flatternden Nerven beruhigen. Der Schnaps brannte in meiner Kehle und half kein bisschen. Unschlüssig blieb ich am Tresen stehen und trat unruhig von einem Bein aufs andere. Dann bestellte ich noch einen Shot und drehte mich mit dem Glas in der einen und meiner Wasserflasche in der anderen Hand wieder zur Tanzfläche um.

Der Club wurde inzwischen nur noch von blitzenden Lichtern erhellt, die über die tanzenden Körper zuckten, sodass kaum jemand zu erkennen war.

Mir wurde erst klar, dass ich nach Julian gesucht hatte, als er plötzlich direkt neben mir auftauchte und sich mit den Unterarmen auf dem Tresen aufstützte. Ich schluckte schwer. Gott, ich liebte seine Arme.

Er sah aus wie immer, mit seinen wuscheligen Haaren, einem simplen T-Shirt und Jeans. Es war nicht fair, dass er sich nicht mal wirklich Mühe geben musste, um absolut scharf auszusehen.

Echt nicht fair.

Und dieses Grinsen war auch nicht fair. Genauso wenig wie der träge Blick in seinen Augen.

Wir berührten uns nicht einmal, und trotzdem breitete sich in meinem Körper ein verheißungsvolles Prickeln aus. Schweigend nippte ich an meinem Wasser und lehnte mich mit dem Rücken an den Tresen. Ich versuchte, die Kontrolle über meinen Körper zurückzuerlangen. Aber irgendwas sagte mir, dass ich das heute knicken konnte.

»Was hast du denn vor?« Mit dem Kinn deutete er auf das Shotglas in meiner Hand.

»Ich versuche, nicht durchzudrehen«, erwiderte ich, setzte das Glas an die Lippen und kippte den Schnaps auf ex runter.

»Weil du dich so sehr nach mir verzehrst?«

Ich rollte mit den Augen. »Natürlich. Nur deswegen. Meine Gedanken kreisen nur noch um dich.«

Er lachte leise, das Geräusch ließ meine Haut kribbeln. Verdammter Julian!

Dann wurde sein Blick ernst. »Was ist los?«

Ich zögerte kurz. *Ach, was soll's.* Er wusste schließlich längst Bescheid. »Ich hab Schiss davor, Rose morgen zu sehen.«

»Aaah … Und deswegen willst du dich betrinken?«

»Nur ein bisschen beruhigen.« Ich hatte nicht vor, mich abzuschießen. Ein Kater im Flugzeug war das Letzte, was ich wollte.

»Na dann.« Grinsend zuckte Julian mit den Schultern und bestellte zwei weitere Shots.

Als er mir einen reichte, berührten sich unsere Finger, und mein Herz geriet ins Stolpern. *Mist.*

Er hob das andere Glas und prostete mir zu. »Alleine trinken macht keinen Spaß.«

»Ist das so?« Ich zog eine Augenbraue hoch.

Er nickte übertrieben ernst. »Ist so.« Ein durchtriebenes Leuchten trat in seine Augen. »Weißt du, was auch Spaß machen würde?«

»Du wirst es mir bestimmt gleich verraten.«

»Lass uns ein Spiel spielen.«

»Echt jetzt?«

»Willst du einfach so Shots in dich reinkippen, oder willst du dabei wenigstens ein bisschen Spaß haben?«

»Schön«, gab ich nach. »Und was spielen wir?«

»Fragerunde. Du stellst mir eine Frage, ich stelle dir eine Frage, und du kannst dabei so viel trinken, wie du willst.« Sein Mund verzog sich zu einem herausfordernden Grinsen.

Ich musste lachen. »Das ist das dämlichste Spiel, von dem ich je gehört habe.«

»Lily, es geht nicht um das Spiel, sondern darum, dass du dich betrinken willst und ich dir einen halbwegs plausiblen Grund dafür gebe«, sagte er in einem so belehrenden Tonfall, dass ich noch mehr lachen musste.

»Okay«, brachte ich schließlich kichernd hervor. »Stell mir eine Frage.«

Julian bestellte noch eine Runde. »Was ist das Peinlichste, was dir je passiert ist?«

Natürlich. Mit einer weniger unangenehmen Frage hätte er dieses Spiel nicht anfangen können. Ich nahm ihm eins der Shotgläser ab und trank. »Mein Dad ist in mein Zimmer geplatzt, als Luis und ich Sex hatten.« Ich schüttelte mich. Nicht nur wegen des Alkohols, sondern vor allem wegen der Erinnerung. »Das war so, so furchtbar.«

»Du konntest also noch nie Türen abschließen«, stellte Julian lachend fest.

»Ach, halt die Klappe!« Ich versetzte ihm einen Stoß gegen die Schulter. »Ich bin dran. Wohin würdest du reisen, wenn du dir keine Gedanken um Geld oder irgendwas anderes machen müsstest?«

»Neuseeland«, antwortete er, ohne auch nur eine Sekunde nachdenken zu müssen, exte seinen Shot und bestellte die nächste Runde. »Das war zu einfach, Lily, das kannst du doch bestimmt noch besser.«

»Warum Neuseeland?« Neugierig sah ich zu ihm hoch. Der Bass der Musik hämmerte in meiner Brust wie ein zweiter Herzschlag. Vielleicht war es aber auch nur mein Herz.

Julian schüttelte mit gespielt enttäuschter Miene den Kopf. »Nee, nee, so läuft das nicht. Ich bin dran. Was war dein liebstes Spielzeug, als du ein Kind warst?«

»Meine Barbies.« Peinlich berührt verzog ich das Gesicht und trank. Die Ballerina, die Barbies mochte. Klischeehafter ging es wohl nicht.

»Das war so klar.« Julian versuchte, sein Lachen als Husten zu tarnen, und scheiterte kläglich.

Ich kniff die Augen zusammen. »Okay, du Klugscheißer. Dein liebster Disneysong?«

»Hab keinen.«

Ich lehnte mich zu ihm hinüber. »Lügner. Weißt du, du solltest unter der Dusche leiser singen, wenn du nicht gehört werden willst.« Ich hätte schwören können, dass Julian rot wurde, auch wenn das wegen des fehlenden Lichts kaum zu erkennen war.

»Gut gespielt, Lily. Wirklich gut gespielt.« Verlegen rieb er sich die Nasenspitze, dann stöhnte er auf. »Schön. *Into the Unknown* aus Frozen II.«

»Bereust du, dass ich bei dir eingezogen bin?« Die nervöse Unruhe in mir hatte sich in eine wohltuende Wärme verwandelt. Ich hatte keine Ahnung, wie lange Julian und ich jetzt schon an der Bar standen, uns Fragen stellten und tranken. Zwischendurch waren Ella und Cassidy zu uns gekommen, hatten sich aber ziemlich schnell wieder aus dem Staub gemacht, als Julian sie nach ihren peinlichsten Erlebnissen gefragt hatte. Ich wurde das Gefühl nicht los, dass er sie hatte loswerden wollen. Was auch immer das zu bedeuten hatte. Wahrscheinlich gar nichts.

Wir waren vor einer Weile von Shots zu Bier übergegangen, bei jeder Frage mussten wir einen großen Schluck nehmen. Ich hatte immer noch nicht vor, mich an diesem Abend über alle Maßen abzuschießen, darum hatte ich den harten Alkohol irgendwann verweigert. Nüchtern war ich aber definitiv trotzdem nicht mehr.

»Ich kann nichts bereuen, wenn ich keine Wahl hatte«, sagte er trocken und stieß mit seiner Flasche kurz gegen meine, bevor er trank.

»Ist das deine Antwort? Ernsthaft?« Damit würde ich mich mit Sicherheit nicht zufriedengeben. Ich war mir nicht sicher, was genau ich von ihm hören wollte, das aber ganz sicher nicht.

»Nein. Ich meine … Ja. Ach, Mist.« Er fuhr sich mit einer Hand durchs Haar. »Manchmal. Manchmal bereue ich, dass du bei mir eingezogen bist.« Julian rückte ein Stück näher, und als sein nackter Arm jetzt meinen berührte, fühlte es sich an, als würde ein Blitz durch mich hindurchjagen. »Ich bin im Begriff, etwas absolut Dummes zu tun.« Er sah mich nicht an, während er es aussprach, redete gerade so laut, dass ich ihn verstehen konnte.

Ich schluckte schwer und drehte den Kopf ein wenig, damit ich sein Profil sehen konnte. Die Zweifel, die zu Beginn des Abends noch sehr laut gewesen waren, hatten sich inzwischen vollkommen in Luft aufgelöst. »Ach ja? Was denn?« Meine Stimme klang rau, und ich war froh, dass er es wegen der dröhnenden Musik vermutlich nicht bemerken würde.

Er richtete sich auf, drehte sich um, lehnte sich mit dem Rücken gegen die Bar und erwiderte meinen Blick mit einem schiefen Lächeln. »Weißt du, Cole und Jamie haben eine Wette laufen, wie lange ich es wohl schaffe, die Finger von dir zu lassen. Und gerade hängt es von dir ab, ob Cole diese Wette gewinnt oder nicht.«

Die Worte trafen mich wie ein Schlag, einen Moment lang konnte ich ihn nur stumm anstarren, bevor ich meine Stimme wiederfand. »Wie viel Zeit hat er dir denn gegeben?«

Ernsthaft? Das war das Einzige, was mir dazu einfiel? Julian erzählte mir, dass seine Freunde wetteten, wie lange er nicht mit mir ins Bett ging, und *das* war mein Kommentar dazu?

Julians Mundwinkel zuckten, ein amüsiertes Blitzen trat in seine Augen. »Acht Wochen.«

Ich musste nicht mal nachrechnen, um zu wissen, wann diese acht Wochen vorbei waren. Und auf einmal fühlte es sich an, als würde eine Feuerkugel in meinem Inneren wüten.

Oh Gott. Was machte er nur mit mir? Wie konnte es sein, dass ein Kerl, den ich vor ein paar Wochen nicht hatte leiden können, mich jetzt *so etwas* fühlen ließ?

Es war so was von falsch, darauf einzugehen. Ich sollte Julian einfach stehen lassen. Stattdessen musste ich lächeln und rückte näher in seine Richtung. Ich konnte nichts dagegen tun. Er zog mich an wie ein Magnet. Ein viel zu starker Magnet.

Mein Arm lag jetzt wieder direkt an seinem, seine Haut fühlte sich glühend heiß an. »Und wieso hängt das von mir ab?« Eigentlich wusste ich es längst, aber ich musste es von ihm hören. Er musste es aussprechen. Herausfordernd blinzelte ich ihn an.

»Weil du Ja oder Nein sagen musst. Sagst du Ja oder Nein, Lily?« Julian hob die Hand und streichelte über meinen Arm. Ich erbebte, und er trat noch ein Stück näher an mich heran. Jetzt berührten sich nicht mehr nur unsere Arme. Meine ganze Seite drückte leicht gegen seinen Körper, und mein Kopf schaltete sich ganz von selbst aus. Ich folgte seinem Beispiel und drehte mich so, dass wir uns jetzt direkt gegenüberstanden. Langsam ließ ich meine Hand unter sein T-Shirt wandern und musste lächeln, als sich seine Bauchmuskeln anspannten.

»Wenn du mir nicht sagst, welche Antwort wozu führt, kann ich wohl kaum was dazu sagen«, gab ich betont unschuldig zurück.

Seine Hand strich langsam über meinen Arm, hoch zu meiner Schulter und legte sich in meinen Nacken. Er streichelte behutsam die empfindliche Haut, und ich hätte beinahe geseufzt. »Hältst du mich auf? Ja oder Nein?«

Es gab eigentlich nur eine richtige Antwort auf diese Frage. Aber heute Nacht war mir so egal, was richtig war und was nicht.

»Nein.«

Und dann lagen seine Lippen auf meinen.

Ein erster Kuss war sanft. Tastend. Forschend. Dieser Kuss war nichts davon. Heiß und fordernd presste Julian seinen Mund auf meinen. Er saugte meine Unterlippe zwischen seine Zähne und biss sachte zu, neckend. Ich keuchte auf, mein Herz schlug auf einmal so schnell, dass es sich anfühlte, als würde es jeden Moment aus meiner Brust springen, während mir so heiß wurde, dass ich glaubte zu verglühen.

Ich erwiderte den Kuss mit allem, was ich hatte. Hungrig trafen unsere Zungen aufeinander, und ich spürte, wie Julians Muskeln sich unter meinen Händen anspannten, als ich sie weiter nach oben wandern ließ.

Da war wieder diese leise Stimme in meinem Kopf, die mir etwas zuflüstern wollte, aber ich ignorierte sie. Es war nicht wichtig. Nicht jetzt.

Jetzt war nur Julian wichtig. Julian und sein Mund. Julian und seine Hände. Julian und … Ich keuchte auf, als er mich so eng an sich zog, dass meine Hüften gegen seine stießen und ich spüren konnte, wie sehr er mich wollte.

Schwer atmend lösten wir uns voneinander. Julian presste seine Stirn an meine, sein Atem strich heiß über meine Haut. »Wir gehen. Jetzt«, sagte er bestimmt.

»Ach? Tun wir das?« Ich grinste ihn breit an. Es war Ewigkeiten her, dass ich mich so lebendig gefühlt hatte.

Julian legte seine Hand auf meinen Rücken. Genau auf die Stelle, die weder von meinem Shirt noch von meiner Hose bedeckt war. Zischend atmete ich ein und bog den Rücken durch.

»Tun wir.« Abrupt ließ er mich los. Allerdings nur, um seine Hand um meine zu schließen und mich hinter sich herzuziehen.

»Warte.« Ich blieb stehen und sah mich suchend um. »Ich muss Cassidy und den anderen Bescheid sagen. Wenn ich einfach so verschwinde, werden sie sich Sorgen machen.« Offenbar war ich noch genug bei Sinnen, um an so etwas zu denken, aber nicht genug, um mich selbst aufzuhalten. Möglicherweise wollte ich mich auch gar nicht aufhalten.

»Okay, gib mir deine Garderobenmarke, ich hole schon mal unsere Jacken.« Mit einem Ruck zog Julian mich an sich und küsste mich.

Nein. Ich wollte mich definitiv nicht aufhalten. Nicht, wenn er mich so küsste.

Als er mich wieder losließ, wanderte sein Blick über mein Gesicht, meinen Oberkörper, bis hinunter über meine Beine, und jede Faser sehnte sich danach, von ihm berührt zu werden. Überall. »Nur ein kleiner Vorgeschmack«, sagte er mit einem schmutzigen Grinsen.

Lachend stieß ich ihm gegen die Schulter. »Du bist unmöglich.«

»Und du stehst drauf. Und jetzt geh und beeil dich. Ich warte vorne auf dich.«

Später konnte ich mich an den Weg zurück zum Campus kaum noch erinnern. Auch nicht daran, wie wir über den Campus bis in unsere Wohnung gelangt waren. Ich wusste nur, dass wir viel zu lange brauchten, weil wir die Finger nicht voneinander lassen konnten.

»Endlich«, murmelte Julian leise, als die Wohnungstür hinter uns ins Schloss fiel, und zog mich an sich. Stürmisch presste er die Lippen auf meinen Mund, und ich kam ihm entgegen. Unsere Zungen berührten sich, und Verlangen stieg in mir auf.

Ich stellte mich auf die Zehenspitzen, schlang beide Arme um Julian und vergrub die Finger in seinen Haaren. Erneut presste ich mein Becken gegen seins, und als ich zum zweiten Mal in dieser Nacht spürte, wie sehr er mich wollte, musste ich lächeln.

Oh ja. Genauso war das richtig.

Julian streifte mir die Jacke von den Schultern, und ein paar Minuten später lagen nicht nur meine, sondern auch seine Klamotten im Wohnzimmer auf dem Boden.

Ich stand nun nur noch in Unterwäsche vor Julian, und er ließ die Hände ehrfürchtig über meinen Körper gleiten. »Du hast keine Ahnung, wie lange ich mir das schon gewünscht habe.« Er vergrub sein Gesicht an meiner Halsbeuge.

Ich stöhnte auf, als seine Zunge meine Haut berührte, und legte den Kopf in den Nacken. »Seit du mich nackt in der Badewanne gesehen hast?«, neckte ich ihn atemlos und musste lachen, weil Julian mich in die Taille zwickte.

»Du bist richtig frech.«

»Und du stehst drauf«, wiederholte ich seine Worte aus dem Club.

Er hob den Kopf und grinste mich schelmisch an. »Das tu ich.« Er schob die Hände unter meinen Hintern und hob mich hoch. Instinktiv schlang ich die Beine um seine Hüfte, und Julian stöhnte auf. »Du bringst mich noch um.«

»Bitte nicht. Ich hab heute Nacht noch ein bisschen was vor mit dir.« Ich strich mit meinem Mund so leicht über seinen, dass es kaum als Kuss durchging. Trotzdem spürte ich, wie Julian erzitterte.

Er trug mich zum Sofa, legte mich auf die weichen Polster und schob sich über mich. Staunend ließ ich meine Finger über seine Brust wandern, seinen Bauch hinunter und unter den Saum seiner Boxershorts.

»Lily«, stieß er keuchend hervor, als ich ihn umfasste und meine Hand bewegte.

»Ja?« Nur mit Mühe verkniff ich mir ein diebisches Grinsen.

Er atmete tief durch, seine Brust drückte sich dabei gegen meine, und ein wohliger Schauer durchlief mich. Für ein paar Sekunden schloss er die Augen, und als er sie wieder öffnete, sah er mich so durchdringend an, dass es mir den Atem raubte. Er sagte nichts, stattdessen küsste er mich so leidenschaftlich, dass ich es in jeder Faser meines Körpers spürte. Einen Augenblick später streifte Julian mir den BH von den Brüsten und senkte seinen Mund auf die empfindliche Haut. Er neckte und reizte mich, bis ich mich fühlte, als würde ich jede Sekunde in seinen Händen zerfließen.

Seine Lippen strichen über meinen Körper, weiter nach unten, und dann landete auch mein Slip auf dem Boden neben dem Sofa. Sanft spreizte er meine Beine, und als seine Zunge mich berührte, stieß ich einen wimmernden Laut aus und grub die Fingernägel fest in seine Schultern.

Ich konnte nicht mehr denken. Ich konnte nur noch fühlen, und Himmel, Julian wusste, was er tat. Mein Becken hob sich ganz von selbst, und während er einen Finger in mich gleiten ließ, musste ich mir auf die Lippe beißen, damit ich nicht laut aufschrie.

Julian bewegte seinen Finger, seine Zunge, und ich verlor mich. Verlor mich vollkommen. Ich vergaß alles um mich herum, und das Verlangen, ihn in mir zu spüren, wurde so übermächtig, dass ich nach seinen Schultern greifen und ihn zu mir ziehen wollte. Aber Julian dachte gar nicht daran. Ein weiteres Mal ließ er seine Zunge über meine empfindlichste Stelle gleiten, und ich kam so plötzlich, dass ich dieses Mal wirklich aufschrie. Jeder Muskel in meinem Körper spannte sich an. Julian schob sich meinen Körper entlang nach oben und erstickte mein Stöhnen mit einem innigen Kuss.

»Du bist …«, sagte ich mit einem Seufzen, als er sich von mir löste, fand aber nicht mal ansatzweise das richtige Wort, um zu beschreiben, was er gerade mit mir angestellt hatte.

»Ich weiß.« Er grinste so selbstzufrieden, dass ich schon wieder lachen musste. Mit den Ellbogen stützte er sich seitlich von mir ab, damit sein Gewicht nicht zu sehr auf mir lastete, und strich mir eine Haarsträhne aus der Stirn.

»Unmöglich. Du bist unmöglich, das wollte ich sagen.«

»Unmöglich gut.«

Ich musste lachen. »Das ergibt nicht mal Sinn.«

Julian zuckte umständlich mit den Schultern, und sein Grinsen wurde breiter, als er sich noch ein Stück höher schob und mich küsste. Ich spürte ihn hart zwischen meinen Beinen, und auch wenn das eigentlich nicht möglich sein sollte, begann es in meinem Unterleib schon wieder vor Lust zu kribbeln.

»Es ist nicht ganz fair, dass ich nackt bin und du immer noch deine Unterhose trägst.« Ungeduldig zupfte ich an dem letzten Stück Stoff, das uns voneinander trennte.

»Stimmt, das ist echt nicht fair.« Julian stemmte sich hoch, und die Muskeln seiner Arme spannten sich an, dann stand er auf. Ich konnte nicht aufhören, ihn anzustarren, als er die Boxershorts abstreifte.

Er sah gut aus, das hatte ich von Anfang an gefunden. Aber ihn jetzt nackt zu sehen, war noch mal etwas vollkommen anderes. Mein Mund war auf einmal ganz trocken. Julian legte den Kopf zur Seite und musterte mich.

»Bist du sicher, dass du das willst?«, fragte er, seine Stimme klang unerwartet rau.

Ich musste nicht einmal in mich hineinhorchen, um es zu wissen. Lächelnd streckte ich eine Hand nach ihm aus. »Komm her.« Heute Nacht gab es nichts, was ich mehr wollte als ihn. Über alles andere konnte ich morgen nachdenken. Oder niemals.

»Moment.« Julian beugte sich zu mir runter, gab mir einen Kuss und verschwand in seinem Zimmer. Einen Moment später kam er mit einem Kondom zurück. Ich setzte mich auf und nahm es ihm aus der Hand.

Bestimmt drückte ich Julian aufs Sofa. Als ich meine Hand um ihn legte und auf und ab gleiten ließ, stöhnte er auf und warf den Kopf nach hinten. Unwillkürlich musste ich lächeln. Zu wissen, welche Wirkung ich auf ihn hatte, fühlte sich gut an. So gut.

Ich rutschte vom Sofa auf den Boden und nahm ihn in den Mund.

Warnend stöhnte Julian meinen Namen, aber ich ignorierte ihn, ließ meinen Mund an ihm auf und ab wandern. Doch als ich an ihm zu saugen begann und meine Zunge zu Hilfe nahm, war es um Julians Selbstbeherrschung geschehen.

Er packte mich und zog mich auf seinen Schoß, als würde ich nichts wiegen. »Du willst mich wirklich umbringen«, knurrte er, dann lag sein Mund wieder auf meinem, und ein kribbelndes Glücksgefühl breitete sich in mir aus. Er küsste mich so heiß und tief, dass mir schwindelig wurde.

Nach Luft schnappend löste ich mich von ihm, öffnete endlich die kleine Plastikpackung in meiner Hand und streifte ihm das Kondom über.

Ich wollte mich auf ihn sinken lassen, doch Julian schlang einen Arm um mich, und einen Augenblick später fand ich mich auf dem Rücken wieder, und er lag schwer und warm auf mir. Vorsichtig drang er in mich ein, und ich konnte fühlen, wie schwer es ihm fiel, sich zurückzuhalten. Meinetwegen.

Aber ich wollte keine Zurückhaltung. Ich wollte ihn. Voll und ganz. Also packte ich seinen Hintern und zog ihn zu mir. Zischend stieß Julian den Atem aus, dann begann er, sich in mir zu bewegen.

Wir fanden unseren Rhythmus schnell. So schnell. Unser keuchender Atem war das Einzige, was in der Wohnung zu hören war.

»Fuck, Lily!« Julians Worte waren kaum zu hören, weil er sein Gesicht an meinem Hals vergraben hatte. Seine Stöße wurden schneller, unkontrollierter, härter, und ich kam ihm mit meinem Becken entgegen. Hitze sammelte sich in mir, und als er eine Hand zwischen uns schob und mich berührte, konnte ich mich nicht länger zurückhalten. Sterne explodierten vor meinen Augen, eine Welle von Lust rollte über mich hinweg, und ich stöhnte auf.

Nur einen Moment später erbebte Julian über mir. Ich schlang die Arme um ihn und hielt ihn fest. Ich hielt ihn, und er hielt mich, während wir schwer atmend dalagen und sich mein rasendes Herz allmählich wieder beruhigte.

»Das war …«, murmelte Julian, und dieses Mal war er derjenige, dem die Worte fehlten. Ich wusste trotzdem, was er meinte.

»Wahnsinn.« Mit einem zufriedenen Lächeln fuhr ich ihm durch die Haare. Das war es wirklich.

Irgendwann stand Julian auf, um das Kondom zu entsorgen. Gähnend kam er zu mir zurück, schnappte sich meine Kuscheldecke von der Lehne und kletterte wieder zu mir aufs Sofa. Wortlos schob er sich hinter mich und breitete die Decke über uns aus.

Ich hatte mir keine Gedanken darüber gemacht, wie es nach dem Sex weitergehen sollte. Wie diese Nacht enden würde. Damit hätte ich jedenfalls nicht gerechnet. Aber als ich jetzt Julian hinter mir spürte, seine Haut warm und weich an meiner, fühlte es sich richtig an, genau so wie es war.

»Hör auf, dir den Kopf zu zerbrechen, und schlaf.« Er drückte mir einen sanften Kuss auf die Schulter.

Ich wollte protestieren, aber dann wurde mir klar, dass ich überhaupt nicht wusste, was ich sagen wollte. Mein Kopf war vollkommen leer. Also schmiegte ich mich einfach näher an ihn und schloss die Augen.

21. KAPITEL

Julian

Ich hatte mit Lily geschlafen. Ich hatte mit meiner Mitbewohnerin geschlafen. Ich war der größte Idiot unter der Sonne.

In Jogginghose und T-Shirt saß ich auf dem Sofa und wartete darauf, dass Lily aus dem Bad kam. Jedem anderen Mädchen wäre ich unter die Dusche gefolgt und hätte genau da weitergemacht, wo wir vor ein paar Stunden aufgehört hatten. Aber Lily war nicht jedes Mädchen.

Sie war meine verfluchte Mitbewohnerin.

Was zum Teufel hatte ich mir dabei gedacht, ausgerechnet mit meiner Mitbewohnerin zu schlafen?

Die Antwort war einfach: Ich hatte gar nicht nachgedacht. Ich hatte aufgehört zu denken, seit ich Lily in dem Club gesehen hatte. Und ich konnte es nicht mal richtig auf den Alkohol schieben. Ich war nicht zu betrunken gewesen. Auf jeden Fall nicht *so* betrunken, dass ich nicht gewusst hatte, was ich tat. Ich hatte es ganz genau gewusst. Ich hatte es nur nicht geschafft, länger die Finger von ihr zu lassen.

Ich war so ein Idiot. Idiot. Idiot. IDIOT.

Noch dazu war ich ein Idiot, der keine Ahnung hatte, wie er mit der ganzen Situation umgehen sollte. Dass ausgerechnet ich mir darüber Gedanken machte, obwohl ich Lily letzte Nacht noch gesagt hatte, sie solle nicht so viel nachdenken, war wohl Ironie des Schicksals.

»Guten Morgen.« Lilys fröhliche Stimme ließ mich zusammenzucken und herumfahren. Ihre Haare waren noch nicht ganz trocken, sie war geschminkt und trug Jeans und einen schwarzen Pullover. Sie sah aus, als würde sie jeden Moment aufbrechen. Ich brauchte ein paar Sekunden, bis mir die Ferien wieder einfielen. Es würde nicht mehr allzu lange dauern, bis Cole mich abholen kam.

»Morgen«, gab ich zurück und räusperte mich.

»Alles okay?« Stirnrunzelnd musterte sie mich.

Das fragte sie *mich*? »Klar. Und bei dir?«

»Ja. Alles gut. Julian, warum guckst du mich so an?«

»Wie gucke ich dich denn an?«, fragte ich ausweichend und versuchte, meinen Gesichtsausdruck unter Kontrolle zu bringen. Es konnte doch nicht sein, dass mich das jetzt überforderte! Ich hätte echt nicht mit meiner Mitbewohnerin schlafen sollen.

Aber – verdammt! – Lily war gut gewesen. Diese Nacht mit Lily war gut gewesen. Mehr als gut.

»Du … Oh mein Gott, du denkst, das bedeutet mir mehr, oder?«

»Was?« Verblüfft starrte ich sie an. Äh, nein, das war mir nicht gerade durch den Kopf gegangen.

Lachend schüttelte Lily den Kopf. »Julian, die Nacht war toll. Ganz ehrlich. Aber du musst dir echt keine Sorgen machen. Ich verknalle mich nicht sofort in dich, nur weil wir jetzt einmal Sex hatten.«

»Darum geht's doch gar nicht«, protestierte ich hastig.

»Worum dann?« Verständnislos neigte sie den Kopf und verschränkte die Arme vor der Brust.

Ich stöhnte auf. »Wir wohnen zusammen, okay? Darum geht's. Ich weiß nicht – «

»Du weißt nicht, wie du damit umgehen sollst?« Ein breites

Grinsen erschien auf ihrem hübschen Gesicht. Dieses Biest. Ich quälte mich hier, und ihr machte das Spaß. Wieso überforderte mich das Ganze eigentlich so?

»Nein, weiß ich nicht«, gab ich zähneknirschend zu. Noch nie – wirklich noch nie – war der Morgen danach so kompliziert gewesen wie heute.

Lily setzte sich neben mich aufs Sofa und sah mich aus ihren blauen Augen eindringlich an. »Okay, pass auf. Wir hatten Sex. Absoluten Wahnsinnssex. Ein Mal. Und das war's. Wir werden uns jetzt eine Woche nicht sehen, und danach ist alles wie vorher, okay?«

Misstrauisch erwiderte ich ihren Blick. Das war zu einfach. So einfach konnte es doch nicht sein, oder?

»Okay?« Wieso klang meine Antwort mehr nach einer Frage als nach Zustimmung?

Sie sprang auf und flocht ihre Haare zu einem lockeren Zopf. »Alles klar. Ich muss jetzt los. Wir sehen uns nächstes Wochenende.«

Mit diesen Worten verschwand sie in ihrem Zimmer und kam einen Augenblick später mit einer kleinen Reisetasche in der Hand zurück. Sie schlüpfte in Stiefel und Mantel und zog sich eine Mütze über den Kopf.

»Bis dann«, verabschiedete sie sich, und weg war sie. Fassungslos starrte ich ihr hinterher. Was war das denn gewesen?

»Alles okay?« Cole warf mir einen kurzen Blick zu, bevor er sich wieder auf die Straße konzentrierte. Wir waren auf dem Weg nach Chicago, weil wir von dort aus nach Kalifornien fliegen würden.

»Hm?«

»Ich habe dich jetzt dreimal gefragt, ob alles okay ist. Was ist los?«

»Gar nichts.« Ich schloss die Augen. Cole war mein bester Freund, aber ich konnte nicht darüber reden. Weil ich selbst nicht wusste, was los war.

Ich hatte gedacht, wenn ich mit Lily ins Bett ging, würde ich aufhören, an sie zu denken. Dass eine Nacht reichte, um sie mir aus dem Kopf zu schlagen.

»Julian.« Cole seufzte. »Erzähl keinen Scheiß. Sag mir einfach, was los ist.«

»Ich habe mit Lily geschlafen.«

Ein paar Sekunden lang hingen die Worte zwischen uns in der Luft. Dann begann Cole zu lachen.

»Das ist nicht witzig.« Grimmig sah ich ihn an.

»Tut mir leid. Das ist wirklich nicht witzig. Es ist nur … Ich habe noch genau diese eine Nacht, um die Wette zu gewinnen und du –«

»Ja, schön, du hast die Wette gewonnen.« Ich verdrehte die Augen. »Bist du jetzt zufrieden?«

Schlagartig wurde Cole wieder ernst. »Nein. Tut mir leid, ich hätte nicht lachen sollen. Also, du hast mit Lily geschlafen. Und das ist jetzt ein Problem?«

»Nein. Es gibt kein Problem.« Ich erzählte ihm kurz von meinem und Lilys Gespräch heute Morgen.

»Und warum siehst du dann so aus, als gäbe es eins?«

»Weil … Ich …« Ich druckste herum und kam mir vor wie ein Fünfzehnjähriger, der noch nie ein Date gehabt hatte, und nicht wie … *ich*.

»Jules, du willst es wieder tun. *Das* ist dein Problem.« Ungläubig starrte Cole mich an.

»Nein. Nein. Das ist nicht mein Problem. Ganz bestimmt nicht. Nein. Echt nicht.« Ich verstummte. »Fuck!«

Cole lachte. »Nein, das ist ganz offensichtlich nicht dein Problem.«

»Ich bin am Arsch.« Aufstöhnend schlug ich mir die Hände vors Gesicht. »Ich dachte, es würde aufhören. Ich dachte, wenn wir einmal Sex haben, würde das reichen.« Stattdessen musste ich nur an sie denken und könnte es sofort wieder tun. *Großartig.*

»Anscheinend nicht. Und was hast du jetzt vor?«

»Was schon? Ich habe eine Woche Zeit, um sie mir aus dem Kopf zu schlagen. Ich kann unmöglich noch mal mit ihr ins Bett gehen. Wir wohnen zusammen, das kann nicht gut gehen.«

»Wenn du das selbst weißt, muss ich es dir ja nicht sagen.«

»Nein, musst du nicht.« Ich ließ den Kopf gegen die Rückenlehne sinken. Cole musste mir das nicht sagen. Aber es würde mit Sicherheit nicht schaden, wenn er mich zwischendurch daran erinnerte.

Lily

Nervös zappelte ich auf meinem Sitz herum. Ich war im Flieger nach New York und ganz kurz davor, die Nerven zu verlieren. Je näher das Flugzeug der Stadt kam, desto mulmiger wurde mir. Ich würde Rose wiedersehen. In ein paar Stunden würde ich meine Schwester wiedersehen. Und die Panik, die ich gestern schon empfunden hatte, war nichts gegen das, was ich gerade fühlte.

Ich seufzte und schob jeden Gedanken an Rose vorerst in den hintersten Winkel meines Kopfes. Es brachte jetzt eh nichts mehr, darüber nachzugrübeln. In ein paar Stunden würden wir uns gegenüberstehen, und alles Weitere würde sich dann zeigen.

Stattdessen wanderten meine Gedanken ganz von selbst zu

Julian. Und als ich erst einmal damit anfing, konnte ich nicht wieder damit aufhören.

Ich konnte nicht aufhören, an Julian zu denken. Ich konnte nicht aufhören, an den *Sex* mit Julian zu denken. Ich hatte gedacht, eine Nacht mit ihm würde reichen, um diese ständige Spannung in meinem Körper zu lindern. Stattdessen fühlte es sich aber so an, als wäre etwas in mir ... erwacht.

Das klang sogar in meinem Kopf dämlich, doch genauso fühlte es sich an.

Ich schaffte es erst, Julian aus meinem Kopf zu verbannen, als ich meinen Dad am Flughafen stehen sah, Maggie und Ivy direkt neben sich. Von einer Sekunde zur nächsten fand ich mich in einer stürmischen Umarmung wieder und wurde mit so vielen Fragen bombardiert, dass ich eine nicht von der anderen unterscheiden konnte.

»Jetzt lasst sie doch erst mal wieder ankommen, bevor ihr sie erdrückt, ja?« Dad schob meine Schwestern zur Seite und zog mich in seine Arme. »Hattest du einen guten Flug?«

»Ja, alles in Ordnung«, erwiderte ich und sah mich suchend um. Ich wusste, dass sie nicht da war. Natürlich nicht. Aber anscheinend hatte ich mir tief im Inneren trotzdem gewünscht, sie wäre hier.

Wir verließen das Flughafengebäude, glücklicherweise ohne auf meinen Koffer warten zu müssen, da ich nur Handgepäck dabeihatte, und stiegen in Dads Auto.

»Wie geht's euch?«, wollte ich wissen, als Dad den Wagen vorsichtig in den dichten Verkehr einfädelte. Ich sah von Ivy zu Magnolia und versuchte krampfhaft, mich nicht zu fragen, ob Rose mir wohl die ganze Woche aus dem Weg gehen würde.

»Ich hasse Victoria!« Ivy verzog missmutig das Gesicht, und ich hob überrascht die Augenbrauen.

»Ehrlich? Sie ist deine beste Freundin.«

»Ja und? Ich hasse sie trotzdem!« Auf der Fahrt in die Stadt redeten meine Schwestern ununterbrochen. Ivy erzählte, warum sie ihre beste Freundin auf einmal hasste – sie hatte sich mit einem Mädchen getroffen, das Ivy nicht leiden konnte –, und ich musste sofort an Julians Schwestern denken, die nicht mehr miteinander sprachen, weil die eine umziehen wollte und die andere nicht.

Und auf einmal war mir kotzübel. Das war so dämlich. Alles. Ivy und Victoria. Jenny und Sarah. Rose und ich. Wir waren alle beste Freundinnen und redeten aus einem eigentlich absolut bescheuerten Grund nicht mehr miteinander.

Weil ich meinen verletzten Stolz, meine Eifersucht und meinen Hass auf mich selbst nicht in den Griff bekommen hatte, hatten Rose und ich über ein halbes Jahr nicht miteinander gesprochen. Das war so, so dämlich.

»Ist sie zu Hause?«, fragte ich unvermittelt.

»Rose?« Maggie wickelte sich eine Haarsträhne um den Finger. Das hatte sie schon als kleines Mädchen immer getan.

»Ja.«

»Willst du etwa endlich mit ihr reden?« Ivy riss so ungläubig die Augen auf, dass ich beinahe gelacht hätte, wenn die ganze Sache nicht so traurig gewesen wäre.

»Ja, ich denke schon.«

Mom stand schon in der Tür, als wir aus dem Auto stiegen. »Schätzchen, da bist du ja endlich. Geht's dir gut?« Mit einem strahlenden Lächeln zog sie mich in ihre Arme. Sie drückte mir einen Kuss auf die Stirn, und ich sog mit ihrem Parfum den vertrauten Duft meiner Kindheit ein.

»Ja, mir geht's gut. Alles in Ordnung.«

Sie legte mir eine Hand auf den Rücken und schob mich ins Haus. »Du musst uns alles von der Uni erzählen.«

»Mach ich. Gleich. Versprochen. Aber zuerst … Ist Rose oben?«

Überrascht zog Mom die Augenbrauen hoch. »Sie ist in ihrem Zimmer.«

Ich nickte kurz und stürmte die Treppe hoch.

»Das wurde aber auch Zeit«, hörte ich Dad sagen, und ein kollektives Seufzen der Erleichterung war die Antwort der anderen darauf.

Mit jeder Stufe wurde das mulmige Gefühl stärker. Denn nur weil ich endlich bereit war, mit Rose zu reden, bedeutete das noch lange nicht, dass es ihr genauso ging.

Oben angekommen klopfte ich an ihre Tür und wartete ihr »Ja?« nur gerade eben ab, bevor ich das Zimmer betrat. Rose lag auf ihrem Bett, den Laptop auf dem Schoß und richtete sich auf, als sie mich sah.

»Was willst du?« Sie verschränkte die Arme vor der Brust, ihr Gesicht glich einer ausdruckslosen Maske. Das war nicht gut.

Ich machte einen vorsichtigen Schritt auf sie zu. »Ich möchte mit dir reden.«

Sie zuckte mit den Schultern, wandte den Blick ab und schaute wieder auf ihren Laptop. »Schön, ich aber nicht mit dir.«

Ich zuckte zusammen. Es überraschte mich zwar nicht sonderlich, trotzdem tat es höllisch weh. Auch wenn ich es verdient hatte. »Ich weiß. Und ich kann das verstehen. Aber bitte, Rose. Wir müssen uns wieder vertragen.«

Jeder Muskel ihres Körpers spannte sich an, ich konnte es sehen. »Wir können uns nicht vertragen, Lily! Weil wir uns nämlich nicht mal richtig gestritten haben«, fauchte sie, klappte den Laptop heftiger als nötig zu, legte ihn zur Seite und stand auf. »Weil du mich seit *acht* Monaten ignorierst!«

Meine Augen begannen zu brennen. »Es tut mir leid, Rose. Es tut mir so leid. Ich ... ich war einfach unausstehlich. Du konntest nichts dafür. Ich war eifersüchtig und neidisch, und ich konnte nicht damit umgehen, dass du weitermachen konntest. Dass dir nichts passiert ist. Und mir schon.« Die Worte stolperten ungelenk aus meinem Mund. Ich sagte ihr alles, was ich Stephanie und Julian schon gesagt hatte, versuchte, ihr klarzumachen, wie beschissen dieses letzte Jahr für mich gewesen war, und hatte trotzdem das Gefühl, dass ich das, was ich eigentlich sagen musste, einfach nicht herausbrachte. Die Worte, die meine Schwester so dringend hören musste, verhedderten sich zu einem unauflösbaren Knoten.

Rose stieß ein bitteres Lachen aus und raufte sich die Haare. »Weißt du was? Das kann ich sogar alles verstehen! An deiner Stelle wäre es mir vielleicht genauso gegangen. Ich verstehe, dass du es ungerecht fandest, aber weißt du, was ich nicht verstehe? Dass du dir offensichtlich keine Sekunde lang Gedanken darüber gemacht hast, was dein Unfall *mir* angetan hat!« Ihre Stimme wurde lauter. Sie schrie mich an, und ich hatte es verdient. So verdient.

Ich versuchte, die Tränen wegzublinzeln, kam aber nicht gegen sie an. »Rose ...«, flehte ich erstickt, doch sie schnitt mir mit einer Handbewegung das Wort ab.

»Lass mich! Wenn du unbedingt reden willst, lass mich verdammt noch mal auch reden! Ich habe mich zusammengerissen, die ganze Zeit, weil ich wusste, wie schwer es für dich ist, dass du nicht mehr tanzen kannst. Das Tanzen war dein Leben. Aber weißt du was? Eigentlich war es *unser* Leben. Glaubst du ernsthaft, mir hat es nicht genauso wehgetan wie dir? Wir wollten zusammen zur Juilliard gehen, uns zusammen eine Wohnung suchen und gemeinsam unseren Traum leben. Und dann passiert das und ... Dein Leben ist nicht das einzige, das an dem Tag kaputtgegangen ist, kapiert? Es tut mir leid, dass du diejenige warst, die sich verletzt hat, dass du diejenige bist, die nicht mehr tanzen kann. Glaub mir, wenn ich mit dir hätte tauschen können, hätte ich es getan. Aber du hast nicht als Einzige was verloren.« Sie schluchzte auf, plötzlich gar nicht mehr wütend, sondern zutiefst verletzt. Meinetwegen. »Ich habe *dich* verloren, Lily! Du warst meine beste Freundin, du hast ... Du warst ein Teil von mir, und dann hast du mir *dich* weggenommen!« Rose schnappte nach Luft, ihre Hände zu Fäusten geballt, während sie mir das Herz aus der Brust riss.

»Es ... Es tut mir leid. Es tut mir leid, es tut mir leid«, stammelte ich, wieder und wieder. Es gab nichts, was ich sonst hätte sagen können. Nichts, was das, was ich getan hatte, hätte wiedergutmachen können. Heiße Tränen liefen mir über die Wangen. Gestern hatte ich mich vor lauter Panik vor diesem Gespräch mit Julian betrunken, um nicht daran denken zu müssen. Heute wusste ich, dass diese Panik gerechtfertigt gewesen war.

»Weißt du, warum ich immer noch hier wohne?« Rose ignorierte meine Entschuldigung, und ich konnte ihr deswegen nicht einmal das kleinste bisschen böse sein. Sie hatte jedes Recht der Welt, sauer auf mich zu sein. »Ich wollte nicht ohne dich ausziehen. Ich dachte, wenn du dich am Ende vielleicht für die NYU oder die Columbia entscheidest, könnten wir uns trotzdem eine gemeinsame Wohnung suchen. Ich wollte dich nicht zurücklassen. Aber dann bist du einfach nach Faerfax gegangen und hast *mich* hier zurückgelassen!«

»Rose ... Ich ... Ich weiß nicht, was ich sagen soll. Es tut mir leid. Ich weiß, ich habe dir wehgetan, und ich fühle mich furchtbar. Aber bitte ... Du bist ... Bitte, verzeih mir. Ich habe das nicht verdient, aber bitte. Verzeih mir.« Ich rang die Hände, meine Kehle fühlte sich an wie zugeschnürt. Ich bekam keine Luft mehr.

Rose schwieg, den Blick auf den Boden gerichtet. Und ich verstand.

Zitternd wandte ich mich ab, um ihr Zimmer zu verlassen.

»Ich verzeihe dir.« Ihre Stimme war so leise, dass ich mir erst nicht sicher war, ob ich sie wirklich gehört hatte, doch als ich mich wieder umdrehte, verzogen sich ihre Lippen zu einem zögerlichen Lächeln. »Aber das bedeutet nicht, dass ich nicht mehr sauer auf dich bin.«

Ich fiel ihr so heftig um den Hals, dass wir beide das Gleichgewicht verloren und auf ihrem Bett landeten. »Du darfst so lange sauer sein, wie du willst!«

»Ich habe wieder angefangen zu tanzen«, sagte ich leise.

Wir lagen auf ihrem Bett, die Beine gegen die Wand gestemmt und mit dem Kopf am Rand der Matratze. Wir hatten uns nach dem Abendessen zurückgezogen, es gab noch eine ganze Menge zu bereden.

Rose warf sich mit einem Ruck herum. »Was? Und das erzählst du erst jetzt?«

»Es ist keine große Sache.« Ausweichend zuckte ich mit den Schultern, was im Liegen gar nicht so einfach war. »Es ist nur für das Musicalprojekt. Mehr nicht. Kein Ballett. Nur … tanzen.«

»Das *ist* eine große Sache! Du wolltest nie wieder tanzen. Es ist toll, dass du wieder angefangen hast.« Sie griff nach meiner Hand und drückte sie fest. »Vielleicht kannst du dich ja noch mal an der Juilliard bewerben.« Die Hoffnung in ihren Augen traf mich mitten ins Herz.

»Rose … Ich bin nicht mehr so gut wie früher.«

»Aber das kannst du wieder werden!« Sie sah so entschlossen aus, als würde sie das wirklich glauben.

»Vielleicht. Vielleicht auch nicht. Keine Ahnung. Erzähl du lieber mal … Erzähl mir von der Juilliard«, bat ich, weil ich es unbedingt wissen wollte. Ich wollte wieder ein Teil ihres Lebens sein. Trotzdem konnte ich nicht verhindern, dass meine Stimme zitterte.

Rose drehte sich wieder auf den Rücken und starrte an die Decke. Ihre Brust hob sich, als sie tief einatmete. »Es ist … anstrengend. Aber toll. Es macht Spaß, und … wir proben gerade *Schwanensee*. Ich … darf den weißen Schwan tanzen.«

Augenblicklich setzte ich mich auf und boxte sie spielerisch gegen den Oberarm. »Rose! *Das* ist eine große Sache! Du bist … Oh mein Gott, ich bin so stolz auf dich!«

»Ehrlich?« Unsicher biss sie sich auf die Unterlippe.

Ich nahm sie in den Arm. »Ganz ehrlich!«

»Danke.« Sie schniefte, und ich drückte sie noch ein bisschen fester. Dann löste sie sich von mir. »Ich muss dir noch was sagen.«

Mein Magen zog sich in einer dunklen Ahnung zusammen. »Okay, schieß los.«

»Keira war beim letzten Vortanzen. Sie wurde angenommen. Und sie und Luis … Da läuft wieder was. Ich weiß nicht, ob du das überhaupt hören willst, aber ich konnte es dir auch nicht nicht sagen und …« Sie brach ab. Ich griff nach ihrer Hand, verschränkte unsere Finger miteinander.

»Hey.« Sie hob den Kopf, und der Blick ihrer grünen Augen war so vertraut, weil es mein eigener war. Ich zwang mich zu einem Lächeln und versuchte, zu ignorieren, dass sich mein Inneres gerade anfühlte, als hätte ich Säure getrunken. Es war nicht mehr wichtig. Die beiden waren nicht mehr wichtig. »Luis? Keira? Wer war das noch gleich?«

22. KAPITEL

Julian

Der Joshua Tree National Park war umwerfend. Ein wahr gewordener Traum für jeden Fotografen, der die Natur liebte. Eigentlich war es der perfekte Ort, um zur Ruhe zu kommen und an nichts zu denken.

Aber mein Hirn gab einfach keine Ruhe. Meine Gedanken drehten sich im Kreis. Wieder und wieder und wieder. Ich dachte an Lily. An meine Schwestern. Meinen Dad. Meine Mutter.

Sogar an meine Mutter.

Ich wollte nicht an sie denken. Von allen Menschen in meinem Leben wollte ich an sie am wenigsten denken. Weil sie nicht in mein Leben gehörte.

Aber ich hatte gestern mit Jenny telefoniert. Und danach mit Sarah. Die beiden hatten sich ausgesprochen. Sie waren sich zwar nicht völlig einig, doch sie redeten wenigstens wieder miteinander. Sarah hatte jetzt tatsächlich einen Freund. Allein bei dem Gedanken wurde mir mulmig.

Und ich wurde wütend. So wütend. Weil ich nicht derjenige sein sollte, der sich mit den Problemen meiner kleinen Schwestern auseinandersetzen musste. Ich war der Falsche, weil ich keine Ahnung vom Leben hatte. Ich hatte keine Ahnung von Beziehungen, wie sollte ich Sarah und Jenny da gute Ratschläge geben? Wie sollte ich auf sie aufpassen, wenn ich in einer anderen Stadt wohnte?

Ich sollte einfach zulassen, dass sie nach Faerfax zogen. Aber ich konnte nicht. Weil ich mein eigenes Leben leben wollte. Zu was für einem Menschen machte mich das? Zu was für einem Bruder?

»Jules? Alles okay?«

Ich drehte mich zu Cole um, der ein paar Meter hinter mir stand und mich besorgt ansah. »Was?«

»Du starrst seit einer Viertelstunde ins Leere. Und du hast kein einziges Foto gemacht.« Er deutete auf die Kamera, die vergessen an dem Gurt vor meiner Brust hing. »Was ist los?«

»Es ist zu viel. Es ist alles zu viel.« Die Worte waren raus, ehe ich mich davon abhalten konnte.

Cole ließ sich auf den sandigen Boden fallen und sah auffordernd zu mir hoch, damit ich mich neben ihn setzte.

Ich seufzte genervt und verschränkte die Arme vor der Brust. Ich kam mir vor wie ein trotziges Kind, aber ich wollte jetzt nicht darüber reden. Doch ich wusste auch, dass Cole genauso hartnäckig sein konnte wie Cassidy, wenn er wollte.

»Erinnerst du dich noch daran, dass du unbedingt mit mir über Tessa und meine Gefühle für sie reden wolltest?«, fragte Cole betont beiläufig und betrachtete seine Hände.

Wieder verdrehte ich die Augen. Ich hätte wissen müssen, dass er mir dieses Gespräch irgendwann vorhalten würde. Andererseits hatte ich nicht gedacht, dass meine Gefühle jemals eine Rolle spielen würden. Weil ich mir über meine Gefühle keine Gedanken machte. Zumindest war das so gewesen. Bis zu diesem beschissenen Tag Anfang Januar, der einfach alles geändert hatte.

In mehr als einer Hinsicht.

»Geht's um Lily?«

Ich schüttelte energisch den Kopf. Nein, um Lily ging es gerade wirklich nicht. Allerdings hatte mein Plan, sie mir aus dem Kopf zu schlagen, während der letzten Tage nicht einmal ansatzweise funktioniert. Morgen für Morgen wachte ich auf und brauchte eine eiskalte Dusche, weil sie mich in meinen Träumen um den Verstand brachte.

In den einzigen Minuten am Tag, in denen Lily nicht durch meine Gedanken tanzte, dachte ich an meine Familie. Ein ziemlich wirkungsvolles Mittel, um die drängende Hitze aus meinem Körper zu vertreiben. Dadurch fühlte ich mich allerdings nur unwesentlich besser.

»Okay, wenn es nicht um Lily geht, dann wahrscheinlich um deine Familie, oder?« Ich zuckte mit den Schultern, und Cole seufzte. »Jules, ich weiß, dass du dir Sorgen um deine Familie machst. Ich bin weder blöd noch blind, und wir haben zwei Jahre zusammengewohnt, schon vergessen? Ich hab dich nie gedrängt, weil ich wusste, dass du nicht drüber reden möchtest, aber langsam werde ich echt neugierig.« Ein Schatten huschte über sein Gesicht. »Und *ich* mache mir Sorgen.«

Ich stöhnte auf und setzte mich dann doch zu ihm auf den Boden. Die Sonne strahlte heute vom leuchtend blauen Himmel. Zu meiner Stimmung hätte eher prasselnder Regen und ein heftiges Gewitter gepasst, aber wir waren nun mal in Kalifornien und nicht in Washington.

»Du musst dir keine Sorgen machen«, wehrte ich ab, immer noch in der Hoffnung, dass Cole mich einfach in Ruhe ließ, wenn ich nur mürrisch genug das Gesicht verzog.

»Du hast dir um mich Sorgen gemacht, und ich mache mir um dich Sorgen. Mann, du bist wie ein Bruder für mich! Also, warum erzählst du mir nicht endlich, was da bei dir los ist?«

»Weil …« Ich brach ab, als ich merkte, dass mir absolut kein plausibler Grund einfiel, nicht mit Cole darüber zu sprechen.

Abgesehen davon, dass ich nicht darüber reden wollte.

Aber es hatte mir bisher auch nichts genützt, nicht darüber zu reden. Und ich musste zugeben, dass es sich irgendwie gut angefühlt hatte, mich mit Lily darüber zu unterhalten, auch wenn wir nicht besonders lange über meine Familie gesprochen hatten. Vielleicht stimmte ja, was alle sagten.

Dass Reden tatsächlich half und der ganze Scheiß.

Cole war mein bester Freund. Wenn ich ihm nicht alles sagen konnte, würde ich es nie richtig rauslassen.

Also erzählte ich ihm alles. Von meiner Kindheit in Faerfax, von meiner Mom, meinem Dad und meinen Schwestern. Von dem Umzug und wie sehr ich den Gedanken hasste, sie hier zu haben.

»Du bist wütend auf deinen Dad«, stellte Cole fest, als ich schließlich verstummte.

Ich schnaubte. »Kann man so sagen.«

»Und du bist sauer auf deine Mom.« Er griff nach seinem Rucksack, der neben ihm lag, und zog eine Flasche Wasser raus.

Ich folgte seinem Beispiel. Dafür, dass wir uns so viel bewegten, trank ich im Moment viel zu wenig. »Kann man wütend auf jemanden sein, den man zwölf Jahre nicht gesehen hat? Ich kann mich nicht mal richtig an sie erinnern, und ich war neun, als sie abgehauen ist, weil sie ihren eigenen Traum leben wollte.« Wieder schnaubte ich, dieses Mal deutlich abfälliger.

»Hast du sie nie gesucht?« Ein Blitzen war in Coles Augen getreten, das für mich verdächtig nach Neugierde aussah.

»Warum sollte ich?« Gleichgültig zuckte ich mit den Schultern. Mir war bisher nicht mal der Gedanke gekommen, sie suchen zu wollen. Sie hatte ihre Kinder im Stich gelassen. Welchen Grund sollte ich haben, sie finden zu wollen?

»Du bist seit zwölf Jahren wütend auf sie. Und das ist auch verständlich. Aber vielleicht würde es dir helfen, mit allem abzuschließen, wenn du sie treffen würdest. So fragst du dich immer wieder, was aus ihr geworden ist. Ob es sich für sie gelohnt hat, euch zu verlassen«, antwortete Cole nachdenklich und schaute mich mitfühlend an.

»Ich muss mit nichts abschließen.« Ich verzog das Gesicht, als die Stimme in meinem Kopf laut und deutlich *LÜGNER!* schrie.

»Vielleicht nicht. Wahrscheinlich aber doch. Weißt du, Tessa hat mir viel erzählt, auch über die Gespräche mit ihrer Therapeutin, und ich bin kein Experte oder so, aber manchmal weiß man nicht, dass man mit Dingen abschließen muss, bis man es getan hat.« Er presste die Lippen so fest aufeinander, dass nur noch ein schmaler Strich zu sehen war, und mir war klar, dass er jetzt von seiner eigenen Familie sprach. Von seinem Arschloch von Onkel, der ihm indirekt gedroht hatte, seine Karriere zu zerstören, bevor sie überhaupt angefangen hatte, und von seinen Eltern, die sich nie so richtig für ihn interessiert hatten.

Ich war nicht wie Cole. Meine Familie war nicht wie seine. Und trotzdem trafen mich seine Worte bis ins Mark.

Jahrelang hatte ich versucht, meine Mutter zu vergessen, mal mehr, mal weniger erfolgreich, aber ich war nie darüber hinweggekommen, dass sie gegangen war. Weil sie mich allein gelassen hatte, als ich sie gebraucht hatte. Weil keiner von uns ihr genug bedeutet hatte, um zu bleiben. Und weil sie mir damit eine Verantwortung aufgehalst hatte, die ich niemals hatte haben wollen.

Trotzdem … Ich konnte sie nicht suchen gehen. Ich wollte auch nicht. Allein bei dem Gedanken, Mom zu suchen, und vor allem daran, sie eventuell zu finden, wurde mir kotzübel.

Nein, ich wollte das nicht. Ich wüsste ohnehin nicht, wo ich anfangen sollte.

Mein Herz zog sich schmerzhaft zusammen. Wieso fühlte sich das nur wie eine beschissene Ausrede an?

Lily

Ich zuckte zusammen, als mein Handy auf dem Nachttisch so heftig zu vibrieren begann, dass es beinahe auf den Boden fiel. Jamies Name leuchtete mir vom Display entgegen, und ich nahm das Gespräch stirnrunzelnd an.

»Hey, alles okay?« Ich konnte die Sorge in meiner Stimme nicht unterdrücken. Es war spät, fast Mitternacht. Dass Jamie mich um die Zeit anrief, war äußerst ungewöhnlich. Seit unserer gemeinsamen Nacht hatten wir hin und wieder geschrieben und uns in den Mittagspausen auf dem Campus gesehen, aber nicht mehr so richtig viel allein miteinander geredet. Ich hatte das Gefühl, Jamie war es unangenehm, dass ich sein Geheimnis kannte, und ich wollte ihn nicht bedrängen. Wenn er reden wollte, würde er sich bei mir melden, hatte ich gedacht. Und offensichtlich war es jetzt so weit.

»Tut mir leid. Es ist spät. Ich hätte nicht anrufen sollen«, erwiderte er leise und irgendwie hilflos, resigniert.

»Ist doch nicht schlimm. Geht's dir gut?« Ich legte das Buch zur Seite, das mich eigentlich müde genug hätte machen sollen, damit ich endlich einschlafen konnte, und lehnte mich an das Kopfteil meines Bettes.

Jamie seufzte. »Mason ist hier. Tut mir echt leid. Das ist nicht fair, ich hab mich ewig nicht bei dir gemeldet. Es ist nur … Du bist die Einzige, die Bescheid weiß und … Vergiss es. Ich hätte dich wirklich nicht anrufen sollen«, murmelte er, es klang allerdings, als würde er eher mit sich selbst als mit mir sprechen.

Ich musste lächeln. Jamie war süß und wahrscheinlich zu gut für diese Welt. »Ist schon okay, ich hab mich ja auch nicht bei dir gemeldet. Also, Mason ist da?«

»Ja. Und ich würde am liebsten abhauen, aber da ihr euch alle in andere Bundesstaaten verzogen habt, weiß ich nicht, wohin. Zu meinen Eltern gehe ich bestimmt nicht.« Er schnaubte, und ich konnte beinahe vor mir sehen, wie er unwillig das Gesicht verzog.

»Willst du drüber reden? Über Mason und Ella, meine ich.« Ich kuschelte mich tiefer unter meine Bettdecke.

»Nein, ich glaube nicht. Ich weiß nicht, was ich noch sagen soll. Ich hab dir schon alles erzählt. Und ich glaube nicht, dass ich mich besser fühle, wenn wir das alles noch mal durchkauen. Und du wahrscheinlich auch nicht. Ehrlich, ich weiß nicht, warum ich dich damit an einem Freitagabend belästige. Du hast bestimmt Besseres zu tun. Oh Shit, ich stör dich gerade total, oder?«

»Nein, gar nicht«, entgegnete ich lachend. »Ich liege schon im Bett und habe gelesen. Ein wahnsinnig spannender Freitagabend in der Stadt, die niemals schläft. Und du belästigst mich nicht. Ich freue mich, dass du angerufen hast.«

»Das klingt doch nach einem ziemlich guten Freitagabend.« Ich konnte das Lächeln in seiner Stimme hören. »Also, was gibt es bei dir Neues, Lily? Wir haben seit meinem nicht ganz freiwilligen Geständnis nicht mehr richtig miteinander geredet. Dafür wollte ich mich übrigens auch noch entschuldigen.«

»Das musst du nicht. Ganz ehrlich. Ich verstehe das.«

»Ich hab dir doch noch gar nicht erklärt, warum«, gab er amüsiert zurück.

»Brauchst du auch nicht. Du musst mir nicht alles erklären.

Ich bin zwar nicht immer gut darin, Dinge zu akzeptieren, aber wenn du ein bisschen Abstand brauchtest, weil du einer praktisch Fremden dein größtes Geheimnis anvertraut hast, kann ich das schon verstehen. Trifft es das ungefähr?« Umständlich angelte ich nach dem Stecker der Lichterkette über meinem Bett, schaltete sie an und machte die Nachttischlampe aus. Zum Lesen war mir die Lichterkette zu dunkel, aber für ein Telefonat war das gedämpfte Licht gemütlicher.

»Ziemlich, ja. Du durchschaust mich erstaunlich gut, dafür, dass du eine praktisch Fremde bist.« Jamie lachte leise, und ich musste grinsen. »Also, was ist bei dir so los? Wir haben bisher zu viel über mich und zu wenig über dich geredet. Das macht mich zu einem schlechten Freund, oder?«

»Moment. Der Sprung von praktisch Fremden zu Freunden ging jetzt irgendwie doch sehr schnell, oder?«, neckte ich ihn.

Ich konnte es nicht sehen, aber ich hätte schwören können, dass Jamie mit den Schultern zuckte. »Nein. Der Sprung war genau richtig.«

»Okay. Dann … Hm …« Ich verstummte kurz, und dann platzten Worte aus mir heraus, die ich mich nicht mal im Traum hätte sagen hören. »Ich hab mit Julian geschlafen.«

»Du hast *was*?«, stieß Jamie fassungslos hervor.

»Ich hab mit Julian geschlafen«, nuschelte ich so undeutlich, dass ich mich kaum selbst verstand. Eigentlich war meine Nacht mit Julian das Letzte, worüber ich mit jemandem reden wollte. Aber er hatte sich während der letzten Tage mehr als einmal ungebeten in meinen Kopf geschlichen. Und in meine Träume. Es waren keine besonders unschuldigen Träume gewesen. Unsere gemeinsame Nacht hatte sich in meinem Kopf dutzendfach wiederholt, und auch jetzt spürte ich wieder allein bei der Erinnerung daran, wie seine Hände über meine Haut gefahren waren, ein sehnsüchtiges Ziehen im Unterleib. Hitze breitete sich in mir aus, als ich mich daran erinnerte, wie er sich meinen Körper entlanggeküsst und …

»Okay … Und wie war's?« Jamie klang so überfordert, dass ich lachen musste. »Tut mir leid. Ich glaube, ich bin nicht der Richtige für dieses Gespräch. Willst du nicht lieber mit Cassidy darüber reden?«

»Um Himmels willen, nein! Willst du mich in den Wahnsinn treiben? Wenn ich Cassidy davon erzähle, will sie mich auf einmal mit Julian verkuppeln, und das geht gar nicht!«

»Sie würde nicht lockerlassen, bis sie euch vor dem Traualtar hätte.«

»Vermutlich.« Ich seufzte, dann fiel mir etwas ein. »Du hast die Wette hiermit dann übrigens offiziell verloren.«

Jamie entwich ein Laut, der irgendwas zwischen einem verlegenen Lachen und einem entsetzten Keuchen war, und ich musste wieder lachen.

»Julian hat's dir gesagt?«

»Hat er«, bestätigte ich. »Ihr hattet ja wahnsinnig viel Vertrauen in uns.«

»Genau genommen haben wir nur gegen Julian gewettet. Das macht es vermutlich nicht besser, aber –«

»Schon gut«, unterbrach ich ihn vergnügt. »Ich wollte dir deswegen jetzt keinen Vorwurf machen. Ich dachte nur … Keine Ahnung, was ich mir dabei gedacht habe. Ich hätte es auch einfach unerwähnt lassen können.«

»Ach, Quatsch, ist schon okay. Du darfst mich ruhig aufziehen, bin ja irgendwie selbst dran schuld.«

»Ein bisschen vielleicht.«

»Nicht nur vielleicht. Aber Lily …« Er stockte, musste es nicht mal aussprechen, damit mir klar war, worauf er hinauswollte.

»Mach dir keinen Kopf. Es ist nicht so, als hätte das irgend-was zu bedeuten.«

»Bist du sicher?«

»Sehr sicher! Keine Sorge. Das Einzige, was ich will, ist …« Ich brach ab, als mir klar wurde, was ich da beinahe gesagt hät-te. *Das Einzige, was ich will, ist, es zu wiederholen.*

Verdammter Mist! Verdammter Julian!

»Ist *was*? Was willst du?« Unverhohlene Neugierde schwang in seiner Stimme mit, und ich spürte, wie mein Gesicht zu glü-hen begann.

»Gar nichts. Spielst du mir was vor? Also, ein Stück von dir, meine ich«, wechselte ich das Thema und war froh, dass Jamie nicht sehen konnte, wie rot ich gerade war.

»Hä? Du willst, dass ich dir was vorspiele? Jetzt?«

»Ja«, antwortete ich so schnell, dass ich das Wort beinahe verschluckte. »Bitte.«

»Du versuchst abzulenken, oder?«

Ich grinste. »Funktioniert es?«

»Für den Moment ja. Aber wenn du drüber reden willst …«

»Sage ich dir Bescheid«, beendete ich seinen Satz.

»Okay. Warte kurz.« Im Hintergrund hörte ich etwas rum-peln und dann wieder Jamies Stimme. »Also, das ist eine Auf-nahme. Ich glaube, wenn ich mich jetzt im Wohnzimmer ans Klavier setze, bringt Ella mich um. Obwohl das gerade ver-mutlich keine schlechte Alternative wäre«, sagte er missmutig, und ich erinnerte mich an die Nacht, als ich Stephanie und Ju-lian gehört hatte. Jamie tat mir gerade echt leid.

Ich setzte schon zu einer Antwort an, als Musik durch den Hörer hallte. Ganz sanfte, wunderschöne Musik. Ich vergaß, was ich hatte sagen wollen, mein Kopf war plötzlich ganz leer. Ich hörte nur noch Jamies Musik. Hörte die Klänge, die immer schneller, dramatischer, verzweifelter wurden, und auf einmal überkam mich der drängende Wunsch zu tanzen. Eine Choreografie nahm vor meinen Augen Gestalt an. Sie erzählte eine Geschichte. Gemeinsam mit Jamies Musik erzählte sie eine traurig-schöne Geschichte. Als der letzte Ton schließlich verklang, hatte ich Tränen in den Augen und die Hoffnung eines Traums im Herzen.

23. KAPITEL

Lily

Stirnrunzelnd sah ich auf mein Handy und versuchte, Cassidys kryptische Nachricht zu entschlüsseln, die hauptsächlich aus einem Haufen Emojis bestand. Das Einzige, was in dieser Nachricht Sinn ergab, waren Datum, Uhrzeit und Ort. Heute Abend um halb acht im *Happiness*. Gerade als ich ihr antworten wollte, dass ich keine Ahnung hatte, was sie mir mit diesen Emojis sagen wollte, tauchte eine neue Nachricht auf.

Cassidy 15:43
Du musst kommen, du hast keine andere Wahl! Und ich beantworte alle Fragen erst heute Abend 😊 😄

Kopfschüttelnd antwortete ich ihr, dass ich auf jeden Fall dabei sein würde, legte mein Handy auf dem Wohnzimmertisch ab und schaltete den Fernseher ein. Ich brauchte dringend Ablenkung.

Wirklich dringend.

Seit drei Stunden war ich wieder in Faerfax, und ich stand dermaßen unter Strom, dass ich das Gefühl hatte, jeden Moment zu platzen. Julian war noch nicht hier. Ich war mir nicht mal sicher, ob er heute überhaupt schon zurückkommen würde. Trotzdem schaffte ich es nicht, nicht an ihn zu denken und darüber nachzugrübeln, was passieren würde, wenn er wiederkam. Denn irgendwann würde er zurückkommen. Wann genau war erst mal nicht wichtig. Ich hatte so oder so absolut keine Ahnung, wie ich dann mit ihm umgehen sollte.

Letzte Woche war ich so cool geblieben, und ehrlich gesagt, war ich auch immer noch ziemlich stolz darauf, dass ich Julian nach unserer gemeinsamen Nacht so entspannt gegenübergetreten war. Dummerweise hatte ich da aber noch gedacht, dass diese Nacht eine einmalige Sache für mich sein würde. Dass ich nicht mehr wollen würde als diese einmalige Sache.

Wollte ich aber. Und das machte das Ganze mehr als kompliziert.

Ich musste endlich aufhören, an ihn zu denken. Und ich musste endlich dieses unerträgliche Pochen zwischen meinen Beinen ignorieren, das einfach nicht weggehen wollte. Mir war schon wieder viel zu heiß.

Mit einem frustrierten Stöhnen stand ich auf, um mir etwas zu trinken zu holen. Ich hatte gerade eine Flasche Cola aus dem Kühlschrank geholt, als die Wohnungstür geöffnet und eine Sekunde später wieder geschlossen wurde.

Ich erstarrte. Darauf war ich jetzt so überhaupt nicht vorbereitet.

»Hey.« Die weiche, tiefe Stimme jagte mir einen Schauer über den Rücken, und ich drehte mich langsam um.

Julian hatte Farbe bekommen. Er sah aus, als hätte er wochenlang am Strand gelegen und nicht so, als wäre er im März sechs Tage durch Nationalparks gewandert. Ich schluckte schwer, und das Verlangen, das nicht unerwartet, aber unerwünscht durch meinen Körper schoss, bescherte mir weiche Knie.

Warum nur sah er so gut aus? Warum war unsere gemeinsame Nacht bloß so wahnsinnig gut gewesen?

Mit einem dumpfen Laut ließ Julian seine Taschen auf den Boden fallen. Seine Augen waren dunkel, sein Blick hielt meinen gefangen. Ich konnte erkennen, wie angespannt er war, und hielt instinktiv die Luft an.

Ein elektrisierendes Knistern umgab ihn, sprang auf mich über und ließ mich in Flammen aufgehen, obwohl er mich gar nicht berührte. Er sah mich nur an. Auf eine Weise, die mir sehr deutlich machte, dass ich nicht die Einzige war, die unsere Nacht nicht vergessen konnte.

»Ach, scheiß drauf«, murmelte Julian, mehr zu sich selbst als zu mir, und dann war er mit ein paar schnellen Schritten bei mir. Er legte beide Hände an mein Gesicht, zog mich an sich und küsste mich. Fest und hart. Voller Verlangen.

Ich erwiderte seinen Kuss so heftig, dass wir gemeinsam einen Schritt zur Seite taumelten. Ohne seine Lippen von meinen zu lösen, ließ Julian seine Hände meinen Körper hinunterwandern, legte sie unter meinen Po und hob mich hoch.

Meine Beine schlangen sich wie von selbst um seine Hüften, ich spürte seine Erektion pochend durch den Stoff unserer Hosen. Ich kippte das Becken, drückte mich enger an ihn und musste lächeln, als er an meinem Mund aufkeuchte.

Für einen kurzen Moment hielt Julian inne, unterbrach unseren Kuss und sah mich mit seinen dunklen, verhangenen Augen an, als würde er etwas in meinem Gesicht suchen. Ich wusste nicht, was und ob er es fand, aber dann küsste er mich erneut, und mein Denkvermögen setzte aus.

Langsam und bedächtig setzte Julian sich in Bewegung und ließ mich erst runter, als wir sein Schlafzimmer erreicht hatten.

Wir sprachen kein Wort. Nicht ein einziges, während wir den anderen aus seinen Klamotten befreiten, aufs Bett fielen, und dann stellte Julian Dinge mit mir an, die mich vergessen ließen, wo ich war und wie ich hieß.

»Wie's aussieht, war das wohl doch keine einmalige Sache«, stellte Julian atemlos fest. Ich lag mit dem Kopf auf seiner Brust und hörte, wie schnell sein Herz schlug. Mir ging es nicht anders. Mein Herz raste, gleichzeitig fühlte ich mich so träge und müde, als wäre ich einen halben Marathon gelaufen.

Angestrengt hatten wir uns auf jeden Fall.

»Dann also eine zweimalige Sache.« Ich hob den Kopf und lächelte ihn an.

Julian schob die Finger in meine Haare, wickelte sich eine Strähne um einen seiner Finger und betrachtete mich nachdenklich. Dann huschte ein herausforderndes Grinsen über sein Gesicht. »Ganz genau, eine zweimalige Sache.«

Ich ließ mich von ihm runtergleiten und drückte ihm einen kleinen Kuss auf die Nasenspitze, bevor ich aufstand und ihn frech angrinste. »Obwohl ich irgendwie bezweifle, dass es dabei bleibt. Du kannst deine Finger ja nicht bei dir behalten.«

Julian richtete sich auf und erwiderte meinen Blick mit gespielter Empörung in den Augen. »Das sagt die Richtige.«

Unschuldig blinzelte ich ihn an und zog mir sein T-Shirt über den Kopf, das über dem Fußteil seines Bettes hing. »Ich? Ich hab meine Finger bei mir behalten.«

Julian lachte. »Klar. Das hab ich gemerkt. Sag mal … Müssen wir über die ganze Sache reden? Immerhin sind wir Mitbewohner.«

Mit hochgezogenen Augenbrauen schaute ich ihn an und musste mir ein breites Grinsen verkneifen. Dass ausgerechnet Julian das ansprach, war fast schon niedlich. »Was willst du denn bereden? Du willst keine Freundin. Ich will keinen Freund. Wir hatten Sex, und das war's.«

Er zuckte mit den Schultern. »Okay. Wenn du das sagst.«

»Tue ich«, antwortete ich entschlossen und suchte nach meinem Slip. Bevor ich ihn jedoch gefunden hatte, streckte Julian eine Hand nach mir aus und zog mich am Saum des Shirts wieder zurück zum Bett. »Wenn das so ist … Was hast du vor? Wir sind hier noch nicht fertig.«

»Siehst du! Ich sag doch, du kannst deine Finger nicht bei dir behalten!«, rief ich lachend.

»Natürlich kann ich das.«

»Dann ist das aber keine zweimalige Sache mehr.«

»Wenn wir nur die Nächte zählen und nicht, wie oft wir es tun, schon«, bestimmte Julian mit einem so verführerischen Lächeln, dass mir schon wieder ganz heiß wurde, und ich konnte mir nur mit Mühe ein sehnsüchtiges Seufzen verkneifen.

Stattdessen entzog ich ihm das Shirt und trat einen Schritt zurück. »Ich würde gerne noch bleiben, aber ich muss mich fertig machen. Ich bin noch mit Cassidy verabredet.«

Überrascht zog Julian die Augenbrauen hoch. »Du auch?«

»Sieht ganz so aus«, antwortete ich gedehnt und runzelte die Stirn. »Weißt du, was sie vorhat?«

»Nein, keine Ahnung.« Julian wirkte jetzt ungefähr so verwirrt, wie ich mich fühlte. Dann kam mir ein Gedanke, und mein Magen zog sich nervös zusammen.

»Sie wird doch nicht … Hast du ihr erzählt, dass wir …« Ich deutete vielsagend auf die zerknüllten Laken, und Julian schüttelte hektisch den Kopf.

»Nein. Bist du verrückt? Sie würde sonst sofort auf die Idee kommen, uns … Oh Scheiße! Sie will uns verkuppeln, oder?«

Unschlüssig hob ich die Schultern. »Keine Ahnung. Ich hoffe nicht. Aber wenn du ihr nichts gesagt hast und ich ihr nichts gesagt habe, wird sie es nicht wissen«, erwiderte ich und hoffte inständig, dass Jamie wirklich dichtgehalten hatte.

»Wir haben wohl nur eine Chance, das herauszufinden.« Julian seufzte und stand auf.

Ich konnte nichts dagegen tun, mein Blick glitt wie von selbst über seinen definierten Körper.

»Wir müssen los«, erinnerte er mich mit einem breiten, sehr selbstzufriedenen Grinsen, und ich spürte, wie ich rot wurde. Er legte mir eine Hand auf den unteren Rücken und schob mich bestimmt aus seinem Zimmer ins Bad. »Husch, husch, wir sind spät dran, und du brauchst doch immer Ewigkeiten im Bad.«

»Nur, wenn ich dich ärgern will«, schoss ich zurück, ließ aber zu, dass er mich in die Badewanne hob und das Wasser anstellte.

Knapp zwanzig Minuten später war Julian längst wieder angezogen, und ich musste mich nur noch um meine Haare und mein Make-up kümmern. Völlig tiefenentspannt saß er auf dem Sofa, als ich schließlich aus dem Bad kam, während das mulmige Gefühl in meinem Bauch von Minute zu Minute stärker wurde.

Was hatte Cassidy nur vor?

Schweigend machten wir uns auf den Weg zum Café. Für gewöhnlich war ich niemand, der mit Stille besonders gut klarkam, aber so neben Julian herzulaufen, war irgendwie überhaupt nicht unangenehm.

Als wir das *Happiness* betraten, stellte ich zu meiner grenzenlosen Erleichterung fest, dass Cassidy offenbar nichts von Julian und mir wusste und auch nicht die Absicht hatte, uns zu verkuppeln. Wir waren nämlich nicht die Einzigen hier. Cassidy war nicht da, als ich mich nach ihr umschaute, dafür entdeckte ich Ella, Cole und Tessa, Jamie, ein paar Kommilitonen, die ich vom Sehen kannte, und Steve.

Ich hatte mich bisher kaum mit ihm unterhalten und kannte ihn im Grunde vielleicht gar nicht genug, um das so richtig beurteilen zu können, aber irgendwie wirkte er anders als sonst.

Glücklicher und ruhiger. Auch wenn »ruhig« nicht unbedingt das passende Wort war. Steve schien ohnehin eher ein stiller Typ zu sein, der nicht so viel redete. Heute wirkte er dennoch irgendwie … geerdeter.

»Was geht denn hier ab?«, raunte Julian und stand auf einmal so dicht hinter mir, dass sein Atem warm über die empfindliche Haut in meinem Nacken strich.

»Keine Ahnung. Aber ich schätze, wir werden es gleich herausfinden.« Ich nickte in Cassidys Richtung, die gerade hinter der Theke hervorkam. Ihr folgte Ellas Schwester mit einem Tablett in den Händen, auf dem sie gefüllte Sektgläser balancierte. Cassidy schwebte förmlich, als sie zu Steve rüberging und ihre Hand in seine schob. Und dann sah ich den glitzernden Diamanten an ihrem linken Ringfinger.

»Ich freue mich ja so für dich, Cass!« Tessa liefen Tränen über die Wangen, als sie erst Steve und dann Cassidy fest umarmte. Schniefend löste sie sich wieder von unserer Freundin und gab mir die Gelegenheit, den beiden zu gratulieren.

»Ehrlich, du weißt gar nicht, wie sehr ich mich gerade freue. Wenn ich an letztes Jahr denke, und jetzt … Ach, es ist einfach so schön!«

Ich hatte Tessa noch nie so aufgedreht erlebt. Normalerweise war sie die ruhigste in der Clique, aber es war süß mit anzusehen, wie sehr sie sich für die beiden freute.

»Ich weiß, aber … Tessa, hör bitte auf zu weinen. Sonst fange ich gleich auch noch an. Du kennst mich doch.« Cassidy wischte Tessa die Tränen von den Wangen, ihre eigenen Augen glitzerten verdächtig.

»Okay, aber nur, damit du dir dein Make-up nicht ruinierst.« Wieder schniefte Tessa und trat zur Seite. »Da sind noch mehr, die gratulieren möchten«, stellte sie mit einem Blick über die

Schulter fest, und tatsächlich hatte sich hinter uns eine kleine Schlange gebildet.

»Wenn du später Zeit hast, wollen wir alles über den Antrag wissen.« Ich umarmte Cassidy ein letztes Mal und ließ dann die anderen Gäste vor.

Unschlüssig schaute ich mich um und begriff erst, dass ich instinktiv nach Julian gesucht hatte, als ich ihn nirgendwo entdecken konnte. Ich stöhnte auf. Was zur Hölle stimmte nur nicht mit mir?

»Wo ist Ella?«, fragte ich Tessa und Cole, mehr um mich abzulenken, als dass ich es im Augenblick wirklich wissen wollte.

»Ich glaube, sie ist draußen und telefoniert.« Tessa deutete zur Eingangstür und wandte sich dann Richtung Bar. »Ich brauche was zu trinken, ihr auch?«

Ich schüttelte den Kopf und setzte mich auf eine der Schaukeln, während Cole ihr folgte. Mein Blick huschte ganz von selbst wieder durch den Raum, immer noch auf der Suche nach Julian, blieb dann aber an Cassidy und Steve hängen.

Lächelnd beobachtete ich, wie Steve einen Arm um Cassidy legte. Mit einem verträumten Ausdruck auf dem Gesicht schaute sie zu ihm hoch. Sie sahen unfassbar glücklich aus.

Ein kaum merklicher Stich fuhr mir durchs Herz, doch ich kam nicht dazu, weiter darüber nachzudenken, was das zu bedeuten hatte, denn Jamie ließ sich mit einem Seufzen auf die Schaukel neben mir fallen.

»Das ist abgefahren, oder?« Er sah zu Cassidy und Steve, einen unergründlichen Ausdruck in den blauen Augen.

»Ziemlich. Das ist so ... erwachsen.«

»Wir sind erwachsen«, erwiderte Jamie lachend. »Na ja, oder wir tun zumindest so.«

»Ich bin kein bisschen erwachsen. Ich bin neunzehn. Allein der Gedanke zu heiraten ist für mich supergruselig. Aber zu den beiden passt es.«

»Ich weiß, was du meinst. Und …« Jamie verstummte, als Ella sich zu uns setzte. Sie war blass, ihre Augen unnatürlich geweitet, und ihre Hände zitterten.

»Alles okay?« Besorgt musterte ich sie.

Sie schüttelte den Kopf und strich sich mit einer fahrigen Bewegung übers Gesicht. »Nein. Doch. Es ist alles okay.« Ihr Blick richtete sich auf Jamie, und ich hatte plötzlich das Gefühl, völlig fehl am Platz zu sein. »Mason hat mich gerade angerufen. Er hat mich gefragt, ob ich zu ihm ziehe«, platzte sie heraus, und es war völlig egal, dass ihre Worte wahrscheinlich nicht für mich bestimmt waren. Ich konnte mich keinen Millimeter von der Stelle rühren.

Jamie war auf einen Schlag genauso blass wie Ella. »Nach Dallas?«

Seine Stimme bebte, und obwohl er zu verbergen versuchte, wie sehr ihn ihre Ankündigung schockierte, gelang es ihm nicht. Am liebsten hätte ich nach seiner Hand gegriffen, aber das hätte Ella vermutlich noch mehr verraten, als sein Gesichtsausdruck es ohnehin schon tat.

Doch Ella schien Jamies Entsetzen ganz anders aufzufassen als ich. »Ja. Das ist verrückt, oder?« Mit großen Augen blickte sie ihn an. »Sag mir, dass das verrückt ist.«

»Ich …« Jamie räusperte sich, und von einer Sekunde zur nächsten war er vollkommen entspannt. Ein sanftes Lächeln erschien auf seinem Gesicht. »Wenn es das ist, was du möchtest, ist es nicht verrückt. Du liebst ihn doch.«

Fassungslos starrte ich ihn an und spürte plötzlich eine seltsame Enge in der Brust. Jamie war echt zu gut für diese Welt. Er brach sich gerade selbst das Herz.

»Ja, aber ich kann doch nicht einfach gehen. Ihr seid alle hier. Meine Mom, Tara und … du. Ich kann doch nicht einfach gehen. Faerfax ist mein Zuhause.«

Jamie griff nach Ellas Hand und sah sie aufmunternd an. »Dallas kann auch dein Zuhause werden. Du bist nicht geschaffen für Fernbeziehungen, und Mason wird nicht nach Faerfax zurückkommen, das weißt du. Natürlich ist das ein Riesenschritt für dich, und du hast Angst, klar, aber du musst diese Entscheidung doch auch nicht sofort treffen, oder?«

Ella seufzte, und ihre verkrampften Schultern entspannten sich ein wenig. »Nein, muss ich nicht. Ich bin einfach bloß überfordert.« Sie schenkte uns ein entschuldigendes Lächeln. »Tut mir leid, ich hab euch unterbrochen.«

»Alles gut, du hast uns nicht unterbrochen.«

»Sicher?«

Ich sah, wie Jamie mit dem Daumen über ihren Handrücken fuhr. Er hatte sie immer noch nicht wieder losgelassen, als wäre es das Selbstverständlichste auf der Welt, ihre Hand zu halten. »Ganz sicher.«

»Okay, dann … Möchtet ihr auch was trinken?«, fragte sie und stand auf. Sie wirkte zwar deutlich entspannter als noch vor ein paar Minuten, schien sich aber immer noch nicht wieder ganz gefangen zu haben.

»Ich würde ein Bier nehmen«, erwiderte Jamie, während ich den Kopf schüttelte.

Ella ging rüber zur Bar, und sobald sie uns den Rücken gekehrt hatte, schien alle Kraft aus Jamie zu weichen. Er ließ den Kopf auf die Tischplatte sinken und stöhnte auf. »Ich hab mir das nicht eingebildet, oder?«

Jetzt griff ich doch nach seiner Hand. »Nein, leider nicht. Jamie, warum hast du ihr gesagt, dass sie gehen soll?«

»Weil es das Richtige ist.« Erneut stöhnte er, richtete sich auf und raufte sich die Haare. »Ich bin so ein Idiot.«

Mitfühlend sah ich ihn an. »Nein, du bist nur zu gut.«

»Ja, das war schon immer mein Problem.« Er stieß ein bitteres Lachen aus.

Julian

Es war spät, schon weit nach Mitternacht. Die Party im *Happiness* war dabei, sich aufzulösen. Nur noch der engste Kreis war da. Cole und Tessa, Jamie, Ella, Lily und ich und ein paar Freunde von Steve, die ich nicht besonders gut kannte. Tara hatte schon vor Stunden einige der Schaukeln abgenommen, sodass eine kleine provisorische Tanzfläche entstanden war. Inzwischen hatten sich alle mehr oder weniger schon mal zum Tanzen überreden lassen. Sogar ich. Allerdings nur, weil ich Cassidy diese Bitte auf ihrer eigenen Verlobungsparty unmöglich abschlagen konnte. Sie hatte jeden von uns zu einem Tanz genötigt, lag jetzt aber wieder in den Armen ihres Verlobten und sah dabei so unendlich glücklich aus, dass sich etwas in mir auf eine merkwürdige Art zusammenzog.

Die Einzigen, die noch keinen Fuß auf die Tanzfläche gesetzt hatten, waren Lily und Jamie. Die beiden hingen den ganzen Abend schon aneinander. Sie redeten nicht besonders viel, aber mir fiel auf, dass Lily ihn ständig besorgt musterte. Sie war ihm die ganze Zeit, seit wir hier waren, kaum eine Minute von der Seite gewichen. Irgendwas stimmte nicht mit Jamie. So geknickt hatte ich ihn noch nie gesehen.

Allerdings schien mit mir ganz offensichtlich auch was nicht zu stimmen. Denn anstatt zu meinem Freund rüberzugehen und ihn zu fragen, was los war, betrachtete ich die beiden einfach nur, wobei sich ein seltsames Gefühl in mir breitmachte. Sie wirkten seltsam vertraut miteinander, und irgendwas in mir sträubte sich dagegen. Ich verstand es nicht, wollte es auch nicht und kam trotzdem nicht dagegen an.

Genauso wenig kam ich dagegen an, Lily weiter anzusehen. Sie anzusehen und dabei wieder zu spüren, wie ihre Hände über meine Haut geglitten waren, wie sie sich angefühlt und wie sie geschmeckt hatte und … *Fuck*. Das musste aufhören.

»Geht's dir gut?« Coles Stimme klang amüsiert, doch er guckte ziemlich ernst, als ich mich dazu zwang, meinen Blick von Lily loszureißen und auf ihn zu richten.

»Ja. Alles okay.« Ich nickte geistesabwesend.

»So siehst du aber irgendwie nicht aus.« Er stieß seinen Ellbogen in meine Seite.

Seufzend atmete ich aus. Cole wusste ohnehin Bescheid, da konnte ich ihm auch die Wahrheit sagen. »Ich hab's wieder getan.«

»Was denn … Oh.« Vielsagend schaute er in Lilys Richtung und zog die Augenbrauen hoch.

Ich nickte stumm. Ich hatte wieder mit Lily geschlafen, und ich wollte es wieder tun. Und wieder. Und wieder.

»Und was heißt das jetzt?«

»Gar nichts. Das hat gar nichts zu bedeuten.« Doch mein Blick, der schon wieder zurück zu Lily zuckte, strafte meine Worte Lügen. Ich wollte mich abwenden, wollte ich wirklich, doch in dem Moment stand sie auf und streckte eine Hand nach Jamie aus. Er schüttelte den Kopf, sie redete mit einem aufmunternden Lächeln auf ihn ein, was irgendwas Seltsames mit meinem Inneren anstellte, und Jamie gab sich geschlagen. Als er seine Hand in ihre legte, verkrampfte sich etwas in mir.

Er ließ sich von ihr hochziehen, und erst jetzt registrierte ich, welches Lied gerade lief. *Ghost* von Jacob Lee. Ich kannte den Song praktisch auswendig, so oft hatte Lily ihn schon gehört und die Lautstärke dabei so hochgedreht, dass ich es sogar durch ihre geschlossene Zimmertür mitbekommen hatte.

Für mich war das kein Lied, zu dem man gut tanzen konnte, aber Lily belehrte mich eines Besseren. Sie hatte nicht viel Platz hier im Café, aber den brauchte sie auch gar nicht. Mit einer Drehung wirbelte sie sich in Jamies Arme, und das erste Mal an diesem Abend zuckte ein Lächeln um seine Mundwinkel, auch wenn es seine Augen nicht ganz erreichte.

»Du solltest sie nicht so anstarren, wenn du nicht willst, dass einer von den anderen mitbekommt, dass ihr im Bett gelandet seid«, bemerkte Cole so leise, dass nur ich ihn hören konnte.

Doch seine Worte kamen nur gedämpft bei mir an, meine Aufmerksamkeit lag voll und ganz auf Lily. Darauf, wie sie sich bewegte. Ich sah nur noch sie. Ihre langen Haare, die weich über ihren Rücken fielen, das sanfte Lächeln, das um ihren Mund spielte, und das Blitzen in ihren Augen. Ich hatte sie noch nie so glücklich gesehen.

Jamie trat in den Hintergrund. Mir war klar, dass Lily mit einem meiner besten Freunde tanzte, dass etwas zwischen ihnen lief, was ich nicht verstand, und das für diesen unfassbar nervigen Knoten in meinem Magen verantwortlich war, aber ich *sah* ihn nicht. Nur sie.

Vielleicht bekam ich deshalb nur am Rande mit, dass Jamie sich ziemlich schnell von Lily löste und verschwand, allerdings nicht ohne ihr einen sanften Schubs in meine Richtung zu geben.

Es ging zu schnell, als dass ich mich hätte wehren können, und wenn ich ehrlich war, war ich mir nicht mal sicher, ob ich es tatsächlich gekonnt hätte. Lily griff nach meiner Hand und zog mich mit sich. Hinter mir hörte ich Cole schadenfroh lachen.

»Ich kann nicht tanzen«, versuchte ich mich rauszureden, doch sie gab mir keine Möglichkeit dazu.

»Klar kannst du, ich hab dich mit Cassidy gesehen.« Sie lächelte zu mir hoch, ihre Wangen waren gerötet, und ihre Lippen verzogen sich zu einem Lächeln. Meine Hand zuckte, ich musste mich zwingen, sie nicht an ihr Gesicht zu legen und sie vor all unseren Freunden zu küssen.

Shit. Shit. Shit.

Das war nicht gut. Gar nicht gut.

Lily zupfte an meiner Hand, begann, sich im Takt der Musik zu bewegen, und ich ließ zu, dass sie mich führte. Sie wusste genau, was sie tat.

Als sie mit einer Hand unter mein T-Shirt schlüpfte, stockte mir der Atem. Ein verschlagenes Glitzern trat in ihre Augen.

»Lily«, stieß ich gepresst hervor. Ich sollte ihre Hand wegschieben, einfach weggehen und sie stehen lassen. Stattdessen zog ich sie instinktiv enger an mich.

»Wir hatten doch gesagt – «

»Du hast gesagt, es zählen nur die Nächte an sich und nicht, wie oft wir es tun. Und so wie ich das sehe, ist diese Nacht noch lange nicht vorbei«, unterbrach sie mich.

»Hab ich das wirklich gesagt?« Das war nicht meine Stimme. So atemlos klang ich nicht. Nicht wegen einer simplen Berührung.

Ihre Hand wanderte meinen Rücken hinauf, legte sich federleicht in meinen Nacken. Hoffentlich sah das niemand. Doch als ich mich umschaute, schien keiner auf uns zu achten. Tessa und Cole und Cassidy und Steve waren zu sehr mit sich selbst beschäftigt, Ella und Jamie waren verschwunden, und die anderen interessierten mich nicht.

Sie stellte sich auf die Zehenspitzen. »Hast du.« Ihre Stimme war nur ein leises Hauchen. Dann ließ sie mich so schnell los, dass ich strauchelte. Sie drehte sich einmal um sich selbst, schenkte mir ein Lächeln, das ganz und gar nicht unschuldig war, und schwebte zur Tür.

Ich brauchte einen Moment, um mich zu sammeln. Es war falsch, ihr zu folgen. Ich tat es trotzdem.

Eine Nacht. Eine letzte Nacht. Und dieses Mal würde es ehrlich die letzte sein.

24. KAPITEL

Julian

Fasziniert blickte ich durch den Sucher der Kamera und fokussierte Lily. Wenn ich nicht extra hier wäre, um Fotos von ihr und den anderen zu machen, würde ich mir wie ein Perverser vorkommen, weil ich sie die ganze Zeit anstarrte. Durch die Kamera war es zwar nicht so offensichtlich, aber ich starrte trotzdem. Allerdings war es wirklich verdammt schwierig, wegzuschauen.

Vor allem, wenn ich die ganze Zeit das Gefühl hatte, dass Lily ganz genau wusste, dass ich meinen Blick kaum von ihr abwenden konnte. In ihren Augen lag dieses ihr ganz eigene Funkeln, das nur dazu da war, um mich zu provozieren, und um ihre Lippen spielte permanent ein kaum sichtbares, aber dennoch herausforderndes Lächeln.

Seit einer Woche waren wir beide wieder in Faerfax. Seit einer Woche wohnten wir wieder Tür an Tür. Und seit einer Woche gab ich mir wirklich die allergrößte Mühe, meine Finger bei mir zu behalten. Leider machte Lily mir das viel zu schwer.

Im Grunde hatte ich schon nach unserer ersten Nacht gewusst, dass es nicht reichen würde. Nicht, wenn sie mir während der Ferien permanent durch den Kopf getanzt war. Ich hatte gedacht, nach der zweiten Nacht – denn bei zwei Malen war es definitiv nicht geblieben – würde diese Anziehung zwischen uns endlich verschwinden.

Stattdessen schien sie von Tag zu Tag stärker zu werden. Wenn ich Lily ansah, wollte ich noch sehr viel mehr mit ihr anstellen, als ich es bisher getan hatte. Ich steckte echt so was von in der Scheiße.

»Hey.« Atemlos blieb Lily neben mir stehen und grinste mich breit an, während ich langsam die Kamera sinken ließ.

»Hey.«

»Was machst du heute?« Unter gesenkten Wimpern blickte sie mich an, und ich spürte, wie meine Haut zu kribbeln begann. Sie musste mich nur ansehen, und mein Körper reagierte auf sie. Als sie den Knoten von ihrem Hinterkopf löste, sodass ihre Haare, deren Rosa während der letzten Wochen leicht verblasst war, in weichen Locken über ihren Rücken fielen, musste ich den Drang unterdrücken, meine Hände darin zu vergraben.

Ich zählte bis drei und atmete tief durch, bevor ich antwortete. »Ich bin mit den anderen im Pub verabredet.«

»Super, dann sehen wir uns später.«

Mein Magen machte einen Satz, und für den Bruchteil einer Sekunde war ich mir sicher, mich verhört zu haben. »Moment ... Was?«

»Cassidy hat mich gefragt, ob ich mitkomme.«

Scheißescheißescheiße. Offensichtlich wollte Cassidy mich umbringen.

Erst als Lily mir ihren Zeigefinger gegen die Brust pikte, merkte ich, dass ich zu lange nicht geantwortet hatte. »Guck nicht so entsetzt, das wird lustig.« Sie legte den Kopf zur Seite und lächelte mich auf eine Weise an, dass mir ganz anders wurde.

Ich brachte noch immer kein Wort heraus, als Lily sich mit einem leisen Lachen von mir abwandte und zurück zu den anderen ging.

Während der letzten zwanzig Minuten versuchte ich mich voll und ganz auf die Fotos zu konzentrieren, versagte aber auf ganzer Linie und machte mich nach den Proben auf den Weg in den Wald, anstatt mich mit meinen Freunden im *Happiness* zum Mittagessen zu treffen. Ich war mir ziemlich sicher, dass Cassidy Lily auch dazu eingeladen hatte, und ich musste meine Selbstbeherrschung wirklich nicht mehr strapazieren als nötig.

Frustriert stapfte ich über den Campus. Es war schön, die Sonne schien, und jedermann war draußen, als hätte den ganzen Winter niemand einen Fuß vor die Tür gesetzt. Einige liefen über den Hof, andere saßen an den hölzernen Tischen auf der großen Wiese und tranken Kaffee. Alle wirkten vollkommen tiefenentspannt.

Nur ich stand unter Strom und war kurz davor zu platzen.

Erst als ich den Campus hinter mir ließ und in den Wald eintauchte, kam ich etwas zur Ruhe. Es war jedes Jahr etwas Besonderes zu sehen, wie die Natur aus dem Winterschlaf erwachte. Wie die Bäume anfingen zu blühen und sich die Blüten ganz langsam erst in Knospen und dann in Blätter verwandelten. Wie das Laub vom letzten Herbst allmählich gänzlich verschwand und die ersten Vögel zu singen begannen. Auch das Licht war im Frühling anders. Wärmer als im Winter, gedämpfter als im Sommer und klarer als im Herbst.

Der Frühling war schon immer meine Lieblingsjahreszeit gewesen, und je tiefer ich in den Wald vordrang, desto ruhiger wurde ich. Das Chaos in meinem Kopf verstummte endlich, und ich verbrachte die nächsten Stunden damit, nach dem perfekten Motiv zu suchen.

Schließlich ließ ich mich erschöpft auf den Rücken fallen, hob die Kamera und klickte mich durch die Bilder, die ich gemacht hatte. Als ich die Kamera sinken ließ und nach oben sah, musste ich lächeln.

Vereinzelte Sonnenstrahlen fielen durch das Blätterdach der Bäume und tauchten die Welt um mich herum in sanftes, grünliches Licht. Langsam hob ich die Kamera wieder vor mein Gesicht, drehte an dem kleinen Rädchen für die ISO-Werte, bis die Einstellungen genau so waren, wie ich sie haben wollte, und drückte ab.

Ich brauchte nur diesen einen Versuch. Ein Versuch reichte für das perfekte Foto.

Vollkommen entspannt machte ich mich schließlich auf den Heimweg. Doch anstatt direkt zurück zum Wohnheim zu gehen, ließ ich den Campus hinter mir und ging in die Innenstadt.

Normalerweise brauchte ich Stunden oder Tage, um mir meine Fotos anzusehen, auszusortieren und zu bearbeiten. Es dauerte eine halbe Ewigkeit, bis ich zufrieden genug war, um ein Bild auszudrucken.

Aber dieses eine Foto wollte ich so an der Wand hängen haben, wie ich es aufgenommen hatte. Ohne Filter. Ohne sonst eine Bearbeitung. Ganz natürlich.

Im Copyshop gab es einen Drucker, über den man sofort Fotos ausdrucken konnte. Zwar nicht in perfekter Qualität, aber für meine Fotowand im Wohnzimmer würde es reichen.

Es war fast dunkel, als ich schließlich ins Wohnheim zurückkehrte, und ich stellte erleichtert fest, dass Lily nicht zu Hause war. Tag sechs meiner Mission *Finger weg von Lily!* war also fast geschafft. Jetzt musste ich nur noch die nächsten Stunden hinter mich bringen.

Großartig.

Im Pub war es laut, heiß und supervoll. Wie immer an einem Freitagabend. Ich war spät dran, trotzdem waren Cole und Jamie die Einzigen, die an unserem Stammtisch saßen.

»Wo sind die Mädels? Und Steve?«

»Steve ist arbeiten, er kommt später. Und die Mädels müssten gleich da sein«, erklärte Jamie gedankenverloren, den Blick fest auf sein Handy gerichtet. Er sah müde aus.

»Alles okay?«

»Hm?« Er hob den Kopf, sein Blick zuckte verwirrt hin und her. »Was? Ja, alles okay.«

»Sicher?« Cole schien genauso wenig davon überzeugt zu sein wie ich.

Ein Kellner kam zu uns und stellte drei Gläser Bier vor uns auf den Tisch. Jamie trank einen großen Schluck, bevor er antwortete. »Es ist gerade einfach viel los. Ich muss im Sommer ein paar Extrakurse belegen, damit ich meinen Abschluss nächsten Winter schon machen kann. Mehr nicht.«

»Mehr nicht?« Ungläubig starrte ich ihn an. »Du willst ein ganzes Semester vorziehen?«

»Ich hab keine andere Wahl.« Bitterkeit schwang in Jamies Stimme mit. »Meinen Eltern fehlt das Geld, um mich noch ein Semester länger zu unterstützen, und das Stipendium reicht nicht. Eigentlich wollte ich mir im Sommer einen neuen Job suchen, damit ich meine Eltern ein bisschen entlasten kann, aber dann schaffe ich nicht alle Kurse, die ich brauche, und würde nicht mal übernächstes Jahr fertig werden. Also muss ich wohl oder übel vorziehen.«

»Aber –«

»Können wir wann anders darüber reden?«, unterbrach Jamie Cole und verzog das Gesicht. »Können wir uns einfach einen entspannten Abend machen? Ich will heute echt nicht darüber nachdenken. Der ganze Scheiß stresst mich ohnehin schon genug.«

Cole warf mir einen Hilfe suchenden Blick zu, aber ich war der Falsche für solche Gespräche. Ich redete ja selbst nicht gerne über meine Probleme. Und Cole kannte Jamie deutlich länger als ich. Er konnte besser beurteilen, ob es richtig war, jetzt weiter nachzubohren oder das Thema ruhen zu lassen.

Die Entscheidung wurde uns abgenommen, als Tessa, Ella, Cassidy und Lily sich zu uns setzten.

Ich sollte nicht starren. Ich wollte auch nicht. Ich konnte nur nicht anders. Ruckartig stand ich auf und ging rüber zur Bar, obwohl mein Glas noch halb voll war.

Meine Freunde sahen mir nach, das konnte ich spüren, aber es war mir egal, ob sie sich fragten, warum ich mich so seltsam benahm.

»Jules, muss ich mir Sorgen um dich machen?« Coles amüsierte Stimme ließ mich herumfahren.

Entschieden schüttelte ich den Kopf und trank schweigend einen Schluck Bier.

»Muss ich dich dann vielleicht daran erinnern, dass es keine gute Idee ist, mit deiner Mitbewohnerin ins Bett zu gehen?«

Ich gab ein undefinierbares Brummen von mir und drehte mich wieder Richtung Bar, damit ich gar nicht erst in Versuchung geriet, Lily aus der Ferne anzuglotzen wie ein elender Stalker.

»Also ja«, stellte Cole grinsend fest.

»Nein. Ja. Ach, verdammt.« Etwas zu fest knallte ich das Glas auf die Theke, sodass Bier über den Rand auf das Holz schwappte.

»Das kannst du laut sagen.«

Coles Tonfall brachte mich dazu, mich erneut umzudrehen. An unserem Tisch waren jetzt nicht mehr nur Jamie und die Mädels, sondern auch ein Typ, den ich mit Sicherheit schon mal irgendwo auf dem Campus gesehen hatte, aber gerade nicht zuordnen konnte.

Sein Gesicht konnte ich nur halb erkennen, weil er sich zu Lily runterbeugte. Sie lächelte zu ihm hoch, und plötzlich fühlte es sich an, als hätte mir jemand mit voller Wucht in den Magen geboxt.

Ich kannte dieses Gefühl. Als ich in Chicago gewohnt hatte und zum Boxtraining gegangen war, hatte ich viel zu oft solche Schläge eingesteckt. Aber noch nie hatte ich mich so gefühlt, weil ich ein Mädchen, mit dem ich ins Bett ging, mit einem anderen Typen sah.

Mit aller Macht drängte ich dieses Gefühl zurück, und für eine Weile funktionierte das auch.

Doch je später es wurde, desto schwieriger war es. Ich weigerte mich zwar immer noch, das Gefühl zu definieren, aber es ließ sich nicht einfach ignorieren. Irgendwann waren Cole und ich an unseren Tisch zurückgekehrt, weil ich mich schließlich nicht ewig verstecken konnte. Von den Gesprächen um mich herum bekam ich jedoch kaum etwas mit. Der Typ wollte einfach nicht verschwinden, und Lilys Lachen, wenn er etwas sagte, jagte mir einen Schauer über den Rücken. Allerdings keinen besonders angenehmen.

Es war kurz nach Mitternacht, als der Typ nach Lilys Hand griff und sie auf die Tanzfläche vor der kleinen Bühne zog. Ich benahm mich vielleicht wie der letzte Vollidiot, aber als seine Hände über ihren Rücken runter zu ihrem Hintern glitten, platzte mir fast der Kragen.

»Jules? Bist du ein bisschen unentspannt heute Abend?« Ella deutete vielsagend auf meine Hände, die das Glas so fest umklammerten, dass meine Fingerknöchel weiß hervortraten.

Ertappt lockerte ich meinen Griff und schüttelte den Kopf. »Nein, alles gut.«

»Na klar, wer's glaubt.«

»Es ist echt nichts.«

»Wenn du meinst.« Sie zuckte mit den Schultern und tippte Jamie an. »Kommst du mit tanzen?«

Für den Bruchteil einer Sekunde versteifte Jamie sich, zumindest sah es für mich so aus, doch dann nickte er und ließ sich von Ella auf die Tanzfläche ziehen. Cole und Tessa waren sonst wo verschwunden, und Cassidy stand mit Steve knutschend neben der Tür. Blieb also nur noch ich. Allein. Mit direktem Blick auf Lily und diesen dämlichen Kerl.

Ich brauchte mehr Alkohol.

Nicht besonders vorsichtig quetschte ich mich durch die Menge Richtung Bar und bestellte mir einen Shot. Ich wollte ihn gerade runterkippen, als mir ein vertrauter Duft nach süßen Äpfeln in die Nase stieg. Ich musste mich nicht einmal umdrehen, um zu wissen, dass Lily hinter mir stand.

»Willst du es wirklich nicht auf eine dritte Nacht ankommen lassen?« Ihr Atem strich warm über meine Haut. Sämtliche Härchen in meinem Nacken stellten sich auf.

»Nein«, presste ich zwischen zusammengebissenen Zähnen hervor. Sie schob sich neben mich, ihre Brust streifte meinen Arm, und ich verkrampfte mich augenblicklich.

Verdammtverdammtverdammt. Sie war viel zu gut in diesem Spiel.

»Okay, dann gehe ich wieder tanzen. Aber dann musst du aufhören, mich so anzustarren.« Sie war mir jetzt so nah, dass ich meinte, ihre Lippen an meinem Ohr zu spüren. Viel zu nah und doch nicht nah genug. *Scheiße.* Ihre blauen Augen funkelten schelmisch, dann wirbelte sie ohne ein weiteres Wort herum.

Ich griff nach ihr, und ohne darüber nachzudenken, zog ich sie an mich. »Dir macht das Spaß, oder?«, raunte ich und ließ meine Hände unter ihre Bluse wandern. Sie schnappte nach Luft.

Nur mit Mühe verkniff ich mir ein triumphierendes Grinsen. Sie war nicht mal ansatzweise so cool, wie sie die ganze Zeit tat.

»Na und? Dir macht das doch auch Spaß.« Sie zeichnete mit den Fingerspitzen meinen Mund nach. »Julian, wir gehen jetzt.«

»Ach, tun wir das?« Ihr Selbstbewusstsein machte mich mehr an, als es sollte.

Ihr Blick bohrte sich in meinen. Tief und durchdringend.

»Ja, tun wir.« Sie schob ihre Hand in meine und verschränkte unsere Finger, als wäre es das Normalste auf der Welt. Nachdem wir einen kurzen Abstecher zu unserem glücklicherweise verlassenen Tisch gemacht hatten, um unsere Jacken zu holen, zog sie mich hinter sich her aus dem Pub.

Schweigend liefen wir durch die Nacht. Es war empfindlich kühl, doch ich spürte die Kälte kaum. Ich fühlte nur Lilys Haut heiß auf meiner, weil sie immer noch meine Hand hielt.

Es war dunkel in unserer Wohnung, aber weder Lily noch ich machten uns die Mühe, das Licht anzuschalten. Noch immer sagte sie kein Wort, sie führte mich in ihr Schlafzimmer und drückte mich dann behutsam auf ihr Bett.

»Lily …«, setzte ich an und verstummte sofort wieder, weil ich keine Ahnung hatte, was ich eigentlich sagen sollte. Langsam zog sie erst ihre Jacke, dann ihre Bluse aus, schlüpfte aus ihrer Hose und stand schließlich nur noch in Slip und BH vor mir.

Sanftes Mondlicht fiel durchs Fenster direkt auf Lilys helle Haut, und ich fühlte mich unwillkürlich an den Moment erinnert, als das Sonnenlicht heute Nachmittag durch das Blätterdach im Wald gefallen war. Beinahe wünschte ich, ich hätte meine Kamera hier, um diesen Augenblick festzuhalten.

Doch jeder Gedanke verblasste augenblicklich, als sie auf mich zutrat, mir meine Jacke von den Schultern schob und sich auf meinen Schoß sinken ließ. Ich lehnte mich ein Stück zurück, stützte mich auf den Unterarmen ab und rührte mich keinen Millimeter. Heute Nacht würden wir es langsam angehen lassen.

»Pst«, murmelte sie dicht an meinen Lippen und presste dann ihren Mund auf meinen. Ich erwiderte ihren Kuss langsam und gemächlich, aber Lily hatte nicht vor, sich Zeit zu lassen. Sie neckte mich, reizte mich, saugte an meiner Unterlippe, bis ich ganz kurz davor war, den Verstand zu verlieren.

Verlangen pulsierte durch meine Adern und wuchs mit jeder Sekunde. Als Lily ihr Becken kippte und begann, sich durch den Stoff meiner Jeans an mir zu reiben, stöhnte ich auf und verlor die Kontrolle.

Ich schlang beide Arme um ihren Körper und drehte uns um, ohne meinen Mund von ihrem zu lösen. Erst als sie mit dem Rücken auf der Matratze aufkam, unterbrach sie den Kuss und lächelte mich spitzbübisch an.

»Ich hab mich schon gefragt, wie lange du durchhältst.« Sanft und gleichzeitig fordernd umfasste sie mein Gesicht und streckte sich mir entgegen. Sie küsste mich an der Stelle direkt unter meinem Ohrläppchen, leckte über meine Haut, und ich erschauerte.

»Du machst mich wahnsinnig.«

Ich spürte, wie sie an meiner Haut lächelte. »Ich weiß.« Dann wanderten ihre Finger unter meinen Pulli, schoben ihn nach oben, und einen Moment später trennte unsere Oberkörper nicht mehr als ihr BH. Ein Hauch von nichts also.

Mit einem sehnsüchtigen Seufzen hob Lily ihr Becken an und presste sich gegen meinen Schritt. Ich keuchte. *Fuck.* Das war nicht gut. Oder viel zu gut.

Ich konnte nicht mehr klar denken.

»Jules, du solltest dringend diese Hose loswerden.«

Ich folgte ihrer Aufforderung, und während ich meine restlichen Klamotten auf dem Fußboden ihres Zimmers verteilte, angelte sie nach einem Kondom, das auf dem Nachttisch neben ihrem Bett lag.

Lily griff nach dem Verschluss ihres BHs, doch ich hielt sie auf. »Nicht. Lass mich.«

Sie schluckte, ihre Lippen standen leicht offen, feucht und einladend, und es kostete mich mehr, als ich je für möglich gehalten hätte, genau das zu tun, was ich tun wollte, anstatt mich einfach von der Leidenschaft in ihren Augen hinreißen zu lassen.

Langsam beugte ich mich über sie, küsste mich an ihrer Schläfe entlang, hinunter über ihr Schlüsselbein und schob erst den einen, dann den anderen Träger ihres BHs zur Seite. Das Teil bestand nur aus Spitze.

Als ich meine Lippen um ihre immer noch von dem zarten Stoff bedeckten Brustwarzen schloss, stöhnte Lily auf. Ich ließ mir Zeit, und jetzt war ich derjenige, der sie neckte und reizte, und ich kostete es voll und ganz aus. Irgendwann landete zuerst ihr BH, dann ihr Slip auf dem Boden, und ich widmete mich nicht mehr nur ihren Brüsten, sondern jedem Zentimeter ihres umwerfenden Körpers.

»Julian, bitte«, wisperte Lily kaum hörbar, aber so flehentlich, dass sich jeder Muskel meines Körpers anspannte. Sie griff nach mir, und als ihre Hände fordernd über meinen Bauch, weiter nach unten wanderten, gab ich auf.

Hastig streifte ich mir das Kondom über, und einen Moment später schlang Lily ihre Beine um mich. Behutsam drang ich in sie ein und begann, mich langsam zu bewegen. Lily hatte allerdings immer noch nicht vor, es ruhig angehen zu lassen.

Sie hob ihr Becken, wieder und wieder, gab den Rhythmus vor, und schließlich konnte ich nicht mehr anders, als ihr zu folgen.

Unser schneller werdender Atem war das einzige Geräusch, durchbrochen nur von Lilys leisem Stöhnen, das mich vollends um den Verstand brachte. Ich stieß schneller zu, härter, und erst als sie keuchend ihr Gesicht an meiner Schulter vergrub, um ihren Schrei zu ersticken, ließ auch ich los.

25. KAPITEL

Julian

»Julian, haben Sie noch ein paar Minuten Zeit?« Mr Geiger sah mich prüfend an, und mein Magen krampfte sich zusammen. So, wie er guckte, konnte das nichts Gutes bedeuten.

»Natürlich. Stimmt was nicht? Ich habe noch eine Woche Zeit, bis ich die Arbeit abgeben muss und – «

»Es geht nicht um Ihre Arbeit. Setzen Sie sich«, sagte er in einem Tonfall, der keinen Widerspruch duldete, und deutete auf einen der Plätze in der ersten Reihe des Kursraums.

Zögerlich setzte ich mich auf den Stuhl und rutschte unruhig hin und her. Von Sekunde zu Sekunde wurde ich nervöser, während Mr Geiger die Ruhe selbst war. Klar, für ihn war so ein Gespräch wahrscheinlich die reinste Routine.

»Haben Sie sich schon Gedanken darüber gemacht, was Sie nach Ihrem Abschluss machen möchten?« Er lehnte sich lässig an die Tischkante und verschränkte die Arme vor der Brust.

Klasse. Noch mehr von oben herab ging es wohl nicht.

Ich räusperte mich. »Noch nicht.«

»Wie viele Semester brauchen Sie noch? Drei?«

»Zwei. Wenn alles gut geht.« Sein Blick gab mir allerdings das Gefühl, dass gar nichts gut gehen würde.

»Ich habe während der letzten Wochen bereits mit einigen Ihrer Kommilitonen gesprochen, und die meisten haben einen Plan für die Zukunft. Einige wissen zwar noch nicht, was sie wollen, und das ist auch noch nicht notwendig, immerhin haben sie noch etwas Zeit. Aber ich hatte gehofft, Sie hätten einen groben Plan.«

»Ich?«, krächzte ich perplex.

»Sie haben Talent, Julian. Sie nutzen es nur nicht.«

Fassungslos starrte ich ihn an. »Ich – «, begann ich, doch Mr Geiger unterbrach mich.

»Sie fotografieren für sich. Und das ist auch in Ordnung, wenn Sie keine Karriere in dem Bereich anstreben.« Er seufzte. »Ich verlange gar nicht, dass Sie jetzt einen Plan aus dem Hut zaubern. Aber machen Sie sich Gedanken. Machen Sie Praktika, zeigen Sie der Welt, was Sie können. Ich bin zwar nicht unbedingt ein Fan von sozialen Netzwerken, doch es würde sicher nicht schaden, wenn Sie das mal versuchen. Sie haben Tessa Thorn fotografiert, oder?«

Ich nickte überrumpelt. »Ja. Einmal.«

Und nur weil sie mich darum gebeten hatte. Wir waren zusammen mit Cole in den Wald gegangen, und ich hatte die Fotos von Tessa gemacht, mit der sie ihre Geschichte erzählen wollte. Ich hatte sie fotografiert, wie sie war. Die echte Tessa. Keine Schauspielversion von ihr. Verletzlich und … einfach nur eine junge Frau, die zu viel durchgemacht hatte.

»Dann nutzen Sie das. Das Bild ist wirklich gut geworden, und in keiner Branche sind Kontakte so wichtig wie in der Medienbranche. Egal, um welches Medium es geht«, erläuterte er und erhob sich. »Ich weiß nicht, was Sie zurückhält, aber was immer es ist, Sie müssen es loslassen.«

Mr Geiger ging ums Pult herum und sah mich abwartend an. Okay, anscheinend war ich dann entlassen.

Steif stand ich auf, griff nach meinem Rucksack und verließ den Kursraum. Was war hier gerade passiert?

Vor ein paar Minuten hatte ich mich noch gut gefühlt. Die letzte Woche war wie ein Rausch an mir vorbeigeflogen. Aus den drei Nächten mit Lily waren … mehr Nächte geworden. Und nach dem vierten, fünften und sechsten Mal hörte ich auf, darüber nachzudenken, dass es immer noch eine miserable Idee war, ausgerechnet mit Lily eine Affäre anzufangen. Von einem One-Night-Stand konnte mittlerweile nämlich keine Rede mehr sein.

Wir kamen mit unserem Programmheft endlich voran, weil wir eine Struktur gefunden hatten, mit der wir als Gruppe gut arbeiten konnten.

Alles war gut gewesen. Bis jetzt.

Dabei war es ja nicht einmal so, dass Mr Geiger mich so richtig kritisiert hatte. Er war nur ehrlich gewesen. Wahrscheinlich sollte ich ihm dankbar sein, dass er sich anscheinend genug um seine Studenten sorgte, um mit ihnen über ihre Zukunft zu sprechen.

Stattdessen fühlte ich mich ziemlich vor den Kopf gestoßen. Und maßlos überfordert.

Ich weiß nicht, was Sie zurückhält, aber was immer es ist, Sie müssen es loslassen.

Loslassen. Wieso fingen alle vom Loslassen an? Erst Cole. Jetzt Mr Geiger. Ich hatte nichts loszulassen.

Scheiße.

Ich war auch schon mal besser darin gewesen, mich selbst anzulügen.

Missmutig machte ich mich auf den Weg zur Mensa, wo ich mit Lily, Jamie, Cole und Cassidy zum Mittagessen verabredet war. Kurz spielte ich mit dem Gedanken, einfach nach Hause zu gehen und meine Freunde zu versetzen, weil meine Laune sich von Minute zu Minute verschlechterte, aber dann entschied ich mich doch dagegen. Wahrscheinlich würde mir

Gesellschaft ganz guttun. Und ich brauchte dringend Ablenkung.

Abrupt blieb ich stehen, als ich vor dem Eingang der Mensa Nina entdeckte, die an der Wand lehnte, mir entgegenlächelte und ganz offensichtlich auf mich wartete.

Ich unterdrückte ein Stöhnen, als sie mir zuwinkte. Das hatte mir gerade noch gefehlt.

»Bist du im Moment schwer beschäftigt?«, begrüßte sie mich und strich sich lächelnd eine Strähne ihrer dunklen Haare hinters Ohr.

»Geht. Das Übliche eben. Für das Projekt ist viel zu tun«, antwortete ich knapp. Es war unhöflich und gemein. Aber ich wollte jetzt nicht mit ihr reden. Wirklich nicht. Wir hatten uns seit Wochen nicht gesehen, nicht einmal telefoniert, und wenn ich ehrlich war, hatte ich seit dem letzten Abend, den wir miteinander verbracht hatten, auch kein einziges Mal an sie gedacht. Ich wagte nicht zu hinterfragen, warum das so war.

»Du hast dich lange nicht gemeldet.« Sie trat einen Schritt auf mich zu, hob die Hand und zupfte an meiner Jacke herum. »Was machst du später?«

Ich wollte ihre Hand wegschieben, reagierte jedoch nicht schnell genug, und so schob sie ihre Finger zwischen meine.

»Ich bin verabredet.« Das war eine glatte Lüge, aber eine notwendige, sonst würde sie später definitiv vor meiner Tür stehen, und das war das Letzte, was ich wollte. Ich wollte den Abend mit einem guten Film verbringen und mit Lily und … Na ja, alles Weitere würde sich dann ergeben.

Moment … *Was?*

Ich sagte Nina ab, um den Abend mit Lily und einem Film zu verbringen? Beinahe hätte ich über mich selbst den Kopf geschüttelt. Was stimmte nur nicht mit mir?

Nina ließ mich los, als hätte sie sich an mir verbrannt, ein verkniffener Ausdruck legte sich über ihr Gesicht. »Mit wem denn?«

»Mit den Jungs.« Noch eine Lüge, und wieder war sie notwendig. Dieses Mal allerdings eher für mich und nicht für sie. Ich konnte unmöglich zugeben, dass ich … dass ich den Abend mit niemand anderem als Lily verbringen wollte. Meine Gedanken wirbelten wild durcheinander, mein Herz pumpte Adrenalin durch meine Adern, und für eine Sekunde verschwamm die Welt vor meinen Augen. Was. Zur. Hölle?!

»Wenn du danach noch nicht nach Hause willst …« Sie schenkte mir ein verführerisches Lächeln, doch es ließ mich vollkommen kalt.

Ich atmete tief durch und sprach es dann einfach aus. »Nina … Das mit uns … Das ist vorbei.«

Ihre Augen weiteten sich. »Ist das dein Ernst?«

Ich nickte. »Ist es. Tut mir leid.«

Sie schien protestieren zu wollen, doch dann nickte sie nur und wandte sich dann ohne ein weiteres Wort ab.

Ich blieb noch einen Augenblick vor der Mensa stehen und versuchte, mich zu sammeln. Was war das denn gerade gewesen? Hatte ich ernsthaft mit Nina Schluss gemacht wegen … Lily? Nein. Ganz sicher nicht. Nur, weil ich mit ihr ins Bett ging … Das bedeutete gar nichts. Das mit Nina war längst überfällig gewesen. Sie wollte eine Beziehung, ich nicht. So einfach war die Geschichte.

Ich straffte mich und machte mich dann auf die Suche nach meinen Freunden, nachdem ich mir noch was zu essen besorgt hatte.

»Hey«, begrüßte Cassidy mich mit einem vorwurfsvollen Ausdruck auf dem Gesicht, als ich an den Tisch trat, an dem wir in der Mensa normalerweise saßen. »Wir dachten schon, du hättest uns versetzt.«

»Würde ich doch nie tun.« Ich ließ mich auf den freien Platz neben Cole fallen.

Mein Blick wanderte ganz von selbst in Lilys Richtung, die ihr Kinn auf dem Handrücken abgestützt hatte und schweigend Jamie zuhörte, der irgendwas über das Filmprojekt erzählte. Sie wirkte ungefähr so glücklich, wie ich mich fühlte. Ein gezwungenes Lächeln spielte um ihre Lippen, und da war ein Ausdruck in ihren Augen, der mir nicht gefiel.

Sie hatte noch kein einziges Mal zu mir herübergeguckt, und ich fragte mich, ob es daran lag, dass wir unsere Affäre vor unseren Freunden verheimlichen wollten, oder ob mehr dahintersteckte.

Ein nachdrückliches Räuspern lenkte meine Aufmerksamkeit von Lily zurück zu Cole, der mich mit hochgezogenen Augenbrauen vielsagend musterte und leicht den Kopf schüttelte. Als hätte er jede Hoffnung, die er auf meinen gesunden Menschenverstand gesetzt hatte, aufgegeben. Er war der Einzige in unserer Gruppe, der von mir und Lily wusste, und wenn es nach mir ging, konnte das auch gerne so bleiben. Obwohl ich den Verdacht hatte, dass Jamie ebenfalls Bescheid wusste. Ganz sicher war ich mir allerdings nicht, und ich würde den Teufel tun und ihn oder Lily darauf ansprechen.

Mit halbem Ohr hörte ich den Gesprächen meiner Freunde zu, war aber nicht wirklich bei der Sache. Meine Gedanken wanderten zurück zu meiner Unterhaltung mit Mr Geiger.

Seine Worte klangen mir immer noch in den Ohren nach. Ich hörte sie wieder und wieder und wieder, und ein Teil von mir wusste, dass er recht hatte. Ich sollte die verbleibende Zeit meines Studiums sinnvoll nutzen, um mein Portfolio zu erweitern, zusammenzustellen, was ich bereits erarbeitet hatte, und vielleicht noch das ein oder andere Praktikum zu machen.

Vor allem aber musste ich mir darüber klar werden, was ich wollte. Wenn ich tatsächlich irgendwann mal für *National Geographic* oder ein anderes Natur- oder Umweltmagazin arbeiten wollte, musste ich Entscheidungen treffen. Entweder dachte ich an mich und meinen Traum, oder ich blieb hier. Bei meiner Familie, die früher oder später nach Faerfax ziehen würde.

Doch ich hatte keine Ahnung, wie ich mich entscheiden sollte, und es nagte an mir, dass nicht nur Cole, sondern auch Mr Geiger der Ansicht waren, ich müsse irgendwas oder irgendjemanden loslassen. Es gab nichts loszulassen.

Nichts und niemanden.

Dad hatte mich angerufen. Allein heute hatte er es drei Mal versucht. Ich saß auf dem Sofa, hielt das Handy in der Hand und starrte auf meine Anrufliste. Mein Finger schwebte über seiner Nummer, aber ich brachte es nicht über mich, zurückzurufen.

Als mein Handy erneut zu klingeln begann, zuckte ich zusammen. Ich wollte seinen Anruf ignorieren, wollte ich wirklich, doch selbst das schaffte ich nicht.

Mit einem Seufzen nahm ich das Gespräch entgegen. »Hey, Dad.«

»Julian, endlich! Wo hast du denn die ganze Zeit gesteckt?«

»Ich habe Kurse. Ich kann nicht immer ans Telefon gehen, wenn du anrufst«, erwiderte ich scharf.

Gott, wie ich diesen Tag hasste.

»Du hättest aber bestimmt zurückrufen können. Julian –«

»Ist es wichtig?«, unterbrach ich ihn, bevor er mir vorwerfen könnte, dass es absolut verantwortungslos war, nicht zurückzurufen. Immerhin hätte ja etwas passiert sein können. Ich erstarrte. Vielleicht war etwas passiert. Vielleicht hatte es einen Unfall gegeben und ich Idiot wusste nicht Bescheid, weil ich mich geweigert hatte, meinen Vater anzurufen.

»Es geht um den Umzug.«

Ich verkniff mir ein erleichtertes Seufzen. Also nichts Wichtiges. Und es war nichts passiert. Das war beruhigend. Dass es um den Umzug ging, hätte ich mir denken können. Bei Dad ging es nur noch um diesen dämlichen Umzug, egal, ob ich darüber reden wollte oder nicht. Und ich wollte nicht. Nicht heute. Gut, auch an keinem anderen Tag. Aber heute noch weniger als sonst.

Dad schien das allerdings weder zu merken noch zu interessieren, denn er sprach weiter, ohne meine Antwort abzuwarten. »Wir gucken uns am Wochenende ein Haus an, und ich wollte dich fragen, ob du mit den Mädchen und mir mitkommst.«

Beinahe hätte ich Nein gesagt, doch ich hielt mich zurück. Ich wollte mich nicht am Telefon mit ihm streiten, und das würde zwangsläufig passieren, wenn ich jetzt abblockte. Außerdem wären Sarah und Jenny schwer enttäuscht, wenn ich absagte, und das konnte ich jetzt nicht auch noch gebrauchen. Also zwang ich mich, bis drei zu zählen, und sagte dann: »Natürlich komme ich mit.«

»Dann sehen wir uns am Samstag. Ich schicke dir Uhrzeit und Adresse für die Besichtigung.«

»Okay.«

Dad legte auf, ohne sich zu verabschieden. Erst jetzt fiel mir auf, dass er mich nicht einmal gefragt hatte, wie es mir ging. Oder wie die Uni lief. Ich hatte mich schon so sehr daran gewöhnt, dass es mir schon fast nicht mehr auffiel.

Wie traurig war das bitte?

Die Gedanken an meine Familie verflüchtigten sich, als

sich schmale Hände auf meine Augen legten und mir der inzwischen vertraute Duft von Lilys Apfelshampoo in die Nase stieg. Ich atmete tief ein, und ohne mein Zutun stahl sich ein Lächeln auf mein Gesicht. Ich griff nach ihren Handgelenken, nahm ihre Hände von meinem Gesicht, und einen Moment später lag sie auf mir auf dem Sofa.

Nicht nur ihr Duft, sondern auch ihr Gewicht war mir inzwischen so vertraut, dass ich mir eigentlich Sorgen darüber machen müsste. Aber auch dafür gab es bessere Tage als heute.

Wie von selbst wanderten meine Hände unter ihren Pulli, und ich spürte, wie sie unter meiner Berührung erschauerte.

»Ich hatte einen echten Scheißtag«, sagte sie seufzend und strich mit ihren Lippen über meinen Mund. »Ich brauche Ablenkung.«

Hitze sammelte sich in meinem Unterleib, als Lily ihr Becken gegen meins presste und sich an mir rieb. Ich wurde hart und atmete mit einem hörbaren Zischen aus. Ich hatte nicht einmal gemerkt, dass ich den Atem angehalten hatte.

»Ich bin also deine Ablenkung?« Ich strich weiter ihren Rücken entlang und öffnete dann ihren BH.

»Mhm«, machte sie, richtete sich auf und zog dann in einer fließenden Bewegung den Pulli über ihren Kopf. Zusammen mit ihrem BH ließ sie ihn auf den Boden fallen. »Du bist meine Ablenkung.« Sie lehnte sich wieder vor, küsste mich und knabberte an meiner Unterlippe, bevor sie sich wieder aufrichtete und mich angrinste. »Und ich bin deine.« Mit diesen Worten stand sie auf und schlüpfte aus ihrer Hose.

Ich brauchte keine Aufforderung, um ihrem Beispiel zu folgen, angelte nach dem Kondom in meiner Hosentasche und zog sie an mich. »Wenn du meine Ablenkung bist, habe ich gerne auch einen Scheißtag.«

Stirnrunzelnd und mit kaum verhohlener Sorge in den Augen sah Lily mich an und zeichnete meine Gesichtszüge nach. »Du hattest auch einen Scheißtag?«

»Ja.« Ich presste meinen Mund auf ihr Schlüsselbein, ließ meine Lippen weiter nach unten wandern und liebkoste ihre Brüste. Seufzend legte sie den Kopf in den Nacken. »Aber jetzt nicht mehr«, murmelte ich an ihrer weichen Haut.

Lily legte beide Hände an mein Gesicht, und dann küsste sie mich so, dass ich nicht nur das Telefonat mit Dad, sondern auch den Rest dieses beschissenen Tages vergaß.

Lily

»Was war heute los bei dir?«, fragte ich schläfrig und zog die Decke enger um meinen Körper. Ich war zu faul, um aufzustehen und mir was Gemütliches zum Anziehen zu holen.

Julian verzog das Gesicht. »Dad hat angerufen. Er hat wohl ein Haus gefunden und will am Wochenende mit Sarah und Jenny vorbeikommen.«

»Hast du ihm gesagt, was du von dem Umzug hältst?« Ich beobachtete, wie Julian aufstand und in seinem Zimmer verschwand, und dachte schon, dass ich mit meinen Fragen zu weit gegangen war, als er in T-Shirt und Boxershorts zurückkam und mir einen dicken Kapuzenpulli reichte.

»Hier, du kleine Frostbeule.« Er grinste mich frech an, wurde aber sofort wieder ernst. »Nein, ich hab Dad nichts davon erzählt.«

Umständlich zog ich mir den Pulli über den Kopf und pustete mir wenig elegant die Haare aus dem Gesicht, als ich wieder aus dem Stoff auftauchte. Der vertraute Duft nach Julian umhüllte mich, und ich musste mich davon abhalten, meine

Nase in dem Stoff zu vergraben und seinen Geruch tief einzuatmen. »Warum nicht?«

»Weil es ohnehin nichts nützen würde«, entgegnete er und setzte sich wieder neben mich aufs Sofa. Er zog meine Beine in seinen Schoß, und ich breitete die Decke auch über ihm aus.

»Bist du sicher?« Sanft stupste ich ihn an. Ich wusste, dass Julian nicht gerne über seine Familie sprach. So gut kannte ich ihn inzwischen. Aber ich kannte ihn auch gut genug, um mir sicher zu sein, dass er darüber reden musste. Er war eher der Typ, der seine Gefühle so lange in sich reinfraß, bis er platzte, und das würde er früher oder später definitiv tun.

Vielleicht war ich nicht die Richtige dafür, und er sollte lieber mit einem seiner engen Freunde sprechen. Dummerweise wollte ich aber diejenige sein, mit der er sprechen wollte. Weil wir inzwischen auch so etwas wie Freunde geworden waren.

»Was soll das denn bringen? Ich bezweifle sehr stark, dass Dad seine Meinung noch ändert. Sie werden umziehen. Also kann ich es mir auch direkt sparen, das anzusprechen. Wir würden dann nur streiten, und ich habe echt keine Lust, mich mit ihm zu streiten.« Gedankenverloren strich Julian mein Bein entlang, und mein ganzer Körper begann zu kribbeln.

Jedes Mal, wenn er mich berührte, spürte ich es in jeder Faser meines Körpers. Ich musste mich zwingen, nicht die Augen zu schließen und mich von ihm in den Schlaf streicheln zu lassen, weil es sich viel zu gut anfühlte.

»Aber eure Beziehung wird sich nicht bessern, wenn du nicht ehrlich zu ihm bist. Du kannst es doch einfach versuchen. Was hast du zu verlieren?«

Julian seufzte und streckte die Arme nach oben, um sich zu dehnen. Die Stelle, an der gerade noch seine Hand gelegen hatte, fühlte sich auf einmal seltsam kalt an. Die Muskeln an seinem Arm spannten sich an, und ich wusste, dass ich anfing zu starren, aber ich hatte wirklich eine Schwäche für seine Arme.

»Keine Ahnung. Ich … Ehrlich, ich hab keine Ahnung. Ich bin es so gewöhnt, nicht mit Dad über *mich* zu reden, dass ich nicht einmal weiß, wie ich es überhaupt ansprechen sollte.«

»Einfach geradeheraus. Hat bei Rose und mir auch funktioniert.« Bei dem Gedanken an meine Schwester musste ich lächeln. Es war noch nicht wieder so wie früher, aber wir schrieben fast jeden Tag und telefonierten zwischendurch. Wir hatten schließlich über sechs Monate Schweigen aufzuholen. Die eine Woche, die ich in New York gewesen war, hatte dafür nicht einmal ansatzweise gereicht. Aber wir waren auf einem guten Weg.

Ein umwerfendes Lächeln erstrahlte auf Julians Gesicht, auf einmal fühlte es sich so an, als würde mein Herz in meiner Brust ins Taumeln geraten. »Ich weiß. Und das freut mich sehr für euch, ganz ehrlich. Kommt sie dich bald mal besuchen?«

Ich schnalzte mit der Zunge und schüttelte mit einem übertrieben missbilligenden Ausdruck auf dem Gesicht den Kopf. »Wir haben noch nichts geplant, aber darum geht's jetzt nicht. Wir reden gerade über dich, Julian. Du musst gar nicht versuchen, abzulenken.«

»Das sagt die Richtige. Du hast mich doch als Ablenkung benutzt.« Julian zog eine Grimasse, stand auf und reichte mir einen Augenblick später ein Glas Wasser.

»Danke.« Ich trank einen Schluck und grinste ihn an. »Und ja, ich habe dich vielleicht ein bisschen benutzt, aber jetzt reden wir, also komm. Hör auf, mir immer auszuweichen.«

»Wenn wir jetzt anfangen, über unsere Gefühle und so zu reden, sind wir dann jetzt doch so etwas wie Freunde?«, neckte er mich und zog eine Augenbraue hoch.

Kurz war ich versucht, ihm die Zunge rauszustrecken. Doch

stattdessen schlich sich ein Lächeln auf mein Gesicht. »Vielleicht.«

»Dann erzähl mir doch mal, was bei dir heute los war, dass du so einen Scheißtag hattest.«

»Julian …«, setzte ich an, weil es doch eigentlich gerade um ihn gehen sollte und ich wirklich nicht über mich reden wollte. Aber er schüttelte den Kopf, und ich verstummte.

»Ich denk drüber nach, okay? Vielleicht rede ich mit ihm. Aber ich will jetzt nicht darüber nachdenken, sonst wird das auch noch ein Scheißabend, und das muss echt nicht sein. Also, was war bei dir los?«

Ich versteifte mich. Ich wollte es nicht, aber ich konnte nichts dagegen tun. Mein Magen krampfte sich zusammen. Ich wollte nicht darüber reden.

Julian schien es zu spüren, denn nur eine Sekunde später lagen seine Hände wieder auf meinen Beinen und strichen in beruhigenden Bewegungen auf und ab. Es war nicht fair, ihn dazu bringen zu wollen, mit mir über seine Probleme zu sprechen, wenn ich nicht bereit war, das Gleiche zu tun.

Ich seufzte und schloss kurz die Augen. »Ich habe versagt«, würgte ich hervor und gab mir alle Mühe, an diesen Worten nicht zu ersticken.

Julians Hände hielten für einen Augenblick inne, dann streichelte er mich weiter. »Inwiefern?«

Er sah mich an, das konnte ich spüren, aber ich schaffte es nicht, seinen Blick zu erwidern, und ließ den Kopf gegen die Lehne des Sofas sinken. »Wir sollten heute Hebefiguren proben. Stephanie hat da eine Idee für die Choreo, die richtig gut ist. Es hat ein bisschen gedauert, aber am Ende haben es alle hinbekommen. Abgesehen von mir.«

»Und? Ist doch nicht schlimm. Die sind alle ausgebildete Tänzer und –«

»Das bin ich doch auch!«, platzte es aus mir heraus. Ich sprang so schnell auf, dass Julian erschrocken seine Hände zurückriss. Rastlos begann ich vor dem Sofa herumzulaufen. »Ich war auch eine ausgebildete Tänzerin. Gut genug, um an der Juilliard genommen zu werden. Und ich dachte, ich könnte es wieder sein. Ich dachte, ich würde es schaffen. Ich habe ehrlich geglaubt, dass ich es hinbekomme. Aber offensichtlich tue ich das nicht, weil ich nicht einmal eine simple Hebefigur zustande bringe.«

Mir wurde allein bei dem Gedanken an die Proben von heute kotzübel. Wirklich alle hatten es hinbekommen. Jede einzelne Tänzerin. Nur ich nicht. Ich war wie erstarrt gewesen. Vollkommen erstarrt. Ich hatte mich nicht bewegen können, keinen Schritt nach vorne machen, geschweige denn mich hochheben lassen. Nicht so, wie es nötig gewesen wäre.

Ich hatte Panik bekommen.

Ich hatte Panik bekommen und war weggelaufen. Hatte die Rufe hinter mir im Probenraum ignoriert. Ich war durch die Flure gelaufen und erst stehen geblieben, als ich keine Luft mehr bekommen hatte. Meine Beine waren unter mir weggesackt, und ich war auf den Boden gefallen, Tränen hatten in meinen Augen gebrannt, aber ich hatte nicht weinen können. Nicht atmen. Ich hatte nur daran denken können, dass ich versagt hatte.

Und dass Luis mich wirklich kaputt gemacht hatte.

Ich kam erst wieder in der Gegenwart an, als Julian seine Hände auf meine Schultern legte und mich so abrupt zum Stillstand brachte, dass ich gegen seine Brust prallte. Mit großen Augen sah ich zu ihm hoch. Sein Blick war weich und warm, und das Lächeln, das er mir schenkte, so sanft, dass sich mein Herz schmerzhaft zusammenzog.

»Du schaffst das, okay?« Beruhigend malte er mit dem Daumen Kreise auf meinen Nacken. »Ich weiß es.«

Widerstrebend schüttelte ich den Kopf. »Das kannst du gar nicht wissen.« Er hatte keine Ahnung.

»Doch, weiß ich.« Er legte beide Arme um meine Taille und hob mich hoch. Wie immer, wenn er das tat, schlang ich meine Beine um seine Hüften und presste mich an ihn.

»Diese Art von Hochheben ist aber etwas völlig anderes«, bemerkte ich, und obwohl es nichts zu lachen gab, stahl sich ein zögerliches Lächeln auf mein Gesicht.

»Ich weiß. Aber wir bekommen das hin. Ich übe mit dir.«

»Du tust was?« Fassungslos starrte ich ihn an.

»Ich übe mit dir.« Julian sagte es, als wäre es das Selbstverständlichste auf der Welt, und ich hatte plötzlich einen sehr dicken Kloß im Hals.

»Das geht nicht. Du weißt doch gar nicht, was du machen musst.«

»Dann erklärst du mir das eben. Kraft genug habe ich auf jeden Fall. Ich kriege mit, wie du immer meine Arme anstarrst, Lily.« Ein freches Blitzen trat in seine Augen, und ich wusste, dass er es nur sagte, um mich aufzuheitern. Und auch, wenn ich mich eigentlich gar nicht aufheitern lassen wollte, musste ich dieses Mal tatsächlich lachen.

»Okay«, gab ich nach.

Ein zufriedener Ausdruck legte sich auf Julians Gesicht, und er drückte mir einen kleinen Kuss auf die Nasenspitze.

Mein Lächeln verblasste, als ein sehnsüchtiges Ziehen sich in mir ausbreitete. Dieses Mal jedoch nicht in meinem Unterleib. »Julian ... Warum willst du das machen? Du hast doch mehr als genug zu tun.«

Julians fröhliches Lachen vibrierte durch meine Brust. »Weil wir jetzt Freunde sind. Schon vergessen?«

26. KAPITEL

Lily

»Was läuft da eigentlich zwischen dir und Julian?«, fragte Cassidy betont beiläufig und trank einen Schluck Wein.

Ich verschluckte mich bei ihren Worten fast an meiner Cola. »Was?«

Verschlagen grinste sie mich an. »Du hast mich schon verstanden.«

»Cass, lass sie in Ruhe«, rief Tessa und kam mit einer Schüssel Popcorn aus der Küche. Ella folgte ihr mit einem Block und Stiften in der Hand.

»Ach kommt schon! Ihr seid doch auch neugierig!« Cassidy rutschte an die Sofakante und sah ihre Freundinnen übertrieben flehentlich an.

»Zwischen mir und Julian läuft aber nichts!« Ich wurde so rot, dass ich mir die Lüge auch gleich hätte sparen können. Ich versuchte trotzdem, von mir abzulenken. »Soll es heute nicht um die Hochzeitsplanung gehen?«

Cassidy winkte ab. »Doch. Aber zuerst: du und Julian. Ihr zwei seht euch in letzter Zeit dauernd so seltsam an. Und als wir im Pub waren, seid ihr beide zusammen gegangen. Ich habe euch gesehen. Er hat dich doch nicht einfach nur nach Hause gebracht, oder?« Vielsagend wackelte sie mit den Augenbrauen.

Mist. Daran hatte ich überhaupt nicht gedacht. Wir hatten niemandem Bescheid gesagt, als wir gegangen waren, und dass bisher keiner nachgefragt hatte, war also Cassidys Beobachtungsgabe zu verdanken. Weil sie gewusst hatte, dass ich mich nicht allein auf den Heimweg gemacht hatte. Ich versteckte mich hinter meinem Glas. Ziemlich erfolglos. Ganz überraschend. »Da läuft nichts. Ganz ehrlich. Also, nicht wirklich. Wir … haben nur Sex«, nuschelte ich so undeutlich, dass ich hoffte, sie würden es einfach nicht verstehen und mich dann in Ruhe lassen.

»Was?«, riefen Ella und Tessa synchron und starrten mich so entgeistert an, dass ich verlegen lachen musste.

»Du schläfst mit Julian?«, fragte Ella.

»Seit wann?« Tessas Augen weiteten sich.

Unbehaglich rutschte ich auf der Stelle herum. »Seit den Ferien. Ist doch keine große Sache. Nicht so wie eine Hochzeit. Leute, Cassidy wird heiraten! *Darauf* sollten wir uns konzentrieren!«

»Warum hast du uns denn nichts davon gesagt?« Cassidy ignorierte völlig, dass ich unser Gespräch wieder unauffällig auf ihre Hochzeit lenken wollte. Und als ich den verletzten Unterton in ihrer Stimme hörte, meldete mein schlechtes Gewissen sich nachdrücklich zu Wort.

Früher hätte ich meinen Freundinnen schon nach der ersten Nacht von Julian erzählt. Wir hätten jedes Detail ausdiskutiert. Aber früher waren auch Keira und Amy meine Freundinnen gewesen. Meine neuen Freundinnen waren mir noch nicht so vertraut. Und vielleicht gab es in mir einen winzig kleinen, absolut irrationalen Teil, der befürchtete, dass sich die Geschichte wiederholen würde. Obwohl ich eigentlich wusste, dass das nicht passieren würde. Nicht nur, weil Ella, Cassidy und Tessa alle drei einen Freund hatten, sondern weil sie *echte* Freundinnen waren, und es war dabei völlig egal, dass wir uns erst seit wenigen Monaten kannten.

Ich rang die Hände. »Weil es nichts zu bedeuten hat. Und ich weiß, dass du mich mit Jamie verkuppeln wolltest und ...«

»Und du dachtest, wenn du uns erzählst, dass du was mit Julian am Laufen hast, wollen wir dich mit ihm verkuppeln?«, beendete Cassidy meinen Satz.

»Eigentlich dachte ich, dass vor allem *du* mich dann mit ihm verkuppeln willst, also ja, das trifft es in etwa.«

Verlegen rieb sie sich die Nase. »Ich gebe zu, dass die Verkupplung von dir und Jamie nicht meine beste Idee war. Aber ich lerne aus meinen Fehlern. Und ich werde mich nicht einmischen, versprochen. Ich bin nur neugierig.«

»Du musst uns trotzdem nichts erzählen, wenn du nicht möchtest«, mischte Tessa sich ein und warf Cassidy einen warnenden Blick zu. »Nicht jeder redet so viel und gerne über sich wie du, Cass.«

»Danke. Aber darum geht's gar nicht. Okay, vielleicht doch. Ich möchte einfach nicht mehr aus der Sache machen, als da tatsächlich ist.« Ich atmete tief durch. »Und ich bin wirklich nicht gut in so etwas. Meine letzten Freundinnen waren ziemlich ätzend, wenn ich es nett ausdrücke, und ich weiß, dass ihr anders seid, aber irgendwie ...«

»Hat dich das trotzdem zurückgehalten.« Ein mitfühlender Ausdruck trat in Ellas grüne Augen.

»Ja, vielleicht. Ich weiß, dass das seltsam ist, vor allem, weil ich dir«, ich wandte mich Cassidy zu, »von Luis erzählt habe. Ich verstehe mich selbst nicht so ganz.«

Cassidy stieß ein theatralisches Seufzen aus. »Wer tut das schon?« Dann setzte sie sich neben mich und legte ihren Kopf auf meine Schulter. »Tut mir leid. Ich wollte dich nicht drängen. Wenn du uns was erzählen möchtest, kannst du das tun, und wenn nicht, ist das auch okay.« Sie blinzelte mich treuherzig an, und ich musste lachen. Gegen Cassidy war wirklich nicht anzukommen.

»Was wollt ihr denn wissen?«

Sie richtete sich wieder auf und strahlte mich an. »Alles natürlich. Also alles, was du uns erzählen möchtest.«

Ich zögerte einen Moment. Wahrscheinlich sollte ich nicht darüber reden. Aber irgendein Teil von mir *wollte* plötzlich mit ihnen darüber sprechen, und das verwirrte mich mehr, als es sollte. Und noch bevor ich entscheiden konnte, ob es tatsächlich eine gute Idee war, strömten die Worte schon aus mir heraus, und ich erzählte ihnen alles. Vom ersten Mal vor den Ferien, dem zweiten Mal nach den Ferien und na ja, jedem Mal, das danach gefolgt war.

»Also habt ihr jetzt einfach nur unverbindlichen Sex, und das war's?« Tessa beobachtete neugierig jede meiner Regungen, als ich schließlich verstummte.

Ich atmete tief durch und zuckte mit den Schultern. »Ja.«

»Und mehr nicht?« Wie zu erwarten sah Cassidy leicht enttäuscht aus.

»Nein. Wir sind einfach nur Freunde, die miteinander ins Bett gehen. Mehr nicht.« Mein Herz geriet leicht aus dem Takt, als ich das sagte, doch ich ignorierte es.

Genauso wie ich die Sorge ignorierte, die in mir aufstieg, als ich daran denken musste, dass Julian die letzten zwei Tage superschlecht drauf gewesen war, weil sein Dad und die Zwillinge morgen nach Faerfax kommen würden. Er hatte sich in seinem Zimmer verschanzt und sonst was getan, und ich hatte ihn einfach in Ruhe gelassen. Wir waren inzwischen zwar so etwas wie Freunde, aber ich würde mich mit Sicherheit nicht aufdrängen, wenn er allein sein wollte. Auch wenn ich nicht besonders gut damit umgehen konnte, dass es ihm schlecht ging. Ich wollte ihm helfen, ich wusste nur nicht, wie.

»Schade. Ich glaube, Julian würde eine ernsthafte Beziehung mal ganz guttun«, bemerkte Cassidy.

»Julian will keine Beziehung. Und ich auch nicht.«

»Aber –«

»Cass, lass gut sein«, unterbrach Ella sie sanft und schüttelte den Kopf. »Du hast vorhin noch versprochen, dass du dich nicht einmischst.«

»Okay, tut mir leid. Bin schon still.« Cassidy machte eine Handbewegung, als würde sie ihren Mund abschließen, und grinste uns dann der Reihe nach an.

»Dann sprechen wir jetzt endlich über das Thema, weshalb wir uns eigentlich getroffen haben?«, schlug Tessa amüsiert vor, und ich ging erleichtert auf ihren Themenwechsel ein.

»Habt ihr schon ein Datum für die Hochzeit?«

Ein strahlendes Lächeln breitete sich auf Cassidy Gesicht aus. »Noch nicht ganz. Ich würde gerne im Herbst heiraten. Am liebsten im September.«

»Dieses Jahr?« Ella richtete sich auf, einen ungläubigen Ausdruck auf dem Gesicht, und ich konnte es ihr nicht verdenken. Eine Hochzeit in knapp sechs Monaten zu planen würde nicht ganz einfach werden.

»Ich weiß, dass das superkurzfristig ist, und meine Mom hält uns auch für verrückt. Als wir ihr gesagt haben, dass wir dieses Jahr noch heiraten wollen, ist sie fast durchgedreht. Aber worauf sollen wir warten? September ist ein toller Monat. Es ist nicht zu warm und nicht zu kalt. Es ist perfekt. Das einzige Problem ist die Location. Steve und ich würden gerne hier in Faerfax heiraten. Wir möchten auch keine große Hochzeit, sondern was Kleines, Gemütliches. Nur unsere engsten Freunde und unsere Familien. Ich hatte gehofft, ihr könntet mir dabei helfen, eine geeignete Location zu finden. Steve hat im Moment wahnsinnig viel für die Uni zu tun, und ihr kennt ihn doch. Ihm sind solche Sachen nicht wichtig. Er will einfach nur heiraten. Wie ist ihm egal«, antwortete Cassidy lächelnd.

»Okay, okay. Das dürfte etwas schwierig werden.« Ella richtete sich auf, ihre Augen blitzten aufgeregt. »Wahrscheinlich sind die meisten brauchbaren Locations schon ausgebucht, aber wir kriegen das hin. Ich könnte Tara fragen, sie kennt da bestimmt jemanden, der uns helfen kann.«

»Was wäre denn, wenn ihr hier heiratet?« Nachdenklich legte Tessa die Stirn in Falten. »Bei uns im Garten, meine ich. Wenn du ohnehin nichts Großes willst und nicht so viele Gäste hast, wäre der Garten doch gut, oder? Genug Platz haben wir auf jeden Fall. Wir könnten Zelte aufstellen lassen und –«

»Oh mein Gott! Das wäre perfekt!«, quiekte Cassidy begeistert, sprang auf und fiel Tessa um den Hals. Tessa hatte gerade noch genug Zeit, ihr Glas hastig auf dem Tisch abzustellen, bevor dessen Inhalt sich übers Sofa ergossen hätte.

Ella schüttelte lachend den Kopf. »Das war einfach.«

»Stellt euch das mal vor! Dieser Garten ist so was von absolut perfekt für eine Hochzeit. Mit weißen Zelten und ganz vielen Lichterketten und Kerzen und … Oh, das wird … Das wird …« Cassidy schniefte, ihre Augen glitzerten auf einmal verdächtig.

»Die Hochzeit wird wundervoll.« Lächelnd strich Tessa Cassidy die Tränen von den Wangen und zog sie in ihre Arme.

»Ja, oder?«

»Natürlich, Cass! Es wird schließlich *deine* Hochzeit«, sagte Ella, und auch ihre Stimme klang verdächtig rau.

»Das stimmt. Es kann nur toll werden.« Cassidy löste sich von Tessa und strich sich die Haare aus dem Gesicht. Von einer Sekunde zur nächsten schien sie vor Tatendrang förmlich zu vibrieren. »Dann lasst uns eine Hochzeit planen!«

Julian

Ich hatte die halbe Nacht kein Auge zugetan. Stattdessen hatte ich mich von einer Seite auf die andere gewälzt und erfolglos versucht, nicht an die Hausbesichtigung zu denken. Als es schließlich dämmerte, hielt ich es nicht mehr aus und stand auf.

Ich suchte meine Sportklamotten zusammen und machte mich auf den Weg ins Fitnessstudio der Uni. Ich musste mich dringend abreagieren.

Normalerweise half es, auf den Boxsack einzuprügeln. Dieses Mal jedoch spürte ich gar nichts. Keine Erleichterung, kein Abflauen all der Gefühle, die durch meinen Körper tobten.

Ich wusste, was helfen würde. Tief in meinem Inneren wusste ich es. Es wäre so leicht, in ihr Zimmer zu gehen und den Kopf auszuschalten. Wenn ich mit Lily zusammen war, konnte ich aufhören zu denken. Ich kam zur Ruhe.

Aber ich konnte nicht. Wenn ich jetzt zu ihr gehen würde, fühlte es sich an, als würde ich sie benutzen. Und obwohl wir das im Scherz schon ein paarmal zueinander gesagt hatten, wäre es dieses Mal etwas anderes. Es wäre falsch. So richtig falsch.

Also drosch ich so lange auf den Boxsack ein, bis meine Arme so schwer waren, dass ich sie kaum noch heben konnte. Ich atmete schwer, als ich keuchend nach meiner Wasserflasche griff, sie gierig leerte und dann einen Blick auf mein Handy warf. Jenny hatte mir geschrieben, dass sie in einer Stunde da sein würden.

Mit einem Seufzen packte ich mein Zeug und ging duschen. Danach machte ich mich sofort auf den Weg zu der Adresse, die Dad mir gestern Abend geschickt hatte.

Ich hätte für nichts garantieren können, wenn ich zuerst zurück ins Wohnheim gegangen wäre.

Faerfax war im Frühling wunderschön. Es würde noch eine Weile dauern, bis alles wieder grün sein würde, aber die ersten Bäume trugen bereits Blüten, und ich wünschte, ich hätte meine Kamera dabei. Dann hätte ich mich wenigstens noch ein bisschen ablenken können, während ich auf meine Familie wartete.

Doch wie sich herausstellte, musste ich gar nicht lange warten. Ich hatte mir noch einen Kaffee im *Happiness* geholt und gerade das potenzielle neue Zuhause meiner Familie erreicht, als ich Dads Auto entdeckte.

Mein Magen rebellierte. Vielleicht hätte ich doch auf den Kaffee verzichten sollen.

Reglos beobachtete ich, wie Dad einen Parkplatz suchte, und kurz darauf stürmten meine Schwestern auf mich zu und fielen mir um den Hals. Dad begrüßte mich deutlich verhaltener, indem er mir die Hand gab.

»Wollen wir?«, fragte er, und wir setzten uns schweigend in Bewegung. Während Jen vor Begeisterung zu sprühen schien, wurde Sarahs Gesicht von Sekunde zu Sekunde düsterer, je näher wir dem Haus kamen.

Ich musste zugeben, dass es hübsch war, auch wenn ich von Architektur so gar keine Ahnung hatte. Es war ein typisches Kleinstadthaus, mit Veranda, Vorgarten, weißen Wänden und dunkelgrünen Fensterläden.

Mein Herz zog sich schmerzhaft zusammen, als mir klar wurde, dass es mich an unser altes Zuhause erinnerte. Es sah beinahe genauso aus wie das Haus, in dem wir früher gewohnt hatten.

Dad hatte Mom also abgehakt.

Am Arsch.

Eine Erinnerung blitzte vor meinem inneren Auge auf. An den Sommer, bevor Mom gegangen war. Ich sah sie im Schaukelstuhl auf der Veranda sitzen, Jen und Sarah auf dem Schoß, während ich mit Dad Blumen im Vorgarten pflanzte. Sie sah glücklich aus. Dad sah glücklich aus. Wir alle.

Die Erinnerung verblasste, wurde vertrieben von anderen Bildern. Davon, wie ich nachts im Zimmer meiner Schwestern gesessen und versucht hatte, sie zu trösten, wenn sie weinten. Weil Dad in der Werkstatt war und sich lieber um seine Möbel als seine Kinder kümmerte.

Rasende Wut stieg in mir auf. Ich hörte das Blut in meinen Ohren rauschen und spürte, dass ich ganz kurz davor war zu platzen. Alles rauszulassen, was ich während der letzten Jahre runtergeschluckt hatte.

Doch dann entdeckte ich eine Frau mittleren Alters, die auf der Veranda stand und uns mit einem Lächeln entgegensah, und ich zwang mich, die Wut ein weiteres Mal herunterzuschlucken.

Vielleicht zum letzten Mal.

Sie begrüßte uns freundlich, und ich vergaß ihren Namen noch in der Sekunde wieder, in der sie sich uns vorstellte. Auch von der Hausbesichtigung bekam ich nicht viel mit. Der Aufbau war dem unseres Hauses in Chicago sehr ähnlich. Es gab eine Küche, zwei Badezimmer, ein großes Wohn- und Esszimmer und vier Schlafzimmer.

»Julian?« Sarah stieß ihren Ellbogen in meine Seite, schaute mich mit hochgezogenen Augenbrauen an, und ich kehrte ins Hier und Jetzt zurück.

»Was denn?«

»Dad hat dich was gefragt.« Hoffnung leuchtete mir aus ihren Augen entgegen, und ich drehte mich mit einem mulmigen Gefühl im Bauch zu Dad um.

»Was ist denn?«, fragte ich, obwohl ich eigentlich gar nicht wissen wollte, worum es ging. Nicht, wenn Sarah mich so ansah. Nicht, wenn auf Jennys Gesicht dieses strahlende Lächeln lag.

»Wir haben überlegt, was du davon hältst, wieder zu uns zu ziehen. Hier hätten wir alle genug Platz, und du müsstest nicht mehr im Wohnheim wohnen. Wir könnten dadurch eine Menge Geld sparen.«

Für einen Moment stand die Welt um uns herum still. Dann drehte sie sich viel zu schnell weiter. Ich wünschte, ich hätte mich verhört, aber leider wusste ich, dass es nicht so war.

»Nein.« Ich musste nicht einmal darüber nachdenken. Wollte er mich verarschen? Hier ging es nicht ums Geld. Dads Firma lief mehr als gut, Geld war das Letzte, worum er sich Sorgen zu machen brauchte.

Jenny sah aus, als hätte ich sie geschlagen, und ohne dass ich mich umdrehte, wusste ich, dass sich ihr Gesichtsausdruck auch auf Sarahs Gesicht spiegelte. Dad dagegen runzelte die Stirn und presste die Lippen zu einem schmalen Strich zusammen. Er öffnete den Mund, aber ich gab ihm keine Gelegenheit, etwas zu sagen.

»Ich werde mit Sicherheit nicht wieder bei euch einziehen. Zieht nach Faerfax, wenn ihr das unbedingt wollt, aber ich werde auf gar keinen Fall wieder bei euch einziehen! Das könnt ihr so was von vergessen!« Meine Stimme peitschte hart und kalt durch den Raum. Ich wusste, dass ich ihnen wehtat. Doch darauf konnte ich jetzt keine Rücksicht nehmen. Nicht jetzt. Es war zu viel. Das alles war zu viel. Dad, dieses verfluchte Haus, die Hoffnung in den Augen meiner Schwestern, die langsam erlosch.

Ohne ihre Antwort abzuwarten, wirbelte ich herum und stürmte aus dem Haus.

Ich hetzte ziellos durch die Straßen, bis ich schließlich atemlos in meine und Lilys Wohnung platzte.

Ihre Zimmertür stand offen, sie lag mit einem Buch auf ihrem Bett und blickte auf, als ich die Tür hinter mir zuknallte.

»Alles okay?« Mit einem besorgten Ausdruck in den Augen richtete sie sich auf.

Ich schüttelte stumm den Kopf.

Ein Schatten huschte über ihr Gesicht, dann rutschte sie wortlos zur Seite und klopfte neben sich auf die Matratze. Ich zögerte den Bruchteil einer Sekunde. Wir bewegten uns auf dünnem Eis. Aber gerade konnte ich nicht darüber nachdenken, ob das, was wir taten, richtig war, oder nicht.

Stattdessen legte ich mich neben sie. Ließ zu, dass sie mich an sich zog, meinen Kopf auf ihre Brust bettete, und lauschte dann nur noch ihrem Herz, das ganz gleichmäßig schlug. Bis ich nach ihrer Hand griff, einen Kuss auf die zarte Haut ihrer Handgelenksinnenseite drückte, direkt über den Pulsadern. Genau in dem Moment setzte ihr Herz einen Schlag aus.

Ich schloss die Augen und hörte einfach nur zu.

Als ich aufwachte, ging gerade die Sonne unter. Ich hatte den ganzen Tag verschlafen. Lily lag neben mir, ihr Arm lag quer über meiner Brust, ihr Atem strich warm und gleichmäßig über meinen Hals. Sie schlief tief und fest. Etwas Spitzes stach unangenehm in meine Seite. Mit einem leisen Stöhnen drehte ich mich um und zog das Buch, das Lily heute Vormittag gelesen hatte, unter mir hervor.

Sie gab ein Seufzen von sich, wachte aber nicht auf, als ich ihren Arm behutsam zur Seite schob und aus ihrem Bett kletterte. Ich hatte stundenlang geschlafen, fühlte mich aber trotzdem so gerädert, als wäre ich einen Marathon gelaufen. Ich war nicht dafür geschaffen, den ganzen Tag zu verschlafen.

Leise schloss ich Lilys Zimmertür hinter mir und stand dann etwas verloren im Wohnzimmer.

Was sollte ich jetzt tun?

Übelkeit stieg in mir auf. Es gab so viel, was ich tun sollte. Meine restlichen Aufgaben für die Uni erledigen. Dad anrufen. Mit den Zwillingen sprechen. Dad anrufen. Ihm sagen, dass ich unter keinen Umständen bei ihnen einziehen würde. Dad anrufen.

Ich sah wieder das Haus vor mir. Dieses verfluchte Haus, das genauso ausgehen hatte wie das, in dem wir früher gewohnt hatten. Ich sah Mom, die auf der Terrasse gesessen und mir vorgelesen hatte. Ich sah Mom, wie sie im Wohnzimmer Kleider für die Zwillinge genäht hatte. Ich sah Dad und uns Kinder, wie wir auf dem Sofa gehockt und ihr beim Nähen zugesehen hatten, während sie uns Geschichten erzählt hatte. Wir hatten es geliebt, ihr dabei zuzuschauen und ihr zuzuhören.

Und sie hatte ihren Traum von einer eigenen Boutique mehr geliebt als uns. War ja nicht so, als hätte sie nicht in Faerfax einen Laden eröffnen können, wenn sie gewollt hätte.

Bevor ich auch nur darüber nachdenken konnte, dass ich einen riesengroßen Fehler machte, schaltete ich meinen Computer an und googelte Moms Namen. Ich fand nicht viel über sie, keine Meldung aus den letzten Jahren, und erst als ich den Browser schloss, begriff ich, warum. Meine Eltern hatten sich scheiden lassen. Mom hatte danach wahrscheinlich wieder ihren Mädchennamen angenommen.

Als ich dieses Mal ihren Namen in die Suchmaschine eingab, fand ich sie. Das Herz klopfte mir bis zum Hals, mir war so schlecht, dass ich glaubte, mich jeden Moment übergeben zu müssen.

Sie hatte tatsächlich einen eigenen Shop in Springfield eröffnet.

Springfield.

Die Stadt lag nur ein paar Stunden von Faerfax und Chicago entfernt. Ich schluckte schwer, meine Augen begannen zu brennen. Mom war nicht weit gekommen. Sie war nicht weit gekommen und hatte uns trotzdem voll und ganz aus ihrem Leben gestrichen.

Hastig schloss ich den Browser, fuhr den Computer runter und stand auf. Das Atmen fiel mir schwer. Ich schnappte nach Luft, und trotzdem kam nicht genug Sauerstoff in meinen Lungen an.

Sie war gegangen. Freiwillig. Weil sie nicht glücklich mit uns gewesen war.

Wut kochte in mir hoch, gleichzeitig tat mir alles weh. Mom war in Springfield. Nur ein paar Stunden von uns entfernt. Es wäre ein Leichtes, zu ihrem Laden zu fahren und sie zu sehen.

Aber allein der Gedanke, ihr gegenüberzustehen und zu erfahren, was aus ihr geworden war, bereitete mir so eine Scheißangst, dass ich wusste, ich würde das niemals über mich bringen. Ich wollte nicht wissen, was aus ihr geworden war. Ich wollte nicht wissen, wie es ihr ging. Dann konnte ich mir nicht mehr einreden, dass es ihr genauso beschissen ging wie Dad. Dass sie einen Fehler gemacht hatte, als sie uns verlassen hatte.

Ich zog mir meine Laufsachen an und verließ die Wohnung. Und als ich durch den Wald von Faerfax rannte, beschloss ich, Mom und alles, was mit ihr zu tun hatte, für immer aus meinem Kopf zu verbannen.

27. KAPITEL

Lily

»Guten Morgen, Sonnenschein«, weckte Julian mich gut gelaunt, riss meine Vorhänge zur Seite und ließ grelles Sonnenlicht in mein Zimmer.

Geblendet kniff ich die Augen zusammen und zog mir die Decke über den Kopf. »Was soll das denn?« Ich krallte meine Finger fester in die Decke, als Julian versuchte, sie mir zu entziehen.

»Wir werden heute deine Hebefiguren üben!«

Seine Worte überraschten mich so sehr, dass ich mich abrupt aufsetzte. »Was?«

Mit einem breiten Grinsen betrachtete er mich. »Du siehst richtig süß aus, wenn deine Haare so verstrubbelt sind.«

»Mhm, klar doch.« Verlegen strich ich mir über die zerzausten Haare und war mir ziemlich sicher, dass ich allerhöchstens verschlafen, aber ganz sicher nicht süß aussah. »Was hast du vor?«, fragte ich noch einmal, weil ich überzeugt davon war, mich beim ersten Mal verhört zu haben.

»Hebefiguren. Training. Du und ich.« Julian deutete erst auf sich, dann auf mich, und sein Grinsen wurde noch breiter, als ich ihn aus großen Augen ungläubig ansah.

»Ist das dein Ernst?«

»Ich hab dir doch gesagt, dass wir üben, oder?« Lässig lehnte er sich an meinen Schreibtisch und überkreuzte die Fußknöchel. Nichts an ihm erinnerte an den Julian, der gestern völlig fertig nach Hause gekommen und auf meiner Brust eingeschlafen war. Ich hatte stundenlang reglos dagesessen, weil ich nicht gewagt hatte, mich zu bewegen. Ich hatte ihn nicht wecken wollen.

Irgendwann war ich eingeschlafen, und als ich wieder aufgewacht war, war er weg gewesen.

Ich gab mir alle Mühe, zu verdrängen, wie weh es getan hatte, dass er ohne ein Wort einfach abgehauen war. Aber auch jetzt fuhr mir ein spitzer, kleiner Stich durchs Herz, und ich rutschte unwillkürlich ein Stück nach hinten, bis ich mit meinem Rücken gegen die Wand stieß.

»Ja, schon. Aber ich dachte … Ich … keine Ahnung. Was ist gestern passiert, Julian?«

Sein Gesicht verdunkelte sich, wurde für einen Moment so hart, dass ich meine Frage am liebsten zurückgezogen hätte. »Gar nichts. Vergiss es einfach.«

»Aber –«

»Komm schon, Lily.« Julian stieß sich vom Schreibtisch ab und streckte mir eine Hand entgegen. »Willst du üben oder nicht?«

Nein. Eigentlich wollte ich die Sache ausdiskutieren. Aber Julian machte nicht den Eindruck, als würde er sich auf diese Diskussion einlassen, und ich war mir nicht einmal sicher, ob ich überhaupt das Recht hatte, darauf zu bestehen, mit mir zu reden. Immerhin war ich nur eine Freundin und nicht seine *Freundin*. Er wollte nicht mit mir darüber reden, und ich würde ihn nicht zwingen. Wenn er so tun wollte, als wäre nichts gewesen, konnte ich nichts dagegen machen.

Also gab ich mit einem tiefen Seufzen nach, schlug die Decke zurück und stand auf, ohne seine Hand zu ergreifen. Wenn ich es nicht besser gewusst hätte, hätte ich schwören können,

Enttäuschung in seinen Augen aufflackern zu sehen. Aber das war nicht möglich. Ich nahm mir ein bequemes Oberteil und Leggins aus dem Kleiderschrank und zog mich um. Dabei spürte ich, wie Julian jeder meiner Bewegungen folgte, selbst dann, als ich bereits angezogen war und meine Haare zu einem strengen Dutt zurückband und erfolglos versuchte, den Schauer zu ignorieren, der mir die Wirbelsäule entlangkrabbelte.

»Fertig?«

»Fertig«, antwortete er mit belegter Stimme.

Mein Mund fühlte sich auf einmal furchtbar trocken an, das Schlucken fiel mir schwer, und ein merkwürdiges Kribbeln breitete sich in meinem Bauch aus. Ich gab mir alle Mühe, es auszublenden, weil ich nicht darüber nachdenken wollte, was es zu bedeuten hatte, und scheiterte kläglich.

»Super, dann los.« Hastig wirbelte ich herum und bemerkte mit Schrecken, wie atemlos ich mich anhörte. *Ganz toll. Wirklich ganz, ganz toll.*

Schweigend verließen wir das Wohnheim und gingen rüber zum *Shakespeare*. Die Probenräume waren während des Semesters auch am Wochenende geöffnet, und weil es für einen Sonntagmorgen noch ziemlich früh war, hatten wir Glück und fanden einen leeren Raum.

Julian rieb sich die Hände. »Okay, dann mal los. Was muss ich tun? Wird das so eine Hebefigur wie in *Dirty Dancing*?«

»Das ist die einzige Hebefigur, die du kennst, oder?«, neckte ich ihn schmunzelnd.

»Hey, immerhin kenne ich eine.«

»Stimmt. Ich bin wahnsinnig stolz auf dich.« Lachend verdrehte ich die Augen, verstummte dann abrupt und musterte ihn prüfend. »Du hast *Dirty Dancing* noch nie im Leben gesehen, oder? Du kennst die Hebefigur aus diesem Liebesfilm mit Ryan Gosling. *Crazy. Stupid. Love*. Hab ich recht?«

»Also, zu meiner Verteidigung: Ich musste diese Schnulze mit meinen Schwestern angucken. Sie stehen auf den Typen.«

»Natürlich hast du das. Aber ... Und ich kann nicht glauben, dass ich das tatsächlich sage, das ist gar keine so dumme Idee.«

Julian stieß triumphierend die Faust in die Luft und lachte laut auf. »Guck mich nicht so an. Ich muss diesen Moment auskosten«, sagte er mit einem breiten Grinsen.

»Sag Bescheid, wenn du dich wieder eingekriegt hast, dann können wir loslegen.« Ich rollte übertrieben mit den Augen und verkniff mir das Lächeln, das an meinen Lippen zupfte.

Julian atmete tief durch und setzte eine todernste Miene auf, doch seine Augen blitzten immer noch amüsiert. »Okay, ich bin so weit. Soll ich auch mein Shirt ausziehen? So wie Ryan Gosling?«

»Nicht nötig, ich weiß, wie du nackt aussiehst.«

»Touché. Okay, zurück zum Thema, was muss ich tun?«

Ich erklärte ihm kurz, wie er sich hinzustellen und mich zu halten hatte, und trat dann ein paar Schritte zurück. Die Hebefigur war nicht besonders schwierig. Nicht für ihn und eigentlich auch nicht für mich. Bei mir ging es vor allem um Körperspannung, und seit ich an den Proben für das Musical teilnahm, hatte ich wieder genug Gefühl für meinen Körper entwickelt, dass ich es eigentlich hinbekommen müsste. Körperlich würde das kein Problem werden.

Doch als ich Julian entgegenblickte, wurde mir klar, dass mein Körper nie das Problem gewesen war.

Kalter Schweiß brach mir aus, mein Puls ging plötzlich so schnell, dass mir ganz flau wurde. Silbrige Punkte begannen vor meinen Augen zu tanzen, und ich bekam keine Luft mehr. Meine Kehle fühlte sich an wie zugeschnürt, ich rang nach Atem und taumelte einen Schritt zur Seite. Ich würde das nie schaffen.

Ich bekam gar nicht mit, wie Julian auf mich zueilte. Erst als er behutsam eine Hand auf meine Schulter legte, erwachte ich aus meiner Erstarrung.

»Was ist los?« Besorgt runzelte er die Stirn.

»Ich kann das nicht«, würgte ich hervor, und ohne wirklich darüber nachzudenken, sprudelte plötzlich alles aus mir heraus. »Ich dachte, ich könnte es. Ich dachte wirklich, dass ich nach diesem beschissenen Unfall endlich wieder … Dass ich es jetzt endlich wieder kann, aber …« Ich verstummte, als Julian mich an sich zog. Aber ich ertrug das nicht. Keine Umarmung. Ich wollte keinen Trost. Ich wollte atmen, tanzen, leben.

Heftiger als nötig befreite ich mich aus Julians Umarmung, trat einen Schritt zurück, und etwas in mir zerriss, als er seine Hände sinken ließ.

»Was war das für ein Unfall?«, fragte er zögerlich, seine Stimme klang rau, sein Blick war dunkel. So dunkel. Als ahnte er etwas.

»Erinnerst du dich noch an Luis? Meinen Ex?« Ich stieß ein bitteres Lachen aus. Tränen schossen mir in die Augen, brannten und bahnten sich ihren Weg über meine Wangen. Wie konnte der Gedanke an diesen einen verfluchten Tag auch nach so vielen Monaten immer noch so verdammt wehtun? »Er war nicht nur mein Freund. Er war mein Tanzpartner, und an dem Tag, an dem ich erfahren habe, dass er mit meiner besten Freundin gevögelt hat, hatten wir einen Unfall während unserer Probe. Er ist bei einer Hebefigur mit mir gestolpert. Für ihn war es keine große Sache. Für mich … schon.« Ich presste den letzten Satz mühselig hervor, er wollte mir im Hals stecken bleiben.

Einen Moment lang sah Julian mich stumm an. Seine Augen glühten vor unterdrücktem Zorn, er hatte die Hände zu Fäusten geballt. Seine Brust hob sich, als er tief einatmete.

»Hat dein Dad ihm eigentlich schon eine reingehauen oder soll ich das machen?«

Ich musste lachen. So absurd das Ganze auch war, ich konnte nicht anders. Ich lachte und weinte gleich darauf noch heftiger. Dieses Mal wehrte ich mich nicht, als Julian mich an sich zog, so fest, dass es mir für einen Moment den Atem raubte. Ich vergrub das Gesicht an seiner Schulter, atmete tief seinen viel zu vertrauten Geruch ein. Ich schloss die Augen und ließ zu, dass er mich festhielt. Dass er da war. Für mich. Es war verrückt und fühlte sich gleichzeitig viel zu gut an.

»An dem Tag ist … einfach alles kaputtgegangen, und ich dachte … Seit ich hier bin … Ich dachte, es würde wieder bergauf gehen. Dass ich vielleicht doch noch tanzen kann. Dass ich meinen Traum doch noch leben kann. Aber ich versage die ganze Zeit. Ich versage und bin unfähig, und ich habe … Angst.« Ich erstickte beinahe an dem letzten Wort.

Julian legte beide Hände an mein Gesicht und hob es an, damit ich ihn ansah. Sein Blick war weich und so intensiv, dass ich das Gefühl hatte, er würde direkt in mich hineinsehen. »Hey«, raunte er leise. »Es ist okay, wenn du Angst hast. Das ist total verständlich. Du hast ihm vertraut, und er hat dich verletzt. Selbst wenn es ein Unfall war, ist doch nachvollziehbar, dass so was Spuren hinterlässt. Aber Lily: Du schaffst das! Ich weiß es. Wenn du es ausprobieren willst … Ich lasse dich nicht fallen.« Es klang wie ein Versprechen. Ich schluckte schwer, als Julian mir behutsam die Tränen von den Wangen wischte.

»Das kannst du nicht wissen.«

»Doch, das weiß ich. Vertraust du mir?« Sein Blick hielt meinen gefangen, und wieder schlug mein Herz schneller.

»Ja«, wisperte ich kaum hörbar, und auf seinem Gesicht breitete sich ein strahlendes Lächeln aus. »Okay, dann versuchen wir es, in Ordnung?«

Langsam, zögerlich nickte ich. Er ließ mich los, trat ein paar Schritte zurück und blickte mir erwartungsvoll entgegen. Er glaubte an mich, ich konnte es in seinen Augen sehen. Er hatte Vertrauen in mich, und er hatte versprochen, mich festzuhalten. Mich nicht fallen zu lassen. Aber er konnte nicht hundertprozentig wissen, ob er es nicht doch tun würde. Ob er mich auf jeden Fall halten konnte. Woher sollte er das auch wissen? Oder ich? Meine Handflächen wurden feucht, Adrenalin jagte durch meine Adern, doch wieder konnte ich mich nicht rühren. Ich schaffte nicht einmal einen winzig kleinen Schritt.

»Ich kann nicht. Ich kann das einfach nicht.« Ich drehte mich von ihm weg und schlug mir frustriert die Hände vors Gesicht. Ich hatte mir nicht einmal eingestanden, dass ich ehrlich geglaubt hatte, eine zweite Chance für meinen Traum zu bekommen, bis Stephanie diese dämlichen Hebefiguren üben wollte.

Erst da war mir klar geworden, wie viel mir das Tanzen immer noch bedeutete. Dass ich immer noch davon träumte, mein Leben dem Tanzen zu widmen. Nur dass ich dazu ganz offensichtlich nicht in der Lage war.

»Hey.« Julian trat hinter mich, so dicht, dass ich seine Wärme spüren konnte, doch er berührte mich nicht. »Wir versuchen es demnächst noch mal, okay? So lange, bis du dich sicher fühlst.«

»Okay.« Über die Schulter hinweg warf ich ihm einen dankbaren Blick zu.

Er legte einen Arm um mich und führte mich aus dem Probenraum. »Dafür sind Freunde doch da.«

Da war er wieder. Dieser dämliche spitze Stich in meinem Herzen.

»Ich muss dir mal die Fotos zeigen, die ich von euren Proben gemacht habe. Dann siehst du mal, wie gut du bist«, sagte

Julian übertrieben fröhlich. Mir war klar, dass er mich nur aufmuntern wollte. Er hatte keine Ahnung, ob ich wirklich gut war oder nicht. Trotzdem war ich ihm dankbar, dass er zumindest versuchte, mich aufzubauen.

Ich setzte gerade zu einer Antwort an, als ich eine vertraute Stimme Julians Namen rufen hörte. Wir drehten uns gleichzeitig um und entdeckten Stephanie, die mit fliegenden Haaren und einem breiten Lächeln auf uns zugelaufen kam. Julians Arm rutschte von meiner Schulter.

»Hey, wir haben uns ja ewig nicht gesehen.« Mit einem übertriebenen Vorwurf in der Stimme boxte sie Julian gegen den Oberarm, grinste dabei aber breit.

»Sorry, war viel los in letzter Zeit.« Mit einem schiefen Lächeln rieb er sich über den Nacken und wirkte beinahe so, als würde er sich in dieser Situation gerade nicht besonders wohlfühlen.

»Hast du heute Abend schon was vor?«, fragte sie, und für den Bruchteil einer Sekunde zuckte Julians Blick zu mir herüber. Okay, offensichtlich fühlte er sich wirklich unwohl.

»Also, eigentlich … Ich …«, druckste er herum und sah jetzt nicht mehr nur so aus, als würde er sich unwohl fühlen, sondern als würde ihn diese ganze Situation komplett überfordern.

»Du hast Zeit«, kam ich ihm zu Hilfe, obwohl eine Stimme in meinem Kopf mich entsetzt anschrie, was zum Teufel ich da gerade machte.

Seine Augenbrauen verschwanden beinahe in seinem Haaransatz. »Ach echt?«

»Ja.« Ich verdrehte mit einem gespielten Lachen die Augen. »Haben wir doch vorhin noch drüber gesprochen.«

Sichtlich verwirrt schaute Julian mich an. »Richtig«, stimmte er mir langsam und nicht besonders überzeugt zu. »Haben wir.«

»Super, dann hast du jetzt was vor. Kommst du um acht vorbei?« Stephanie strich sich eine Haarsträhne aus dem Gesicht, und Julian nickte. »Okay, dann bis später. Und wir sehen uns morgen beim Training, Lily.« Sie winkte uns zu und lief dann den Flur hinunter, zurück zu dem Probenraum, aus dem sie offenbar gekommen war.

»Was war das denn?« Ich spürte Julians prüfenden Blick auf mir, als wir uns wieder in Bewegung setzten und uns auf den Weg zurück zu unserer Wohnung machten.

»Was meinst du?«

»Warum hast du Stephanie gesagt, dass ich Zeit habe?«

»Hast du etwa keine Zeit?«

»Doch, schon. Aber –«

»Wo ist dann das Problem?«, unterbrach ich ihn, zwang ein freches Grinsen auf mein Gesicht und sah ihn an. Julian öffnete den Mund, als wollte er etwas sagen, schloss ihn dann jedoch einfach wieder, ohne zu antworten.

Schweigend gingen wir nach Hause. Ein mulmiges Gefühl machte sich in mir breit. Ich wollte es verdrängen, aber das war nicht so einfach.

Irgendwas hatte sich zwischen uns verändert. Ich wusste nicht, wann und was genau, aber irgendwas war anders.

Dumm. Dumm. Dumm. Ich war *so* dumm. Mit zappelnden Beinen saß ich auf dem Sofa und suchte nach einem Netflix-Film, der mich hoffentlich ablenken würde.

Eine nervöse Unruhe hatte mich gepackt, seit Julian vor einer Stunde die Wohnung verlassen hatte. Ich war nicht blöd, mir war klar, dass ich mit Sicherheit nicht die Einzige war, mit der er ins Bett ging. Aber wie absolut dumm war es bitte, ihn zu einem Date zu verhelfen?

Unverbindliche Sache hin oder her, ich wollte nicht wissen, wann er mit wem Sex hatte.

Mein Handy gab ein kurzes Piepen von sich, und ich stürzte mich darauf, als wäre es ein Glas Wasser und ich kurz vorm Verdursten. Es war eine Nachricht von Jamie. Enttäuschung wallte in mir auf. Gott, ich war so dämlich. Seufzend öffnete ich seine Nachricht und drängte die Enttäuschung zurück. Sie hatte nichts mit Jamie zu tun. Gar nichts.

Jamie 20:17
Was machst du? 🐾

Ich 20:17
Durchdrehen 😾

Jamie 20:18
Sollen wir zusammen durchdrehen?

Ich 20:18
Wann kannst du hier sein?

Keine zwanzig Minuten später klopfte es an der Wohnungstür. Ich sprang auf und hastete so schnell zur Tür, dass ich beinahe ausgerutscht und der Länge nach hingefallen wäre, hätte ich mich nicht in letzter Sekunde doch noch gefangen.

»Shit«, stieß ich hervor, drückte die Klinke herunter, und Jamie grinste mich frech an.

»Warum fluchst du denn so?«

Meine Wangen wurden heiß. »Nicht so wichtig, komm rein.«

»Warum drehst du durch?« Er zog seine Jacke aus und folgte mir zum Sofa.

»Weil ich blöd bin.«

»Das musst du etwas weiter ausführen, wenn ich verstehen soll, worum es geht.«

Ich zog die Knie an die Brust. »Ich glaube, ich will nicht drüber reden.«

»Sicher?«

»Ganz sicher. Später vielleicht. Was ist bei dir los?«

Jamie stöhnte auf. »Ach, das Übliche. Mason ist da. Schon wieder.«

»Wieso schon wieder? Kommt er sonst nicht so oft?« Stirnrunzelnd angelte ich nach der Kuscheldecke und breitete sie über uns aus.

»Nein. Ja. Letztes Jahr hatten er und Ella ziemlich Stress, weil er sich so selten blicken ließ. Da ist er für gewöhnlich nur alle paar Wochen mal vorbeigekommen. Ziemlich unregelmäßig. Ich hab mich immer gefragt, wie lange Ella die Fernbeziehung noch mitmacht. Aber seit Weihnachten kommt Mason öfter, und so wie's aussieht, hat sich das mit der Fernbeziehung auch bald erledigt.« Ein bitterer Zug legte sich um seinen Mund, und ich streckte die Hand nach ihm aus und drückte seinen Arm.

»Also hat sie sich entschieden?«

Mit einem frustrierten Stöhnen fuhr Jamie sich durch die Haare. »Nein, hat sie nicht. Und ich kann ihr nicht sagen, dass sie es endlich tun soll, nur damit ich mich besser fühle. Aber ich *würde* mich besser fühlen, wenn ich endlich wüsste, ob sie geht oder nicht. Und ob ich wieder bei meinen Eltern einziehen muss, weil ich nicht genug Geld für eine eigene Wohnung habe.«

Ich hatte ihn und Ella bisher nicht oft zusammen erlebt, nicht so, dass mir aufgefallen wäre, was Jamie für sie empfand, wenn ich es nicht gewusst hätte. Aber gerade standen ihm seine Gefühle für sie so offensichtlich ins Gesicht geschrieben, dass es mir fast das Herz brach.

»Das ist doch scheiße!«

Er stieß ein verbittertes Lachen aus. »Jep. Das ist es. Kann ich aber nichts gegen machen. Und reden hilft irgendwie auch nicht mehr, also … Was hältst du von einem Filmabend?«

»Klingt gut.« Ich stand auf, ging in die Küche und holte uns etwas zu trinken. »Irgendwelche Ideen?«

»Mir ist das so egal. Ich bin für alles offen.«

»Auch für Disney?« Herausfordernd grinste ich ihn an.

»Von mir aus auch für Disney. Die singen da doch immer, um ihre Probleme zu lösen. Vielleicht sollten wir das auch versuchen.«

Die Vorstellung, wie Jamie und ich auf dem Sofa saßen und Disneysongs sangen, war so albern, dass ich lachen musste und für einen Moment keine Luft bekam. »Klar, singen wird uns wahrscheinlich super helfen«, prustete ich.

Jamie zog todernst die Augenbrauen hoch, und ich verstummte. »Willst du vielleicht doch lieber drüber reden, was dich beschäftigt?«

Ich schüttelte so heftig den Kopf, dass sich mein Zopf löste. »Auf gar keinen Fall! Dann muss ich auch darüber *nachdenken*, was mich beschäftigt, und *das* will ich echt nicht.«

»Okay, dann Disney. Aber wenn du doch drüber reden willst …«

»Sag ich dir Bescheid. Und wenn du drüber reden willst …«

»Sag ich dir Bescheid.« Jamie grinste mich an. »Was stimmt mit uns beiden nicht?«

»Keine Ahnung. Aber ich glaube, wir haben uns gesucht und gefunden.«

»Irgendwie wäre es viel leichter, wenn wir uns von Cassidy hätten verkuppeln lassen, oder?« Jamie griff nach der Fernbedienung, und einen Moment später flimmerte das Disneyschloss über den Bildschirm.

»Ach, einfach wäre doch langweilig«, erwiderte ich, konnte aber nicht verhindern, dass ich mir für einen winzig kleinen Augenblick wünschte, es wäre wirklich so einfach gewesen.

Aber dann musste ich an Julian denken, und *einfach* war auf einmal keine Option mehr.

28. KAPITEL

Lily

Mein Unterleib krampfte sich schmerzhaft zusammen, und ich biss mir gequält auf die Unterlippe, um ein Stöhnen zu unterdrücken. *Nicht schon wieder.*

Den ganzen Morgen kämpfte ich schon gegen die Schmerzen an, und während der letzten drei Stunden hatte das auch ganz gut funktioniert, weil ich mich voll und ganz aufs Tanzen konzentriert hatte. Darauf, jede Bewegung absolut perfekt und im Takt zu setzen. Darauf, beim Singen jeden Ton zu treffen, auch wenn das nicht ganz so gut funktionierte, weil ich nun mal Tänzerin und keine Sängerin war. Aber mittlerweile hatte ich sogar Spaß daran, weil es absolut niemanden interessierte, wie gut ich sang. Wichtig war nur, dass ich es tat, weil ich nun mal zum Ensemble dazugehörte.

»Hast du mal darüber nachgedacht, dein Studienfach zu wechseln?« Steph warf mir über die Schulter einen neugierigen Blick zu.

Ich erstarrte mitten in der Bewegung – wir waren gerade dabei gewesen, unsere Sachen zusammenzupacken – und konnte für einen Moment sogar die dämlichen Krämpfe vergessen. »Was meinst du?«

»Macht dich Theaterwissenschaften glücklich?«

Mein Herz machte einen Satz, und auf einmal wusste ich genau, worauf sie hinauswollte. Ein Teil von mir wollte sofort damit herausplatzen, dass ich Theaterwissenschaften hasste, dass ich es todlangweilig fand und absolut keine Ahnung hatte, inwiefern mich dieser Studiengang in meinem Leben weiterbringen sollte. Ein anderer Teil jedoch traute sich noch nicht, die andere Option überhaupt in Betracht zu ziehen. Ich hatte noch nicht mal ein Semester geschafft. Es war zu früh zum Aufgeben.

Oder?

»Vielleicht kommst du mal mit und schaust dir *Musical Theatre* an«, fuhr Stephanie fort, als ich nichts sagte.

»Meinst du das ernst?« Meine Stimme war nur ein leises Krächzen, als ich endlich aus meiner Erstarrung erwachte.

»Ja.« Ein breites Lächeln erschien auf ihrem Gesicht. »Du lebst fürs Tanzen, Lily. Das sehe ich hier jeden Tag. Komm einfach mal mit. Es kann doch nicht schaden, oder?«

Stumm schüttelte ich den Kopf, ich brachte kein Wort mehr heraus. Sie meinte das *wirklich* ernst.

»Super, dann nehme ich dich nächste Woche mal mit. Wir sehen uns Montag.« Sie schulterte ihren Rucksack, machte Anstalten zu gehen und hielt inne. Sie sah mich an, als wollte sie etwas sagen, entschied sich aber doch dagegen und ging ohne ein weiteres Wort.

Stirnrunzelnd blickte ich ihr nach, bis mein Unterleib sich erneut zusammenkrampfte. Ich brauchte dringend eine Tablette, mein Bett und ein paar Stunden Schlaf.

Drei Stunden Training vertrugen sich offensichtlich nicht besonders gut mit meiner Periode. Ich war fix und fertig und wollte einfach nur noch meine Ruhe.

Doch als ich die Tür aufschloss, stellte ich fest, dass das mit der Ruhe wohl nichts werden würde. Julian saß auf dem Sofa und zockte irgendein Spiel auf dem Fernseher. Er blickte überrascht auf, als ich eintrat.

»Was machst du denn schon hier? Ich dachte, du hast noch Kurse.«

»Hab ich auch. Aber nicht heute.«

»Alles okay?« Eine tiefe Falte grub sich zwischen seine Augenbrauen.

»Nein. Ich will bitte sterben, danke.« Stöhnend ließ ich mich neben ihn aufs Sofa fallen und rollte mich zu einer kleinen Kugel zusammen.

Er schaltete den Fernseher aus und beugte sich über mich. »Ist es schon wieder so weit?«

»Ja.« Ich schob die Unterlippe vor. »Lauf, solange du noch kannst. Ich fange gleich an, zu jammern und zu schreien.«

»Wenn du glaubst, dass das ausreicht, um mich zu vertreiben, kennst du mich aber schlecht.« Kopfschüttelnd stand Julian auf und ging in sein Zimmer.

»Stimmt doch gar nicht. Du gehst doch schon.«

Lachend kam Julian zurück. »Ja, aber nur, weil ich was für dich holen wollte.«

»Schmerztabletten?«, fragte ich hoffnungsvoll und versuchte zu ignorieren, dass etwas in meinem Inneren bei seinen Worten aufgeregt zu flattern begann.

»Auch.« Im Vorbeigehen gab er mir die Tabletten, aber ich sah ganz genau, dass er etwas hinter seinem Rücken versteckte. Ich konnte nur nicht erkennen, was. Einen Augenblick später hörte ich, wie unser Mikrowellen-Backofen zu summen begann.

»Was denn noch?« Ich überlegte kurz, mich aufzurichten, damit ich ihn über die Rückenlehne des Sofas hinweg ansehen konnte, ließ es dann aber doch bleiben. Ich war zwar neugierig, aber nicht so neugierig.

»Zuerst Wasser für die Tablette.« Er reichte mir ein Glas, stellte einen kleinen Karton auf den Wohnzimmertisch, und ich spülte die Tablette dankbar runter, bevor ich den Karton misstrauisch beäugte.

»Du hast jetzt aber kein armes Tier in einen Karton ohne Löcher gesteckt, oder?«

Gespielt schockiert schlug Julian sich die Hände vor die Brust. »Hältst du mich wirklich für so herzlos? Nein, ich hab nur einen Haufen Süßigkeiten besorgt.«

Er öffnete den Karton und verteilte Chips, Schokolade und Weingummi auf dem Wohnzimmertisch. Ungläubig starrte ich ihn an, mein Herz zog sich schmerzhaft zusammen.

»Aber warum? Und wann?«

Julian zuckte mit den Schultern. »Irgendwann nach den Ferien. Nachdem ich letztes Mal miterlebt habe, wie miserabel es dir geht, wenn du deine Tage hast, dachte ich, ich sorge besser mal vor.«

»Was?« Von einer Sekunde zur nächsten war ich den Tränen nah und mir fiel das Atmen schwer. Er hatte nach den Ferien Süßigkeiten und Tabletten für mich besorgt, um auf das nächste Mal vorbereitet zu sein. Das war … so süß.

Julian schien meine Frage gar nicht gehört zu haben, denn als der Mikrowellenofen zu piepen begann, lief er zurück in die Küche und kam einen Moment später mit einem Körnerkissen in der Hand wieder zurück.

»Meine Schwestern haben so ein Teil. Die beiden sagen, dass Wärme gegen die Krämpfe hilft.« Vorsichtig legte er mir das heiße Kissen auf den Bauch.

Ich versuchte, den Kloß in meinem Hals hinunterzuschlucken, aber es gelang mir nicht. Genauso wenig schaffte ich es, meinen Puls unter Kontrolle zu kriegen. Geschweige denn meinen Atem. Zittrig atmete ich ein und aus. Das war nicht gut. Gar nicht gut. Ich wusste, dass es dieses Mal nicht an meinen Hormonen lag, dass ich gegen die Tränen ankämpfen musste.

Es lag einzig und allein an Julian.

Julian, der viel zu süß war für einen Typen, mit dem ich nur Spaß haben wollte. Julian, der viel zu lieb und fürsorglich war für einen Typen, der auf gar keinen Fall eine Beziehung wollte.

Oh Scheiße!

Jeder Zentimeter meines Körpers begann zu kribbeln, als er sich neben mich setzte und nach der Fernbedienung griff.

»Filmabend?« Lächelnd sah er mich an, und ich schaffte es immerhin, mir ein Nicken abzuringen. »Was hältst du von *Dirty Dancing*?«

Der Vorschlag kam so unerwartet, dass ich für einen Moment das Chaos in meinem Herzen vergaß und lachen musste. »Ist das dein Ernst?«

»Was denn? Du hast mir doch vorgeworfen, dass ich den Film nie gesehen habe.«

»Ach Quatsch, das war doch kein Vorwurf. Das ist echt supersüß von dir, aber können wir nicht lieber *Crazy. Stupid. Love.* sehen? Ich schaue mir wirklich lieber Ryan Gosling als Patrick Swayze an.« Ich zog eine Grimasse, versuchte, zu überspielen, dass ich ganz kurz davor war durchzudrehen.

»Schön, wie du willst. Aber dann ist es deine Schuld, dass ich die Hebefigur wahrscheinlich nie im Original sehen werde«, sagte Julian und suchte bei Netflix nach dem Film.

»Die Schuld nehme ich gerne auf mich.« Meine Stimme klang furchtbar rau, aber entweder merkte Julian es nicht oder er ignorierte es. So oder so war ich froh, dass er nicht darauf reagierte.

Es waren nur meine Hormone, die gerade überkochten, mehr nicht. Weil Julian süß und fürsorglich war.

Nicht, weil ich anfing, Gefühle für ihn zu entwickeln. Nein, ganz sicher nicht. Es waren nur meine Hormone. Vielleicht mochte ich Julian. Vielleicht mochte ich ihn sogar sehr.

Aber das hatte absolut nichts zu bedeuten. Gar nichts.

Wir waren Freunde. Sexfreunde. Mehr nicht.

Doch als ich Julians Blick auf mir spürte und seinem Lächeln begegnete, traf es mich mitten ins Herz.

Als ich aufwachte, lag Julians Arm quer über meinem Bauch, seine Beine waren um meine geschlungen, und ich spürte seinen Atem, der warm und gleichmäßig über meine Haut strich.

Ich spürte sogar seinen ruhigen Herzschlag in meinem Rücken, so eng lagen wir beieinander. Mein eigenes Herz dagegen begann schon wieder zu rasen. Viel zu schnell. Viel zu aufgeregt. Voller Gefühle, die ich nicht fühlen wollte. Ich musste unbedingt hier weg und mich in den Griff bekommen.

Vorsichtig bewegte ich mich, und Julians Umarmung verstärkte sich. Er schlief tief und fest. Ich musste mich nicht einmal umdrehen und ihn anschauen, um das zu wissen.

So behutsam wie möglich rutschte ich vom Sofa und aus Julians Armen. Er wachte nicht auf, auch nicht, als ich meine Kuscheldecke über ihm ausbreitete, und ich wäre vor Erleichterung beinahe in Tränen ausgebrochen. Auf Zehenspitzen schlich ich in mein Zimmer und schloss leise die Tür hinter mir.

Erschöpft, aber nicht müde, kroch ich in mein Bett und zog mir die Decke bis zum Kinn. Ich schloss die Augen, obwohl ich längst wusste, dass an Schlaf diese Nacht nicht mehr zu denken war.

Manche Dinge sah man nachts klarer. Umgeben von warmer, schützender Dunkelheit, traute man sich manchmal eher, sich etwas einzugestehen, als im hellen, schonungslosen Tageslicht.

Ich kämpfte dagegen an, kämpfte mit allem, was ich hatte, aber letzten Endes verlor ich. Und ich gestand mir endlich ein, dass ich dabei war, mich in Julian zu verlieben.

Ich wusste nicht, wann es angefangen hatte, und im Grunde spielte es auch keine Rolle. Ich verliebte mich in Julian, obwohl ich wusste, dass es falsch war. Obwohl ich wusste, dass ich mir damit nur selbst das Herz brach.

Julian wollte keine Freundin. Das hatte ich akzeptiert. Und ich war nicht so dumm zu glauben, dass er seine Meinung für mich änderte. Nicht einmal dann, wenn er sich um mich kümmerte, mit mir Hebefiguren übte und mich zum Lachen brachte.

Ich hatte auch keinen Freund gewollt. Ich *wollte* keinen. Ich war noch nicht bereit für eine neue Beziehung. Ein Teil von mir war immer noch zerbrochen.

Das änderte aber trotzdem nichts an meinen Gefühlen für Julian.

Und gleichzeitig änderte es alles.

Mit einem frustrierten Stöhnen warf ich mich von einer Seite auf die andere.

Warum musste er so sein, wie er war? Warum musste er sich um mich kümmern? Und warum hatten wir angefangen zu reden? Hätten wir es nicht einfach beim Sex belassen können?

Dann erinnerte ich mich daran, dass wir schon zu reden begonnen hatten, bevor wir das erste Mal im Bett gelandet waren. An dem Abend, als seine Schwester ihn besucht hatte, und dann wieder, als ich das letzte Mal meine Tage gehabt hatte.

Unsere Beziehung hatte sich schon in dem Moment verändert, als wir uns nach unserem großen Streit vertragen hatten.

Allerdings hätte ich damals niemals damit gerechnet, dass ich mich ein paar Wochen später an diesem Punkt wiederfinden würde. Ich wusste ganz genau, was ich tun musste, aber allein bei dem Gedanken daran, die Sache mit uns zu beenden, krampfte sich alles in mir zusammen.

Irgendwann ertrug ich das Chaos in meinem Kopf und meinem Herzen nicht mehr. Ich stand auf, nahm meinen Laptop vom Schreibtisch und machte eine Folge *Brooklyn Nine-Nine* an, in der Hoffnung, dass der Humor der Serie mich genug ablenken würde und ich wieder einschlafen konnte.

Ich zuckte zusammen, als die Tür geöffnet wurde und Julian verschlafen in mein Zimmer tapste. Aber obwohl er todmüde aussah und nur mein Laptop das Zimmer in schwaches Licht tauchte, erkannte ich, dass sein Blick hellwach war. Hellwach und besorgt.

»Hey, alles okay? Ich hab gar nicht gemerkt, dass du gegangen bist.« Er gähnte, seine Haare standen wirr in alle Richtungen ab, und es juckte mich in den Fingern, durch sie hindurchzufahren und sie glatt zu streichen. Wie ich es schon so oft getan hatte. Aber selbst dieser kleine Wunsch, das, was ich die letzten zwei Wochen ganz selbstverständlich getan hatte, fühlte sich auf einmal anders an. Anders als gestern. Anders als vorgestern.

Weil auf einmal alles anders *war*.

»Ja, mir geht's gut. Ich konnte nur nicht mehr schlafen.« Ich zwang mich zu einem Lächeln, das hoffentlich ehrlicher rüberkam, als es tatsächlich war.

Julian rieb sich übers Gesicht, die Sorge in seinen Augen vertiefte sich. »Bist du sicher, dass es dir gut geht?«

»Ja. Ganz sicher. Schlaf einfach weiter, es ist noch viel zu früh.«

Doch anstatt in sein Zimmer zu gehen, kam er zu mir ins Bett und legte sich neben mich. Wortlos klappte er meinen Laptop zu, nahm ihn von meinem Schoß und legte ihn auf den Nachttisch, bevor er mich an sich zog. Und ich ließ es einfach geschehen. Ich sollte ihn bitten zu gehen. Aber ich konnte nicht.

»Mach die Augen zu und schlaf«, flüsterte Julian und legte seine warme Hand auf meinen Bauch. Ich schluckte die Tränen hinunter, die in meinen Augen brannten, weil es sich anfühlte, als würde seine Hand genau dorthin gehören. Als würde sein ganzer Körper genau dorthin gehören. So dicht an meinem, dass absolut nichts zwischen uns passte.

Nichts war fataler, als ihn ausgerechnet heute Nacht in meinem Bett schlafen zu lassen. Ich tat es trotzdem.

Mit einem leisen, kaum hörbaren Seufzen schmiegte ich mich an ihn, schloss die Augen und lauschte seinem Herzschlag. Und dann schlief ich ein.

29. KAPITEL

Lily

Okay, ich würde das hinbekommen. Ich würde einfach ignorieren, was ich fühlte, und fertig. Konnte so schwer doch nicht sein, oder? Schließlich waren diese Gefühle bestimmt nicht erst letzte Nacht wie aus dem Nichts aufgetaucht. Nein, sie mussten vorher schon da gewesen sein, ich hatte sie nur nicht bemerkt.

Das würde ich wieder schaffen. Ich würde sie in die Tiefen zurückdrängen, aus denen sie aufgestiegen waren, und dann würden wir so weitermachen wie bisher.

Irgendwie.

Hoffentlich.

Als mein Wecker heute Morgen geklingelt hatte, war Julian schon unter der Dusche gewesen. Wir hatten uns nur ganz kurz gesehen, als er aus dem Bad kam und ich reinging, und während dieser zwanzig Sekunden hatte zumindest er sich vollkommen normal verhalten. Ich schob die Tatsache, dass ich einen knallroten Kopf bekommen und kein Wort herausgebracht hatte, einfach auf meine Periode. Klar, das machte total viel Sinn.

Wichtiger war allerdings, dass ich mich später im Griff hatte, wenn wir uns länger als zwanzig Sekunden in einem Raum aufhielten. Aber das würde ich schaffen, ein paar Stunden Zeit hatte ich schließlich noch, um mich mental darauf vorzubereiten.

Und bis dahin versuchte ich, mich auf etwas anderes zu konzentrieren als auf meine absolut unerwünschten Gefühle für Julian.

»Lily, pass auf, du hast deinen Einsatz verpasst!«

Zum zweiten Mal an diesem Tag begann mein Gesicht zu glühen, als Stephanie mich jetzt vorwurfsvoll ansah.

»Sorry«, murmelte ich und brachte mich in Position. Wir probten gerade zum ersten Mal die Schlussnummer *The Greatest Show*. Allerdings waren, wie bei fast allen Stücken, einige Teile der Choreografie für unsere Musicalversion verändert worden, und da nützte es jetzt herzlich wenig, dass ich den Film schon über ein Dutzend Mal gesehen hatte und die Choreografien praktisch im Schlaf mittanzen konnte.

Heute war ein mieser Tag für eine neue Choreografie. Nicht nur, weil mein Kopf und mein Herz wirklich verrücktspielten, sondern auch, weil mein Uterus offenbar beschlossen hatte, dass ein einziger Tag voll quälender Schmerzen nicht ausreichte.

Ich hatte vor den Proben schon eine Schmerztablette genommen, aber bisher wirkte sie nicht, und irgendwie wurde ich das Gefühl nicht los, dass die Unruhe in meinem Inneren daran nicht ganz unschuldig war.

Noch nie war ich beim Tanzen derartig unkonzentriert gewesen wie heute. Nicht einmal an dem Tag, als ich herausgefunden hatte, dass Keira mit Luis geschlafen hatte. Da war ich allerdings auch nicht verwirrt gewesen, sondern hatte vor Zorn gekocht. Genau diesen Zorn hatte ich damals in meine Bewegungen einfließen lassen, und ich wusste, dass ich nie besser getanzt hatte. Natürlich nur bis zu dem Moment, an dem alles schiefgegangen war.

Heute war ich verwirrt. Verwirrt und unsicher. Und genauso tanzte ich auch.

»Okay, Leute, wir machen eine kurze Pause«, entschied Stephanie nach einem weiteren Durchgang, und ich ließ mich mit einem erleichterten Seufzen auf den Boden sinken. Mir tat alles weh, vor allem mein Rücken. Ich hatte während meiner Periode nicht oft Rückenschmerzen, aber heute war so ein Tag, an dem einfach alles scheiße war.

Steph hockte sich neben mich. »Alles okay? Du siehst richtig fertig aus, und normalerweise bist du auch nicht so unkonzentriert.«

»Ja, geht schon. Ich hab meine Tage, das ist alles.« Ich war froh, dass ich zumindest nicht gänzlich lügen musste.

»Oh.« Mitfühlend drückte sie meine Hand. »So schlimm?«

Ich verzog das Gesicht, als sich mein Unterleib zusammenkrampfte. »Ging mir schon mal besser.«

»Dann machst du jetzt Schluss für heute.« Sie stand wieder auf, verschränkte die Arme vor der Brust und sah mich mit einem Blick an, der keinen Widerspruch duldete.

Ich versuchte es trotzdem, weil ich sonst ein mörderisch schlechtes Gewissen gehabt hätte. »Das geht nicht. Die Proben sind wichtig. So viel Zeit haben wir nicht mehr.«

»Wenn ich das sage, geht das.«

»Wer hat dich eigentlich zum Boss ernannt?«

»Das war Mrs Platt. Ich darf euch rumscheuchen, wie es mir gefällt, und du machst jetzt wirklich Schluss. Ich kann dich nicht brauchen, wenn du unkonzentriert bist und Schmerzen hast.« Ein warmes Lächeln spielte um ihren Mund und nahm ihren Worten die Schärfe.

Einen Moment lang kämpfte ich noch gegen das schlechte Gewissen an, dann gab ich nach und stemmte mich wieder nach oben auf die Beine.

»Braves Mädchen.« Steph klopfte mir auf die Schulter und schob mich Richtung Tür. Ich streifte mir die Tanzschläppchen von den Füßen, schlüpfte in meine Schuhe, zog meinen

Kapuzenpulli über den Kopf und schulterte meinen Rucksack, bevor ich den Trainingsraum verließ. Ich winkte den anderen kurz zu, doch die meisten konzentrierten sich schon wieder voll und ganz auf die Choreo.

Ein kleiner Stich fuhr mir durchs Herz, weil ich tatsächlich einfach so ging. Früher wäre mir das im Traum nicht eingefallen. Da hatten Schmerzen in etlichen Körperteilen zu meinem Leben gehört, und auch wenn sich das für die meisten sehr seltsam anhören mochte, ich hatte es genossen. Denn wenn meine Muskeln schmerzten und ich zu Hause im Bett lag und meine Füße kaum noch bewegen konnte, wusste ich, dass ich alles gegeben hatte. Dass nichts mich davon abhalten konnte, meinen Traum wahr werden zu lassen. Weil ich kämpfte. Mit allem, was ich hatte.

Ich hätte meinen Körper und meine Seele gegeben, um meinen Traum zu leben.

Und irgendwie hatte ich das auch getan. Nur dass er kurz vorm Ziel zerplatzt war. Einfach so.

Seufzend schüttelte ich den Gedanken ab und lief den Flur runter.

Es war noch früh, erst halb elf, und bis zu meinem nächsten Kurs würde es noch ein paar Stunden dauern, also beschloss ich, ins Wohnheim zurückzukehren und mich noch einmal hinzulegen. Schlaf würde mir guttun. Wenn ich schlief, würde ich nicht nachdenken. Weder über meine geplatzten Träume, mein naives, blindes Vertrauen in die falschen Menschen, noch über Julian.

Vor allem nicht über Julian.

Ich hörte, wie die Wohnungstür aufging. Jeder Muskel in meinem Körper war plötzlich bis aufs Äußerste gespannt. Es war spät. Ziemlich spät.

Während der letzten Wochen hatte ich nie darüber nachgedacht, mit wem Julian seine Zeit verbrachte, wenn er nicht hier war – abgesehen von dem Abend, als ich ihn, dumm wie ich war, selbst zu Stephanie geschickt hatte. Ich hatte mich geweigert, darüber nachzudenken, und erst jetzt begriff ich, warum.

Weil es wehtat.

Ich wollte mir nicht den Kopf darüber zerbrechen, mit welchen Mädchen er sich traf, wenn er nicht bei mir war. Es war sein gutes Recht, er konnte tun und lassen, was er wollte. Trotzdem fühlte sich allein der Gedanke daran, er könnte ein anderes Mädchen so berühren wie er mich berührte, absolut beschissen an.

Ich atmete einmal tief durch, stand auf und verließ mein Zimmer. Ich würde diese Gedanken ignorieren. Ich würde das Stolpern meines Herzens ignorieren und mich ganz normal benehmen.

Ganz normal.

Reiß dich zusammen, Lily!

Julian war in der Küche, er hatte mir den Rücken zugekehrt und streckte sich gerade nach dem obersten Regal, in dem nicht mehr unsere Tassen, sondern die Müslischüsseln standen, die ich nie anrührte.

Ich erstarrte. Wortwörtlich. Mein Blick blieb an seinem Rücken hängen, an den Muskeln, die sich unter dem dünnen Stoff seines T-Shirts abzeichneten, und mein Mund wurde trocken.

Verdammter Mist!

Ich schüttelte mich und trat auf ihn zu. Ich würde das hinbekommen. Da war nicht mehr als körperliche Anziehung, die ich für ihn empfand. Mein Körper reagierte auf seinen, und das war's. *Mehr nicht.*

Doch dann drehte Julian sich zu mir um, und als ein weiches Lächeln auf seinem Gesicht erschien, geriet mein Inneres aus dem Gleichgewicht.

»Geht's dir besser?« Er streckte eine Hand nach mir aus und strich mir völlig selbstverständlich eine Haarsträhne hinters Ohr. Was auch immer mein Herz jetzt in meiner Brust veranstaltete, es nahm mir für eine Sekunde den Atem.

Doppelt verdammter Mist!

»Geht so.« Ich trat einen Schritt zurück und versuchte, das Kribbeln zu ignorieren, das mir die Wirbelsäule herabfuhr.

Julian grinste mich an, aber die Sorge in seinem Blick war kaum zu übersehen. »Brauchst du mehr Süßigkeiten?«

Ich schüttelte den Kopf. »Nein, schon gut, ich komme klar. Ich hab schließlich nicht das erste Mal meine Tage. Ich brauche keinen Retter, der mich mit Süßkram versorgt.« Die Worte platzten kühl und scharf aus mir heraus, und Julian zuckte getroffen zurück.

Klasse. Ich kam mit meinen Gefühlen nicht klar und ließ es an ihm aus. Was war ich für ein Miststück.

»Tut mir leid, so war das nicht gemeint.« Ich fuhr mir mit beiden Händen durchs Haar und musste den Drang unterdrücken, so fest an den langen Strähnen zu ziehen, dass es wehtat.

»Schon gut.« Mit einem Schulterzucken wandte er sich dem Kühlschrank zu.

»Nein, ist es nicht.« Ich machte einen Schritt auf ihn zu, hob eine Hand und ließ sie dann aber doch wieder sinken. »Es tut mir wirklich leid.«

Julian drehte sich wieder zu mir und schenkte mir ein kleines Lächeln. »Und ich habe es ernst gemeint, als ich *Schon gut* gesagt habe. Wenn ich etwas sage, meine ich es auch so, Lily.«

Vollkommen unerwartet schossen mir Tränen in die Augen. »Ich weiß«, flüsterte ich und erinnerte mich daran, wie er mir gesagt hatte, dass er keine Freundin wollte, weil er sich in einer Beziehung nur eingesperrt fühlen würde. Auch das hatte er ganz genau so gemeint, wie er es gesagt hatte.

»Hey. Was ist los?« Behutsam zog Julian mich in seine Arme. Ich sollte mich ihm entziehen, und einen Wimpernschlag lang sträubte ich mich auch gegen die Berührung. Doch dann ließ ich mich einfach gegen ihn sinken und schloss die Augen.

»Keine Ahnung.« Die Lüge kam mir überraschend leicht über die Lippen, und ich vergrub das Gesicht an seiner Brust. Ich hörte sein Herz schlagen. Ganz ruhig und gleichmäßig. Zitternd atmete ich ein, während mein eigenes Herz völlig verrücktspielte, nur weil er mich umarmte.

Julian drückte mir einen Kuss aufs Haar, seine Hände strichen beruhigend über meinen Rücken, und ich schluchzte auf. »Was es auch ist, es wird alles gut. Versprochen.«

Ich wollte ihm glauben. Wollte es so sehr. Aber ich wusste, dass es nicht passieren würde. Es würde nicht wieder alles gut werden. Nicht bei uns. Weil ich mein Herz nicht länger ignorieren konnte.

30. KAPITEL

Julian

Lily ging auf Abstand. Zuerst merkte ich es gar nicht. Aber als sie sich drei Tage hintereinander nur sporadisch zu Hause blicken ließ und immer erst so spät kam, dass sie sofort ins Bett fiel, begann ich mir Sorgen zu machen. So sehr, dass ich irgendwann Steph anrief, um zu erfahren, ob Lily bei den Proben auch so komisch drauf war.

»Julian, du lebst ja noch«, begrüßte sie mich mit unüberhörbarem Spott in der Stimme.

»Sieht ganz so aus.« Ich wand mich und war froh, dass sie mir meine Verlegenheit durchs Telefon nicht anmerken konnte.

»Was gibt's? Nachdem du mich das letzte Mal versetzt hast, gehe ich nicht davon aus, dass du dich mit mir treffen willst, oder?«

»Bist du sauer?«

»Nö. Ich ärgere dich nur gerne«, erwiderte sie vergnügt. Ich konnte sie beinahe vor mir sehen, mit ihrem typischen breiten Lächeln und den funkelnden Augen. »Also, du rufst doch nicht einfach nur an, um meine Stimme zu hören. Was ist los?«

»Es geht um Lily.« Ich platzte damit heraus, bevor ich auch nur darüber nachdenken konnte, was ich eigentlich sagen wollte.

Am anderen Ende der Leitung blieb es für ein paar sehr lange Sekunden still. »Um Lily?« Da schwang etwas in Stephs Tonfall mit, das ich nicht richtig deuten konnte.

»Sie ist im Moment irgendwie komisch drauf. Ich … weiß auch nicht. Ist sie bei den Proben auch so?«, druckste ich herum und verfluchte mich dafür, dass ich Steph überhaupt angerufen hatte. Aber irgendwas stimmte nicht mit Lily, und ich wollte wissen, was los war.

»Ehrlich gesagt weiß ich es nicht. Sie hat sich für die ganze Woche abgemeldet, weil sie sich nicht gut fühlt. Tut mir leid, ich würde dir gerne helfen, aber mehr weiß ich auch nicht.«

»Okay, trotzdem danke.« Frustriert raufte ich mir die Haare. Etwas musste passiert sein. Etwas, worüber sie mit mir nicht redete. Ich sollte mir deswegen keine Gedanken machen, aber nach allem, was während der letzten Wochen geschehen war … Worüber wir gesprochen hatten, dachte ich … Ich hatte keine verfluchte Ahnung, was ich dachte.

»Sag mal, Julian, ist mit *dir* alles okay?« Steph holte mich ins Hier und Jetzt zurück, für ein paar Sekunden hatte ich vollkommen vergessen, dass wir noch telefonierten.

»Klar. Was soll denn sein?«

»Keine Ahnung«, sagte sie so beiläufig, dass ich genau wusste, dass sie was vollkommen anderes meinte. Ich kannte diesen Tonfall von meinen Schwestern.

Ich verdrehte die Augen. »Spuck's schon aus.«

»Bist du sicher, dass mit dir alles in Ordnung ist? Ich meine, du versetzt mich, und das ist auch vollkommen okay, aber du hast dich seit einer Ewigkeit nicht mehr bei mir gemeldet, und jetzt rufst du mich nur an, weil du dir Sorgen um Lily machst? Glaubst du nicht, dass das irgendwas zu bedeuten hat?« Sie klang, als würde sie sich nur mit Mühe ein Lachen verkneifen.

»Mir geht's gut. Ich mache mir einfach nur Sorgen um Lily, weil wir zusammenwohnen. Wir sind Freunde. Das ist alles.« War das so schwer zu verstehen?

Jetzt lachte sie wirklich. »Okay, wenn du das sagst, wird es schon stimmen.«

»Tut es. Du, ich muss los. Wir sehen uns, okay?«

»Würde ich mich jetzt nicht unbedingt drauf verlassen, aber klar. Wir sehen uns, Julian.« Noch immer kichernd legte sie auf, und ich kapierte gar nichts mehr. Was war denn bitte so komisch daran, dass ich mir Sorgen um Lily machte?

Steph hatte gesagt, Lily würde sich nicht gut fühlen. Immer noch wegen ihrer Periode? Letztes Mal war sie nur zwei Tage schlecht drauf gewesen, vielleicht war es bei jedem Zyklus anders. Woher zum Teufel sollte ich das wissen?

Ich klammerte mich an den Gedanken, dass sie deshalb schlecht drauf war und allein sein wollte, aber eigentlich wusste ich es besser. Sie ging mir aus dem Weg. Ziemlich konsequent sogar. Ich wusste nur nicht, warum.

Und das passte mir nicht. So gar nicht. Ich musste mit ihr reden und herausfinden, was los war. Ob ich etwas falsch gemacht hatte.

»Okay, Leute, wir sind fertig für heute.« Die Stimme von Vic, der anderen Fotografiestudentin, die mit an dem Programmheft arbeitete, ließ mich den Blick vom Bildschirm heben. Sie stand in der Tür, ihre Kamera baumelte nachlässig von ihrer Schulter, was in mir jedes Mal den Drang auslöste, ihr zu sagen, dass sie ein bisschen vorsichtiger damit umgehen sollte.

Sie machte das jeden Tag, kam einmal kurz vorbei, um unsere Projektarbeit zu beenden, und verschwand dann wieder, als wollte sie beweisen, dass sie nicht zwei Stunden gar nichts getan, sondern, genau wie wir anderen, gearbeitet hatte. Aber im Gegensatz zu uns war Vic die meiste Zeit unterwegs, weil sie einen Großteil der Fotos machte. Nur die Fotos der Ensemble- und Soloproben machte ich. Sonst kümmerte ich mich vor allem um die Bildbearbeitung. Die anderen bereiteten die Texte vor und planten den Druck, sodass unser Programmheft allmählich tatsächlich Formen annahm. Auch wenn ich es vor ein paar Wochen nicht gedacht hätte, war ich inzwischen davon überzeugt, dass wir das ziemlich gut hinbekommen würden.

»Bis morgen.« Vic warf noch einen kurzen Blick in die Runde, nickte uns zu und war dann so schnell wieder verschwunden, wie sie auf der Bildfläche erschienen war. Die anderen packten bereits ihre Sachen zusammen. Wäre Vic nicht aufgetaucht, hätte ich nicht einmal gemerkt, wie schnell unsere zwei Stunden vergangen waren, so konzentriert hatte ich die Fotos bearbeitet, die ich während der vergangenen Tage gemacht hatte.

Prüfend warf ich noch einen Blick auf das Foto, dem ich gerade den letzten Schliff verpasst hatte. Es war ein Foto der Tänzer. Ich hatte eine Bewegung eingefangen, die ich nicht einmal benennen konnte, aber es sah wunderschön aus. Elegant, grazil. Vier Mädchen und drei Jungen flogen in einem perfekten Sprung durchs Bild.

Keins der Mädchen war Lily, und trotzdem musste ich sofort wieder an sie denken. Ich musste endlich mit ihr reden. Am besten sofort.

Ich speicherte das Bild in dem Ordner ab, in dem ich alle Fotos abgelegt hatte, die gut genug waren, um es ins Programmheft zu schaffen, klappte meinen Laptop zu und verließ als Letzter den Raum.

Es war erst Mittag, Lily war garantiert noch nicht zu Hause, nichtsdestotrotz machte ich einen kurzen Abstecher in unsere Wohnung, um mich zu vergewissern, dass sie tatsächlich nicht da war. War sie nicht. Natürlich nicht. Ich hätte mich jetzt auf die Suche nach ihr machen können, war mir aber sicher, dass das ein ziemlich hoffnungsloses Unterfangen war. Sie konnte überall sein. Normalerweise trafen wir uns um diese Zeit mit den anderen zum Mittagessen, aber Lily war die letzten Tage nicht zu unseren gemeinsamen Pausen gekommen, und ich bezweifelte, dass sie es heute tun würde.

Ich machte mich dennoch auf den Weg zur Mensa. Zum einen, weil ich hungrig war, und zum anderen, weil ich noch die leise Hoffnung hatte, dass sie kommen würde. Doch als ich mich in der Mensa suchend umsah, entdeckte ich nur Jamie, der allein an unserem Tisch saß. Cassidy, Steve, Cole und Lily waren nirgendwo zu sehen.

Jamie hob den Kopf, als ich mich ihm gegenüber auf einen Stuhl fallen ließ, und guckte mich ausdruckslos an.

Okaaaay, was sollte das jetzt?

Irritiert erwiderte ich seinen Blick. »Alles okay?«

»Kommt drauf an. Wo steckt Lily?«, fragte er kühl, und ich versteifte mich.

»Keine Ahnung. Ich bin nicht ihr Aufpasser.« *Verdammt.* Manchmal mochte Angriff ja die beste Verteidigung sein. Aber ich wusste eigentlich, dass das bei Jamie nicht funktionierte. Jamie stritt sich nicht. Er redete einfach darüber, wenn ihm was nicht passte. Normalerweise. Heute schien er allerdings auf Streit aus zu sein.

Er schnaubte ungehalten und verzog den Mund zu einem spöttischen Lächeln. »Nein, du vögelst sie nur.«

Das beantwortete dann wohl auch meine Frage, ob Lily ihm von uns erzählt hatte.

»Haben wir ein Problem?«

»Kommt drauf an«, wiederholte er. »Kommt sie deinetwegen nicht mehr zur Pause?«

Ich lehnte mich zurück, verschränkte die Arme vor der Brust und spürte, wie Wut in mir aufstieg. »Keine Ahnung.«

Ich sollte ihm einfach die Wahrheit sagen. Okay, hatte ich ja gerade praktisch getan, immerhin wusste ich nicht mit Sicherheit, dass sie meinetwegen nicht mehr herkam. Aber ich wusste, dass sie mir aus dem Weg ging, also war die Wahrscheinlichkeit sehr hoch, dass er mit seiner Vermutung recht hatte.

So wie Jamie mich ansah, war ihm das wohl ebenfalls klar. »Also ja. Was hast du gemacht?«

»Gar nichts«, protestierte ich, doch mein Magen krampfte sich zusammen, als wäre er anderer Meinung. »Warum mischst du dich überhaupt in die Sache ein? Immerhin hast du mit Cole gewettet, wie lange ich es schaffe, nicht mit ihr ins Bett zu gehen.«

»Ja und? Das eine hat absolut nichts mit dem anderen zu tun.« Doch sein Blick flackerte, und er schien ganz genau zu wissen, dass er totalen Bullshit von sich gab.

Ich stieß ein ungläubiges Lachen aus. »Ähm, doch?!«

»Nein!« Jamie knirschte wütend mit den Zähnen, dann atmete er tief ein und fuhr betont ruhig fort: »Ich gebe zu, dass die Wette dämlich war. Aber da ging es auch mehr um dich und deine nicht vorhandene Selbstbeherrschung als um Lily.«

»Wow. Das ist ja richtig nett. Danke.«

Jamie verdrehte die Augen. »Ach komm, Julian, jetzt tu doch nicht so.«

»Schön. Von mir aus. Dann hat die Wette eben nichts damit zu tun. Warum mischst du dich ein, hm?«

»Ich mische mich ein, weil ich Lily mag. Und was auch immer du gemacht hast, sie hat es nicht verdient.«

»Ich hab doch überhaupt nichts gemacht!« Verzweifelt rang ich die Hände. Was ging hier ab? »Stehst du auf sie? Bist du sauer, weil ich –«

»Spinnst du?« Jamie sah so entsetzt aus, dass ich beinahe gelacht hätte, wäre die ganze Situation nicht so absurd. »Lily und ich sind Freunde. Mehr nicht. Ich will nur wissen, was mit ihr los ist, weil sie mir wichtig ist. Und weil sie sich weder blicken lässt noch auf meine Nachrichten reagiert.«

»Ich weiß es wirklich nicht«, erwiderte ich mit einem leisen Seufzen und ließ die Schultern hängen. Der Zorn verflog, und auf einmal fühlte ich mich einfach nur überfordert. Und irgendwie verletzt. »Sie geht mir aus dem Weg, zufrieden? Ich hab echt keine Ahnung, was los ist. Es war alles okay, und von einem Tag auf den anderen redet sie nicht mehr mit mir.«

Jamie schwieg einen Moment, dann warf er mir einen beschwörenden Blick zu. »Bring das wieder in Ordnung, Jules.«

»Was sollst du wieder in Ordnung bringen?« Coles Stimme ließ uns beide zusammenzucken. Er stellte sein Tablett auf den Tisch und musterte uns stirnrunzelnd.

»Gar nichts«, antworteten Jamie und ich gleichzeitig, und die Falte zwischen Coles Augenbrauen vertiefte sich.

Er seufzte schwer. »Ihr seid beide richtig schlecht im Lügen.« Kopfschüttelnd ließ er sich auf den freien Stuhl neben Jamie fallen. »Also los, ich will wissen, was hier abgeht, und warum ihr beide so ausgesehen habt, als würdet ihr euch am liebsten an die Gurgel gehen. Ich konnte euch von der Theke aus nämlich beobachten. So wie jeder andere hier.« Er machte eine Handbewegung, die wohl alle Studenten in der Mensa einschließen sollte. Nur dass die meisten sich nicht die Bohne dafür interessierten, worüber Jamie und ich gesprochen hatten. »Ihr könnt richtig froh sein, dass Cassidy nicht kommt. Sie würde euch so lange ausquetschen, bis sie alles weiß.« Schaudernd verzog er das Gesicht, und Jamie und ich wechselten einen kurzen Blick.

»Und du meinst, so *unauffällig* wie du das versuchst, klappt das besser?«, meinte Jamie mit einem spöttischen Unterton, und Cole zuckte grinsend die Schultern.

»Einen Versuch war es wert.«

Ich schob mein eigenes Tablett zur Seite, der Appetit war mir vergangen. »Wo ist Cassidy denn?«

»Bei uns. Die Mädels hocken seit drei Tagen bei uns im Wohnzimmer. Keine Ahnung, was da wieder los ist. Ich wurde ins Arbeitszimmer verbannt.« Wieder zuckte er mit den Schultern.

Ich sprang auf und ließ die beiden einfach sitzen, hörte aber noch Coles verblüffte Stimme.

»Was ist denn mit dem los?«

»Also, wenn ich es nicht besser wüsste …« Den Rest von dem, was Jamie darauf antwortete, bekam ich nicht mehr mit.

Lily war bei Tessa und Cole. Ich war so ein Idiot. Wenn ich mal den Mund aufgemacht hätte, hätte Cole mir das schon vor zwei Tagen gesagt.

Ich rannte über den Campus, dann die Straße hinunter, bis ich Tessas und Coles Haus erreichte und schwer atmend stehen blieb. Mein Puls raste, und ich war mir nicht sicher, ob es an meinem Sprint lag oder daran, dass ich völlig ohne Sinn und Verstand zu Lily eilte, um mit ihr zu reden, obwohl sie so offensichtlich nicht mit mir reden wollte.

Sie wollte nicht mit mir reden.

Ich wusste nicht, was los war, und obwohl alles in mir danach schrie, sie dazu zu bringen, mir zu sagen, was sie beschäftigte, drehte ich mich langsam wieder um und ging zum Campus zurück, um ihr die Zeit zu geben, bis sie von selbst so weit war.

Lily

»Also«, begann Ella vorsichtig, »reden wir irgendwann darüber, warum wir uns hier verkriechen?«

»Wir verkriechen uns nicht«, nuschelte ich undeutlich und zog mir die Kapuze meines Hoodies so weit wie möglich übers Gesicht. »Ich wollte nur Tessa Gesellschaft leisten. Warum ihr hier seid, weiß ich nicht.«

Wusste ich natürlich doch. Weil Tessa Ella und Cassidy angerufen und ihnen gesagt hatte, dass mit mir irgendwas nicht stimmte, als ich vor drei Tagen morgens vor ihrer Tür gestanden hatte, obwohl ich zu dieser Zeit eigentlich zu den Musicalproben hätte gehen sollen.

Aber ich konnte nicht zu den Proben gehen. Nicht vor drei Tagen, nicht vorgestern, gestern oder heute. Weil ich dann Gefahr lief, Julian zu begegnen, und das schaffte ich noch nicht. Wahrscheinlich kam er gar nicht mehr zu den Proben, um Fotos zu machen, schließlich musste er inzwischen mehr als genug haben. Aber möglich war es trotzdem. Also hatte ich Steph geschrieben, dass es mir nicht gut ging und ich den Rest der Woche nicht mehr kommen würde.

Danach war ich zu Tessa gegangen, weil ich nicht allein sein wollte und nicht wusste, wo ich mich sonst – okay, Ella hatte recht – verkriechen sollte. Ich hatte nicht geplant, mich drei Tage bei ihr zu verstecken und nur zum Schlafen zurück in meine und Julians Wohnung zu schleichen, aber irgendwie war ich immer wieder hier gelandet.

Jamie hatte mir mehrmals geschrieben, aber ich hatte ihm bisher nicht geantwortet, weil ich nicht wusste, was ich ihm sagen sollte. Er machte sich Sorgen um mich, aber ihm gegenüber war ich bisher immer ehrlich gewesen, und ich wollte noch nicht über meine sich entwickelnden Gefühle für Julian reden. Ich wollte ihn aber auch nicht anlügen oder ausweichen.

Ich wollte auch meine Freundinnen nicht anlügen oder ihren Fragen noch einen Tag länger ausweichen. Aber wenn ich es aussprach, konnte ich nicht mehr so tun, als wäre es nicht passiert. Als hätte ich keine Gefühle für Julian entwickelt und als wäre ich nicht dabei, mein Herz an ihn zu verlieren.

»Ich hab ein Problem«, gab ich leise zu.

»Lily, es tut mir leid, dir das sagen zu müssen, aber das wissen wir schon.« Tessas Stimme klang so sanft wie immer. »Immerhin liegst du seit drei Tagen auf meinem Sofa und redest nicht darüber, warum.«

Ich setzte mich auf und schob mir die Kapuze vom Kopf. Meine Freundinnen sahen mich besorgt an. Auf Tessas Schoß lag ein Wollknäuel, und sie hielt Stricknadeln in der Hand. Ich hatte erst gestern rausgefunden, dass sie Socken strickte, die sie anschließend spendete. Ich wusste nicht, warum, aber ich hatte nie darüber nachgedacht, dass Filmstars ganz normale Hobbys hatten, so wie wir anderen auch. Und auch wenn ich sonst niemanden in unserem Alter kannte, der strickte, passte es irgendwie zu Tessa.

Gedankenverloren beobachtete ich, wie Tessas Hände sich bewegten.

»Lily?« Cassidy setzte sich neben mich, legte mir eine Hand auf die Schulter und holte mich zurück in die Gegenwart.

»Es geht um Julian.«

Einen Augenblick lang blieben alle drei stumm. Ella war die Erste, die ihre Stimme wiederfand. »Okay. Was ist mit Julian?«

Ich suchte nach den richtigen Worten, versuchte ihnen zu sagen, was ich sagen wollte, ohne es wirklich aussprechen zu müssen. »Er ist zu nett«, platzte es aus mir heraus.

Cassidy blinzelte irritiert. »Das ist das Problem? Dass er zu *nett* ist?«

»Nein. Ich …« Ich rang die Hände und sprang auf. »Das Problem ist, dass ich nicht vorhatte, ihn zu mögen, okay? Das Problem ist, dass ich dachte, Julian wäre ein Typ für … Na, ihr wisst schon. Einfach ein Kerl, mit dem ich Sex haben kann, ohne mir Gedanken machen zu müssen. Aber dann hat er angefangen, mit mir zu reden und sich um mich zu kümmern, und jetzt will er mit mir Hebefiguren üben. Und er hat Schmerztabletten und Süßigkeiten besorgt, damit er darauf vorbereitet ist, wenn ich das nächste Mal meine Tage bekomme und … Warum zum Teufel macht er so was? Warum konnte er nicht einfach nur heiß und sexy sein, anstatt so fürsorglich und lieb. Das ist unfair! Wie soll man sich da nicht verlieben?!« Die Worte strömten vollkommen ungefiltert aus mir heraus. Erst als ich sah, dass meine Freundinnen mich mit großen Augen anstarrten, verstummte ich.

»Du hast dich in ihn verliebt?«

»Julian hat *was* getan?«

Ich konnte nicht ganz zuordnen, welche Frage von Cassidy und welche von Ella kam. Nur Tessa blieb stumm und strickte an ihren Socken weiter, blickte mich dabei aber die ganze Zeit eindringlich an.

»Mist«, murmelte ich mehr zu mir selbst als zu ihnen. Da hatte ich wohl doch mehr gesagt, als ich wollte.

»Kannst du dich bitte wieder hinsetzen? Dieses Rumgerenne macht mich ganz nervös.« Auffordernd klopfte Cassidy aufs Sofa, aber ich konnte mich nicht hinsetzen. Dafür war ich viel zu unruhig.

Sie seufzte, als ich den Kopf schüttelte und erneut begann, Löcher in den Boden zu laufen. »Okay. Noch mal von vorne. Julian hat was gemacht?«

Ich atmete tief durch und begann zu erzählen. Dieses Mal erzählte ich ihnen alles, jede Kleinigkeit, mit der er sich in den vergangenen Wochen in mein verräterisches Herz geschlichen hatte, und als ich schließlich verstummte, ließ ich mich erschöpft auf den Boden fallen und starrte an die Zimmerdecke.

Ella stieß ein leises Pfeifen aus. »Wow.«

»Ich bin so blöd!« Frustriert presste ich mir die Hände vor die Augen.

»Nein, bist du nicht. Ganz ehrlich, jede hätte sich in Julian verliebt, wenn er das alles für sie getan hätte.« Ich spürte, wie sich jemand neben mich legte, und als ich die Hände vom Gesicht nahm und den Kopf drehte, lächelte Cassidy mich aufmunternd an.

»Es ist trotzdem dumm.«

»Warum denn?« Tessa legte ihr Strickzeug zur Seite und ließ sich auf meiner anderen Seite nieder.

»Weil Julian nicht gerade der Typ ist, in den man sich verlieben sollte.«

Ella war die Einzige, die noch auf ihrem Platz im Sessel saß und jetzt nachdenklich zu uns herunterblickte. »Vielleicht ja doch.«

Energisch schüttelte ich den Kopf. »Nein. Er hat sehr deutlich gemacht, dass er keine Freundin will.« Eine leise Stimme in meinem Kopf erinnerte mich daran, dass ich eigentlich auch keinen Freund wollte. »Das ist es auch gar nicht. Ich weiß, dass ich das zwischen uns beenden muss, weil das sonst ganz übel enden wird. Aber das ... will ich nicht, weil es sich wirklich gut anfühlt, mit ihm zusammen zu sein. Allerdings kann ich nicht so weitermachen wie bisher. Das wird nicht funktionieren. Ich kann mich aber auch nicht ewig vor ihm verstecken.« Ich seufzte schwer. »Warum musste er nur so verdammt nett sein?«

»Das ist die große Frage.« Ella machte den Eindruck, als könnte sie noch immer nicht glauben, was ich ihnen gerade erzählt hatte.

Cassidy setzte sich entschlossen auf. »Rede mit ihm.«

»Aber dann ist es vorbei.« Allein der Gedanke tat so weh, dass ich für einen Augenblick nicht mehr atmen konnte. Ich hatte mich an Julian gewöhnt, hatte mich daran gewöhnt, mit ihm zu flirten, ihn zu berühren und von ihm berührt zu werden. Ich hatte mich daran gewöhnt, mit ihm zu reden, ihm mein Herz auszuschütten, und daran, Zeit mit ihm zu verbringen.

»Ja, aber du hast recht. Du musst das zwischen euch beenden. Wenn du es einfach weiterlaufen lässt, wirst du irgendwann anfangen, dir Hoffnungen zu machen, und dann wird Julian dich enttäuschen und dir das Herz brechen.« Cassidy sah mich mitfühlend an.

Statt also zuzulassen, dass er mir das Herz brach, sollte ich das selbst übernehmen. *Super.*

31. KAPITEL

Julian

Den ganzen Tag saß ich in der Wohnung und versuchte mich abzulenken.

Ich telefonierte mit meinen Schwestern, war aber nicht ganz bei der Sache, als die beiden mir von der Schule und ihren Freundinnen erzählten. Gott sei Dank sprach keine von beiden den Umzug an und auch nicht die Tatsache, dass Dad wollte, dass ich wieder bei ihnen einzog. Darüber hatten wir schon am Tag nach der Hausbesichtigung geredet. Ich hatte die beiden angerufen und mich für mein Verhalten entschuldigt. Es war nicht ihre Schuld gewesen, dass ich so ausgeflippt war. Nicht wirklich. Auf jeden Fall hatten sie es nicht verdient, wie ich sie behandelt hatte. Jen hatte unbedingt wissen wollen, warum ich nicht bei ihnen einziehen wollte, aber ich hatte sie abgewimmelt. Ich konnte es ihnen nicht sagen, weil ich sie damit noch mehr verletzen würde, als ich es ohnehin schon getan hatte. Also war ich ihnen ausgewichen, und irgendwann hatten sie es auf sich beruhen lassen.

Mit Dad hatte ich seit diesem Tag kein Wort mehr gewechselt. Er hatte sich nicht gemeldet. Er hatte nicht angerufen, nicht einmal eine Nachricht geschickt. Und ich würde garantiert weder das eine noch das andere tun.

An meinen Vater wollte ich allerdings fast noch weniger denken als an Lily und den Grund, warum sie mir aus dem

Weg ging. Darum fing ich nach dem Gespräch mit meinen Schwestern an aufzuräumen. Und das bedeutete, dass ich echt am Arsch war.

»Julian?« Lilys ungläubige Stimme ließ mich herumfahren. »Was zum Teufel tust du da? Räumst du auf?« Aus großen Augen starrte sie mich an.

Sie sah müde aus. Fix und fertig. Und sie war trotzdem wunderschön. Die rosafarbenen Haare hatte sie zu einem lockeren Zopf geflochten, sie war ungeschminkt und trug einen Hoodie und Jeans. Ihr war anzusehen, dass es ihr nicht besonders gut ging.

Verlegen warf ich den Lappen, mit dem ich gerade die Arbeitsfläche abgewischt hatte, in die Spüle. »Ich kann dich das ja nicht immer allein machen lassen.«

»Aber du hasst Aufräumen. Und ich glaube, Putzen ist die letzte Sache, mit der du dich freiwillig beschäftigen würdest!« Sie ließ ihren Rucksack neben der Tür auf den Boden fallen und runzelte die Stirn.

Unbehaglich fuhr ich mir mit einer Hand durch die Haare und verschränkte dann die Arme vor der Brust. »Ja. Na ja«, gab ich lahm zurück. *Großartig.* Aber was sollte ich ihr auch sagen? Dass ich mir die letzten Tage permanent den Kopf darüber zerbrochen hatte, was mit ihr los war, und warum sie mir aus dem Weg ging? Und dass ich deshalb angefangen hatte, aufzuräumen, damit ich endlich nicht mehr darüber nachdachte?

Verdammt, ja! Vielleicht sollte ich ihr genau das sagen.

»Ich …«, setzte ich an, während Lily im gleichen Moment »Wir müssen reden« sagte.

Ein ungutes Gefühl breitete sich in mir aus. Lily biss sich nervös auf die Unterlippe.

»Okay.« Ich trat einen Schritt auf sie zu und deutete aufs Sofa. »Komm, setz dich.«

Ihr Gesicht war blass, als sie sich auf eine Ecke des Sofas hockte. Ich folgte ihr, ließ mich aber ein Stück von ihr entfernt auf die weichen Polster fallen. Der Abstand zwischen uns fühlte sich seltsam an. Während der vergangenen Wochen hatten wir uns immer irgendwie berührt, wenn wir nebeneinandergesessen hatten.

Unruhig knetete sie die Hände, sagte aber kein Wort und wich meinem Blick aus. Ich bemühte mich, ihr Zeit zu geben, geduldig zu sein, aber irgendwann ertrug ich diese Stille zwischen uns nicht länger.

»Lily, was ist los?«

Sie kniff die Augen zusammen, atmete tief durch, dann wurde ihr schmaler Körper von einem Beben erschüttert. »Wir müssen damit aufhören.«

Mein Magen verkrampfte sich, jeder Muskel in meinem Körper zog sich schmerzhaft zusammen, während ich zu begreifen versuchte, was genau sie da gerade gesagt hatte.

Dabei gab es nichts zu begreifen. Ich wusste genau, wovon sie sprach. Natürlich wusste ich es. Trotzdem sträubte sich alles in mir dagegen. »Was genau meinst du?«, fragte ich, um das Unvermeidliche hinauszuzögern.

Warum eigentlich?

Mir war von vornherein klar gewesen, dass es irgendwann so kommen würde. Ich hätte nur nicht damit gerechnet, dass sie diejenige sein würde, die den Schlussstrich zog. Normalerweise war das mein Part.

»Diese Sache mit uns. Der Sex. Wir müssen damit aufhören.« Erst jetzt drehte Lily den Kopf und sah mich an. Ihr Blick war dunkel und undurchdringlich.

Ich sollte »Okay« sagen, die Sache abhaken und fertig. Weil es absolut irrelevant war, warum sie unsere Affäre beenden wollte. Wenn sie nicht mehr wollte, war das okay.

Mein Herz erhob allerdings laut protestierend Einspruch. »Warum?«

Lily seufzte, zog die Knie an und legte ihr Kinn darauf ab. Einen Moment lang sagte sie nichts, und ich glaubte schon, dass sie meine Frage gar nicht mehr beantworten würde, doch dann tat sie es und zog mir damit buchstäblich den Boden unter den Füßen weg.

»Ich bin dabei, mich in dich zu verlieben, okay?«

»Was?«, brachte ich krächzend hervor. In meinem Inneren brach ein dermaßen heftiges Chaos aus, dass ich für einen Moment nicht mehr wusste, wo oben und unten war.

Aufstöhnend vergrub Lily das Gesicht in ihren Händen. Als sie mich wieder ansah, glühten ihre Augen, und eine leichte Röte hatte sich auf ihren Wangen ausgebreitet.

»Ich bin dabei, mich in dich zu verlieben«, wiederholte sie langsam und so deutlich, dass sich jedes ihrer Worte in mein Gehirn brannte. Ihre Stimme zitterte kaum merklich. »Wahrscheinlich ist es dämlich, dass ich dir das einfach so sage, aber ich will dich nicht anlügen. Ich mag dich, Julian. Wir sind … Freunde. Und ich mag den Sex mit dir. Gott, du weißt, wie sehr ich den Sex mit dir mag. Aber wenn wir so weitermachen wie bisher, dann …« Sie brach ab und zog die Schultern hoch. »Das wäre nicht gut.«

Stumm sah ich sie an. Ich wusste nicht, was ich sagen sollte, auf einmal wurde ich nur noch von einer seltsamen Leere erfüllt. Wieder blieb mir ein simples »Okay« im Hals stecken.

»Julian?«

Ich zuckte zusammen.

»Sagst du noch irgendwas dazu?« Ihr Blick war unsicher, flehentlich.

»Ich … Was willst du denn von mir hören?« Die Worte kamen schroffer über meine Lippen als beabsichtigt. Aber die ganze Situation überforderte mich völlig. Es war arrogant, fuck, es war total arrogant, aber ich war noch nie in so einer Situation gewesen. Ich war derjenige, der Schluss machte. Mit mir hatte noch nie ein Mädchen Schluss gemacht. Erst recht nicht, weil sie sich in mich verliebt hatte.

Verliebt.

Lily war dabei, sich in mich zu verlieben.

»Gar nichts. Vergiss es einfach!« Sie sprang auf und stürmte in ihr Zimmer.

Fassungslos sah ich ihr nach. *Scheißescheißescheiße!*

»Lily, warte!« Ich sprang in dem Moment auf, um ihr zu folgen, in dem sie ihre Zimmertür mit einem lauten Knall hinter sich ins Schloss warf.

Reglos blieb ich stehen und starrte auf das helle Holz. Ich sollte an ihre Tür klopfen und mit ihr reden. Die Sache in Ordnung bringen. Aber ... *Fuck!*

Ich konnte ihr nicht sagen, was sie hören wollte.

Konnte ich nicht.

Wollte ich nicht.

FUCK!

Das Klingeln meines Handys riss mich aus meiner Erstarrung. Beinahe rechnete ich damit, dass es Dad war, der sich mal wieder den unpassendsten aller Momente ausgesucht hatte, um sich zu melden. Doch als ich mein Smartphone aus der Hosentasche fischte und abnahm, hörte ich nicht Dads, sondern Coles Stimme.

»Was machst du?«

»Ich geh mich betrinken. Kommst du mit?«

Einen Augenblick lang schwieg Cole. Dann sagte er: »Wir treffen uns gleich im Pub.« Ohne ein weiteres Wort legte er auf. Ich griff nach meiner Jacke und schlüpfte in meine Schuhe.

Bevor ich die Wohnung verließ, warf ich einen letzten Blick zurück zu Lilys Zimmer. Kein Laut drang durch die Tür. Ich unterdrückte den Drang, einfach in ihr Zimmer zu stürmen und sie so lange zu küssen, bis sie vergaß, dass sie die Sache zwischen uns beendet hatte.

Es kostete mich verdammt viel Mühe, mich von ihrer Tür loszureißen und zu gehen. Aber irgendwie schaffte ich es.

Es war kühl, als ich nach draußen trat, aber der Frühling war inzwischen deutlich spürbar. Auf dem Campus waren nur wenig Studenten unterwegs, was für einen Donnerstagabend nicht weiter überraschend war. Es war noch früh, erst halb acht. Voll würde es überall erst später werden. Wenn sich alle auf den Weg in die Bars und die beiden einzigen Clubs in dieser Gegend machten, um verfrüht ins Wochenende zu starten. Die wenigsten hatten freitags Kurse, und auch für mich stand morgen nur das Projekt auf dem Stundenplan.

Der perfekte Abend also, um mich richtig zu betrinken.

Ich brauchte nicht lange bis zum Pub. Ich schob mich an den Rauchern vorbei, die draußen standen, und ging rein. Mein Blick wanderte automatisch zu unserem üblichen Tisch, und ich entdeckte Cole, der bereits auf mich wartete. Neben ihm saß Jamie.

»Was machst du denn hier?« Keine Ahnung, warum, aber mit Jamie hätte ich heute Abend als Letztes gerechnet.

»Was wohl?« Finster erwiderte Jamie meinen Blick und trank einen Schluck von seinem Bier.

»Wow. Ihr zwei habt ja richtig gute Laune.« Cole zog die Augenbrauen hoch und sah von mir zu Jamie. Wortlos setzte ich mich zu den beiden. Wir schwiegen uns an, und je länger wir einfach so dasaßen, desto wütender wurde ich, ohne zu wissen, was eigentlich mein Problem war.

»Will einer von euch vielleicht drüber reden, was los ist?«, fragte Cole irgendwann.

»Ich hol mir erst mal was zu trinken.« Der Stuhl gab ein unangenehmes Quietschen von sich, als ich aufstand und zur Bar ging. Ich bestellte mir ein Bier, und während ich wartete, warf ich einen Blick auf mein Handy, um zu schauen, ob Lily sich gemeldet hatte.

Hatte sie nicht. Warum sollte sie auch? Sie hatte absolut keinen Grund, sich bei mir zu melden.

»Hey.« Die vertraute Stimme ließ mich so schnell herumfahren, dass ich beinahe mein Handy fallen ließ. Hinter mir stand Steph und lächelte mich breit an. Nur mit Mühe unterdrückte ich ein genervtes Aufstöhnen. Ich hatte ihre Stimme erkannt, aber aus irgendeinem bescheuerten Grund, über den ich nicht nachdenken wollte, hatte ich trotzdem gehofft, dass es jemand anderes wäre.

Jemand. Na klar doch.

»Hey«, murmelte ich.

Sie trat einen Schritt auf mich zu, stand jetzt so dicht vor mir, dass ich ihr Parfum riechen konnte, süß und herb zugleich. Früher hatte ich den Duft gemocht. »Wie geht's dir?«

»Steph, nimm's mir nicht übel, aber heute ist kein guter Tag.« Und ich war definitiv nicht in der Stimmung für Small Talk. Oder in der Stimmung, überhaupt zu reden. Eigentlich wollte ich mich nur betrinken.

Sie runzelte die Stirn und schaffte es irgendwie, gleichzeitig amüsiert und besorgt zu wirken. »Das sehe ich. Was ist los?«

»Keine Ahnung.« Steph legte den Kopf zur Seite, ihr Blick durchbohrte mich prüfend. Ich wich ihm unbehaglich aus und wandte mich zur Bar, um mein Bier zu bezahlen und nach meinem Glas zu greifen. »Hast du mit Lily geredet?«

Ich drehte mich so schnell zu ihr um, dass mir für einen Moment schwindelig wurde. »Was? Wieso? Hat sie was zu dir gesagt?«

Sie presste die Lippen aufeinander, gab sich alle Mühe, nicht zu lachen, und scheiterte. »Gott, Julian, was ist nur los mit dir?«

»Mit mir ist gar nichts los.« Ich verdrehte die Augen, spürte aber, wie mir das Blut ins Gesicht schoss. Toll, jetzt wurde ich auch noch rot.

»Bist du wirklich so blind, oder tust du nur so?« Breit grinsend stupste sie mich an.

»Ich bin nicht blind«, knurrte ich und warf ihr einen bösen Blick zu.

Unbeeindruckt zuckte sie mit den Schultern. »Natürlich nicht. Du siehst alles vollkommen klar. Merkt man dir an.«

»Weißt du was, Steph? Ich glaube, ich gehe jetzt wieder rüber zu den Jungs.«

»Ich wusste gar nicht, dass du so ein Schisser bist«, rief sie mir gutmütig hinterher. Ich ignorierte sie.

»Was war das denn?«, wollte Cole wissen, als ich mich wieder zu ihnen an den Tisch setzte.

Ich zuckte mit den Schultern. »Das war Steph. Du kennst sie.«

»Ich weiß. Aber normalerweise wärst du jetzt mit ihr nach Hause gegangen.«

»Normalerweise wäre ich in ein paar Stunden mit ihr nach Hause gegangen«, präzisierte ich. »Es ist noch zu früh.«

Jamie verschluckte sich so heftig an seinem Bier, dass es ihm aus der Nase wieder rauskam, und fing sich dafür einen belustigten Blick von Cole ein.

»Bullshit!« Schnaubend wischte Jamie sich Schaum vom Kinn.

»Was soll das jetzt wieder heißen? Warum reden heute alle so kryptisches Zeug?«, fragte ich aufgebracht. »Ich bin nicht hier, um Steph oder ein anderes Mädchen abzuschleppen. Ich bin hier, um mich zu betrinken.«

Jamie setzte zu einer Antwort an, aber Cole kam ihm zuvor. »Okay, könnt ihr mir jetzt mal sagen, was heute mit euch los ist? Du«, er deutete auf Jamie, »rufst mich nie an, weil du dich betrinken willst. Du redest immer mit Ella. Und du«, jetzt deutete er auf mich, »bist seit Wochen komisch drauf. Könnt ihr jetzt mal Klartext reden?«

Anstatt zu antworten, setzten Jamie und ich gleichzeitig unsere Gläser an und exten unser Bier.

»Wow. Wenn mir einer von euch jemals wieder sagt, dass ich über meine Gefühle und den Scheiß, der in meinem Leben abgeht, reden soll, werde ich euch an diesen Abend erinnern.«

»Ich hab keine Gefühle«, murmelte ich in mein leeres Glas, während Jamie gleichzeitig »Mein Leben ist super« sagte und die Kerben in der hölzernen Tischplatte nachzeichnete.

»Ihr zwei seid Idioten!« Cole stand auf. »Ich hole uns noch was zu trinken. Aber ihr werdet reden. Früher oder später.«

»Träum weiter«, sagte Jamie.

Ich schüttelte den Kopf. »Im Leben nicht.«

Cole stieß ein genervtes Stöhnen aus und ging rüber zur Bar. Schweigend starrten Jamie und ich auf den Tisch, ohne auch nur ein Wort zu sagen, und meine Gedanken wanderten ganz von selbst zurück zu Lily.

Ich bin dabei, mich in dich zu verlieben.

Hitze stieg in mir auf, wieder und wieder wirbelten ihre Worte durch meinen Kopf, wurden von Mal zu Mal lauter, bis ich das Gefühl hatte, dass ich jeden Moment platzen würde.

Sie war dabei, sich in mich zu verlieben, und machte mit mir Schluss. Warum? Das war noch nie passiert. Wenn ein Mädchen Gefühle für mich entwickelte, versuchte sie normalerweise, mich zu einer Beziehung zu überreden. Lily nicht. Lily machte Schluss. Warum?

Warum? Warum? Warum?

»Willst du drüber reden?« Jamie schaute mich an, als wüsste er ganz genau, welche Fragen mir gerade durch den Kopf schossen.

Ich stöhnte auf. »Sehe ich so aus?«

»Nicht wirklich.«

»Willst du drüber reden?«

Jamie zögerte einen Moment, dann gab er nach. »Ella zieht vielleicht zu Mason nach Dallas.«

»Was?« Fassungslos starrte ich ihn an. »Sie will wegziehen? *Ella* will wegziehen? Unsere Ella?«

Bevor Jamie antworten konnte, kam Cole zurück und stellte für jeden von uns ein volles Glas Bier auf den Tisch. »Ihr habt also doch endlich angefangen zu reden«, stellte er mit einem zufriedenen Grinsen fest, das bei meinen nächsten Worten jedoch erlosch.

»Ella überlegt, nach Dallas zu ziehen.«

»Was?«

»Genau das habe ich auch gesagt.«

»Aber warum?«

Ein bitterer Zug legte sich um Jamies Mund. »Ich schätze, weil sie Mason liebt und er nie im Leben nach Faerfax zurückziehen wird.« Er trank einen großen Schluck von seinem Bier. Als er es wieder sinken ließ, sah er todunglücklich aus.

»Ich dachte, sie macht wegen der Entfernung irgendwann Schluss mit ihm«, sagte Cole betroffen. »Na ja, und weil er ein Arsch ist.«

»Schön wär's. Wenn sie wegzieht, muss ich mir eine neue Wohnung suchen.« Jamie seufzte, ein dunkler Schatten huschte über sein Gesicht, und ich wurde das Gefühl nicht los, dass das nicht alles war. »Braucht einer von euch zufällig einen neuen Mitbewohner?« Gequält sah er uns an.

»Nein, ich bin mit meiner Mitbewohnerin sehr zufrieden.« Cole wurde tatsächlich rot, als er das sagte. Und ich ... Ich sagte nichts. Erst als die beiden mich daraufhin prüfend ansahen, merkte ich, dass ich mich damit selbst verraten hatte.

»Also, Jamie will sich heute betrinken, weil seine beste Freundin wegzieht und er eine neue Wohnung braucht und das echt scheiße ist«, fasste Cole zusammen. »Und du, Julian, willst dich betrinken, weil irgendwas zwischen dir und Lily vorgefallen ist.«

»Hast du das zwischen euch wieder in Ordnung gebracht?« In Jamies Stimme schwang eine unausgesprochene Warnung mit.

Ich trank einen Schluck. »Sie hat diese Sache mit uns beendet.«

So, jetzt war es raus. Fühlte ich mich dadurch besser?

Nope. Reden wurde überbewertet. Ich war richtig gut darin, meine eigenen Ratschläge nicht zu befolgen.

»*Sie* hat es beendet? Warum? Julian, was hast du –«

»Ich hab gar nichts gemacht, okay?«, knurrte ich Jamie an. »Ich hab nichts getan! Sie hat gesagt, dass ... Ach, ist doch scheißegal. Sie will nicht mehr und fertig, okay?«

»Nein!«, riefen die beiden im Chor.

»Ich hab jetzt echt keinen Bock, darüber zu reden. Können wir uns nicht einfach betrinken?

»Jules –«

»*Bitte*, Cole«, presste ich zwischen zusammengebissenen Zähnen hervor.

Cole seufzte und wechselte einen vielsagenden Blick mit Jamie. »Okay, mehr Alkohol. Kommt sofort.«

32. KAPITEL

Julian

»Also, was war noch mal der Grund, warum Lily die Sache zwischen euch beendet hat?«, fragte Jamie undeutlich. »Hab's schon wieder vergessen.«

Wir waren mittlerweile nicht nur ein bisschen angetrunken. Ich verstand ihn trotzdem ganz gut. Wahrscheinlich, weil wir ungefähr auf dem gleichen Pegel waren. Allmählich fühlte ich mich besser. Leichter.

Locker. Und leicht. Und locker.

Moment, das hatte ich schon.

»Jules!« Cole schnippte mit Daumen und Zeigefinger vor meinem Gesicht herum, und ich erinnerte mich wieder an Jamies Frage.

Hatte ich den beiden schon erzählt, warum Lily unsere … Affäre beendet hatte? *Affäre.* Das Wort fühlte sich falsch an. Es war unschön. *Affäre.* Wirklich kein schönes Wort.

»Julian!«

Richtig. Da war ja was.

»Sie verliebt sich in mich. Deswegen hat sie das mit uns beendet«, nuschelte ich und verzog unwillig das Gesicht.

Dieses Mal verteilte Cole sein Bier prustend auf dem Tisch. Und auf meinen Händen.

»Alter, pass doch auf.« Ich warf ihm einen bösen Blick zu und trocknete meine Hände an meinem Pullover.

»Lily hat sich in dich verliebt?«, wiederholte er, während Jamie mich aus großen Augen anstarrte.

Scheiße. Offenbar hatte ich meinen Freunden noch nichts davon erzählt. Und sie machten nicht den Eindruck, als würden sie das in den nächsten Sekunden wieder vergessen.

»Nein, sie ist noch dabei«, korrigierte ich, fragte mich aber noch in der Sekunde, in der ich es aussprach, ob das überhaupt relevant war oder nicht. Verliebt war verliebt, oder nicht?

»Von mir aus.« Cole wischte meinen Einwand mit einer Handbewegung zur Seite. Also nicht relevant. »Sie verliebt sich in dich und beschließt deshalb, die Sache zu beenden?« Er sah so skeptisch aus, dass ich mich einen Moment fragte, ob es tatsächlich so gewesen war. Dann erinnerte ich mich wieder.

Jep. War es.

Betont gleichgültig zuckte ich mit den Schultern.

»Das ergibt doch gar keinen Sinn.«

»Doch«, mischte Jamie sich ein. »Unser Casanova hier ist schließlich nicht unbedingt dafür bekannt, besonders beziehungstauglich zu sein.«

»Hey!« Empört sah ich ihn an, und Jamie zog spöttisch die Augenbrauen hoch. »Jules, tu nicht so.«

»Okay, du hast recht. Und?«

»Sie hat euer … was auch immer das war beendet, weil sie nicht wie die anderen sein wollte. Die Mädchen, die weiter mit dir ins Bett gehen, in der Hoffnung, dass du dich auf wundersame Weise doch in sie verliebst, was natürlich nicht passiert. Und dann beendest du es. Sie wollte den Schritt ganz offensichtlich überspringen.«

Stirnrunzelnd musterte ich ihn. Das klang viel zu logisch dafür, dass Jamie genauso betrunken war wie ich. »Hat Lily mit dir gesprochen?«

Er schüttelte heftig den Kopf. »Nö. Aber ich bin nicht blöd. Und ich wohne mit einem Mädchen zusammen. Da lernt man zwangsläufig sehr viel.«

»Ich wohne auch mit einem Mädchen zusammen.«

»Ja, aber du hast mehr Zeit darauf verwendet, sie zu vögeln als zu lernen.« Jamie kicherte. Und wenn Jamie kicherte, war er über den Punkt des Angetrunken-Seins auf jeden Fall hinaus.

»Du bist total gemein, wenn du dicht bist, weißt du das?«

Er grinste mich breit an. »Und? Was willst du dagegen tun?«

Ich seufzte und starrte trübsinnig in mein leeres Glas. Wieso war es schon wieder leer? »Gar nichts. Du hast ja recht. Ich bin ein Arsch.«

»Nicht mehr als ich.«

»Hä?«, machten Cole und ich gleichzeitig. Einiges von dem, was wir während der letzten halben Stunde von uns gegeben hatten, hatte nicht viel Sinn ergeben. Aber das war totaler Quatsch.

»Du bist nicht wie ich.«

»Doch. Also, nee, anders, aber … du weißt schon.«

Eigentlich hatte ich gar keine Ahnung, was Jamie meinte. Ich wollte gerade nachhaken, als Cole mir zuvorkam.

»Jules? Warum willst du dich betrinken, wenn es vorbei ist, weil Lily sich in dich verliebt?«

Ich erstarrte. *Das* war eine gute Frage. Und eine, die ich auf keinen Fall beantworten wollte. Ich wollte nicht mal darüber nachdenken, und die letzten Stunden hatte das auch prima funktioniert. Bis jetzt. Aber nein, ich würde auch jetzt nicht darüber nachdenken. Nope. Echt nicht.

»Ich hol uns noch was zu trinken, was wollt ihr?« Ich stand auf und taumelte einen Schritt zur Seite, als mir auf einmal ziemlich schwindelig wurde.

Cole griff nach meinem Handgelenk und drückte mich energisch zurück auf meinen Platz. »Ich würde sagen, das reicht für heute.« Er hatte deutlich weniger getrunken als Jamie und ich und war dementsprechend nicht so blau wie wir beide.

Ich wollte protestieren, fühlte mich auf einmal aber so elend, dass ich stumm nickte. Mein Magen nahm das dankbar zur Kenntnis.

»Du pennst heute bei mir. So kannst du auf keinen Fall nach Hause gehen.«

»Aber …« Ich brach ab, als mir klar wurde, dass er recht hatte. In diesem Zustand konnte ich nicht nach Hause. Wahrscheinlich würde ich schnurstracks in Lilys Zimmer stapfen und ihr sagen, dass … Keine Ahnung, was ich ihr sagen würde, aber irgendwas würde mir schon einfallen.

»Denk nicht mal dran«, warnte Cole mich nachdrücklich. »Los, ihr zwei müsst dringend ins Bett.«

Viel zu langsam machten wir uns auf den Heimweg. Vor dem *Happiness* blieben wir stehen, und Jamie sah mit einem Ausdruck, der niedergeschlagen und angewidert zugleich war, hoch zu seiner und Ellas Wohnung, die direkt über dem Café lag.

»Alles okay?«, wollte ich wissen, als er keine Anstalten machte, hochzugehen.

»Mason ist heute Abend gekommen. Ich weiß nicht, ob ich wirklich da rein will.« Er schauderte.

»Er kommt in letzter Zeit ganz schön oft«, stellte Cole fest.

Jetzt guckte Jamie eindeutig angewidert. »Viel zu oft.«

»Dann kommst du eben mit uns mit«, beschloss ich, ohne Cole zu fragen, der prompt ein tiefes Stöhnen ausstieß.

»Ernsthaft? Wir sind schon hier, und du willst noch weiterlaufen?«

»Besser als Ella und Mason beim Sex zuzuhören.«

Ich warf einen Blick auf mein Handy. »Es ist halb drei.«

»Und?« Jamie schnaubte. »Als ob einen das abhalten würde.«

»Können wir dann los? Ich muss dringend ins Bett.« Ich packte Jamie an der Jacke und zog ihn von der Haustür weg.

»Ihr könnt echt froh sein, dass wir zwei Gästezimmer haben.« Cole schüttelte ergeben den Kopf und setzte sich wieder in Bewegung.

Wir folgten ihm etwas langsamer, bemüht, in einer geraden Linie zu laufen.

»Jetzt weiß ich auf jeden Fall, warum ich nie kleine Brüder haben wollte. Ihr seid anstrengend«, beschwerte Cole sich. Jamie und ich sahen einander für den Bruchteil einer Sekunde beschämt an und zuckten dann gleichzeitig lachend mit den Schultern.

Da musste er jetzt durch.

Wir brauchten länger als sonst für den Weg, was einerseits daran lag, dass Jamie sich irgendwann in einen Busch erbrach, und andererseits einfach daran, dass der Alkohol uns jegliche Energie entzogen hatte.

Irgendwie schafften wir es aber doch zu Tessa und Cole, und als ich erschöpft ins Bett fiel, begann sich die Welt um mich herum zu drehen. Ich schloss die Augen, aber das machte es nicht besser.

Denn jetzt sah ich Lilys himmelblaue Augen, die mich so strahlend anschauten, dass mein Herz einen Schlag aussetzte und eine unbekannte Wärme in mir aufstieg.

Fuck.

Lily

Ich konnte nicht schlafen. Ich gab mir alle Mühe. Versuchte, zu lesen, startete drei verschiedene Serien, die mich eigentlich nicht interessierten, in der Hoffnung, dass ich mich genug langweilte, damit mir irgendwann die Augen zufielen, aber nein.

Ich konnte nicht schlafen.

Meine Freundinnen hatten mir alle drei geschrieben und gefragt, wie das Gespräch mit Julian gelaufen war, doch ich hatte nicht geantwortet. Was hätte ich ihnen auch sagen sollen?

Dass ich Julian meine Gefühle gestanden und er absolut nichts dazu zu sagen gehabt hatte? Es war ja nicht so, dass ich gehofft hatte, er würde mich aufhalten, wenn ich die Sache zwischen uns beendete. Aber er hatte gar nichts gesagt. Absolut gar nichts.

Im Nachhinein überraschte es mich nicht einmal. Weh tat es trotzdem.

Frustriert drehte ich mich auf die andere Seite und griff nach meinem Handy. Keine Nachricht von Julian. Natürlich nicht.

Ein paar Sekunden lang war ich versucht, Jamie anzurufen und ihm alles zu erzählen, aber ich konnte nicht. Ich musste mit jemandem reden, der Julian nicht kannte. Also wählte ich die Nummer meiner Schwester.

»Lil? Alles in Ordnung?« Rose klang alarmiert, als sie das Gespräch annahm.

»Tut mir leid, ich wollte dich nicht erschrecken.«

»Lily, es ist fast drei Uhr.« Sie stöhnte auf. »Natürlich erschrecke ich mich, wenn du um diese Zeit anrufst. Wieso schläfst du nicht?«

Mist. Ich hätte vielleicht auf die Uhrzeit achten sollen, bevor ich sie anrief. In New York war es noch eine Stunde später als hier. Trotzdem wäre es auch um zwei Uhr nachts definitiv zu spät für ein Telefonat gewesen.

»Ist was passiert?«

»Nein, nein. Alles okay«, antwortete ich hastig. »Mir geht's gut.«

»Warum rufst du dann mitten in der Nacht an?«

»Weil ich deine Stimme vermisst habe?«

»Lil, komm schon. Keine Scherze nach Mitternacht. Ich bin todmüde und will schlafen, und wenn du mir jetzt nichts wirklich Wichtiges zu erzählen hast, lege ich einfach auf!«, drohte Rose, klang aber schon viel wacher als gerade eben noch.

»Ich habe Julian gesagt, dass ich mich in ihn verliebe.«

»Was? Ist Julian nicht dein heißer Mitbewohner? Maggie hat da mal was erwähnt.«

»Jaaa«, erwiderte ich gedehnt und zog mir die Decke über den Kopf, obwohl Rose mich gar nicht sehen konnte.

»Wieso verliebst du dich in deinen Mitbewohner?«

»Weil ich die letzten Wochen mehrmals mit ihm geschlafen habe.«

Meine Schwester stieß ein ungläubiges Quietschen aus. »Du hast *was* getan?«

Mist. Ich hatte Rose gar nichts von mir und Julian erzählt. Als ich in New York gewesen war, hatte es genug andere Dinge gegeben, über die wir reden mussten. Außerdem hatte ich damals noch gedacht, dass das Ganze nur eine einmalige Sache wäre. Und wenn wir danach telefoniert hatten, waren Jungs nie ein Thema gewesen.

»Ich hab mit Julian geschlafen.« Für ein paar Sekunden musste ich an unser letztes Mal denken. Ein heftiger Stich durchfuhr mich. Ich wünschte, ich hätte gewusst, dass es das letzte Mal war.

»Erzähl mir alles, sofort!«, befahl Rosie, bevor ich noch auf die Idee kam, mir einzureden, dass es etwas geändert hätte, wenn ich vorher gewusst hätte, dass unser letztes Mal wirklich das letzte Mal sein würde. Also erzählte ich ihr alles.

»Es ist ja nicht so, dass ich was anderes erwartet habe. Aber irgendwie ... Keine Ahnung ... Ich habe das Gefühl, dass es jetzt komisch wird zwischen uns. Und ich will nicht, dass es komisch wird. Wir sind schließlich auch Freunde. Irgendwie«, beendete ich meine Geschichte schließlich. Das traf es zwar immer noch nicht ganz, kam der Sache aber schon ziemlich nahe.

»Willst du mit ihm zusammen sein?«

»Nein!« Energisch schüttelte ich den Kopf, obwohl mein Herz protestierend in meiner Brust herumstolperte.

»Sicher?«

»Ja.« Ganz abgesehen davon spielte es auch absolut keine Rolle, ob ich es wollte oder nicht.

Und ich wollte nicht.

»Warum nicht?«, fragte Rose sanft.

»Weil ... Ist doch auch egal. Julian will keine Freundin, und er wird nie das Gleiche für mich empfinden wie ich für ihn, also spielt es überhaupt keine Rolle!«

Rose seufzte. »Wenn du meinst.« Sie klang mehr als skeptisch.

»Tue ich. Ich wollte mich nicht verlieben.« Die Worte kamen mir nur geflüstert über die Lippen, und einen Moment lang war ich mir nicht sicher, ob Rose mich überhaupt gehört hatte.

Ich hörte sie zischend ausatmen. »Wegen Luis?«

»Nein. Ja. Vielleicht. Ich weiß es nicht. Ich weiß nur, dass ich keine Beziehung wollte und dass ich mich nicht verlieben wollte. Das Drama vom letzten Jahr hat mir gereicht, und Julian ist ... Er ist ihm in gewisser Weise ähnlich. Na ja, eigentlich nicht. Aber irgendwie schon, und ich bin verwirrt und ... Vergiss es einfach.« Die Worte sprudelten unaufhaltsam aus mir heraus. *Verwirrt* traf es sehr gut. Mehr als gut. Ich war vollkommen verwirrt.

»Das hört sich aber ganz anders an. Lily –«

»Schon gut. Ich bin wahrscheinlich einfach nur übermüdet«, unterbrach ich sie hastig. »Mir geht's gut. Ich komme damit klar. Und jetzt lasse ich dich weiterschlafen.«

»Sicher?« Sie gähnte hörbar.

Ich zwang mich zu einem Lächeln, denn auch wenn sie es nicht sehen konnte, wusste ich, dass sie es hörte. »Ja, bin ich. Ab ins Bett.«

»Na schön. Aber wenn du noch mal reden willst, ruf mich an.«

»Mach ich. Danke fürs Zuhören, Rosie.«

»Ist doch klar. Hab dich lieb«, antwortete sie so selbstverständlich, als hätte es das halbe Jahr, das wir nicht miteinander gesprochen hatten, nicht gegeben, und ich hatte auf einmal einen dicken Kloß im Hals.

»Ich dich auch.«

Wir legten auf, und plötzlich war es viel zu still in meinem Zimmer. Ich hörte nichts außer meinem Atem und meinem laut pochendem Herzschlag. An Schlaf war jetzt auf jeden Fall noch weniger zu denken als vor dem Telefonat.

Mit einem frustrierten Laut schwang ich die Beine aus dem Bett und stand auf, um mir ein Glas Wasser zu holen.

Es war dunkel, als ich ins Wohnzimmer trat. Die ganze Wohnung war dunkel. Dunkel und still. Die Tür zu Julians Zimmer stand offen. Er war nicht da.

Ich blieb mitten im Wohnzimmer stehen und konnte plötzlich nicht mehr atmen. Julian war nicht nach Hause gekommen. Ich wusste ganz genau, was das bedeutete. Er war bei einer anderen. Krampfhaft versuchte ich, meine Lungen mit Sauerstoff zu füllen.

Atme. Atme. Atme, Lily.

Tränen schossen mir in die Augen. Ich machte mir keine Illusionen darüber, dass er sich während der letzten Wochen auch mit anderen getroffen hatte, immerhin hatte ich ihn selbst zu Stephanie geschickt – auch wenn das die dümmste Idee gewesen war, die ich je gehabt hatte. Aber dass er sich ausgerechnet an dem Abend, an dem ich ihm sagte, dass ich mich in ihn verliebte, mit einer anderen traf, tat weh. So richtig weh.

Ich schnappte nach Luft, stieß ein leises Wimmern aus und schlug mir die Hände vor den Mund, damit mein Schluchzen nicht zu hören war. Dabei war nicht einmal jemand da, der es hören konnte.

Mein Herz bekam einen Riss. Einen langen, sehr tiefen Riss.

Heiße Tränen liefen mir übers Gesicht. Ich machte mir nicht die Mühe, sie wegzuwischen. Ich hatte die Sache mit Julian beendet, weil ich mir nicht das Herz brechen lassen wollte. Aber irgendwie schien das Ganze ziemlich nach hinten losgegangen zu sein.

33. KAPITEL

Julian

Am nächsten Morgen hatte ich einen dermaßen mörderischen Kater, dass ich beschloss, das Projekt einmal sausen zu lassen und später zu Hause Fotos zu bearbeiten. Wenn ich wieder lebte. Und denken konnte. Und mich bewegen.

Reglos saß ich zusammen mit Cole und Jamie am Esstisch. Jamie sah ungefähr so scheiße aus, wie ich mich fühlte, Cole dagegen war unerträglich fit, und Tessa stand in der Küche am Herd und summte vergnügt ein Lied.

Wir hatten versucht, ihr klarzumachen, dass wir kein Frühstück wollten – ich war fest davon überzeugt, dass ich keinen Bissen runterbekommen würde –, aber Tessa hatte davon kein Wort hören wollen.

»Geht's euch gut?« Cole schaute amüsiert von Jamie zu mir. Wir hatten noch kein Wort gesagt, seit wir uns vor einer Viertelstunde an den Tisch gesetzt hatten.

»Mhm«, machte Jamie und starrte in seine Kaffeetasse, aus der er noch keinen einzigen Schluck getrunken hatte. Genauso wie ich.

Ich brummte zustimmend. Was auch immer ich damit sagen wollte. Mein Kopf dröhnte.

»Das klingt wahnsinnig überzeugend. Reden wir noch über gestern?«

Jamie und ich schüttelten gleichzeitig den Kopf. »Echt

nicht«, murmelte er, während meine Gedanken zurück zu Lily wanderten.

Zu dem, was sie gesagt hatte. Jeder Moment des letzten Abends zog an meinem inneren Auge vorbei, und auf einmal war mir so kotzübel, dass ich mich am liebsten übergeben hätte.

Ich wollte mit ihr reden. Alles in mir drängte danach, nach Hause zu gehen und mit ihr zu reden. Aber ich wusste immer noch nicht, was ich ihr sagen sollte.

Ich wusste nur, dass ich sie nicht verlieren wollte. Und wenn ich nicht mit ihr redete, würde ich das.

»Na, wie geht's euch?« Tessa trat mit einem breiten Lächeln zu uns an den Tisch und stellte Teller mit Rühreiern und Pancakes vor uns ab.

»Ganz toll«, stieß ich mühsam hervor.

»Die beiden müssten mal reden. Wollen sie aber nicht. Ich hab sie schon darauf hingewiesen, dass sie alle letztes Jahr wahnsinnig überzeugt davon waren, dass wir unbedingt miteinander reden müssen. Aber irgendwie scheint für die zwei Knallknöpfe was anderes zu gelten als für uns.«

Tessa schüttelte grinsend den Kopf. »Ts, das ist aber nicht fair.« Dann warf sie mir einen eindringlichen Blick zu, den ich nicht ganz deuten konnte. Sie musste nichts sagen, mir war auch so klar, dass sie Bescheid wusste.

»Hab ich auch gesagt«, erwiderte Cole schulterzuckend. »Aber das interessiert sie nicht.«

Ich stand auf. Es wurde viel zu viel geredet, meine Kopfschmerzen wurden immer schlimmer. »Okay, Leute, ich muss los.«

»Siehst du, er weicht schon wieder aus.«

»Cole.« Das Lachen in Tessas Stimme war nicht zu überhören. »Lass ihn in Ruhe.« Sie legte mir eine Hand auf den Rücken und schob mich Richtung Tür. »Geht's dir ehrlich gut?« Sie sprach so leise, dass die anderen sie nicht hören konnten.

»Nein. Ja. Ich weiß es nicht«, erwiderte ich mit einem Seufzen und zwang mich zu einem Lächeln.

»Weißt du, ich bin wirklich keine Beziehungsexpertin. Aber ich kenne dich inzwischen ein bisschen, und dir geht es nicht gut. Warum?«

Ich zuckte zusammen. Sie hatte recht. »Keine Ahnung. Aber das werde ich schon noch herausfinden.«

Sie umarmte mich kurz. »Das hoffe ich.«

Ich ging nur kurz in unsere Wohnung, stellte fest, dass Lily nicht zu Hause war, schnappte mir meine Kamera und verzog mich in den Wald.

Ich ließ das freitägliche Mittagessen mit meinen Freunden sausen, da ich ohnehin keinen Bissen runterbekommen hätte, und machte mich erst auf den Heimweg, als ich meine Kamera kaum noch bedienen konnte, weil meine Hände halb erfroren waren.

Es war immer noch März, und auch wenn es zwischendurch Tage gab, an denen die Sonne rauskam und es angenehm warm war, war es im Wald trotzdem ziemlich kühl.

Ich hörte die laute Musik schon, als ich am Nachmittag den Flur entlang zu unserer Wohnung lief. Als ich die Tür aufschloss, schallte sie mir so ohrenbetäubend entgegen, dass ich kurz zurückzuckte, bevor ich die Wohnung betrat.

Verblüfft blieb ich stehen. Lily tanzte. Wild und ausgelassen und zu Musik, die ich nicht zuordnen konnte, die aber so gar nicht zu ihr zu passen schien.

Sie tanzte. Mit einem Putzlappen in der Hand.

Als die Tür hinter mir ins Schloss fiel, wirbelte sie zu mir herum, und der Lappen fiel ihr aus der Hand.

Stille. Zwischen uns war alles still, obwohl die Musik so laut war, dass ich mir sicher war, dass wir kein Wort des anderen verstehen würden, sollte es einer von uns schaffen, den Mund aufzumachen und was zu sagen.

Doch zwischen uns stand die Welt still.

Ich spürte nur meinen rasenden Puls, das Rauschen des Bluts in meinen Ohren, während ich Lily anstarrte und nach Worten suchte, die irgendwo tief in mir drin waren.

Ihre Wangen waren gerötet, die Haare fielen zerzaust über ihren Rücken. Sie trug nur Leggins und einen weiten, dünnen Pullover, der über eine ihrer Schultern gerutscht war und helle, weiche Haut entblößte.

Ich schluckte schwer. Der Wunsch, sie in meine Arme zu ziehen und zu küssen, wurde so übermächtig, dass ich für einen Moment keine Luft bekam.

Lily fing sich als Erste wieder. Sie beugte sich über die Lehne des Sofas, griff nach ihrem Handy, und einen Wimpernschlag später umfing uns wirklich Stille.

Ohrenbetäubende Stille.

»Hey.« Ihre Mundwinkel zuckten, als wollte sie lächeln, aber sie tat es nicht. Ihre Augen flackerten.

»Hey«, gab ich krächzend zurück. Meine Stimme klang viel zu rau. Unsicher sahen wir uns an. Noch nie war mir eine Situation so unangenehm gewesen wie diese.

Sag was, sag was, sag endlich was!

»Hör mal ... wegen gestern«, begann ich und trat einen Schritt auf sie zu, um ... keine Ahnung, was zu tun? Alles in mir schrie danach, sie zu berühren.

Doch Lily wich zurück, ihr Gesicht glich plötzlich nur noch einer ausdruckslosen Maske. »Vergiss es einfach, Julian. Du musst jetzt nichts dazu sagen. Jetzt nicht. Niemals. Ehrlich, ich wünschte, ich hätte nichts gesagt. Können wir bitte einfach ignorieren, dass ich dir das erzählt habe?« Ein flehentlicher Ausdruck trat in ihre Augen, die mir heute noch größer und ausdrucksvoller erschienen als sonst.

»Ich … Klar. Wenn es das ist, was du willst.« Es fühlte sich an, als würde ich an den Worten ersticken. In meinem Kopf begann sich alles zu drehen. *Falschfalschfalsch.* Das war alles falsch.

Doch auf Lilys Gesicht breitete sich ein erleichtertes Lächeln aus. »Gut. Das ist gut.«

»Lily, bist du sicher, dass …« Ich brach ab.

»Mir geht's gut. Alles in Ordnung.« Sie machte noch einen Schritt rückwärts. »Mach dir keine Gedanken um mich. Mir geht es wirklich gut.«

Ich glaubte ihr kein Wort. Nicht nur, weil sie einfach zu oft das Wort *gut* benutzt hatte, sondern weil ich es nicht wollte. *Mir* ging es nämlich nicht gut.

Bevor ich noch etwas erwidern konnte, machte sie auf dem Absatz kehrt und verschwand in ihrem Zimmer. Ich starrte ihr hinterher, mit einem ätzenden Ziehen im Bauch und dem Gefühl, dass gerade alles schiefgegangen war, was nur schiefgehen konnte.

Bevor Lily bei mir eingezogen war, war ich selten irritiert. Wirklich selten. Jetzt dagegen war ich permanent irritiert. Und das nervte.

Fast eine Woche war vergangen, seit Lily Schluss gemacht hatte, und inzwischen war alles wie vorher, als hätte sie mir nie gesagt, dass sie sich in mich verliebte. Wenn wir uns sahen, war Lily wie immer. Fröhlich, schlagfertig, sexy.

Gut, wir hatten keinen Sex mehr und verbrachten kaum noch Zeit miteinander, erst recht nicht allein. Sie war viel unterwegs, traf sich mit Cassidy, Ella, Tessa und Jamie, und ging noch öfter zu den Tanzproben als vorher.

Sie ging mir aus dem Weg, gab mir keine Möglichkeit, mit ihr zu reden, was mich einerseits erleichterte, weil ich keine Ahnung hatte, was ich ihr sagen sollte, und andererseits war es unfassbar frustrierend, weil ich mit ihr reden *wollte*. Wir sahen uns eigentlich nur noch, wenn wir mit unseren Freunden in der Mensa oder im *Happiness* waren, und dann benahm sie sich wie sonst auch. Ihre Gefühle waren ihr absolut nicht anzumerken, und ich fragte mich, ob sie einfach überspielte, dass es ihr nicht gut ging, oder ob es ihr wirklich *gut ging*.

Und auch, wenn das absolut mies war, passte mir das nicht. Natürlich sollte es ihr gut gehen. Ich wollte nicht, dass sie sich *schlecht* fühlte. Aber irgendwie … doch.

Was zur Hölle stimmte nicht mit mir?

»So, Leute, was machen wir heute Abend?« Mit aufgeregt funkelnden Augen sah Cassidy von einem zum anderen.

»Worauf hast du denn Lust?« Steve strich ihr eine Haarsträhne hinters Ohr, der Ausdruck purer Liebe auf seinem Gesicht weckte in mir den Wunsch, mich augenblicklich zu übergeben.

Es war Freitag, wir verbrachten unsere Mittagspause wie üblich im *Happiness*, und mein Blick klebte die ganze Zeit an Lily, die zwischen Jamie und Cole auf ihrer Schaukel saß und gerade über etwas lachte, das Jamie gesagt hatte.

Wieso lachte sie? Was hatte Jamie zu ihr gesagt?

»Hm, Spieleabend?« Cassidy sah fragend in die Runde, und Tessa und Ella stöhnten auf.

»Bitte nicht. Dann spielen wir am Ende wieder *Ich hab noch nie*, und das endet nie gut!«, erwiderte Tessa. Sie war rot angelaufen, und ich war mir sicher, dass jeder – abgesehen von Lily und Steve, die damals nicht dabei gewesen waren – an den Abend zurückdachte, an dem wir das erste Mal zusammen mit ihr dieses dämliche Trinkspiel gespielt hatten. Cole warf mir auch prompt einen bösen Blick zu, und ich verdrehte die Augen.

»Okay, dann also Pub?«, schlug Cole vor, und Cassidy schnitt eine Grimasse.

»Wir gehen immer in den Pub.«

»Macht ja auch immer Spaß.« Ella trank einen Schluck von ihrer Limonade und grinste, während Jamie und ich das Gesicht verzogen. Offensichtlich dachten wir auch jetzt wieder an das Gleiche.

Heute würde ich definitiv auf Alkohol verzichten, egal, wo wir am Ende landen würden.

»Oh, Leute, ich hab's.« Cassidy klatschte enthusiastisch in die Hände. »Aaron hat mir von einer Verbindungsparty der Künstler erzählt. Da können wir doch hingehen, oder? Wäre mal eine gute Alternative.«

»Echt? Eine Verbindungsparty?« Jamie schien die Idee ungefähr genauso zu begeistern wie mich. Nämlich gar nicht.

Ella und Lily dagegen strahlten.

»Ich finde die Idee super.« Lily klang für meinen Geschmack etwas zu begeistert. »Ich muss dringend mal wieder raus.«

Klar. Weil sie in letzter Zeit so oft zu Hause gewesen war. Nur mit Mühe verkniff ich mir einen bissigen Kommentar und knirschte mit den Zähnen.

Ich war sauer. Keine Ahnung, warum, aber ich merkte, wie ich wütend wurde. Zum Glück beschäftigten die anderen sich jetzt ausführlich mit unserer Abendplanung, sodass niemand mitbekam, dass ich innerlich kochte.

Am Ende gaben wir Jungs wie üblich nach, und Ella schlug vor, dass wir uns bei ihr und Jamie treffen könnten, bevor wir uns gemeinsam auf den Weg zur Party machen würden.

Der Rest des Tages zog einfach an mir vorüber. Ich bearbeitete Fotos – welche fürs Projekt und einige meiner Waldbilder – und ging ins Fitnessstudio, um mich abzureagieren. Leider funktionierte das nicht so gut wie geplant. Als ich mich schließlich allein auf den Weg zu Ella und Jamie machte, weil Lily längst dort war, um sich mit Ella zusammen fertig zu machen, stand ich immer noch unter Strom.

Das Fenster zum Wohnzimmer von Ellas und Jamies Wohnung war offen, und fröhliches Lachen und Musik hallten nach draußen auf die Straße.

Anstatt zu klingeln und hochzugehen, blieb ich unten auf der Straße stehen, legte den Kopf in den Nacken und starrte nach oben. Der Abend war mild, und als ich jetzt in den Himmel sah, wünschte ich, ich hätte meine Kamera dabei. Es war noch nicht richtig dunkel, aber man konnte bereits die ersten Sterne am Himmel entdecken. Ich hatte nicht das optimale Objektiv, um die Sterne bei diesem Licht auf ein Foto zu bannen, weil mir dafür bisher das Geld gefehlt hatte. Doch während ich die Sterne zählte und die Dämmerung sich allmählich in tiefe Dunkelheit verwandelte, spürte ich, wie ein Teil der Anspannung von mir abfiel.

»Jules! Warum stehst du da unten rum?« Ellas Stimme holte mich ins Hier und Jetzt zurück und erinnerte mich daran, warum ich mich auf der Straße befand und in den Himmel starrte. Ich senkte den Kopf und entdeckte Ella, die sich halb aus dem Fenster lehnte und grinsend auf mich hinunterschaute.

»Jetzt komm schon hoch.« Sie winkte mir zu, und ich setzte mich seufzend in Bewegung. Vielleicht hätte ich einfach zu Hause bleiben und die Party sausen lassen sollen.

Ich war mal wieder der Letzte. Pünktlichkeit war echt nicht mein Ding. Die Wohnung war ähnlich geschnitten wie die Wohnungen im Wohnheim. Eine geräumige Wohnküche, zwei Schlafzimmer, die vom Wohnbereich abgingen, und ein Badezimmer.

Doch während bei uns seit Lilys Einzug immer alles aufgeräumt war, herrschte hier kreatives Chaos, ohne dass es unordentlich wirkte.

Neben Ellas Bücherregalen, die einen Großteil der Wände verdeckten, und Jamies Klavier wurde das Wohnzimmer vor allem von unzähligen Pflanzen beherrscht, die auf den Regalen standen und an langen seltsam geknüpften Bändern von der Decke baumelten.

Mein Blick fiel als Erstes auf Lily. Ich konnte nichts dagegen tun. Sie trug ihr Haar offen und musste den Nachmittag offensichtlich beim Friseur verbracht haben, denn das Rosa ihrer Haare war deutlich kräftiger als beim Mittagessen. Sie trug die gleiche schwarze Hose wie an ihrem ersten Abend mit uns im Pub, dazu ein schwarzes kurzes Top und Sneakers.

Ich bemühte mich wirklich, nicht zu starren, aber ich tat es trotzdem. Nicht, weil sie gut aussah – das tat sie immer –, sondern weil sich ein seltsames Gefühl in mir ausbreitete, das mein Herz zum Rasen brachte.

Meine Freunde begrüßten mich, aber ich bekam kaum mit, was sie sagten. Ich nahm nur ein durchdringendes und ziemlich nervtötendes Rauschen wahr, das noch stärker wurde, als Lily sich zu mir umdrehte und mir ein kurzes Lächeln schenkte.

»Alles okay?« Vielsagend nickte Jamie in Lilys Richtung.

»Keine Ahnung«, erwiderte ich leise. Wie oft hatte ich diese Worte in den letzten Tagen gesagt? Viel zu oft.

»Willst du was trinken?«

»Eigentlich wollte ich heute mal eine Pause machen.«

Jamie grinste mich breit an. »Hast du den Kater von letzter Woche immer noch nicht weggesteckt?«

»Doch. Aber heute …« Ich brach ab, und als mein Blick wieder zu Lily huschte, verstand Jamie.

»Alter. Du hast ein Problem.« Er klopfte mir auf die Schulter und ging rüber zum Kühlschrank.

Ich seufzte. Ja, ich hatte ein Problem. Ich wusste nur nicht genau, welches.

Es war unfassbar voll, als wir zwei Stunden später das Verbindungshaus erreichten. Die Musik war so laut, dass vermutlich früher oder später die Polizei auftauchen würde, um den Abend zu beenden.

Wir mischten uns unter die anderen Studenten, die Mädels stürmten sofort die provisorische Tanzfläche im Wohnzimmer, während Jamie und Steve zu ein paar Kommilitonen hinübergingen, die ich zwar schon das ein oder andere Mal gesehen hatte, aber nicht wirklich kannte.

»Kommst du mit?« Cole nickte in Richtung der Mädchen, doch ich schüttelte den Kopf.

»Geh ruhig. Ich hole mir erst mal was zu trinken.« Nach Tanzen war mir echt nicht zumute. Vor allem nicht neben Lily, die sich auf eine Art und Weise bewegte, dass mir schwindelig wurde.

In der Küche stand auf jeder freien Fläche Alkohol. Und das war's. Keine Cola, keine Limonade, nicht einmal eine Flasche Wasser war aufzutreiben. Genervt nahm ich mir schließlich einen Becher Bier und ging zurück ins Wohnzimmer.

Abrupt blieb ich stehen, als ich sah, wie ein Typ hinter Lily trat und ihr beide Hände auf die Hüften legte. Sie schloss die Augen und ließ es zu. Ließ zu, dass er mit ihr tanzte, sie enger an sich zog und seine Hände über ihren Körper wandern ließ. Sie griff nach ihren Haaren, zog sie über ihre Schultern nach vorne, sodass sie sich wie ein rosafarbener Wasserfall über ihre Brüste ergossen. Als sich die Finger des Typen unter den Stoff ihres kurzen Shirts schoben, verkrampfte sich jede Faser meines Körpers.

Und dieses Mal wusste ich genau, was das für ein Gefühl war, das durch meinen Körper jagte und mich rotsehen ließ. Eifersucht. Heiß brennende Eifersucht.

Ich stürzte mein Bier auf ex runter, wirbelte herum und stürmte nach draußen auf die Veranda. Auf dem Rasen spielte eine Gruppe Jungen gegen ein paar Mädchen Flunkyball, und ich sehnte mich plötzlich nur noch nach meinem Bett.

Ich wollte nicht hier sein.

»Jules? Geht's dir gut?« Cassidys sanfte Stimme sorgte dafür, dass ich mich noch mehr verkrampfte. Nicht jetzt. Warum musste sie ausgerechnet jetzt ankommen?

»Klar, alles super.«

»So siehst du auch aus.« Sie stellte sich neben mich und stützte ihre Unterarme auf dem Geländer ab.

»Cass? Was willst du von mir?«

»Wir haben doch heute schon mehrmals über den Abend gesprochen, an dem Tessa das erste Mal mit uns *Ich hab noch nie* gespielt hat. Erinnerst du dich noch daran, dass ich dir prophezeit habe, du würdest irgendwann meinen Rat in Liebesdingen brauchen?« Vielsagend sah sie mich an. »Ich glaube, es ist so weit.«

Ich stieß ein ungläubiges Lachen aus. »Ist das dein Ernst?«

»Jap. Ob du es glaubst oder nicht, ich kenne dich ziemlich gut.«

»Und?« Ich verdrehte die Augen, und Cassidy seufzte genervt.

»Jules, du bist ein Idiot! Du bist ein riesengroßer Idiot.«

»Danke, jetzt fühle ich mich viel besser«, knurrte ich.

»Lily hat das mit euch beendet, richtig?«

Widerwillig nickte ich.

»Und seitdem bist du richtig mies drauf. Sagt dir das irgendwas?«

»Cass, worauf willst du hinaus?« Inzwischen war ich kurz davor, die Geduld zu verlieren.

»Du stehst auf sie! So richtig. Du verliebst dich in sie. Darauf will ich hinaus. Weißt du eigentlich, wie sehr du dich verändert hast, seit das mit euch angefangen hat? Wie entspannt du auf einmal warst? Weil du begonnen hast, endlich mal mit jemandem über dein Leben und das, was dich beschäftigt, zu reden. Und nein, Lily hat mir nichts erzählt, falls du das jetzt denkst. Ich habe mit Cole gesprochen, er sieht das genau wie ich. Ich bin nicht blind. Außerdem hat Lily erzählt, was du in letzter Zeit alles für sie gemacht hast, und ehrlich, Jules, wenn du dich so um ein Mädchen kümmerst … Warum hast du das alles getan?« Sie gab mir keine Chance, etwas zu sagen, sondern beantwortete ihre Frage selbst. »Weil sie dir wichtig ist. Lily bedeutet dir was. Du bist nur zu blind, um das zu sehen. Du willst das nicht sehen. Aber Jules, der Punkt ist, dass es dir richtig gut ging, als ihr zusammen wart, oder wie auch immer ihr das nennen wollt. Und wenn ich mal so zurückblicke und zusammenzähle, was ich so über eure gemeinsame Zeit weiß, dann war das keine Affäre. Ihr hattet eine echte Beziehung. Ihr habt es vielleicht nicht so definiert und euch in der Öffentlichkeit anders benommen, aber es war so.« Sie schnappte nach Luft. »Wow, sorry, das musste jetzt einfach mal raus. Du hast keine Ahnung, wie lange ich die Klappe gehalten habe.«

»Offenbar hat sich da einiges aufgestaut«, gab ich trocken zurück, während ich noch versuchte zu begreifen, was sie da gerade gesagt hatte.

Sie glaubte, ich würde Gefühle für Lily entwickeln. So ein Bullshit. Ja, ich mochte Lily. Ja, sie bedeutete mir etwas. Ich verbrachte gerne Zeit mit ihr, ich redete gerne mit ihr und ich schlief gerne mit ihr. Aber das bedeutete noch lange nicht, dass ich mich in sie verliebte. Nope. Ganz sicher nicht.

»Cass, ich nehme dir deine Illusionen nur sehr ungerne, aber das ist Quatsch.«

»Ist das dein Ernst?« Sie boxte mir heftig gegen den Oberarm.

Empört funkelte ich sie an. »Autsch, was soll das?«

»Du bist ein noch größerer Idiot, als ich dachte!« Sie sah so wütend aus, dass ich unwillkürlich zurückwich. Sie war zwar klein, aber auch kleine Fäuste taten weh, das hatte sie gerade eindrucksvoll bewiesen. Sie atmete tief durch und gab sich sichtlich Mühe, mich nicht in Grund und Boden zu stampfen. »Okay, ich versuche das Ganze noch mal anders: Mit wie vielen anderen Frauen hast du geschlafen, seit das mit Lily angefangen hat?«

Ich erstarrte. »Was meinst du?«

»Du hast mich schon verstanden! Wie viele andere Frauen waren es?«

»Gar keine«, gab ich schließlich leise zu und rieb mir verlegen die Nase. Dann war ich eben nur mit Lily ins Bett gegangen. Und? Ich hatte keine andere gewollt, das war alles.

Triumphierend stieß Cassidy ihre Faust in die Luft. »Ich wusste es!«

»Das bedeutet gar nichts.« *Fuck.* Und ob es was bedeutete. Ich wollte es nur nicht.

»Doch! Und das weißt du.« Sie bohrte ihren Zeigefinger in meine Brust.

»Nein. Aber weißt *du* was?« Ich schob ihre Hand weg und machte einen Schritt rückwärts. »Ich geh jetzt. Könnt ihr Lily nach Hause bringen?«

»Julian! Jetzt warte doch mal!«, rief Cassidy mir nach, doch ich ignorierte sie. Ich hatte die Schnauze voll. »Sie bedeutet dir was, und das weißt du!«

Ich zeigte ihr den Mittelfinger und stapfte wütend die Straße entlang Richtung Campus. Vor ein paar Stunden war es noch angenehm warm gewesen, jetzt war es scheißkalt. Vielleicht war aber auch meine zunehmend miese Laune schuld daran, dass ich fror. Oder es war schlicht und ergreifend der Tatsache geschuldet, dass ich meine Jacke in dem dämlichen Verbindungshaus vergessen hatte, wo Lily wahrscheinlich immer noch mit diesem Arsch tanzte.

Ein frustrierter Schrei entwich mir, und ehe ich mich's versah, schlug ich meine Faust gegen die Wand des Hauses, an dem ich gerade vorbeilief. Ein mörderischer Schmerz jagte durch meine Hand, und ich spürte, wie die Haut über meinen Knöcheln aufplatzte.

Fluchend trat ich ins Licht der nächsten Laterne und besah mir den Schaden. Es war nicht dramatisch, brannte aber höllisch. Ich war so ein Idiot.

Ohne dass ich was dagegen tun konnte, musste ich wieder daran denken, was Cassidy eben gesagt hatte. Ich musste an den Typen denken, dessen Hände über Lilys Körper gewandert waren, und allein bei dem Gedanken hätte ich am liebsten auf der Stelle gekotzt.

Und plötzlich wurde mir klar, dass sie recht hatte.

Ich empfand etwas für Lily. Mehr, als ich je zuvor für ein Mädchen empfunden hatte. Sie fehlte mir.

Ich wollte wieder mit ihr reden, so wie wir es immer getan hatten.

Ich wollte neben ihr einschlafen und wieder aufwachen.

Ich wollte sie berühren und küssen, und ich wollte mich wieder gut fühlen. Das hatte ich das letzte Mal getan, bevor sie das mit uns beendet hatte.

Scheiße.

34. KAPITEL

Lily

Die letzte Woche war die Hölle gewesen. Meine Wangen schmerzten von dem künstlichen Grinsen, das ich während der letzten Tage ständig auf mein Gesicht gekleistert hatte, damit Julian bloß nicht merkte, wie sehr mich die ganze Sache mitnahm.

Jeden Tag war ich von morgens bis abends unterwegs gewesen, sodass wir uns so wenig wie möglich über den Weg laufen würden. Ich hatte Stephanie zu ein paar Kursen des Musical-Studiengangs begleitet und war sofort Feuer und Flamme gewesen. In keiner Klasse waren mehr als fünfzehn Studenten, die Atmosphäre in den Kursen war locker und freundschaftlich. Von dem Druck, den ich während der Ballettklassen immer verspürt hatte, war absolut nichts zu spüren. Die Dozenten waren nett und motivierten ihre Studenten, bis sie ihr Bestes gaben und dabei trotzdem noch Spaß hatten.

Was mir aber am meisten gefiel, war die Tatsache, dass sich die Dozenten viel Zeit für jeden einzelnen Studenten nahmen und auch mit ihnen darüber sprachen, was sie nach dem Abschluss mit ihrem Studium machen konnten. Es gab so unfassbar viele Möglichkeiten, und nicht alle hatten etwas damit zu tun, selbst zu tanzen.

Jetzt musste ich nur noch meinen Eltern beibringen, dass

ich vorhatte, den Studiengang zu wechseln. Aber wenn ich ehrlich war, war das gerade meine geringste Sorge.

Die Zeit, die ich mit Steph bei den Proben für das Musical oder ihren Kursen verbrachte – und meine eigenen darüber sträflich vernachlässigte –, waren die einzigen Stunden am Tag, an denen ich nicht an Julian dachte. Was irgendwie an Ironie grenzte, wenn man bedachte, dass sie im Gegensatz zu mir immer noch mit ihm ins Bett ging.

Ich war so selten wie möglich zu Hause, weil es einfach wehtat. Ich konnte mich nicht im Wohnzimmer aufhalten, weil ich dann immer daran denken musste, wie wir auf dem Sofa gesessen und Filme geguckt hatten, als ich meine Tage gehabt und Julian sich um mich gekümmert hatte. Es war die Hölle.

Ich gab mir alle Mühe, mir nichts anmerken zu lassen, und wenn wir mit unseren Freunden zusammen waren, funktionierte das auch. Meistens auch in der Wohnung. Ich benahm mich genau wie früher, bevor wir das erste Mal im Bett gelandet waren. Aber die Schauspielerei kostete mich jeden Tag so viel Kraft, dass ich abends todmüde ins Bett fiel und auf der Stelle einschlief. Allerdings schlief ich nicht besonders gut, weil ich viel zu oft von Julian träumte.

Ich brauchte dringend Abstand und sehnte das Ende des Semesters herbei, damit ich nach New York zurückkehren und den Sommer ohne ihn verbringen konnte. Und dann würde ich mich bemühen, nächstes Semester einem anderen Mitbewohner zugeteilt zu werden. Oder einer Mitbewohnerin. Sicher war sicher.

»Zu mir oder zu dir?« Die leise Stimme des Typen, mit dem ich die letzte halbe Stunde getanzt hatte, riss mich aus meinen Gedanken. Sein Atem strich warm über meinen Hals, und ich schauderte. Aber nicht, weil seine Berührungen mich anmachten. Sie fühlten sich völlig falsch an. Das hatten sie von Anfang an getan, doch ich hatte es ignoriert, da ich gehofft hatte, mit einem anderen Kerl zu tanzen, würde mich von Julian ablenken.

Stattdessen hatte ich mir die ganze Zeit gewünscht, er würde hinter mir stehen, dass seine Hände es waren, die über meine Hüften strichen. Aber er war es nicht, und jetzt, wo der Typ angefangen hatte, zu reden, konnte ich mir das nicht einmal mehr einbilden.

Mein Plan hatte also mal wieder super funktioniert.

Sanft, aber bestimmt schob ich seine Hände von meinem Körper und drehte mich zu ihm um. Er sah gut aus, und das Funkeln in seinen Augen hätte mir auch ohne seine Worte deutlich gemacht, was er von mir wollte. Er runzelte die Stirn, als ich einen Schritt zurücktrat.

»Ich werde jetzt nach Hause gehen. Allein.«

»Ist das dein Ernst?« Er sah so fassungslos aus, dass ich beinahe gelacht hätte, wäre es nicht so traurig gewesen, dass er felsenfest davon überzeugt zu sein schien, mich ins Bett zu kriegen, nur weil wir eine halbe Stunde miteinander getanzt hatten.

»Ja.« Ich verkniff mir eine Entschuldigung, weil es absolut nichts gab, was mir leidtun musste, und wandte mich ab.

Ich hörte ihn schnauben, glaubte schon, er würde versuchen, mich aufzuhalten, aber er blieb stumm, und ich machte mich auf die Suche nach meinen Freunden, um ihnen Bescheid zu sagen, dass ich gehen wollte. Ich fand Cassidy, zusammen mit Steve und Jamie, in der Küche. Die anderen waren nicht zu entdecken.

»Ich mache mich auf den Heimweg«, erklärte ich, doch Cassidy schüttelte energisch den Kopf.

»Wir können dich nicht allein gehen lassen. Wenn wir die anderen finden, machen wir uns gemeinsam auf den Weg.« Suchend sah sie sich um.

Irritiert runzelte ich die Stirn. »Warum nicht? Ist doch nicht das erste Mal, dass ich alleine gehe.«

Zu meiner Überraschung wurde Cassidy rot. »Darum«, antwortete sie ausweichend.

Jamie verdrehte die Augen und trat auf mich zu. »Ich bring Lily nach Hause«, sagte er an Cassidy gewandt und legte mir eine Hand auf den Rücken. »Komm, lass uns verschwinden.«

Dankbar lächelte ich ihn an und ließ mich von ihm durch das Haus führen. Wir sammelten unsere Jacken ein und machten uns auf den Weg.

»Alles okay?« Sanft legte er mir einen Arm um die Schultern, und ich ließ mich seufzend gegen ihn sinken.

»Klar. Alles super.«

Er drückte mich an sich. »Ich weiß, wenn du lügst, Lily.«

Ich sah zu ihm hoch und zwang mich zu einem Lächeln. »Weißt du gar nicht.«

»Komm schon. Es wird nicht besser, wenn du nicht darüber redest.«

»Das sagt der Richtige.«

»Ich hab nicht gesagt, dass ich ein gutes Vorbild bin.«

Ich musste schmunzeln. »Bist du tatsächlich nicht.« Ich seufzte wieder. »Ach, was soll ich denn sagen? Ich kann nicht von Julian verlangen, dass er sich für mich ändert. Und das will ich auch nicht. Ich weiß ja selbst nicht, was ich will. Ich weiß nur, dass es so nicht weitergehen kann. Und das war's. Keine Ahnung.«

»Das ist mal echt eine beschissene Situation. Hilft es dir, dass es Julian nicht besser geht als dir?«

Ich schüttelte den Kopf, obwohl ich mich fragte, warum es ihm wohl schlecht ging. Für ihn hatte sich doch nichts geändert. Abgesehen davon, dass wir keinen Sex mehr hatten. Okay, und wir hatten seit einer Woche nicht mehr richtig miteinander gesprochen, weil ich mich die ganze Zeit verstellte. Aber sonst.

»Vielleicht solltet ihr noch mal miteinander reden«, schlug Jamie vor.

»Und worüber? Ich hab gesagt, was ich zu sagen hatte, und er hat … quasi nicht darauf reagiert. Ist auch egal. Ich will einfach nur noch schlafen.«

Jamie schien noch etwas hinzufügen zu wollen, entschied sich dann aber doch dagegen, und wir legten den Rest des Weges schweigend zurück. Er brachte mich sogar noch hoch bis zur Wohnung, bevor er mir zum Abschied einen Kuss aufs Haar drückte. Er wandte sich ab und war schon fast wieder an der Treppe, als er sich noch mal zu mir umdrehte. »Julian wollte übrigens nicht, dass du allein nach Hause gehst. Er hat Cassidy gebeten, dass einer von uns dich bringt.«

Verblüfft starrte ich ihn an, öffnete den Mund, schloss ihn wieder und brachte kein Wort heraus. Mit einem breiten Grinsen auf dem Gesicht verschwand Jamie und ließ mich völlig verwirrt vor der Wohnung stehen.

Julian hatte Cassidy darum gebeten, dass mich jemand nach Hause brachte?

Was hatte das jetzt wieder zu bedeuten? Warum sagte er so etwas? Und warum erzählte Jamie mir das?

Was sollte das?!

Mit einem frustrierten Laut schloss ich die Tür auf, betrat die Wohnung und blieb ruckartig stehen, als ich Julian auf dem Sofa sitzen sah. Der Fernseher lief, doch als er mich hörte, schaltete er ihn aus und sprang auf.

»Hey«, sagten wir beide gleichzeitig. »Du bist schon zu Hause.«

Ich spürte, wie mir das Blut in die Wangen schoss, und betete, dass es Julian nicht auffiel. Da der Raum nur von meinen

Lichterketten erhellt wurde, standen die Chancen gar nicht schlecht. Dafür bemerkte ich, dass er müde aussah. Und irgendwie … unglücklich.

Wortlos starrte er mich an, und eine peinliche Stille breitete sich zwischen uns aus, weil keiner von uns wusste, was er sagen sollte. So peinlich und unangenehm, dass ich es irgendwann nicht mehr aushielt.

»Gute Nacht«, murmelte ich und wollte in mein Zimmer gehen, als er mich aufhielt.

»Lily, warte.«

Am besten wäre es, ihn zu ignorieren und mich in meinem Bett zu verkriechen, weil ich mir sicher war, dass ich nicht hören wollte, was Julian mir zu sagen hatte. Doch ich war gerade nicht in der Lage, eine vernünftige Entscheidung zu treffen.

»Julian, ich bin müde und …« Ich verstummte, als ich mich zu ihm umdrehte und er auf einmal direkt hinter mir stand. Mir stockte der Atem, und mein Herz setzte einen Schlag aus. Seine Nähe warf mich völlig aus der Bahn. Ich konnte die Wärme spüren, die sein Körper ausstrahlte, und sehnte mich plötzlich mit einer Heftigkeit danach, ihn an mich zu ziehen und ihn zu berühren, dass ich mir so fest auf die Unterlippe biss, bis ich Blut schmeckte.

Der Schmerz half, wenigstens für eine Sekunde. Dann hob ich den Kopf, begegnete Julians Blick aus diesen wahnsinnig grünen Augen und vergaß, dass das hier absolut keine gute Idee war. Was auch immer wir eigentlich taten.

»Lily«, wisperte Julian leise, und allein der Klang seiner Stimme und wie er meinen Namen sagte, jagte mir einen kribbelnden Schauer den Rücken hinunter. Er hob eine Hand, legte sie an meine Wange, und ich bekam nicht nur eine Gänsehaut, mir wurden auch die Knie weich.

Verdammter Mist!

Ich sollte einen Schritt zurücktreten – besser mehrere, am besten Tausende –, aber ich konnte mich nicht rühren. Ich stand einfach da, während sein Blick sich in meinen brannte, und spürte, wie mir Tränen in die Augen stiegen. Es war zu viel. Viel zu viel.

Julians Daumen strich zärtlich über mein Gesicht, dann zog er mich an sich und küsste mich. Eine Sekunde lang erstarrte ich, doch in der nächsten Sekunde schaltete sich mein gesunder Menschenverstand ab, und ich erwiderte seinen Kuss.

Als er sachte an meiner Unterlippe saugte, toste Hitze durch meinen Körper, und ich stöhnte auf. Julians eine Hand wanderte von meinem Gesicht in meinen Nacken, die andere legte er auf meinen Rücken und drückte mich so eng an sich, dass unsere Körper sich der Länge nach aneinanderpressten. Mein Herz klopfte so heftig, dass ich glaubte, es würde jeden Augenblick zerspringen.

Ich öffnete die Lippen für ihn, und als unsere Zungen sich berührten, spürte ich, wie Julians Körper sich anspannte. Er keuchte, und der Kuss änderte sich. Wurde heiß und verlangend. Er schmeckte nach Verzweiflung.

Nach Luft schnappend riss ich mich von ihm los. Julians Gesicht glühte, seine Brust hob und senkte sich viel zu schnell. Und jetzt sah ich die Verzweiflung auch in seinen Augen.

»Was machst du mit mir?«, stieß er schwer atmend hervor.

»Was mache *ich* mit *dir*?« Ich erkannte meine eigene Stimme kaum, so rau und gequält klang sie.

»Ja!« Anklagend sah er mich an. »Bevor du hier aufgetaucht bist, ging es mir gut. Ich war … glücklich. Irgendwie jedenfalls. Aber dann bist du gekommen und hast meine Welt komplett auf den Kopf gestellt. Warum?! Warum musstest du das tun? Ich wollte mich nicht für dich interessieren, okay? Ich wollte nicht, dass du mir was bedeutest. Und ich will nicht über dich nachdenken und mich fragen, ob es dir wirklich gut geht oder ob du nur so tust. Scheiße, ich will das alles nicht! Aber ... ich kann nicht anders. Und das macht mich wahnsinnig! *Du* machst mich wahnsinnig! Du stellst Dinge mit mir an ... Ich kann damit nicht umgehen. Und ich habe Angst, verdammt noch mal! Ich habe mir geschworen, niemals so zu empfinden, mich nie so verletzlich zu machen. Und dann tauchst du auf und ruinierst alles!«

Bestürzt starrte ich ihn an, mein Puls raste, mir war schwindelig. Julian schien es nicht viel besser zu gehen als mir, er war kreidebleich und sah so verzweifelt aus, dass es mir fast das Herz brach. Gleichzeitig stieg ein Funken Hoffnung in mir auf. Hoffnung, die ich mir verbieten wollte, weil sie nicht richtig und ich nicht bereit war.

Aber sie ließ sich nicht unterdrücken. Zittrig atmete ich ein. »Julian, was willst du von mir?«

Er trat auf mich zu, seine Augen glühten. Sein Atem strich warm über mein Gesicht. »Dich! Ich will dich, okay?«

Ein Teil von mir sperrte sich gegen seine Worte, sperrte sich gegen die Hoffnung und gegen dieses absolut atemberaubende Glücksgefühl, das durch meinen Körper strömte. Aber der andere Teil, der von Glück und Hoffnung förmlich überflutet wurde, war stärker.

»Okay«, flüsterte ich, und dann presste er seinen Mund erneut auf meinen.

Dieser Kuss war anders. So wie erste Küsse normalerweise waren. Vorsichtig, behutsam, tastend. So als wollte er herausfinden, wie weit ich ihn gehen lassen würde. Seine Lippen strichen über meine, eine hauchzarte Berührung, die mir ein sehnsüchtiges Seufzen entlockte. Verlangen strömte durch mein Inneres, in meinem Unterleib begann es verheißungsvoll zu kribbeln, als Julian mich enger an sich zog und seine Hüfte gegen meine drückte. Ich konnte ihn durch den Stoff unserer Hosen spüren und presste mich an ihn.

Julian lachte leise an meinem Mund, ohne den Kuss zu unterbrechen. Leise und glücklich, und bei diesem Geräusch stellten sich die Härchen an meinen Armen auf. Ich liebte sein Lachen.

Julians Hände wanderten über meinen Körper, ganz langsam und auskostend. Er berührte jeden Zentimeter meiner Haut, der nicht von Stoff bedeckt war. Ich schlang die Arme um seinen Hals, zog ihn weiter zu mir herunter und öffnete die Lippen.

»Hast du es eilig?« Julian löste sich so weit von mir, dass er mich ansehen konnte. Seine Augen funkelten schelmisch.

»Ein bisschen vielleicht«, erwiderte ich atemlos, und er lehnte seine Stirn an meine und schüttelte den Kopf.

»Eine Woche, länger hältst du es ohne mich nicht aus.« Seine Stimme klang seltsam erstickt, und er musste es nicht aussprechen, damit ich wusste, dass es ihm genauso ging.

»Das sagt der Richtige.« Ich reckte mich und ließ meine Zunge über seine Unterlippe gleiten. Als Julian aufstöhnte, grinste ich.

»Du willst es mich wirklich nicht langsam angehen lassen, oder?« Er wickelte eine Strähne meiner frisch gefärbten Haare um seine Finger. »Ich mag die Farbe.«

Tastend schob ich meine Finger unter sein T-Shirt. »Und ich mag es, wenn du dein Oberteil ausziehst.«

Unschuldig blinzelte ich ihn an. Ich befreite mich aus seinem Griff, zog mir mein eigenes Shirt über den Kopf und schob mir die Hose über die Hüften. Julians Augen weiteten sich, als er mich von oben bis unten musterte. Sein Blick war so intensiv, dass es sich anfühlte, als würde er mich berühren.

»Du hast mir gefehlt«, gestand er mir rau. »Und das sage ich jetzt nicht, weil du halb nackt vor mir stehst.« Er streckte beide Hände nach mir aus und zog mich so behutsam an sich, als könnte seine Berührung mich zerbrechen. »Du hast mir so sehr gefehlt.«

Mit den Fingern zeichnete ich sein Gesicht nach, jede kleine Falte, seine Augenbrauen und schließlich den Mund. »Du mir auch.« Ich lächelte ihn an, bevor ich ihn wieder küsste. Tief und heiß. Und dieses Mal war es um seine Selbstbeherrschung geschehen.

Er hob mich hoch, und ich schlang die Beine um seine Hüften. Auf dem Weg in mein Zimmer stießen wir einmal unsanft gegen den Türrahmen, dann legte Julian mich vorsichtig auf meinem Bett ab. In einer fließenden Bewegung zog er sich sein Oberteil über den Kopf und entledigte sich nicht nur seiner Hose, sondern gleich auch seiner Boxershorts.

Ich schluckte schwer, zwischen meinen Beinen begann es verlangend zu pochen. Ich wollte ihn so sehr, dass es beinahe wehtat.

»Julian. Bitte.« Ich streckte eine Hand nach ihm aus. Mit einem Lächeln auf dem Gesicht kam er zu mir, beugte sich über mich und erkundete mit Lippen und Zunge jeden Zentimeter meines Körpers, bis ich kurz davor war, in Flammen aufzugehen.

Seine Lippen schlossen sich um meine Brustwarzen, er saugte erst an der einen, dann an der anderen, und ich bog keuchend den Rücken durch. Erst als ich ein tiefes Stöhnen ausstieß, löste Julian sich für einen Augenblick von mir, streifte ein Kondom über und schob sich über mich. Ich schlang die Beine um seine Hüften, hob mein Becken an und kam ihm entgegen, gab ihm keine Chance, es noch länger hinauszuzögern.

Als er in mich eindrang, atmete er zischend aus. Langsam begann er, sich zu bewegen, und ein unbekanntes Gefühl von Glückseligkeit breitete sich in mir aus.

Noch nie im Leben hatte ich mich so gefühlt. Verliebt und glücklich und … hoffnungsvoll. Als hätte ein letztes Puzzlestück seinen Platz gefunden.

Julian sah auf mich herunter, mit einem so warmen, liebevollen Blick, dass mir unwillkürlich Tränen in die Augen schossen.

Gott, er hatte mir so gefehlt.

Mit beiden Händen umfasste ich sein Gesicht, bewegte mich langsam unter ihm, beschleunigte unseren Rhythmus und verschluckte sein Stöhnen mit einem leidenschaftlichen Kuss. Er stieß schneller zu, härter, und als ich kam, biss ich in seine Schulter und erstickte damit meinen Schrei.

Danach küsste ich ihn erneut, legte meine Hand auf sein Herz und fühlte, wie schnell es schlug. Als er über mir erbebte, setzte es einen Schlag aus. Ich hielt ihn fest, während er erzitterte. Hielt ihn fest, als sein Gewicht mich tiefer in die Matratze drückte.

Ich schloss die Augen, atmete nur noch und spürte. Spürte Julian. Spürte das Glück in meinem Körper und glitt hinab in tiefe Dunkelheit, als seine Lippen ein letztes Mal über meinen Hals strichen.

35. KAPITEL

Lily

Fingerspitzen, die sanft über meine Rippen streichelten, weckten mich. Ich ließ die Augen geschlossen, während sich ein Lächeln auf meinem Gesicht ausbreitete und ich mich in die Berührung schmiegte.

Julian wusste mit Sicherheit, dass ich wach war, aber er sagte kein Wort, sondern zeichnete schweigend meinen Körper nach, jedes Muttermal auf meinen Schultern, die kleine Narbe unter meiner linken Brust, die ich mir als Kind auf dem Spielplatz zugezogen hatte, und die Narbe von meiner Blinddarmoperation, als ich zwölf gewesen war.

Erst als sich zu seinen Händen auch sein Mund gesellte, drehte ich mich zu ihm um und schlug die Augen auf.

»Guten Morgen«, sagte Julian lächelnd, hob eine Hand an mein Gesicht und strich mir die Haare hinters Ohr. Sein Blick war weich und warm, ich hatte ihn noch nie so entspannt und ruhig gesehen.

Mein Herz machte einen Satz, als ich an letzte Nacht zurückdachte. An den Blick in seinen Augen, der erst verzweifelt und dann unfassbar heiß gewesen war. An seine raue Stimme, die *Ich will dich!* zu mir gesagt hatte.

Julian wollte mich. Eine kribbelnde Wärme breitete sich in mir aus, die dieses Mal absolut nichts mit dem Verlangen zu tun hatte, das er sonst in mir weckte.

»Guten Morgen.« Ich hob meinerseits eine Hand und ließ sie über sein Gesicht wandern.

Er wollte mich. Das Lächeln, das sich jetzt auf mein Gesicht stahl, war so strahlend, dass Julians Augen sich weiteten.

»Hast du gut geschlafen?«, fragte er und begann mit meinen Haaren zu spielen.

Als Antwort drückte ich ihm einen Kuss auf den Mund. »Mhm. Du auch?«

Er streckte sich, und sein Grinsen wurde schmutzig. »Ja. Ich hatte diesen Traum, in dem du …« Er verstummte und schob die Bettdecke von meinem Körper.

»In dem ich was?« Ich schnappte nach Luft, als er den Kopf neigte und seine Lippen in die Kuhle zwischen meinen Schlüsselbeinen presste.

»Ich könnte es dir zeigen, anstatt es dir zu erzählen«, murmelte er an meiner Haut und ließ Hitze in mir aufsteigen.

Er wollte mich. Er wollte … Mein Magen krampfte sich zusammen. Bedeutete das, dass er mit mir zusammen sein wollte? Oder … was genau hatten seine Worte zu bedeuten?

Ich schnappte nach Luft, als sein Mund meinen Körper hinunterwanderte, und die leisen Zweifel, die gerade in mir aufsteigen wollten, verblassten. Er war zu gut. Viel zu gut. »Julian, wir sollten reden.«

»Mhm. Später. Versprochen.«

Die leise Stimme in meinem Kopf meldete sich nachdrücklich zu Wort, dass wir dringend darüber reden sollten, was genau das jetzt zwischen uns war. Aber als Julian sanft meine Beine auseinanderdrückte und über meine empfindlichste Stelle leckte, verabschiedete sich jeder klare Gedanke. Stöhnend bog ich den Rücken durch, und mein Körper begann zu summen.

Mit einer Hand wischte ich über den beschlagenen Spiegel, und allmählich kam mein Gesicht zum Vorschein.

Meins. Und Julians.

Er stand direkt hinter mir, mit dem gleichen süßen Lächeln, das schon den ganzen Morgen auf seinen Lippen lag. Sein Haar war nass und zerzaust, und er war nackt, abgesehen von dem Badetuch, das er sich um die Hüften geschlungen hatte.

Langsam verteilte er Küsse auf meinen Schultern, während ich mir zuerst das Gesicht eincremte und dann den Turban um meine Haare löste. Sein Mund wanderte weiter, meinen Hals hinauf, bis seine Lippen schließlich hinter meinem Ohr verweilten.

»Julian«, sagte ich warnend, als er seine Hände auf meine Hüften legte und mich behutsam zu sich umdrehte.

»Ich weiß. Wir reden.« Seine Lippen schwebten jetzt direkt über meinen, und ich musste mich zwingen, mich nicht zu strecken und ihn zu küssen.

Julians Augen blitzten auf, als er merkte, was er mit mir anstellte. Er hauchte mir einen federleichten Kuss auf den Mund, dann ließ er mich los und verließ das Bad.

Zittrig atmete ich ein, versuchte, mich wieder zu sammeln und darauf zu konzentrieren, dass wir unbedingt reden mussten und nicht permanent übereinander herfallen konnten. Dann folgte ich ihm. Julian stand in seinem Zimmer, er trug inzwischen eine Jogginghose und streifte sich gerade ein T-Shirt über den Kopf. Als er mich hörte, drehte er sich mit hochgezogenen Augenbrauen zu mir um.

»Wenn du reden willst, musst du dir aber bitte was anziehen.«

»Warum? Kannst du dich sonst nicht beherrschen?«, neckte ich ihn und ließ das Handtuch, das ich um meinen Körper gewickelt hatte, einfach fallen.

Was zum Teufel machte ich da? Immerhin war ich diejenige, die reden wollte. Was ich hier abzog, war nicht unbedingt fair. Und noch dazu ziemlich dämlich. Wieso fing ich immer erst an, über eine Sache nachzudenken, wenn es längst zu spät war? Warum konnte ich nicht *vorher* nachdenken?

Julian zuckte lässig mit den Schultern, aber ich sah, wie er tief einatmete. Dann griff er nach einem Hoodie und hielt ihn mir entgegen. »Doch, kann ich. Aber du fängst gleich wieder an zu frieren, und dann brauchst du definitiv was zum Anziehen, und das wird unser Gespräch unterbrechen, also …«

»Sorgst du vor?«, führte ich seinen Satz grinsend zu Ende und nahm ihm den Pullover ab.

»Genau.« Er nickte, ein selbstzufriedener Ausdruck hatte sich auf sein Gesicht gelegt.

Lachend streifte ich mir den Pulli über den Kopf und lief dann eilig in mein Zimmer, um mir einen Slip und Leggings überzuziehen.

»Okay, hab ich genug an?«, fragte ich, als ich wieder in Julians Zimmer zurückkehrte. Er saß auf dem Bett, ein Bein angezogen, das andere ausgestreckt und ließ seinen Blick so intensiv über meinen Körper wandern, dass mir schon wieder ganz warm wurde.

»Eigentlich zu viel, aber ich komme damit klar.« Er streckte beide Arme nach mir aus, und ich ließ mich von ihm aufs Bett ziehen. »Also, reden wir.«

Ich nickte, öffnete den Mund und bekam kein Wort heraus. Die letzten zehn Stunden war alles einfach gewesen. Einfach und leicht. Und jetzt wurde es seltsam. Ich spürte, wie ich mich verkrampfte, wie ich nach Worten suchte, die irgendwo in mir drin waren und dringend rauswollten. Aber ich brachte nicht einen Ton über die Lippen.

Einen Moment lang sah Julian irritiert aus, dann lächelte er und zog mich so zwischen seine Beine, dass ich mich mit meinem Rücken gegen seine Brust lehnen konnte. Er schob meine Haare beiseite und drückte mir einen Kuss auf den Hals.

»Also. Ich glaube …« Er machte eine kurze Pause und hielt mich dabei so fest, dass ich seinen gleichmäßigen Herzschlag in meinem Rücken fühlen konnte. »Ich glaube, du wolltest darüber reden, was das genau jetzt zwischen uns ist, oder?«

Mein eigenes Herz machte einen nervösen Satz. Ich biss mir auf die Unterlippe und nickte. Ja, das war in etwa das, worüber ich reden wollte.

»Ich habe es letzte Nacht ernst gemeint, als ich gesagt habe, ich will dich.« Seine Lippen strichen über meinen Nacken. »Nur dich«, verdeutlichte er, als ich mich halb verrenkte, damit ich ihn ansehen konnte. »Ich bin ganz ehrlich. Ich hab keine Ahnung, wie Beziehungen funktionieren, und ich hab eine Scheißangst davor. Ich weiß nicht, ob ich das kann. Ich weiß nicht, ob ich dir geben kann, was du brauchst und was du verdient hast. Aber ich möchte es versuchen.«

Tränen stiegen mir in die Augen – warum musste ich in letzter Zeit ständig heulen? –, und für ein paar Sekunden bekam ich keine Luft. »Ich will dich nicht einsperren«, stieß ich schließlich hervor.

Julian verkrampfte sich, seine Umarmung wurde noch etwas fester. »Wie meinst du das?«

»Du hast gesagt, du willst keine Freundin, weil du dich eingesperrt fühlen würdest. Ich will dich nicht einsperren.« Meine Stimme brach beim letzten Wort, mein Inneres verkrampfte sich, und jetzt begriff ich auch, warum ich vorhin keinen Ton rausgebracht hatte. Weil ich auch Angst hatte.

»Lily? Ich weiß, was ich gesagt habe, und ich glaube, ich weiß, was du jetzt denkst. Lass es. Bitte. Ich habe das gesagt, und ich habe es auch geglaubt. Aber eigentlich hatte ich keine Ahnung, wovon ich rede. Mit dir zusammen zu sein, fühlt sich ganz sicher nicht so an, als wäre ich eingesperrt, okay?«

Energisch schluckte ich die Tränen hinunter, die wieder aufsteigen wollten, und nickte. Und da war sie wieder, die Hoffnung, die sich gegen die Zweifel stemmte, sie zurückdrängte, bis sie so leise waren, dass ich sie kaum noch hören konnte. »Okay.«

Die nächsten vierundzwanzig Stunden verbrachten wir im Bett. Ich hatte ein paar Stunden gebraucht, bis ich begriffen hatte, dass Julian es wirklich ernst meinte, und bis ich die Stimme ignorieren konnte, die mir zuflüstern wollte, dass es so einfach doch nicht sein konnte.

Nicht mit Julian. Nicht mit diesem Kerl, der noch nie eine Beziehung gehabt und mit mehr Mädchen geschlafen hatte, als ich jemals wissen wollte.

Er konnte sich doch nicht nur für mich geändert haben.

Dann wurde mir klar, dass er das gar nicht getan hatte. Julian war immer noch derselbe. Er hatte sich nicht geändert.

Er hatte sich für mich entschieden.

Und mit jeder Stunde, die wir miteinander verbrachten, glaubte ich mehr daran.

»Cole hat gefragt, ob wir vorbeikommen.« Julians Hand, mit der er mich während der letzten Minuten beinahe in den Schlaf gestreichelt hatte, hielt jetzt inne.

Schläfrig hob ich den Kopf. »Hm?«

»Ella will uns alle bekochen, und Cole hat gefragt, ob wir gleich auch vorbeikommen«, wiederholte er und musterte mich amüsiert. »Na ja, eigentlich hat er gefragt, ob ich vorbeikomme. Du hast wahrscheinlich selbst eine Nachricht von Ella.«

»Wahrscheinlich.« Umständlich angelte ich nach meinem Handy, das irgendwo neben dem Bett auf dem Boden lag, während Julian belustigt meine Verrenkungen beobachtete. »Ha! Hab's!«, rief ich, als ich es endlich zu fassen bekam, mich etwas zu schwungvoll aufrichtete und kleine Punkte vor meinen Augen zu tanzen begannen.

Es dauerte ein paar Sekunden, bis mein Blick sich auf das Display fokussierte, dann sah ich, dass Ella mir tatsächlich geschrieben hatte. Ich warf mein Smartphone ans Fußende des Bettes und sah Julian mit schief gelegtem Kopf fragend an.

»Also ... Willst du hingehen?«

»Willst du?«

»Julian –«

»Ja, schon gut. Du hast zuerst gefragt.« Lachend rollte er mit den Augen. »Von mir aus können wir gehen.«

»Ehrlich? So richtig als Paar?« Ich konnte nichts dagegen tun, dass ich auf einmal wieder entsetzlich unsicher klang.

Sanft umfasste er meine Oberarme und küsste mich. »So richtig als Paar«, bestätigte er lächelnd. In seinen Augen lag nicht einmal der kleinste Anflug eines Zweifelns, und ein kribbelndes Glücksgefühl stieg in mir auf.

»Dann los.« Ich löste mich von ihm, allerdings nur, um aufzustehen und nach seinen Händen zu greifen. »Wir sollten uns fertig machen.«

»Sollten wir, ich sterbe vor Hunger.«

»Schon wieder?«, fragte ich lachend. »Du hast ungefähr ein Dutzend Pancakes gefrühstückt. Wie kannst du schon wieder hungrig sein?«

»Weil«, er küsste mich erneut, und ein freches Leuchten trat in seine Augen, »ich mich heute sehr viel bewegt habe.«

»So viel dann dazu, dass man von Luft und Liebe leben kann.«

»Wer auch immer das behauptet hat, hatte offensichtlich keine Ahnung.«

Julian ließ sich von mir hoch und ins Bad ziehen, und eine halbe Stunde später machten wir uns auf den Weg zu Tessa und Cole. Ella wollte zwar kochen, aber bei den beiden hatten wir mehr Platz, und Ella liebte Tessas Küche.

»Du weißt, dass wir uns auf eine ganze Menge dummer Sprüche gefasst machen können, oder?«, fragte Julian, als wir schließlich vor dem Tor stehen blieben.

»Warum?«

»Warum wohl?« Er verzog das Gesicht. Wenn mich nicht alles täuschte, war er ziemlich nervös, und das war so süß, dass ich gar nicht anders konnte, als schon wieder zu lächeln.

»Keine Ahnung, klär mich auf.«

»Du weißt doch noch, dass ich ihnen davon erzählt habe, wie du mich am ersten Abend mit deinen Schuhen beworfen hast?«

»Es waren Spitzenschuhe«, korrigierte ich. »Und ich hab nicht dich beworfen, sondern die Wand. Aber was hat –«

»Was das eine mit dem anderen zu tun hat?«, unterbrach er mich. »Ich habe am Anfang nicht besonders … Na ja, ich habe vielleicht nicht unbedingt so wahnsinnig nette Sachen über dich gesagt.« Er gab mir einen schnellen Kuss. »Tut mir leid!«

»Muss es nicht. Ich war schließlich auch kein allzu großer Fan von dir«, stellte ich klar und musste automatisch an die ersten Wochen unseres Zusammenlebens denken. Seitdem waren nur wenige Wochen vergangen, und trotzdem war jetzt alles anders. Wie hatte sich mein Leben in so kurzer Zeit so sehr verändern können?

»Stimmt. Das macht es aber nur unwesentlich besser. Denn jetzt sind wir zusammen, und ich kenne Cole. Und Cassidy. Und Jamie. Und Ella. Sie werden uns diesen Anfang nie vergessen lassen.«

Mein Herz machte einen glücklichen Hüpfer, als er *zusammen* sagte.

»Julian?« Ich legte beide Arme um ihn und blinzelte zu ihm hoch. »Kriegst du gerade Panik? Wegen deiner Freunde?«

Geknickt sah er mich an. »Ein bisschen.« Es klang fast wie eine Frage.

Ich reckte mich, schlang jetzt beide Arme um seinen Hals und brachte meine Lippen ganz nah an seinen Mund. »Okay. Das ist in Ordnung. Aber weißt du was? Du brauchst dir keine Gedanken zu machen, weil du wirklich tolle Freunde hast. Außerdem schätze ich, das mit uns kommt nicht allzu überraschend für sie. Und da sie sich bisher nicht über uns lustig gemacht haben, wird das jetzt bestimmt auch nicht passieren.«

Er seufzte und gab mir einen zärtlichen Kuss auf die Stirn. »Wollen wir dann?«

Als Antwort löste ich mich von ihm und drückte auf die Klingel. Nur ein paar Sekunden später wurde die Tür aufgerissen, und Cassidy strahlte uns entgegen.

»Na endlich! Wir haben uns schon gefragt, wann ihr euch reintraut«, rief sie laut genug, dass wahrscheinlich auch alle Nachbarn sie hören konnten.

»Siehst du, es geht schon los«, sagte Julian leise, obwohl Cassidy ihn wahrscheinlich auch dann nicht verstanden hätte, wenn er normal geredet hätte.

»Du übertreibst maßlos. Na komm, mein kleiner Feigling, deine Freunde warten auf uns.«

»Pah, das sind auch deine Freunde. Wir hängen da beide gleichermaßen drin.« Julian legte einen Arm um meine Schultern, und wir gingen Richtung Haus, wo Cassidy im Türrahmen stand und aufgeregt auf und ab hüpfte.

Ja, ich hing da genauso drin wie er. Und ich wollte es auch gar nicht anders.

Cassidy umarmte mich mit einem breiten Lächeln. »Ich hab's gewusst.«

»Ach wirklich?« Schon wieder wurde ich rot und sah Julian nach, der mit einem letzten vielsagenden Blick in meine Richtung im Haus verschwand.

»Na ja, die Chancen standen fifty-fifty, dass Julian seinen Arsch hochbekommt und die Sache mit euch endlich auf die Reihe kriegt. Ich hatte eben Hoffnung.« Sie zuckte mit den Schultern, auf ihrem Gesicht lag ein so unschuldiger Ausdruck, dass ich sofort wusste, dass mehr dahintersteckte als reine Hoffnung. Cassidy war kein Mensch, der sich auf Hoffnung verließ. Sie nahm die Dinge lieber selbst in die Hand.

»Aaaah, und wie – «

»Willst du das echt wissen?«, unterbrach sie mich und hob eine Augenbraue.

Langsam schüttelte ich den Kopf. »Nein, ich glaube nicht.« Und wenn, dann sollte Julian mir selbst erzählen, wie Cassidy ihm den Marsch geblasen hatte.

»Kann ich verstehen.« Sie grinste breit und wollte ins Wohnzimmer gehen, aus dem fröhliches Lachen und Gesprächsfetzen zu uns in den Flur hallten, als ich stehen blieb.

»Cass?« Überrascht drehte sie sich zu mir um, für einen kurzen Moment trat Sorge in ihre Augen. Ich umarmte sie. »Was auch immer du zu ihm gesagt hast: Danke.«

Ich löste mich wieder von ihr, hielt aber inne, als ich feststellte, dass Cassidy sich verlegen über die Nase rieb. »Ach, ich hab doch gar nichts gesagt«, wiegelte sie ab und streckte die Hand aus, um mir meine Jacke abzunehmen. »Und jetzt komm. Die anderen warten schon. Und wir wollen jedes Detail wissen.«

Verlegen schlug ich mir die Hände vors Gesicht, und Cassidy begann zu lachen. »Ich hoffe, das gilt nur für Tessa, Ella und dich.«

»Ich kann nichts versprechen.« Leise kichernd tänzelte sie ins Wohnzimmer. Ich holte tief Luft, folgte ihr und wünschte plötzlich, Julian hätte auf mich gewartet. Denn jetzt musste ich entscheiden, ob ich mich zu ihm oder woanders hinsetzen sollte.

Unschlüssig blieb ich hinter dem Sofa stehen. Cole, der auf dem Sessel saß, bemerkte mich als Erster.

»Und hier, Ladys and Gentlemen, ist Lily – Julians *Freundin*. Das wir den Tag noch erleben dürfen.« Er betonte das Wort »Freundin« auf eine Weise, dass mir schon wieder Hitze ins Gesicht stieg.

Julian drehte sich zu mir um und warf mir einen Blick zu, der ganz deutlich *Ich hab's dir doch gesagt* ausdrückte. Reflexartig streckte ich ihm die Zunge raus, als die anderen zu lachen begannen.

Cole stand auf und nahm mich in den Arm. Es war das erste Mal, dass er das tat. »Tut mir leid, aber das musste sein. Falls es dich beruhigt, das war das erste und letzte Mal, versprochen.«

»Oh, du kannst Julian ärgern, so viel du willst«, erwiderte ich, als er mich wieder losließ.

Er lachte. »Das höre ich gerne.«

Tessa trat zu uns, hauchte Cole einen Kuss auf die Schulter und lächelte mich an. »Aber halte Lily bitte da raus. Sie muss nicht in euren Ehekrach reingezogen werden.«

»Will ich wissen, was das bedeutet?« Fragend hob ich die Augenbrauen.

Sie winkte ab. »Du wirst es früher oder später mitbekommen.« Dann drehte sie sich zu Ella um. »Wollen wir loslegen?«

»Braucht ihr Hilfe?«, fragte Cole, sah dabei aber nicht besonders motiviert aus.

Mit einem spöttischen Schnauben erhob Ella sich vom Sofa. »Deine nicht. Wir wollen den Abend ohne Lebensmittelvergiftung überstehen.«

»Hey!« Empört verzog Cole das Gesicht, doch seine Mundwinkel zuckten, und ihm war anzusehen, dass er sich nur mit Mühe ein Grinsen verkneifen konnte. »So schlecht koche ich auch wieder nicht. Ihr habt nur einmal eine Lebensmittelvergiftung gehabt, als ich gekocht habe, und das lag garantiert an dem Hühnchen und nicht an meinen Kochkünsten.«

»Cole, wir hatten nur einmal eine Lebensmittelvergiftung, weil du nur *einmal* gekocht hast.« Ella klopfte Cole im Vorbeigehen auf die Schulter und verschwand im Flur.

»Gott sei Dank habe ich das nicht miterlebt«, murmelte Tessa leise. Cole hörte sie trotzdem und schlug getroffen eine Hand vor die Brust.

»Das tut weh! Nicht einmal du glaubst an meine Kochkünste.«

Tessa lachte und küsste ihn dieses Mal auf den Mund. »Nein, tue ich nicht. Du kannst wahnsinnig viel, aber kochen gehört nicht dazu, tut mir leid.«

In gespieltem Schmollen verzog Cole das Gesicht. Ich wandte mich ab, als Tessa sich an ihn schmiegte, und mein Blick blieb instinktiv an Julian hängen, der lächelnd zu uns herüberschaute.

Alles okay?, formte er lautlos mit den Lippen.

Ich nickte und wollte gerade zu ihm gehen, als Cassidy sich in mein Blickfeld schob, nach meiner Hand griff und mich Richtung Küche zog. »Auf geht's, helfen wir Ella beim Kochen«, sagte sie fröhlich. »Tessa, kommst du?«

»Ja, Sekunde.«

Ella stand vor der Kücheninsel, ein aufgeschlagenes Kochbuch vor sich auf der Arbeitsfläche, und stemmte die Hände in die Seiten, als sie uns kommen hörte. »Na endlich, was hat denn da so lange gedauert?«

»Tessa konnte sich nicht von Cole losreißen«, gab Cassidy zurück.

»Stimmt doch gar nicht«, protestierte Tessa, die uns gefolgt war.

Cassidy ließ mich los und trat an den Kühlschrank. »Also, erstens stimmt es doch. Und zweitens«, sie schenkte mir ein spitzbübisches Lächeln, »bevor du denkst, dass es hier um klassische Rollenverteilung und so einen Scheiß geht: Eigentlich haben wir uns nur alle in die Küche verzogen, um die Jungs loszuwerden, damit wir unter Beweis stellen können, wie absolut neugierig wir sind.«

Oh-oh. Mir schwante Übles.

»Du erinnerst dich noch? Wir sind seltsam, unsensibel und viel zu neugierig.«

»Und die Königinnen der Peinlichkeit«, fügte ich schmunzelnd hinzu. Natürlich erinnerte ich mich an unser erstes richtiges Gespräch im Café. Als wir darüber gesprochen hatten, wie ich mit meinen Spitzenschuhen um mich geworfen hatte.

Cassidy strahlte mich an und holte eine Flasche Weißwein aus dem Kühlschrank. »Ganz genau.«

»Cass, wir wollten die ganze Sache diplomatischer angehen, erinnerst du dich?« Ella warf ihr einen verdrießlichen Blick zu.

Tessa setzte sich auf einen Stuhl und nahm Cassidy das Weinglas ab, das sie ihr reichte. »Und unauffälliger.«

»Ihr habt das geplant?« Ich ließ mich neben sie auf einen anderen Stuhl fallen und sah meine Freundinnen der Reihe nach an.

»Waaaaas? Wie kommst du denn darauf?« Lachend verdrehte Tessa die Augen.

»Ich weiß auch nicht.« Mit einem dankbaren Lächeln nahm ich ebenfalls ein Glas Wein in Empfang. »Na ja, Cassidy hat da was erwähnt, als wir gekommen sind. Dass ihr jedes Detail wissen wollt und so.«

»Tut mir leid, aber ja, du musst uns alles erzählen«, forderte

Ella und richtete die Spitze des Messers, mit dem sie gerade Gemüse in kleine Stücke schnitt, auf mich. »Wir wollen auch die kleinste Kleinigkeit wissen.«

»Wirklich?«

Auf Cassidys Gesicht breitete sich ein anzügliches Grinsen aus. »Ja, bitte.«

»Also …«, setzte ich an, trank einen Schluck Wein und begann zu erzählen. Nicht jedes Detail. Gott, nein. Aber mehr als genug, damit sie danach wussten, was Sache war.

»Und das hat er gesagt?« Cassidys Augen leuchteten vor Begeisterung, als ich ihnen schließlich das Wichtigste der letzten zwei Tage berichtet hatte. »Dass er mit dir zusammen sein will?«

Ein strahlendes, sehr ungewohntes Lächeln, breitete sich auf meinem Gesicht aus. »Ja.«

»Wow.« Fassungslos schüttelte sie den Kopf. »Das ist echt abgefahren.«

»Ist es tatsächlich«, stimmte Tessa zu. »Aber du hast doch eh drauf gehofft, gib's zu.«

»Natürlich, hab ich drauf gehofft. Wenn es nicht Julian gewesen wäre, hätte ich sogar darauf gewettet. Aber Cole wäre der Einzige gewesen, der dabei mitgemacht hätte, und er hätte einen Vorteil gehabt, weil Julian mit ihm redet. Und mit mir redet er über so etwas nur, wenn ich ihm keine andere Wahl lasse.«

»Cass, du kannst jeden dazu bringen, über alles mit dir zu reden.«

»Stimmt.« Cassidy grinste Tessa an, dann wandte sie sich an mich. »Vielleicht ist das jetzt nicht ganz rübergekommen, weil wir unsensibel sind und so, aber wir freuen uns sehr für dich und Julian«, sagte sie mit einem warmen Lächeln, und Tessa nickte.

»Redet ihr über mich?« Julians amüsierte Stimme ließ mich aufblicken.

»Immer, weißt du doch.« Cassidy verdrehte die Augen.

»Natürlich. Über mich kann man nie genug reden.« Er trat zu mir und stibitzte ein Stück von dem einen Champignon, den ich bisher in Scheiben geschnitten hatte.

»Hat dir schon mal jemand gesagt, dass du eingebildet bist?«

»Mit Sicherheit, aber solchen Idioten höre ich selten zu, Cass.«

»Jules, willst du helfen?«, mischte Ella sich ein, und Julian schüttelte lachend den Kopf.

»Gott, nein. Ihr wisst, dass ich fast so mies koche wie Cole.«

»Stimmt. Also, was willst du dann?«

»Eigentlich nichts Besonderes, nur …« Mit leuchtenden Augen beugte er sich zu mir herunter und küsste mich. Ich hörte, wie Ella und Tessa ein verträumtes Seufzen ausstießen, dann spürte ich nur noch seine Lippen, die sanft über meinen Mund strichen. Es war eine winzig kleine Berührung, kaum ein richtiger Kuss. Und trotzdem begann mein Herz zu rasen, und kribbelnde Freude breitete sich in mir aus.

Als er sich von mir löste, lächelte er breit. »Das war's schon.« Er schnappte sich ein Stück Paprika von Ellas Schneidbrett und verschwand so schnell, wie er gekommen war.

»Was hast du mit unserem Julian gemacht?« Ella starrte mich genauso fassungslos an wie Cassidy.

»Sie hat gar nichts gemacht. Er hat sich eben einfach verliebt«, sagte Tessa, als wäre es das Selbstverständlichste auf der Welt.

Und vielleicht war es das auch.

36. KAPITEL

Lily

»Sagst du mir wirklich nicht, was du vorhast?« Ich warf Julian einen übertrieben schmollenden Blick zu und verschränkte die Arme vor der Brust.

Lachend schüttelte er den Kopf. »Warum kannst du dich nicht einfach überraschen lassen?«

»Kann ich. Ich bin aber neugierig.«

»Lass mich raten. Du warst auch eins von diesen Kindern, die überall nach Weihnachts- und Geburtstagsgeschenken gesucht haben, oder?«

Ich spürte, wie ich rot wurde, und zog ertappt die Schultern hoch. »Vielleicht.«

»Das wundert mich echt gar nicht. Aber ich verrate nichts. Du musst geduldig sein.«

Mit einem Seufzen gab ich nach. »Na schön. Dafür darf ich mir die Musik aussuchen.«

»Habe ich überhaupt kein Problem mit.« Julian strich mir über den Oberschenkel, und ich verband mein Handy mit der Anlage von Tessas Auto, das Julian sich ausgeliehen hatte, um Gott weiß wohin mit mir zu fahren.

Als die ersten Töne von *Into the Unknown* erklangen, stöhnte Julian auf. »Dein Ernst?«

»Hast du echt geglaubt, dass ich niemals auf deinen liebsten Disneysong zurückgreifen würde, wenn ich je die Chance dazu bekomme?« Grinsend stupste ich ihn an. »Aber komm, so schlimm ist es nicht. Es ist immerhin die Version von *Panik! At the Disco*.«

»Und du meinst, dadurch wird es besser, dass du mir diese Schwäche unter die Nase reibst?« Julian verzog das Gesicht, seine Mundwinkel zuckten allerdings belustigt.

»Soll ich lieber das Original anmachen?«

»Bitte nicht! Ich hätte dir das nie erzählen dürfen.«

»Hast du aber.« Vergnügt erhöhte ich die Lautstärke, und Julian warf mir einen übertrieben gequälten Blick zu. Dann begann er mitzusingen.

So furchtbar schief, dass ich lachen musste. Julian ließ sich davon allerdings nicht beirren, er sang mit einer Inbrunst so absichtlich falsch, dass mir vor Lachen die Tränen kamen.

»Das ist ganz, ganz furchtbar«, brachte ich atemlos hervor.

»Ich weiß, aber du hast es nicht anders gewollt.« Er grinste mich an, dann setzte er zum letzten Refrain an, und als das Lied schließlich verklang, hielt ich mir den schmerzenden Bauch.

»Du hast das mit Absicht gemacht, oder?«, fragte ich, als ich mich schließlich wieder beruhigt hatte.

»Nein, ich singe echt so schlecht. Willst du noch eine Kostprobe?« Er zog die Augenbrauen hoch und warf mir einen herausfordernden Blick zu, bevor er sich wieder auf die Straße konzentrierte.

»Ja, bitte.«

Für den Bruchteil einer Sekunde entgleisten ihm die Gesichtszüge. »Ernsthaft?«

»Wenn du singen willst, werde ich dich bestimmt nicht davon abhalten.« Ich drehte mich etwas zur Seite, damit ich ihn richtig ansehen konnte.

»Machst du dieses Mal wenigstens mit?«

»Hm, ich weiß nicht, ob ich so textsicher bin wie du.« Betrübt runzelte ich die Stirn.

»Ich kenne die Texte nur so gut, weil ich den Film gefühlt tausend Mal mit meinen Schwestern angucken musste«, versuchte Julian sich zu verteidigen.

»Bestimmt.« Ich tätschelte seinen Arm. »So alt ist der Film aber noch gar nicht. Als er herauskam, hast du schon in Faerfax gewohnt, und ich glaube nicht, dass du so oft nach Chicago gefahren bist, um den Film mit Sarah und Jenny zu gucken.«

Julian wurde rot. Ich liebte es, wenn er rot wurde. »Also, Cassidy und Ella wollten den Film gefühlt auch ein paar hundert Mal anschauen.«

Ich lehnte mich über die Mittelkonsole und drückte ihm einen Kuss auf die Wange. »Weißt du eigentlich, wie süß du bist?«

Die Röte auf seinen Wangen vertiefte sich, und ich schmolz dahin.

»Ich bin nicht süß«, entgegnete er bestimmt. »Alles andere, aber nicht süß!«

»Ich mag dich aber, wenn du süß bist.«

Er schwieg einen Moment, dann räusperte er sich. »Schön. Für dich bin ich meinetwegen auch süß, aber wenn du das jemals Cole gegenüber erwähnst, dann …«

Ich nahm seine Hand in meine, und unsere Finger verflochten sich ganz von selbst. »Dein Geheimnis ist bei mir sicher«, versprach ich und sah ihn treuherzig an.

»Das hoffe ich doch.« Er schenkte mir ein breites Lächeln, und ich hätte beinahe geseufzt. Er war so süß. »Also, welcher Song ist der nächste?«

»Und? Was sagst du? Ist es eine gute Überraschung?« In Julians Stimme schwang ein nervöser Unterton mit.

Ich strahlte zu ihm hoch. »Machst du Witze? Es ist toll hier!«

Wir standen am Ufer eines Sees, in dessen klarem Wasser sich der strahlend blaue Himmel spiegelte. Die Sonne schien, und die Temperaturen waren zum ersten Mal seit Monaten wieder so hoch, dass man nicht in Winterjacke und Stiefeln rausgehen musste.

»Wir sind im Sommer oft hier zum Schwimmen, und ich dachte, wir könnten spazieren gehen. Ich meine, wir hatten ja noch nie ein richtiges Date, und das ist eigentlich auch nicht unbedingt datetauglich, aber …«

Ich brachte ihn mit einem Kuss zum Schweigen. »Es ist perfekt. Und total datetauglich.«

Verlegen rieb Julian sich den Nacken. »Das sagst du jetzt aber nicht nur so, oder? Damit ich mich nicht schlecht fühle.«

»Nein. Versprochen.« Ich griff nach seiner Hand. »Ich hatte noch nie so ein süßes Date.«

»Du sollst nicht immer süß sagen«, grummelte Julian und wurde wieder rot, doch ich sah die Erleichterung in seinen Augen.

»Okay.« Ich grinste. »Ich hatte noch nie so ein absolut unsüßes, männliches Date und …« Ich stieß ein erschrockenes Quietschen aus, als Julian mich packte und in die Seite kniff.

»Du bist ganz schön frech, weißt du das?« Seine Augen blitzten, während ich japsend versuchte, mich aus seiner Umklammerung zu befreien.

»Weiß ich«, bestätigte ich und rannte los, als Julian eine Sekunde lang nicht richtig aufpasste.

Doch er holte mich schnell ein – lachend, schnell zu rennen, war offenbar nicht meine Stärke –, und als er dieses Mal seinen Arm um mich schlang, zog er mich in eine sanfte Umarmung. »Dummerweise stehe ich drauf.« Seine Lippen streiften meine Stirn, und ein wohliges Kribbeln lief mir über den Rücken.

Ich seufzte leise. »Da habe ich ja noch mal Glück gehabt.«

»Sehe ich auch so.« Er grinste zu mir herunter, ließ mich los und nahm stattdessen meine Hand.

Schweigend gingen wir los, bei jedem Schritt wirbelte Sand auf. »Es ist wahnsinnig schön hier«, sagte ich nach einer Weile. »Ich weiß gar nicht, wann ich das letzte Mal spazieren war.«

»New York ist jetzt auch nicht unbedingt eine Stadt, in der man gut spazieren gehen kann.«

»Hey, wir haben immerhin den Central Park.«

»Und der ist bestimmt toll, lässt sich aber sicherlich nicht hiermit vergleichen.« Julian machte eine ausschweifende Handbewegung.

»Nein. Das stimmt.« Ich liebte den Central Park, er war eine Oase in einer Millionenstadt, die von Hochhäusern beherrscht wurde, aber das hier war anders. Wilder. Unberührter. Romantischer.

»Fehlt dir New York?« Mit dem Daumen malte Julian Kreise auf meinen Handrücken.

Ich schüttelte den Kopf. »Nein, gar nicht.«

»Gar nicht?« Er klang überrascht.

»Gar nicht«, wiederholte ich, horchte tief in mich hinein, ob ich mich irrte. Aber da war nichts. Kein Zweifel, kein Gefühl von Heimweh. »Ich liebe New York, und irgendwann gehe ich vielleicht auch wieder zurück, aber gerade bin ich einfach froh, dass ich hier bin. Ich glaube, ich brauchte diese Veränderung. Wenn ich in New York geblieben wäre und dort studiert hätte … Keine Ahnung. Mir gefällt es hier. Das Einzige, was mir fehlt, ist meine Familie und selbst das … Im Endeffekt sind sie nur einen Anruf und ein paar Flugstunden entfernt.«

»Ich bin auch froh, dass du hier bist«, sagte Julian weich. »Aber wer weiß ... Wenn du in den Ferien nach New York fliegst, könnte ich dich begleiten?«

»Du willst mit mir nach New York?« Ungläubig blinzelte ich ihn an.

»Warum nicht?«

»Keine Ahnung. Willst du auch meine Familie kennenlernen?«

»Warum nicht?«, wiederholte er mit einem Schulterzucken und grinste mich dann breit an. »Ich weiß zumindest, dass Maggie ein Fan von mir ist.«

Bei der Erinnerung an das Telefonat, das Julian mitbekommen hatte, wurde ich rot. »Maggie würde sich wahrscheinlich auf der Stelle in dich verknallen.«

»Siehst du.« Er nickte, viel zu zufrieden mit sich selbst.

»Aber mein Dad ...« Ich stieß ein theatralisches Seufzen aus. »Habe ich erzählt, dass er mal Footballspieler war und jetzt das Team der Columbia coacht?«

Julian

»Lily?«

Sie drehte sich lächelnd zu mir um. »Ja?«

»Darf ich dich fotografieren?«

Überrascht zog sie die Augenbrauen hoch. »Hier? Jetzt?« Sie stand ein Stück von mir entfernt, direkt am Ufer des Sees, direkt im Licht der untergehenden Sonne, die ihre rosafarbenen Haare in Flammen aufgehen ließ. Das Licht war perfekt und sie wunderschön.

Ich schluckte schwer und nickte, bekam auf einmal keinen Ton mehr heraus. Was zur Hölle war schon wieder los mit mir?

Ich benahm mich wie ein verknallter Welpe, und es störte mich nicht einmal. Was sagte das über mich aus? Vermutlich eine Menge.

Sie zögerte kurz, dann wurde ihr Lächeln breiter. »Okay.«

Ich nahm meinen Rucksack ab, holte meine Kamera heraus und war froh, dass ich sie doch eingepackt hatte. Bevor wir uns auf den Weg gemacht hatten, hatte ich noch überlegt, sie zu Hause zu lassen, und mich dann in letzter Sekunde doch dagegen entschieden.

»Was soll ich tun?«

»Ich … Keine Ahnung.« Mein Kopf war auf einmal völlig leer. Ich wusste nur, dass ich sie fotografieren wollte. Dass ich diesen Moment festhalten wollte. Sie. Ich hatte wenig bis keine Erfahrung damit, Menschen zu fotografieren – von den Bildern für das Programmheft mal abgesehen, aber das war etwas vollkommen anderes.

Lily holte ihr Handy aus der Jackentasche und machte Musik an, bevor sie aus der Jacke schlüpfte und sie achtlos auf den Boden fallen ließ. Das Handy landete auf dem dunklen Stoff. »An deinen Anweisungen musst du noch ein bisschen arbeiten«, neckte sie mich, trat zu mir und küsste mich auf die Nasenspitze, bevor sie sich wieder von mir entfernte. »Ich bin echt nicht gut darin, mich fotografieren zu lassen, weil ich nie weiß, wohin mit meinen Händen und wie ich gucken soll, aber vielleicht könnte ich einfach … tanzen?« Auf einmal sah sie furchtbar nervös aus.

»Klingt perfekt.«

Erleichterung huschte über ihr Gesicht, dann schloss sie kurz die Augen und begann zu tanzen. Einen Moment lang konnte ich sie nur anstarren, war so gebannt von ihrem Anblick, dass ich völlig vergaß, die Kamera zu heben und das zu tun, was ich eigentlich vorgehabt hatte. Erst als der Song wechselte, erwachte ich aus meiner Erstarrung.

Sie tanzte, und ich fotografierte sie währenddessen. Ich knipste Foto um Foto, hatte keine Ahnung, ob auch nur eins davon gut wurde, aber das spielte auch keine Rolle. Ich machte die Bilder nur für uns.

Meine Finger waren kalt und steif, als Lily schließlich schwer atmend vor mir stehen blieb und mich anstrahlte.

»Meinst du, es ist was dabei?«

»Ganz sicher sogar. Wollen wir noch ein Stück gehen? Die Bilder können wir uns später am Tablet anschauen.« Ich verstaute die Kamera wieder in meinem Rucksack, hob ihre Jacke auf und hielt sie ihr hin. Sie schlüpfte hinein, griff nach meiner Hand, und wir liefen weiter, unterhielten uns über alles und nichts.

Mein Herz stellte seltsame Dinge mit mir an, während ich Lilys Geschichten über ihre Familie lauschte. Ich hatte sie noch nie so glücklich und gelöst erlebt, und allein der Gedanke, dass ich der Grund dafür sein könnte, ließ eine unbekannte Wärme in mir aufsteigen.

Ich merkte erst, dass ich sie angestarrt hatte, als sie stehen blieb und mich unter langen Wimpern hinweg fragend ansah. »Alles okay? Rede ich zu viel? Oh Gott, ich rede zu viel, oder?« Unsicher biss sie sich auf die Unterlippe.

»Nein. Gar nicht. Du könntest den ganzen Tag reden, und ich würde dir trotzdem noch gerne zuhören.« Noch während ich es aussprach, fragte ich mich, was zum Teufel ich da eigentlich von mir gab. Das war doch nicht ich, der so kitschiges Zeug sagte.

Offensichtlich war ich das aber doch.

Und ich hatte nicht einmal gelogen. Ich könnte ihr wirklich den ganzen Tag zuhören.

Gott sei Dank waren Cole und Jamie nicht hier. Sie würden mich dieses Geständnis nie vergessen lassen.

»Ernsthaft?« Noch immer standen ihr die Zweifel ins Gesicht geschrieben, und das passte mir gar nicht.

»Ernsthaft«, bestätigte ich und setzte mich wieder in Bewegung. »Also, was haben deine Eltern gesagt, nachdem Rose und du Maggie von dieser Party abgeholt habt, für die sie sich rausgeschlichen hatte?«

Lily lachte. »Dad hat uns eine halbstündige Standpauke gehalten, und wir haben alle drei Hausarrest gekriegt. Dabei haben Rose und ich gar nichts gemacht. Na ja, abgesehen davon, dass wir versucht haben, Maggie heimlich nach Hause zu schleusen. Somit hatten wir es wahrscheinlich verdient.«

»Hat sich der ganze Abend denn wenigstens gelohnt?«

»Du meinst, ob Maggie den Typ bekommen hat, wegen dem sie da war? Nein, sie hat sich am Ende für einen anderen entschieden. Und vier Wochen später für den nächsten. Manchmal glaube ich, Maggie ist nicht wirklich in einen der Jungen, sondern eher in das Verliebtsein an sich verliebt.«

Und ich bin verliebt in dich.

Der Gedanke tauchte so unvermittelt in meinem Kopf auf, dass ich abrupt innehielt. Mein Puls schoss in die Höhe, und für einen Moment wusste ich nicht mehr, wo oben und unten war. Ich verlor mich in einem wirbelnden Chaos aus Emotionen, die ich noch nie gefühlt hatte.

»Julian? Alles okay?« Lilys besorgte Stimme riss mich zurück ins Hier und Jetzt.

»Ich habe mich in dich verliebt.« Die Worte platzten völlig ungefiltert aus mir heraus.

Lilys Augen weiteten sich, ihre Lippen öffneten sich, sie brachte jedoch keinen Ton heraus.

»Ich bin in dich verliebt.« Ich sagte es noch mal, konnte mich selbst nicht aufhalten. Die Worte, meine Gefühle, mein Herz – all das wollte raus und zu ihr. *Zu ihr, zu ihr, zu ihr.*

Lily nahm mein Gesicht in beide Hände und küsste mich. Das Chaos in mir kam zum Stillstand, während sie ihre Lippen auf meine drückte. Hitze schoss durch meine Adern, und ich zog sie enger an mich. Als sie die Finger in meinem Haar vergrub, keuchte ich auf. Der Kuss wurde tiefer, heißer, dann spürte ich, wie sich ihr Mund zu einem Lächeln verzog.

Wir lösten uns voneinander, gerade weit genug, dass wir uns anschauen konnten. Ich glaube, ihre Augen waren noch nie so blau wie in diesem Moment.

»Du bist in mich verliebt?«, wisperte sie.

Ich nickte. »Soll ich es noch mal wiederholen?« Verdammt, ich würde es so oft wiederholen, bis sie es nicht mehr hören konnte.

Hier stand ich, war das erste Mal verliebt und hielt ein Mädchen im Arm, das meine Welt von der ersten Sekunde an auf den Kopf gestellt hatte.

Sie nickte, also sagte ich es ihr noch einmal. Und noch einmal.

37. KAPITEL

Lily

Das Leben stellt manchmal seltsame Dinge mit uns an. Ich war in der festen Überzeugung nach Faerfax gekommen, mein altes Leben und mein altes Ich hinter mir zu lassen, das Tanzen abzuhaken und darüber hinwegzukommen, was passiert war.

In gewisser Weise hatte das auch funktioniert. Nur deutlich anders, als ich je erwartet hätte.

»Und was meinst du?« Mit erwartungsvoll leuchtenden Augen sah Steph mich an. Ich war nach der heutigen Probe mit zu einem ihrer Kurse gegangen.

»Fragst du das jetzt jedes Mal, bis ich mich offiziell für einen Platz beworben habe?«, wollte ich lachend wissen.

Sie hakte sich bei mir unter, und gemeinsam liefen wir den Flur entlang. »Jeden Tag«, bestätigte sie.

»Okay, okay. Ich werde wechseln. Ich muss nur noch mit meinen Eltern sprechen und mich um die Bewerbung kümmern.«

Steph winkte ab. »Das kriegst du locker hin, mach dir keine Sorgen. Mrs Platt hat mich schon vor ein paar Wochen angesprochen, warum du Theaterwissenschaften anstatt Musical studierst, und da sie sich um die Bewerber kümmert, bist du so gut wie drin.«

Ich blieb so abrupt stehen, dass sie stolperte. »Und das er-

444

zählst du mir erst jetzt?« Meine Stimme klang plötzlich furchtbar hoch und aufgeregt.

Breit grinsend schaute sie mich an. »Ja, das hat gerade deutlich überzeugter geklungen als die letzten Male, die ich dich gefragt habe. Du bist so weit. Deine Entscheidung steht.«

Jetzt breitete sich auch auf meinem Gesicht ein strahlendes Lächeln aus. »Stimmt.«

»Das wird super!« Steph schleifte mich weiter. »Sieht aus, als würde bei dir gerade alles richtig gut laufen, oder?« Ihre Augen blitzten fröhlich, und ich wusste genau, wovon sie sprach. Von mir und Julian. Ich war mir nicht sicher, ob Julian ihr von uns erzählt hatte, ich hatte es jedenfalls nicht getan. Allerdings hatte es überraschend schnell die Runde gemacht, dass Julian jetzt eine Freundin hatte.

»Ja. Ziemlich gut sogar.« Verlegen strich ich mir eine Haarsträhne hinters Ohr. Hätte ich ihr davon erzählen sollen?

Dieses Mal blieb Steph stehen und nahm mich kurz in den Arm. »Ich freue mich für euch. Ganz ehrlich.« Sie klang so aufrichtig, dass mir nicht einmal der Gedanke kam, sie würde es nicht ernst meinen. »Ich habe mir das mit euch irgendwie schon gedacht, als Julian mich damals versetzt hat.«

Verwirrt sah ich sie an. »Was meinst du?«

»Erinnerst du dich nicht mehr an den Tag, als ich euch hier auf dem Gang getroffen und Julian gefragt habe, ob er Zeit hat? Und dass du gesagt hast, er hätte Zeit?«

Ich nickte, verstand aber immer noch nicht ganz, worauf sie hinauswollte.

»Er ist nicht gekommen.«

»Ist er nicht?«

»Nein.« Sie schüttelte den Kopf. »Und danach hat er sich auch nicht mehr bei mir gemeldet, um sich mit mir zu treffen, um zu … Na ja, du weißt schon. Er hat sich verändert, seit du

bei ihm wohnst. Er ist immer noch derselbe, aber irgendwie …
glücklicher.«

»Oh.« Mehr brachte ich nicht heraus, weil mir auf einmal
die Worte fehlten, und ich spürte plötzlich einen dicken Kloß
im Hals.

»Hey. Nicht weinen. Es ist alles gut. Mehr als gut.« Stephanie hakte sich erneut bei mir unter. »Und jetzt gibt es Kaffee.
Soll angeblich gegen Tränen helfen.«

»Wo hast du das denn gehört?« Schniefend wischte ich mir
übers Gesicht.

»Keine Ahnung, vielleicht habe ich mir das auch gerade nur
ausgedacht, damit du nicht anfängst zu heulen.« Sie grinste
verschmitzt, und ich schluckte die Tränen mühsam herunter.

In letzter Zeit war ich viel zu nah am Wasser gebaut. Ich
wusste genau, dass es daran lag, dass ich all das, was mir während der vergangenen Monate hier passiert war, noch nicht
richtig realisiert hatte.

Ich hätte nie gedacht, dass ich in Faerfax Freunde finden
und mich verlieben würde. Geschweige denn, dass ich hier
wieder anfangen würde zu träumen. Es war kein klar definier-
ter Traum wie früher, als ich mir gewünscht hatte, es erst zur
Juilliard und dann zum New York City Ballet zu schaffen.

Es waren lediglich die Anfänge eines Traums, der sich noch
weiterentwickeln und formen musste. Aber gerade konnte ich
mir nichts Besseres vorstellen.

»Was machst du?« Neugierig trat ich hinter Julian und legte die
Arme um ihn. Er hatte schon am Schreibtisch gesessen, als ich
nach den Samstagsproben nach Hause gekommen und unter
die Dusche gesprungen war.

Ich legte mein Kinn auf seinem Kopf ab und beobachtete
den Cursor der Maus, der über den Bildschirm flitzte.

»Fotos bearbeiten«, murmelte er, klang aber nicht besonders glücklich.

»Was du nicht sagst.« Ich tippte gegen seine Brust. »Ich hab zwar keine Ahnung davon, was du tust, aber Photoshop erkenne ich gerade noch. Sitzt du am Programmheft?«

Ich stolperte einen Schritt zurück, als Julian sich mitsamt seines Schreibtischstuhls zu mir umdrehte und sich mit beiden Händen durch die Haare fuhr. Er stieß ein frustriertes Stöhnen aus, antwortete aber nicht.

»Julian, was ist los?«

»Ich kann echt nicht fassen, dass ich dich das jetzt frage …«, setzte er an und holte tief Luft, während ich erstarrte. Doch welche Frage auch immer ich befürchtet hatte, es kam nicht mal ansatzweise an das heran, was jetzt aus Julian herausplatzte. »Du hast doch Instagram, oder?«

Irritiert blinzelte ich ihn an. Ich brauchte einen Moment, bis seine Worte bei mir ankamen, und selbst dann verstand ich ihn noch nicht richtig. »Ähm, ja. So halb. Ich hab zwar einen Account, aber die App deinstalliert.«

»Aber das könntest du rückgängig machen, oder?« Bittend sah er mich an.

»Könnte ich schon. Aber warum?«

Julian seufzte, griff nach meinen Händen und zog mich auf seinen Schoß. »Ehrlich, ich kann gar nicht glauben, dass ich das jetzt sage. Aber ich brauche deine Hilfe. Na ja, und deinen Instagram-Account. Hab ich dir von meinem Gespräch mit Mr Geiger vor ein paar Wochen erzählt?« Er gab mir nicht einmal die Gelegenheit zu nicken, oder den Kopf zu schütteln, sondern sprach sofort weiter. »Wahrscheinlich wollte er mich gar nicht runterziehen – wobei, zuzutrauen wäre es ihm. Jedenfalls ging es im Endeffekt darum, dass ich keine Ahnung habe, was ich mit meinem Leben anfangen möchte, dass ich allen anderen ungefähr eine Million Schritte hinterherhinke, mich irgendwas blockiert und ich deshalb *nur* fotografiere. Anstatt Praktika zu machen oder eine Instagram-Berühmtheit zu werden.« Julian redete sich in Rage, ich spürte, wie er am ganzen Körper zu beben begann, und stand auf. Ich setzte mich auf die Armlehne des Sofas und legte den Kopf zur Seite.

»Du fotografierst nicht *nur*, Julian. Sag das nicht so, als wäre das, was du tust, schlecht.«

Er schnaubte. »Nein, schlecht ist es nicht. Nur sinnlos.«

»Das ist doch Quatsch!«

»Ja, ich weiß. Irgendwo in meinem Kopf besitze ich auch noch genügend gesunden Menschenverstand, um das zu wissen. Das hilft mir nur leider nicht weiter.«

»Und mein Instagram-Account würde dir da wie genau helfen?« Skeptisch sah ich ihn an.

»Ich möchte mir einfach mal anschauen, wie das Ganze funktioniert, ohne mir selbst einen Account erstellen zu müssen. Was die Leute da so den lieben langen Tag posten, dass gefühlt jeder permanent am Handy hängt.«

»Julian«, begann ich vorsichtig, »bist du sicher, dass Instagram das Richtige für dich ist? Das klingt nämlich irgendwie nicht so.«

»Ich halte nicht so wahnsinnig viel von Social Media«, räumte er achselzuckend ein. »Aber ich kann auch nicht sagen, dass es total unnötig und scheiße ist, wenn ich mir nicht einmal die Mühe gemacht habe, mich damit zu beschäftigen.«

»Okay. Warte kurz.« Ich stand auf und ging in mein Zimmer, wo mein Smartphone am Ladegerät angeschlossen war. Während ich ins Wohnzimmer zurückkehrte, installierte ich die App, und ein mulmiges Gefühl breitete sich plötzlich in mir aus.

Beim letzten Mal hatte ich einen halben Nervenzusammenbruch gehabt, als ich mich in meinen Account eingeloggt hatte, und Julian und ich hatten diesen riesengroßen Streit gehabt. Seitdem hatte ich Instagram wie die Pest gemieden. Es war nicht so, als würde ich glauben, es könnte jetzt gleich wieder passieren. Das war Quatsch. Trotzdem war es seltsam, meine E-Mail-Adresse und mein Passwort einzugeben.

Als oben rechts das kleine rote Herz aufleuchtete, das anzeigte, dass man Likes oder Follower bekommen hatte oder in einem Beitrag markiert worden war, erstarrte ich. Fassungslos scrollte ich durch die Bilder, auf denen ich markiert worden war. Ich wusste, dass es bei unserem Musicalprojekt auch ein kleines Team gab, das einen Account nur für das Musical erstellt hatte, und unsere Fortschritte dort mit aller Welt geteilt wurden, aber ich hätte nie damit gerechnet, dass das Ganze solche Ausmaße annehmen würde. Der Account, der passenderweise den Namen *@thegreatestfaerfaxshow* trug, hatte inzwischen ein paar tausend Follower, und wer auch immer sich um den Account kümmerte, leistete ganze Arbeit. Die Fotos waren der Wahnsinn, und ich wusste sofort, welche davon Julian gemacht hatte.

»Lily?« Julians Stimme riss mich aus meinen Gedanken. Ich hatte gar nicht gemerkt, dass ich mitten im Raum stehen geblieben war, völlig fasziniert von dem, was unsere Kommilitonen auf die Beine gestellt hatten.

»Also, ein paar deiner Bilder haben es zumindest schon auf Instagram geschafft.« Ich wollte ihm gerade mein Handy reichen, als mein Blick auf das kleine Nachrichtensymbol und die leuchtende Eins fiel. Ich tippte darauf, und keine Ahnung, wessen Nachricht ich erwartet hatte – vielleicht auch nur eine Markierung in einer Story, die ich mir schon seit drei Wochen nicht mehr anschauen konnte –, nie im Leben jedoch hätte ich mit einer Nachricht von Luis gerechnet. Ungläubig starrte ich auf seinen Namen. Mein Herz konnte sich nicht ganz entscheiden, ob es weglaufen oder stehen bleiben sollte, und hüpfte in meiner Brust auf und ab wie ein Flummi, der nicht kräftig genug geworfen worden war.

Luis hatte mir geschrieben. *Luis.* Letzte Woche schon. Meine Hand begann so sehr zu zittern, dass ich fürchtete, jeden Moment mein Smartphone fallen zu lassen. Was wollte er? Ausgerechnet jetzt? Ich war dabei, mein altes Leben hinter mir zu lassen, ich war glücklich. Also, *was* wollte er?

Meine Neugierde kämpfte gegen den Wunsch an, dass er an jedem Wort, das er mir geschrieben hatte, ersticken sollte. Ich wollte nicht wissen, was er mir zu sagen hatte. Ich wollte keine halb gare Entschuldigung lesen. Ich stieß ein wütendes Lachen aus. Der Arsch hatte nicht mal die Eier gehabt, mich anzurufen. Stattdessen hatte er mich bei Instagram angeschrieben. *Wow.*

»Lily? Alles okay?«

Ruckartig hob ich den Kopf, als Julian vor mich trat und mir eine Hand ans Gesicht legte. Besorgt sah er mich an.

»Ja, alles gut. Hier.« Hastig tippte ich auf das kleine Haus, das zur Startseite führte, und drückte ihm mein Handy in die Hand. »Tob dich aus.« Ich schob mich an ihm vorbei, brauchte einen Moment, um mich wieder zu fangen, doch ich merkte, dass Julian mich stumm und mit sorgenvoller Miene beobachtete. Er hakte nicht nach, als wüsste er, dass er mich jetzt besser nicht ansprechen sollte.

Ich war ganz kurz davor zu platzen.

Am Fenster blieb ich stehen, starrte nach draußen und konzentrierte mich nur noch auf meinen Atem und meinen Herzschlag, versuchte, mich zu beruhigen und an gar nichts zu denken. Vor allem nicht an Luis, der es während des letzten Jahres nicht ein einziges Mal für nötig gehalten hatte, sich bei mir für das, was er getan hatte, zu entschuldigen. Stattdessen rief ich mir schöne Momente in Erinnerung. Momente, die ich hier in Faerfax erlebt hatte, die mich glücklich gemacht hatten. Die Abende mit meinen Freunden. Der Nachmittag mit Julian am See. Der Moment, als er mir gesagt hatte, dass er in mich verliebt sei. Ganz von selbst breitete sich ein Lächeln auf meinem Gesicht aus.

Als ich mich wieder umdrehte, musterte Julian mich immer noch. Mein Handy lag vergessen neben ihm auf der Couch.

»Willst du drüber reden?«, fragte er sanft, streckte beide Hände nach mir aus und wartete, bis ich so weit war, auf ihn zuzugehen und meine Hände in seine zu legen.

»Nein. Nicht jetzt. Später vielleicht.« Ich wollte nicht an Luis denken. Ich war glücklich, das wollte ich mir von ihm nicht kaputt machen lassen. »Jetzt sollten wir uns auf deine Karriere konzentrieren.«

»Es gibt Wichtigeres.«

Energisch schüttelte ich den Kopf und griff nach meinem Handy. Ich wollte jetzt nicht darüber reden. »Nein, gerade nicht. Also, pass auf.« Die Suchfunktion war zwar selbsterklärend, trotzdem zeigte ich Julian kurz, wie er am besten nach dem suchte, was er finden wollte.

Naturfotografie.

Glücklicherweise war das ein relativ klein gefasster Begriff, und es gab nicht Millionen über Millionen Bilder zu dem Hashtag.

Ha, ha, ha.

Stundenlang saßen wir auf dem Sofa, suchten nach Accounts, die Julian gefallen könnten, und auch wenn er es wahrscheinlich nie im Leben zugeben würde, ich war mir fast sicher, dass die ganze Sache begann, ihm Spaß zu machen.

Doch als er mein Handy schließlich zur Seite legte, verzog er skeptisch das Gesicht. »Und das soll mich jetzt weiterbringen?«

Ich grinste ihn an. »Ich glaube, das kommt ganz darauf an, mit welcher Einstellung du die ganze Sache angehst und was du erreichen willst. Aber du bist gut in dem, was du tust. Und ich bin sicher, dass vielen Leuten deine Fotos gefallen würden. Wenn du wolltest, könntest du über diese Plattform viel erreichen. Aber wenn du das nicht willst, dann musst du das nicht machen. Es gibt andere Möglichkeiten, um sich zu beweisen. Und nur weil ein paar deiner Kommilitonen das auf Instagram machen, heißt das noch lange nicht, dass das dein Weg ist.«

Julian stöhnte auf und rieb sich die Augen. »Keine Ahnung. Ehrlich, ich hab so gar keine Ahnung, was ich will.«

»Du kannst es auch einfach ausprobieren und schauen, ob es dir Spaß macht. Schaden kann es auf jeden Fall nicht.« Ich stupste ihn an, und Julian schlang einen Arm um meine Taille und zog mich auf seinen Schoß.

»Du hast recht. Vielleicht mache ich das. Aber das wird nicht reichen.«

»Wahrscheinlich nicht. Aber wie gesagt, du hast alle Möglichkeiten dieser Welt. Du musst dir nur überlegen, was du machen möchtest.«

»Ich brauche einen Plan.«

»Wir machen zusammen einen.« Ich hauchte ihm einen Kuss auf den Mund.

»Das klingt gut«, murmelte er, zog mich näher an sich heran und vergrub seine Hände in meinen Haaren. »Aber für heute habe ich andere Pläne.«

»Andere Pläne, als einen Plan zu machen?«, neckte ich ihn.

»Was hältst du von Pizza und Pasta? Ella hat erzählt, dass der neue Italiener in der Innenstadt wirklich gut sein soll.«

»Das klingt nach einem richtigen Date.«

Er lächelte mich an. »Soll es auch sein.«

Ich konnte nicht schlafen. Ich versuchte ehrlich, nicht daran zu denken, dass Luis mir geschrieben hatte, gab mir alle Mühe, mich abzulenken, und scheiterte kläglich. Selbst wenn ich die Augen schloss, sah ich seinen Namen vom Display meines Handys leuchten.

Irgendwann hielt ich es nicht mehr aus. Vorsichtig, um ihn nicht zu wecken, schob ich Julians Arm von meinem Bauch, griff nach meinem Smartphone, das auf dem Nachttisch lag, und schlich ins Wohnzimmer.

Ich hasste mich dafür, aber ich konnte nicht anders. Ich musste wissen, was Luis mir geschrieben hatte. Hart und schnell klopfte mein Herz gegen meine Rippen, als ich Instagram öffnete und auf das kleine Nachrichtensymbol tippte.

Mir wurde flau, als ich Luis' Nachricht sah. Irgendwie hatte dieses Bild in meinen Gedanken nicht ganz so … bedrohlich gewirkt. Ich holte tief Luft und schüttelte über mich selbst den Kopf. Das war albern. Worüber machte ich mir überhaupt Sorgen? *Bedrohlich*. Es war nur eine Nachricht. Mehr nicht. *Nur eine Nachricht*.

Ich würde sie lesen, löschen und dann abhaken.

Bevor ich es mir anders überlegen könnte, rief ich die Nachricht auf. Jeder Muskel meines Körpers spannte sich an, während meine Augen über die Buchstaben glitten.

01. Apr. 5.33 PM:
Ich habe über Insta mitbekommen, dass du an der Faerfax studierst und bei dem Musicalprojekt mitmachst, und wollte dir nur sagen, dass Dozenten von der Juilliard irgendwann in den nächsten Wochen zu euch kommen, weil sie in einigen eurer Tänzer Potenzial sehen. Ich weiß nicht, wen es betrifft und wann genau sie kommen, aber ich dachte, du solltest das wissen.

Ich hätte später nicht sagen können, wie oft ich die Nachricht las, bevor ich richtig begriff, was Luis mir geschrieben hatte. Es war nicht wichtig, dass er nicht einmal ein *Hey* vorweg geschrieben hatte, oder eine Entschuldigung. Eigentlich war es nicht einmal mehr wichtig, dass *er* diese Nachricht geschrieben hatte.

Wichtig waren nur seine Worte. Kleine Worte, die eine kurze Mitteilung bildeten, die für jeden anderen bestenfalls eine mäßig interessante Information gewesen wäre.

Für mich allerdings änderten diese Worte alles.

Die kleinen Funken ungeträumter Träume, die während der vergangenen Wochen in mir aufgekeimt waren, verblassten. Das Musical-Studium, die Freude, die ich bei den Proben empfunden und den Spaß, den ich mit den anderen währenddessen gehabt hatte ... All das verblasste.

Es war naiv, denn mit Sicherheit kamen die Dozenten der Juilliard nicht meinetwegen nach Faerfax. Ich hatte meine Chance gehabt und versagt.

Doch es nützte nichts. Egal, wie oft ich mir sagte, dass ich nicht noch einmal die Möglichkeit haben würde, mich für einen Platz an der Juilliard zu bewerben, ich konnte nichts gegen die Hoffnung tun, die in mir aufstieg. Ich konnte nichts dagegen machen, dass sich die Scherben meines zerbrochenen Traums zögerlich wieder zusammensetzten, bereit, jede Sekunde erneut zu zerspringen.

38. KAPITEL

Lily

Ich löschte Luis' Nachricht und hoffte, damit auch die Hoffnung in mir auszulöschen. Dann rief ich Rose an.

»Gott, Lily, warum kannst du nicht mal zu einer normalen Uhrzeit anrufen, wie jeder normale Mensch auch?«, begrüßte sie mich wenig begeistert.

»Luis hat mir geschrieben.«

»Was?« Jetzt klang sie hellwach. Und ziemlich entsetzt.

»Luis hat mir geschrieben«, wiederholte ich und konnte das Zittern in meiner Stimme nicht verbergen.

»Dieser Scheißkerl.« Sie fluchte. »Was wollte er?«

Ich erzählte ihr kurz, was Luis geschrieben hatte. »Weißt du irgendwas darüber? Er hat sich das nicht nur ausgedacht, oder?« Wenn ich schon eine Quelle in der Juilliard hatte, auf die ich mich verlassen konnte, wollte ich sie auch nutzen.

»Keine Ahnung. Ich habe noch nichts mitbekommen, aber ich kann mich mal umhören.«

»Würdest du das tun?«

»Klar. Für dich mach ich sowieso alles.« Ich konnte hören, wie sie lächelte. »Aber bitte, tu mir einen Gefallen, und ruf mich nicht mehr mitten in der Nacht an, ja? Ich brauche meinen Schönheitsschlaf.«

»Ich gebe mir alle Mühe, versprochen. Danke, Rosie.«

»Kein Problem, und jetzt geh schlafen. Du brauchst auch deinen Schönheitsschlaf.«

Ich schnitt eine Grimasse. »Hab dich auch lieb. Du schreibst dann?«

»Mach ich. Und Lily … Bitte stress dich deswegen nicht zu sehr, ja?«

»Ich versuch's.«

Wir verabschiedeten uns voneinander, und ich legte mich wieder ins Bett. An Schlaf war trotzdem nicht zu denken.

Ich überlegte, Steph und den anderen von dem angekündigten Besuch zu erzählen, entschied mich dann aber doch dagegen. Zumindest bis Rose sich gemeldet und Luis' Geschichte bestätigt hatte. Ich wollte uns allen keine falschen Hoffnungen machen.

Weil Rose am Sonntag allerdings nichts herausfinden konnte, dauerte es zwei ganze Tage, bis mein Handy endlich das erlösende Piepen von sich gab, das eine Nachricht meiner Schwester ankündigte.

Rose 18:13
Luis hat recht. Es kommen Dozenten zu euch, um sich einige Tänzer anzusehen.

Aufregung durchflutete mich, gefolgt von Panik. Sie würden herkommen. *Oh Gott.*

Ich 18:14
Weißt du, wegen wem sie kommen? 🙈

Rose 18:16
Nein, keine Ahnung. Tut mir leid. 😔

Ich 18:17
Kein Problem! Weißt du, wann sie kommen? 😨

Es dauerte viel zu lange, bis Rose endlich antwortete. Während ich auf ihre Antwort wartete, wurde mir abwechselnd heiß und kalt.

Rose 18:23
Diese Woche irgendwann. Auf jeden Fall vor der Premiere von Schwanensee. Ich schätze, Donnerstag oder Freitag. 🙄

Ich 18:24
Dann gehe ich jetzt wohl mal sterben. 🪦

Rose 18:26
Bitte nicht. Ich brauche dich noch! 🖤
Du kommst doch, oder?

Beinahe konnte ich sie vor mir sehen, wie sie auf ihrem Bett saß und sich unsicher auf die Unterlippe biss, den Blick fest auf ihr Handy gerichtet. Es brach mir das Herz, dass auch nur ein Teil von ihr daran zweifelte, dass ich zu ihrem Auftritt kommen würde.

Ich 18:27
Natürlich komme ich! 🖤

Rose 18:27
Danke! Ich freue mich schon! Bringst du Julian mit?

Ich 18:28
Auf keinen Fall. Ich will nicht, dass ihr ihn sofort vergrault. 🙂

Rose 18:30
So viel hältst du also von uns? Ts, ts, ts ...

Wir schrieben noch ein bisschen hin und her, aber ich war nicht ganz bei der Sache. Sie würden tatsächlich herkommen. Ich musste den anderen Bescheid sagen. Wir mussten uns vorbereiten.

Ich überlegte kurz, Steph zu schreiben, entschied mich dann aber doch dafür, es ihr erst morgen bei der Probe zu erzählen. Das war früh genug. Heute Abend musste sich deswegen niemand mehr stressen. Ich auch nicht.

Aber das war nicht so leicht.

Luis hatte mir geschrieben. Die Juilliard würde zur Talentsichtung nach Faerfax kommen. Und ich hatte keine Ahnung, was das in den nächsten Tagen noch mit mir anstellen würde.

»Ist das dein Ernst?« Ungläubig starrte Steph mich an. Die anderen sahen genauso fassungslos aus.

»Woher weißt du das?«, fragte Corey stirnrunzelnd, noch bevor ich Stephs Frage beantworten konnte.

»Von meiner Schwester. Sie ist an der Juilliard. Sie hat nachgefragt. Also ja, das ist mein Ernst.« Unbändige Erleichterung breitete sich in mir aus, weil es nun raus war. Es war nicht mehr meine Sache, sondern unsere. Es ging jetzt um uns alle und nicht nur um mich.

Nicht um mich.

Nicht um mich.

Nicht. Um. Mich.

Steph und die anderen begannen Pläne zu schmieden. Wann wir zusätzliche Trainingseinheiten einschieben könnten und welche Stücke wir für den Besuch vorbereiten sollten. Sie sprühten förmlich vor Energie und Tatendrang, während ich schweigend zuhörte und doch kein Wort zu mir durchdrang.

Ich brachte keinen Ton heraus, und es dauerte eine ganze Weile, bis ich begriff, warum ich nicht mehr zu sagen hatte. Warum ich mich nicht einmischte und keine Pläne mit den anderen machte.

Es kümmerte mich nicht. Es war mir total egal, dass diese Dozenten kommen würden. Ich war fertig mit der Juilliard. Ich wollte nicht dorthin.

Faerfax war jetzt mein Zuhause. Ich liebte die Stadt, die Uni. Ich liebte meine Freunde, und ich liebte Julian. Ich würde *Musical Theatre* studieren und herausfinden, was ich mit meinem Leben anfangen wollte. Abseits vom Ballett. Ich liebte es, und ich liebte das Tanzen. Aber ich wollte diesen Stress nicht mehr.

Ich wollte dieses neue Leben, das ich mir hier gerade aufbaute.

Mir brach kalter Schweiß aus.

Oder ich verarschte mich gerade so richtig gründlich selbst, damit ich nicht völlig durchdrehte.

Die Juilliard war mein Leben lang mein Traum gewesen, das konnte sich jetzt nicht innerhalb von wenigen Monaten geändert haben.

Hatte es auch nicht.

Oder?

Ich hatte Angst. Was total verständlich war. Es war normal, Angst zu haben. Jeder bei Verstand wäre nervös. Jeder hätte Angst. Träume konnten sich erfüllen oder zerbrechen, und meiner war schon einmal zerbrochen. Ich wusste nicht, ob ich das ein weiteres Mal überstehen würde. Und es stand außer Zweifel, dass sich mein Traum nicht noch einmal erfüllen würde. Ich war nicht gut genug, meine Pause war zu lang gewesen, ich hatte danach nicht genug trainiert. Also war es besser, gar nicht zu träumen. Oder?

Die Stimme in meinem Kopf wurde lauter und lauter, und ich wusste irgendwann nicht mehr, ob ich an meinem Talent zweifelte oder daran, ob ich hierbleiben oder nach New York zurückwollte. Ich wusste absolut gar nichts mehr.

Verdammtverdammtverdammt!

»Okay, Leute, so weit ist dann alles klar?« Fragend sah Steph uns der Reihe nach an, und ich stellte fest, dass ich keine Ahnung hatte, worum es ging. Ich hatte nichts von dem mitbekommen, was sie gesagt hatte, nickte jetzt aber trotzdem.

Wir saßen an diesem Nachmittag länger zusammen als üblich. Ich sollte zuhören, Vorschläge machen, mich einbringen, aber ich konnte mich nicht rühren, saß wie erstarrt auf dem Boden des Probenraums und bemühte mich, nicht die Fassung zu verlieren.

Warum wusste ich nicht, was ich wollte?

Warum musste eine verfluchten Nachricht alles kaputt machen?

Ich hatte mich entschieden. Ich hatte mir einen neuen Traum gesucht, oder mir das zumindest eingeredet. Und jetzt … Jetzt war wieder alles offen, und ich wusste nichts und hoffte auf alles.

Ich fühlte mich taub und leer, und gleichzeitig schien ich von innen heraus zu verbrennen. Ich wollte schreien und fluchen, weinen und beten, dass ich es hinbekommen würde.

Stattdessen saß ich ganz still da, wartete darauf, dass Steph die Probe beendete, und versuchte, mich nicht selbst zu verlieren.

Als ich mich schließlich auf den Heimweg machte, war ich mir nur einer Sache völlig sicher. Ich musste mit Julian reden. Musste ihn dazu bringen, das Karussell in meinem Kopf zum

Stillstand zu bringen, meine Gedanken zu ordnen, das Chaos zu lichten.

Ich zitterte, das Herz schlug mir bis zum Hals, als ich über den Campus zum Wohnheim stürmte, die Treppe zum vierten Stock hinaufeilte und die Tür zu unserer Wohnung aufriss.

»Julian? Wo steckst du? Ich muss –« Ich brach ab, als Julian sich zu mir umdrehte. Er hielt sein Handy ans Ohr gedrückt und sah alles andere als begeistert aus.

Scheiße.

»Jen, ich komme am Wochenende, versprochen! Jetzt geht es einfach nicht.«

Er rieb sich über die Schläfe, während seine Schwester am anderen Ende der Leitung etwas sagte, und warf mir einen entschuldigenden Blick zu. Dann antwortete er: »Ich weiß. Aber ich kann jetzt wirklich nicht hier weg. Ich habe Kurse.«

Achtlos ließ ich meine Tasche fallen und trat neben ihn. Sorge stieg in mir auf. Das klang gar nicht gut.

Kein guter Zeitpunkt, um über die Juilliard zu reden. Kein guter Zeitpunkt, um über meine Zweifel zu reden. *Verdammt!*

Was sollte ich ihm auch sagen? Wie sollte ich ihm das Durcheinander in meinem Kopf erklären, ohne dass er es falsch verstand? Ohne dass er an mir und an uns zweifelte? Es ging nicht um ihn, es ging nicht um uns. Es ging um mich und mein verwirrtes Herz. Um einen Traum, der vielleicht wieder in greifbare Nähe rückte und irgendwie auch nicht. Um einen Traum, den ich nicht und doch viel zu sehr träumen wollte.

»Okay, ich komme Donnerstagabend, in Ordnung? Früher geht es echt nicht.«

Wieder eine Pause, ich hörte Jens Stimme, verstand aber nicht, was sie sagte. Allerdings klang sie nicht besonders glücklich.

»Versprochen, Jenny. Ich hab dich lieb. Wir sehen uns Donnerstag.« Julian seufzte schwer, als er auflegte und sein Handy achtlos aufs Sofa warf.

»Alles okay?« Ich griff nach seiner Hand. *Bitte lass alles okay sein, bitte lass alles okay sein.*

»Ja. Nein. Keine Ahnung. Ich weiß nicht, was wieder los ist, aber Jenny wollte es mir am Telefon auch nicht sagen.« Er sah so frustriert aus, dass sich mein Herz zusammenzog. Ich hasste es, ihn so zu sehen, hasste es, dass er sich für seine Schwestern so verantwortlich fühlte, obwohl er das nicht müssen sollte.

»Du wolltest irgendwas von mir, als du reingekommen bist?«, fragte Julian, doch ich schüttelte den Kopf.

Die Worte, die in mir aufstiegen, blieben mir im Hals stecken, erstickten mich.

»Vergiss es. Nicht so wichtig.« Ich konnte ihm jetzt nichts davon sagen. Nicht jetzt, wenn er ohnehin schon so frustriert war. »Kann ich dir irgendwie helfen?«

Er rang sich ein gequältes Lächeln ab. »Kannst du an meiner Stelle mit meinem Dad reden?«

Julian

Die ganze Woche war einfach nur scheiße. Meine Laune war im Keller, und ich hatte das Gefühl, jeden Moment auszuflippen. Angefangen hatte es am Wochenende, als ich mit Lily die Welt von Instagram erkundet hatte. Obwohl ich das ganze Prinzip nicht so bescheuert fand, wie ich zuvor angenommen hatte, fühlte es sich für mich einfach nicht richtig an.

Fragte sich nur, warum.

Es war doch nicht so schwer! Ein paar Fotos hochladen, Follower sammeln und abwarten, was passierte. Doch allein der Gedanke, mir einen Account zu erstellen, stresste mich. Es war lächerlich. So unfassbar lächerlich.

Aber die Sache war die: Wenn ich schon damit anfing, wollte ich es auch gut machen. Und gut machen bedeutete, dass ich erfolgreich sein wollte. Nur dass der Erfolg den wenigsten Menschen einfach zuflog, und ich gehörte definitiv nicht dazu.

Ich hatte so eine Scheißangst vor meiner Zukunft. Obwohl ich wusste, dass Naturfotografie meine Leidenschaft war und ich unbedingt etwas in die Richtung machen wollte, hatte ich keine Ahnung, was genau.

Ein Magazin, das über Umwelt und Natur berichtete, war – genau wie für Cole – immer mein Traum gewesen. Aber Praktikumsplätze wuchsen nun mal nicht auf Bäumen, und wenn ich diesen Traum leben wollte, musste ich mir das nächste Jahr den Arsch aufreißen, um mir dort einen Platz zu verdienen.

Ein erfolgreicher Instagram-Account würde da eventuell helfen. Oder alles ruinieren, je nachdem, mit wem man sprach. Andererseits war inzwischen beinahe jedes Magazin auch in den sozialen Netzwerken aktiv und konnte sich dementsprechend nur wünschen, dass Erfahrung vorhanden war.

So oder so würde ich allein keinen Schritt weiterkommen, und so dankbar ich Lily auch dafür war, dass sie angeboten hatte, mit mir gemeinsam einen Plan zu schmieden, sie konnte mir bei der Sache unmöglich helfen.

Also hatte ich am Montag meinen Stolz über Bord geworfen und Mr Geiger um einen Beratungstermin gebeten, um mit ihm über verschiedene Möglichkeiten zu sprechen, wie ich jetzt weitermachen sollte. Wenn er sich schon einmischte, konnte er mich wenigstens unterstützen.

Es passte mir nicht. Ich hasste es, um Hilfe bitten zu müssen, aber es nützte nichts.

Allein deswegen war ich mies drauf. Dass meine Schwestern

mich am Wochenende unbedingt in Chicago brauchten, machte es nur unwesentlich besser. Ich wollte Dad weder sehen noch mit ihm reden. Ich wollte die Enttäuschung auf ihren Gesichtern nicht sehen, wenn ich ihnen ein weiteres Mal sagte, dass ich unter keinen Umständen wieder bei ihnen einziehen würde.

Stattdessen wollte ich die Zeit zurückdrehen und wieder mit Lily um den See spazieren. War das erst zwei Wochen her? Es kam mir vor, als wären die letzten Tage im Schnelldurchlauf vergangen, nur um mich so richtig anzupissen.

Zu allem Überfluss hatte ich angefangen, wieder von Mom zu träumen. Seit Tagen schlich sie sich Nacht für Nacht in meinen Kopf, und egal, wie sehr ich mich dagegen wehrte, ich kam nicht dagegen an. Gegen Träume war man machtlos.

Ich bemühte mich, nicht darüber nachzudenken, warum ich ausgerechnet jetzt so oft von ihr träumte, ich wusste es trotzdem. Und das hasste ich noch mehr als die Träume selbst.

Wäre Mom bei uns geblieben, hätte ich ihr von Lily erzählt. Hätte ihr erzählt, dass ich zum ersten Mal verliebt war. Ich versuchte mich an den Gedanken zu klammern, dass vielleicht alles ganz anders gekommen wäre, wenn sie geblieben wäre. Vielleicht hätte ich mich mit fünfzehn zum ersten Mal verliebt, so wie Sarah. Vielleicht hätte ich Lily gar nicht kennengelernt, weil ich nicht nur in eine andere Stadt, sondern in einen anderen Bundesstaat gezogen wäre, um zu studieren.

Doch im Endeffekt spielte dieses permanente »Hätte-könnte-sollte« überhaupt keine Rolle. Es ging nicht darum, dass eventuell alles anders gekommen wäre. Sondern darum, dass sich weder Mom noch Dad genug für mich interessierten, um ihnen erzählen zu wollen, dass ich eine Freundin hatte.

Wie traurig war das bitte?

»Hey, Jules.«

Ich fuhr erschrocken zusammen, als Steph wie aus dem

Nichts vor mir auftauchte und sich über den Tisch lehnte. Ich saß noch in dem Kursraum, in dem wir uns jeden Tag für die Gestaltung des Programmhefts trafen, und bearbeitete ein paar Bilder.

»Was machst du?«, fragte sie, bevor ich auch nur ein Wort herausgebracht hatte, und deutete auf den Bildschirm.

»Wonach sieht's denn aus?«

»Wow, da ist ja jemand richtig gut drauf heute.« Sie zog die Augenbrauen hoch und verschränkte die Arme vor der Brust.

Ich zwang mich zu einem halbherzigen Lächeln. »Sorry, die Woche ist einfach ätzend. Willst du irgendwas Bestimmtes?«

Sie zögerte kurz, ihr war deutlich anzusehen, dass sie mich am liebsten ausgequetscht hätte, besann sich dann glücklicherweise aber doch eines Besseren. »Ich wollte fragen, ob ihr hier vielleicht ein Handystativ habt? Morgen oder übermorgen kommen ja die Dozenten von der Juilliard, um sich eventuell ein paar meiner Tänzer zu klauen – was ich übrigens immer noch sehr frech finde –, und ich wollte das Ganze gerne aufnehmen. Wenn es jemand schafft, möchte ich den großen Moment wenigstens festhalten, aber ohne Stativ müsste ich jemanden abziehen, und das wäre ziemlich dämlich.«

»Klar. Warte kurz.« Ich erhob mich, ging rüber zu dem Schrank, in dem wir unser gesamtes Equipment aufbewahrten und für den nur Vic und ich den Schlüssel hatten. Erst als ich Steph das Stativ reichte, begriff ich, was sie da gerade gesagt hatte.

Dozenten von der Juilliard würden nach Faerfax kommen, um sich Tänzer anzuschauen, die sie möglicherweise nach New York holen wollten?

Und Lily hatte mir nichts davon erzählt.

»Steph ...«, setzte ich an, um nachzufragen, ob ich sie wirklich richtig verstanden hatte, doch sie kam mir zuvor.

»Du bist ein Schatz, danke! Ich würde supergerne noch quatschen, aber ich muss los. Ich habe viel zu wenig Zeit, um alles zu planen und vorzubereiten. Wir sehen uns.« Sie wirbelte herum und verschwand so schnell, wie sie gekommen war, ließ mich verwirrt und mit einer dunklen Vorahnung im Bauch zurück.

Lily hatte mir nichts erzählt. Warum nicht? Weil es nicht wichtig war? Weil es zu wichtig war?

Warum hatte sie nichts gesagt?

Wollte sie gehen?

Allein der Gedanke ließ Übelkeit in mir aufsteigen.

Weil ich jetzt ohnehin nichts mehr hinbekommen würde, fuhr ich meinen Laptop herunter und ging nach Hause. Ich konnte sie einfach fragen. Warum sie mir nichts gesagt hatte und was sie darüber dachte.

Doch als ich unsere Wohnung betrat, war alles dunkel. Nur Lilys Lichterketten spendeten ein wenig Licht. Dann entdeckte ich sie.

Sie lag auf dem Sofa, eingerollt in eine ihrer Kuscheldecken, und schlief tief und fest.

Ganz kurz überlegte ich, ob ich sie wecken sollte, und ließ es dann doch bleiben. Wenn ich sie jetzt weckte, würden wir uns streiten. Ich wollte mich nicht streiten. Nicht so, nicht heute. Nicht, wenn ich ohnehin schon so scheiße drauf war, dass ich wusste, ein Streit, egal welcher Art, würde viel zu sehr eskalieren.

Ich wollte einfach nur, dass diese beschissene Woche vorbei war. Lily würde nicht gehen. Nicht, ohne vorher mit mir zu reden. Das würde sie nicht tun.

Alles in mir krampfte sich schmerzhaft zusammen.

Würde sie nicht.

39. KAPITEL

Lily

Ich war mit den Nerven am Ende, ganz kurz davor, völlig die Fassung zu verlieren. Ich hatte Julian immer noch nichts von dem Vortanzen erzählt, als er am späten Donnerstagnachmittag mit gepackter Tasche aus seinem Zimmer kam, um nach Chicago zu fahren. Gestern hatte ich fest vorgehabt, ihm alles zu sagen, ihn zu fragen, was ich tun sollte, und mich vielleicht ein kleines bisschen bei ihm auszuheulen. Doch dann war ich auf dem Sofa eingeschlafen, und als ich wieder aufgewacht war, hatte Julian dermaßen schlechte Laune gehabt, dass ich es nicht über mich gebracht hatte.

Heute war er noch mieser drauf. Es lag an seinem Dad. Daran, dass Julian ihn weder sehen noch sprechen wollte. Und obwohl ich wusste, dass ich ihm alles sagen sollte, so schnell wie möglich, bevor alles außer Kontrolle geriet, schaffte ich es nicht. Er war so gereizt, dass ich mir sicher war, wir würden streiten. Und ich wollte nicht streiten. Nicht, wenn wir uns danach drei Tage nicht sehen würden. Wir waren noch nicht so weit.

Vielleicht war auch nur ich noch nicht so weit.

»Geht's dir gut?« Ich schluckte den Kloß in meinem Hals hinunter, doch meine Stimme klang trotzdem nicht nach mir. Zu zittrig, zu unsicher, zu sehr den Tränen nahe.

Julian ließ seine Tasche fallen und fuhr sich mit einer Hand durchs Haar. Eine tiefe Falte hatte sich zwischen seinen Augenbrauen in seine Stirn gegraben. »Keine Ahnung. Frag mich das noch mal, wenn ich zurück bin.«

Zögerlich trat ich auf ihn zu, schlang ihm beide Arme um den Hals, und als er tonlos aufseufzte und mich an sich zog, schloss ich die Augen.

»Es wird alles gut«, murmelte ich leise, war mir nicht sicher, ob ich damit meine oder seine oder unsere Situation meinte. Es war auch nicht wichtig.

Es würde alles gut werden. Es musste alles gut werden.

»Wenn Dad mir irgendwann mal zuhört, vielleicht.«

»Wird er.« Ich klang zuversichtlicher, als ich es war. Ich kannte seinen Dad nicht, aber nach allem, was ich bisher über ihn erfahren hatte, schien mir sein Vater kein besonders guter Zuhörer zu sein. Aber es war nicht hilfreich, wenn ich jetzt ehrlich war.

Julians Lippen streiften meine Wange, dann löste er sich von mir.

»Ich hab echt keinen Bock auf die Scheiße.« Er seufzte und schnappte sich seine Tasche.

»Julian, ich …« Ich brach ab, als er mir aus grünen Augen einen unergründlichen Blick zuwarf.

»Ich muss jetzt los, mein Zug fährt gleich.« Er klang kühl, reserviert, und obwohl es ziemlich sicher nichts mit mir zu tun hatte, versetzte es mir einen Stich.

Ich nickte stumm, kämpfte gegen die Tränen an. Das war nicht richtig. Nichts davon. Die ganze Woche war eine einzige Katastrophe und das gerade der Höhepunkt.

Julian wandte sich zur Tür, und alles in mir schrie danach, ihn aufzuhalten. Ich öffnete den Mund im gleichen Moment, als er einen Fluch ausstieß, seine Tasche fallen ließ und mich an sich zog. Seine Lippen prallten auf meinen Mund, und Hitze durchströmte mich. Ich öffnete die Lippen, stöhnte auf, als unsere Zungen sich berührten. Seine Hände gruben sich in meine Haare, ich presste mich an ihn, so fest ich konnte. Ich wollte ihn nicht gehen lassen, sondern bei mir behalten, ihn vor dem Desinteresse seines Vaters schützen, und wusste gleichzeitig, dass weder das eine noch das andere möglich war.

Julian löste sich so abrupt von mir, dass ich schwankte. »Wir sehen uns Sonntag, okay?« Er schenkte mir ein schiefes Lächeln, das beinahe seine Augen erreichte.

Es würde alles gut werden. Wir konnten Sonntag reden. Dann war die ganze Sache gelaufen, und ich war hoffentlich wieder bei Verstand. Vielleicht war es besser so. *Hoffentlich.*

»Okay.«

Dann ging er, und als die Tür hinter ihm ins Schloss fiel, machte sich eine dumpfe Leere in mir breit.

Julian

Ich verbannte Lily in den hintersten Winkel meines Kopfes, während ich den Campus verließ und Richtung Bahnhof lief. Ich konnte jetzt nicht an sie denken, nicht an die Juilliard, New York und Entscheidungen, die getroffen werden mussten. Ich war nicht bereit dafür, und ich musste mich auf meine Familie konzentrieren. Mein Leben hatte zu viele Baustellen, und je länger ich im Zug Richtung Chicago saß, desto unruhiger wurde ich. Wo zur Hölle sollte ich anfangen?

Mir graute davor, Dad zu begegnen und mit ihm zu reden. Er hatte sich seit der Besichtigung kein einziges Mal bei mir gemeldet, und ich hatte es nicht eingesehen, den ersten Schritt zu machen, egal, wie kindisch das war. Ich würde nicht nachgeben und bei ihnen einziehen. Am liebsten wäre ich in Faerfax geblieben, nur um diesem unvermeidlichen Gespräch aus dem Weg zu gehen, denn wenn er heute wieder davon anfing, würde ich explodieren. Und das würde nicht schön werden.

Allerdings stellte sich heraus, dass ich mir darüber gar keinen Kopf hätte machen müssen. Als ich zu Hause ankam, war Dad nicht da. Wie überraschend.

»Jen? Sarah?«, rief ich nach oben, als ich das Haus betrat, und einen Moment später hörte ich, wie erst eine, dann eine zweite Tür aufgerissen wurde. Dann vernahm ich schnelle Schritte, und einen Augenblick später fielen die beiden mir um den Hals.

»Du bist gekommen!« Jenny strahlte mich an.

»Hab ich doch versprochen.« Ich stellte meine Tasche am Fuß der Treppe ab, legte ihnen je einen Arm um die Schultern und schob sie Richtung Wohnzimmer. »Geht's euch gut?« Prüfend musterte ich die beiden. Sie sahen aus wie immer, also schien auf den ersten Blick alles in Ordnung zu sein. Doch als wir uns setzten und sie unruhig auf dem Sofa herumrutschten, wusste ich, dass irgendwas nicht stimmte.

»Was ist los?«, wollte ich wissen und sah fordernd von einer zur anderen. Sie wechselten einen Blick, den ich nicht deuten konnte, dann seufzte Jen ergeben.

»Dad hat das Haus gekauft.«

Ich erstarrte. Er hatte das Haus gekauft und sich nicht einmal die Mühe gemacht, mir Bescheid zu sagen.

»Und Dean hat Schluss gemacht, weil er keine Fernbeziehung will.« Sarah zog die Schultern hoch und versuchte, möglichst keine Emotionen zu zeigen, aber ich kannte sie zu gut, als dass mir entgangen wäre, dass es ihr ganz und gar nicht gut ging. Unwillkürlich ballte ich die Hände zu Fäusten. Sie hatte sich wochenlang die Augen aus dem Kopf geheult und nicht mit Jenny gesprochen, weil sie wegen dieses kleinen Scheißkerls nicht wegziehen wollte, und jetzt machte er einfach Schluss?

Ich brauchte ein paar Sekunden, um mich zu sammeln, bevor ich etwas wirklich, wirklich Dummes tat oder sagte. Dann zog ich Sarah an mich.

»Wahrscheinlich soll ich nicht den bösen großen Bruder spielen, oder?«

An meiner Schulter schüttelte sie den Kopf. »Er ist es nicht wert«, erwiderte sie erstickt.

»Dean ist ein Arsch.« Finster sah Jenny uns an, und ich musste mir ein Lächeln verkneifen. Nicht, weil irgendwas an der ganzen Situation lustig war, sondern weil es jetzt absolut keine Rolle mehr spielte, dass die beiden sich wegen dieses Jungen wochenlang gestritten oder nicht miteinander geredet hatten. Sobald eine von beiden verletzt war, war die andere sofort zur Stelle, um sie zu verteidigen. Wenigstens das würde sich nie ändern. Das hoffte ich jedenfalls.

»Dafür habe ich jetzt kein Problem mehr mit dem Umzug.« Seufzend hob Sarah den Kopf und strich sich die wirren Haare aus dem Gesicht.

Ich zuckte zusammen. Dann stand es jetzt drei gegen einen. Aber letztendlich war es vollkommen egal. Dad hatte das Haus gekauft. Es spielte absolut keine Rolle mehr, was ich wollte, und ich fragte mich, ob Dad wohl zugehört hätte, wenn ich ihm ehrlich gesagt hätte, dass ich den Umzug für eine absolut beschissene Idee hielt. Wahrscheinlich nicht.

Ich kriegte nur so halb mit, was die beiden über den Umzug, Faerfax und die neue Schule quasselten, auf die sie nach dem Sommer dann gehen würden. Ich war zu beschäftigt damit, zu atmen und den dumpfen Schmerz zu ignorieren, der in mir aufstieg.

»Dann sehen wir uns auch wieder öfter.« Breit grinsend stupste Jenny mich an.

Ich rang mir ein klägliches Lächeln ab, während mein Freiraum immer, immer kleiner wurde.

Wir saßen lange im Wohnzimmer, bestellten schließlich Pizza und sahen uns einen Film an. Als wir gegen Mitternacht nach oben auf unsere Zimmer gingen, hatte Dad sich immer noch nicht blicken lassen.

Inzwischen war ich so wütend, dass ich am liebsten auf etwas eingeprügelt hätte. Was für ein Vater war er eigentlich? Es nicht mal an einem Donnerstagabend zum Abendessen nach Hause zu schaffen, war ein absolutes Armutszeugnis. Dad kam immer erst spät aus dem Atelier und der Werkstatt, das hatte ich gewusst. Aber dass er die beiden so lange allein ließ, damit hatte ich nicht gerechnet. Ich hatte mich geweigert, daran auch nur zu denken, weil ich keine Ahnung hatte, wie ich damit umgehen sollte.

Sarah und Jenny waren fünfzehn. Sie waren vernünftig und bauten keinen Mist, doch sein offensichtliches Desinteresse ihnen gegenüber brachte mich zur Weißglut.

Ich machte mir keine Illusionen darüber, dass es morgen knallen würde, wenn wir uns begegneten. So richtig.

Ich schlief lange, und als ich schließlich aufstand, war Dad längst wieder weg. Man sollte meinen, meine Wut wäre über Nacht abgekühlt, aber nein, ich kochte nur noch mehr. Jen und Sarah waren in der Schule, und weil ich meiner Gruppe versprochen hatte, mich trotzdem um die Bildbearbeitung zu kümmern, auch wenn ich heute nicht zur Uni kam, nahm ich meinen Laptop aus dem Rucksack und machte mich an die Arbeit. Ein paar Stunden vergaß ich alles um mich herum, ich vergaß, wo ich war, dass ich mit Dad reden musste, vergaß die Wut und auch die Sorgen, die ich mir wegen Lily machte. Wenn ich jetzt anfing, über sie nachzudenken, würde ich durchdrehen, und das konnte ich gerade nicht gebrauchen.

Es war Mittag, als mein Magen anfing zu knurren und mich daran erinnerte, dass ich vielleicht eine Pause machen und etwas essen sollte. Weil der Kühlschrank beinahe leer war, beschloss ich, kurz einkaufen zu gehen.

Ich wollte mich gerade auf den Weg machen, als die Haustür aufgeschlossen wurde und Dad das Haus betrat. Er schien nicht besonders überrascht, mich zu sehen, und es dauerte einen Moment, bis ich begriff, dass er mit voller Absicht genau jetzt auftauchte. Meine Schwestern würden erst in zwei Stunden aus der Schule kommen.

»Ich hab mich schon gefragt, ob du dich dieses Wochenende überhaupt hier blicken lässt, wenn ich da bin«, begrüßte ich ihn scharf. Dad betrachtete mich nur schweigend und hatte mal wieder nicht einmal ein *Hallo* für mich übrig.

Er zog eine Augenbraue hoch. »Du meinst, ich würde dir extra aus dem Weg gehen?«

Wut jagte durch meinen Körper. Sie baute sich nicht langsam auf, sondern traf mich wie der Blitz. »Tust du's nicht?«

»Nein.« Er wirkte ehrlich erstaunt.

Beinahe hätte ich ihm die Nummer abgenommen. »Dad, du hast dich seit der Besichtigung nicht mehr bei mir gemeldet. Du hast es nicht einmal für nötig gehalten, mir zu erzählen, dass du das Haus gekauft hast!«

Dad seufzte und verschränkte die Arme vor der Brust. Er war genervt, und das machte mich nur noch wütender. »Julian, falls ich dich daran erinnern darf: Du bist abgehauen.«

Seine Worte verschlugen mir für einen Augenblick die Sprache. »Und das ist für dich ein Grund, dich nicht bei mir zu melden? Was wäre gewesen, wenn Jen oder Sarah an dem Tag weggelaufen wären? Hättest du sie nicht gesucht, um mit ihnen zu reden.«

»Deine Schwestern sind fünfzehn. Du bist erwachsen.«

»Na, Gott sei Dank muss man sich um seine erwachsenen Kinder keine Sorgen machen.«

»Julian –«

»Nein, ich verstehe schon«, unterbrach ich ihn bissig. »Ich bin erwachsen, seit ich neun Jahre alt bin. Ich komme schon klar. Aber wenn du schon darauf bestehst, dass ich ja ach so erwachsen bin, dann bist du dir hoffentlich auch darüber im Klaren, dass ich unter keinen Umständen bei euch einziehen werde!«

Wieder seufzte Dad und runzelte die Stirn. »Julian, warum soll ich für ein Zimmer im Wohnheim bezahlen, wenn du bei uns wohnen kannst?«

Mein Herz setzte einen Schlag aus. »Weil diese Wohnung mein Zuhause ist! Nicht dieses dämliche Haus, das du gekauft hast!«

»Du wirst dich dran gewöhnen.« Dad wollte sich abwenden, als wäre die ganze Sache damit erledigt, und irgendwas in mir zerbrach.

»Ist das dein Scheißernst?« Meine Stimme bebte. »Du bezahlst das Wohnheim nicht mehr, damit ich wieder bei euch einziehe? Das ist *mein* Leben, Dad!«

»Und mein Geld.«

Ich zuckte zurück, als hätte er mich geschlagen. »Du bist ein Arschloch«, fauchte ich. Es war mir egal, dass mich das gerade selbst zum Arschloch machte. Mein Blut kochte, in meinen Ohren rauschte es, und ich sah rot. »Schön, wenn du meinst, dass du mir das Geld für die Wohnung streichen willst, bitte. Mach doch. Ich komm schon klar, ich werde mir das Geld selbst verdienen.«

»Wie denn?« Dad lachte. Er *lachte*. Und ich war kurz davor zu kotzen. »Julian, du hast noch nie gearbeitet. Du hattest es nie nötig. Ich habe dir die Uni, das Wohnheim und dein Leben finanziert, damit du dich voll und ganz auf dein Studium konzentrieren kannst und nicht arbeiten musst. Du bist überhaupt nicht dazu in der Lage, dein eigenes Geld zu verdienen.«

»Wow. Dann lohnt sich das Studium ja so richtig. Glaubst du, wenn ich jetzt nicht dazu in der Lage bin, werde ich es nächstes Jahr nach meinem Abschluss sein?«

»Das ist was anderes.« Dad schüttelte unwirsch den Kopf.

»Ist es nicht. Wenn du meinst, ich wäre nicht in der Lage zu arbeiten, weil ich es bisher nicht nötig hatte, glaubst du auch nicht daran, dass ich es nächstes Jahr kann. Danke, Dad, ich fühle mich gerade wahnsinnig unterstützt!« Meine Hände ballten sich wie von selbst zu Fäusten.

Es stimmte, ich hatte nie gearbeitet, hatte nie einen Nebenjob gehabt wie viele meiner Mitschüler, weil Dad mit der Möbelmanufaktur so viel verdiente, dass ich es tatsächlich nicht nötig gehabt hatte.

Stattdessen hatte ich mich um meine Schwestern gekümmert. Hatte sie zur Schule gebracht, bevor ich selbst zur Schule gegangen war, hatte sie wieder abgeholt und ihnen was zu essen gekocht, obwohl ich nicht mehr zustande gebracht hatte als Nudeln mit einer fertigen Tomatensoße. Ich hatte mich um die Wäsche gekümmert, weil Dad es ständig vergaß, und die beiden ins Bett gebracht, weil er wieder nicht pünktlich nach Hause gekommen war. Ich hatte vielleicht nicht in einem Café gekellnert oder Supermarktregale eingeräumt, aber ich hatte auch keine besonders sorglose Pubertät gehabt.

Ich atmete tief durch, versuchte, mich zu beruhigen, damit dieser Streit nicht völlig eskalierte. Es funktionierte nicht. Viel fehlte nicht mehr, dann explodierte ich endgültig. Trotzdem zwang ich mich, die Frage zu stellen, die mir auf der Seele brannte. Ich musste wissen, ob er mir mein Zuhause wegnehmen wollte, damit ich mich wieder um die Zwillinge kümmerte. Damit er sich um die beiden noch weniger Gedanken machen musste, als er es ohnehin schon tat.

»Warum ist es dir so verdammt wichtig, dass ich wieder bei euch einziehe?«

Dad verdrehte die Augen und sah mich dann so gönnerhaft an, dass ich mir wie ein kleines Kind vorkam, dem gerade die Welt erklärt wurde. »Weil wir eine Familie sind.«

Ich schnaubte. »Bullshit, wir sind keine Familie mehr, seit Mom uns verlassen hat.«

Er zuckte zusammen, und obwohl ich echten Schmerz in seinen Augen aufblitzen sah, ließ es mich völlig kalt, dass ich ihn verletzte. Er war mir egal. Ich wollte ihm wehtun. Er war nicht verletzt, weil ich uns nicht als Familie sah, sondern weil ich Mom erwähnt hatte.

»Dad, du weißt, dass Mom abgehauen ist, weil wir ihr nicht gereicht haben. Weil *du* ihr nicht gereicht hast. Sie wollte lieber ihren Traum leben, und zwar ohne uns. Komm endlich darüber hinweg. Sie wird nie zurückkommen. Und selbst wenn. Würdest du sie wieder zurücknehmen?« Mir entwich ein bitteres Lachen. Ich war inzwischen jenseits aller guten Vorsätze, die ich vielleicht mal gehabt hatte. »Natürlich würdest du. Das ist so erbärmlich. Wie kann man zwölf Jahre einer Frau hinterhertrauern, die einen so wenig wollte? Sie hat dich mit drei kleinen Kindern sitzen lassen. Mom ist ein Miststück, sieh das endlich ein!«

Ich sah den Schlag kommen und konnte doch nicht schnell genug ausweichen. Seine flache Hand traf meinen Mund, und ich biss mir reflexartig auf die Unterlippe. Eine Sekunde später schmeckte ich Blut.

Dad hatte mich noch nie geschlagen. Und so wie er mich gerade anstarrte, hatte er genauso wenig damit gerechnet, dass es jemals dazu kommen würde, wie ich. Entsetzen lag in seinen Augen, gemischt mit Wut und Fassungslosigkeit.

Mein Gesicht brannte. »Herzlichen Glückwunsch, damit bist du der Vater des Jahres«, knurrte ich. Dann drehte ich mich um und stürmte aus dem Haus.

Dad hielt mich nicht auf.

40. KAPITEL

Lily

Es war so weit. Es war so weit. Es. War. So. Weit.

Mir war kalt und heiß zugleich, meine Handflächen feucht und schwitzig, und in meinen Ohren hörte ich ein unerträgliches Rauschen. Mir war kotzübel.

Ich wusste, dass ich es nicht schaffen würde. Diesmal nicht. Ich war nicht gut genug, und das war ganz allein meine Schuld. Denn anstatt wieder mit dem Training anzufangen, nachdem die Verletzungen verheilt waren, hatte ich ein halbes Jahr mit Nichtstun vergeudet, weil ich Angst davor gehabt hatte, niemals wieder so gut zu werden, wie ich es einmal gewesen war.

Tja, und was hatte ich jetzt davon? Ich war es nicht.

Ich richtete mich auf, als Mrs Platt zusammen mit den drei Dozenten der Juilliard den Saal betrat. Eine von ihnen, eine hochgewachsene, sehr schlanke Frau mit langen blonden Haaren, kam mir bekannt vor. Es dauerte einen Moment, bis ich sie wiedererkannte. Sie war damals bei meiner Aufnahmeprüfung dabei gewesen.

Mrs Platts Lippen bewegten sich, aber ich verstand kein Wort, vernahm nur dieses Rauschen in meinen Ohren. Ich erwachte erst aus meiner Erstarrung, als Steph uns auf unsere Positionen scheuchte.

Während der Probe vergaß ich nach kurzer Zeit völlig,

dass nur wenige Meter entfernt Menschen saßen, die meinem Traum wieder Leben einhauchen oder ihn ein für alle Mal zerstören konnten.

Ich dachte nicht mehr nach, zweifelte nicht länger an mir und meinem Talent. Ich tanzte, und der Rest der Welt hörte auf zu existieren.

Alles lief gut, wir probten Stück für Stück, bis einer der Männer, dessen Namen ich schon einen Moment, nachdem er sich uns vorgestellt hatte, wieder vergessen hatte, Hebefiguren forderte.

Mein Magen rebellierte. Steph warf mir einen entschuldigenden Blick zu, doch sie hatte keine andere Wahl, als seinem Wunsch Folge zu leisten. Was hätte sie auch tun sollen? Sich weigern, weil ich Probleme mit Hebefiguren hatte?

Ich kämpfte gegen die Übelkeit an und setzte mich in Bewegung. Ich beherrschte die Schritte im Schlaf bis zu diesem einen, ganz bestimmten Punkt, und als Georges Hände sich um meine Taille schlossen, verkrampfte ich mich.

Ich versagte auf ganzer Linie, und es gab weder einen Grund noch eine Möglichkeit das schönzureden.

Als Steph schließlich in die Hände klatschte und mit einem »Großartig, Leute!« die Nachmittagsprobe beendete, begann der Raum für ein paar Sekunden vor meinen Augen zu verschwimmen, und erst jetzt merkte ich, dass ich heute noch nichts gegessen hatte. Obwohl ich darüber ziemlich froh war, denn als Mrs Platt gemeinsam mit den Dozenten der Juilliard zu einigen meiner Kommilitonen rüberging, drehte sich mir der Magen um.

Sie gingen zu Corey. Zu Kaye, Laura und George.

Dann kam Mrs Carter, die Frau, die damals bei meiner Aufnahmeprüfung dabei gewesen war, zu mir. Allein. Ich wusste, dass das kein gutes Zeichen war. Zu den anderen waren sie alle zusammen gegangen. Trotzdem stieg ein letzter Funke naiver, dämlicher Hoffnung in mir auf.

»Du bist Lily, richtig?«, fragte sie, und ich nickte stumm. Erinnerte sie sich an mich? Es war über ein Jahr her, seit wir uns das erste und einzige Mal begegnet waren, seitdem hatte sie vermutlich Hunderte Tänzerinnen gesehen. Und trotzdem erinnerte sie sich an mich?

»Hi.« Meine Stimme zitterte, aber ich war froh, dass ich wenigstens dieses eine Wort herausgebracht hatte.

Sie lächelte mich freundlich an. »Hi. Du siehst deiner Schwester wirklich sehr ähnlich.«

Ich unterdrückte einen ernüchterten Laut. Sie erinnerte sich also nicht an mich. Sie unterrichtete Rose.

»Ja, ich weiß«, erwiderte ich, weil ich keine Ahnung hatte, was verdammt noch mal ich sonst sagen sollte. Was wollte sie von mir?

»Hör mal, du hast Talent, aber …«

»Schon gut«, presste ich hervor. »Sie brauchen mir nichts zu erklären. Ich weiß, dass ich nicht gut genug bin.«

»Nicht für die nächste Aufnahmeprüfung, nein. Da hast du leider recht. Ich habe von deinem Unfall gehört, tut mir sehr leid.« In ihren Augen lag echtes Mitgefühl.

»Danke.« Meine Stimme brach.

»Allerdings ist das nicht das letzte Vortanzen, und ich könnte mir vorstellen, dass du es schaffen könntest, wenn du die nächsten Wochen hart genug trainierst. Deine Schwester …«

Den Rest von dem, was sie sagte, hörte ich nicht mehr. Ich hatte es nicht geschafft, und obwohl mir immer noch kotzübel und ein Teil von mir immer noch enttäuscht war, spürte ich, wie Erleichterung in mir aufstieg.

Grenzenlose Erleichterung.

Ich hatte es nicht geschafft. Ich würde nicht zurück nach New York gehen. Ich würde nicht an die Juilliard gehen, nicht jeden Tag damit konfrontiert werden, wie viel besser Rose war, was mit Sicherheit wieder einen Keil zwischen uns getrieben hätte, weil ich nun mal zu Zweifeln, Neid und Unsicherheit neigte. Ich würde nicht gehen. Und ich wollte es auch nicht.

Gott, ich *wollte* das alles nicht. Den Druck, bei allem, was ich tat, die Beste sein zu müssen. Ich wollte nicht wieder darauf achten müssen, was ich aß, wollte mich nicht mehr so quälen, wie ich es mein Leben lang getan hatte. Ich wollte das ganze Drama nicht mehr.

Ich hatte mir nichts eingeredet, hatte mich nicht selbst belogen. Ich wollte das *wirklich* nicht mehr.

»Mrs Carter, danke für das Angebot, aber das ist echt nicht nötig. Ich hatte meine Chance, es ist Zeit für neue Träume.« Ich fiel ihr mitten ins Wort, und es war mir egal. Sie brauchte mir keinen neuen Termin für ein Vortanzen in New York vorzuschlagen, um meiner Schwester einen Gefallen zu tun. Oder mir.

Mrs Carter runzelte irritiert die Stirn. Wahrscheinlich war sie noch nie so unterbrochen worden. Wer würde schon so ein Angebot ablehnen?

Doch ich hatte nicht das Gefühl, den Verstand zu verlieren, zum ersten Mal seit Tagen sah ich völlig klar.

Sie öffnete den Mund, setzte zu einer Erwiderung an, doch ich ließ sie einfach stehen. Schnappte mir meine Tasche und verließ den Probenraum.

Auf dem Weg zurück zum Wohnheim tastete ich nach meinem Handy und wählte Julians Nummer. Ich musste mit ihm reden. Ihm alles sagen.

Aber Julian nahm nicht ab.

Julian

Ich saß schon im Zug, als mir auffiel, dass ich mein Handy vergessen hatte. Es war mir egal. Ich war so wütend, dass ich nicht klar denken konnte. Deshalb saß ich jetzt auch in einem Zug, der nach Springfield fuhr, nicht nach Faerfax.

Es war Wahnsinn. Absoluter Wahnsinn. Aber ich konnte nicht zurück nach Faerfax. Und ich wollte auch nicht. Ich stand lichterloh in Flammen, und zwar nicht auf die gute Weise.

Meine Lippe pochte und brannte, erinnerte mich jede Sekunde daran, dass Dad mich geschlagen hatte. Ich hasste ihn dafür genauso, wie er sich gerade selbst wahrscheinlich hasste. Trotzdem hatte er es getan. Ihretwegen. Wegen einer Frau, die keinen von uns in ihrem Leben gewollt hatte. Auch ihn nicht. Ohne sie wäre er nicht der, der er heute war, und ich hasste sie dafür, dass sie ihn zu diesem Mann gemacht hatte.

Zum ersten Mal ließ ich den Gedanken zu, dass es besser gewesen wäre, sie wäre damals gestorben, als dass sie uns verlassen hätte.

Darüber wäre Dad irgendwann vielleicht hinweggekommen. Wenn sie sich nicht bewusst gegen ihn und uns entschieden hätte.

Die Zugfahrt kam mir wie eine halbe Ewigkeit vor, und gleichzeitig verging die Zeit viel zu schnell.

Ich hatte keinen Plan, wusste nicht, was ich tun sollte, war mir aber sehr sicher, dass ich einen Fehler machte. Doch auch das war mir egal. Alles war egal.

Im Moment wünschte ich mir nur, dass sie erfuhr, was sie uns angetan hatte. Dass wir ohne Mutter, dafür aber mit einem Vater aufgewachsen waren, der sich nicht für uns interessierte. Einem Vater, der nur glücklich gewesen war, solange sie da gewesen war. Dass wir uns bemühen und anstrengen konnten, so viel wir wollten, und es trotzdem nie reichen würde, um Dad dazu zu bringen, uns wenigstens ein Fünkchen Aufmerksamkeit zu schenken. Sie sollte Bescheid wissen, und dann sollte sie damit leben. Vielleicht interessierte es sie gar nicht. Aber sie sollte wenigstens Bescheid wissen. Dann würde sie sich zumindest nicht einreden können, dass es uns gut ging. Uns ging es nicht gut. So gar nicht.

Als ich in Springfield den Bahnhof verließ und in ein Taxi stieg, machte ich mir keine Gedanken darüber, ob ich sie überhaupt treffen würde oder nicht. Ich nannte dem Fahrer die Adresse, die sich in mein Hirn gebrannt hatte, seit ich herausgefunden hatte, in welcher Straße Moms Laden war.

Keine zwanzig Minuten später hielt das Taxi vor einem kleinen weißen Gebäude. Über dem Schaufenster stand in geschwungenen Buchstaben Moms Name. *Cassandra*. Mehr nicht. Sie hatte den Laden nach sich selbst benannt.

Mein Magen zog sich schmerzhaft zusammen, als ich aus dem Wagen stieg und auf den kleinen Laden zuging. Was zum Teufel tat ich hier?!

Bevor ich mich aufhalten konnte, öffnete ich die Tür zu dem kleinen Shop und trat ein.

Es war, als wäre ich in den rosafarbenen Traum eines kleinen Mädchens eingetaucht. Pink, so weit das Auge reichte. Eine junge Frau stand hinter der Kasse und schenkte mir ein freundliches Lächeln. Sie war ganz eindeutig nicht meine Mom.

»Hey, kann ich dir helfen?«, erkundigte sie sich.

Ich schüttelte den Kopf. »Nein. Ja. Ich … Ist Cassandra hier?« *Nein, nein, nein. Sie durfte nicht hier sein. Ich war nicht bereit dafür.*

»Nein. Sie kommt heute später, so gegen fünf wahrscheinlich. Kann ich weiterhelfen?« Sie strich sich eine Strähne ihrer langen blonden Haare hinters Ohr.

»Ich glaube nicht. Ich arbeite bei der Zeitung und soll einen Artikel über den Laden schreiben.« Die Lüge kam mir erstaunlich leicht über die Lippen. Ich räusperte mich. »Aber wenn sie nicht hier ist, komme ich einfach wann anders wieder.«

»Alles klar. Oder du schreibst vorher eine Mail«, gab sie grinsend zurück.

Mist. Doch keine so gute Lüge. Verlegen fuhr ich mir mit einer Hand durch die Haare. »Klar, das ist eine gute Idee.«

Hastig verabschiedete ich mich und ging hinaus. Auf der Straße blieb ich schwer atmend stehen. Was hatte ich mir dabei gedacht?

Ich sollte schleunigst verschwinden.

Aber dann spürte ich wieder Dads flache Hand, die auf mein Gesicht traf, und die Wut rollte so unkontrollierbar durch mich hindurch, dass ich mich nur mit Mühe davon abhalten konnte, auf die Wand des Ladens einzuprügeln. Ich würde nicht einfach so wieder gehen. Ich konnte nicht.

Also entfernte ich mich ein paar Meter vom Laden, damit die Verkäuferin mich nicht für einen durchgeknallten Stalker hielt, und wartete. Ich wartete und wurde mit jeder Minute unruhiger und nervöser. Meine Hände waren irgendwann schweißnass, ich war kurz davor, die Fassung zu verlieren.

Warten war eine ziemlich lästige Angelegenheit. Denn während man wartete, hatte man viel zu viel Zeit, über alles Mögliche und Unmögliche nachzudenken, jede Möglichkeit abzuwägen und zu überlegen, welches Szenario am wahrscheinlichsten eintreffen würde. Während man wartete, hatte man außerdem viel zu viel Zeit, sich immer und immer wieder umzuentscheiden.

Es war schon nach fünf, und ich drauf und dran aufzugeben,

als ich sie schließlich entdeckte. Ich hatte nicht mehr mit ihr gerechnet. Nicht jetzt. Nicht so. Nicht, nachdem ich gefühlt stundenlang gewartet hatte.

Aber was hatte ich erwartet? Jemanden, der mir verkündete, dass meine Mutter nur noch ein paar Meter von mir entfernt war und ich sie jeden Augenblick wiedersehen würde? Das erste Mal nach zwölf Jahren? Schön wär's.

Sie sah noch genauso aus wie in meiner Erinnerung. Älter zwar, aber noch genauso hübsch wie früher. Sie sah aus wie Jen und Sarah. Die beiden hatten Mom früher schon ähnlich gesehen, aber jetzt traf mich die Ähnlichkeit wie ein Schlag.

Umso mehr, als mir die beiden Mädchen auffielen, die sie an den Händen hielt. Mädchen, die kleine Ausgaben meiner Schwestern waren. Eins von ihnen, das jüngere, vielleicht sechs Jahre alt, wurde an der anderen Hand von einem großen, dunkelhaarigen Mann festgehalten, der Mom mit einem warmen, liebevollen Lächeln bedachte. Sie lachte und sagte etwas zu dem anderen Mädchen, das ungefähr acht Jahre alt sein musste. Ich hörte ihr fröhliches Kichern, ihre dunkelroten Zöpfe hüpften im Takt ihrer Schritte auf und ab.

Ich brauchte einen Augenblick, bis ich begriff, was ich da sah. Das Blut rauschte laut in meinen Ohren, und mein Herz schlug auf einmal so langsam, als würde es jeden Moment damit aufhören.

Sie hatte eine Familie. Eine neue Familie. Sie hatte uns einfach ausgetauscht. Dad und meine Schwestern waren ersetzt worden und ich einfach ausradiert. Als hätte ich nie existiert.

Mein Mund war auf einmal staubtrocken, Worte lagen mir auf der Zunge, brannten in meinem Inneren, aber ich brachte keinen Ton heraus. Ich konnte sie nur anstarren, wie sie immer näher auf mich zukamen, weil ich direkt neben ihrem Laden wartete. Konnte sie nur anstarren, als ihr Blick auf mich fiel, nur ganz kurz, so wie man jemanden im Vorbeigehen nun mal ansieht. Konnte sie nur anstarren, als sie mich noch einmal anschaute, weil irgendwas an mir ihr bekannt vorzukommen schien. Nicht weiter verwunderlich. Ich sah schließlich aus wie Dad.

Sie wurde kreidebleich, als sie mich erkannte. Ihre Schritte wurden langsamer, ich glaubte schon, sie würde stehen bleiben, doch sie tat es nicht. Stattdessen betrat sie zusammen mit ihrer Familie den Laden. Ihren Traum, für den sie uns geopfert hatte.

Ein dumpfer Schmerz breitete sich in mir aus, als die Tür hinter ihnen ins Schloss fiel.

Das war's? Sie sah mich und beschloss dann, dass ich nicht existierte? Ernsthaft?

Glühender Zorn durchströmte mich. Ich wirbelte herum, bereit, die Tür aufzustoßen und keine Ahnung was zu tun, als sie mir zuvorkam. Mom trat nach draußen, allein dieses Mal, noch immer kreidebleich und mit Panik in den Augen.

»Hallo, Mom.« Meine Stimme klang hohl und kalt.

»Ju…Julian?« Sie machte einen Schritt auf mich zu, und ich wollte schon zurückweichen, als ich begriff, dass sie nur von der Ladentür wegwollte. Damit ihre Familie nichts mitbekam. Ihre *andere* Familie.

Mein Mund verzog sich zu einem zynischen Lächeln. »Wow, du erinnerst dich offenbar doch noch.«

Sie verschränkte die Arme vor der Brust, sah beinahe so überfordert aus, wie ich mich unter der brodelnden Wut in meinem Inneren fühlte.

»Was ist mit deinem Gesicht passiert?« Sie deutete auf meine Lippe, die wie auf Kommando wieder zu pochen begann. Für einen Augenblick hatte ich den Scheiß tatsächlich vergessen.

Ich zuckte mit den Schultern. »Als ob dich das interessiert.«

Sie schnappte nach Luft, etwas wie Empörung lag in ihren Augen, aber anstatt nachzuhaken, fragte sie: »Was machst du hier?«

Wie gesagt, es interessierte sie nicht.

»Ich hab dich gesucht.« Als wäre das nicht offensichtlich.

»Ja, aber was *machst* du hier?«

»Keine Ahnung. Ehrlich, ich habe keine Ahnung.« Ich warf die Hände in die Luft und stieß ein bitteres Lachen aus. »Vielleicht habe ich nach Antworten gesucht. Gefunden habe ich auf jeden Fall welche. Nur nicht die, die ich erwartet hatte.«

»Julian …«

»War es leicht für dich, *Mom*?« Ich spuckte ihr das Wort förmlich vor die Füße. Sie zuckte zusammen, doch es kümmerte mich nicht. »War es leicht, uns zu verlassen und eine neue Familie zu gründen? Hast du jemals an uns gedacht? Ob du überlegt hast, zurückzukommen, brauche ich wohl nicht fragen.«

Wieder lachte ich auf. Das Ganze war völlig absurd. Was machte ich hier? Was versprach ich mir davon?

»Julian, du verstehst das nicht.« Mom trat auf mich zu, einen flehentlichen Ausdruck in den Augen, der mich viel zu sehr an Sarah und Jenny erinnerte. Schmerz durchzuckte mich. Sie hatten was Besseres verdient als sie.

»Dann erklär's mir«, knurrte ich, meine Hände ballten sich ganz von selbst zu Fäusten.

Ich ging die ganze Sache völlig falsch an, irrational und wütend. Aber ich war *wütend*. Fuck, ich war in meinem ganzen Leben noch nicht so wütend gewesen. In diesem Moment hasste ich alles und jeden, die ganze Welt und sie ganz besonders.

»Gott, Julian.« Sie rang nach Worten. »Wie stellst du dir das vor? Du kannst hier nicht einfach auftauchen und –«

»Und mit dir reden? Doch kann ich. Du konntest schließlich auch einfach gehen.«

»Ich bin nicht einfach so gegangen!«, platzte es aus ihr heraus. »Ich habe mich monate-, nein, jahrelang mit dieser Entscheidung gequält!«

Ich erstarrte, die Welt um mich herum kam mit einem Ruck zum Stillstand. Jahrelang. Sie hatte sich jahrelang gequält. »Soll es das jetzt besser machen?«

»Nein, ich … Können wir … Können wir bitte woanders hingehen?« Ihr Blick zuckte ängstlich zur Tür.

»Wissen sie es? Dass wir existieren?«

Sie schwieg, aber sie musste nicht antworten. Ich wusste es auch so. Sie hatten keine Ahnung.

Ich sollte gehen. Das führte doch zu nichts. Ich war die ganze Sache völlig falsch angegangen. Aber ich blieb, hielt nicht den Mund und quälte mich selbst weiter.

»Warum bist du gegangen? War es so unerträglich mit uns?«

»Ja … Ich meine, nein. Ich … Ich war zu jung. Es war alles zu viel. Ich hatte die ganze Zeit das Gefühl zu ersticken. Ich hatte Träume, und ich wollte leben. Ich … Euer Dad wollte eine Familie, und ich wollte ihn glücklich machen, aber ich war noch nicht bereit für all das.«

»Und jetzt bist du es?«

»Julian … Ich … Was willst du von mir?« In ihren Augen lag eine tiefe Verzweiflung. Ich horchte in mich hinein, suchte nach einer Antwort auf ihre Frage und fand keine.

»Gar nichts. Ich will gar nichts von dir. Viel Spaß mit deinem Traum und deiner neuen Familie. Hoffentlich behandelst du sie besser.«

Sie hielt mich nicht auf, als ich mich abwandte und ging. Meine Wut war verraucht, zurück blieb nur noch Leere.

Ich war betrunken und in nicht allzu guter Verfassung, offenbar aber noch nüchtern genug, um mir dessen bewusst zu sein.

Ich hatte mich lange in Springfield rumgetrieben, war von Bar zu Bar getingelt und hatte zu begreifen versucht, wie an einem einzigen Tag so viel hatte schiefgehen können.

Ich war am Arsch, die Beziehung zu meinem Dad hatte einen noch größeren Riss bekommen, und die zu Mom … Tja, ich wünschte, sie wäre noch immer so inexistent wie noch ein paar Stunden zuvor.

Dann würde es mir jetzt vermutlich besser gehen. Aber ich war selbst schuld, da konnte ich nicht mal jemand anderem einen Vorwurf machen. Niemand hatte mich gezwungen, herzukommen. Das war allein meine Entscheidung gewesen. Die falsche zwar, aber meine eigene. Ich hatte mich selbst in die Scheiße geritten, und ich war mir nicht sicher, ob ich vorhatte, da jemals wieder rauszukommen.

Überzogen und melodramatisch, schon klar, aber ich war dermaßen angepisst, dass mich das nicht juckte.

Was hatte ich mir dabei gedacht, nach Springfield zu fahren und mit Mom zu reden?

Gar nichts. Ich hatte gar nicht nachgedacht, und das hatte ich jetzt davon. Alles war noch beschissener als vorher.

Ich kippte den Whiskey auf ex runter und machte mich dann auf den Weg zum Bahnhof. Es war spät, ich hatte kein Handy dabei, und wahrscheinlich drehten meine Schwestern langsam durch, weil ich einfach abgehauen war.

Fuck!

Ich war abgehauen. Obwohl ich versprochen hatte, das Wochenende mit ihnen zu verbringen. Was war ich doch für ein Arschloch. Dad war nicht der Vater des Jahres, aber ich hatte als Bruder definitiv auch versagt.

Die Anzeigetafel am Gleis verschwamm für ein paar Sekunden. Na also, langsam wirkte der Scheiß. Ich stieg in den Zug nach Chicago und machte mich auf den Weg nach Hause. Nein. Das war nicht mein Zuhause. Ich machte mich auf den Weg zu *Dad*, um meinen Kram zu holen, meinen Schwestern eine Nachricht zu hinterlassen und dann zu verschwinden. Nie im Leben würde ich heute Nacht da schlafen und mit Dad reden. Wobei das vermutlich auch nicht passieren würde, selbst wenn ich dablieb. Dad redete ja nicht.

Die Zugfahrt war scheiße. Eine drängende Unruhe erfüllte mich, und ich wollte schreien, auf irgendwas einschlagen, diesen Sturm, der in mir aufkam, rauslassen und alles zerstören, was mir in die Quere kam.

Ich war fertig. So fertig, dass es mir scheißegal war, wen mein Sturm am Ende traf. Aber nicht so egal, dass es mich nicht kümmerte, wenn es meine Schwestern wären. Deswegen musste ich verschwinden.

Es war längst nach Mitternacht, als ich schließlich leise die Tür zu Dads Haus öffnete. Ich machte mir nicht die Mühe, das Licht einzuschalten, stolperte halb blind ins Wohnzimmer. Mein Rucksack stand noch neben dem Esstisch, Laptop und Handy lagen darauf. Achtlos packte ich alles ein und wollte gerade wieder verschwinden, als ich eine dunkle Gestalt auf dem Sofa entdeckte.

Dad.

Ich machte einen Schritt auf ihn zu. Sein Atem ging schwer, er schlief tief und fest. Auf dem Sofa. Als hätte er auf mich gewartet.

Bullshit.

Hatte er nicht. Er war einfach eingepennt. Mehr nicht.

Ich schulterte meinen Rucksack und verließ das Haus, ohne zurückzublicken. Auf dem Weg zum Bahnhof legte ich einen

Zwischenstopp in einem 24-Stunden-Supermarkt ein und kaufte mir ein Sixpack Bier. Der Abend war ohnehin gelaufen.

Erst als ich zum dritten Mal an diesem Tag im Zug saß, fischte ich mein Smartphone aus dem Rucksack und warf einen Blick aufs Display.

Ich ignorierte, dass Dad siebenmal angerufen hatte. Mein Blick heftete sich auf Lilys Namen.

Vier verpasste Anrufe, fünf Nachrichten.

Nicht auch das noch. Nicht heute.

Bevor ich auf Lilys Chat tippte, schrieb ich meinen Schwestern, dass es mir gut ging und ich mich morgen bei ihnen melden würde.

Dann atmete ich tief durch und las Lilys Nachrichten.

Lily 14:34
Alles okay? 🖤

Lily 15:46
Kannst du mich bitte zurückrufen?

Lily 17:02
Bitte ruf mich an, ich muss dir was erzählen!

Lily 17:23
Muss ich mir Sorgen machen?

Lily 20:13
Julian, bitte ruf mich an!

Fuck. Ich schloss die Augen und ließ den Kopf nach hinten fallen. Ich wusste genau, was das bedeutete. Sie musste mir was erzählen. Den ganzen Tag hatte ich dieses beschissene

Vortanzen und die Juilliard erfolgreich aus meinem Kopf ver-
drängt – manchmal war ich echt gut bei so was. Aber jetzt
ließ sich das Ganze nicht mehr verdrängen und ignorieren.
Ich wusste, dass sie es geschafft hatte. Es konnte gar nicht
anders sein. Nicht, wenn sie mir so dringend davon erzählen
wollte.

Und das bedeutete, sie würde nach New York gehen.

Fuck. Fuckfuckfuck. *FUCK!*

Was für ein Scheißtag.

Ich öffnete die Augen, las ihre Nachrichten wieder und wieder. Dann tippte ich eine kurze Antwort.

Das Karussell in meinem Kopf begann sich zu drehen, während ich auf dem Weg nach Faerfax aus dem Fenster in die
Dunkelheit starrte. Schneller und schneller und schneller, bis
ich das Gefühl hatte, jeden Moment zu zerbrechen.

Ein einziger Tag und alles fiel auseinander.

Die Stunden vergingen, das Karussell drehte sich fröhlich
weiter, verhöhnte mich. Ich hatte keine Ahnung, wie spät es
war, als ich schließlich in Faerfax ankam. Viel zu spät. Ich sollte schlafen, aber ich war hellwach. Betrunken und wütend und
hellwach.

Ich wollte schreien und allein sein, wollte weinen und dass
mich jemand festhielt.

Bevor ich auch nur darüber nachdenken konnte, was für eine
Schnapsidee das war, lief ich los. Lief die Straßen entlang, ohne
zu wissen, ob ich mich in meinem Zustand auf meinen Orientierungssinn verlassen konnte. Wahrscheinlich nicht. War
mir im Moment nur leider scheißegal.

Mit dem Auto brauchte man eine knappe halbe Stunde, zu
Fuß eine Ewigkeit. Es dämmerte bereits, als ich den See erreichte. Der Himmel war immer noch dunkel, allerdings nicht
mehr schwarz. Er verfärbte sich langsam blau, einige Wolken

brannten in einem tiefen Orange, als die Sonne aufging, spiegelten sich im dunklen Wasser des Sees.

Was machte ich hier? Warum war ich hierhergekommen? Weil ich allein sein wollte? Das hätte ich in der Stadt auch sein können. Es hätte tausend Orte gegeben, an denen ich genauso allein gewesen wäre wie hier.

Dummerweise hatte ich Lily an genau diesem Ort gesagt, dass ich mich in sie verliebt hatte. Dummerweise war ich hier das erste Mal so richtig und vollkommen glücklich gewesen.

Tja, glücklich sein war wohl nicht jedermanns Sache. Zumindest nicht meine.

Ach, Scheiße.

41. KAPITEL

Lily

Julian 02:17
War ein absoluter Scheißtag. Wir reden morgen.

Stirnrunzelnd las ich die Nachricht zum gefühlt millionsten Mal. Es war übertrieben, dass ich mir solche Sorgen machte. Er hatte einen miesen Tag gehabt, das war zwar nicht toll, aber vorhersehbar gewesen. Er hatte mit seinem Dad wegen des Umzugs gestritten. Es war eine logische Konsequenz dessen, was sich während der letzten Wochen und Monate in ihm aufgestaut hatte. Trotzdem hatte ich ein ungutes Gefühl.

Er hatte mir mitten in der Nacht geschrieben. Warum war er da überhaupt noch wach gewesen? Warum hatte er sich vorher nicht gemeldet? Warum hatte er mich nicht angerufen, damit ich seinen Scheißtag ein bisschen erträglicher machte?

Seufzend verstaute ich mein Handy in meinem Rucksack. Es war halb acht, mein Uber würde bald kommen, um mich zum Flughafen zu bringen. Hoffentlich versuchte Julian mich nicht ausgerechnet dann zu erreichen, wenn ich im Flugzeug saß. Andererseits wusste er eigentlich auch genau, wann mein Flieger ging.

Ich holte gerade meine Kosmetiktasche aus dem Bad, als die Wohnungstür aufging. Erschrocken fuhr ich herum und stieß einen erstickten Schrei aus, als Julian hereinkam.

Er sah grauenhaft aus. Seine Augen waren blutunterlaufen, er war blass, seine Lippe geschwollen und blutig.

»Julian, was zur …« Ich brach ab, als er den Kopf wandte und mich ansah. Sein Blick war vollkommen leer. »Was ist passiert?«

»Interessiert dich das wirklich?«, fragte er, klang dabei aber nicht wie er selbst. Seine Stimme war rau, gebrochen.

»Was?« Ich bekam das Wort kaum über die Lippen.

»Interessiert dich das wirklich?« Er wiederholte es, als hätte ich ihn lediglich schlecht verstanden.

»Natürlich interessiert mich das! Was soll die komische Frage? Verdammt, Julian, was ist passiert?« Ich trat auf ihn zu, hob eine Hand an sein Gesicht, doch er zuckte zurück.

»Ist doch scheißegal. Ist doch alles scheißegal!«, fuhr er mich an und deutete auf den kleinen Koffer, der neben dem Sofa stand. »Geh einfach.« Seine Stimme klang dumpf, und dieses Mal dachte ich ernsthaft, ich hätte mich verhört.

»Was?« Fassungslos starrte ich ihn an. Starrte auf die zerzausten Haare, die grünen Augen, aus denen alles Leuchten verschwunden war, und diesen Mund, den ich während der letzten Wochen so oft geküsst hatte und um den sich jetzt ein bitterer Zug gelegt hatte. Er war mir vertraut, alles an ihm war mir vertraut, aber heute – jetzt gerade – war Julian ein Fremder.

»Verschwinde! Hau ab. Leb deinen Traum. Ich weiß von dem beschissenen Vortanzen, und ich weiß, dass du genommen wurdest, werde von mir aus glücklich in New York, und such dir gefälligst einen anderen Idioten, dem du das Herz brechen kannst«, fauchte Julian, und von einer Sekunde auf die nächste wich die Leere in seinen Augen flammendem Zorn. Ich zuckte zusammen, aber Julian war noch nicht fertig mit mir. »Hat's dir wenigstens Spaß gemacht? Mich dazu zu bringen, mich in dich zu verlieben, obwohl du ohnehin nie vorhattest hierzubleiben? Ich bin so dämlich! Wie konnte ich so dumm sein, anzunehmen, dass das mit uns funktionieren würde? Du wolltest doch nie hier sein. Du bist nur nach Faerfax gekommen, weil du keine andere Wahl hattest.«

Jedes einzelne Wort bohrte sich wie ein scharfes Messer direkt in mein Herz. Es war, als würde er wieder und wieder zustoßen, so lange, bis es zersprang.

Irgendwo tief in mir drin wusste ich, dass es nicht um mich ging. Dass er mir wehtat, weil sonst niemand da war, an dem er seine Gefühle auslassen konnte.

»Das ist nicht wahr! Und das weißt du auch! Julian, ich – «

»Jetzt geh endlich!«, brüllte er. Er schnappte sich meinen Koffer und warf ihn mir direkt vor die Füße.

»Vergiss es! Hör mir einfach zu!« Ich packte ihn an den Armen, und es war mir egal, dass er größer und stärker war, er war völlig fertig. »Ich fliege heute wegen Roses Aufführung nach New York, Julian. Schon vergessen? Wir haben darüber geredet. Und ich wurde nicht genommen, und ich werde auch nirgendwohin gehen!« Eindringlich sah ich ihn an. Er presste die Kiefer so fest aufeinander, dass sie knackten. Ich sprach weiter, solange er mir die Gelegenheit dazu gab. »*Das* wollte ich dir gestern sagen! Ich wollte dir schon seit Tagen von dem Vortanzen erzählen, aber du warst so schlecht drauf, dass ich mich nicht getraut habe. Ich habe dich gestern so oft angerufen, weil ich dir sagen wollte, dass ich gar nicht gehen *will*. Ich will nicht an die Juilliard, ich will das alles nicht. Ich will einfach nur hier sein. Bei dir.« Meine Stimme brach.

Julian schüttelte den Kopf und riss sich von mir los. »Du willst nicht hier sein. Du tust so, weil du nicht genommen wurdest, aber du willst nicht hier sein, und du gehörst hier auch nicht hin.«

»Ist das dein Ernst?« Mein Herz raste, ich verstand gar nichts mehr. Was war gestern nur passiert?

Das war nicht Julian.

Das war nicht *mein* Julian.

Er schnaubte. »Sehe ich aus, als würde ich Witze machen.«

»Nein, du siehst aus, als wärst du todtraurig.«

Wieder schnaubte er, dann begann er zu lachen. »Klar. Ich bin total traurig. So ein Schwachsinn!«

Frustriert stöhnte ich auf. »Was. Ist. Passiert?«

»Ist doch scheißegal. Hau einfach ab!«

»Nein.« Ich schüttelte den Kopf, mir tat alles weh. Aber ich würde nicht gehen und ihn alleinlassen. Nicht so.

Einen Augenblick lang sah Julian aus, als wollte er mich eigenhändig vor die Tür setzen, wenn ich nicht freiwillig ging, doch dann stieß er ein bitteres Lachen aus. »Schön, dann gehe eben ich.«

Er ging zur Tür, riss sie auf und verließ die Wohnung. Im Flur blieb er stehen, seine Schultern waren verkrampft. »Komm nicht zurück«, sagte er dann, und das waren die Worte, die mir endgültig das Herz zerrissen. »Bleib einfach weg.«

Er setzte sich in Bewegung, während ich wie erstarrt dastand und zu begreifen versuchte, was gerade passiert war. Er war schon an der Treppe, als ich ihm nachlief. Doch er war schneller als ich, auch wenn sein Zustand anderes hätte vermuten lassen.

Ich stolperte die Treppen hinunter, jagte ihm hinterher, doch als ich aus dem Wohnheim nach draußen stürmte, war er wie vom Erdboden verschluckt.

Neinneinnein! Das durfte doch alles nicht wahr sein! Wo zur Hölle steckte er? Das konnte er nicht machen! Er konnte mich nicht einfach so abservieren! Das würde ich nicht zulassen.

Ich hetzte über den Campus, aber es war völlig hoffnungslos. Ich würde ihn niemals finden. Er konnte überall sein.

Als ich in unsere Wohnung zurückkehrte, wollte ich mich nur noch in meinem Bett verkriechen und weinen, aber dann fiel mein Blick auf den Koffer. Rose. Ihre Aufführung. Ich durfte sie nicht verpassen. Das würde sie mir nie verzeihen. Und ich konnte sie nicht auch noch verlieren. Nicht jetzt.

Blind vor Tränen schlüpfte ich in meine Jacke, griff nach meinem Koffer und Rucksack und ging.

Julian

Ich wollte schreien. So laut, dass dieser Sturm in mir endlich zu toben aufhörte.

Lily, Mom, Dad.

Dad, Mom, Lily.

Chaos. Chaos. Chaos.

Mein Kopf war viel zu voll und gleichzeitig vollkommen leer. Ich hörte Lilys Worte. Nur sie. Immer und immer wieder. Ich hörte ihre Worte, ihre Stimme, sah den Schmerz in ihren Augen, als ich ihr gesagt hatte, sie solle gehen und nicht wiederkommen.

Mein Magen rebellierte.

Sie war nicht genommen worden. Schön, dann eben nicht. Sie gehörte trotzdem nicht hierher. Sie wollte nicht hier sein, und irgendwann würde sie das auch begreifen. Ich hatte es beendet, bevor es richtig hässlich werden konnte. Ich hatte das Richtige getan.

Ich hatte das Richtige getan.

Ich wiederholte die Worte, wieder und wieder, betete sie mir vor wie ein Mantra.

Dieses Mal war sie nicht genommen worden, aber es würden andere Chancen kommen, Möglichkeiten, ihren Traum zu verwirklichen. Wenn man mal genau darüber nachdachte, waren unsere Träume ohnehin nicht kompatibel. Sie wollte in einem Ballettensemble tanzen, ich wollte die Welt bereisen und fotografieren, wie sollte das jemals funktionieren? Hätte ich mich doch nur nicht auf die ganze Sache eingelassen. Hätte ich mich nur nie in sie verliebt.

Warum hatte sie mich dazu gebracht, mich in sie zu verlieben?

Mit ihren leuchtenden Augen, mit ihrer Schlagfertigkeit, ihrem Lachen und ihrer Art, mir völlig den Verstand zu rauben. Warum hatte sie mich dazu gebracht, neben ihr besser zu schlafen und mich mit ihr zusammen besser zu fühlen?

Ich hätte wissen müssen, dass ich sie früher oder später ohnehin verlieren würde.

Nein.

Ich *hatte* sie schon verloren.

Abrupt blieb ich stehen, und für einen Moment kam meine Welt zum Stillstand.

Ich war so ein Arschloch.

Was zur Hölle war nur in mich gefahren?

Reglos stand ich da und rief mir jede einzelne Sekunde meines Streits mit Lily wieder in Erinnerung.

Sie hatte mir von dem Vortanzen erzählen wollen, aber meine schlechte Laune hatte sie davon abgehalten. Sie wollte nicht gehen. Sie wollte bleiben. Bei mir.

Und ich hatte sie weggeschickt.

Weil ich nicht nur ein Arschloch, sondern auch ein Feigling war. Weil gestern der beschissenste Tag meines Lebens gewesen war und ich verkatert und übermüdet nach Hause gekommen war. Ich hatte gewusst, dass sie für die Aufführung ihrer

Schwester nach New York fliegen würde, wir hatten darüber gesprochen. Und ich hatte es vergessen, weil ich das gesehen hatte, was ich sehen wollte – oder auch nicht.

Ich wirbelte herum und rannte zurück zum Wohnheim. Panik durchflutete mich. Ich hatte überreagiert. Völlig den Verstand verloren.

Mehrmals rempelte ich jemanden an, als ich zurück zum Wohnheim und dann die Treppe hochrannte. Meine Hände zitterten, als ich erst an die Tür klopfte und dann nach meinem Schlüssel tastete, weil Lily nicht reagierte.

Schwer atmend platzte ich in die Wohnung.

Sie war weg.

Meine Hände zitterten, als ich Lilys Nummer wählte. Ich landete sofort auf der Mailbox.

Fuckfuckfuck!

Ich versuchte es noch einmal. Wieder die Mailbox. Verdammt! Ich musste mit ihr reden, mich entschuldigen und die Sache wieder in Ordnung bringen. Nur wie? An ihrer Stelle wäre ich auch nicht ans Telefon gegangen. Ich hatte es total verdient. Aber ich musste mit ihr reden. Jetzt. Sofort. Ich konnte das nicht so stehen lassen. Ich konnte nicht … Sie durfte das nicht ernst nehmen. Dass sie gehen und nicht zurückkommen sollte. Was, wenn sie tatsächlich nicht mehr zurückkam?

Ich war ganz kurz vorm Durchdrehen, als ich Cole anrief. Es dauerte viel zu lange, bis er endlich abnahm, obwohl es wahrscheinlich nur ein paar Sekunden waren.

»Hey, Jules. Ich – «

»Ich brauche deine Hilfe«, fiel ich ihm ohne Umschweife ins Wort.

»Was ist los?« Cole klang alarmiert.

»Du musst mich zum Flughafen fahren.«

Für einen kurzen Augenblick war es am anderen Ende der Leitung still. »Was?«

»Du musst mich zum Flughafen fahren«, wiederholte ich, bemüht, nicht allzu genervt zu klingen, aber verdammt, ich war genervt.

»Warum musst du zum Flughafen?«

»Ich hab Mist gebaut. Erklär ich dir später. Kannst du jetzt bitte kommen?«

»Gib mir fünf Minuten.« Ohne ein weiteres Wort legte Cole auf, und ich stieß einen erleichterten Seufzer aus.

Ich musste nicht lange auf Cole warten, und als ich zu ihm ins Auto stieg, weiteten sich seine Augen, und er atmete schwer aus.

»Was ist denn mit dir passiert?«

Ich winkte ab. »Ist jetzt nicht so wichtig. Wir müssen los.«

Er zögerte kurz, schien nachhaken zu wollen, doch irgendwas in meinem Blick brachte ihn schließlich dazu, nachzugeben. »Okay, zu welchem Flughafen?« Cole legte den ersten Gang ein, und ich erstarrte.

Zu welchem Flughafen. Zu welchem verdammten Flughafen mussten wir?

»Ich … Keine Ahnung.« Verzweifelt versuchte ich mich zu erinnern, hatte aber keinen blassen Schimmer. Hatte Lily mir überhaupt gesagt, von wo aus sie fliegen würde? »Scheiße! Das kann doch echt nicht wahr sein!« Mein Puls schoss in die Höhe. Fluchend hämmerte ich auf das Armaturenbrett, spürte, wie meine Augen zu brennen begannen.

»Jules, beruhige dich!« Cole schaltete den Motor aus und legte mir eine Hand auf die Schulter. Ich schüttelte sie ab.

»Ich will mich nicht beruhigen! Ich bin … Ich kann nicht … Ich muss …« Ich schnappte nach Luft, meine Brust fühlte sich auf einmal seltsam eng an. »Ich muss zu ihr.«

»Zuerst musst du dich beruhigen!« Eindringlich ruhte Coles Blick auf mir.

»Ich –« Das Klingeln meines Handys unterbrach mich. Mit fahrigen Fingern zog ich es aus meiner Hosentasche, hoffte, betete, dass Lily mich zurückrief, doch es war Dads Name, der auf dem Display aufleuchtete. Ich war noch nicht bereit, mit ihm zu reden. Nach allem, was gestern passiert war, war ich mir noch nicht mal sicher, ob ich überhaupt jemals wieder dazu bereit sein würde.

Gestern. Wie konnte das alles erst gestern gewesen sein?

Egal. Im Moment konnte ich mich damit nicht befassen. Jetzt gerade zählte nur Lily. Und dass ich wieder geradebog, was ich versaut hatte.

Ich schloss die Augen, als sich um mich herum alles zu drehen begann. Es war einfach alles zu viel. Dann drückte ich Dad weg. Ein Problem nach dem anderen.

»Jules, kannst du mir bitte mal erklären, was hier eigentlich los ist?« Coles Stimme durchbrach die Stille, die sich im Wagen ausbreitete.

»Ich hab Scheiße gebaut. Lily … Ich bin völlig ausgeflippt und hab's versaut. Ich muss das wieder in Ordnung bringen!«

Eine tiefe Falte grub sich in Coles Stirn. »Ist sie dieses Wochenende nicht in New York?«

Sogar er erinnerte sich daran. Nur ich hatte es für ein paar Minuten vergessen und damit alles kaputt gemacht.

»Ja, ist sie. Mann, kannst du mir jetzt einfach helfen?«

»Das würde ich ja gerne, echt. Aber ich weiß nicht, von welchem Flughafen Lily fliegt.«

»Fuck!«, stieß ich hervor. »Und was jetzt?«

»Du kommst jetzt erst mal mit zu mir und gehst duschen. Du hast es nötig. Und dann sehen wir zu, dass du heute noch nach New York kommst.«

42. KAPITEL

Lily

Ich wusste nicht, ob ich wütend, enttäuscht oder traurig war. Vielleicht alles auf einmal. Vielleicht auch gar nichts.

Als Mom und Dad mich am Flughafen abholten, war ich vor allem müde. Und ich hatte das dringende Bedürfnis zu heulen.

Meine Eltern versuchten während der Autofahrt in die Stadt herauszufinden, was mit mir los war, aber ich antwortete nur einsilbig, und irgendwann gaben sie auf. Ich hatte keine Lust zu reden.

Hat's dir wenigstens Spaß gemacht? Mich dazu zu bringen, mich in dich zu verlieben, obwohl du ohnehin nie vorhattest hierzubleiben? Julians Worte hatten sich in meinen Kopf gebrannt und mir gleichzeitig das Herz zerrissen.

Was war gestern nur passiert, dass er heute so völlig die Fassung verloren hatte? Es konnte nicht nur daran liegen, dass ich ihm nichts von dem Vortanzen erzählt hatte, oder? Woher wusste er überhaupt davon? Und wenn er es schon länger gewusst hatte, wieso verdammt noch mal hatte er nichts gesagt?

Ich hasste mich dafür, dass ich ihm nicht schon in dem Moment, in dem ich Luis' Nachricht gelesen hatte, davon erzählt hatte. Es war mein Fehler gewesen. Aber es war eben auch genau das. Ein Fehler. Einen, den man wieder geradebiegen konnte. Oder nicht?

Julian hatte allerdings nicht den Eindruck gemacht, irgendetwas geradebiegen zu wollen. Es war ihm vollkommen egal gewesen, dass ich nicht nur nicht genommen worden war, sondern dass ich es auch gar nicht mehr wollte.

Es hatte ihn überhaupt nicht interessiert.

Tief in mir wusste ich, dass er nicht meinetwegen so wütend gewesen war und seinen Zorn nur an mir ausgelassen hatte. So wie bei unserem ersten großen Streit, der ein halbes Leben zurückzuliegen schien, obwohl seitdem erst ein paar Monate vergangen waren.

Doch auch wenn ich das wusste, fühlte ich mich dadurch kein Stück besser.

Du willst nicht hier sein, und du gehörst hier auch nicht hin.

Ein stechender Schmerz fuhr durch mein Herz und raubte mir den Atem. Tränen stiegen in mir auf, doch ich drängte sie energisch zurück. Allerdings nur so lange, bis wir nach Hause kamen. Meine Schwestern saßen im Wohnzimmer und schauten irgendeine Serie. Sie drehten sich alle gleichzeitig zu uns um, und als Rose in mein verheultes Gesicht blickte, sprang sie auf und war in der nächsten Sekunde bei mir.

Ein tiefes Schluchzen brach aus mir heraus, und Rose drückte mich so fest an sich, dass ich für einen Moment keine Luft bekam.

Wortlos zog sie mich nach oben und führte mich in mein Zimmer, während meine Eltern unten gemurmelte Worte tauschten und uns besorgt hinterhersahen.

»Was ist passiert?« Sanft drückte Rose mich auf mein Bett. Ich schüttelte den Kopf und sagte kein Wort. Also ließ sie mich weinen.

Ich weinte und weinte, bis ich nicht mehr weinen konnte. Als mein Schluchzen schließlich abebbte, tat mir alles weh. Rose hielt mich die ganze Zeit fest.

»Lily, du musst mir sagen, was los ist«, bat sie irgendwann hilflos.

»Scheiße. Das ist doch alles … scheiße.« Schniefend wischte ich mir übers Gesicht. »Es sollte heute nur um dich gehen. Nicht um mich. Das ist dein Tag!«

»Das ist er in einer Stunde immer noch, wenn du mir alles erzählt hast und ich entschieden habe, ob ich nach Faerfax fahren muss, um Julian eine reinzuhauen.« Gegen meinen Willen musste ich lachen, und in Rosies Augen trat ein zufriedenes Funkeln. Sie stupste mich an. »Also los, ich will alles wissen.«

Stockend begann ich zu erzählen. Es tat weh, das alles noch einmal durchzugehen.

»Ich verstehe einfach nicht, was gestern passiert ist. Er kann doch nicht nur deswegen so wütend gewesen sein, weil ich ihm nichts von dem Vortanzen erzählt habe, oder?«

Langsam schüttelte Rose den Kopf, einen nachdenklichen Ausdruck auf dem Gesicht. »Nein. Also, ich kann verstehen, dass er deswegen sauer ist, aber das rechtfertigt noch lange nicht sein Verhalten.«

»Genau. Ich … Ach, keine Ahnung. Es muss was passiert sein. Ich meine, er wollte eigentlich das ganze Wochenende bei seiner Familie bleiben, und dann ist er viel früher nach Hause gekommen. Und sein Gesicht … Gott, du hättest sein Gesicht sehen müssen. Er sah so fertig aus. Es war so furchtbar. Seine Lippe war ganz dick, als hätte er sich geprügelt.« Bei der Erinnerung stiegen mir Tränen in die Augen.

»Er hat nicht erzählt, was passiert ist?« Stirnrunzelnd zupfte Rose an meiner Decke herum.

Ich schüttelte den Kopf, überlegte krampfhaft, ob er irgendwas gesagt und ich es nicht richtig wahrgenommen hatte, aber da war nichts. »Kein Sterbenswort. Wahrscheinlich irgendwas mit seinem Dad, die Beziehung der beiden ist kompliziert.«

Rose atmete tief durch, dann trat ein entschuldigender Ausdruck in ihre Augen. »Lily, ich hab dich lieb, das weißt du. Aber warum zur Hölle bist du hier? Warum bist du nicht bei ihm geblieben?«

»Was?« Ich blinzelte irritiert.

»Warum bist du nicht bei ihm geblieben, wenn er in so einem schlechten Zustand war?«

»Weil … Weil er mich weggeschickt hat und weil er weggelaufen ist. Er wollte mich nicht dahaben. Und ich … Ich konnte dich nicht hängen lassen.«

»Oh, Lily, ernsthaft?« Sie warf die Hände in die Luft.

»Sag mir nicht, dass du es mir nicht übel genommen hättest, wenn ich nicht gekommen wäre. Du hättest geglaubt, dass ich immer noch neidisch auf dich bin, und das … Das geht nicht. Ich bin stolz so auf dich! Ich kann doch nicht verpassen, wie du deine erste Hauptrolle tanzt!«, versuchte ich mich zu rechtfertigen, während gleichzeitig das ungute Gefühl in mir aufstieg, einen furchtbaren Fehler gemacht zu haben. Vielleicht hätte ich nicht gehen und stattdessen versuchen sollen, ihn zu finden. Vielleicht, vielleicht, vielleicht. Es gab so viele Variablen, alles hätte anders laufen können. War es aber nicht. Und es gab keine Garantie dafür, dass er heute überhaupt noch nach Hause gekommen wäre.

»Das weiß ich doch. Ich meine ja nur … Wieso versuche ich überhaupt, dir einen guten Rat zu geben? Mein Liebesleben existiert nicht mal. Ihr bekommt das wieder hin, da bin ich ganz sicher. Vielleicht tut ihm ein bisschen Abstand ja gut. Wer weiß, vielleicht braucht er nur ein paar Tage für sich, um wieder klarzukommen. Dann redet ihr, und dann wird alles wieder gut.«

Ich nickte stumm. Ich war mir da gar nicht so sicher. Aber ich hoffte es. So sehr.

Julian

Unruhig zappelte ich auf dem Rücksitz des Taxis herum und betete, dass das verdammte Universum sich nicht komplett gegen mich verschworen hatte und ich im Stau stecken blieb. Ich war gleichzeitig todmüde und hellwach, Adrenalin pulsierte durch meine Adern. Sie musste da sein, ich musste sie finden. Die Juilliard war mein einziger Anhaltspunkt. Ich hatte keine Ahnung, wo Lilys Familie wohnte, sie hatte es mir nie gesagt. Es war auch nicht nötig gewesen. Was hatte mich die Adresse ihrer Familie interessiert, solange sie in Faerfax bei mir in unserer gemeinsamen Wohnung war.

Jetzt wünschte ich, ich wüsste sie. Das hätte einiges einfacher gemacht.

Aber Lily würde heute Abend in der Juilliard sein. Zumindest da war ich mir vollkommen sicher. Weil ihre Schwester da heute Abend tanzen würde.

Als das Taxi endlich vor dem Lincoln Center hielt, war ich mit den Nerven am Ende. Ich hatte keinen Blick für New York, diese Stadt, die so vielen den Atem raubte. An jedem anderen Tag hätte ich wahrscheinlich tausend Fotos gemacht, heute hatte ich nicht mal meine Kamera dabei.

Plakate und Banner beworben das Stück, das heute Abend aufgeführt wurde, aber auch das interessierte mich nicht. Es war noch früh, gerade mal vier Uhr, es würde noch Stunden dauern, bis Lily kommen würde, also wartete ich. Lief unruhig auf und ab, nicht in der Lage, mich irgendwo still hinzusetzen und tatsächlich abzuwarten. Wieder und wieder zog ich mein Handy aus der Hosentasche, nur um zum tausendsten Mal festzustellen, dass mein Akku immer noch leer war. Scheißteil. Ich hatte nicht daran gedacht, mein Handy aufzuladen, als ich bei Cole gewesen war, um kurz zu duschen und mir was Frisches anzuziehen. Er hatte recht gehabt, es war mehr als nötig gewesen. Cole hatte an alles gedacht, hatte mir einen Flug und ein Hotelzimmer gebucht. Aber meinen Akku hatte keiner von uns auf dem Schirm gehabt.

Sonst hätte ich Lily jetzt einfach anrufen können. Andererseits gab es keine Garantie, dass sie überhaupt drangegangen wäre.

Ich lief auf und ab, die ganze Zeit. Fünf Meter in die eine Richtung, fünf Meter in die andere. Passanten, die an mir vorbeigingen, warfen mir irritierte Blicke zu, als hätte ich den Verstand verloren, und irgendwie hatte ich das ja auch. Es kümmerte mich nicht, was sie dachten. Sollten sie ruhig denken, dass ich verrückt war.

Als ich mich zum wiederholten Male umdrehte, um wieder zurückzulaufen, stieß ich aus Versehen mit einem Mädchen zusammen. Zuerst sah ich nur blonde Haare, dann, als ich einen Schritt zurücktrat, keuchte ich erschrocken auf.

Lily.

Sie war es. Nein, war sie nicht. Doch das Mädchen vor mir sah ihr sehr ähnlich. Die gleichen Gesichtszüge, die gleichen Augen, auch wenn ihre grün und nicht blau waren. Ihr Blick war anders, nicht so herausfordernd, sondern weicher, und ihre Lippen wirkten etwas schmaler, sie war noch zierlicher als Lily, das war trotz des beigen Mantels zu erkennen. Sie war durch und durch eine Ballerina. Über ihrer Schulter hing eine Tasche.

Sie musterte mich von Kopf bis Fuß, dann blieb ihr Blick an meiner Unterlippe hängen, die wie auf Kommando wieder schmerzhaft zu pochen begann, und ich schluckte nervös. Wusste sie, wer ich war?

»Bitte sag mir, dass du Julian bist.« Spätestens jetzt hätte ich gewusst, dass nicht Lily vor mir stand. Ihre Stimme klang völlig anders, tiefer und ruhiger.

Ich nickte abgehackt. »Bin ich«, brachte ich krächzend hervor.

Sie stieß ein erleichtertes Seufzen aus. »Gott sei Dank. Das wäre sonst echt peinlich geworden. Jetzt sag mir noch, dass du hier bist, um die Sache zwischen euch wieder in Ordnung zu bringen.«

Wieder nickte ich.

Sie verschränkte die Arme vor der Brust, verengte die Augen zu Schlitzen. »Lily hat versucht, dich anzurufen, du bist nicht drangegangen.«

»Mein Akku ist leer.«

Sie murmelte etwas, das verdächtig klang wie »Einmal mit Profis arbeiten«, dann lächelte sie mich an. Auch ihr Lächeln war anders. Lilys Lächeln war strahlend wie die Sonne, Roses Lächeln war verhaltener, aber genauso ehrlich.

»Passiert schon mal. Ich – «

»Ist sie hier?« Hoffnungsvoll sah ich mich um.

Rose schüttelte den Kopf. »Nein, ich musste wegen der Aufführung früher kommen. Lily kommt später mit unseren Eltern und Schwestern.«

»Kannst du … kannst du ihr sagen, dass ich hier bin? Ich muss dringend mit ihr reden.«

»Ja, das musst du.« Rose schürzte sie Lippen, neigte den Kopf und sah mich so eindringlich an, dass ein nervöses Kribbeln in mir aufstieg. »Aber nein, ich sage ihr nichts. Ich habe eine viel bessere Idee.« Sie grinste mich breit an.

»Ach ja?« Ich konnte nichts gegen das Misstrauen tun, das in meiner Stimme mitschwang.

»Oh ja. Komm mit.«

43. KAPITEL

Lily

Kritisch betrachtete ich mein Spiegelbild. Inzwischen sah man nicht mehr, dass ich stundenlang geheult hatte, ich fühlte mich aber nur unwesentlich besser.

Während der letzten Stunden hatte ich mehrmals versucht, Julian zu erreichen, nachdem ich gesehen hatte, dass er angerufen hatte, doch er war nie drangegangen. Und die Hoffnung, dass er seine Worte nicht so gemeint hatte, schwand mit jeder Minute mehr.

Ich griff nach meinem Handy, aber nichts. Kein Anruf, keine Nachricht. Die Zweifel in mir wurden stärker. Kurz überlegte ich, ob ich Cassidy anrufen sollte, oder Jamie, und ließ es dann doch bleiben. Morgen, ich konnte morgen mit ihnen reden.

Wenn ich es jetzt tat, würde ich nur wieder anfangen zu weinen, und ich hatte zu lange für mein Make-up gebraucht, um das zu riskieren.

Außerdem – und das war der eigentliche Grund, warum ich es nicht machte – hatte ich eine Scheißangst davor, was sie zu der ganzen Sache sagen würden. Dass sie sich auf Julians Seite schlagen würden. Ich wusste, dass es Quatsch war, ich wusste, dass sie anders waren als Keira und Amy, und trotzdem war ein Teil von mir nicht unbedingt scharf darauf, herauszufinden, ob ich damit recht hatte.

Das Klingeln meines Handys bewahrte mich davor, mich in Mutmaßungen zu verlieren. Rose.

»Müsstest du nicht gerade in der Maske sitzen?«, begrüßte ich sie und bemühte mich um einen fröhlichen Ton, damit sie sich keine Sorgen um mich machte, sondern sich voll und ganz auf ihre Aufführung konzentrieren konnte.

»Kannst du herkommen? Bitte? Ich glaube, ich drehe gerade durch.« Sie stieß ein panisches Lachen aus. Ich konnte sie vor mir sehen, wie sie in der Umkleide auf und ab lief und sich nervös die Haare raufte, das Handy am Ohr. Ich konnte ihre Anspannung beinahe körperlich spüren. Sie sprang auf mich über und brachte mein Herz aus dem Takt. Ich verstand sie, diese Nervosität, gepaart mit der panischen Angst zu versagen. Ich verstand sie, aber Rose würde nicht versagen. Also zwang ich mich zur Ruhe.

»Nein, du drehst jetzt nicht durch, du reißt dich zusammen! Das ist dein Abend, Rose, und du wirst absolut fantastisch sein, verstanden?«

»Lily, bitte, komm einfach her! Ich brauche dich!«

»Natürlich komme ich, aber bitte dreh nicht durch, bevor ich da bin, okay?«

»Ich gebe mir Mühe. Beeil dich einfach.« Rose legte auf, bevor ich noch etwas erwidern konnte.

»Dad?«, rief ich in den Flur, während ich mir T-Shirt und Leggins auszog und in mein Kleid schlüpfte. »Kannst du mich zur Juilliard bringen? Rose hat einen kleinen Nervenzusammenbruch. Sie braucht mich.« Ich griff nach meinen Schuhen und trat auf den Flur. »Dad?«

Er kam aus dem Schlafzimmer, die Hände an der Fliege, die er gerade im Begriff war zu binden. »Jetzt?«

»Ja, jetzt! Komm schon, Dad, bitte!«

Einen Moment lang betrachtete er mich, als hätte ich den

Verstand verloren, dann seufzte er ergeben. »Gib mir drei Minuten.«

»Danke!« Ich warf ihm eine Kusshand zu und stürmte nach unten. Es war noch viel zu früh, Einlass war erst in einer Stunde, und Mom und meine Schwestern waren garantiert noch nicht fertig, aber darauf konnte ich jetzt keine Rücksicht nehmen. Sie konnten sich ein Taxi nehmen oder ein Uber rufen. Ich hatte keine Zeit, um auf das eine oder andere zu warten.

»Damit das klar ist, ich mache das nur, damit Rose und du nicht wieder einen Grund habt, um euch monatelang anzuschweigen«, bemerkte Dad, als er die Treppe herunterkam und sich seinen Mantel überwarf. Doch er grinste, und ich wusste, dass er mich so oder so gefahren hätte.

»Klar.« Ich schloss das letzte Riemchen meiner High Heels, schlüpfte ebenfalls in meinen Mantel und folgte Dad nach draußen.

Der Verkehr war mörderisch, was an einem Samstag nicht überraschend war. Ich schrieb Rose, dass ich auf dem Weg war, und sie teilte mir kurz mit, wo ich sie finden würde.

»Sie dreht also durch, hm?« Dad warf mir einen fragenden Blick zu, und ich seufzte.

»Sieht ganz so aus.«

»Und du? Kommst du klar?«

Ich wusste genau, worauf er anspielte. Kam ich wirklich damit klar, dass meine Schwester eine Hauptrolle tanzen durfte, während mir die Chance, auf dieser Bühne zu stehen und zu tanzen, verwehrt blieb? Ich straffte mich. »Ja, ich denke schon.«

Er nickte stumm, doch mir entging der besorgte Zug um seinen Mund nicht. Er hatte Angst, dass ich log. Aber das tat ich nicht. Es ging mir gut. Solange ich nicht an Julian dachte. Augenblicklich spürte ich einen Kloß im Hals. Mist. Nicht heulen. Nicht jetzt.

Tief atmete ich ein, versuchte, mich ganz auf meine Schwester zu konzentrieren, darauf, was ich Rose sagen würde, um sie zu beruhigen. Ich wollte jetzt nicht an Julian denken.

Dad suchte erst gar nicht nach einem Parkplatz, er ließ mich einfach direkt vor dem Eingang aussteigen – was die Autofahrer hinter uns mit einem wütenden Hupen quittierten, aber das interessierte ihn nicht. Selbst im schlimmsten New Yorker Verkehr war Dad die Ruhe selbst.

»Wir sehen uns später«, verabschiedete ich mich, dann stürmte ich auf das Gebäude zu, das einmal das Ziel all meiner Träume gewesen war.

Ein unangenehmes Ziehen breitete sich in mir aus, während ich näher und näher kam. Ich zwang mich, nicht stehen zu bleiben, nicht die Fassung zu verlieren. Es ging hier heute nicht um mich. Es ging um Rose.

Ich wollte in Faerfax bleiben, bei … Nein, nicht an Julian denken.

Rose. Rose. Rose. Alles andere war heute nicht wichtig, nur sie.

Die Flure der Juilliard lagen da wie ausgestorben. Das war nicht weiter überraschend, die meisten waren wahrscheinlich gerade in der Maske oder wärmten sich auf. Trotzdem fühlte es sich seltsam an, als ich vollkommen allein durch die Schule lief, das Klackern meiner Absätze hallte unangenehm laut von den Wänden wider.

»Lily?«

Ich blieb abrupt stehen, als ich die ungläubige Stimme erkannte. Noch immer vertraut, auch wenn ich sie seit Monaten nicht gehört hatte. Für einen Moment kniff ich die Augen zusammen, versuchte, so zu tun, als hätte ich nichts gehört. Dann drehte ich mich doch um.

Luis hatte sich kaum verändert. Sein Haarschnitt war anders, sonst sah er immer noch genauso aus wie früher. Groß, muskulös, gut aussehend, der Liebling aller Tanzlehrerinnen und Schwarm aller Tänzerinnen. Und ein Arschloch.

Ich starrte ihn an, starrte und suchte dabei nach der Wut, die ich so lange mit mir herumgetragen hatte. Suchte nach der Wut und nach der Enttäuschung und fand nichts. Sein Anblick löste absolut gar nichts in mir aus. Vielleicht ein entferntes Echo von Bedauern, darüber, dass ich so naiv gewesen war, mich überhaupt auf ihn einzulassen.

»Luis.«

Er trat auf mich zu, eine Mischung aus Freude, Verwirrung und Unsicherheit huschte über sein hübsches Gesicht. »Ich ... Du ... Ich hab dich nicht hier erwartet. Wie geht's dir?«

Ernsthaft? Wollte er sich jetzt wirklich in Small Talk versuchen?

»Mir geht's prima. Weißt du, wo Rose ist? Sie wollte, dass ich zu ihr komme.« Ich schenkte ihm ein reserviertes Lächeln.

»Ich ... Ähm, klar.« Er beschrieb mir kurz den Weg, und ich wollte mich gerade wieder in Bewegung setzen, als er mich aufhielt. »Ich habe dir geschrieben.«

Langsam drehte ich mich um. Was sollte das denn jetzt werden? »Ich weiß.«

»Du hast nicht geantwortet.« Er biss sich auf die Unterlippe, setzte diesen dämlichen Welpenblick auf, dem alle sofort verfielen, und ich musste mich sehr bemühen, nicht genervt aufzustöhnen.

»Hast du ernsthaft mit einer Antwort gerechnet?«

Er zuckte mit den Schultern, von seiner üblichen Selbstsicherheit, die ihm normalerweise aus jeder Pore sickerte, war nichts zu spüren. Verunsicherte es ihn tatsächlich, mich zu sehen, oder zog er gerade nur eine riesengroße Show ab? Ich stellte fest, dass es mich nicht interessierte.

»Luis«, seufzte ich, »ich bin sicher, du hast es gut gemeint mit deiner Nachricht, und vielleicht bin ich dir auch ein kleines bisschen dankbar, dass du mich vorgewarnt hast, aber wir zwei sind fertig miteinander. Wir werden uns vielleicht bei Rosies Auftritten sehen, wenn ich in der Stadt bin und du auch dabei bist, aber das war's. Und jetzt entschuldige mich, ich muss los.«

Ohne ein weiteres Wort ließ ich ihn stehen. Ich konnte fühlen, wie er mir hinterherstarrte, und ein breites Grinsen erschien auf meinem Gesicht. Hätte ich mir im Vorfeld ausgemalt, wie meine erste Begegnung mit Luis ablaufen würde, so wäre es in meinem Kopf ganz sicher nicht abgelaufen.

Als ich endlich Rosies Umkleide erreichte, war ich verdammt spät dran und hoffte inständig, dass sie noch nicht vollkommen die Nerven verloren hatte. Ich klopfte an, und es dauerte keine fünf Sekunden, bis sie die Tür aufriss.

»Na, endlich, das hat ja ewig gedauert! Hast du dich verlaufen?«

»Wow, so gut drauf bist du also?« Ich musterte sie von Kopf bis Fuß. Sie sah umwerfend aus mit den zurückgesteckten Haaren, dem weißen Kleid, das sich hell von ihrer Haut abhob, und dem zarten Make-up. »Was brauchst du?«

Ein diebisches Lächeln erschien auf ihrem Gesicht, dann griff sie nach meiner Hand und zog mich so ruckartig in die Umkleide, dass ich stolperte und mich gerade so eben fangen konnte, bevor ich stürzte.

»Eigentlich nur dich. Ich muss jetzt los. Bis später«, flötete sie, dann fiel die Tür mit einem lauten Knall hinter ihr ins Schloss.

Fassungslos richtete ich mich auf, wollte Rose gerade hinterher, als sich jemand räusperte. Ich fuhr herum und keuchte erschrocken auf.

Julian.

Im ersten Augenblick dachte ich, mein Verstand würde mir einen Streich spielen, dass ich mir seine Anwesenheit nur einbildete, aber dann trat er auf mich zu, und mir wurde klar, dass er tatsächlich hier war.

Er war hier. In New York.

Mein Atem stockte. Seine vertraute Nähe traf mich wie ein Schlag. Er hatte mir so gefehlt.

Er sah müde aus, seine Unterlippe war noch mehr angeschwollen, aber seine Augen strahlten, als er mich jetzt anblickte.

»Hi«, sagte er. Seine Stimme war leise, rau, klang aber so sehr nach Julian, dass sich etwas in mir zusammenzog.

Ich öffnete den Mund, brachte jedoch keinen Ton heraus.

Er war hier. In der Umkleide meiner Schwester.

»Lily?« Er wirkte verunsichert, und endlich erwachte ich aus meiner Erstarrung.

»Was machst du hier?«

»Ich wollte mit dir reden. Mich entschuldigen. Aber du bist nicht ans Telefon gegangen und …«

»Da beschließt du, einfach nach New York zu fliegen?« Ungläubig starrte ich ihn an.

»Ich dachte … Ich hatte Angst, dass du nicht mehr nach Hause kommst.« Er machte einen Schritt in meine Richtung, dann noch einen, als ich nicht zurückwich. »Ich habe so viele furchtbare Dinge gesagt, und es tut mir so unendlich leid. Ich …« Er rang nach Atem. »Ich bin so ein Idiot, und ich weiß, dass ich es versaut habe, aber … Ich konnte nicht … Ich konnte nicht warten. Ich will wenigstens versucht haben, das zwischen uns wieder in Ordnung zu bringen. Bitte, lass es mich wieder in Ordnung bringen, Lily.« Flehentlich schaute er mich an, trat noch etwas näher und hob die Hand. Seine Finger strichen hauchzart über meinen Handrücken, und mein ganzer Körper begann zu kribbeln. »Bitte.«

Alles in mir drängte danach, einfach »Ja« zu schreien und mich in seine Arme zu werfen, aber ich konnte mich nicht rühren.

»Was ist passiert?«, brachte ich schließlich hervor.

Er ließ die Hand wieder sinken, und ein Schatten huschte über sein Gesicht. Mit einer Hand fuhr er sich durch die Haare, seine Brust hob sich, als er tief durchatmete.

»Ich hatte einen Riesenstreit mit meinem Dad, und danach bin ich zu meiner Mom gefahren und –«

»Du bist zu deiner Mom gefahren?«, fiel ich ihm ins Wort und starrte ihn aus großen Augen an.

Julian nickte.

»Warum?«

»Keine Ahnung. Ehrlich, wenn ich jetzt darüber nachdenke, warum ich mich in diesen Zug gesetzt habe, fällt mir nichts ein. Es war dumm, ich wollte … Ich glaube, ich wollte sie fertigmachen, weil sie einfach abgehauen ist und uns im Stich gelassen hat. Ich hab mich mit Dad gestritten. Er wollte mich dazu zwingen, bei ihnen einzuziehen, wenn sie wieder in Faerfax wohnen. Und dann ist irgendwie alles eskaliert.« Julian zog eine Grimasse, und mein Blick fiel ganz von selbst auf seine aufgeplatzte Unterlippe.

»Was?« Entsetzen durchfuhr mich. »Bitte sag, dass er das nicht war.«

Schmerz glomm in Julians Augen auf, und ich vergaß, dass ich wütend auf ihn war, dass ich enttäuscht und verletzt war. Ich war immer noch wütend, doch jetzt konzentrierte sich mein Zorn auf Julians Vater, der offensichtlich ein größerer Scheißkerl war, als ich angenommen hatte.

»Ich würde ja gerne sagen, ich hatte es nicht verdient, aber ich schätze, das kann ich nicht. Ich hab ein paar echt üble Sachen gesagt.«

»Das rechtfertigt noch lange nicht so etwas!« Aufgebracht deutete ich auf sein Gesicht.

»Ich weiß.«

»Was hat er gesagt? Hat er sich entschuldigt?«

»Ich bin abgehauen und danach … Wir haben noch nicht wieder miteinander geredet seitdem. Aber ich bin mir sicher, dass er weiß, dass er Scheiße gebaut hat.«

Zischend atmete ich aus. »Das macht es nicht besser.«

»Ich weiß«, wiederholte er. »Danach bin ich nach Springfield gefahren, zu meiner Mom und … Scheiße, es ist alles völlig schiefgelaufen!« Er sprach so schnell, dass ich Mühe hatte, ihm zu folgen, doch je mehr er erzählte, desto wütender wurde ich.

Er hatte das nicht verdient. Er hatte es nicht verdient, Eltern zu haben, die sich einen Scheiß für ihn interessierten, die die Verantwortung für ihre Kinder auf seinen Schultern abgeladen hatten und darauf hofften, dass er sich schon um alles kümmerte.

»Was ich gestern zu dir gesagt habe … Ich kann dir gar nicht sagen, wie sehr ich mich dafür schäme. Du hattest das nicht verdient. Es war nicht deine Schuld, dass ich so ausgeflippt bin. Ich war so wütend. Ich dachte, es läge an meiner Mom. Weil sie damals abgehauen ist, um ihren Traum zu leben, und ja, das hat sie auch irgendwie getan, aber vor allem hat sie eine neue Familie. Sie hat uns einfach ausgetauscht, und das hat mich völlig aus der Bahn geworfen. Aber ich glaube, letzten Endes hatte das alles nicht ausschließlich was mit meiner Mutter zu tun, sondern auch mit Dad. Ich habe es in dem Moment nur an dir ausgelassen, weil ich dachte, es würde um Mom gehen. Dass du so wärst wie sie und ich damit wie Dad. Dass du mich sitzen lässt, um deinen Traum zu leben. Ergibt das irgendeinen Sinn? Wahrscheinlich nicht.« Er stieß ein nervöses Lachen aus. »Das ergibt gar keinen Sinn, oder? Denn selbst wenn es so gewesen wäre, wäre es dein gutes Recht gewesen. Ich war nur … Du bist das erste Mädchen, in das ich mich verliebt habe, das mir wirklich etwas bedeutet, und ich … Ich konnte nicht damit umgehen. Es war zu viel. Und deshalb habe ich mich wie ein Arsch benommen und dich weggeschickt, und das werde ich mein Leben lang bereuen. Es tut mir so leid, Lily!« Atemlos verstummte er.

»Du hast gedacht, dass ich gehe?«

»Ja. Ich hab die ganze Zeit nur an dieses beschissene Vortanzen gedacht und die Aufführung von deiner Schwester völlig vergessen. Ich war müde und verkatert, und ich war einfach ein Arschloch.«

»Sag das nicht«, bat ich und machte jetzt meinerseits einen Schritt auf ihn zu. »Du warst überfordert, und du warst verletzt. Das verstehe ich.«

»Aber ich hätte es nicht an dir auslassen dürfen.« Er klang so verzweifelt, dass es mir das Herz brach.

»Nein, wahrscheinlich nicht. Aber ich hab dir auch nichts von dem Vortanzen erzählt, also sind wir vielleicht quitt.«

»Ich finde nicht, dass das ganz das Gleiche ist.«

Ich zuckte mit den Schultern. »Ja, stimmt. Na und? Soll ich jetzt sauer auf dich sein, weil du etwas angenommen hast, wovon ich dir nichts erzählt habe? Das war dumm von mir. Und bescheuert. Woher wusstest du überhaupt davon?«

»Steph hat's mir erzählt. Ich glaube, sie dachte, ich wüsste Bescheid.«

»Tut mir leid.« Meine Finger streiften seine, es war mehr eine Frage als eine tatsächliche Berührung.

Er schüttelte den Kopf. »Muss es nicht.«

»Doch. Ich hätte es dir sagen sollen. Aber du warst die ganze Woche so schlecht drauf, und ich war selbst so unsicher … Ich hatte einfach Angst.«

Seine Hand schloss sich um meine, Wärme stieg in mir auf. »Können wir von jetzt an einfach immer ehrlich zueinander sein?«

Tränen stiegen mir in die Augen, als ich seinem hoffnungsvollen Blick begegnete. Ich nickte stumm.

»Du gehst also nicht an die Juilliard?«

»Nein. Ich wurde nicht genommen. Aber selbst wenn … Ich will nicht.«

»Du willst nicht?« Jetzt sah Julian so verwirrt aus, dass ich beinahe gelacht hätte.

»Nein. Ich habe mein Leben lang davon geträumt, an die Juilliard zu gehen und Ballerina zu werden. Aber ich habe mich auch mein Leben lang mit nichts anderem beschäftigt. Der Unfall letztes Jahr hat mich völlig fertiggemacht. Ich hatte immer das Gefühl, als hätte man mir etwas weggenommen. Ich habe das Ganze nie als eine Chance betrachtet. Ehrlich gesagt hätte ich auch nicht gedacht, dass ich ausgerechnet in Faerfax einen neuen Traum finden würde, und ich bin mir auch immer noch nicht ganz sicher, ob ich das tatsächlich getan habe. Aber ich fühle mich wohl in Faerfax. Ich mag die Uni. Ich war in den letzten Wochen oft mit Steph bei ihren Kursen, und ich glaube, *Musical Theatre* wäre genau das Richtige für mich, auch wenn ich noch keine Ahnung habe, was ich eigentlich machen will, wenn ich nicht zum Ballett gehe. Aber ich habe ja noch ein paar Jahre Zeit, das herauszufinden. Ich habe Freunde gefunden. Ich hatte noch nie solche Freunde. Ich war noch nie ein Teil von so etwas. Das will ich nicht aufgeben. Und vor allem hatte ich noch nie jemanden wie dich.«

Julian schluckte schwer. »Heißt das, du verzeihst mir?«

Er zupfte an meiner Hand und zog mich an sich. Ein aufgeregtes Kribbeln stieg in mir auf.

»Das habe ich doch schon längst«, murmelte ich, schlang ihm beide Arme um den Hals und strich mit meinen Lippen zart über Julians Mund, damit ich ihm nicht wehtat. Ich spürte, wie er unter mir erbebte, und mein Herz begann zu tanzen, als er mich noch fester an sich zog und küsste. Es war ein sanfter Kuss, süß, voller Hoffnungen und Träume.

44. KAPITEL

Lily

Wie gebannt starrte ich von unserer Loge auf die Bühne, schaffte es nicht eine Sekunde, den Blick abzuwenden. Ich platzte fast vor Stolz.

Rose war brillant. Nicht von dieser Welt. Sie tanzte nicht, sie schwebte. Und sie war wunderschön.

Im ersten Moment, als die Vorhänge sich gehoben hatten, hatte ich keine Luft mehr bekommen, mein Herz hatte sich überschlagen, und ich hatte Panik gekriegt. Panik vor dem Neid, der irgendwo in mir drin darauf wartete, seine hässliche Fratze zu zeigen.

Doch als Rose auf der Bildfläche erschienen war, war da kein Neid gewesen. Nur Stolz. Und je länger ich ihr zuschaute, desto ruhiger wurde ich.

Sie gehörte auf diese Bühne. Ich nicht. Und das war okay.

Julians Finger schlossen sich warm und fest um meine, und ich musste lächeln. Er war hier. Meine Schwester tanzte, und ich war glücklich.

Einfach nur glücklich.

Als schließlich tosender Applaus durch den Saal brandete, traten mir Tränen in die Augen. Ich war so unendlich stolz auf sie, und zum ersten Mal begriff ich, dass ich nicht versagt hatte, nur weil Rose unseren Traum noch leben konnte und ich nicht.

Ich hatte Fehler gemacht, aber ich hatte nicht versagt. Manche Träume erfüllten sich, manche nicht. Für manche Träume musste man kämpfen, und manche musste man loslassen.

Die Welt war voller neuer Träume, Möglichkeiten, die man sich nicht einmal in hundert Jahren hätte vorstellen können. Man musste nur bereit sein, sich auf sie einzulassen. Nach den Sternen zu greifen.

Träume waren zum Träumen da, nicht um an ihnen zu zerbrechen.

Ich wollte nicht mehr zerbrochen sein. Ich wollte mich vollständig fühlen, ich wollte leben. Ich wollte alles und nichts und einfach nur glücklich sein.

Das war doch kein schlechter Anfang.

Julian

Lilys Atem strich warm über meine Haut, als sie sich seufzend an mich schmiegte. Wir lagen in ihrem Bett, es war spät, schon weit nach Mitternacht, und ich war so unendlich müde, dass ich eigentlich schon vor Stunden hätte einschlafen müssen. Doch mein Kopf gab keine Ruhe. Dass Lily neben mir lag, machte alles etwas erträglicher, aber es ging mir nicht gut.

»Warum schläfst du noch nicht?«, murmelte sie leise und kuschelte sich enger an mich.

»Musste an meinen Dad denken.«

»Willst du mit ihm reden?« Sie bewegte den Kopf, und ich wusste trotz der Dunkelheit, dass sie mich anschaute, musste die Sorge in ihren Augen gar nicht sehen, um zu wissen, dass sie da war.

»Keine Ahnung. Ich …« Stockend brach ich ab. »Ich will einfach nur, dass es aufhört. Ich will mich nicht mehr ständig mit ihm streiten, ich will den ganzen Scheiß nicht mehr. Aber ich weiß nicht … Ich weiß nicht, ob ich schon bereit bin, mit ihm zu reden.«

»Dann mach es nicht. Du musst bereit dafür sein, und dein Dad muss das akzeptieren.«

Ich schnaubte. »Dad war noch nicht gut darin, etwas zu akzeptieren, was ich möchte. Er hat angerufen, aber ich bin nicht drangegangen. Es würde mich nicht wundern, wenn er nach Faerfax fährt, um mit mir zu reden. Nicht, dass er das vorher jemals getan hätte, aber jetzt …«

»Wir könnten ein paar Tage hierbleiben.«

»Was?« Auf einmal war ich wieder hellwach.

Lily setzte sich auf und schaltete ihre Nachttischlampe an. Geblendet blinzelte ich, dann begegnete ich ihrem sanften Lächeln, und alles in mir wurde ruhig. »Wenn du Abstand brauchst, bleiben wir ein paar Tage hier.«

»Ist das dein Ernst?«

Ihr Lächeln wurde breiter, sie stupste mich an. »Sonst hätte ich es nicht vorgeschlagen.«

»Und die Uni?«

»Na ja, wenn du kein Problem damit hast, ein paar Tage zu fehlen, wüsste ich nicht, was dagegenspricht. Ich fange nächstes Semester noch mal von vorne an, da zählen meine Kurse ohnehin nicht. Steph wird mich wahrscheinlich umbringen, wenn ich bei den Proben schon wieder fehle, aber da das Projekt bei mir auch nicht zählen wird …« Sie hob die Schultern, und Erleichterung durchflutete mich.

»Ich habe gar kein Problem damit, ein paar Tage zu fehlen. Wir liegen mit dem Programmheft gut in der Zeit, und im Notfall arbeite ich das nächste Wochenende durch.«

Zum Ende des Semesters interessierte es die meisten Dozenten ohnehin nicht, ob wir zu den Seminaren erschienen oder nicht, solange wir am Ende alle Arbeiten abgaben.

»Schön, dann bleiben wir ein paar Tage hier. Wir buchen morgen die Flüge um, und dann zeige ich dir meine Lieblingsplätze in New York.«

»Das klingt ziemlich perfekt.«

Ich streckte eine Hand nach ihr aus, und sie kam mir entgegen. Meine Lippe brannte, als sie mich küsste, aber das war mir egal. Hitze durchströmte mich, als sie den Mund öffnete und unsere Zungen aufeinandertrafen. Doch bevor ich den Kuss vertiefen konnte, löste Lily sich schon wieder von mir. Zärtlich zeichnete sie meine Gesichtszüge nach.

»Schlaf jetzt.«

Ich wollte protestieren, aber Lily schaltete das Licht wieder aus, kuschelte sich an meine Seite, und die Müdigkeit traf mich wie ein Schlag, zog mich runter in wohltuende Dunkelheit. Ich gab nach. Wir hatten alle Zeit der Welt.

Mein Magen rebellierte, als ich die Auffahrt zu unserem Haus hinaufging. Alles in mir sträubte sich gegen dieses Gespräch, das ich mit Dad führen musste. Aber es würde auch nicht besser werden, wenn ich es noch länger hinauszögerte.

Dad hatte während der vergangenen Woche mehrmals versucht, mich anzurufen, bis ich ihm geschrieben hatte, dass ich Zeit brauchte und nach Hause kommen würde, wenn ich so weit wäre. Er hatte es akzeptiert, und jetzt war ich hier.

Ich hatte das Haus kaum betreten, als Sarah mir schon um den Hals fiel und mich so fest an sich drückte, dass es mir für ein paar Sekunden die Luft abschnürte. »Du bist wieder da! Erzähl uns alles! Wie war New York?«

»Ich kann nichts erzählen, wenn ich ersticke«, krächzte ich, und Sarah ließ mich grinsend los. Ich atmete tief durch, gerade rechtzeitig, denn einen Augenblick später warf Jenny sich an meine Brust.

»Du hättest uns ruhig vorher mal erzählen können, dass du jetzt eine Freundin hast und mit ihr nach New York fliegst«, beschwerte sie sich, als sie sich von mir löste, doch ihre Augen glitzerten fröhlich.

»Tut mir leid. Das war eine ziemlich spontane Sache.« Verlegen kratzte ich mich am Hinterkopf. Ich hatte gelogen, und ich hatte deswegen ein mörderisch schlechtes Gewissen, aber ich hätte den beiden nie von meinem und Dads Streit erzählen können. Also hatte ich mir was ausgedacht, und die beiden hatten mir meine Geschichte abgekauft.

»Hast du sie denn jetzt wenigstens mitgebracht?« Sarah schaute sich suchend um, als hätte ich Lily irgendwo versteckt.

Ich schüttelte den Kopf. »Nächstes Mal. Ich muss mit Dad reden. Ist er da?«

Jenny deutete Richtung Hintertür. »Er ist im Schuppen. Bastelt an irgendwas rum. Er war die ganze Woche superschlecht drauf.«

Überrascht zog ich die Augenbrauen hoch. »Hat er euch gesagt, was los ist?«

»Nö, natürlich nicht.« Gleichgültig zuckte Sarah mit den Schultern.

Ich verkniff mir ein erleichtertes Seufzen. »Okay, wir reden später, ja?«

Die beiden tauschten einen Blick und grinsten breit. »Klar, du bleibst ja das ganze Wochenende. Immerhin bist du letztes Wochenende früher gegangen und hast dein Versprechen gebrochen.«

Ich musste lachen. »Schauen wir mal, okay? Ich hab grad echt viel zu tun.«

»Ach, Quatsch, du hältst es nur kein Wochenende ohne deine Freundin aus.« Jenny streckte mir die Zunge raus, dann hakte sie sich bei Sarah unter, und die beiden verschwanden, bevor ich etwas erwidern konnte.

Ich gab mir einen Ruck und ging durch den Garten zu Dads Schuppen. Eigentlich war es kein Schuppen, sondern eine vereinfachte Version seiner Werkstatt. Ich hatte ihn seit Jahren nicht mehr betreten, trotzdem war der kleine Raum mir schmerzhaft vertraut. In den letzten zwölf Jahren hatte sich hier absolut nichts verändert.

Dad drehte sich um, als die Tür mit einem Quietschen nach innen schwang. Seine Augen weiteten sich überrascht.

»Julian.«

»Ja, ich. Du wolltest reden«, erwiderte ich knapp und verschränkte die Arme vor der Brust.

Er legte das Stück Holz, das er in der Hand hielt, beiseite und trat auf mich zu, war aber clever genug, mir nicht zu nahe zu kommen. »Es tut mir leid.«

Ich presste die Zähne so fest aufeinander, dass es wehtat. »Was genau?«

Dad holte tief Luft, in seinen Augen lag ein unbeschreiblicher Schmerz. »Das, was ich letzte Woche getan habe.«

»Du meinst, dass du mich geschlagen hast?«, fragte ich hart.

Dad zuckte zusammen, aber ich hatte kein Mitleid. »Ja. Dass ich dich geschlagen habe.« Dieses Wort auszusprechen fiel ihm sichtlich schwer. »Das hätte ich nicht tun dürfen. Niemals.«

»Was du nicht sagst.«

Flehentlich sah Dad mich an. »Musst du es mir so schwer machen?«

Ein bitteres Lachen entwich mir. »Dad, du hast mir die letzten Jahre schwer gemacht. Ein paar Minuten sind da gar nichts.«

Er schloss gequält die Augen. »Ich hätte nie gedacht, dass es zwischen uns mal so werden würde.«

»Was meinst du?«, fragte ich irritiert.

»Als du geboren wurdest, hatte ich panische Angst. Du warst so klein und deine Mom und ich noch so jung. Aber wir haben dich so geliebt, und ich habe mir geschworen, immer auf dich aufzupassen. Und als deine Mom dann … gegangen ist … Ich habe meinen Schwur vergessen. Ich weiß, dass ich kein guter Vater für euch war, und ich weiß, dass du mich für einen Versager hältst, weil ich immer noch nicht über eure Mom hinweg bin, und das bin ich auch. Ich weiß, dass ich versagt habe. Auf ganzer Linie.«

»Und du dachtest, nach Faerfax zu ziehen und mich zwingen zu wollen, wieder bei euch zu wohnen, würde irgendwas besser machen?«

Dad verzog das Gesicht. »Ich glaube, ich war neidisch auf dich. Guck mich nicht so an, ich weiß, wie bescheuert das klingt.«

Das tat es allerdings.

»Du warst so … frei. Du konntest machen, was du wolltest. Du musstest keine Verantwortung tragen, dich nie um irgendwas kümmern. Ich musste mich mit sechzehn um ein Baby kümmern, während du mit Mädchen ausgegangen bist und Partys gefeiert hast.«

Ungläubig starrte ich ihn an. Mein Puls dröhnte in meinen Ohren. »Ist das dein Ernst? Ich war nicht *frei*. Wann war ich jemals frei?« Meine Hände ballten sich ganz von selbst zu Fäusten. »Als Mom abgehauen ist, habe *ich* mich um die Zwillinge gekümmert. Nicht du. *Ich* habe mich um alles gekümmert, während du deine Tage in der Werkstatt verbracht hast. Sarah und Jen haben *mich* angerufen, wenn sie Hilfe brauchten, selbst dann, wenn ich drei Stunden brauchte, um hier zu sein. Mit

Mädchen bin ich erst im letzten Highschooljahr ausgegangen. Als die beiden alt genug waren, um sie auch mal einen Abend allein lassen zu können. Dad, weißt du eigentlich, was für ein Glück du hattest, dass keiner von uns jemals wirklich Mist gebaut hat? Du meinst, du warst *neidisch* auf mich, weil meine Pubertät im Vergleich zu deiner sorglos war? Weil ich *frei* war? War ich nicht. Du hast dafür gesorgt, dass ich kein bisschen frei war. Weil ich deinen verdammten Job übernommen habe, obwohl ich selbst noch ein Kind war. Also herzlichen Glückwunsch, so toll ist mein Leben überhaupt nicht. Es gibt keinen Grund für Neid!« Ich bebte vor Zorn, während Dad mit jedem meiner Worte blasser geworden war. Aber ich war noch nicht fertig. »Und jetzt, wo ich endlich so weit bin, mich um mein eigenes Leben zu kümmern und zu überlegen, was ich machen möchte, entscheidest du, zurück nach Faerfax zu kommen, und willst mich dazu bringen, wieder bei euch zu wohnen? Wie frei bin ich dann wohl noch, Dad?«

Dad machte den Eindruck, als würde er jeden Moment die Fassung verlieren, zum ersten Mal sah ich Tränen in seinen Augen. »Es tut mir leid, Julian. Gott, es tut mir so leid! Ich … Ich weiß nicht, was ich sagen soll, wie ich das wiedergutmachen soll, ich –«

»Ich war bei Mom«, fiel ich ihm ins Wort. Jetzt oder nie. Wenn ich ihn weiterreden ließ, würde ich es nie aussprechen.

»Was?« Er taumelte. Mein großer, starker Dad taumelte.

»Ich war bei Mom. Letzte Woche, nachdem ich abgehauen bin. Dad, ich weiß, du willst das nicht hören, aber sie wird nicht zurückkommen. Wir sind ihr nicht wichtig. Waren wir auch nie. Sie hat … Sie hat eine neue Familie.« Hastig sprach ich weiter, erzählte ihm von meinem Wiedersehen mit Mom, von ihren Töchtern, allem, was sie gesagt hatte. Ich hatte das nicht geplant, war mir auf dem Weg hierher nicht einmal sicher gewesen, ob ich überhaupt etwas davon erwähnen würde. Doch je länger ich sprach, desto klarer wurde mir, dass es nötig war. Dad hatte Mom nie losgelassen. Weil er tief in sich immer noch Hoffnung gehabt hatte.

Es wurde Zeit, dass er sie gehen ließ.

Als ich geendet hatte, breitete sich eine schwere Stille zwischen uns aus. Schwer von ungesagten Worten, verletzenden Wahrheiten und dem absoluten Unwissen, wie es weitergehen sollte.

»Tut mir leid, Dad«, sagte ich schließlich leise. Er sah aus, als wäre seine gesamte Welt zusammengebrochen. Und irgendwie war das auch so.

Langsam, ungläubig schüttelte er den Kopf, starrte ins Nichts, dann lief ein Beben durch seinen Körper. »Nein, dir muss nichts leidtun. Mir tut es leid. Das hätte so nicht geschehen dürfen.«

»Nein, hätte es nicht, aber ist jetzt nicht mehr zu ändern.«

Dad hob den Kopf, sein flehentlicher Blick richtete sich auf mich. »Kannst du mir verzeihen? Ich weiß, wir müssen noch über vieles reden, aber kann ich irgendwas tun, damit du mir verzeihst?«

»Zwing mich nicht, bei euch einzuziehen. Bitte, Dad.«

Er nickte. »Werde ich nicht. Du hast ein Recht auf dein eigenes Leben, Julian. Du bist erwachsen, und ich schätze, das muss ich akzeptieren.«

»Wäre besser, ja.« Ich zwang mich zu einem Lächeln. Keine Ahnung, wann ich Dad das letzte Mal angelächelt hatte.

Erschöpft rieb er sich übers Gesicht. »Können wir morgen noch mal über alles reden? In Ruhe?«

»Klar. Aber Dad? Willst du Sarah und Jen von Mom erzählen? Oder soll ich?«

Er zögerte keine Sekunde. »Nein. Du wirst ihnen nichts erzählen. Wenn, dann ist das meine Aufgabe. Aber gib mir bitte ein bisschen Zeit, das alles zu verarbeiten, bevor ich darüber nachdenke. Ich glaube … Ich … Ehrlich gesagt, habe ich keine Ahnung, was ich tun werde.«

»Lass dir Zeit.«

»Ich … Danke, Julian.«

Ich wusste nicht genau, wofür er sich bedankte, aber letzten Endes spielte es auch keine Rolle. »Okay, dann … geh ich mal wieder rüber.« Zögernd wandte ich mich ab, um wieder zum Haus zu gehen, als Dad mich aufhielt.

»Julian? Ich weiß, ich sage das viel zu selten, und ich weiß auch nicht, ob du das jetzt hören willst, aber ich bin stolz auf dich, und ich liebe dich.«

Meine Kehle wurde eng. Abgehackt nickte ich, brachte aber keinen Ton heraus. Ich war noch nicht bereit, die Worte zu erwidern. Noch nicht. Aber vielleicht irgendwann.

Zum ersten Mal seit Jahren saßen wir an diesem Samstagabend gemeinsam am Esstisch und aßen zu Abend. Es fühlte sich seltsam an, irgendwie befangen, aber es war ein Anfang. Kleine Schritte. Einer nach dem anderen. Und dann … Tja, wir würden sehen, wohin das alles führte. Ob wir uns wieder zusammenraufen würden, oder nicht.

Ich war gerade dabei, das Geschirr in die Spülmaschine zu räumen, als es an der Tür klopfte. Überrascht blickte ich auf. »Erwartet ihr noch jemanden?«, wollte ich von Sarah und Jen wissen, doch die beiden schüttelten mit einer etwas zu unschuldigen Miene den Kopf.

Ich wusste, wer draußen stand, noch bevor ich die Tür öffnete und Lily mir entgegenlächelte.

»Hey«, begrüßte sie mich.

»Hey.« Wärme durchströmte mich. Sie war hier.

»Deine Schwestern haben mir geschrieben. Anscheinend haben sie Cole so lange genervt, bis er ihnen meine Nummer gegeben hat. Sie meinten, du bräuchtest mich.«

»Ach, tue ich das?« Ich warf einen Blick über die Schulter Richtung Küche. Natürlich standen die beiden im Flur und lauschten.

»Tust du«, rief Jenny kichernd.

Ich trat nach draußen auf die Veranda, zog die Tür hinter mir zu und streckte beide Arme nach Lily aus.

»Du hast es gehört. Offensichtlich brauche ich dich.«

»Das trifft sich gut. Ich brauche dich nämlich auch.« Sie stellte sich auf die Zehenspitzen und küsste mich. Als sie sich wieder von mir löste, leuchteten ihre Augen, und um ihre Lippen spielte ein schelmisches Lächeln. »Weißt du, ich bin sehr froh, dass du ein Julian und keine Julia bist«, sagte sie, und ich musste lachen, als ich an unsere erste Begegnung zurückdachte.

»Bin ich auch.« Ich zog sie noch enger an mich und schickte Cole ein stummes Dankgebet, dass er Anfang des Jahres beschlossen hatte, auszuziehen. Sonst wäre alles anders gekommen.

Ich war mir nicht sicher, ob ich an das Schicksal oder irgendeine übersinnliche Macht glaubte, aber ich war mir sicher, dass ich nicht der wäre, der ich heute war, hätte ich Lily nicht kennengelernt.

Ich hätte mich weiter zurückgestellt, hätte meine Träume mehr und mehr aus den Augen verloren. Hätte mich nicht verliebt.

Und das wäre doch ziemlich schade gewesen.

Epilog

Lily

Fünf Wochen später

»Lily, jetzt komm schon!« Auffordernd sah Julian mich an und streckte die Arme nach mir aus.

Ich verdrehte die Augen, in der Hoffnung, dass mir meine Nervosität nicht anzusehen war. »Das ist dämlich«, murmelte ich.

»Was hast du gesagt?«

»Das ist dämlich«, wiederholte ich, lauter dieses Mal. »Warum müssen wir die Hebefigur noch mal üben? Ich tanze bei der Nummer nicht einmal mit. Es ist zu spät. Die erste Aufführung ist morgen Abend.«

Julian zuckte lachend mit den Schultern. »Ist doch egal. Wir machen das nicht für das Musical. Sondern für dich. Also, komm schon. Vertraust du mir?«

Wieder verdrehte ich die Augen. Was für eine bescheuerte Frage. Natürlich vertraute ich ihm. Mehr als irgendjemandem sonst.

Ich sparte mir eine Antwort, lief los und sprang. Und Julian fing mich nicht nur auf, sondern hob mich in Position, und mein Körper spannte sich ganz von selbst an, jede Faser hoch konzentriert. Das Glück rauschte so heftig durch mich hindurch, dass ich lachen musste. Es war keine perfekte Hebefigur, nicht mal ansatzweise, das konnte ich im Spiegel des Probenraums sehen, aber darum ging es gar nicht. Ich hatte es geschafft, hatte mich endlich getraut, und nur das zählte.

Als ich hinter mir jemanden laut jubeln hörte, und nicht nur Cassidys, sondern auch Jamies Stimme erkannte, ließ Julian mich langsam wieder runter. Er ignorierte unsere Freunde und küsste mich. So tief und heiß, dass es mir den Atem raubte. Es dauerte, bis wir uns wieder voneinander lösten, und der einzige Grund, dass wir es taten, waren unsere Freunde, die lachend und herumalbernd durch den Raum auf uns zukamen. Mein Gesicht glühte, als Julian einen winzig kleinen Schritt zurücktrat und mich verschmitzt angrinste.

»Siehst du, ich wusste, dass du es kannst.«

»Nur weil ich es mit dir kann, heißt das noch lange nicht, dass ich es grundsätzlich kann«, gab ich zurück, konnte aber nichts gegen das glückliche Lächeln tun.

»Genug geknutscht!« Cassidy schlang einen Arm um meine Taille und zog mich in einer Drehung von Julian weg. »Wir haben heute was zu feiern.«

»Ach ja, was denn?« Verwirrt sah ich Cassidy an. Ich war eigentlich ziemlich gut darin, mir Daten zu merken, und im Mai hatte keiner von meinen Freunden Geburtstag.

»Dass du für *Musical Theatre* angenommen wurdest, natürlich.« Cassidy sah mich an, als hätte mir das klar sein müssen.

»Aber das müssen wir doch nicht feiern.« Ich spürte, wie ich rot wurde.

Jamie trat neben mich und grinste mich an. »Du hast keine Wahl.«

»Stimmt.« Julian griff nach meiner Hand, verflocht unsere Finger miteinander und zog mich hinter Cassidy und Jamie her.

»Wo sind die anderen?«

»Bereiten gerade den Rest vor. Wir sind nur hier, damit ihr auch wirklich kommt und Julian dich nicht den ganzen Abend für sich behält.«

»Hey«, protestierte Julian und warf Cassidy einen vorwurfsvollen Blick zu.

Sie winkte ab. »Ach, jetzt tu doch nicht so.«

Wir verließen erst das *Shakespeare*, dann den Campus und machten uns auf den Weg zu Tessa und Cole. Es war seltsam, dass mein erstes Semester schon vorbei war und gleichzeitig im Herbst noch einmal von vorne anfing, während für meine Freunde das Abschlussjahr anbrechen würde.

Ich hatte mich in den letzten Wochen auf die Proben konzentriert, meine Kurse für Theaterwissenschaften endgültig hingeschmissen und mich auf mein neues Studienfach vorbereitet. Ich wusste immer noch nicht, was ich wollte, und ich hatte auch noch alle Zeit der Welt, das herauszufinden, aber irgendwas sagte mir, dass Choreografie da noch eine ziemlich große Rolle spielen würde.

Innerhalb eines Semesters hatte sich so viel geändert. Und bald würde sich wieder einiges ändern. Wenn die Sommerferien anfingen, würden Julians Dad und seine Schwestern hierherziehen. Es war zwar immer noch nicht alles okay zwischen ihnen, aber sie waren auf einem guten Weg. Trotzdem waren noch Dinge ungeklärt. Aber war das nicht meistens so?

Seine Schwestern würden sich daran gewöhnen müssen, dass Julian nicht immer sofort zur Stelle sein würde, wenn sie ihn anriefen, und er musste lernen, die Verantwortung, die er so lange für sie gehabt hatte, abzugeben.

Denn nach unserer Aussprache hatte Julian sich voller Elan in die letzten Wochen des Semesters gestürzt, und obwohl ich wusste, dass wir alles hinkriegen würden, selbst wenn er nach seinem Abschluss die Stadt verließ, machte mir der Gedanke Angst.

»Hey, alles okay?«, raunte Julian mir zu und blieb stehen. Ich hob den Kopf. Cassidy und Jamie liefen weiter, ohne zu merken, dass wir zurückblieben. Oder sie wollten uns etwas Raum zum Reden geben.

»Ja. Es ist nur …« Ich brach ab, suchte nach den richtigen Worten, fand sie jedoch nicht. Julian verstand mich allerdings auch so.

Er zog mich an sich und legte beide Hände an meine Wangen. »Mach dir keine Sorgen. Wir kriegen das hin, okay?«

»Ich kann einfach immer noch nicht fassen, dass du nach deinem Abschluss nach New York gehst und ich hierbleibe«, murmelte ich und vergrub das Gesicht an seiner Brust.

»Das steht doch noch gar nicht fest.« Er wickelte sich eine Strähne meiner Haare um den Finger und zupfte sanft daran.

Schnaubend sah ich ihn an. »Natürlich steht das fest. Die wären blöd, wenn sie dich nicht nehmen.«

Dank Mr Geiger hatte Julian sich beim *National Geographic Encounter* für ein Volontariat beworben, und auch wenn er noch keine Zusage hatte, war ich mir sicher, dass er eine bekommen würde. Im Sommer würde er ein Praktikum bei einem Magazin in Chicago machen, und damit war er seinem Traum einen großen Schritt näher gekommen.

»Hoffentlich.« Er lächelte, wurde aber schnell wieder ernst. »Das ändert gar nichts, das weißt du.«

Ich nickte. »Und du weißt, dass ich stolz auf dich bin.«

»Weiß ich.« Julian zog mich mehr an sich und küsste mich. Und wie immer, wenn er mich küsste, stiegen Hitze und ein kribbelndes Glücksgefühl in mir auf. »Aber du musst dringend damit aufhören, dir darüber so viele Gedanken zu machen. Es dauert noch über ein Jahr, bis ich gehe. Falls ich den Platz bekomme.«

»Wirst du. Und ich gebe mir Mühe, nicht mehr alles zu zerdenken«, versprach ich.

»Das reicht mir.« Er strich mir die Haarsträhne hinters Ohr. »Ich liebe dich.«

Mein Herz machte einen glücklichen Satz.

»Ich liebe dich auch.« Ich stellte mich auf die Zehenspitzen, küsste ihn noch einmal, und dann folgten wir Cassidy und Jamie. Energisch schob ich meine Gedanken an das kommende Jahr beiseite.

Wer konnte schon wissen, was die Zukunft bringen würde? Niemand. Wir mussten es selbst herausfinden. Und das würden wir. Gemeinsam.

Danksagung

Diese Danksagung zu schreiben fühlt sich völlig verrückt an. Ein Jahr ist vergangen, seit ich mit Lilys und Julians Geschichte angefangen habe, und jetzt muss ich sie tatsächlich loslassen.

Keeping Dreams zu schreiben war wie ein Rausch. Ich bin durch die Geschichte geflogen, habe Lily und Julian machen lassen, was sie wollten, und es hat funktioniert. Ich glaube, mir hat noch kein Buch beim Schreiben so viel Spaß gemacht wie dieses hier, und ich hoffe, man merkt es.

Doch es ist nicht allein mein Verdienst, dass dieses Buch so toll geworden ist. So viele Menschen haben mich während des Prozesses begleitet, und ich bin unendlich dankbar für jeden einzelnen.

Vivi, ich habe es vorne schon geschrieben, muss es aber trotzdem noch mal wiederholen. Ohne dich hätte ich dieses Buch nicht so schreiben können, wie ich es getan habe. Danke für deine Unterstützung und deine Liebe zu Julian. Danke für die inzwischen wahrscheinlich Millionen WhatsApp-Nachrichten (danke auch an die Minions!) und einfach für alles.

Katharina, ich wüsste nicht, was ich ohne dich täte. Danke für deine aufmunternden Mails, deine lieben Worte und dafür, dass ich immer mit meinem Gedankenchaos zu dir kommen kann. Danke für deine Begeisterung und Ideen. Sobald es wieder geht, bekommst du eine dicke Umarmung!

Steffi, du bist die beste Lektorin, die ich mir jemals wünschen könnte. Danke für deine Begeisterung, für deine Mails und dafür, dass du dich stundenlang mit mir hinsetzt und Lösungen für die kleinen und großen Probleme suchst. Dafür, dass ich dich immer anrufen kann, wenn ich mal wieder eine Frage habe, und du immer ein offenes Ohr für mich hast.

Kathrin, ohne dich wäre ich nicht da, wo ich jetzt bin. Danke! Du hast Tessa und Cole geliebt, du liebst Lily und Julian und auch Ella und Jamie. Deine Nachrichten, während du meine Geschichten liest, versüßen mir immer wieder den Tag. Danke, dass du immer hinter mir und meinen Ideen stehst.

Ein wahnsinnig großer Dank geht an meine Testleserinnen Jana, Marie und Sabrina. Eure Begeisterung hat mir immer wieder geholfen, den Glauben an mich selbst nicht zu verlieren.

Clarissa, danke dir für deine Hilfe dazu, wie ein Musicalstudium abläuft. Mit dir zu reden hat so viel Spaß gemacht und mir sehr geholfen, auch wenn ich am Ende nicht so viel zum Studium einbauen konnte, wie ich es gerne getan hätte. Vielleicht ja ein anderes Mal!

Danke an meine Freund:innen und meine Familie. Euch verdanke ich alles.

Benedikt, danke, dass du es mit mir, unzähligen WhatsApp-Nachrichten und halben Nervenzusammenbrüchen aushältst. Danke für alles.

Danke dem gesamten LYX-Team! Ihr macht aus meinen Geschichten ein richtiges, wunderwunderschönes Buch.

Ich danke allen Buchhändler:innen, Blogger:innen und euch Leser:innen. Danke, dass ihr Lily und Julian eine Chance gegeben, mit ihnen gelitten, euch gefreut und verliebt habt. Danke für all die schönen Bilder, die mich immer wieder staunen lassen, dass das alles tatsächlich mir passiert. Aber so sieht's aus, und ihr habt daran einen großen Anteil.

Ich würde mich freuen, wenn wir uns zu Ellas und Jamies Geschichte im Winter wiederlesen.

Nachwort

Wie beim letzten Mal ist mir auch bei *Keeping Dreams* völlig bewusst, dass viele Dinge in der Realität anders ablaufen, als ich es hier geschildert habe, vor allem in Bezug auf die Juilliard. Ich hoffe, ihr seht es mir nach, dass ich einiges für meine Geschichte angepasst habe, damit Lily und Julian genau das erleben konnten, was sie erleben mussten, um zueinanderzufinden.